UWE LAUB

BLOW OUT

Thriller

W0358091

ULLSTEIN

Besuchen Sie uns im Internet:
www.ullstein-taschenbuch.de

MIX
Papier aus verantwortungsvollen Quellen
FSC® C083411

Originalausgabe im Ullstein Taschenbuch
1. Auflage September 2013

Umschlaggestaltung: ZERO Werbeagentur, München
Titelabbildung: © iStockphoto
Satz: LVD GmbH, Berlin
Gesetzt aus der Scala und der Helvetica
Papier: Pamo Super von Arctic Paper Mochenwangen GmbH
Druck und Bindearbeiten: CPI – Clausen & Bosse, Leck
Printed in Germany
ISBN 978-3-548-28552-8

Für Amélie

Wir sind auf dem Weg zu einer Erde, die ganz anders sein wird als das, was wir bis jetzt gewohnt sind.

Jeremy Shakun, Harvard University,
Study of Global Temperatures, März 2013

PROLOG

15. November 2015

»Etwas läuft schief.« Roman Leuthard ging nervös auf und ab. »Ich weiß es.«

»Du machst dir zu viele Sorgen, *mon ami*«, entgegnete Claude Chevallier.

»Er ist schon viel zu lange fort.« Zum wiederholten Mal warf Leuthard einen Blick auf seine Armbanduhr.

»Geduld, du kannst nicht erwarten, dass Brooks alles auf Anhieb versteht. Xavier muss vermutlich ganz von vorne anfangen.« Chevallier klang nicht besonders überzeugend.

»Ich gebe ihm noch zehn Minuten, dann sehe ich nach ihm.«

Die beiden Geophysiker standen im Windschatten einer der mannshohen Pumpen der Hauptplattform, gut verborgen vor unliebsamen Blicken, die es in letzter Zeit häufig gab. Die ersten Ausläufer des Hurrikans peitschten auf sie ein. Windböen zerrten an ihren Overalls. Aus Angst vor herumfliegenden Gegenständen hatte sich Leuthard seinen Schutzhelm tief ins Gesicht geschoben. Trotz des wasserdichten Schutzoveralls fror er.

Die dunklen Wolken, die vor drei Stunden nur schwach am Horizont auszumachen gewesen waren, hingen jetzt direkt über der Bohrinsel. Schon bald würde der Hurrikan sie mit voller Wucht treffen. Sorgenfalten zogen sich quer über Leuthards Stirn. Er sah durch die Umzäunung nach unten. Fünfzig Meter tiefer tobte das Meer. Die aus südöstlicher Richtung heranrollende Dünung kam ihm gewaltig vor. Mit unbändiger Kraft donnerten die gut und gerne zwanzig Meter hohen Wellenberge gegen die mächtigen Pfeiler der Bohrinsel. Selbst durch den heulenden Wind hindurch hallte der dumpfe Donner des Aufpralls bis zu ihnen hinauf. Gischt spritzte in Fontänen über die Stahlträger der untersten Plattform, erfasst und mitgerissen vom stürmischen Wind. Eine weitere enorme Welle krachte gegen die Pfeiler, und nicht zum ersten Mal spürte Leuthard ein bedrohliches Vibrieren unter den Füßen.

Die imposanten Vorboten des herannahenden Hurrikans kündigten einen Sturm der Superlative an. Sam war ein Hurrikan der Stufe fünf. Mehr Gewalt und Zerstörungswut brachte kein anderes Wetterphänomen auf diesem Planeten hervor. In einer Mischung aus Abscheu und Bewunderung zog Leuthard die Mundwinkel nach unten. Sein Blick wanderte über die gewaltigen Kräne, Turbinen und Pipelines sowie die Gebäude der Hauptplattform, deren 245 Meter hoher Bohrturm das Zentrum bildete. In einiger Entfernung blinkten die Positionslichter der weiteren drei Plattformen. 110 000 Tonnen Stahl und 12 Milliarden US-Dollar hatte der Bau der Independence verschlungen. Bald würde sich zeigen, ob die Konstrukteure dieses stählernen Monsters einen guten Job gemacht hatten.

Leuthard fluchte leise. Wo blieb Xavier? Der Wind

peitschte ihnen immer stärker ins Gesicht. Mit zusammengekniffenen Augen starrte er auf die Aufzugstüren des Hauptgebäudes, in der Hoffnung, sie würden sich endlich öffnen und Professor Xavier Rochas ausspucken. »Vielleicht war es ein Fehler, auf Powell zu hoffen. Wir hätten zuerst Genf benachrichtigen sollen.«

Chevallier seufzte auf: »Das Thema haben wir doch längst durch. Xavier ist sich nicht sicher. Warum die Pferde unnötig scheu machen? Wenn wir falschliegen, wird man uns die Hölle heißmachen.«

Leuthards Blick schoss von der Aufzugstür zu dem korpulenten Franzosen. »Und was, wenn wir richtigliegen?«

Chevallier seufzte. »In diesem Fall, *mon ami*, erwartet uns wesentlich Schlimmeres.«

Ein Lichtschein fiel auf den dunklen Boden der Plattform, als mit einem Mal die Aufzugstüren zur Seite glitten. Ein hagerer Mann trat hinaus in den Sturm und sah sich suchend um.

»*Voilà*. Siehst du, Roman, alles in bester Ordnung.« Chevallier wollte gerade seinem Kollegen etwas zurufen.

Im letzten Moment legte Leuthard ihm eine Hand über den Mund. »Still!« Er deutete in Richtung des Aufzugs.

Hinter Rochas' Rücken lösten sich drei Schatten aus dem Hintergrund. Im Gegensatz zu den Wissenschaftlern trugen diese Männer keine Overalls, sondern die schwarze Uniform der Marines, die hier, wie generell in schützenswerten US-Einrichtungen, den Sicherheitsdienst versahen. Helme mit heruntergeklapptem Visier verbargen ihre Gesichter. An ihren Gürteln baumelten, neben Funkgeräten und Stabtaschenlampen, beachtliche Schusswaffen. Die Marines bauten sich im Halbkreis vor Rochas auf. Ihr Anführer redete auf ihn ein. Durch den tosenden Wind war kein Wort zu verstehen, die bedrohliche Körpersprache des durchtrainierten Marine aber sprach Bände. Rochas antwortete wild gestikulierend.

»Was geht hier vor?«, fragte Chevallier leise.

»Keine Ahnung.«

»Sollen wir rübergehen?«

»Nein.«

»Wieso nicht?«

»Ich bin mir nicht sicher.« Leuthard kniff die Augen zusammen und bemühte sich, in den rapide schlechter werdenden Lichtverhältnissen Genaueres zu erkennen. Selbst die Scheinwerfer und Flutlichter schienen inzwischen vom Sturm eingeschüchtert. Ihre Lichtkegel wirkten matt und verloren sich auf halber Strecke in der Dunkelheit.

Unvermittelt holte der Anführer aus und verpasste Rochas einen fulminanten Magenschwinger. Der Spanier klappte zusammen, wurde von den beiden anderen Marines hochgehoben, bekam den nächsten Hieb verpasst und ging in die Knie. Der Anführer griff in Rochas' Haare und riss dessen Kopf nach hinten. Mit einem kurzen, aber harten Faustschlag mitten ins Gesicht brach er ihm die Nase. Blut schoss über Rochas' Mund und Kinn. Breitbeinig und mit verschränkten Armen standen die Kameraden des Anführers daneben, während dieser weiter auf den Wissenschaftler eindrosch.

»Verdammt!«, stieß Chevallier hervor, »wir müssen ihm helfen.«

»Wir beide gegen drei Marines?«

»Roman, die prügeln gerade unseren Freund tot!«

»Die haben Waffen.«

»Sie werden uns schon nicht erschießen.«

Leuthard erwiderte nichts. Nach allem, was er in den letzten Tagen von River Maddox erfahren hatte, war er sich da nicht so sicher.

Unvermittelt ließen die Männer von Rochas ab, der zusammengekrümmt auf dem Boden lag. Der Anführer schickte seine Kameraden fort und sah ihnen nach, bis sie hinter einer Ecke verschwanden. Dann packte er Rochas am Overall, zerrte ihn hoch und schmetterte ihn mit dem Gesicht voraus mehrmals mit voller Wucht gegen eine Turbine.

»*Mon dieu*«, flüsterte Chevallier.

Leuthard schnappte nach Luft. Gleich aus mehreren klaffenden Platzwunden an Rochas' Kopf und Nase strömte Blut. Schnell war dessen gesamte rechte Gesichtshälfte blutverschmiert, das Auge zugeschwollen. Der Anblick war grauenhaft. Leuthard wurde bewusst, dass er sich näher am Geschehen befand, als ihm lieb war.

Der Marine schob das Visier seines Helms nach oben und betrachtete Rochas. Leuthard kannte den Mann vom Sehen – einer von Brooks' Lakaien, die seit Wochen hinter den Wissenschaftlern herspionierten.

Mit einem tosenden Geräusch öffnete der Himmel sämtliche Schleusen. Sintflutartiger, vom Sturm gepeitschter Regen klatschte in Leuthards Gesicht. Der Hurrikan gewann an Intensität. Innerhalb von Sekunden triefte Leuthards Overall vor Nässe. Eine besonders heftige Sturmböe fegte über die Plattform und zerrte an der

Stahlkonstruktion der Independence. Hin und her schwingende Stahltrossen flogen durch die Luft. Um nicht das Gleichgewicht zu verlieren, musste sich sogar der athletische Marine mit einer Hand an der Turbine festhalten. Er vergewisserte sich, dass ihn niemand beobachtete, drehte Rochas auf den Bauch, hob den Kopf des wehrlosen Mannes an und hämmerte ihn mit dem Gesicht gegen die Kante des Turbinensockels. Wieder spritzte Blut nach allen Seiten. Einen Moment lang zuckte der Spanier noch unkontrolliert, dann war es vorbei. Sein Gesicht war nur noch eine Mischung aus Blut, Knochen und Hirnmasse. Das linke Auge war herausgerissen und hing aufgespießt auf einer Schraube an der Kante des Sockels. Der prasselnde Regen vermischte sich mit dem Blut des Wissenschaftlers und schwemmte es fort.

Leuthard war wie erstarrt und konnte den Blick nicht von dem klaffenden Loch abwenden, in dem sich soeben noch Rochas' Augapfel befunden hatte. Unfähig, einen klaren Gedanken zu fassen, achtete er nicht auf Chevallier, der plötzlich aufsprang. »*Assassin*!«, brüllte er und rannte mit erhobenen Fäusten auf Rochas' Mörder zu.

Leuthard war fassungslos. Was dachte sich dieser durchgeknallte Franzose dabei? Wollte er etwa einen Elitesoldaten niederschlagen?

Im selben Moment, in dem sich der Marine umdrehte und den korpulenten Wissenschaftler auf sich zurennen sah, wusste Leuthard, dass Chevallier so gut wie tot war.

Es kam nicht einmal ansatzweise zu einem Kampf.

Zwei Meter bevor Chevallier den Marine erreichte, rutschte er auf den nassen Bodenplatten aus und schlitterte ihm direkt gegen die Schienbeine. Ohne viel Aufhebens hieb ihm der Elitekämpfer die Handkante gegen die Halsschlagader. Chevallier sackte auf der Stelle in sich zusammen. Der Marine griff hinter sich und hielt plötzlich einen schweren Gegenstand in den Händen. Starr vor Angst, folgte Leuthards Blick der Hand mit dem Schraubenschlüssel, die einen weiten Bogen beschrieb und krachend auf dem Hinterkopf des am Boden liegenden Wissenschaftlers niederging.

Chevallier bäumte sich auf, und sein Mund verzerrte sich. Aus einer klaffenden Wunde am Hinterkopf rann das Blut in Strömen. Am ganzen Leib zuckend, kippte der Franzose mit weit aufgerissenen Augen zur Seite. Seine Hände verkrampften sich, dann rührte er sich nicht mehr.

Leuthard starrte auf die beiden leblosen Körper seiner Kollegen, mit denen er noch vor einer Stunde gemeinsam im Labor über dem Gaschromatographen gebrütet hatte. Das alles fühlte sich an wie ein Alptraum – nur war es verdammt real. Bei allen Heiligen, in welchen Wahnsinn waren sie hier nur hineingeraten?

Der Marine sah sich um, als erwarte er jeden Moment die Attacke eines weiteren Angreifers, und packte dann Chevalliers Arme. Er schleifte ihn zur gegenüberliegenden Umzäunung, hinter der es in die Tiefe ging. Mit Mühe stemmte er den schweren Franzosen hoch und hievte ihn über die Absperrung. Ungerührt sah er dem leblosen Körper nach, der wie ein Sack Zement in die Tiefe fiel und von den gischtsprühenden Wellenbergen mitgerissen wurde.

Der Marine kehrte zu Rochas' Leiche zurück. An der Turbine hielt er inne und zog den aufgespießten Augapfel von der hervorstehenden Schraube. Achtlos warf er ihn ins Meer und widmete sich dann dem Spanier.

Endlich löste sich Leuthard aus seiner Schockstarre. Die einzige Möglichkeit, zu entkommen, lag in dem kurzen Moment, in dem der Marine damit beschäftigt war, Rochas über das Absperrgitter zu hieven. Dabei musste er Leuthard zwangsläufig den Rücken zukehren. Das Problem dabei war, dass Leuthards einziger Fluchtweg direkt an der Stelle vorbeiführte, an der noch vor wenigen Sekunden die beiden Leichen gelegen hatten. Er schauderte.

Der Marine erreichte die Umzäunung und begann mit der Entsorgung von Rochas' Leiche.

Leuthard löste sich aus seinem Versteck. Noch während er loslief, schoss ihm ein Gedanke durch den Kopf. Der Marine war bestens durchtrainiert. Womöglich würde Leuthard es nicht bis in sein Quartier schaffen. Er brauchte eine Waffe!

Mit einem raschen Blick vergewisserte er sich, dass der Marine noch immer mit Rochas beschäftigt war und nicht in seine Richtung blickte. Vor der Blutlache ging er in die Knie. Er zog die Ärmel des Overalls über seine Hände und griff sich den Schraubenschlüssel, ohne diesen dabei mit seinen nackten Fingern zu berühren. Der Gedanke, Chevalliers und Rochas' Blut an seinen Händen zu spüren, ekelte ihn. Das Werkzeug wog schwer in Leuthards Hand, aber wenigstens war er jetzt nicht mehr ganz chancenlos.

Er erhob sich in dem Moment, in dem der Marine sich umdrehte.

Einen Augenblick lang starrten sie sich an.

Der Marine sprintete los.

Leuthard drehte sich um und floh.

Er musste stark gegen den Wind ankämpfen, als er sich seinen Weg quer über die Hauptplattform bahnte, vorbei am mächtigen Bohrturm, in Richtung einer der Nebenplattformen. Sein Herz raste und seine Lungen brannten. Da er wusste, dass der Marine dicht hinter ihm war, vermied er es, über die Schulter zurückzublicken.

Er erreichte die massive Stahltür. Linkisch zog er mit einer Hand den dicken Eisenriegel nach oben und warf sich mit seinem ganzen Körpergewicht dagegen. Kaum war er hindurchgeschlüpft, krachte die Tür hinter ihm wieder zu.

Ohne sich umzudrehen, rannte er weiter. Auf dem exponierten Verbindungssteg erwischte ihn der Sturm mit seiner ganzen Urgewalt. Regen peitschte ihm ins Gesicht, Orkanböen rissen ihn fast von den Füßen. Wie ein Betrunkener torkelte er von einer Seite des rundum vergitterten Stegs zur anderen. Mit weit nach vorne gebeugtem Oberkörper, kämpfte er sich vorwärts. Hinter ihm schlug die Tür ein weiteres Mal zu. Sein Verfolger war ihm auf den Fersen.

Auf halber Strecke schwankte die Brückenkonstruktion besorgniserregend. Nach einer gefühlten Ewigkeit erreichte Leuthard entkräftet die Verbindungstür zu Plattform drei und schlüpfte hindurch. Immerhin war es ihm gelungen, seinen Verfolger auf Distanz zu halten.

Im Bruchteil einer Sekunde scannte er die Umgebung. Zu beiden Seiten der Tür entsprang dem Boden ein Labyrinth aus dicken Rohren und Pipelines, die scheinbar ohne sinnvolle Ordnung rund um die Plattform verliefen.

Schon am hellen Tag hätte es Leuthard immense Schwierigkeiten bereitet, eine Person auszumachen, die sich hinter diesem Gewirr aufhielt. Bei den momentan herrschenden Sichtverhältnissen und dem strömenden Regen konnte es ihm durchaus gelingen, sich dahinter zu verstecken. Zumal Scheinwerfer auf Plattform drei spärlich gesät waren. Tatsächlich hatte er keine andere Wahl. Bis zu dem weißen, quaderförmigen Aufbau, der die Labore und Wohnräume der Wissenschaftler beherbergte, würde er es nie im Leben rechtzeitig schaffen. Er schlängelte sich durch das Pipeline-Labyrinth und hechtete hinter einen Metallcontainer.

Keine Sekunde zu früh.

Die Tür wurde aufgerissen, und der Marine betrat die Plattform.

Leuthard drückte sich enger an den kalten Stahl, bis er mit dessen Schatten verschmolz. Sein Puls raste. Von irgendwo über ihm tropfte Wasser in seinen Kragen.

Der Marine blieb abrupt stehen und blickte wild um sich. Leuthard betete, dass sein Verfolger weiter in Richtung Gebäude lief. Der Marine zögerte kurz, dann knipste er seine Stabtaschenlampe an und ließ deren Lichtkegel langsam über die düstere Plattform wandern. Leuthard fluchte leise. Immerhin entschied sich der Marine dafür, zunächst die entgegengesetzte Seite abzusuchen.

Leuthards rechte Hand verkrampfte sich, und ihm wurde bewusst, dass er noch immer den Schraubenschlüssel umklammerte. Er erinnerte sich, weshalb er ihn an sich genommen hatte. Wie es aussah, würde er um einen Kampf doch nicht herumkommen.

Um seine verkrampfte Hand zu entlasten, nahm

er den Schraubenschlüssel in die andere Hand – ein Fehler, den er sofort bereute. Glitschig von Regen und Blut, rutschte ihm das Werkzeug aus der Hand. Ohrenbetäubend laut knallte es auf eine Schräge, wo es sofort weiter in Richtung eines Lüftungsschlitzes unterhalb einer Turbine schlitterte. Verzweifelt versuchte er den Schraubenschlüssel zu greifen, bevor dieser in den Schlitz fallen konnte. Vergeblich. Voller Entsetzen musste Leuthard mit ansehen, wie seine letzte Hoffnung in einem Schacht unterhalb der Turbine verschwand.

Er fluchte. Der laute Aufprall konnte dem Marine nicht entgangen sein. Spätestens jetzt blieb Leuthard nur noch eine Möglichkeit. Er sprintete los, an mehreren Turbinen vorbei, und hetzte eine Gittertreppe hinauf, die auf die nächste Ebene der Plattform führte. Oben angekommen, schlug er die Richtung zum Eingang des Wohn- und Forschungstrakts ein.

Wie aus dem Nichts tauchte sein Verfolger gute 25 Meter vor ihm auf und versperrte ihm auf dem schmalen Laufsteg den Weg. Im Strahl der Taschenlampe ertappt, blieb Leuthard beinahe das Herz stehen. Verdammt, wie war der Kerl nur so schnell hier heraufgelangt?

Leuthard machte kehrt und hastete die Gittertreppe weiter nach oben. Der Marine holte auf. Die Distanz zwischen ihnen schmolz. Stufe um Stufe kämpfte sich Leuthard die Treppe hinauf. Eine Bö erwischte ihn. Er verlor das Gleichgewicht, rutschte aus und fiel hin. Eine Hand griff nach seinem rechten Knöchel, er stieß sie weg, rappelte sich auf und kämpfte sich weiter. Die Treppe endete, ebenso Leuthards Orientierung. Er rannte einfach in irgendeine Richtung. Wie viel Vorsprung blieb ihm noch?

Plötzlich wurde er an der Schulter gepackt und zu Boden geworfen.

»Das war's dann wohl, Einstein.«

Leuthard rollte sich herum und sah den Marine breitbeinig über sich stehen. Seine durchnässte Uniform schlackerte im Wind.

»Warum tun Sie das?« Zumindest wollte Leuthard wissen, weshalb er sterben musste. Gegen einen Marine würde er ohne Waffe im Nahkampf keine fünf Sekunden bestehen.

»Brooks hat euch Pisser oft genug gewarnt.« Er verpasste Leuthard einen Tritt in die Seite.

Rippen brachen. Flammende Torpedos aus Schmerz schossen durch Leuthards Körper, und er krümmte sich stöhnend zusammen.

»Schnauze!« Der Marine drehte Leuthard auf den Rücken, setzte ihm einen Fuß auf den Brustkorb und trat auf. Weitere Rippen brachen.

Leuthard schrie auf. »Verdammt, dann bring es endlich hinter dich.«

»Nicht so ungeduldig, Einstein. Es soll doch alles wie ein Unfall aussehen.«

Das Nächste, was Leuthard spürte, waren kräftige Hände, die ihn hochhoben und an den Rand des Laufstegs bugsierten. Unwillkürlich sah er nach unten. Zwölf Meter unter ihm befand sich die nächste Ebene der Plattform. Er hörte sich wimmern.

»Ihr hättet auf Brooks hören sollen«, sagte der Marine und stieß ihn den Abgrund hinab.

Leuthard fiel.

Hart schlug er auf den Stahlplatten auf. Knochen

splitterten, Schmerzen aber verspürte er seltsamerweise keine mehr. Auf dem Rücken liegend, war Roman Leuthards letzter Gedanke, dass sich der Regen, der auf sein Gesicht fiel, seltsam kalt anfühlte.

Dann war da nur noch Dunkelheit.

1

26. Oktober 2052

Die ersten Sonnenstrahlen des Tages vertrieben das Schwarz der Nacht und wurden glitzernd von der brackigen Oberfläche der Nordsee reflektiert. Unter dem wolkenlosen Himmel zogen Scharen von Möwen ihre Bahn, und in der Ferne dümpelte ein Segelboot mit gerefften Segeln durch die Flaute. Das Meer glich einer einzigen zähen Masse, die sich träge im Rhythmus der Dünung hob und senkte. Nichts deutete auf die für den morgigen Abend angesagte erste Sturmflut des nahenden Winters hin, die über Norddeutschland hereinbrechen sollte.

Nick Schäfer stand am Bug des Marine-Luftkissenboots, das leise über die Wasseroberfläche dahinglitt. Außer ihm, dem einzigen Zivilisten an Bord, dem Steuermann sowie zwei weiteren Bundeswehrsoldaten befand sich niemand sonst auf dem neun Meter langen Gefährt.

Nick blickte in Fahrtrichtung voraus, konnte ihr Ziel im Morgendunst aber noch nicht ausmachen. In unregelmäßigen Abständen ragten die Kronen überfluteter Bäume aus dem Meer, abgestorben, ausgebleicht, als streckten riesige Skelette ihre Finger aus dem Wasser. Sie waren der einzige Hinweis darauf, dass sich hier vor gerade einmal fünfzehn Jahren noch trockenes Festland befunden hatte. Das war, bevor die großen Inlandeismassen Grönlands und der Westantarktis begonnen hatten abzuschmelzen. Seitdem stieg der Meeresspiegel rasant und ungebremst stetig an.

Nick schloss die Augen und genoss den Fahrtwind, der mit morgendlicher Frische in seinen dichten Haarschopf fuhr und die Locken durcheinanderwirbelte. Noch eine Stunde und die Hitze würde einsetzen, zwei Stunden später würde sie unerträglich sein. Nick trug ein helles, kurzärmeliges Hemd, dazu Khaki-Shorts und seine geliebten Chucks. Er massierte sich die verspannten Schultern. In sein überflutetes Heimatdorf zurückzukehren und nach langer Zeit seine Mutter wiederzusehen, wühlte ihn doch ziemlich auf.

Er wandte sich um und trat neben den Steuermann, der hinter der Plexiglasscheibe am Fahrstand den Joystick bediente, und fischte aus der Brusttasche seines Hemdes eine Packung Zigaretten. Hinter der vom Fahrtwind geschützten Scheibe steckte er sich eine Kippe an.

»Und ich dachte schon, ich sei hier der einzige Aussätzige«, grinste ihn der Steuermann an.

»Willkommen im Club«, erwiderte Nick und hielt dem Soldat die Schachtel hin, auf der das abstoßende Bild eines offenen Kehlkopfgeschwürs in Hochglanz abgebildet war.

»Danke.« Hocherfreut griff der Mann zu. »Tolles Foto.«

»Ich habe schon Schlimmeres gesehen.«

»Nicht nur Sie.«

Unter den missbilligenden Blicken der beiden Soldaten am Bug gab Nick ihm Feuer. Wie würden diese Spießer wohl reagieren, wenn er erst einen Joint aus seinem Rucksack zog?

»Übrigens, ich heiße Lars Keller.«

»Nick Schäfer. Wie lange dauert die Überfahrt?«

»Gute halbe Stunde. Haben Sie es eilig?«

»Ganz und gar nicht.«

»Ich bin seit einigen Wochen hier stationiert, aber Sie habe ich noch nie übergesetzt.«

»Es ist lange her, seit ich zum letzten Mal hier war.« Schuldgefühle keimten in Nick auf, als er an seine Mutter dachte, die seit über zwei Jahren alleine in einem viel zu großen Haus lebte. »Damals konnte man Dörpling noch relativ einfach von Tellingstedt aus erreichen.«

»Tellingstedt steht inzwischen unter Wasser«, klärte Keller ihn auf. »Zumindest der nordwestliche Stadtteil. Wenn jetzt die Sturmfluten anbrechen, wird es auch für die verbliebenen Einwohner eng.«

Nick seufzte. »Eine weitere Stadt, die evakuiert und untergehen wird.«

»Ja, spätestens nächsten Herbst. Ist wirklich ein Jammer.« Geschickt manövrierte der Soldat das Luftkissenboot per Joystick durch einen Wald mit abgestorbenen Bäumen, der wie eine geisterhafte Erscheinung aus dem Dunst auftauchte. Um nicht Gefahr zu laufen, an einem Ast hängen zu bleiben, hielt er respektvoll Abstand, während er um die Stämme herumkurvte. Seine Zigarette nahm er dabei keine Sekunde aus dem Mund. »Gruselig«, sagte er, als sie das tote Waldstück hinter sich gelassen hatten.

»Frustrierend trifft es eher«, erwiderte Nick.

»Soll ich Ihnen sagen, was wirklich frustrierend war?

Mein erster humanitärer Einsatz in Holland. Acht Monate lang hab ich dabei geholfen, die Deiche aufzuschütten. Dabei wussten wir alle, dass sie nicht zu halten waren.« Keller zeigte auf eine Reihe Straßenlaternen, von denen nur noch die Lampengehäuse aus dem Wasser ragten. »Das hätte sich niemand träumen lassen, oder?«

Nick erwiderte nichts. Er hatte keine Lust auf dieses Thema. Obwohl er als freiberuflicher Journalist für *Welt im Wandel*, ein renommiertes Öko-Magazin, regelmäßig über die weitreichenden Folgen der rasant fortschreitenden Erderwärmung berichtete, hatte er sich an die täglichen Horrormeldungen der Medien längst nicht gewöhnt. Zu oft gab es immer noch Momente, in denen jeglicher Versuch, sich zu distanzieren, kläglich scheiterte. So wie heute, wo er kurz davor stand, zum allerletztem Mal sein Heimatdorf zu sehen, das in Kürze in der Nordsee versinken würde.

»Was führt Sie eigentlich hierher?«, riss ihn Keller aus seinen trüben Gedanken.

»Ich bin in Dörpling aufgewachsen. Meine Mutter lebt hier. Noch.«

»Ich verstehe. Morgen ist der letzte Tag. Sie helfen ihr bei der Hausräumung?«

»Sie ist vergesslich und hat oft Probleme, die richtigen Wörter zu finden: Demenz. Aber sie hat auch gute Tage.« Hoffentlich würde heute einer davon sein.

Er hatte keine Lust, mit einem Fremden über die Krankheit seiner Mutter zu reden. »Wie kommen Sie mit der Evakuierung voran?«

»Obwohl wir vier Boote im Einsatz haben, hinken wir dem Zeitplan hinterher.« Keller verzog das Gesicht. »Zu allem Überfluss ist für morgen auch noch eine Sturmflut angesagt.«

»Ich weiß. Bringen Sie alle Einwohner nach Kaltenkirchen?«

»Die meisten. Nur wenige Menschen sind dazu bereit, evakuierte Angehörige bei sich zu Hause aufzunehmen.«

»Das ist keine Frage der Bereitschaft«, fuhr Nick ihn heftiger an als beabsichtigt. »Kaum einer hat genügend Platz, um bei sich noch jemand unterzubringen. Meine Bude ist so klein, ich könnte mir nicht einmal einen Hamster anschaffen.«

»Sie müssen sich nicht rechtfertigen.« Keller schnippte seine Kippe über Bord. »In diesen Zeiten muss das niemand.«

Das Gespräch verstummte.

Nick konnte seine wachsende Nervosität nicht länger abstreiten. Er stellte sich vor, was seine Mutter in Kaltenkirchen erwartete. Nördlich von Hamburg gelegen, befand sich dort Deutschlands größtes Auffanglager für Klimaflüchtlinge. Zehntausende Menschen aller Nationalitäten hausten dort dicht gedrängt in Wellblechbaracken oder, noch erbärmlicher, in einfachen Zelten. Immerhin hatte Nick für seine Mutter einen Platz in einer der Baracken ergattern können. Die meisten Flüchtlinge stammten wie Lena Schäfer aus den flachen Küstengebieten Deutschlands, die inzwischen dauerhaft überflutet waren. Nach allem, was man so hörte, war die ärztliche Versorgung katastrophal. Was Nick daran erinnerte, in welchem Zustand er seine Mutter bei seinem letzten Besuch in Dörpling vorgefunden hatte. Bei dem Gedanken daran stellten sich ihm die Nackenhaare auf.

2

Entschlossen und mit zusammengepressten Lippen bahnte sich Emma Fisher mitten im Herzen Berlins ihren Weg in Richtung Pariser Platz. Der schmale Streifen der Dämmerung im Osten kündigte den heraufziehenden neuen Tag an, und die grellen Reklamespots der allgegenwärtigen Holographiewände an den Gebäuden warfen einen vielfarbigen Lichtschein auf den Asphalt.

Emma war auf dem Weg zur Arbeit, und sie war stinksauer. Obwohl sie ihr Apartment jeden Morgen um 5.30 Uhr verließ, um rechtzeitig vor der Rushhour in die Botschaft zu gelangen, herrschte in den Straßenschluchten Berlins bereits hektisches Treiben. Gut gekleidete Menschen mit Aktenkoffern schoben sich dicht gedrängt durch die verstopften Straßen. Fast alle telefonierten oder starrten auf die Displays ihrer Armband-Communicators, und nicht wenige trugen eine Holographiebrille auf der Nase. Inmitten des Gedränges bettelte das aus der Innenstadt nicht mehr wegzudenkende Heer Obdachloser um die Überbleibsel der Nahrungsmittel, die die Passanten auf dem Weg zur Arbeit hastig herunterschlangen. Männer und Frauen auf Segway-Rollern flitzten im Slalom an den im Stau steckenden Elektroautos vorbei. Emma hingegen nutzte lieber jede sich bietende Gelegenheit, um sich zu bewegen. Selbst auf die chronisch überfüllte Magnetschwebebahn verzichtete sie, so oft es ging. Sie hasste das ekelhafte Gefühl des Zusammengepferchtseins in den Waggons, die Rempeleien, die mannigfaltigen Ausdünstungen der anderen Fahrgäste. Bevor sie sich *das* antat, ging sie die paar Kilometer bis zu ihrem Arbeitsplatz lieber zu Fuß.

Beim Gedanken an ihre Arbeit kam ihr Leland Franklin in den Sinn, und Wut stieg in ihr auf. Sie konnte sich nicht daran erinnern, in den letzten Monaten derart verärgert gewesen zu sein.

Dieser verdammte *Leland!*

Mit forschen Schritten überquerte sie den Pariser Platz, auf dem sich in wenigen Stunden wie üblich Horden von Touristen tummeln würden. Tag für Tag fielen sie über den Platz her wie die Heuschrecken, nur um ihn dann nachts müllübersät den Stadtreinigungsrobotern zu überlassen. Lustlos steuerte sie das markante Gebäude mit dem wellenförmigen Vordach über dem Haupteingang an – die Botschaft der Vereinigten Staaten von Amerika. Über dem Vordach hing das Sternenbanner schlaff am Flaggenstock herab. Prüfend zupfte sie ihren dunkelblauen Hosenanzug zurecht, der wie immer perfekt saß. Ihre rabenschwarze Kurzhaarfrisur mit den lila Strähnen stellte die einzige kleine Extravaganz ihres businessmäßigen Erscheinungsbildes dar.

Ein fetter Kerl auf einem Segway-Roller raste nur Zentimeter an ihr vorbei.

»Pass doch auf, du Idiot!«, rief sie ihm hinterher.

Als sie die Botschaft betrat, ließ Emma zum wiederholten Male die gestrigen Ereignisse Revue passieren. Irgendeinen Fehler musste sie begangen haben, anders war Botschafter Franklins sonderbares Verhalten nicht zu erklären. Außer, der alte Mann verspürte mit einem Mal den abwegigen Wunsch, sie zu demütigen. Nun, diesbezüglich wäre er nicht der erste Mann in Emmas Leben.

Sie kickte eine leere Getränkedose gegen eine Parkbank und passierte die 25 Meter breite Sicherheitszone der Botschaft mit den im Boden versenkten Panzersperren. Vor dem mit Überwachungskameras gespickten Wachhaus, von dessen Seiten aus ein Starkstromzaun das gesamte Gelände von der Umgebung abschottete, blieb sie stehen. Zwei kugelrunde, metallisch glänzende Drohnen patrouillierten zu beiden Seiten des Haupteingangs in vier Metern Höhe. Ihre automatische Zielerfassung registrierte jeden, der den Versuch wagte, unbefugt in die Botschaft einzudringen.

»Guten Morgen, Miss Fisher«, begrüßte Conrad sie. In seine graue Uniform gepresst, saß er wie üblich hinter dem Sicherheitsglas des Wachhauses und grinste wie ein Honigkuchenpferd.

»Morgen, Conrad.«

»Schon gehört? Für heute sind wieder 35 Grad angesagt. Hab meine Badehose eingepackt, falls es mir hier drin zu warm wird.« Sein Lachen dröhnte in ihren Ohren. Offenbar war seine Laune heute bestens.

Sie fischte ihre ID-Card aus der Handtasche, hielt sie vor einen Scanner und blickte in eine am Wachhaus eingelassene Linse. Ein Infrarotstrahl tastete ihre Iris ab und gab grünes Licht, womit Emmas Anwesenheit protokolliert war. Auf ein Nicken Conrads hin trat sie vor den Ganzkörperscanner.

»Danke, Miss Fisher, und einen schönen Tag noch«, lächelte Conrad.

»Von wegen schön«, murmelte sie und schritt mit stolz erhobenem Haupt in die Botschaft.

Der mit synthetischen Pflanzen modern eingerichtete Eingangsbereich empfing sie mit wohltemperierter Kühle. An den Wänden flimmerten die wichtigsten Nachrichtensender über riesige 3D-Monitore. Ohne darauf zu achten, steuerte Emma die Treppe an. Ihr Büro lag im dritten Stock. Wie öffentliche Verkehrsmittel mied sie auch Aufzüge, wann immer es ging. Als sie ihren Fuß gerade auf die erste Treppenstufe setzte, rief jemand ihren Namen.

»Emma! He, Emma!«

Sie stöhnte auf. *O nein.* Nicht auch noch *der.*

3

Sie tat, als höre sie nichts, und stieg die Treppe hinauf.

»Emma! Warte doch mal.«

Die Stimme gehörte Tom Holyfield, einem Kollegen und heimlichen Verehrer. Zwar hatte er ihr bisher nie eindeutige Avancen gemacht, doch war Tom äußerst leicht zu durchschauen. Er arbeitete einen Stock tiefer in der Konsularabteilung und war dort zuständig für die Neuausstellung sowie Verlängerung von Pässen. Nicht gerade aufregend. So gesehen passte der Job perfekt zu Tom. Eigentlich konnte Emma ihn ganz gut leiden, heute aber hätte sie liebend gern auf eine Begegnung mit ihm verzichtet. Schnaufend holte er sie ein. »Menschenskind, jetzt hetz doch nicht so.«

»Hi, Tom«, begrüßte sie ihn, ohne ihre Schritte zu verlangsamen. »Ich bin spät dran. Bei mir stapelt sich die Arbeit.«

»Lust auf 'nen schnellen Kaffee?« Wie üblich verstand er den Wink mit dem Zaunpfahl nicht.

»Nein, danke.«

»Ach komm, nur fünf Minuten.«

Emma hatte noch zwei Etagen vor sich, und sie wusste, Tom würde nicht lockerlassen. Zur Not würde er ihr bis ins Büro hinterherdackeln. Sie seufzte demonstrativ, blieb stehen und wandte sich ihm zu.

Tom Holyfields Gesicht leuchtete wie immer puterrot. Kleine Schweißtropfen glänzten auf seiner Stirn, als käme er frisch aus der Sauna, und seine gegelte Igelfrisur stand in alle Richtungen ab.

»Ich habe heute wirklich eine Menge zu erledigen. Lass uns morgen quatschen, okay?«

»Macht der Alte wieder Stress?« Damit war Leland Franklin gemeint, Emmas direkter Vorgesetzter und ganz nebenbei auch noch Botschafter der Vereinigten Staaten von Amerika.

»Ich bin Franklins rechte Hand. Wenn mich hier im Office jemand stresst, dann ist es für gewöhnlich er.« Sie funkelte ihn an. »Oder es bist du.«

Tom Holyfields Gesichtszüge entgleisten. Er sah aus, als hätten ihm seine Eltern soeben eröffnet, er sei adoptiert.

Sofort bedauerte sie ihre Worte. »Tut mir leid. Ich habe es nicht so gemeint. Es ist nur so«, sie suchte nach der passenden Formulierung, »Franklin und ich sind gestern ziemlich heftig aneinandergeraten.«

»Ehrlich? Ich dachte, er hält so große Stücke auf dich.«

»Bis gestern dachte ich das auch.«

»Jeder weiß, wie sehr der Alte dich schätzt. Fast könnte man meinen, er steht auf dich.«

»Pass auf, was du sagst«, fuhr sie ihn an. »Franklin hat mir diesen Posten übertragen, weil ich was auf dem Kasten habe, und nicht, weil er scharf auf mich ist, kapiert?«

»Ja, ja, schon klar. Aber du weißt schon, dass hier viele so denken.«

»Mir ist herzlich egal, was irgendjemand hier denkt.«

»Menschenskind, bist du heute mies drauf. Jetzt erzähl schon.«

Sie schüttelte den Kopf. »Nicht der Rede wert. Außerdem ist es vertraulich.«

»Für etwas, das nicht der Rede wert ist, bist du ganz schön gereizt.«

»Wir hatten eine Meinungsverschiedenheit, was meinen Aufgabenbereich betrifft.«

»Aha.« Gespannt wartete er auf weitere Enthüllungen. So leicht würde er sich nicht abspeisen lassen. Typisch Tom. Sie überlegte, wie viel sie ihm von ihrem Streit mit Franklin erzählen konnte.

»Gegen Mittag rief er mich zu sich. Ich dachte zuerst, er will mit mir die Rede anlässlich der morgigen Neueröffnung des Deutsch-Amerikanischen Zentrums in Dresden durchgehen. Stattdessen hat er mir eine beschissene Strafarbeit aufgehalst.«

»Strafarbeit?«

»Ja, nur dass er es nicht so nennt.«

»Was sollst du denn tun?«

»Sieh mal, Tom, ich wurde als politische Beobachterin angestellt, nicht als Archivkraft. Alles muss ich mir ganz bestimmt nicht bieten lassen. Oder siehst du das anders?«

»Absolut. Ich kenne niemanden, der sich so sehr in seine Arbeit reinhängt wie du. So gewissenhaft, so ehrgeizig ...«

»Ehrgeizig?« Wenn Blicke töten könnten, wäre Tom Holyfield in diesem Moment Geschichte. »Du hältst mich für ehrgeizig?«

»Nein. Komm schon, du weißt doch, was ich damit sagen will.«

»Und ich hoffe, du weißt, was ich *hiermit* sagen will«, zischte sie, zeigte ihm den Mittelfinger, machte auf dem Absatz kehrt und ließ Tom Holyfield wie einen geprügelten Hund stehen.

Kurz darauf betrat sie ihr Büro und pfefferte ihre Handtasche mit Schmackes in die Ecke. Toms Bemerkung hatte ihr den Rest gegeben. Sie öffnete einen der drei Aktenschränke, in dessen Innenseite ein Spiegel angebracht war. Ihr Blick fiel auf die Korallenkette, die sich leuchtend rot um ihren Hals schmiegte; ein überaus wertvolles Andenken an einen ganz besonderen Menschen. Der Anblick der Kette brachte das Kunststück zustande, gleichsam aufwühlend wie auch beruhigend zu wirken. Zärtlich fuhr sie mit den Fingern die Konturen der zackigen Korallenfragmente nach.

Um den Spiegel herum hatte sie diverse Erinnerungsfotos an die Schrankwand gepinnt. Die meisten Fotos zeigten sie selbst, gemeinsam mit ihren Eltern und ihrer Schwester Meredith in Momenten des Glücks – an Geburtstagen, an Weihnachten oder wie sie sich im Sommer im Garten gegenseitig mit Wasserpistolen nass spritzten.

Meredith. Der Blick in das engelsgleiche Gesicht ihrer

Schwester versetzte Emma einen Stich. Viele Jahre waren seit ihrem schrecklichen Tod vergangen, doch der Verlust hinterließ bis heute eine Lücke und schmerzte wie am ersten Tag.

Ein Foto stach aus der Masse der Familienerinnerungen heraus. Es zeigte Emma mit Leland Franklin und war bei der Weihnachtsfeier aufgenommen worden, kurz nach Emmas überraschender Beförderung. Auf dem Foto gaben sie und Franklin sich die Hand und lächelten beide verbindlich in die Kamera.

Seufzend schloss Emma den Schrank und machte sich daran, den unangenehmen Teil des Tages endlich hinter sich zu bringen.

4

Kurz vor der Mittagspause fragte sich Emma erneut, was zum Henker sie hier eigentlich tat. Vier Stockwerke tief unter der Erde, inmitten der weitläufigen Kellerräume, befand sich das älteste Archiv der Botschaft, eingebettet in Grundmauern, die lange vor der Jahrhundertwende errichtet worden waren. Die graue Farbe an den Wänden blätterte großflächig ab, und der nackte Betonboden verströmte Kälte. Unzählige Regale, vollgestopft mit überquellenden Aktenordnern, zogen sich durch den Raum. Aufgrund der schlechten Beleuchtung hatte Emma Mühe, die Beschriftungen der Ordnerrücken zu entziffern. Ihre Augen schmerzten, die Luft roch abgestanden und nach vergilbtem Papier. Wohin sie sah, alles war mit einer dicken Staubschicht überzogen, und zu ihrem Leidwesen hatte inzwischen auch ihr Hosenanzug etwas davon abbekommen.

Über fünf Stunden wühlte sie sich nun schon durch uralte Akten, auf der sprichwörtlichen Suche nach der Nadel im Heuhaufen. Unter nicht weniger als 5000 Aktenordnern sollte sie für Botschafter Franklin eine ganz bestimmte Akte finden. Leider war kein einziger dieser alten Ordner mit RFID-Transpondern ausgerüstet, mit deren Hilfe Emma die Akte in Sekundenschnelle hätte identifizieren können. Ein billiger Zehn-Cent-Transponder hätte ihr mehrere Stunden Arbeit erspart. War das zu fassen?

Sie zog einen Ordner aus einem Fach in Kopfhöhe. Feiner Staub wirbelte auf und führte zu einem Hustenanfall. Emma belegte Franklin mit Schimpfwörtern, die sie seit ihrer Teenagerzeit nicht mehr verwendet hatte. Bei ihrem gestrigen Treffen war er extrem gereizt gewesen und hatte irgendwie gehetzt gewirkt. Weshalb wollte er ihr nicht sagen, wozu er diese Akte benötigte? Mit aktuellen Botschaftsangelegenheiten konnte es nichts zu tun haben. Und auch die wichtigste Frage hatte er Emma nicht beantwortet: warum er ausgerechnet *sie* mit der Suche danach beauftragte. Wozu beschäftigte die Botschaft mehrere Aushilfskräfte? Wie es aussah, hatte Emma noch einen langen Arbeitstag vor sich.

Eine Minute später klappte sie den Ordner zu. *Wieder Fehlanzeige. Shit.*

Sie griff nach einer Wasserflasche und trank diese halb leer. Augenblicklich fühlte sie sich besser. Spontan entschied sie, die Mittagspause ausfallen zu lassen. Die

Vorstellung, oben in den Korridoren Franklin über den Weg zu laufen, war ihr zuwider. In ihr hatte sich ein solches Aggressionspotenzial angestaut, dass sie für nichts garantieren könnte. Wozu hatte sie zwölf Semester Politikwissenschaften an der California State University in Northridge gebüffelt? Sicher nicht, um sich in diesem Drecksloch eine Stauballergie einzufangen.

Alles Lamentieren half aber nichts, daher setzte sie ihre Suche fort. Kurz darauf glitt ihr einer der Ordner aus der Hand und knallte mit voller Wucht auf den Boden. Der Verschluss sprang auf, und eine Flut von Dokumenten ergoss sich zu ihren Füßen. *Na super.*

Seufzend ging sie in die Hocke und begann, die vergilbten Blätter einzusammeln, wobei sie sich bemühte, nicht allzu viel des umherwirbelnden Staubs einzuatmen. Das Papier war brüchig. Eine unbedachte Bewegung, und sofort rissen die Ränder ein. Ihr Blick streifte über das Emblem des Großen Siegels der Vereinigten Staaten von Amerika. Das Deckblatt einer alten Regierungsakte. Ein im Laufe der Jahre verblasster Top-Secret-Vermerk neben dem Wappen weckte ihre Aufmerksamkeit. Sie hob die Augenbrauen. Noch nie hatte sie ein Originaldokument dieser Sicherheitsstufe in ihren Händen gehalten.

Aktenzeichen PM/CS/CWO MB – 25/11/2015 – Abschlussbericht

Emmas Herzschlag beschleunigte sich. Sie verglich das Aktenzeichen mit Franklins Angaben auf ihrem Notizzettel. Sie waren identisch. Sie hatte die Akte gefunden! Emma stieß einen Freudenschrei aus und ballte ihre Hand zur Siegesfaust. Die Aussicht, dieses Drecksloch in Kürze zu verlassen, verlieh Emma neuen Antrieb. Im Schneidersitz hockte sie sich auf den Boden und begann, die durcheinandergewirbelten Unterlagen vorsichtig wieder abzuheften.

Sie betrachtete den Top-Secret-Vermerk und zögerte.

Franklins ungewöhnliche Geheimniskrämerei hatte sie neugierig gemacht. Sie wollte, nein sie *musste* einfach wissen, weshalb der alte Mann so viel Aufhebens um diese Akte machte. Die fünf Minuten länger spielten nun auch keine Rolle mehr.

Zwei Stunden später ließ Emma das letzte Dokument mit versteinerter Miene achtlos zu Boden gleiten. Es fiel ihr schwer, ihre Gedanken zu ordnen. Diese Akte offenbarte Ungeheuerliches. Auch wenn ihr viele Zusammenhänge noch unklar waren, wusste sie: Diese Akte barg genügend Sprengstoff, um einige der mächtigsten Männer der Welt hochgehen zu lassen. Und noch mehr. Viel mehr.

Ungläubig schüttelte sie den Kopf. Die Frage, weshalb Franklin diese Unterlagen benötigte, quälte sie mehr denn je. Doch eines wusste sie nun mit Sicherheit. Von dem alten Mann selbst würde sie es nicht erfahren. Niemals konnte Emma ihrem Mentor gestehen, all dies gelesen zu haben. Niemals würde sie Leland Franklin auf den Inhalt dieser Akte ansprechen, in der mehrfach sein Name erwähnt wurde – in Zusammenhang mit kaltblütigem, vierfachem Mord!

5

Emma saß hinter dem Schreibtisch ihres Büros und starrte auf den Computermonitor. Gedankenverloren schwenkte sie ihren Kaffeebecher im Kreis. Seitdem sie aus dem Archiv zurückgekehrt war, suchte sie im Web nach Informationen, die ihr den Inhalt der Akte konkretisierten. Ziemlich aussichtslos. Sie stieß zwar auf seitenweise wissenschaftliche Abhandlungen, nur zu der Bohrinsel schien es keine Informationen zu geben. Genauer gesagt, keinen Hinweis auf irgendwelche Todesfälle, die sich dort auf den Plattformen ereignet hatten.

Genervt stöhnte sie auf, als Tom Holyfields Konterfei auf dem Monitor aufpoppte. Sie verdrehte die Augen und ignorierte seinen Anruf, um ihren Suchagenten so rasch wie möglich neu zu programmieren. Eine Minute später drückte sie ENTER und lehnte sich zurück. Endlich gab auch Tom den Versuch auf, sie zu erreichen.

Während sie wartete, warf sie einen Blick auf die Nachrichtenmonitore an der Wand, wo über Klimaflüchtlinge aus Bangladesch berichtet wurde, die trotz Einreiseverbots zu Hunderttausenden über die Grenzen Indiens strömten. Das indische Militär versuchte, die Massen mit Waffengewalt aufzuhalten, doch wohin sollten diese Menschen sonst ausweichen? Ihre Heimat existierte nicht mehr.

Emma hatte genug gesehen, schaltete die Monitore aus und betrachtete den Kaffeebecher, auf dem ein einzelnes Wort stand. *Meredith.* Emma spürte die altbekannte Traurigkeit aufkommen. Sie verdrängte die schmerzhaften Erinnerungen und konzentrierte sich wieder auf das, was sie entdeckt hatte.

Franklin. Der Name genügte, um ihren Puls zu beschleunigen. Er höchstpersönlich hatte die Beschaffung der Akte angeordnet und darüber absolutes Stillschweigen verlangt. Ein klares Indiz dafür, dass er über ihren Inhalt Bescheid wusste. Also auch, dass sein Name darin auftauchte. *Tatsächlich?* Wusste er das wirklich? Bestand nicht auch die Möglichkeit, dass Franklin, ebenso wie sie selbst, nur einen Befehl höherer Instanz ausführte, ohne die wahren Hintergründe zu kennen? Vielleicht hatte er ja tatsächlich keine Ahnung, welche Informationen diese Akte enthielt. Emma erinnerte sich an seinen gehetzten Gesichtsausdruck, was wiederum dafür sprach, dass er Bescheid wusste. Aber hätte er sich in diesem Fall nicht selbst darum gekümmert? Weshalb hatte Franklin ausgerechnet sie mit dieser Aufgabe betraut?

Emma sprang von ihrem Stuhl auf. Sie verschränkte die Hände hinter dem Nacken und begann, in ihrem Büro auf und ab zu gehen. Sie wusste, sie hätte Franklin die Akte ohne jeden Kommentar überreichen und das Gelesene einfach vergessen sollen. Nur die Tatsache, dass sie im Web bisher nicht den geringsten Hinweis auf die in der Akte beschriebenen Vorgänge gefunden hatte, hielt sie noch davon ab. Franklins Vertrauen zu missbrauchen war ihr zuwider. Emma kannte sich jedoch gut genug, um zu wissen, dass sie keine Ruhe finden würde, bevor sie nicht herausgefunden hatte, ob ihr Mentor und Vorgesetzter tatsächlich ein Mörder war.

Jemand klopfte an die Tür.

»Emma, bist du da?«

Sie seufzte. Fast hatte sie erwartet, dass Tom bei ihr auftauchen würde, nachdem sie ihn vorhin weggedrückt hatte. Sofort fiel ihr Blick auf die Akte auf ihrem Schreibtisch. Falls Tom deren Top-Secret-Vermerk entdeckte, würde er Fragen stellen. Hektisch sah sie sich um. »Einen Moment!«

Sie schnappte sich den Ordner, schob diesen in einen kleinen Rollschrank und sprach einen neuen Zahlencode in das Digitalschloss. Für den Moment sollte das genügen.

Sie umrundete ihren Schreibtisch und entriegelte per Knopfdruck die Tür.

Sofort streckte Tom Holyfield seinen hochroten Kopf herein. »Menschenskind, Emma, wo steckst du nur den ganzen Tag? Ich erreiche dich seit Stunden nicht.«

Rasch schlüpfte er in ihr Büro. »Wo zum Henker warst du? Dein Communicator war aus, und auch über den internen Anschluss ...«

»Mein Communicator spinnt in letzter Zeit immer mal wieder.«

»Oh. Wo hast du dich so dreckig gemacht?«

Emma sah an sich herunter und bemerkte ihren verschmutzten Hosenanzug, an den sie überhaupt nicht mehr gedacht hatte. Sie fluchte leise. Toms Frage ignorierend, trat sie vor den Spiegel in ihrem Schrank und überprüfte ihr Make-up. »Sag mal, Tom«, begann sie wie beiläufig, während sie sich mit einem Puderschwämmchen über das Gesicht tupfte, »was weißt du eigentlich über die Independence?«

»Über wen?«

»Na, die Bohrinsel. Hast du in Geschichte nicht aufgepasst? Die erste ihrer Art, Aufbruch ins neue Energiezeitalter, Amerikas ganzer Stolz und so weiter ...«

»Interessierst du dich plötzlich für Geschichte?«

»Nicht für Geschichte. Für die Independence.« Unauffällig schielte sie zu ihm hinüber. »Erzähl mir einfach, was dir dazu einfällt.«

»Lass mich nachdenken.« Er tippte sich mit dem Zeigefinger gegen den Mund. »War das nicht kurz vor dem Ersten Afrikanischen Ölkrieg?«

»Richtig. Fast hätte sich dieser Krieg auf die EU ausgeweitet, nachdem die Russen der EU den Gashahn abgedreht hatten. Die USA waren zu dieser Zeit nicht nur größter Erdölimporteur der Welt, sondern auch eines der größten Importländer für Erdgas. Entsprechend hart traf auch uns die Krise.«

»Ich erinnere mich. Die USA gerieten unter Zugzwang. China war drauf und dran, den USA wirtschaftlich den Rang abzulaufen. Man wusste, Öl würde mittelfristig keine dominante Rolle mehr spielen. Daher sah man sich dazu gezwungen, eine effiziente alternative Energiequelle zu finden, um möglichst rasch die langersehnte Unabhängigkeit vom Importzwang zu erreichen.« Tom überlegte. »Atomkraft war nach Fukushima ein politisches No-Go. Tja, da bot sich das extrem energiereiche Methanhydrat an. Die USA pumpten massiv Gelder in die Erforschung und Erschließung von Methanhydraten. Eines dieser Projekte mündete schließlich im Bau der Independence, deren revolutionäre Technologie Mettrack International an die Spitze der globalen Energieversorger katapultierte und die Vereinigten Staaten zurück an die Spitze der Industrieländer.«

»Das alles ist wirklich interessant«, unterbrach Emma Toms Redeschwall, »aber eigentlich wollte ich etwas über die Independence erfahren, weniger über Importstatistiken von anno dazumal.«

»Nur Geduld, ich muss mich da erst wieder reindenken. Meine Highschool-Zeit ist schon eine Weile her.« Er versuchte sie tadelnd anzusehen, was ihm jedoch nicht so recht gelang.

»Schon gut. Erzähl weiter.«

»Die Zeit drängte. Auch andere Nationen hatten diese Energiequelle längst ins Auge gefasst. Vor allem die Japaner, die vor den eigenen Küsten zu diesem Zeitpunkt bereits Methanhydrat förderten, wenn auch nur versuchsweise. Es begann ein Wettlauf um diese einzigartige Substanz, das *Weiße Gold*. Nach dem Motto, wer zuerst kommt, mahlt zuerst, errichteten die USA im Golf von Mexiko 2015 die Independence, die erste Bohrinsel weltweit, auf der ausschließlich Methanhydrat aus der Tiefsee gefördert wurde.«

Emma nickte. »Diese Sache wurde in den Medien ziemlich hochgespielt, weil ein paar Jahre zuvor, nur ein paar hundert Kilometer entfernt, eine Bohrinsel explodiert war.«

»Du meinst die Deepwater Horizon, die bis heute die größte Ölpest in der Geschichte der Vereinigten Staaten ausgelöst hat. Schreckliche Sache.«

Emma rückte ihre Korallenkette zurecht, schloss den Schrank und wandte sich ihm zu. »Vorhin hast du gesagt, es war bekannt, dass Methanhydrat praktisch im Überfluss vorhanden ist. Weshalb sprichst du dann von einem Wettlauf?«

Tom lachte auf. »Menschenskind, das sollte ich *dir* doch nicht erklären müssen.« Er knuffte sie in die Seite. »The winner takes it all! Wer als Erster erfolgreich eine neue Technologie entwickelt und patentieren lässt, erhält zur Belohnung ein Huhn, das goldene Eier legt. In diesem Fall reden wir über Schiffsladungen voller goldener Straußeneier.«

Emma verschränkte die Arme vor ihrem Körper. »Ist das eine Anspielung?«

»Was?«

»Dein Geschwätz von wegen *The winner takes it all.*«

»Ich fürchte, ich verstehe nicht, was du ...«

»Ach nein? Du hast heute Morgen schon gewisse Andeutungen betreffend Franklin und mir gemacht.«

»Na, komm schon.« Tom schüttelte heftig den Kopf. »Ich meinte damit nur, *du* bist diejenige, die auf der Uni Kurse in Volkswirtschaft besucht hat. Nicht ich.«

»Aha.«

»Ja, und jetzt entspann dich wieder.«

»Ich bin entspannt. Weiter.«

Einen Augenblick wirkte er gekränkt, doch dann fuhr er fort: »Wie gesagt, zum ersten Mal gelang es, Methan aus Offshorehydratvorkommen mit wirtschaftlich vertretbarem Aufwand zu fördern. Nach dem damaligen Stand der Technik kam das einem Wunder gleich. Aber was den wissenschaftlichen Aspekt betrifft, bin ich wahrlich kein Experte.«

»Stell dein Licht nicht unter den Scheffel, Tom. Du machst das richtig gut.«

Augenblicklich nahmen seine Wangen die Farbe reifer Tomaten an.

Ein akustisches Signal kündigte den Abschluss des Suchvorgangs an, den Emma gestartet hatte, kurz bevor Tom in ihrem Büro aufgetaucht war. Endlich. Plötzlich konnte es Emma nicht schnell genug gehen. Sie musste unbedingt wissen, was ihr Suchagent im Web gefunden hatte.

6

»Ich denke, den Rest der Geschichte kenne ich«, sagte Emma, um Tom möglichst rasch loszuwerden. »Projekt Morgenröte war ein voller Erfolg. Nach dem Vorbild der Independence pflanzte Mettrack im Laufe der Jahre Dutzende von Bohrinseln in die Ozeane, dank derer sich Amerika letzten Endes tatsächlich von allen Importzwängen befreien konnte.«

»Projekt Morgenröte?«

»Ach, nicht so wichtig.« Sie biss sich auf die Zunge. Fast hätte sie sich wieder verplappert. Tom konnte von Projekt Morgenröte natürlich nichts wissen, da diese Information in der Akte unter Verschluss war. Sie musste aufpassen.

Toms Communicator piepste. Er blickte auf das Display. »Mein Blutzucker rauscht in den Keller.« Rasch wickelte er einen Insulin-Kaugummi aus der Verpackung und schob ihn sich in den Mund. Emma warf einen ungeduldigen Blick auf ihren Monitor. Solange Tom im Raum war, musste sie sich gedulden. Vielleicht aber konnte er ihr in einer Sache aber doch noch weiterhelfen.

»Ist dir irgendetwas über Todesfälle auf der Independence bekannt?«, fragte sie. »Ich meine, tödliche Unfälle während dieser Zeit?«

»Nein, aber ich bin mir sicher, dass es auf Bohrinseln immer wieder mal zu Unfällen kommt.«

»Auch zu tödlichen?«

»Bei der Explosion der Deepwater Horizon starben rund ein Dutzend Menschen. Weshalb interessierst du dich eigentlich so dafür?«

»Franklin hat mich gefragt«, log sie wie aus der Pistole geschossen. Franklin und Tom sprachen praktisch nie miteinander. Tom hatte einen höllischen Respekt vor dem Boss, und Franklin hielt Tom für einen Trottel.

»Weshalb interessiert sich der Alte dafür?«

»Keine Ahnung.« Es wurde höchste Zeit, das Thema zu wechseln. Außerdem brannte Emma darauf, endlich das Suchergebnis einzusehen. »Danke für deine Hilfe, Tom, du hast was gut bei mir. Jetzt muss ich aber wirklich weiterarbeiten.«

Demonstrativ setzte sie sich an ihren Schreibtisch und starrte auf den Monitor. Sofort war sie hellwach.

Mit den Fingern auf dem Schreibtisch trommelnd, betrachtete sie das außergewöhnlich kurze Suchergebnis. Sie hatte ihren Agenten nach Todesfällen auf der Independence suchen lassen. Und das sollte das Ergebnis sein? Nur ein einziger Treffer bei geschätzten 50 Billionen Websites? *Unmöglich.*

»Schlechte Nachrichten?«, fragte Tom, der noch immer keine Anstalten machte, das Zimmer zu verlassen.

»Alles paletti.« *Von wegen.*

Sie klickte auf den Link, um sich den Treffer anzeigen zu lassen: eine Website, auf der das Wort *Mord* im Zusammenhang mit der Independence verwendet wurde.

Gewünschte Website nicht vorhanden. IP-Adresse nicht existent.

Sie stutzte und startete eine neue Abfrage, nur um dieselbe Meldung ein weiteres Mal zu erhalten. Wie zum Teufel war das möglich? Hier musste ein Computerfehler vorliegen. Vor nicht einmal fünf Minuten hatte ihr Suchagent einen Treffer gemeldet. Im Klartext: Vor fünf Minuten noch hatte es eine Website gegeben, die jetzt auf einmal nicht mehr existieren sollte? Sie checkte die Detailinformationen und erhielt die wenig befriedigende Auskunft, es habe sich um eine statische Ipv12-Adresse gehandelt, deren Server jedoch exakt vor zwei Minuten und acht Sekunden vom Netz gegangen war. *Mist.* Der einzige Treffer, den sie gelandet hatte, war verschwunden. Konnte das Zufall sein?

Vielleicht war dies der richtige Moment, um Franklin doch zur Rede zu stellen. Womöglich verrannte sich Emma auch nur in irgendetwas. Vielleicht gab es für alles eine völlig unspektakuläre und plausible Erklärung.

Sie dachte nach. Franklin wusste nicht, dass sie den Inhalt der Akte kannte. Vielleicht lag genau darin die Chance, Antworten von ihm zu bekommen, zumindest aber die ein oder andere Information aus ihm herauszukitzeln. Einen Versuch war es wert. Emma ertrug den Gedanken nicht, dass sie ihren Mentor eventuell zu Unrecht verdächtigen könnte und diese Geschichte von nun an unausgesprochen zwischen ihnen stand. Emma brauchte Gewissheit. Sie kannte sich selbst gut genug, um zu wissen, dass sie vorher nicht in der Lage sein würde, eine rationale Entscheidung über ihr weiteres Vorgehen zu treffen.

Sie loggte sich in Franklins Terminkalender ein. Außer einem Arztbesuch am Vormittag war für diesen Tag kein weiterer Termin eingetragen, also müsste er in seinem Büro anzutreffen sein. Sie war bereit.

7

Der Wind frischte auf.

Obwohl das Luftkissenfahrzeug knapp einen Meter über der Wasseroberfläche dahinschwebte, schlugen bereits Wellenkämme von unten gegen den Bug. Salzige Gischt spritzte auf Nicks Haut. Am Horizont zog eine tiefdunkle Wolkenwand herauf und verdrängte den blauen Himmel. Bald schon würde sich diese Wand vor die Sonne schieben und das Meer in bedrohliches Grauschwarz tauchen. Schon als Kind hatte Nick die Sturmfluten gehasst, die stets große Ängste auslösten und nichts als Verwüstung zurückließen. Mit jedem Jahr, in dem das Meer seither angestiegen war, schienen die Fluten an Zerstörungskraft zuzunehmen. Und immer weniger hatten die beschädigten Häuser der betroffenen Landstriche dem entgegenzusetzen. Erst vor wenigen Monaten war ein Haus in unmittelbarer Nachbarschaft von Nicks Elternhaus in sich zusammengestürzt, nachdem es permanent von den Fluten unterspült worden war.

In einiger Entfernung tauchten die Umrisse einer Insel auf. Dunkle Silhouetten mehrerer Häuser, einer Kirche und einiger Scheunen zeichneten sich gegen die aufgehende Sonne ab. Mehrere Gittermasten ragten hoch in den Himmel.

»An diese Strommasten kann ich mich nicht erinnern«, sagte Nick.

»Die haben wir aufgestellt«, klärte Keller ihn auf. »Die Stromversorgung des Dorfes ist schon vor Monaten zusammengebrochen.«

Nick seufzte. »Ich weiß.«

In seiner Kindheit hatte sein Heimatdorf noch gute dreißig Kilometer von der Nordseeküste entfernt gelegen. Im Laufe der Jahre hatte es sich jedoch in eine Insel inmitten der schmutzig braunen Nordsee verwandelt, die nur noch per Boot zu erreichen war. Auf einem ehemaligen Geestrücken errichtet, lag Dörpling einige Meter über den umliegenden Nachbargemeinden. Allein diesem Umstand verdankten es die wenigen noch verbliebenen Bewohner, dass ihr Dorf, im Gegensatz zu den meisten Nachbardörfern, überhaupt noch existierte. Morgen fiel jedoch auch für Dörpling endgültig der letzte Vorhang.

Je näher sie dem Dorf kamen, desto deutlicher zeigte sich dessen hochgradiger Verfall. Zerstörte Dächer, eingestürzte Mauern, zerbrochene Fensterscheiben, abbröckelnder Putz an windschiefen Häusern. Die Sturmfluten hinterließen unübersehbare Spuren. Und doch lebten hier nach wie vor noch Menschen. Die meisten Einwohner, so auch Nicks Mutter, verbrachten schon ihr ganzes Leben hier, und es war nur allzu verständlich, dass sie sich bis zum letzten Tag weigerten, ihre Häuser zu verlassen. »Wir haben das Dorf in vier Quadranten eingeteilt«, sagte Keller unvermittelt. »Quadrant eins und zwei sind bereits geräumt. Wo wohnt Ihre Mutter?«

»Brunnenweg 7.«

»Quadrant vier. Steht im Mittel einen Meter unter Wasser. Wenn Sie wollen, bringe ich Sie sofort rüber. Auf Sie wartet sicher genügend Arbeit.«

»Darauf können Sie wetten.«

Nick durfte gar nicht daran denken. Aus lauter innerer Anspannung begann er, sein rechtes Ohrläppchen zu kneten. Die körperliche Arbeit schreckte ihn nicht. Ein armseliger Koffer mit den traurigen Überbleibseln von Lena Schäfers Leben war schnell gepackt. Andere Fragen bereiteten ihm weitaus mehr Kopfzerbrechen. In welchem Zustand würde er sein Elternhaus vorfinden? Viel wichtiger, in welchem Zustand würde seine Mutter sein?

Sie erreichten die ersten Häuser, die bis an die Dachkanten unter Wasser standen und schon vor Monaten geräumt worden waren. Weiße Möwenkacke überzog das, was von den Dächern aus dem Wasser ragte. Passend dazu erscholl ganz in der Nähe das typische Geschrei einer Kolonie Lachmöwen, die in Dörplings Ruinen offenbar eine neue Heimat gefunden hatten.

Mit gedrosseltem Tempo schwebten sie durch Straßen, durch die sich das Meer seinen Weg gebahnt hatte. Es hatte alles wie eine Schicht flüssigen Zementestrichs zäh überzogen, den man über das Fundament eines Rohbaus goss und der unwiederbringlich alles verschluckte, was sich darunter befand. Selbst die Farbe der Wasseroberfläche schimmerte platingrau.

Sie gelangten in den höher gelegenen Dorfteil. Hier

reichte das Wasser den Häusern nur bis knapp unter die mit Sandsäcken abgedichteten Türschwellen. Ein Luftkissenboot, vollgepackt mit Koffern und alten Menschen, kam ihnen entgegen. In ihren Mienen spiegelte sich unendliche Traurigkeit wider.

Mit einem Mal herrschte emsiges Treiben. Boote fuhren hin und her. Soldaten halfen Dörplings Einwohnern, ihre wenigen Habseligkeiten aus den Häusern zu schaffen, und gaben lautstark Anweisungen durch Megaphone. Nick beobachtete zwei Soldaten bei dem Versuch, einen zappelnden Schäferhund in ein Boot zu hieven, während der Besitzer des Hundes durch sanftes Zureden versuchte, das Tier zu beschwichtigen.

»Willkommen im vierten Quadranten«, sagte Keller.

Zwischen zwei Häusern hindurch erhaschte Nick einen Blick auf Bauer Jestes Scheune. Auch sie stand zur Hälfte unter Wasser, die Flügeltüren waren weit geöffnet. Leider drang das Sonnenlicht nicht in den hinteren Bereich der Scheune vor, wo sich früher einmal eine Holzleiter hinauf auf den Dachboden befunden hatte. Wehmütig erinnerte sich Nick an die unbeschwerten Stunden mit Bauer Jestes Tochter Ann-Marie im Heu. Überrascht von der plötzlich über ihn hereinbrechenden Welle von Melancholie, richtete er seine Gedanken wieder auf die vor ihm liegende Aufgabe.

Sie bogen um eine Straßenecke.

»Da wären wir«, sagte Keller. »Welches Haus ist es?«

»Das mit den blauen Fensterläden ganz am Ende der Straße.«

Nick schluckte. Das reetgedeckte Dach mit dem verklinkerten Schornstein wies mehrere schadhafte Stellen auf. Die Fensterläden hingen schief in den Angeln, die Außenfassade war deutlich sichtbar völlig durchnässt, und der Putz bröckelte ab. Die Haustür stand offen. Davor hielten zu einem Halbkreis aufgetürmte Sandsäcke das Meer davon ab, das Haus zu fluten.

Von Lena Schäfer war weit und breit nichts zu sehen. Erst gestern Abend hatte Nick ihr eine letzte Videonachricht geschickt und darin seine heutige Anreise angekündigt, doch selbst falls sie die Nachricht abgerufen haben sollte, bezweifelte er, dass sie sich noch daran erinnerte. Er hoffte nur, dass es ihr den Umständen entsprechend gutging. Bereits jetzt meisterte seine Mutter ihren Alltag mehr mit viel Glück als durch überlegte Handlungen. Sollte es mit ihrem Gedächtnis weiter in diesem Tempo bergab gehen, würde sich eine Unterbringung in einem Pflegeheim im Laufe des kommenden Jahres nicht mehr vermeiden lassen.

Geschickt legte Keller seitlich an der Haustür an. Nick schnappte seinen Rucksack und kletterte aus dem Boot, sorgsam darauf bedacht, nicht gegen die hüfthoch aufgetürmten Sandsäcke zu prallen.

»Danke für die Überfahrt.«

Keller nickte und legte ab.

Nick wandte sich um und blickte in den Flur, aus dem es muffig roch und in dem sich die Sonnenstrahlen schon nach wenigen Metern verloren. Dunkel und unheilverheißend erwartete das Haus den verlorenen Sohn.

»Mutter?«

Keine Antwort. Im gesamten Haus herrschte Totenstille.

»Mutter?« Diesmal lauter.

Keine Antwort.

Tief durchatmend, betrat er den Flur, auf alles gefasst. Was ihn dann jedoch erwartete, sprengte seine Vorstellungskraft bei weitem.

8

Entschlossen schritt Emma den langen Korridor entlang, an dessen Ende sich Leland Franklins Büro befand. Als sie an Derek Greenes Büro vorbeimarschierte, beschleunigte sie automatisch ihren Schritt. Offiziell bekleidete der baumlange Greene den Rang eines Kulturattachés, doch jeder in der Botschaft wusste, dass Greene das Büro der örtlichen CIA leitete. Sich mit Greene zu unterhalten glich stets einem Drahtseilakt, bei dem es einzig und allein darauf ankam, nicht das Falsche zu sagen. Bei ihm wusste man nie, woran man war, und das gefiel Emma ganz und gar nicht. Ihr Verhältnis zu ihm war bestenfalls als sachlich zu bezeichnen.

Sie erreichte das Vorzimmer. Ihr Herzschlag beschleunigte sich – ein immer wiederkehrender Zustand an diesem Tag. Sie sah auf ihre Armbanduhr. Kurz nach halb vier. Hoffentlich traf sie Franklin noch einigermaßen nüchtern an.

Sie brachte ihr rechtes Auge vor die Linse des Infrarot-Scanners. Augenblicklich glitt die Tür zur Seite.

Hinter ihrem Schreibtisch hob Liz Coleman den Kopf. Wie immer trug Franklins arrogante Sekretärin einen viel zu engen Rock für ihre dicken Schenkel, und die Bluse spannte gefährlich über ihrer gewaltigen Silikonoberweite. Ihre Frisur sah aus wie ein Vogelnest. Liz Coleman konnte Emma nicht ausstehen, was ohne Frage auf Gegenseitigkeit beruhte.

»Üblicherweise klopft man an«, sagte Liz Coleman.

»Ich muss Franklin sprechen. Sofort.«

»Erwartet er Sie?«

»Ja.«

»Einen Moment.« Sie tippte an ihr Headset. »Miss Fisher ist hier und möchte Sie sprechen.« Sie bedachte Emma mit ihrem typisch arroganten Blick und sagte dann: »Sie können eintreten.«

»Natürlich kann ich das.« Während Emma an Liz Coleman vorbeirauschte, meinte sie für einen Moment, auf deren Gesicht die Andeutung eines höhnischen Lächelns zu bemerken.

9

Franklins riesiges Büro erschien Emma jedes Mal aufs Neue übertrieben protzig. Sämtliche Möbel waren aus gemasertem italienischem Walnussholz gefertigt, dessen leicht rötliche Färbung dem Raum ein warmes Ambiente verlieh. Gegenüber dem wuchtigen Schreibtisch befand sich eine Sitzgruppe aus dunkelbraunem Leder. Neben diversen Holografie-Kunstdrucken hingen mehrere 3D-Monitore an den Wänden, auf denen die üblichen Nachrichtenkanäle liefen.

Leland Franklin stand vor einer Glasvitrine, in der sich eine beachtliche Auswahl an alkoholischen Getränken befand. Sein anthrazitfarbener Designeranzug saß wie immer perfekt. Die grauen Haare hatte er pedantisch zurückgekämmt, wodurch seine ausgeprägten Geheimratsecken deutlich zutage traten. Wie um diese Uhrzeit üblich, überzog ein Bartschatten seine Wangen. In seiner rechten Hand hielt er ein Glas, gefüllt mit einer kristallklaren Flüssigkeit: vermutlich Hendricks Gin, Franklins bevorzugtes Getränk.

»Wie sehen Sie denn aus?«, begrüßte er sie mit hochgezogenen Augenbrauen.

»Darf ich Sie daran erinnern, dass *Sie* mich in dieses verdreckte Archiv geschickt haben?«, konterte Emma. »Jemand sollte der Putzkolonne sagen, dass dieses Gebäude auch einen Keller besitzt.« Sie blickte ihm fest in die Augen. Franklin sollte ruhig merken, dass sie seinetwegen angefressen war. Mit einer knappen Handbewegung schaltete Franklin die Monitore aus und nippte an seinem Drink. Seine Hand zitterte leicht. Emma konnte die Eiswürfel im Glas klirren hören.

»Waren Sie erfolgreich?«, wollte er wissen.

Ohne Umschweife. Knapp und direkt. Irgendwie wirkte er anders als sonst; seine Augen waren rot unterlaufen. Dazu dieser gehetzte Ausdruck. Emma fühlte sich auf einmal unbehaglich.

Franklin war ihr plötzlich völlig fremd. Spontan entschied sie, etwas zu tun, was sie ihm gegenüber noch nie getan hatte. Sie log.

»Leider nein. Die Suche gestaltet sich schwieriger als erwartet. Ich werde morgen weitersuchen.« Sie mahnte sich zur Vorsicht. Der alte Mann war kein Dummkopf. Nicht auszudenken, wie er reagieren würde, sollte er ihre Lüge durchschauen.

»Ich habe Ihnen doch erklärt, der Ordner steht mittig in der zweiten Regalreihe, in einem der oberen Fächer.«

»Dort befindet er sich aber nicht. Außerdem sind die Beschriftungen unlesbar. Ich muss jeden Ordner aufklappen, um auf dem Deckblatt nach dem Aktenzeichen zu suchen.«

»Dieser verfluchte Ordner muss dort sein. Ich würde ihn ja selbst suchen, würde mich seit drei Tagen nicht wieder ein starker Schub plagen.« Wütend kippte er seinen Drink hinunter. Die Härte in seinem Gesichtsausdruck, vor allem aber die Kälte in seinen Augen waren untypisch für ihn. Franklin litt seit vielen Jahren an einer unheilbaren rheumatischen Gelenkerkrankung, die jede seiner Bewegungen schmerzhaft begleitete. Dazu kamen alle paar Wochen Schübe, die seine Schmerzen und seine Unbeweglichkeit weiter verschlimmerten. Hätte er sich nicht vor Jahren schon einer schmerzhaften Operation unterworfen, bei der man ihm an mehreren Stellen zuerst die Wirbelsäule gebrochen hatte, um sie mit Metallplatten in einer aufrechteren Stellung zu verschrauben, säße er längst im Rollstuhl.

»Ich werde die Akte morgen finden«, versicherte sie ihm und fügte bemüht lächelnd hinzu: »Ich hoffe, ich werde irgendwann erfahren, wofür ich heute meinen Hosenanzug ruiniert habe.«

»Eine private Angelegenheit.« Er winkte ab und lächelte. Doch nur mit dem Mund, nicht mit den Augen. Leland Franklin log genauso schlecht wie sie selbst. Er kannte den Inhalt dieser Akte ganz genau. Er wusste über die Morde Bescheid, dass sein Name in der Akte auftauchte und auch in welchem Zusammenhang.

Natürlich wusste er es, schließlich war er daran beteiligt gewesen.

Kurz überlegte sie, ihn mit ihrem Wissen zu konfrontieren. Weshalb zögerte sie? Tief im Innern wusste sie es. Seit gestern war Franklin nicht mehr derselbe.

»Privat, ich verstehe«, hörte sie sich sagen.

»Sie können mit der Suche morgen früh fortfahren.«

»Ich weiß, ich habe Sie bereits gestern darum gebeten, aber könnten Sie diese Aufgabe nicht jemand anderem übertragen? Uns stehen genügend Aushilfskräfte zur Verfügung. Wie wäre es mit James Kosinsky? Für ihn wäre das ...«

»Nein!«, schnitt er ihr das Wort ab. »Kommt nicht in Frage. Ich möchte, dass Sie mir diese Akte beschaffen. Daran ist mir sehr gelegen.«

»Aber bei allem Respekt, ich habe wichtigere Dinge zu erledigen. Mein Terminkalender platzt aus allen Nähten.«

»Es bleibt dabei. Dies hier hat für Sie Priorität.« Er zeigte mit dem Finger auf sie. »Und zu niemandem auch nur ein Sterbenswörtchen. Diese Sache bleibt unter uns beiden.«

»Selbstverständlich.«

»Ich vertraue Ihnen, Emma.«

Darauf erwiderte sie nichts. Sie entschied, elegant das Thema zu wechseln und einen raschen Abgang zu machen, um in Ruhe über alles nachzudenken. »Darf ich Sie noch an die morgige Eröffnung des Deutsch-Amerikanischen Zentrums in Dresden erinnern? Ihre Rede ist für 14 Uhr vorgesehen. Wir sollten spätestens gegen zwölf Uhr aufbrechen.«

»Liz wird mich begleiten. Sie können sich also in aller Ruhe auf Ihre Aufgabe konzentrieren.«

Emma glaubte sich verhört zu haben. Ungläubig starrte sie Franklin an. *Liz?* »Bei allem Respekt, Herr Botschafter, aber Liz dürfte dafür kaum qualifiziert sein.«

»Sie wird das schon hinbekommen.«

»Aber sie ist mit dem Protokoll nicht vertraut.«

»Ich muss morgen nur eine Rede halten, Emma. Es wird keinen Empfang geben. Dabei fällt mir ein: Wie weit sind Sie mit der Rede?«

»Hätten Sie James Kosinsky die Akte suchen lassen, läge sie schon lange auf Ihrem Schreibtisch.«

»Mir genügt, wenn ich sie morgen früh hier vorfinde.«

»Ich darf die Rede für Sie schreiben, aber Liz wird Sie begleiten, sehe ich das richtig?«

»Es ist nur für morgen, Emma.« Emotionslos blickte er ihr in die Augen.

Emma holte tief Luft, schluckte aber einen bösartigen Kommentar in letzter Sekunde hinunter. Jetzt wusste sie, weshalb Liz Coleman vorhin so höhnisch gegrinst hatte.

»Herrgott«, platzte es aus Emma heraus. »Was ist an dieser verdammten Akte so wichtig? Immerhin verstaubt sie seit vierzig Jahren dort unten.«

Über den Rand seines Glases hinweg verengten sich Leland Franklins Augen zu schmalen Schlitzen. »Ich kann mich nicht erinnern, Ihnen gegenüber je das Alter dieser Akte erwähnt zu haben.«

Emma erstarrte. Abwechselnd lief es ihr heiß und kalt über den Rücken, die feinen Härchen an ihren Unterarmen stellten sich auf. »Doch, haben Sie«, beharrte sie mit klopfendem Herzen und, wie sie hoffte, mit einigermaßen fester Stimme.

»Ich wüsste nicht, wann.«

»Vermutlich haben Sie es gestern in einem Nebensatz erwähnt. Woher sonst sollte ich es wissen?« Sie schluckte.

Franklin sah ihr lange und intensiv in die Augen. Nur mit Mühe gelang es ihr, seinem Blick standzuhalten. Durchschaute er ihre Lüge?

»Ja«, sagte er schließlich nachdenklich. »Woher sonst sollten Sie es wissen.«

Ein peinlicher Moment der Stille trat ein, und Emma wurde klar, von Franklin würde sie heute keine weiteren Informationen erhalten. Wenn sie es genau bedachte, hatte sie im Grunde überhaupt nichts erfahren, außer dass sie von Liz Coleman ausgestochen worden war.

»Wenn Sie heute nichts mehr für mich haben, würde ich gerne nach Hause gehen und ein heißes Bad nehmen.«

»In Ordnung.«

Sie nickte. »Viel Glück morgen in Dresden.«

Auf dem Absatz machte sie kehrt und ging in Richtung Tür.

»Guten Abend, Emma«, sagte Leland Franklin leise und sah ihr beim Verlassen des Büros nachdenklich hinterher.

10

Am nächsten Morgen saß Emma früher als üblich hinter ihrem Schreibtisch und starrte auf die vor ihr liegende Akte. Sie hatte wenig geschlafen, und ihr Rücken war verspannt. Bis weit nach Mitternacht hatte sie vor dem Laptop gesessen, um Franklins Rede fertigzustellen. Den Rest der Nacht hatte sie mit der Lektüre der Akte verbracht, die auch nach mehrmaligem Durchlesen nichts von ihrem Schrecken verloren hatte. Vier Menschen waren kaltblütig ermordet und die Hintergründe dafür mit Billigung der US-Regierung vertuscht worden. Und das nur, um den Erfolg eines waghalsigen Projektes zu schützen, das offensichtlich in die falsche Richtung gelaufen war. Als wäre das alleine nicht schon ungeheuerlich genug, hatte der junge Leland Franklin bei dieser Verschwörung maßgeblich seine Finger mit im Spiel gehabt.

Um Franklin gegenüber den Eindruck zu erwecken, sie sei im Archiv, hatte Emma die Tür zu ihrem Büro abgeschlossen, ihren Communicator ausgeschaltet und die Telefonumleitung ins Sekretariat aktiviert. Unter keinen Umständen wollte sie ihrem Mentor über den Weg laufen. Seit gestern traute sie ihm nicht mehr. Herrgott, dieser Mann war buchstäblich über Leichen gegangen! Emma fragte sich, wie weit Franklin heute noch gehen würde, um seine Interessen durchzusetzen.

Jemand klopfte fordernd gegen ihre Tür. »Emma? Sind Sie da?«

Franklin! Jegliche Farbe wich aus ihrem Gesicht.

»Emma?« Durch die Tür gedämpft, klang seine Stimme dunkel und bedrohlich.

Ihr brach der Schweiß aus. Sie hatte keine Ahnung, wie sie reagieren sollte. Wusste er, dass sie hier war? Hastig sah sie auf die Uhr. *11.30 Uhr.* Wollte er sich über ihre Fortschritte auf der Suche nach der Akte informieren, bevor er sich mit Liz Coleman auf den Weg nach Dresden begab? Oder war er trotz seines Gesundheitszustands doch im Archiv gewesen und hatte dort ihre Abwesenheit bemerkt? Falls ja, so hatte er mit Sicherheit auch die leere Stelle bemerkt, an der eigentlich ein ganz bestimmter Aktenordner hätte stehen sollen.

Ein Surren an der Tür verriet ihr, dass Franklin versuchte, diese zu öffnen. Mit pochendem Herzen stand sie vor ihrem Schreibtisch und wagte kaum zu atmen.

»Emma? Bitte öffnen Sie auf der Stelle diese Tür, falls Sie da drinnen sind!«

Emma fühlte sich ertappt. Sie atmete flach und leise und horchte angestrengt. Irgendwann würde Franklin schon wieder verschwinden. Hoffte sie.

Nur, was, wenn nicht?

11

Die Sturmflut setzte früher ein als erwartet. Nick stand vor dem provisorischen Deich, der sein Elternhaus vor der Nordsee schützte. *Noch* schützte. Denn obwohl der Eintritt des Hochwassers erst für Mitternacht angekündigt war, bemerkte Nick die untrüglichen Anzeichen dafür, dass ihnen nicht mehr viel Zeit blieb. Der Wind hatte gedreht und wehte ihm nun scharf ins Gesicht. Die Fensterläden neben ihm schlugen gegen die Hauswand. Auch der Tidenstrom gewann merklich an Fahrt und trieb allerhand Müll durch Dörplings Straßen. Das Wasser stieg praktisch minütlich. Mit Sorge beobachtete Nick, wie die ersten Wellen bereits gegen die oberste Treppenstufe schlugen. Gischt benetzte seine Füße.

Nick war hundemüde. Fast die ganze Nacht hindurch hatte er sich auf dem abgewetzten Sofa hin und her geworfen. Zu viele unbekannte Geräusche hatten ihn wach gehalten. Ständig hatte er mit einem Ohr dem Knarren der Holzdielen und den gegen die Hauswand donnernden Wellen gelauscht.

Er steckte sich eine Kippe in den Mund und zündete sie an. Genüsslich inhalierte er den Rauch. Die erste Zigarette des Tages war immer die beste.

»Nikolaus?«, ertönte eine Stimme hinter ihm.

Er seufzte und warf die Zigarette ins Meer. Trotz seiner fünfunddreißig Jahre hatte er bisher nie den Mut aufgebracht, seiner Mutter sein Laster zu beichten. Wie es aussah, würde sich dies auch nie ändern.

»Mutter, wie oft soll ich es dir noch sagen? Bitte nenn mich nicht so«, erwiderte er, ohne sich umzusehen.

»Aber das ist nun mal dein Name.« Lena Schäfer trat hinter ihrem Sohn in den Türrahmen.

»Nenn mich Nick. Einfach nur Nick.«

»Warum das denn?«

»Weil alle mich so nennen, deshalb.«

»Aber Nikolaus ist doch ein schöner Name.«

»Ja, sicher.«

Sie hatten diese Diskussion unzählige Male geführt. Inzwischen wusste Nick, wie sinnlos es war, mit einer Demenzkranken zu diskutieren. Er war schon froh, wenn seine Mutter mehrere zusammenhängende Sätze zustande brachte. Er wandte sich um und betrachtete sie. Lena Schäfer stand in der Eingangstür und blickte in dieser typisch seltsamen Mischung aus Nachdenklichkeit und Unverständnis auf ihn herab. Derselbe Blick wie gestern bei seiner Ankunft, als Nick seine Mutter nackt und vollgepinkelt in der leeren Badewanne vorgefunden hatte. Heute Morgen hatte er dafür gesorgt, dass sie ordentlich angezogen war. Er hatte die Kleidungsstücke für sie herausgesucht und auf ihr Bett gelegt. Da sie nicht in der Lage oder willens gewesen war, sich aus eigener Kraft anzuziehen, hatte schließlich er diese Aufgabe übernommen. Lena Schäfer war ganz in Schwarz gekleidet, in der Hand hielt sie ein blau kariertes Geschirrtuch, mit dem sie unablässig ihre trockenen Hände abrubbelte.

»Was gibt es, Mutter?«

Ihre Miene hellte sich auf. »Ich mach uns Labskaus. Mit Spiegelei und Matjesfilet. Dein Leibgericht. Und stell dir vor, sogar Speck konnte ich auftreiben!«

»Wie kommst du an Speck?«

»Bei der letzten Lebensmittelzuteilung, da hab ich aus Versehen dem Witte sein Päckchen eingesteckt.« Sie kicherte wie ein kleines Mädchen.

Nick konnte Labskaus nicht ausstehen, behielt das aber für sich. Es freute ihn, seine Mutter wieder einmal fröhlich und einigermaßen klar im Kopf zu erleben. Er schenkte ihr ein strahlendes Lächeln, und für einen Moment war es wieder wie früher.

Die Wellen brandeten fordernder gegen die Treppe an und schwappten jetzt bereits bis über die Schwelle. Nick beschloss, das unangenehme Thema endlich anzusprechen, das ihm wie ein Stein im Magen lag. »Wir müssen reden.«

»Ja, schön, dass du wieder daheim bist, mein Junge.«

»Ja«, erwiderte er, und weil er ihr eine Freude machen wollte, fügte er hinzu: »Ich liebe Dörpling. Es gibt keinen schöneren Ort. Hier habe ich mich immer sicher und geborgen gefühlt.«

Seine Worte erzielten die gewünschte Wirkung. Lena Schäfer lächelte selig. Er knetete sein rechtes Ohrläppchen. Das hier fiel ihm schwerer, als er angenommen hatte.

In den folgenden Minuten erklärte Nick seiner Mutter einmal mehr, weshalb sie von hier fort mussten und wo sie die nächsten Monate verbringen würde. Lena Schäfer gefiel nicht, was sie hörte. Der Anflug von Fröhlichkeit war auf einmal wie weggeblasen.

»Übrigens, was macht das Labskaus?«, sagte er, um sie abzulenken. »Ich hab einen Mordshunger.« Demonstrativ rieb er sich den Bauch.

»Ach so?«

»Du wolltest doch Labskaus mit Spiegelei und Speck kochen.« Nick spürte förmlich, wie sehr ihr dieser abrupte Themenwechsel zusetzte.

»Himmel nee, das hab ich ja ganz vergessen!«, rief sie nach ein paar Sekunden aus und trippelte unsicher zurück ins Haus.

Nick sah ihr nach. Er hatte ein schlechtes Gewissen, tröstete sich jedoch mit dem Gedanken, dass dies alles nur zu ihrem Besten geschah. *Tatsächlich?* War ein Lager wirklich das Beste für sie? Natürlich nicht. Nur fehlte ihm für echte Alternativen das Geld. Es war zum Kotzen.

Er griff in seine Hosentasche, zog einen kleinen Beutel mit Tabak, Blättchen sowie ein paar Gramm Marihuana heraus und drehte sich mit geübten Fingern einen Joint. Durch die offene Tür hörte er seine Mutter in der Küche lautstark mit Töpfen und Pfannen hantieren. So anstrengend sie auch war, er liebte sie. Er hätte sie in der Vergangenheit öfter besuchen müssen und nicht mit all dem hier allein lassen dürfen. Nicht nach dem Tod seines Vaters. Er schwor sich, alles daranzusetzen, sie so schnell wie möglich zu sich nach Berlin zu holen.

Gerade fischte er das Feuerzeug aus seiner Hosentasche, als ein lautes Scheppern und Stöhnen aus der Küche erklang und ihn daran erinnerte, dass es keinen Strom gab und sich seine Mutter ohne Aufsicht an einem altmodischen Gaskocher zu schaffen machte. Wie von der Tarantel gestochen sprang er auf, steckte den Joint ein und rannte in die Küche, um nach dem Rechten zu sehen, bevor Lena Schäfer noch das Haus in die Luft sprengte.

12

Stocksteif starrte Emma auf ihre Bürotür, auf deren anderer Seite Leland Franklin lauerte. Wie sollte sie reagieren?

Nach zwei Minuten ohne Klopfen und Rufen – die Emma wie zwei Stunden erschienen – ging sie davon aus, der alte Mann sei endlich abgezogen. Vorerst. Lange konnte sie ihn nicht mehr hinhalten. Leland Franklin wusste Bescheid und würde sich von ihr keinen Tag länger an der Nase herumführen lassen. Wenn sie in dieser Angelegenheit etwas unternehmen wollte, musste sie jetzt handeln oder es für immer bleiben lassen. Stellte sich nur die Frage: *Was* zum Henker sollte sie unternehmen?

Sie klappte die Akte zu und trat ans Fenster. Draußen brannte die Sonne vom Himmel. Das heftige Gewitter der letzten Nacht mit den sintflutartigen Regenfällen schien niemals stattgefunden zu haben. Glücklicherweise verhinderten die massiven Sperrwerke an Spree und Havel andauernde Überschwemmungen. Von ihrem Fenster aus konnte Emma einen Teil des Pariser Platzes einsehen, auf dem sich wie immer Menschenmassen dicht an dicht drängten. Wut stieg in Emma auf, als sie an die vielen Menschen dachte, die durch ihre eigene Regierung belogen und betrogen worden waren.

Unwillkürlich tastete sie nach ihrer Korallenkette. Ihre Schwester, Meredith, hatte Emma diese zu ihrem vierzehnten Geburtstag geschenkt, exakt eine Woche bevor irgendein gottverdammter Truckfahrer Meredith über den Haufen gefahren und sich unerkannt aus dem Staub gemacht hatte. Zeugen hatten berichtet, der Mann sei Schlangenlinien gefahren und habe weder gehupt noch gebremst, als er auf den Gehweg abgedriftet war und Emmas ältere Schwester in zwei Hälften geteilt hatte. Man hatte ihn nie erwischt. Merediths Tod hatte Emma hart getroffen. Sie hatten von klein auf ein sehr inniges Verhältnis zueinander gehabt. Emma hätte damals wie heute alles dafür gegeben, hätte man den Täter geschnappt und verurteilt. Die Gewissheit, dass dieser Mensch – dieser Mörder – nie zur Rechenschaft gezogen würde, war fast genauso schlimm wie die Tatsache, dass Meredith nicht mehr am Leben war. Wenn Emma eins hasste, dann Ungerechtigkeit.

Sie warf einen Blick auf die Akte. Nein, was diese Angelegenheit betraf, konnte sie keine falsche Rücksicht nehmen. Die Menschen besaßen ein Recht darauf, die Wahrheit zu erfahren. Insbesondere die Angehörigen der Opfer. Diese Akte musste publik gemacht werden, und sie selbst würde dafür Sorge tragen. Ihr war klar, dass niemand sonst dafür in Frage kam. Das Problem dabei war nur, dass Emmas politische Karriere schneller beendet wäre, als sie piep sagen konnte. Das war so sicher wie das Amen in der Kirche. Doch wie lauteten die Alternativen? Zu schweigen, wie es offenbar seit vierzig Jahren erfolgreich praktiziert wurde? Niemals hätte sie dies mit ihrem Gewissen vereinbaren können. Allein der Gedanke an die ahnungslosen Angehörigen der Opfer reichte aus, um ihren Entschluss unumkehrbar in ihr Hirn einzumeißeln. Diese Menschen waren lange genug um die Wahrheit betrogen worden. Zudem wurde es verdammt noch mal endlich Zeit, dass die Schuldigen sich für ihre Taten verantworteten!

Was sie jetzt brauchte, war ein Plan, um ihre Idee in die Tat umzusetzen. Und jemanden, der sie dabei unterstützte. Ohne Hilfe würde sie die delikate Aufgabe, die vor ihr lag, niemals bewerkstelligen können. Doch wem konnte sie in dieser heiklen Angelegenheit vertrauen? Spontan fiel ihr nur eine einzige Person ein, die dafür in Frage kam. *Na super.* Ausgerechnet der größte Idiot auf Gottes Erden!

13

Emma aktivierte ihren Communicator. Sofort meldete das Gerät eine beachtliche Anzahl eingegangener Anrufe und Videobotschaften. Bis auf eine der angezeigten Rufnummern interessierte sie keine. Sie legte die Stirn in Falten. Vor gut einer Stunde hatte Franklin versucht, sie zu erreichen. Eine Nachricht hatte er jedoch nicht hinterlassen. Sie löschte seinen Anruf und konzentrierte sich auf den Mann, den sie brauchte, um ihren Plan durchzuziehen.

Nick Schäfer war Journalist. Er schrieb für das Ökomagazin *Welt im Wandel*. Die Chancen standen gut, dass Nick einiges über Mettrack und dessen Firmengeflecht wusste. Vielleicht war er in der Lage, Zusammenhänge zu sehen, wo Emma bisher nur Bahnhof verstand. In Bezug auf Nick gab es nur ein Problem. Sie hatte keine Ahnung, ob er nach der Sache von neulich überhaupt noch mit ihr reden würde.

Einen Versuch war es auf jeden Fall wert.

»Nick Schäfer!«

Prompt erschien auf dem Display ihres Communicators der Hinweis: Datei vor 28 Tagen gelöscht.

Richtig, damals hatte sie Nicks Nummer im Zorn gelöscht. *Mist.* Sie rief die Homepage von *Welt im Wandel* auf, tippte sich zu den Kontaktdaten der freien Mitarbeiter durch, fand Nicks Profil, und eine Sekunde später baute sich die Verbindung zu dessen Communicator auf.

Nervös fuhr sie sich durch die Haare. Was, wenn er tatsächlich nicht mehr mit ihr reden wollte? Nach der Nummer, die sie vor gut einem Monat im Troja, Berlins angesagtester Lounge-Bar, abgezogen hatte, lag das durchaus im Bereich des Möglichen. Andererseits trug ganz allein *er* die Schuld an dem Vorfall.

Sie verscheuchte die Erinnerung an diesen Abend. Nick würde mit ihr reden. Er musste! Spätestens wenn er erfuhr, was für eine Story sie ihm anzubieten hatte, würde er alles andere stehen und liegen lassen. Und was diese unangenehme Sache zwischen ihnen beiden betraf ... nun, man würde sehen.

Nicks Mailbox meldete sich und schlug freundlich vor, Emma solle doch eine Videobotschaft hinterlassen. Flüchtig kam ihr der Gedanke, Nick könne ihren Anruf absichtlich ignorieren. Überraschenderweise versetzte ihr dies einen kleinen Stich.

Sie setzte eine neutrale Miene auf.

»Hi. Ich bin's. Ich weiß, unser letztes, ähm, Zusammentreffen lief nicht sonderlich gut. Ich hoffe, du bist nicht mehr allzu sauer deswegen.« *Reiß dich zusammen und komm endlich zur Sache.* »Aber deswegen rufe ich nicht an. Hör mal, ich habe vielleicht eine Story für dich. Etwas Großes. Etwas richtig Großes. Ruf mich bitte so schnell es geht zurück.«

Sie beendete die Verbindung.

Um die Wartezeit bis zu seinem Rückruf sinnvoll zu nutzen, tauchte sie einmal mehr in die Weiten des Web ein. Vielleicht fand sie doch noch etwas über die Independence und Projekt Morgenröte. Ohne echte Hoffnung ließ sie ihren virtuellen Suchagenten zuerst nach der ominösen Website suchen, die gestern Nachmittag zunächst noch online gewesen, dann aber so plötzlich verschwunden war.

Ein paar Sekunden später sog sie vor Überraschung scharf die Luft ein. Die Website war wieder da!

14

Seit Stunden schon wartete Nick angespannt darauf, dass man ihn und seine Mutter endlich abholte. Er stand in der offenen Haustür und wippte nervös auf den Zehenspitzen auf und ab. Seine Mutter saß auf einem Küchenstuhl im Flur und starrte ins Leere. Mit der flachen Hand schlug Nick gegen den Türrahmen. Das alles dauerte viel zu lange.

Das Wetter verschlechterte sich zunehmend. Eine dichte Wolkendecke hing über Dörpling. Der Wind legte stetig zu und warf bereits unangenehmen Seegang zwischen den Häusern auf. Wellen schlugen gegen die Hauswand. Jeder einzelne Aufprall hallte dumpf durch die Räume. Nick wollte gar nicht daran denken, was sie erst auf dem offenen Meer erwartete. Von irgendwoher wehte der Gestank von Fäkalien herüber. Die Treppen vor dem Haus standen längst unter Wasser. Die Sandsäcke ragten gerade noch so aus den Fluten hervor, die ersten Wellen schwappten jedoch bereits darüber hinweg. Unaufhaltsam drang die braune Brühe in den Hausflur ein und bahnte sich ihren Weg durch das Erdgeschoss. Besorgt registrierte Nick die zunehmende Dynamik der Flut. Bald schon würden er und seine Mutter bis zu den Knöcheln in dieser stinkenden Kloake versinken. Spätestens um Mitternacht würde das Erdgeschoss einen Meter unter Wasser stehen.

Drei Luftkissenboote kamen in Sicht. Zwei von ihnen legten an den ersten beiden Häusern der Straße an. Nick beobachtete, wie Soldaten Koffer verluden und zwei älteren Ehepaaren in die Boote halfen. Das dritte Boot legte am Haus von Nicks Nachbarn und früherem Deutschlehrer Witte an.

»Sie kommen«, verkündete Nick und wandte sich seiner Mutter zu. Lena Schäfer antwortete nicht. Nick watete durch den Flur und ging vor ihr in die Knie, um ihr besser in die Augen blicken zu können. Mit seinen Händen umfasste er ihre. »Mutter, hörst du? Es geht los. Unsere Reise beginnt.«

Sie nickte müde.

»Hallo?«, rief eine Stimme von draußen. »Jemand da?«

Durch den Türrahmen sah Nick einen Soldaten in gelbem Ölzeug auf einem der Luftkissenboote stehen. Über der Schutzkleidung trug er eine Schwimmweste, sein Gesicht verschwand fast ganz unter der Kapuze. Im trüben Tageslicht wirkte seine Haut fahl. Sein gewaltiger Schnauzer erinnerte Nick an ein Walross. Es bereitete ihm sichtlich Mühe, in diesem Wind die Balance zu halten.

Nick nahm seine Mutter am Arm. »Komm.«

Widerstandslos folgte sie ihm hinaus. Mit Hilfe des Soldaten bugsierte Nick sie über die Sandsäcke hinweg in das Boot. Ein weiterer Soldat legte ihr sogleich eine Schwimmweste an und gurtete sie in einem der Schalensitze fest.

»Kein Gepäck?«, wollte der Soldat mit dem Schnauzer wissen.

»Moment.« Nick ging zurück in den Flur, warf seinen Rucksack über die Schulter und schnappte sich den vorbereiteten Koffer. In diesem Augenblick signalisierte sein Communicator einen eingehenden Anruf. Ohne den Koffer abzusetzen, warf er einen Blick auf das Display: *Eingehender Anruf von Emma Fisher.*

Erstaunt hob er die Augenbrauen. Mit vielem hätte er gerechnet, nicht aber dass sich diese unberechenbare Frau jemals wieder bei ihm melden würde. Nicht nach der Szene, die sie ihm im Troja gemacht hatte. Wollte sie sich etwa bei ihm entschuldigen? Schwer vorstellbar bei ihrem Dickschädel.

»Beeilung, wir haben nicht den ganzen Tag Zeit«, rief der Mann mit dem Schnauzer.

»Wären Sie wie vereinbart vor drei Stunden hier gewesen, stünden wir jetzt nicht unter Zeitdruck«, gab Nick gereizt zurück.

»Falls Sie es nicht bemerkt haben sollten: Das Wetter macht unsere Arbeit nicht gerade einfacher. Also verschonen Sie mich mit Ihren Vorwürfen und reichen Sie endlich den Koffer rüber.«

»Du kannst mich mal«, murmelte Nick und hievte den Koffer über die Sandsäcke, wo ihn der Soldat entgegennahm.

Der Communicator verstummte.

Nick kletterte ins Boot, ließ sich in den Schalensitz neben seiner Mutter fallen und legte die ihm angebotene Schwimmweste an. Sein Communicator meldete eine eingehende Videonachricht. Ziemlich ungünstiger Zeitpunkt. Auch wenn er neugierig war, das musste warten.

In Schrittgeschwindigkeit bewegten sie sich die Straße hinunter. Windböen rüttelten an dem Boot, und weiße Schaumkronen zerbarsten an dessen Bug. Nach kaum einer Minute waren Nicks Haare klatschnass. Er blickte zurück. Mit jedem Meter, den sie sich von seinem Elternhaus entfernten, wurde es kleiner, bis sie schließlich abbogen und es für immer aus seinem Blickfeld verschwand. Lena Schäfer schien in Gedanken weit weg zu sein. Registrierte sie überhaupt, was vor sich ging?

Er legte ihr die Hand auf die Schulter. »Alles klar?«

Keine Reaktion. Er versuchte gar nicht erst, sie aufzumuntern oder abzulenken. Niemand verdiente es, aus seiner Heimat vertrieben zu werden, schon gar nicht seine Mutter, deren Heimat alles war, was ihr seit dem Tod ihres Mannes geblieben war. Nun nahm man ihr auch das. Er vergewisserte sich, dass sie warm eingepackt und gut angeschnallt war, dann spielte er die Videonachricht ab.

Emmas Gesicht erschien auf dem Display. Sie zu sehen, versetzte Nick einen unerwarteten Stich. Die Sache mit ihnen beiden hatte so gut begonnen. Warum nur musste sie so eine Zicke sein?

»Hi. Ich bin's«, sagte Emma. »Ich weiß, unser letztes, ähm, Zusammentreffen lief nicht sonderlich gut. Ich hoffe, du bist nicht mehr allzu sauer deswegen.«

Sieh an, doch eine Entschuldigung?

»Aber deswegen rufe ich nicht an.«

Aha, natürlich nicht.

»Hör mal, ich habe vielleicht eine Story für dich. Etwas Großes. Etwas richtig Großes. Ruf mich bitte so schnell es geht zurück.«

Eine Story? Das kam überraschend. Normalerweise führte Nick auf solche Ankündigungen hin Freudentänze auf. Heute aber ließ es ihn kalt. Insgeheim hatte er auf eine Entschuldigung gehofft, vielleicht sogar auf ein klein wenig mehr. Andererseits hatte sie *ihn* angerufen und keinen seiner Kollegen, was immerhin ein Anfang war. So schlecht konnten seine Aktien also nicht stehen. Er lächelte. Er würde Emma zurückrufen, sobald er seine Mutter versorgt wusste.

15

Randall T. Donovan raste durch die Nacht. In seiner pechschwarzen Dodge Viper Retro2000 flog er nur so über die um diese Uhrzeit ausgestorbene VIP-Fahrspur des Baltimore-Washington Parkway, der ihn quer durch den Bundesstaat Maryland in Richtung Washington führte. Den Autopiloten der Viper hatte Donovan deaktiviert – wie üblich, wenn er unter Strom stand. Das Dexedrinderivat in seinem Blutkreislauf putschte ihn auf und verführte ihn zu immer gewagteren Fahrmanövern. Er bleckte die Zähne und drückte das Gaspedal bis zum Anschlag durch. Brüllend beschleunigten die beiden 750-PS-Brennstoffzellen die Viper. Mit geweiteten Pupillen umklammerte Donovan das Sportlenkrad. Der fehlende kleine Finger an seiner linken Hand behinderte ihn dabei nicht. An diesen Makel hatte er sich längst gewöhnt.

Donovan hasste die Nacht. Nicht ihre Dunkelheit und auch nicht die Stille. Beides war Donovan zuweilen höchst willkommen. Er hasste die Nacht, weil sie ihn nicht schlafen ließ. Während andere Menschen die Augen zumachten und selig einschlummerten, kam er selten vor dem Morgengrauen zur Ruhe. Er steckte sich eine weitere Orbital zwischen die Zähne und biss zu. Feinstes Pulver betäubte seine Mundschleimhäute. Genauso sollte es sein. Ursprünglich hatte Donovan begonnen, Amphetamine einzuwerfen, um nach schlaflosen Nächten die tagsüber auftretende Müdigkeit auszuschalten. Rasch hatte er festgestellt, dass ihn das Zeug nicht nur wach hielt, sondern darüber hinaus seinem Job förderlich war, indem es für erhöhte Aufmerksamkeit und Konzentration sorgte. Er lachte, als er daran dachte, wie er zum ersten Mal die Forensikabteilung betreten hatte, die ihm praktisch unbegrenzten Zugriff auf ein beachtliches Arsenal an phantastischen Substanzen bot. Inzwischen kannte Donovan sich mit Drogen bestens aus. In seinem kleinen schwarzen Etui fand sich für jede Situation etwas Passendes. Und verfickte Scheiße, nichts war geiler, als auf Orbital zu vögeln.

Völlig grundlos legte er auf dem schnurgeraden Highway eine Vollbremsung hin, nur um sogleich wieder mit Vollgas zu beschleunigen. Quietschend drehten die Reifen durch, und schwarzer Gummiabrieb blieb auf dem Asphalt zurück. Donovan wünschte sich, ein Streifenpolizist hätte das Manöver beobachtet und würde ihn anhalten. Donovan hätte ihm mit Genuss sämtliche Knochen gebrochen. Es gab Nächte, da brannte seine innere Unruhe wie Feuer in seinen Eingeweiden. So wie heute. Seit

Stunden schon jagte ein Adrenalinschub den nächsten – ein Zustand, der Donovan rastlos auf Trab hielt. Das Dexedrin tat ein Übriges. Donovan wusste, was dieser Zustand bedeutete. Es war wieder einmal so weit.

Er nahm die Abfahrt zur Riverdale Road und bretterte diese bis ins Stadtzentrum von Hyattsville entlang. Die Lichter der Straßenlaternen schossen an ihm vorbei wie explodierende Kugelblitze. Kurz vor dem Stadtzentrum bremste er scharf und bog in eine ihm bestens bekannte Nebenstraße ab. Billige Bars und noch billigere Hotels, die meisten davon vermieteten ihre Zimmer stundenweise, reihten sich hier aneinander. Das Licht der grellen Neonreklamen blendete Donovans empfindliche Augen. In Schrittgeschwindigkeit passierte er Penner, die ihre wenigen Habseligkeiten in Einkaufswagen durch die Gegend schoben, Drogendealer, die nach Kundschaft Ausschau hielten, sowie Betrunkene, die lallend aus Bars torkelten, in denen man sie um ihre letzten Ersparnisse gebracht hatte. Spärlich bekleidete Nutten standen gelangweilt zwischen überquellenden Mülleimern am Straßenrand und warteten auf Freier.

Donovan sondierte die Ware. Bis jetzt riss ihn das Angebot nicht vom Hocker. Eine Blondine erregte seine Aufmerksamkeit. Außer schwarzen High Heels, einem knappen pinkfarbenen Bikini, der ihre beachtlichen Silikontitten im Zaum hielt, und einer Handtasche aus schwarzem Kunstfell trug sie nichts weiter am Leib. Die seit Wochen herrschende Gluthitze im gesamten Osten der USA hatte also auch seine guten Seiten.

Donovan hielt neben ihr und taxierte sie. Das Mädchen konnte kaum älter als sechzehn sein. Ihre prallen

Titten mit den weit hervorstehenden Nippeln erinnerten ihn an die Zwiebeltürme des Moskauer Kremls. Typisch billiger Straßenstrich. Donovan hatte das Mädchen noch nie zuvor gesehen. So unverbraucht, wie sie aussah, schaffte sie sicher erst seit kurzem an. Perfekt für Donovans Zwecke. Er winkte sie heran.

16

Ruhelos schritt Emma auf und ab. Nick rief nicht zurück. Steckte er in einem Meeting, oder wollte er nicht? Sie überlegte, wen sie noch kontaktieren könnte. Wer sonst aus ihrem näheren Bekanntenkreis käme dafür in Frage, die Akte medienwirksam publik zu machen? Die Antwort war ernüchternd. Niemand. Darüber hinaus stellte sich die Frage, wen sie in diese Sache überhaupt mit hineinziehen *durfte*. Sie dachte an Tom Holyfield und verspürte den Anflug eines schlechten Gewissens, weil sie gestern so barsch mit ihm umgesprungen war. Nein, Tom war keine Option. Seine Karriere könnte danach ebenso zerstört sein wie ihre, und dafür wollte Emma auf gar keinen Fall verantwortlich sein.

Sie gestand sich ein, dass sie sich längst auf Nick fixiert hatte. Doch ob er sie nun zurückrief oder nicht, es lag an ihr, die Dinge in die Hand zu nehmen.

Mit der Akte unter dem Arm schlüpfte sie aus ihrem Zimmer. Eilig überbrückte sie die dreißig Meter bis zu ihrem Ziel, einem winzigen Raum am Ende des Gangs. Sie spähte hinein. Wie erwartet, traf sie vor dem Hochleistungsscanner niemanden an. Obwohl das Gerät mindestens 20 Jahre alt war, stand es da wie neu, weil es so gut wie nie benutzt wurde. Erleichtert verriegelte sie die Tür, schnappte sich einen USB-Stick aus einer Vorratsbox und begann, Dokument um Dokument zu scannen und gewissenhaft der Reihe nach auf den Stick zu übertragen. Dabei fiel ihr etwas auf, was ihr bisher entgangen war. Bei sämtlichen Dokumenten handelte sich um Farbkopien. Selbst die Fotos der Überwachungskamera eines U-Boot-Hangars waren Kopien. Seltsam. Im Moment hatte Emma jedoch keine Zeit, weiter darüber nachzudenken. Sie musste sich beeilen, bevor doch noch jemand den Kopierraum betrat.

Nach getaner Arbeit kehrte Emma in ihr Büro zurück und schloss den Ordner, wie am Tag zuvor, im Rollschrank unter dem Fenster ein. Gleich morgen früh würde sie Franklin aufsuchen und ihm freundlich lächelnd die Akte überreichen. Damit war sie aus dem Schneider. Der alte Mann würde nie erfahren, dass eine digitale Kopie der Akte existierte. Zuvor aber musste sie eine Sache unbedingt noch erledigen. Hoffentlich konnte man ihr dabei in dem kleinen Elektrofachgeschäft unweit des Hauptbahnhofs weiterhelfen. Sie hängte sich ihre Handtasche um, schnappte sich den USB-Stick und verließ ihr Büro.

17

Jason Collins schob die schwarze Baseballkappe mit dem Emblem des Sicherheitsdienstes in den Nacken. Nervös strich er sich über die Koteletten, die im Lichtschein der Monitore genauso kupferrot leuchteten wie seine kurzgeschorenen Haare. Verflucht, die Sache lief aus dem Ruder, und er hatte keinen Plan, wie er weiter vorgehen sollte.

Vor wenigen Wochen erst zum neuen Sicherheitschef der Amerikanischen Botschaft ernannt, drohte Collins gleich bei seiner ersten echten Bewährungsprobe ein Fiasko. Wütend hieb er mit der Faust auf die Lehne seines Bürostuhls. Mit seinen 34 Jahren war Jason Collins der jüngste Sicherheitschef einer Amerikanischen Botschaft aller Zeiten, und bei Gott, er würde die Sache nicht versauen!

Collins saß im abgedunkelten Rund des mit elektronischem Hightech vollgestopften Kontrollzentrums der Botschaft vor einer breiten Wand mit insgesamt 24 Monitoren. Jeder einzelne zeigte den Bildausschnitt einer der 96 Videokameras, die eine lückenlose Überwachung des Botschaftsgebäudes und -geländes ermöglichten. In diesen Minuten jedoch interessierte sich Collins nur für die Ereignisse auf Monitor 17. Aus der Vogelperspektive, gestochen scharf und in Farbe, verfolgte er angespannt das Geschehen, das sich drei Stockwerke über ihm abspielte.

Emma Fisher verließ ihr Büro in Richtung der Aufzüge. Sie machte einen nervösen Eindruck. In ihrer Faust hielt sie einen kleinen Gegenstand umklammert. Sie erreichte den Aufzug, drückte den Rufknopf und ließ den Gegenstand in ihrer Hand rotieren.

»Da!«, rief Collins und deutete mit dem Finger darauf. »Siehst du, Rusty, ich hatte recht. Sie hat den Stick bei sich.«

Neben dem hochgewachsenen schlaksigen Collins wirkte Rusty Simmons mit seinem athletischen Körperbau und dem vorspringendem Kinn deutlich kompakter. Er murmelte etwas, das sich nach »Ich seh's« anhörte.

»Heranzoomen«, befahl Collins, ohne den Blick vom Monitor abzuwenden.

»Was?«

»Den Stick. Vielleicht erkennen wir die Seriennummer. Könnte für eine Rückverfolgung wichtig sein.«

»Geht klar.«

Simmons' linke Hand fuhr über den Touchscreen. Geschickt bediente er mit dem Daumen und Zeigefinger der rechten Hand den Joystick, der die Kamera manövrierte.

Die Hand der Frau schloss sich um den Stick.

»Scheiße«, fluchte Collins, während Simmons zurück auf die Totale schaltete. Sie sahen gerade noch, wie die Frau ihre leere Hand aus der Handtasche zog.

»Der Stick ist in ihrer Tasche«, bemerkte Simmons.

»Was du nicht sagst.«

»Kennst du die Kleine eigentlich persönlich?«

Collins schüttelte den Kopf. »Nein, aber sie war dabei, als Franklin mir meine Ernennungsurkunde überreicht hat. Sie hat mir gratuliert. Franklin hält große Stücke auf sie.« Nach einer kurzen Pause fügte er hinzu: »Zumindest bis gestern. Da hat er nämlich bemerkt, dass die Schlampe ihn bestiehlt.«

»Sie bestiehlt den Botschafter?« Aus Simmons sprachen zeitgleich Verachtung und Bewunderung. »Traut man der Kleinen gar nicht zu. Sie sieht eigentlich ganz niedlich aus.«

»Halt die Klappe. Ich muss nachdenken.«

Die Zielperson verließ den Aufzug und bewegte sich auf den Ausgang zu. Allmählich wurde die Situation brenzlig. Verzweifelt warf Collins einen Blick auf das Display seines Communicators. Ohne neue Instruktionen hing er in der Luft. Emma Fisher wollte mit dem Stick die Kurve kratzen. Was sollte er jetzt unternehmen?

Er kratzte sich hinter dem Ohr. Die ganze Zeit über hatte er sich furchtbar gelangweilt, und jetzt überschlugen sich die Ereignisse. Verflucht noch eins.

Soeben trat die Zielperson vor die Sicherheitsschranke. Collins blieben geschätzte drei Minuten, bevor sie das Botschaftsgelände verließ und somit seinen Machtbereich. Nervös trommelte er mit den Fingern auf die Stuhllehne.

»Verflucht, warum meldet sich der Alte nicht?«

Emma Fisher näherte sich dem Ausgang.

»Was jetzt, Chef?«, fragte Simmons.

»Meine Instruktionen sind eindeutig. Nur beobachten, nicht eingreifen. Franklin will unter keinen Umständen, dass die Kleine die Observierung bemerkt.«

»Aber ich kann nicht zulassen, dass geheimes Aktenmaterial unerlaubt aus der Botschaft entfernt wird!«

»Dann halten wir sie auf.«

»Nein. Franklin macht mich zur Schnecke, wenn die Observierung auffliegt.«

Schweißperlen bildeten sich auf Collins' Stirn. Ärgerlich wischte er sie mit dem Handrücken fort. Wie konnte ihm Botschafter Franklin nur so einen Auftrag aufhalsen und dann den Communicator abschalten? Irgendetwas stimmte da nicht.

Ohnmächtig sah Collins zu, wie Emma Fisher über den schmalen Vorhof eilte.

Er traf eine Entscheidung, sprang auf und rannte los.

18

Randall T. Donovan stand vor dem Bett im Schlafzimmer seines Apartments und sah auf Barbie hinab, die er vor einer guten halben Stunde am Straßenstrich aufgelesen hatte. Barbie, die sich Candy Sue nannte, trug nur noch ihren pinkfarbenen String, der fast gänzlich zwischen ihren bleichen Arschbacken verschwand. Sie besaß wahrhaft mörderische Silikontitten, und ihre Wespentaille war unnatürlich schmal. Vermutlich hatte sie sich das unterste Rippenpaar entfernen lassen. Lasziv räkelte sie sich vor Donovan auf dem Bettlaken und blickte ihn aus rotgeränderten Augen an. »Du willst *was*?«

»Spreche ich chinesisch?«

»Ich mein ja nur. Scheiße, ihr Typen kommt vielleicht auf Ideen.« Candy Sue gluckste.

»Hast du ein Problem damit?«

»Nö.«

»Gut.« Langsam verlor Donovan die Geduld. Seitdem diese dämliche Nutte in sein Auto gestiegen war, laberte sie ununterbrochen nur Scheiße.

Donovan begann sich auszuziehen, wobei er seine Augen keine Sekunde von dem Mädchen ließ. Er musste zugeben, Candy Sue war scharf. Zwar strunzdoof, aber scharf. Die paar Stunden bis zum Morgengrauen würde sie genügen, um ihn von seiner Schlaflosigkeit abzulenken. An Ideen, was er mit ihr alles anstellen würde, mangelte es ihm nicht. Er würde seinen Spaß haben. Candy Sue nicht. Bei dem Gedanken daran lächelte er und gönnte sich einen Schluck Bourbon aus der Flasche.

Candy Sue drehte sich auf alle viere, streckte ihren Hintern in die Höhe und drückte ihren Rücken durch.

Donovan wurde hart. Nackt bis auf die Unterhose stand er vor ihr, spannte seine Muskeln an und beobachtete ihre Reaktion. Ihr schien zu gefallen, was sie sah. Trotz seiner 59 Jahre war Donovans Körper perfekt durchtrainiert. Seine definierten Muskeln waren das Resultat von kohlenhydratfreier Ernährung, regelmäßigem Hanteltraining, reichlich Steroiden und einigen kleineren chirurgischen Eingriffen. Selbst die jüngeren Agenten im Team warfen Donovan während der Trainingseinheiten im Gym regelmäßig neidische Blicke zu.

»Das gefällt dir«, stellte er fest.

»Klar. Bist echt gut bestückt.«

»Willst du vorher noch was zum Antörnen?«

»Was haste denn?«

Er griff in die oberste Schublade der Kommode neben dem Bett und zauberte eine hellblaue Kapsel hervor.

»*Orbital.* Lässt dich voll abfahren.« Er reichte ihr die Kapsel. »Musst nur zubeißen.«

»Was denn sonst?« Candy Sue verdrehte die Augen und schob sich die Kapsel ohne zu zögern in den Mund.

Donovan grinste. Diese dämlichen Nutten waren alle gleich. Vom letzten Trip noch high bis in die Haarspitzen waren sie schon auf den nächsten Kick aus. Keine kam jemals auf die Idee, er könnte ihnen genau das Gegenteil eines Antörners verabreichen.

Er musste nicht lange warten. Die Wirkung des Ketaminderivats setzte rasch ein. Das Mädchen verlor die Kontrolle über ihre Gliedmaßen. Arme und Beine knickten unter ihr weg. Paralysiert sank sie in sich zusammen. Unfähig sich zu bewegen, jedoch bei vollem Bewusstsein, starrte sie ihn aus glasigen Augen an. Sie erkannte, dass hier gerade irgendetwas furchtbar schieflief. Donovan sah die Angst in ihren Augen, das stumme Flehen. Es war exakt dieser Moment, der ihn über die Maßen geil machte.

»Ist nicht ganz das, was du erwartet hast.« Er wusste, Candy Sue konnte ihm nicht antworten. »Ich könnte auch so mit dir anstellen, was ich will, aber hey, ich steh nun mal auf diese Scheiße.« Er lachte.

In der Vergangenheit hatte Donovan mit unterschiedlichsten Substanzen experimentiert, doch keine besaß die Vorzüge dieses Ketaminderivats. Herkömmliches Ketamin war ein alter Hut. Gelegentlich verwandte man es in der Notfallmedizin noch immer als Narkosemittel. Ketamin besaß den Vorteil, selbst bei hohen Blutverlusten kreislaufstabilisierend zu wirken. Ein Kreislaufzusammenbruch war etwas, das Donovans Opfern durchaus widerfahren konnte, wenn er in Fahrt geriet. Dieses spezielle Derivat hingegen ließ die Nutten trotz der körperlichen Lähmung bei vollem Bewusstsein bleiben. Das gab Donovan den Kick. Das Entsetzen in den Augen der

Frauen war unbezahlbar, wenn sie erst merkten, wie hilflos sie sämtliche seiner Widerwärtigkeiten über sich ergehen lassen mussten.

Er zog einen metallenen Kleiderhaken aus derselben Schublade, aus der er zuvor die Pille genommen hatte, und fuhr dem Mädchen damit genüsslich über den Bauch. »Neugierig, was man mit diesem Teil alles anstellen kann?«

Ihr stummes Flehen war so vorhersehbar wie nutzlos. Donovan brachte den Haken in Position.

In diesem Moment meldete sich sein Communicator.

19

Donovan fluchte, schmiss sein Folterwerkzeug jedoch ohne zu zögern neben Candy Sue aufs Bett. Er ging hinaus in den Flur und betrat den begehbaren Kleiderschrank. In der Seitentasche seines schwarzen Designerjacketts fand er den Störenfried. Nur wenigen Menschen war Donovans Rufnummer bekannt, und wenn ihn jemand aus diesem Personenkreis kontaktierte, dann gab es dafür mit Sicherheit einen verdammt guten Grund. Nicht einmal Donovans Mutter war im Besitz dieser Nummer. Sie eingeschlossen, gab es in seinem Privatleben sowieso niemanden, auf dessen Anruf er Wert gelegt hätte.

Special Agent Randall T. Donovan war Abteilungsleiter einer kleinen, dafür aber äußerst elitären Abteilung des Special Collection Service, einer eigenständigen Organisation innerhalb der Nationalen Sicherheitsbehörde der Vereinigten Staaten von Amerika, die offiziell überhaupt nicht existierte. Nun, selbstverständlich gab es sie, nur wusste darüber in der Tat kaum jemand Bescheid. Außer den SCS-Agenten selbst gab es in den Vereinigten Staaten nur rund ein Dutzend hochrangiger Politiker und Militärs, denen die Existenz dieser Spezialeinheit bekannt war, und nur die oberste Hierarchie von NSA und CIA wusste von Donovans Team und dessen Aufgaben. Selbst innerhalb von Crypto City, wie der großflächig abgeschirmte und streng bewachte weitläufige Gebäudekomplex der NSA auch genannt wurde, hielt man den SCS teilweise für ein Gerücht. Für den Rest der Welt existierte Donovans Abteilung nicht. Die SCS-Agenten waren stolz auf ihren Sonderstatus und ihren Ehrenkodex. Niemals hätte einer von ihnen über seine Arbeit gesprochen, bei der es nur um eine Sache ging: die Zukunft der Vereinigten Staaten.

Donovan warf einen Blick auf seinen Communicator. *Crypto City. Wer sonst.* Bevor er den Anruf entgegennahm, deaktivierte er die integrierte Kamera. In diesem Zustand musste ihn nun wirklich keiner seiner Männer sehen.

»Donovan.«

Das Gesicht eines Mannes erschien auf dem Display. »Bitte entschuldigen Sie die späte Störung, Sir.«

»Ich nehme an, Sie haben Ihre Gründe, Agent Callahan.«

»Natürlich, Sir.«

Trotz seines barschen Tons hegte Donovan keinen Groll gegen Callahan. Der Agent tat nur seine Pflicht, und wenn die Pflicht rief, war auch auf Donovan stets Verlass. In all den Jahren, die er nun schon dem SCS diente, hatte Donovan sein Land nie im Stich gelassen. Schon gar nicht wegen einer dämlichen Nutte.

»Was gibt es, Agent Callahan?«

»Sir, ich habe einen Anrufer in der Warteschleife. Der Mann besteht darauf, mit Ihnen persönlich zu reden.«

»Wer ist es?«

»Er wollte seinen Namen nicht nennen, aber er ruft aus Übersee an.«

»Europa?«

»Deutschland. Wir verfolgen die Nummer zurück, aber bis wir ihn festnageln können, dauert es noch etwas. Die Nummer läuft über einen SSXGH-Server mit einer verdammt guten Verschlüsselung. Wenn ich es nicht besser wüsste, würde ich sagen, er benutzt unser eigenes System. Schwierig zu knacken.«

»Hat er gesagt, worum es geht?«

»Nein, aber er besteht darauf, mit Ihnen persönlich zu reden.«

»Es ist zwei Uhr morgens. Entweder er nennt seinen Namen und den Grund seines Anrufes, oder er meldet sich in fünf Stunden wieder, wenn ich in der Zentrale bin. Das verschafft uns genügend Zeit, um ihn zu identifizieren.«

»Das habe ich ihm schon gesagt, aber er weigert sich hartnäckig.« Callahan zögerte.

»Sir, der Mann hat auf Leitung *Zero* angerufen.«

Mit einem Mal fühlte sich Donovans Kehle trocken an. »Wiederholen Sie das!«

»Sie haben richtig gehört, Sir, Leitung *Zero*.«

Brennende Säure stieg in Donovans Speiseröhre auf. *Leitung Zero?* Unmöglich! Nicht nach all den Jahren!

»Sir?«

Donovan merkte, dass er fast eine Minute geschwiegen hatte.

»Was soll ich dem Mann sagen?« Callahan klang unsicher.

Donovan konnte es ihm nicht verübeln. Er selbst verspürte eine für ihn ungewohnte Mischung aus Nervosität und Unsicherheit. Es war lange her, seit er dermaßen kalt erwischt worden war. Er straffte sich. »Sie werden ihm gar nichts sagen. Ich übernehme.«

»Jawohl, Sir.«

»Und bleiben Sie im Hintergrund an ihm dran! Finden Sie heraus, wer dieser Kerl ist.«

»Selbstverständlich, Sir.«

Donovan hegte keinen Zweifel, dass Callahan binnen weniger Minuten alles über den Anrufer herausfinden würde. Callahan war einer der vielen hochbegabten Hacker des SCS, die weltweit in nahezu jeden Datenspeicher eindrangen, um darin nach wissenswerten Informationen zu wühlen. Mehr noch. Hinter der schwarzen, zum Schutz vor elektromagnetischen Signalen mit Kupfer beschichteten Glasfassade des NSA-Gebäudes waren Systeme im Einsatz, die dem SCS die heimliche Herrschaft über das World Wide Web verliehen.

»Ich stelle durch, Sir.«

Donovan wappnete sich für das vielleicht wichtigste Telefonat der letzten Jahre. »Hier spricht Special Agent Randall T. Donovan. Mit wem spreche ich, und woher haben Sie diese Rufnummer?«

20

Zwanzig Minuten später beendete Donovan die Verbindung.

Starr wie eine Statue aus Granit und noch immer nackt, stand er im Flur seines Apartments, wo er sich während des gesamten Telefonats keinen Millimeter vom Fleck gerührt hatte.

»Wir haben den Anrufer lokalisiert«, meldete sich Callahan in der Leitung. »Der Anschluss stammt aus unserer Botschaft in Berlin. Kein Wunder, dass wir für die Verschlüsselung so lange gebraucht haben; handelt sich, wie vermutet, um unsere eigene Technik. Die Stimmerkennung hat ergeben, dass es sich bei dem Anrufer mit 99,3-prozentiger Wahrscheinlichkeit um ...«

»Das weiß ich alles bereits«, unterbrach Donovan ihn. »Mich interessiert die Stimmenstressanalyse.«

»Keine nennenswerten Abweichungen, die auf vorsätzliche Lügen hindeuten. Unser Anrufer spricht die Wahrheit oder ist zumindest davon überzeugt, die Wahrheit zu sagen. Aber wie Sie wissen ...«

»Mir sind die Ungenauigkeiten der Stressanalyse bekannt, Agent Callahan. Trommeln Sie unverzüglich das gesamte Team zusammen. Treffen in einer Stunde im Besprechungszimmer. Ab sofort gilt Code *Orange*.« Er hörte, wie Callahan scharf die Luft einsog, und fuhr fort: »Falls Laymon oder Foster früher eintreffen, sollen sie sich gefälligst vor die Terminals klemmen und mir sämtliche verfügbaren Daten über folgende Personen besorgen: Erstens, Leland Franklin, unser Botschafter in Berlin. Zweitens, Emma Fisher, Abteilungsleiterin Protokoll, und drittens, Jason Collins, Sicherheitschef. Über Franklin liegt bereits ein umfangreiches Dossier vor, das jedoch offenbar dringend aktualisiert werden muss. Die beiden anderen Personen sind mir unbekannt. In spätestens zwei Stunden will ich wissen, mit wem ich es zu tun habe. Ich will lückenlose Lebensläufe von Fisher und Collins, dasselbe gilt für eventuelle Partner, Kinder, Verwandte sowie Freunde. Ich will Bescheid wissen über ihre Hobbys, Haustiere, Affären, wohin sie zum Essen ausgehen – verdammt, ich will wissen, mit welcher Marke Klopapier sie sich den Hintern abwischen, verstanden? Dazu eine Aufstellung sämtlicher Kontobewegungen der letzten zwölf Monate sowie die dazugehörigen Bewegungsprofile anhand genetischer Fingerabdrücke, biometrischer Daten, Kreditkartenabbuchungen und eventueller Statusmeldungen sämtlicher sozialer Netzwerke.«

»Volles Programm. Verstanden, Sir. Noch etwas?«

»Lassen Sie den Jet startklar machen. Gleich im Anschluss an unsere Besprechung fliege ich nach Berlin.«

»Wer aus dem Team wird Sie begleiten?«

Donovan dachte einen Moment nach. »Ich fliege alleine.«

»Alleine, Sir?«

»Ich will die Pferde nicht unnötig scheu machen. Aber Laymon und Foster sollen sich bereithalten.«

»Verstanden. Noch etwas?«

»Im Moment nicht. Wir sehen uns in einer Stunde.« Donovan beendete das Gespräch und schleuderte seinen Communicator gegen die Wand. Ihm schwirrte der Kopf. Er musste dringend nüchtern werden. Keine Downer heute. Barbiturate oder Diazepine sorgten nur für eine matschige Birne.

Wie in Trance wankte er ins Bad und stellte sich unter die kalte Dusche. Eisiges Wasser prasselte wie Nadelstiche auf ihn ein. Langsam lichtete sich der Nebel.

Er kehrte ins Schlafzimmer zurück. Candy Sue lag noch genauso zusammengesunken auf dem Bett wie vor Callahans Anruf. Verdammt, die Nutte hatte er ganz vergessen.

»Die Party ist vorbei«, knurrte er. »Ist dein Glückstag heute.«

Er wandte sich von ihr ab und packte eilig ein paar Reiseutensilien in eine Tasche. In wenigen Stunden würde er einen alten Bekannten treffen, den er seit ewigen Zeiten nicht mehr gesehen hatte und den er abgrundtief hasste.

All die Jahre über hatte er vermutet, Leland Franklin bewahre die letzte Kopie der Independence-Akte in den Räumlichkeiten der Berliner Botschaft auf. Zu Recht, wie sich nun herausstellte. Weshalb hatte Franklin sie gerade jetzt aus der Versenkung geholt? Was bezweckte dieser korrupte Hurensohn damit? Zwar hatte Donovan seinen alten Widersacher nie ganz aus den Augen verloren, doch war er mit der Zeit nachlässig geworden. Allzu bereitwillig hatte sich Donovan der Illusion hingegeben, Leland Franklin sei längst nur noch ein alter, kranker Mann und nicht mehr der gerissene Wolf im Schafspelz, der er früher gewesen war. Ein Fehler, wie Donovan jetzt erkannte. Diesmal jedoch würde Donovan es auf seine Art zu Ende bringen.

21

Das Café del Mar befand sich nur einen Straßenzug entfernt von Emmas Zwei-Zimmer-Apartment im Prenzlauer Berg. Das Innere des Cafés gefiel durch gemütliche Rattansessel, die um Marmortische mit kunstvoll geschmiedeten Eisengestellen gruppiert waren. Stechpalmen und Oleandersträuche sorgten für ein mediterranes Ambiente. Der gesamte hintere Bereich des Cafés bestand aus einer holografischen Wand, die den Besuchern vorgaukelte, sie säßen auf einer Holzterrasse direkt am Strand.

Zielstrebig steuerte Emma die Theke an.

»Hey Em!«, rief die Kellnerin freudestrahlend. »Ich dachte schon, du kommst heute nicht.«

»Hi, Ki. Ist nicht gerade meine übliche Zeit, was?«

»Kann man wohl sagen.« Kiara Kolani grinste. Sie trug perfekt sitzende Bluejeans, darüber ein enges T-Shirt mit der Aufschrift *Café del Mar.* Wie immer sah sie phantastisch aus. »Hast du Urlaub?«, wollte Emmas beste Freundin wissen.

Emma zögerte. »Ich habe mich krankgemeldet.«

»Oha, Frau Gewissenhaft macht blau?«

Emma zuckte mit den Achseln.

»Du siehst furchtbar aus«, bemerkte Kiara mit kritischem Blick.

»Ich habe schlecht geschlafen.«

»Dann habe ich was ganz Spezielles für dich.« Sie tätschelte Emmas Hand und zauberte dann ein leuchtend grünes Getränk auf die Theke.

»Trink das. Ein neuer Collagen-Schönheitsdrink. Schmeckt lecker nach Kiwi und hat dreimal so viel Wirkstoff wie normale Collagendrinks. Deine Krähenfüße werden es dir danken.« Sie senkte ihre Stimme. »Geht natürlich aufs Haus, aber erzähl das bloß nicht Ramón.«

Emma probierte einen Schluck. »Lecker.«

»Deine Hände zittern.«

»Wie gesagt, ich hab heute Nacht kaum ein Auge zugetan.«

»Okay, wie heißt der Typ?«

Emma schüttelte den Kopf. »Kein Typ.«

»O mein Gott, es ist eine Frau!«, rief Kiara in gespieltem Entsetzen.

»Blöde Kuh.«

»Jetzt zier dich nicht so. Was ist los, Em?«

Emma betrachtete ihre Freundin. Nur allzu gerne hätte sie Kiara ihr Herz ausgeschüttet und sie um Rat gefragt. Wie viel konnte Emma ihrer besten Freundin erzählen, ohne dabei zu viel zu verraten?

»Sagen wir, ich habe etwas gesehen, das nicht für meine Augen bestimmt war.«

»Reden wir hier von deinem Privatleben oder deinem Job?«

»Vom Job.«

»Okay, dachte ich mir. Aber etwas genauer bitte. Was hast du denn gesehen?«

»Sorry, das kann ich dir nicht sagen.«

»Na gut. aber was genau ist dein Problem?«

»Gerechtigkeit.« Emma nippte an ihrem Collagendrink. »Aber wenn ich meinen Mund aufmache, bin ich vermutlich meinen Job los.«

»Ich verstehe«, nickte Kiara. »Aber es ist schwer, dir einen Rat zu geben, ohne zu wissen, worum es geht.«

»Tut mir leid, vergiss es einfach, okay?«

»Nicht so schnell.« Kiara strich sich die Haare aus dem Gesicht und schlug ihre Beine übereinander. »Reden wir hier über Banalitäten oder eine ernste Angelegenheit? Du weißt schon, hast du zwei Kollegen dabei beobachtet, wie sie es in der Besenkammer miteinander getrieben haben, oder hast du gesehen, wie jemand ermordet wurde?«

Autsch. Nicht direkt ein Volltreffer, aber doch nah dran.

»Was ich damit sagen will«, fuhr Kiara im selben Atemzug fort, »es macht einen Unterschied, ob du etwas gesehen hast, das gegen das Gesetz verstößt, oder etwas, das nur gegen die Moral verstößt. Über Letzteres lohnt es sich nicht nachzudenken. Moral wird überbewertet.«

»Wenn es banal wäre, würde ich mir nicht so einen Kopf machen.«

»Okay, aber ist es dir das wert, gefeuert zu werden?«

»Was ist Gerechtigkeit wert?«

»Meine Liebe, du sprichst in Rätseln.«

Emma seufzte. »Zu viel Grübeleien, zu wenig Schlaf.«

»Okay, du bist in einer Zwickmühle«, fasste Kiara zusammen. »Da du mir sowieso nicht sagen wirst, worum genau es bei der ganzen Sache geht, Em, nur ein Hinweis: Führe die Kuh, die dir jeden Tag Milch gibt, nicht zur Schlachtbank. Das wäre wirklich bescheuert.«

»Für mich stellt sich diese Frage durchaus.«

»Wenn du meinst. Aber dann sorg wenigstens dafür, dass du so gut wie möglich abgesichert bist.«

Emmas Communicator meldete sich zu Wort. *Franklin!*

Im Laufe der letzten Stunde hatte er fünfmal versucht, sie zu kontaktieren. Wie die Male zuvor, ignorierte sie ihn auch diesmal. Von diesem Mann Lügen aufgetischt zu bekommen und sich weiter von ihm benutzen zu lassen, war das Letzte, nach dem ihr der Sinn stand. Mit ihrem ehemaligen Mentor war sie fertig. Nick fiel ihr ein. Was war mit ihm? Er hatte noch immer nicht zurückgerufen. Ignorierte er ihren Anruf absichtlich, so wie sie Leland Franklins Anrufe?

Franklin gab auf. *Endlich.*

Emma schnellte aus ihrem Sessel. »Ich will dich da nicht mit reinziehen, Ki. Ich habe dir sowieso schon zu viel erzählt.«

»Wie du meinst.«

Emmas Entscheidung stand fest. Im Grunde war diese längst gefallen. Kiara hatte sie lediglich darin bestärkt, und das, obwohl ihre Freundin sie eigentlich vom Gegenteil überzeugen wollte. Kiara stand stellvertretend für all die Menschen, die ihre Augen vor unbequemen Wahrheiten verschlossen. Emma dachte an Meredith. Nein, für Emma kam Schweigen nicht in Frage. »Ich muss los. Danke für den Drink.«

Kiara nahm Emmas Hand. »Ich möchte dir nur sagen ... also, in was immer du da reingeraten bist, ich bin für dich da, wenn du mich brauchst, okay?«

»Danke.« Emma umarmte Kiara, verließ das Café, ging ein paar Schritte und hielt inne. Etwas, das Kiara gesagt hatte, schwirrte ihr im Kopf herum. Kiara hatte ihr geraten, so gut wie möglich abgesichert zu sein. Plötzlich erkannte Emma den Fehler in ihrem Plan, die Akte mit Nicks Hilfe publik zu machen. Mit der flachen Hand schlug sie sich gegen die Stirn. Wieso hatte sie bisher nicht daran gedacht? Die Idee mit der digitalisierten Akte, die Emma gestern angefertigt hatte, besaß eine gravierende Schwachstelle! Eine Schwachstelle, die unbedingt korrigiert werden musste, und das ging nur, indem sie auf der Stelle in die Botschaft zurückkehrte. Bei dem Gedanken, möglicherweise Franklin über den Weg zu laufen, krampfte sich ihr der Magen zusammen.

Ihr blieb keine andere Wahl. Mit pochendem Herzen machte sie sich auf zur Botschaft.

22

Eskortiert von Liz Coleman betrat Donovan Leland Franklins Büro.

Franklin thronte in einem stattlichen Ledersessel hinter seinem Schreibtisch und machte keine Anstalten, sich zu erheben oder seinem Besucher die Hand zu reichen. »Sieh an. Special Agent Donovan, es ist lange her.«

»Guten Tag, Herr *Botschafter.*« Donovan ließ keinen Zweifel daran aufkommen, dass er Franklin verachtete.

»Danke, Liz. Bitte informieren Sie Mr Collins. Er soll sich unverzüglich hier einfinden.«

Keiner der beiden Männer wollte den Anfang machen. Wie zwei zum Sprung bereite Kampfhunde taxierten sie sich. Nach einer guten Minute deutete Franklin generös auf den Besuchersessel. »Ich habe Sie erwartet. Nehmen Sie doch Platz.«

»Wie zuvorkommend.« Donovan ließ sich in den Sessel fallen und bleckte die Zähne. »Sie sind alt geworden.«

»Dieses Kompliment gebe ich gerne zurück. Aber meinen Sie nicht, dass wir beide in der Lage sein sollten, eine zivilisierte Unterhaltung zu führen?« Franklin sprach ruhig, aber man hörte ihm an, dass er genau das Gegenteil vom dem meinte, was er sagte.

»Ich bin nur ehrlich«, erwiderte Donovan.

»Wir werden alle älter. Daran ändern auch die kosmetischen Korrekturen nichts, die Sie augenscheinlich durchführen ließen.« Franklin grinste schief. »Weshalb begraben wir unsere Animositäten, zumindest für die Dauer dieses Gesprächs, nicht einfach im Sinne der Sache?«

Donovan lachte heiser. Er musste auf der Hut zu sein. Dieser Mann mochte alt und grau geworden sein, doch er war noch immer aalglatt und gefährlich.

»Stecken Sie sich Ihr Diplomaten-Geschwätz in den Arsch, Franklin. Sie wissen, weshalb ich hier bin. Mein Besuch wurde Ihnen avisiert.« Er strich sein Jackett glatt. »Wo ist die Akte?«

»Entspannen Sie sich.« Franklin lächelte, ohne jede Spur von Herzlichkeit. »Darf ich Ihnen etwas zu trinken anbieten? Bourbon, wenn ich mich nicht irre?«

»Mit Ihnen trinke ich nicht.«

Leland Franklin erhob sich umständlich und trat vor die in den Walnussschrank eingelassene Vitrine. Mit leicht zitternden Händen durchsuchte er die ansehnliche Auswahl alkoholischer Getränke. »Wo haben wir ihn nur ...«

»Lassen Sie den Scheiß, Franklin. Wo ist die Akte?«

»Dann eben nicht.« Zielsicher griff Franklin nach einer Flasche Hendricks Gin.

»Herrgott, was ist nur aus Ihnen geworden.« Schon bevor Donovan dieses Zimmer betreten hatte, war er auf hundertachtzig gewesen. So langsam aber wurde er richtig sauer. Franklin spielte eindeutig auf Zeit.

Mit der Flasche in der Hand kehrte Franklin zurück an seinen Platz. »Ich muss Sie enttäuschen. Es wird Ihnen nicht gelingen, mich zu provozieren. Ihre Meinung interessiert mich, gelinde gesagt, einen Scheißdreck.« Er fischte Eiswürfel aus einem silbernen Eiskübel, ließ sie klirrend ins Glas fallen, goss eine Handbreit Gin darüber und prostete Donovan zu. »Meinetwegen bleiben Sie auf dem Trockenen sitzen.«

»Wenn Sie nicht freiwillig damit herausrücken, werde ich andere Methoden anwenden.«

»Ihre Methoden sind mir nur allzu gut in Erinnerung.«

»Dann wissen Sie auch, dass sie immer funktioniert haben.«

»Sie haben Ihre Methoden, ich habe meine.«

»Sie hätten sich damals nicht für diesen Weg entscheiden sollen. Es gab eine Zeit, da waren wir uns gar nicht so unähnlich.«

Franklin lachte auf und machte eine wegwerfende Handbewegung. »Die alte Leier. Haben Sie in all den Jahren nichts dazugelernt?«

Donovan lehnte sich zurück und schlug ein Bein über das andere. »Zum letzten Mal: Wo ist die Akte?«

»Was soll diese Posse? Sie wissen es doch längst.«

»Ich weiß, dass Sie einen großen Fehler begangen haben. Wir hatten einen Deal, Franklin. Der SCS ist davon ausgegangen, Sie würden sich daran halten.« Donovan zeigte mit dem Finger auf ihn. »Wir haben Ihnen in dieser Angelegenheit vertraut.«

Leland Franklin brach in schallendes Gelächter aus. »*Sie* haben mir vertraut?«

»Unsere Regierung hat Ihnen vertraut«, entgegnete Donovan gepresst. »Ich niemals. Ich wusste schon immer, dass Sie eine Kopie der Akte einbehalten haben. Es war offensichtlich.«

»Ist das so?«

Donovans Kieferpartie spannte sich an, so fest biss er die Zähne zusammen. Lange würde er seine Wut nicht mehr unterdrücken können. »Bisher sind Sie mit allem durchgekommen. Ich habe oft daran gedacht, wie es hätte laufen können, hätte der Kongress damals meinen Vorschlag angenommen. Doch ich habe Neuigkeiten für Sie, *alter Mann*. So nennt man Sie doch hier in Berlin, nicht wahr? Also die Neuigkeit ist: Das alles ist ab sofort vorbei. Unangenehme Zeiten brechen für Sie an. Der Gegenwind wird stärker, und das nicht nur von politischer Seite.«

»Sie überschätzen Ihren Einfluss gewaltig, Donovan. Auch wenn es Ihnen vielleicht das Herz bricht, aber in den vergangenen dreißig Jahren habe ich *nicht* jeden Tag an Sie und Ihre armselige Abteilung gedacht.« Donovan lächelte grimmig. »Das ist der beste Beweis dafür, wie erfolgreich wir unsere Arbeit erledigen.«

Völlig unerwartet ging ein Ruck durch Leland Franklin. Er lehnte sich vor und zeigte mit ausgestreckter Hand auf Donovan. »Sie besitzen die Frechheit, mich des Verrats zu bezichtigen. Dabei sind Sie der wahre Lügner und Verräter von uns beiden. Ihr gesamtes Leben ist auf einer einzigen Lüge aufgebaut. Jeden Tag verhöhnen Sie unser Land und die Menschen, die darin leben, aufs Neue, und Sie besitzen die Arroganz, mich einen Verräter zu nennen?«

Donovan blieb ruhig. Er ließ es sich nicht anmerken, wie sehr ihn dieser Ausbruch Franklins freute. Endlich hatte er Franklins wunden Punkt getroffen. Das war gut. Donovan brauchte Informationen. Das Telefonat hatte längst nicht alle seine Fragen beantworten können. Er musste Franklin emotional packen, wollte er an Informationen gelangen. Nur war der alte Mann kein Idiot. Mit seiner Taktik wandelte Donovan auf einem schmalen Grat. Sollte er Franklin verärgern, bestand die Gefahr, dass er dichtmachte. Donovan gab sich keinen Illusionen hin. Leland Franklin würde eher sterben, als den SCS bei seiner Arbeit zu unterstützen. Nun, das mit dem Sterben konnte Donovan höchstpersönlich arrangieren.

23

Angespannt brachte Emma die Anmeldeprozedur am Haupteingang der Botschaft hinter sich, aufmerksam beobachtet von einem ihr unbekannten Wachmann, der heute an Conrads Stelle im Wachhaus seinen Dienst versah. Das Namensschild an seiner Uniform wies den Mann als Kenny Porter aus. Obwohl es keinen Unterschied machte, wäre ihr irgendwie wohler gewesen, wenn Conrad ihr gegenübergesessen hätte.

Aus den Augenwinkeln beobachtete sie die Reaktion des drahtigen Porter, während sie vor den Scanner trat. Gut möglich, dass Franklin der Security zwischenzeitlich den Auftrag erteilt hatte, Emmas Ankunft sofort zu melden. Sollte sie im Gesicht des Wachmanns auch nur das geringste Anzeichen dafür erkennen, war sie darauf vorbereitet, sofort die Flucht zu ergreifen. Die gesamte Prozedur dauerte wie üblich nur wenige Sekunden. Ab jetzt konnte jeder, der sich dafür interessierte, ihre Anwesenheit über jedes beliebige Terminal der Botschaft abfragen. Auch Leland Franklin.

Mit schnellen Schritten erreichte sie den Treppenaufgang und blickte verstohlen hinter sich. Niemand schien von ihr Notiz zu nehmen.

Ohne Zwischenfälle erreichte sie ihr Büro, schloss die Tür, lehnte sich mit dem Rücken dagegen und atmete tief durch. Sofort fiel ihr Blick auf den Rollschrank, in dem die Akte vor neugierigen Blicken verborgen ruhte. Keine digitale Kopie, sondern das Original. Sie war der Grund für Emmas Rückkehr in die Botschaft gewesen. Emmas einzige Versicherung war diese Originalakte. Digitale Dokumente zu fälschen war ein Kinderspiel. Jeder durchschnittlich begabte Zehnjährige brachte das fertig. Die Akte aber war real. Zwar bestand sie nur aus Fotokopien, aber das Alter des Papiers zu bestimmen und somit dessen Echtheit festzustellen, war ein Leichtes.

Sie sprach die Zahlenkombination in das Schloss des Rollschranks und öffnete ihn.

Der Ordner befand sich an derselben Stelle wie am

Abend zuvor, trotzdem stutzte sie. Der Rand des Ordners ragte zwei Zentimeter über die Kante des Regals hinaus. Emma hätte schwören können, dass sie ihn bündig zum Regalboden abgestellt hatte, wie sie dies immer tat. Was das anging, war sie pingelig. Sah sie jetzt schon Gespenster?

Während sie stirnrunzelnd auf den hervorstehenden Ordner starrte, meldete ihr Terminal den Eingang neuer Mails. Vielleicht hatte Nick sich gemeldet? Sie hockte sich vor den Monitor und überflog sämtliche seit gestern eingegangenen Mails. Keine davon stammte von Nick.

Kurz entschlossen zog sie das Prepaid-Handy aus der Handtasche, das sie am Abend zuvor in dem kleinen Elektrofachgeschäft am Hauptbahnhof erstanden hatte. Mehr denn je erschien ihr eine anonyme Kommunikation mit Nick unerlässlich, und da er sie schon nicht zurückrief, musste sie eben über ihren Schatten springen. *Über kurz oder lang kriege ich dich*, dachte sie, während sich die Verbindung aufbaute.

24

Das Auffanglager Kaltenkirchen befand sich streng genommen einige Kilometer nördlich von Kaltenkirchen, auf dem Gebiet des ehemaligen Naturparks Aukrug. Es umfasste eine Fläche von 300 Hektar und bestand im Großen und Ganzen aus aneinandergereihten Wellblechbaracken, die man einfach auf den gestampften Lehmboden der flachen Grundmoränenlandschaft gesetzt hatte.

Sie waren in Zweierreihen angeordnet und boten zwischen den Baracken gerade genügend Platz für die Bundeswehrlaster. Ein Erdwall mit einem drei Meter hohen Stacheldrahtzaun darauf umgab das gesamte Gelände, unterbrochen nur von mehreren Ein- und Ausfahrten, die von Bundeswehrsoldaten kontrolliert wurden.

Nick stand rauchend vor der Baracke, in der man seine Mutter untergebracht hatte. Die Bruchbude mit den viel zu kleinen Fenstern war mit Lehm bespritzt, und die feuchte Meeresluft sorgte für einen bis unters Dach reichenden Algenbewuchs.

Die Sonne war erst vor wenigen Minuten aufgegangen, trotzdem spürte Nick ihre heißen Strahlen bereits im Nacken. Er fischte eine Tube Sunblocker aus der Hosentasche und schmierte sich großzügig Gesicht und Unterarme ein. Männer und Frauen aller Hautfarben und Rassen standen herum und hielten ein Schwätzchen, dazwischen wuselten Mitarbeiter des Technischen Hilfsdienstes und Soldaten umher. Kinder sprangen barfuß durch dreckige Pfützen, die der Starkregen letzte Nacht in den tiefen Fahrrinnen der Straßen hinterlassen hatte. Einmal mehr schwor sich Nick, seine Mutter so schnell wie möglich hier herauszuholen.

Eine Frau mit blondem Pferdeschwanz kam auf ihn zu. Sie trug eine Bundeswehruniform und um ihren linken Oberarm eine Rotkreuz-Binde. Rasch warf er seine Kippe auf den Boden und trat sie aus.

Die Frau blieb vor ihm stehen, warf einen Blick auf ihren Communicator und lächelte. »Ziel erreicht.« Sie blickte auf. Ihre saphirblauen Augen strahlten unwiderstehlich.

»Ich gratuliere«, erwiderte Nick.

»Drei Monate in diesem Lager, aber ohne GPS verlaufe ich mich immer noch.«

»Schon mal daran gedacht, Straßenschilder anzubringen?«

»Ich schätze, selbst das würde bei mir nichts bringen.« Sie lachte herzerfrischend und fragte dann geschäftsmäßiger: »Haben Sie nach einem Arzt verlangt?«

»Nicht für mich. Für meine Mutter.« Er streckte ihr die Hand entgegen. »Nick Schäfer.«

»Dr. Fuchs. Ist Ihre Frau Mutter krankenversichert?«

»Ich übernehme das.«

»In Ordnung. Hat sie akute gesundheitliche Probleme?«

»Sie ist alt und hat Alzheimer.« Er zuckte mit den Achseln. »Ich dachte, nach über zwei Jahren ohne ärztliche Untersuchung könnte ein Check-up nicht schaden.«

»Absolut richtig. Heute erwarten wir 40 Grad Celsius. Älteren Menschen macht das zu schaffen.«

»Zum Glück habe ich bis dahin noch etwas Zeit.«

»Nicht wenn Sie weiterhin rauchen.« Sie zeigte auf die Kippe zu seinen Füßen und zwinkerte ihm zu.

»Ein Laster braucht jeder Mensch.« Er grinste. »Dafür ernähre ich mich gesund. Haben Sie etwa kein Laster?«

Sie lächelte, griff nach ihrem PDA, heftete ihren Blick darauf und stellte Nick einige Fragen zu Lena Schäfers Gesundheitszustand sowie zu ihrer bisherigen Krankengeschichte.

»Wie lange wird Ihre Frau Mutter voraussichtlich bei uns bleiben?«, fragte sie abschließend.

»Keine Sekunde länger als nötig.«

»Ich verstehe.«

»Ich hole sie zu mir, sobald ich mir das leisten kann.«

»Tun Sie das. Die meisten Menschen bleiben für immer hier hängen.«

Ein Mädchen und ein Junge in zerlumpten Klamotten kamen um die Ecke gerannt. Sie spielten Fangen und rannten Nick und die Ärztin dabei fast um.

Dr. Fuchs lächelte.

»Wissen Sie«, sagte Nick, »ich hatte bisher einen wirklich miesen Tag, aber Ihr Lächeln ist gerade dabei, das zu ändern.«

Sie verschränkte die Arme vor der Brust und schmunzelte. »Versuchen Sie etwa, mit mir zu flirten?«

»Ich würde ja gerne, aber ich werde dabei immer so rot.«

»Machen Sie sich darüber keine Sorgen«, lachte sie. »Sie haben Ihren Sunblocker so dick aufgetragen, das fällt gar nicht auf.« Prüfend fuhr Nick sich mit dem Finger übers Gesicht und betrachtete danach seine weiße Fingerspitze. »Oh.«

Ein LKW, vollgestopft mit Männern und Frauen auf der Ladefläche, fuhr an ihnen vorbei. Unter seinen Reifen spritzte braunes Wasser aus einer Pfütze in hohem Bogen durch die Luft. Reaktionsschnell zog Nick die Ärztin an sich, bevor der Wasserschwall sie von oben bis unten durchnässte. Ihre Brüste drückten gegen seinen Körper.

»Ups«, sagte sie und löste sich viel zu schnell aus seiner Umarmung. Verlegen nestelte sie ihre Uniform zurecht. »Danke.«

»Immer wieder gerne.«

»Dann werde ich mal nach Ihrer Frau Mutter sehen«, sagte sie rasch und verschwand in der Baracke.

Nicks Communicator meldete einen eingehenden Anruf mit unbekannter Nummer. Er nahm das Gespräch an, und Emma Fishers Gesicht erschien auf dem Display. *Au Backe.* Die hatte er ganz vergessen.

»Hallo Emma.«

»Warum rufst du nicht zurück?«

»Ich bin ziemlich im Stress.«

»Spar dir deine faulen Ausreden. Davon hatte ich genügend.«

»Immer schön langsam. Du lässt mich im Troja wie einen begossenen Pudel stehen, meldest dich einen Monat lang nicht, reagierst weder auf Anrufe noch auf Mails. Dann sprichst du mir aus heiterem Himmel auf die Mailbox und erwartest, dass ich alles stehen und liegen lasse, nur um dich *auf der Stelle* zurückzurufen? Geht's noch?«

»Ich war im Recht.« Nick sah ihre Augen aufblitzen.

»Nein, warst du nicht, und du hast mir nicht einmal die Gelegenheit gegeben, dieses Missverständnis aufzuklären. Du musstest mir ja sofort diesen klebrigen Cocktail mitsamt der bescheuerten Ananas über mein Hemd schütten.«

»Missverständnis? Die Sache war eindeutig.«

»Du hast dir ja nicht mal die Mühe gemacht, nachzufragen.«

»Was gab es da nachzufragen? Du hast hinter meinem Rücken mit dieser Tussi rumgemacht.«

Fast hatte Nick vergessen, wie anstrengend eine Diskussion mit dieser Frau sein konnte. Langsam verlor er die Geduld. »Ich habe mit Katharina nicht *rumgemacht*, verdammt noch mal!«

Eine Frau mit zwei kleinen Mädchen an den Händen lief an ihm vorbei und warf ihm einen empörten Blick zu.

Emma kniff die Augen zusammen. »War ja klar. Dein Name ist Hase, und du weißt von nichts.«

»Was ist eigentlich dein Problem?«

»Ich lasse mich nicht gern verarschen.«

»Warum zum Henker rufst du überhaupt an? Nur wegen dieser Story? Journalisten gibt es wie Sand am Meer. Such dir einen anderen, dem du auf die Nerven gehen kannst.«

»Alles in Ordnung?« Dr. Fuchs streckte ihren Kopf aus der Baracke.

Nick grinste verkrampft, hob die Hand und streckte den Daumen nach oben, während Emma weiter auf ihn einredete.

»Wenn Sie fertig telefoniert haben, sollten wir uns kurz unterhalten«, sagte die Ärztin. »Ich warte drinnen.« Ihre sorgenvolle Miene ließ bei Nick alle Alarmglocken klingeln.

»Ich muss Schluss machen«, unterbrach er Emmas Redeschwall. »Ich melde mich später.«

Er beendete die Verbindung und folgte der Ärztin in die Baracke. Welche Hiobsbotschaft erwartete ihn nun schon wieder?

25

Das Treffen verlief exakt so, wie Donovan es erwartet hatte. Er taxierte Franklin, der den Ahnungslosen gab. Darüber hinaus spielte der alte Hurenbock auf Zeit. Tat er dies nur, um einen alten Widersacher zu ärgern, oder steckte mehr dahinter? Was immer er damit bezweckte, im Gegensatz zu früher gab es diesmal einen fundamentalen Unterschied: Franklin war nicht mehr im Besitz der Akte und war erledigt, falls diese in die falschen Hände geriet. Einzig deswegen würde er Donovan vermutlich bis zu einem gewissen Punkt unterstützen.

»Wir sitzen im selben Boot«, stellte Donovan fest. »Wollen wir nicht gemeinsam untergehen, müssen wir zusammenarbeiten. Sie wissen das ebenso wie ich.« Er beobachtete Franklin, in dem es sichtlich rumorte und der sich mit verkniffenem Gesichtsausdruck erneut einen kräftigen Schluck Gin gönnte. Donovan nickte knapp. »Ich betrachte das als Zustimmung. Werden wir konkret: Wie viele Kopien der Independence-Akte gibt es noch, außer derjenigen, die man Ihnen gestohlen hat?«

»Keine. Zumindest keine, von denen ich wüsste.«

Donovan musterte sein Gegenüber. »Kennen Sie jemanden, der im Besitz weiterer Kopien sein könnte?«

»Nein.«

»Haben Sie in all den Jahren jemandem gegenüber die Akte erwähnt oder weitergegeben?«

»Nein.«

»Sicher? Denken Sie gut darüber nach. Wir reden über einen sehr langen Zeitraum.«

»Ich habe diese verdammte Akte vier Jahrzehnte lang nicht einmal angerührt. Wenn ich mit jemandem darüber gesprochen hätte, wüsste ich das. Darauf können Sie Gift nehmen.«

»Reden wir über Emma Fisher.«

»Exzellente, loyale Arbeitskraft.«

»Tatsächlich?« Donovan hob eine Augenbraue. »Ihre Einschätzung Miss Fisher gegenüber verwundert mich. Sie hat die Akte gestohlen. Wie loyal kann sie Ihrer Meinung nach sein?«

Franklin antwortete nicht sofort. Seine Mundwinkel zuckten. »Ich hielt sie stets für absolut vertrauenswürdig. Bis gestern. Einzig aus diesem Grund habe ich Sie mit der Suche nach der Akte betraut. Niemand anderem hätte ich diese Aufgabe übertragen. Für Emma hätte ich meine Hand ins Feuer gelegt.«

»Ganz offensichtlich lagen Sie falsch, was Miss Fisher anbelangt. Sie hat die Akte digitalisiert und aus der Botschaft geschmuggelt. Herrgott, Franklin, wie konnten Sie nur so dämlich sein!«

Die interne Kommunikationsanlage piepste.

Franklin räusperte sich. »Ja bitte, Liz?«

»Mr Collins ist eingetroffen.«

»Er soll sich einen Moment gedulden.«

»Sehr wohl.«

»Weiter«, forderte Donovan. »Wann ist Ihnen aufgegangen, dass Ihre loyale Arbeitskraft die Akte gestohlen hat?«

»Das wissen Sie doch längst.«

»Ich will es eben noch einmal hören.«

Seufzend fasste Franklin die Ereignisse der letzten

beiden Tage zusammen und schloss damit, wie Jason Collins sich an Emmas Fersen geheftet hatte. »Ich denke, dies wäre jetzt ein guter Zeitpunkt, um Mr Collins hereinzubitten.«

»Einen Augenblick. Was ist mit Derek Greene?«

»Urlaub. Greene befindet sich in den Staaten.«

»Für wie lange?«

»Noch mindesten fünf Tage.«

»Weiß er etwas über diese Sache?«

»Nein.«

»Gut. Ich denke, wir sind uns einig, dass dies auch so bleiben sollte.«

»Ausnahmsweise stimme ich Ihnen zu.«

»Sehen Sie, Franklin, wir werden doch noch Freunde«, erwiderte Donovan sarkastisch. »Und Emma Fisher? Wo hält sie sich momentan auf?«

»Zu Hause. Sie ist heute nicht zur Arbeit erschienen.«

»Mit welcher Begründung?«

Franklin grinste schief. »Sie fühlt sich nicht wohl.«

»Aber sicher.«

»Donovan, uns beiden ist klar, weshalb sie es heute vorzieht, nicht in der Botschaft zu erscheinen, aber ich kann sie ja schlecht mit vorgehaltener Waffe von zu Hause abholen lassen.«

»Weshalb nicht? Sie haben doch nicht etwa Skrupel? So kenne ich Sie gar nicht.«

Franklin überging Donovans Bemerkung und füllte stattdessen sein Glas auf. »Wir wissen nicht, was Emma Fisher mit der Akte angestellt hat.«

»Augenblick!«, fuhr Donovan dazwischen, »meinen

Informationen zufolge besitzt Miss Fisher lediglich eine digitale Kopie.«

Franklin nickte.

»Die ist nicht viel wert«, winkte Donovan ab. »Das biegen wir schon hin.«

»Davon bin ich überzeugt.«

Franklin nippte an seinem Drink. »Wir sollten Mr Collins jetzt hereinbitten.«

»Einverstanden.« Donovan lehnte sich zurück, brachte sein Jackett in Ordnung und strich die Krawatte glatt.

Während Franklin über die Sprechanlage seiner Sekretärin eine entsprechende Anweisung gab, musterte Donovan ihn. Ließ man die Pannen im Vorfeld einmal außer Acht, lief es bis hierher im Grunde gar nicht mal so übel. Franklin zeigte sich überraschend kooperativ. Trotzdem mahnte sich Donovan zur Wachsamkeit. Bei diesem Mann konnte man nie wissen, welche Asse er im Ärmel versteckte.

26

Emma starrte auf ihr Prepaid-Handy. Nick hatte aufgelegt. Einfach so, ohne ein Wort der Erklärung, ohne sich zu verabschieden.

»Blöder Arsch!«, zischte sie ins Handy. Sie sprang von ihrem Stuhl auf und verpasste ihm einen Tritt.

»Du kannst mich mal«, erklärte sie dem Handy, zeigte ihm den Mittelfinger und warf es auf den Schreibtisch. Was konnte man von einem Kerl wie Nick auch anderes erwarten? Sie atmete tief durch. Ihre Nerven lagen blank.

Jemand klopfte an ihre Tür. »Emma? Ist bei dir alles in Ordnung?«

Für einen Augenblick überlegte sie, einfach still zu verharren, doch Tom Holyfield musste sie brüllen gehört haben und wusste, dass sie hier war. Sie biss in den sauren Apfel und drückte auf den Türöffner.

»Was ist los?«, fragte er beim Eintreten. Misstrauisch sah er sich um, als erwartete er eine zweite Person in ihrem Zimmer anzutreffen.

»Stress am Telefon.«

»Franklin?«

»Was willst du, Tom?«

»He, ich dachte nur, ich sehe mal nach dir. Etwas chillen würde dir guttun. Komm, ich lade dich auf einen Salat ins *Chez Amélie* ein.«

»Sorry, Tom, ich habe leider keine Zeit!« Demonstrativ bugsierte sie ihn in Richtung Tür. »Wir holen das nach. Versprochen.« Enttäuscht wandte er sich zum Gehen, drehte sich aber nochmals um. »He, hast du schon das Neueste gehört?«

Sie verdrehte die Augen. Typisch Tom. »Mach's kurz.« Sie würde ihn schneller loswerden, wenn er seinerseits nur erst den neuesten Botschaftstratsch losgeworden war.

»Hör zu, das ist cool. Kenny hat mich vorhin angerufen. Du kennst doch Kenny?«

»Wen?«

»Kenny Porter. Von der Security.«

»Ich weiß, wen du meinst.«

»Kenny und ich sind ganz gut befreundet. Wir spielen jeden Mittwoch zusammen Spaceball im Abramovich-Plaza.«

»Komm auf den Punkt, Tom.«

Verschwörerisch senkte er die Stimme. »Kenny hat mir erzählt, dass vorhin ein Typ per Blanket-Card eingecheckt hat.«

»Wie bitte?«

»Muss ein ganz hohes Tier sein, sagt Kenny. Die Karte dieses Kerls weist die höchstmögliche Zugangsberechtigung auf.« Tom genoss es sichtlich, ihr diese Neuigkeit mitzuteilen. »Kenny meint, mit dieser I. D. öffnen sich sogar die Türen zum Oval Office.«

Emma überlegte, ob sie in der ganzen Aufregung möglicherweise einen offiziellen Termin übersehen hatte. Nein, sicher nicht. »So wichtig kann dieser Besuch nicht sein, sonst wäre ich mit Sicherheit darüber informiert worden.«

»Offensichtlich nicht.«

»Wer ist er?«

»Hast du nicht zugehört? Der Typ hat mit einer Blanket-Card eingecheckt. Das bedeutet keine personenbezogenen Daten, kein Status, kein Name, nichts. Der Typ ist ein Geist.«

»Ich weiß, was eine Blanket-Card ist, Tom. Ich dachte nur, er hätte diesem Kenny vielleicht seinen Namen genannt.«

»Wenn er das wollte, hätte er seine reguläre I. D. benutzt«, grinste Tom.

»Klugscheißer. Wie sieht er aus?«

»Bulliger Typ, Mitte fünfzig, gut in Form für sein Alter, teurer Anzug und Schuhe. FBI oder CIA, wenn du mich fragst.«

Bei dem Wort CIA zuckte Emma zusammen. Ausnahmsweise teilte sie diesmal Toms Meinung. Der Kerl gehörte mit Sicherheit zur Firma, wie man die CIA auch nannte. Das FBI schied aus, da es nur in absoluten Ausnahmefällen außerhalb der Landesgrenzen ermittelte. Tom sollte das eigentlich wissen. Eine dunkle Vorahnung beschlich Emma.

Sie trat ans Fenster und tat, als schaue sie hinaus. »Hat dieser Kenny gesagt, zu wem der Mann wollte?«

»Kenny hat ihn wegen des Besucherausweises danach gefragt, aber hey, hör dir das an: Der Typ meinte, das gehe Kenny einen verfickten Scheiß an.« Tom kicherte. »Ist das nicht der Oberhammer?«

»Ja … echt der Oberhammer«, murmelte sie geistesabwesend und lehnte sich mit der Stirn gegen das Fenster. Wie standen die Chancen, dass es sich bei dem Auftauchen der CIA – einen Tag, nachdem Franklin sie auf die Suche nach dieser verdammten Akte geschickt hatte – um einen Zufall handelte? Emma machte sich nichts vor. Zufälle sahen anders aus. Dieser Kerl kam ihretwegen! Emmas Puls beschleunigte sich. Sie spürte ihre Hände feucht werden und wischte sie verstohlen an der Hose ab.

Tom zog die Stirn kraus. »Weißt du, eigentlich dachte ich, du wärst über alles im Bilde.«

Sie fuhr herum. »Wieso?«

»Nachdem der Typ an Kenny vorbeispaziert ist, hat Kenny natürlich sofort Jason Collins verständigt.« Er zögerte. Mit einem Mal wirkte Tom Holyfield verunsichert.

»Ja, und?«

»Collins meinte, er sei darüber informiert, und dass der Typ zum Alten will.«

»Collins wusste darüber Bescheid?«

»Behauptet zumindest Kenny. He, ist das da etwa ein Prepaid-Handy auf deinem Schreibtisch?«

»Was ist mit Derek Greene?«

»Was soll mit ihm sein?«

»Keine Ahnung. Vergiss es. Was weißt du sonst noch darüber?«

»Im Grunde war's das. Ich war neugierig. Ich dachte, wenn der Alte so wichtigen Besuch empfängt, weißt du garantiert was darüber.«

Mit zusammengepressten Lippen schüttelte sie den Kopf.

»Dann muss es sich wirklich um eine ganz heiße Kiste handeln«, bemerkte er argwöhnisch.

Der gute Tom wusste gar nicht, wie recht er hatte. Nicht dass das Auftauchen der CIA für gewöhnlich am Schwarzen Brett des Intranets angekündigt wurde, aber der Punkt war: Früher hätte Franklin Emma darüber informiert. Ihre dunkle Vorahnung wurde zur Gewissheit. Jemand hatte die CIA informiert, wofür im Prinzip nur Franklin in Frage kam. Das erklärte auch, weshalb der Kerl mit der Blanket-Card zunächst ihn aufsuchte. Danach jedoch würden die beiden in Emmas Büro auftauchen, und ein Freundschaftsbesuch würde das garantiert nicht werden. Emma musste sofort von hier verschwinden. Dieser Kerl war nach Berlin gekommen, um ihr den Arsch aufzureißen!

27

Viel zu jung für diesen Posten, war Donovans erster Gedanke, als der schlaksige Sicherheitschef den Raum betrat. In einem Holster an Collins' Gürtel hing ein Taser, in seinem linken Ohr steckte ein kleiner Funkknopf.

In den folgenden Minuten informierte Collins Donovan detailliert über die Lage.

Donovan räusperte sich. »Mr Collins, Sie sahen zu, wie eine Angestellte einer US-amerikanischen Botschaft geheimes Aktenmaterial stahl. Damit machte sich Emma Fisher mindestens des Vertrauensbruchs im auswärtigen Dienst schuldig. Weshalb haben Sie nicht unter Beachtung der Vorschriften entsprechend reagiert?«

»Ich hatte meine Instruktionen. Mein Auftrag lautete lediglich, observieren und berichten.«

Donovan entging nicht, dass Collins' linkes Augenlid zuckte. Der Kerl hatte Mist gebaut und wusste das.

»In Ordnung, Sie haben sich an Ihren Auftrag gehalten. Das kann ich vielleicht noch akzeptieren. Aber ...« Donovan erhob sich und baute sich vor Collins auf, der ihn um mindestens einen Kopf überragte, in diesem Moment aber aussah, als würde er sich am liebsten unter dem Tisch verkriechen. »Spätestens als Miss Fisher mit dem Stick in ihrer Handtasche die Botschaft verließ, hätten Sie diese Frau unter allen Umständen aufhalten müssen!«

»Nun, es ist ja nicht so, dass ich nichts unternommen hätte ...« Hilfesuchend blickte Collins in Richtung Franklin.

»Schon gut«, schaltete sich dieser ein. »Sie brauchen

mich nicht zu decken, Mr Collins. Ich übernehme die volle Verantwortung. Meine Anweisung lautete ausdrücklich, unter keinen Umständen einzuschreiten.«

»Und weshalb haben *Sie* nicht reagiert?«, fragte Donovan.

»Ganz einfach. Ich wusste von all dem nichts. Mr Collins konnte mich nicht erreichen. Mein Communicator war deaktiviert.«

»Wie bitte?« Donovan glaubte, sich verhört zu haben.

Franklin zuckte mit den Schultern. »An jenem Abend fühlte ich mich nicht wohl. Ich ging früh zu Bett, und Charlene deaktivierte den Communicator ohne mein Wissen.«

»Gottverdammte Dilettanten!« Donovan presste seine Kiefer aufeinander und trat vor Franklins Schreibtisch. »Sie sind ein Idiot, Franklin, hat Ihnen das schon einmal jemand gesagt?«

»Sie verlieren die Contenance.«

Donovan atmete tief durch und wandte sich Collins zu. »Was genau tat Miss Fisher, nachdem sie die Botschaft verlassen hatte?«

»Sie suchte einen kleinen Elektrofachhandel namens Jainuls E-Shop auf.«

»Was wollte sie dort? Herrgott, nun lassen Sie sich doch nicht alles aus der Nase ziehen!«

»Sie hat ein Prepaid-Handy gekauft.«

»Wir werden diesem Jainul einen Besuch abstatten und das überprüfen. Wir benötigen die Kennung dieses Handys. Weiter!«

»Danach ist Emma Fisher mit der Magnetschwebebahn auf direktem Weg nach Hause gefahren.«

»Hat sie mit jemandem gesprochen?«

»Nein.«

»Hat sie ihre Wohnung danach noch einmal verlassen? Hat sie Besuch empfangen? Irgendetwas Verdächtiges?«

»Nein.«

»Emma Fisher hat keine Ahnung, dass wir Bescheid wissen«, sagte Franklin. »Es gibt für sie keinen Grund, irgendwelche Spielchen zu treiben.«

Donovan stützte seine Hände auf den Schreibtisch, beugte sich vor und machte erst wenige Zentimeter vor Franklins Gesicht halt. »Ihr kleiner Liebling hat sich heute Morgen krankgemeldet. Herrgott, wir alle wissen weshalb!«

»Ihre Informationen in Bezug auf Miss Fisher sind nicht korrekt, Sir«, meldete sich Collins wieder zu Wort.

Donovan fuhr herum. »Inwiefern?«

»Sie ist nicht krankgemeldet. Sie befindet sich in der Botschaft. Ihr Status lautet *Anwesend*.« Collins warf einen Blick auf seinen Communicator. »Sie hat vor exakt 38 Minuten eingecheckt.«

»Herrgott, warum haben Sie das nicht gleich gesagt!«

»Nun, Sie haben nicht danach gefragt.«

Donovan atmete tief durch. Der Drang, diesem Grünschnabel auf der Stelle den Kehlkopf zu zertrümmern, war beinahe übermächtig. »Mr Collins, Sie werden mich jetzt sofort zu Miss Fisher führen. Wir haben genügend Zeit verschwendet.«

»Selbstverständlich, Sir.«

28

Toms Nachricht über den geheimnisvollen Besucher hatte Emma völlig aus der Bahn geworfen. Sie schwitzte. Aus den Augenwinkeln sah sie, wie Tom sie neugierig anstarrte. Selbst er hatte inzwischen bemerkt, dass irgendetwas nicht stimmte.

Emmas Gedanken rasten. Nur sehr wenige privilegierte Personen bekamen Blanket-Cards ausgestellt, die uneingeschränkten, vollkommen anonymen Zutritt zu sämtlichen bundesstaatlichen Einrichtungen gewährten. Der geheimnisvolle Besucher musste verdammt weit oben in der Hierarchie der Firma stehen.

Franklin wusste, dass sie die Akte besaß. Nur, weshalb fuhr er solche Geschütze auf? Weshalb griff er nicht einfach auf Collins zurück, um sie zur Herausgabe der Akte zu zwingen? Allmählich brach Emma in Panik aus. Diese Akte beinhaltete weitaus mehr Sprengkraft, als sie bisher angenommen hatte. Heilige Madonna, auf was hatte sie sich da eingelassen? Zum ersten Mal wurde sie sich aller Konsequenzen ihres Handelns bewusst. Der Diebstahl streng geheimer Regierungsakten wurde mit Landesverrat gleichgesetzt, und darauf standen zwanzig Jahre Gefängnis.

Höchste Zeit zu verschwinden!

Sie wirbelte herum und kniete sich vor den Rollschrank, in dem sich die Akte befand.

»Was ist los?«, fragte Tom, während sie den Schrank öffnete und den Ordner herauszog.

»Ich muss dringend los. Wichtiger Termin.«

Sie schmiss den Ordner auf ihren Schreibtisch, packte Tom am Oberarm und bugsierte ihn zur Tür. »Sorry, wir reden später.«

Er protestierte halbherzig, aber Emma drückte ihn förmlich zur Tür hinaus. So dankbar sie ihm für den Hinweis mit dem CIA-Kerl auch war, so wenig konnte sie ihn jetzt hier gebrauchen. Sie hatte keine Ahnung, wie viel Zeit ihr noch blieb, bis Franklin und der Fremde vor ihrer Tür standen.

Sie schnappte ihren Aktenkoffer, knallte ihn auf den Schreibtisch und packte hastig den Ordner hinein. Eine alte Quittung aus dem Café del Mar fiel aus dem Aktenkoffer und segelte zu Boden. Kiaras Worte hallten in Emmas Kopf wider: *Mach es richtig oder lass es bleiben.*

Sie schlug den Koffer zu und löschte danach mit wenigen Klicks den Zwischenspeicher ihres Terminals. Emmas Blick fiel auf ein gerahmtes Foto ihrer Schwester, das neben dem Monitor stand. Automatisch tasteten Emmas Finger nach Merediths Korallenkette und umschlossen sie. Besser eine schmerzliche Wahrheit als ein Leben im Ungewissen. Emma *musste* diese Akte publik machen. Gerechtigkeit war nicht käuflich.

Sie öffnete die Tür zum Korridor. Vorsichtig spähte sie in beide Richtungen. Niemand war zu sehen. Sie lief den Flur entlang direkt auf die Treppen und die benachbarten Aufzüge zu. Bei jedem Schritt schlug ihr der Aktenkoffer gegen den Oberschenkel. Sie entschied sich für die Treppe und hastete die Stufen hinunter. Auf halbem Weg prallte sie fast mit Leslie Wong aus der Landwirtschaftsabteilung zusammen, der zwischen zwei Treppenabsätzen stand und in irgendein Schriftstück vertieft war. In allerletzter Sekunde vermied sie einen Frontalzusammenstoß. Nicht verhindern konnte sie, dass ihr Aktenkoffer gegen Wongs Hände schlug und seine Unterlagen durch die Luft segelten. Sie rief ihm ein knappes »Sorry« über die Schulter hinweg zu und stürmte ohne anzuhalten weiter. Noch im Erdgeschoss hörte sie Leslie Wong fluchen.

Unten angekommen, erwartete sie die weitläufige Lobby. Dreißig Meter vor ihr befand sich der Ausgang. Zwei uniformierte Wachmänner standen neben den Scannern und der Durchleuchtungseinheit. An ihnen führte kein Weg vorbei.

Sie marschierte los. Trotz der klimatisierten Umgebung bildete sich auf ihrer Haut ein klebriger Schweißfilm.

Sie näherte sich den Wachmännern, an deren Gürteln Holster mit beeindruckenden Tasern hingen, die eine große Ähnlichkeit mit kleinkalibrigen Pistolen aufwiesen. Feuerte man diese Betäubungswaffen ab, schossen zwei Projektile mit einer Geschwindigkeit von mehr als 50 Metern pro Sekunde auf das Opfer zu. Die mit Widerhaken besetzten Nadeln bohrten sich ins Fleisch und jagten einen elektrischen Impuls von bis zu 100 000 Volt durch den Körper des Getroffenen. Dessen sensorisches sowie motorisches Nervensystem wurde auf der Stelle außer Gefecht gesetzt, und der Angeschossene sank unter großen Schmerzen paralysiert zu Boden. Emma verspürte nicht die geringste Lust, diese äußerst schmerzhafte Erfahrung am eigenen Leib durchzumachen. Schon gar nicht hier in der Botschaft, vor den Augen ihrer Kollegen.

Sie erreichte die Durchleuchtungseinheit, legte Aktenkoffer und Handtasche auf das Transportband und unterzog sich der Bodyscanprozedur. Die beiden Wachmänner ließ sie dabei keine Sekunde aus den Augen. Einer von ihnen war ein hübscher Bursche namens Kyle Zappa. Zappa bemerkte ihren Blick und zwinkerte ihr lächelnd zu.

»Miss Fisher?«

Erschrocken fuhr sie herum.

Der zweite Wachmann, ein Hüne mit Koteletten, auf die Elvis neidisch gewesen wäre, stand neben ihr. Sein Gesichtsausdruck war wesentlich weniger freundlich als Kyle Zappas.

»Ja bitte?«

Der Hüne hielt Emma ihren Aktenkoffer unter die Nase. »Hier drin befindet sich ein nicht registrierter Aktenordner ohne RFID-Markierung.«

Emmas Herzschlag setzte einen Moment aus. »Der stammt aus dem alten Archiv.«

»Sämtliches Eigentum der Botschaft, das aus dem Gebäude entfernt wird, muss mit einem RFID-Chip versehen sein. Sie sollten die Vorschriften eigentlich kennen, Miss Fisher.«

»Natürlich kenne ich die Vorschriften.« Sie versuchte es mit einem unschuldigen Augenklimpern. »Dieser Ordner kommt direkt aus der Steinzeit. Der fehlende RFID ist mir in der Hektik wohl nicht aufgefallen. Sorry.«

»Dürfte ich bitte mal sehen?«, kam es humorlos zurück.

Sie tat so, als fahre sie sich durch ihre Haare. In Wirklichkeit wischte sie einen Schweißtropfen fort, der sich über ihrer rechten Schläfe gebildet hatte. »Sicher.«

Sie legte den Aktenkoffer auf den Metalltisch neben der Durchleuchtungseinheit und öffnete ihn. Der Hüne beugte sich darüber. Prüfend fuhr er mit seinen Pranken über den Ordnerrücken. Emmas Puls hämmerte.

Er klappte den Ordner auf.

»Stimmt etwas nicht?« Kyle Zappa tauchte neben ihr auf.

»Alles in Ordnung«, sagte der Hüne und klappte Ordner sowie Aktenkoffer zu.

Emma nahm ihn, murmelte ein knappes »Danke« und eilte dem Ausgang entgegen.

Unter dem Vordach der Botschaft kniff sie die Augen zusammen, verfluchte sich, weil sie ihre Sonnenbrille auf dem Schreibtisch liegen gelassen hatte, und lief auf das Wachhaus zu. Dahinter tummelte sich eine kaum überschaubare Menschenmenge auf dem Pariser Platz. Nie hatte ihr dieser alltägliche Anblick besser gefallen, verhieß er doch Sicherheit durch Anonymität.

Nur wenige Schritte trennten sie noch vom rettenden Ausgang.

Dann ertönte schrill der Alarm.

29

Kurze, abgehackte Signaltöne trafen auf Emmas Trommelfell wie glühende Schrapnelle. Der Alarm galt ihr, daran zweifelte sie keine Sekunde. Sämtliche Farbe wich aus ihrem Gesicht.

Die Botschaft wurde abgeriegelt.

Hinter ihr schlossen sich die Panzerglastüren rasend schnell, gleichzeitig rasselte davor ein Stahlgitter herab. Sämtliche Fenster sowie Belüftungsöffnungen der Botschaft riegelten sich hermetisch ab, für den Fall eines Giftgas- oder Virenattentats von außen. 25 Meter vor der Umzäunung am Pariser Platz fuhren Panzersperren aus dem Boden. Erschrockene Touristen schrien auf und sprangen zur Seite. Eine Frau auf einem Segway-Roller prallte gegen eine der Sperren und stürzte. Panisch stob die Menge auseinander, fort von der Botschaft. Die über dem Grünstreifen zwischen Umzäunung und Gebäude patrouillierenden Wachdrohnen schalteten in den Verteidigungsmodus. Sie klappten ihre Taser aus und bewegten sich in hohem Tempo auf den Haupteingang zu. Ein Stahlgitter, ähnlich dem vor den Eingangstüren, aber wesentlich massiver, schob sich seitlich aus dem Wachhaus in Richtung Zaun. Mit einem dumpfen Geräusch rasteten die Riegel ein. Genau wie die Umzäunung rund um das Botschaftsgelände stand ab sofort auch dieses Gitter unter Starkstrom. Emmas einzige Fluchtmöglichkeit war versperrt.

Aus dem Wachhaus stürmte ein Mann. Kenny Porter, Toms Kumpel. Außer ihm war niemand von der Security zu sehen, Emma wusste jedoch, dass sämtliche Sicherheitskräfte der Botschaft innerhalb von zwei Minuten, bis an die Zähne bewaffnet, ihre jeweils zugeteilten Positionen an strategisch exakt definierten Stellen im Gebäude sowie auf dem Dach einnehmen würden.

Mit weiten Sätzen sprang Porter auf sie zu. Der Taser in seinem Gürtelholster schwang im Rhythmus seiner Schritte hin und her. Emmas Hand verkrampfte sich um den Griff des Aktenkoffers. Schweiß tropfte ihr in die Augen. Sie blinzelte ihn fort und warf einen Blick hinter sich.

Kyle Zappa und der Hüne starrten sie hinter der Panzerglasscheibe mit grimmigen Mienen an. Der Schließmechanismus der Türen konnte nur von der Zentrale aus deaktiviert werden, weswegen ihnen im Augenblick die Hände gebunden waren. Doch für wie lange noch?

Porter erreichte sie und baute sich vor ihr auf.

»Miss Fisher«, sagte er mit einer kräftigen Stimme, die nicht so recht zu seiner drahtigen Statur passte. »Ich habe Anweisung, Sie in Gewahrsam zu nehmen. Machen Sie bitte keinen Ärger.« Er entriegelte den Verschluss seines Holsters und umfasste den Griff des Tasers, ohne diesen jedoch zu ziehen.

Fieberhaft ging Emma ihre Optionen durch. Aus den Augenwinkeln heraus bemerkte sie die beiden reglos über ihr verharrenden Drohnen, deren Kameras sowie Taser auf Emma gerichtet waren. Der Anflug von Panik auf dem Pariser Platz hatte sich offenbar bereits wieder gelegt. Durch das Stahlgitter hindurch sah Emma die ersten Schaulustigen langsam näher rücken.

»Sie werden mir doch keinen Ärger bereiten?« Um seine Worte zu untermauern, zog Porter den Taser ein Stück weit aus dem Holster.

Resignierend schüttelte sie den Kopf.

»Stellen Sie den Aktenkoffer auf den Boden. Langsam.«

Sie tat, was der Wachmann von ihr verlangte.

Mit der freien Hand tippte Porter auf den Knopf in seinem Ohr. »Situation unter Kontrolle. Alarm deaktivieren.«

Vor der Botschaft schwoll die Menge Schaulustiger

stetig an. Man schlug sich förmlich um die Plätze mit der besten Sicht, machte Fotos, zeigte mit Fingern auf sie. Am liebsten wäre Emma im Boden versunken. Sie fühlte sich elend und zutiefst gedemütigt.

Mit der freien Hand zauberte Porter ein EMD-Sicherheitsarmband mit Kabelbinder hinter seinem Rücken hervor. Dabei handelte es sich um ein aus Spezialkunststoff gefertigtes Armband, welches permanent Aufenthaltsort sowie Vitalfunktionen eines Gefangenen an die Sicherheitszentrale übermittelte. Sollte Emma damit versuchen zu fliehen, konnte auf ein ferngesteuertes Signal hin ein elektrischer Impuls, ähnlich dem eines Tasers, ausgelöst werden und sie handlungsunfähig machen.

»Strecken Sie Ihre Hände aus«, befahl Porter.

Sie gehorchte.

Die Sirenen verstummten.

Die Botschaft wurde entriegelt. Das Stahlgitter neben dem Wachhaus öffnete sich, die Panzersperren glitten zurück in den Boden, die Drohnen klappten ihre Taser ein und setzten ihre Routinepatrouillen fort, als sei nicht das Geringste vorgefallen. Hinter Emma rollte das Stahlgitter vor den Eingangstüren nach oben.

Um ihr den Kabelbinder anzulegen, benötigte Porter beide Hände. Er steckte den Taser zurück in das Holster, ergriff beide Enden des Kunststoffrings und trat unmittelbar vor Emma. Um ihr die Fessel korrekt anlegen zu können, ließ er den Blickkontakt zum ersten Mal kurz abbrechen.

Sie erkannte und nutzte ihre Chance.

Blitzartig riss sie das Knie hoch und rammte es Porter in den Unterleib.

Porter stöhnte auf, griff sich reflexartig in den Schritt und klappte zusammen. Ein Raunen ging durch die Menge. Emma blieb keine Zeit zum Nachdenken. Porter erholte sich schneller als gedacht. Auf dem Boden kniend, packte er ihr linkes Handgelenk.

Sie versuchte sich an einem Aufwärtshaken. Geschickt wich er aus, und sie verfehlte sein Kinn deutlich. *Shit.*

Wütend hob er den Kopf. »Hinterhältiges Miststück!« Noch atmete er schwer, aber nicht mehr lange und er würde sich und die Situation wieder unter Kontrolle bekommen.

Hinter ihr fuhr das Schutzgitter weiterhin nach oben. Dumpfe Schläge drangen an ihr Ohr. Kyle Zappa und der Hüne schlugen, in einer sinnlosen Geste hilfloser Wut, mit den Fäusten gegen die Panzerglasscheiben. Doch erst wenn das Gitter vollkommen eingefahren war, würden sich die Türen öffnen.

Emma blieben nur Sekunden.

Mit der Handkante schlug sie so fest sie konnte gegen Porters Unterarm, in der Hoffnung, er würde seinen Griff um ihr Handgelenk lockern. Keine Reaktion. Er griff nach ihrer freien Hand, bekam jedoch nur den Ärmel ihrer Bluse zu fassen. Sie riss sich los. Mit einem scharfen *Ratsch* löste sich der Ärmel vom Rest der Bluse. Sie griff an Porters Gürtel, erwischte auf Anhieb das offene Holster und zog den Taser heraus. Porter erkannte seinen Fehler im Bruchteil einer Sekunde. Entsetzt weiteten sich seine Augen.

Sie drückte ab.

Aus weniger als vierzig Zentimetern Entfernung waren die Auswirkungen des Schusses auf Kenny Porters Körper verheerend. Die beiden Projektile bohrten sich, durch die dissipative Uniform hindurch, knisternd in Porters Brust. Er schrie auf und verdrehte die Augen, bis nur noch das Weiße sichtbar war. Sein Körper verkrampfte sich. Unter wilden Zuckungen und gurgelnden Schreien sank er zu Boden, wo er bewegungslos und mit geschlossenen Augen liegen blieb.

Jetzt war es Emma, die voller Entsetzen auf den Mann hinunterblickte. Was hatte sie nur getan? Um Himmels willen, lebte Porter überhaupt noch? Weit entfernt, wie durch mehrere Schichten Watte hindurch, vernahm sie das kollektive Raunen der Schaulustigen. Eine Frau kreischte, ein kleines Mädchen weinte.

Ihr blieb keine Zeit, um über Porter nachzudenken. Hinter ihr öffneten sich die Eingangstüren der Botschaft. Sie ließ den Taser fallen, schnappte sich den Aktenkoffer und rannte los.

»Stehen bleiben!«, brüllte jemand.

Sie dachte nicht im Traum daran.

Trampelnde Schritte hinter ihr. Sie passierte das Wachhaus, rannte weiter, einfach immer nur weiter, gab alles, verfolgt von Kyle Zappa, dem Hünen und den Blicken Hunderter sensationslüsterner Touristen. Wie einst das Rote Meer vor Moses, so teilte sich nun die Menschenmenge vor ihr wie von Geisterhand. Ängstlich wichen die Augenzeugen des Spektakels zurück, als stünden sie einer psychopathischen Massenmörderin gegenüber.

Sie rannte, so schnell sie konnte. Ihr Puls raste. Waren Zappa und der Hüne noch an ihr dran? Gemäß Artikel 26 des Wiener Übereinkommens von 1961 besaß die Security außerhalb des Botschaftsgeländes keinerlei Befugnisse. Zappa und der Hüne durften ihr theoretisch folgen, sie aber nicht anfassen. Ob sich die beiden jedoch daran halten würden, stand auf einem ganz anderen Blatt.

Eine Sightseeing-Gruppe von *Berlin Segway Tours* kreuzte ihren Weg. Ohne nachzudenken, sprang sie dem letzten Fahrer der Gruppe, einem übergewichtigen Schwarzen, in den Weg. Der automatische Stoppmechanismus des Segway reagierte auf der Stelle. Der Mann prallte mit seinem Fettwanst gegen den Lenker und stöhnte auf. Emma trat neben ihn und zog ihn trotz seines Gewichts einfach vom Roller. Verdutzt sah er sie an.

»Sorry, Kumpel, aber ich brauche das Ding dringender als du.« Sie stieg auf das Trittbrett und beschleunigte. Aufgebracht rief ihr der Schwarze hinterher, schien aber erst jetzt zu begreifen, dass ihm soeben sein Segway unter den Füßen weggestohlen wurde.

Sie erreichte das Brandenburger Tor und warf einen Blick über die Schulter. Zappa und der Hüne verharrten unweit des Wachhauses, gleich neben dem am Boden liegenden Porter. Jason Collins stand in Begleitung eines ihr unbekannten Mannes vor den Eingangstüren. Sie alle starrten ihr nach, machten jedoch keine Anstalten, ihr zu folgen, was an der Menschenmenge vor der Botschaft liegen mochte. Alles potentielle Zeugen.

Mit Höchstgeschwindigkeit raste sie mitten durch das Brandenburger Tor in die Anonymität Berlins.

30

Zähneknirschend blickte Randall T. Donovan durch den mittleren der fünf Bögen des Brandenburger Tors, hinter dem Emma Fisher in den Menschenmassen verschwand. Sein Fingerstumpf juckte wie wahnsinnig.

Das Miststück war entwischt. Verfickte Scheiße, hätte Collins den Mund nur früher aufgemacht!

Spätestens jetzt wusste Emma Fisher, was die Stunde geschlagen hatte. Sie aufzuspüren würde ungleich schwieriger werden als vor wenigen Stunden noch absehbar. Berlin zählte 13 Millionen Einwohner. Sie konnte wer weiß wo untertauchen. Die Frau war intelligent und würde vermutlich als Erstes die weitläufigen Stadtbezirke verlassen, um der allgegenwärtigen städtischen Videoüberwachung zu entgehen. Emma Fisher wusste, dass diese problemlos zu hacken war.

Donovan fluchte. Wenn er eins hasste, dann das Erregen unnötiger Aufmerksamkeit. Unzählige Digi-Cams waren auf ihn gerichtet. Mit Sicherheit tauchten die ersten Videos dieses Vorfalls bereits in sämtlichen sozialen Netzwerken auf. Höchste Zeit, Verstärkung aus Crypto City anzufordern. Donovan brauchte Männer an seiner Seite, auf die er sich blind verlassen konnte. Männer, die wussten, was zu tun war. Keine Versager wie diesen dilettantischen Collins mitsamt seinem armseligen Haufen unfähiger Schwuchteln.

Über seinen Communicator stellte er eine abhörsichere Verbindung mit seiner Abteilung her. »Die Situation spitzt sich zu. Zielperson geflüchtet und untergetaucht. Foster und Laymon sollen auf der Stelle hier antanzen. Komplette Ausrüstung. Nächste Meldung um sechzehnhundert.«

Er beendete die Verbindung und zog eine kleine rechteckige Edelstahlbox aus der Hosentasche. Geübt klappte er sie mit einer Hand auf, und eine hellblaue Kapsel glitt in seine Handfläche. Er steckte sie sich zwischen die Zähne und biss zu. Die Wirkung des Brainboosters setzte auf der Stelle ein. Donovans Pupillen und Bronchien weiteten sich. Seine Gedanken wurden schärfer. Mit neuem Elan riss er sich vom deprimierenden Anblick des Brandenburger Tors los.

Ein paar Meter entfernt saß Kenny Porter auf dem Marmorboden, den Oberkörper gegen die Eingangstüren gelehnt. In der rechten Hand hielt er noch immer Emma Fishers weißen Ärmelfetzen wie eine armselige Trophäe in seinen verkrampften Fingern. Ein Arzt und eine bemerkenswert hässliche Krankenschwester bemühten sich nach Leibeskräften, den Wachmann mit Spritzen und Infusionen wieder auf die Beine zu bekommen. Porters Augen waren glasig. Er war bei Bewusstsein, doch es würde dauern, bis er wieder in der Lage war, verständliche Worte zu formulieren. Donovan überlegte, Porter eine oder zwei *Orbital* zwischen die Kiemen zu schieben, doch die beispiellose Unfähigkeit des Wachmanns wollte er nicht unterstützen.

Neben Porter stand Collins, der ein Mitglied seines Teams lautstark zur Schnecke machte. Collins' Kopf war rot wie eine reife Chili. »Scheiße, Rusty, du hast die Sache versaut!«

»Mann, musst du denn nie pinkeln?«, verteidigte sich

Rusty Simmons. »Ich war nur zwei Minuten auf dem Lokus.«

»Willst du mich verarschen?« Collins bemerkte Donovan und steigerte seine Lautstärke, vermutlich um Eindruck zu schinden. »Von Fishers Büro bis hierher benötigt man mindestens fünf Minuten. Fünf Minuten, Rusty, und nicht zwei.«

»Mann, als ich vom Klo zurückkam, hab ich doch erst mal gar nicht bemerkt, dass sie ihr Zimmer *überhaupt* verlassen hat! Ich hab sie nur durch Zufall auf dem Monitor der Eingangsüberwachung entdeckt.«

Collins boxte ihm mit der Faust gegen die Brust. »Da war sie schon so gut wie draußen!«

Simmons änderte seine Haltung und ging von der Rolle des Opferlamms zum verbalen Angriff über. »Wenn die Sache so verdammt wichtig war, *Chef*, warum hast du uns dann nicht zu zweit auf die Schlampe angesetzt? Felton und Garrick waren die ganze Zeit über auf Stand-by.«

»Meine Entscheidungen gehen dich einen Scheißdreck an.«

Donovan hatte genug gehört. Er legte eine Hand auf Collins' Schulter und zog ihn wortlos mit sich.

»Was fällt Ihnen ein?«, empörte sich Collins. »Mischen Sie sich gefälligst nicht in meine Kompetenzen ein.«

»Das nennen Sie Kompetenz?«

Collins machte den Mund auf, um etwas zu erwidern, merkte jedoch, dass mit seinem Gegenüber irgendetwas nicht stimmte, und zog es vor zu schweigen.

»Schicken Sie auf der Stelle ein paar Männer zu Miss Fishers Wohnung«, befahl Donovan. »Möglicherweise wird sie ihr Apartment ein letztes Mal aufsuchen, bevor sie untertaucht.«

Collins zögerte. »Ihnen ist klar, was Sie von mir verlangen?« Nervös zupfte er an seiner Baseballkappe. »Das könnte mich meinen Job kosten.«

»Wenn wir diese Frau nicht bald finden, steht weit mehr auf dem Spiel als nur Ihr Job.«

»Ich verstehe, Sir.«

»Nein, tun Sie nicht, aber das spielt keine Rolle. Sehen Sie, große Taten erfordern große Männer. Die Fähigkeit, erkennen zu können, wann man über sich hinauswachsen muss, ist eine der fundamentalen Eigenschaften von Gewinnern. Ich bin beeindruckt, wie rasch Sie begriffen haben, dass dies hier eine dieser Situationen ist, die nicht das geringste Zögern duldet. Es sind Männer wie Sie, Mr Collins, die unser Land groß gemacht haben.« Donovan sah förmlich, wie der Grünschnabel auf der Stelle um einen halben Meter wuchs, dann warf er seinen Köder aus. »Jemanden wie Sie könnte ich gut in meinem Team gebrauchen. Helfen Sie mir, diese Angelegenheit in Ordnung zu bringen, und ich setze mich beim SCS für Sie ein. Sie würden einen hervorragenden Agenten im Außeneinsatz abgeben.«

Collins sperrte die Augen auf. »Ist das Ihr Ernst?«

»Ich scherze nie.«

Natürlich war kein Wort davon wahr. Donovan war sich im Klaren darüber, wie seine Worte auf den ehrgeizigen jungen Mann wirken mussten, dessen Frust über seine erfolglose Bewerbung beim FBI zweifellos noch immer tief saß. Trotz Collins' offensichtlicher Unzulänglichkeiten benötigte Donovan ihn. Ohne seine Kooperation und seinen Einfluss auf die Security würde er viel Zeit verlieren.

»Nun, wie denken Sie darüber, Mr Collins?«

»Das ist ... ehrlich, das wäre phantastisch. Was immer Sie benötigen, Sir. Sie können sich voll und ganz auf mich verlassen.«

»Willkommen im Team.« Donovan streckte ihm die Hand entgegen.

Collins ergriff sie. »Es ist mir eine Ehre. Sie werden es nicht bereuen.«

»Kommen Sie mit.«

»Wohin?«

»Emma Fisher festnageln, was sonst.«

31

Die Häuserschluchten weiteten sich und gaben den Blick frei auf blauen Himmel und den Eingangsbereich des unterirdischen Hauptbahnhofs. Emma lenkte den Segway von der Straße und stoppte vor einem der vielen verspiegelten Gebäude. In dem Sonnenschutzglas betrachtete sie ihr Spiegelbild und ihre zerrissene Bluse. Sie war vollkommen nassgeschwitzt. Unwillkürlich fragte sie sich, was die Leute um sie herum von ihr dachten.

Sie stieg vom Segway und ging in die Hocke, die Unterarme gegen ihren rebellierenden Magen gepresst. Ihr war übel. Sie dachte an Kenny Porter und sah ihn mit verdrehten Augen zuckend zusammenbrechen. Wie es ihm wohl ging? War er bei Bewusstsein? War er überhaupt noch am Leben? Unter bestimmten Voraussetzungen konnten Taser-Schocks durchaus tödlich sein. Treffer rund um den Herzmuskel, zum Beispiel, galten als höchst risikoreich. Wo genau hatte sie Porter eigentlich getroffen? Alles war so schnell gegangen. Sie wusste nur, dass sie ihn aus kürzester Distanz erwischt hatte. Obwohl sie sich einredete, in Notwehr gehandelt zu haben, wollte ihr Verstand das nicht so ohne weiteres akzeptieren. Sie hätte sich auch einfach ergeben können. Was wäre schon Schlimmes geschehen? Niemand trachtete ihr nach dem Leben. *Tatsächlich nicht?* Während sie auf dem Segway davongeschossen war, hatte sie kurz in die Augen des Mannes gesehen, der neben Jason Collins gestanden hatte und bei dem es sich nur um den CIA-Agenten mit der Blanket-Card handeln konnte. Aus seinen Augen hatte blanker Hass gesprüht. Die Erinnerung daran ließ sie frösteln. Mit welchem Auftrag im Gepäck war er nach Berlin gekommen?

Eine Frau in einem viel zu engen Minikleid stöckelte den Gehweg entlang und warf Emma einen indignierten Blick zu. Emma realisierte, dass sie sich hier auf der Straße praktisch auf dem Präsentierteller befand. Sie musste unbedingt den Segway loswerden, der wie alle mobilen Gefährte in seinem Inneren einen RFID-Chip besaß, mit dessen Hilfe ihn sein rechtmäßiger Besitzer jederzeit und überall lokalisieren konnte, also auch die CIA.

Garantiert hatte diese bereits die städtische Überwachung gehackt und leitete die Bilder sämtlicher Überwachungskameras Berlins auf die gewaltigen Server der NSA um, wo biometrische Identifikationsprogramme damit beschäftigt waren, Emmas Gesicht inmitten des Menschengetümmels der Großstadt aufzuspüren.

Sie schnappte sich Handtasche und Aktenkoffer, kehrte dem Hauptbahnhof den Rücken und machte sich zu Fuß auf den gut drei Kilometer langen Weg zu ihrem Apartment. Ihre ursprüngliche Absicht, die Magnetschwebebahn zu nehmen, kam ihr mit einem Mal reichlich naiv vor.

Sie war noch keine hundert Meter weit gekommen, als Leland Franklin anrief.

32

Hin- und hergerissen betrachtete sie Franklins Kennung auf dem Display. Haufenweise Fragen schrien nach Beantwortung, zu viele Ungereimtheiten verlangten nach Aufklärung. Emma war klar, dass Franklin vielleicht nur deswegen anrief, damit man sie über ihren Communicator orten konnte. Möglicherweise aber war dies die letzte Gelegenheit für ein paar Antworten. Emma wägte das Riskio ab und beschloss, es einzugehen. Gleichzeitig nahm sie sich vor, das Gespräch nach spätestens einer Minute zu beenden, ganz egal, was Franklin zu sagen hatte. Dann nahm sie den Anruf entgegen.

Franklins versteinerte Gesichtszüge sprachen Bände. Zwischen seinen Augenbrauen stand eine kleine, senkrechte Furche. Rechts und links neben den rot unterlaufenen Augen zogen sich tiefe Krähenfüße bis an die Schläfen. Um es auf den Punkt zu bringen, Leland Franklin sah verdammt angepisst aus.

Was das betraf, konnte Emma locker mithalten.

»Sie verlogenes, hinterhältiges Schwein!« Nicht gerade die beste Eröffnung für ein Gespräch, in dem man sich von seinem Vorgesetzten die Beantwortung einiger Fragen erhoffte. Doch was rausmusste, musste einfach raus.

»Ich habe nicht erwartet, dass Sie meinen Anruf entgegennehmen.« Er klang erstaunlich gefasst.

»Vielleicht wollte ich Ihnen nur ins Gesicht sagen, wie enttäuscht ich von Ihnen bin.«

»Sie verstehen das falsch, Emma.«

»Was gibt es da falsch zu verstehen? Sie haben mein Vertrauen missbraucht, mich gedemütigt und mich verkauft.«

»So etwas würde ich nie tun. Bitte glauben Sie mir, das Gegenteil ist der Fall.«

»Ihnen glauben?« Sie lachte verbittert auf. »Was denn? Dass es in der Akte um eine private Angelegenheit geht? Ich fasse es nicht. Wie konnte ich nur so blöd sein.«

Franklin seufzte. »Sie hätten diese Dokumente nie zu Gesicht bekommen sollen. Das war nicht meine Absicht.«

»Das wiederum glaube ich Ihnen aufs Wort.«

»Alles ist anders, Emma.«

»Von nun an mit Sicherheit. Ich habe Ihre *Absichten* durchschaut.«

»Was wissen Sie schon!« Er wurde lauter. »Wie können Sie annehmen, meine Absichten zu kennen, wenn Sie nicht einmal die leiseste Ahnung haben, worum es hier geht.«

»Ich kenne den Inhalt der Akte.«

»Etwas lesen und es verstehen sind zwei Paar Stiefel.«

»Tatsächlich?«

»Wir müssen reden. Aber nicht am Telefon.«

»Vergessen Sie's.« Zwei Asiaten in violetten Anzügen gingen plaudernd an ihr vorbei. Automatisch senkte sie ihre Stimme. »Sie haben maßgeblich an der Vertuschung von vier Morden mitgewirkt. Ihr Arsch ist geliefert, wenn das an die Öffentlichkeit gerät. Dazu muss man kein Hellseher sein.«

»Sicher. Aber das ist nur eine Seite der Medaille. Noch einmal, Emma, Sie verstehen nicht, worum es hier *wirklich* geht.«

Emma sah auf die Uhr. Die Minute, die sie sich als Limit gesetzt hatte, war fast vorbei. Trotzdem hörte sie sich sagen: »Dann klären Sie mich auf. Jetzt sofort.«

»Deswegen möchte ich mich ja mit Ihnen treffen.«

»Verarschen kann ich mich selbst.«

»Vertrauen Sie mir!«

»Das sagten Sie bereits. Übrigens, wie geht es Porter?«

»Porter? Ach ja, der Wachmann. Sie haben dem armen Kerl ganz schön was verpasst, aber er wird wieder.«

Gott sei Dank. »Richten Sie ihm aus, es tut mir leid.«

»Kommen Sie vorbei und sagen Sie es ihm selbst.«

»Netter Versuch. Liz wäre drauf reingefallen.«

»Sie kennen die Fakten doch überhaupt nicht«, brauste Franklin auf. »Sie können die Akte in ihrer ganzen Dimension überhaupt nicht erfassen. An Ihrer Stelle würde ich mir allmählich Gedanken machen, wie Sie aus dieser Sache wieder herauskommen.«

»Dasselbe könnte ich auch zu Ihnen sagen.« Erneut warf Emma einen Blick auf die Uhr. Inzwischen war bereits etwas mehr als eine Minute verstrichen, aber eine Frage musste sie noch stellen. »Was haben Sie mir anzubieten?«

»Übergeben Sie mir die Akte, und ich werde mich dafür einsetzen, dass Sie mit einer vergleichsweise milden Disziplinarstrafe davonkommen. Natürlich nur, sofern Sie das Material nicht in irgendeiner Form weitergereicht haben.«

»Vielleicht habe ich das ja bereits?«, entgegnete sie spitz.

»Das haben Sie nicht. Dazu kenne ich Sie zu gut. Ich bitte Sie ein letztes Mal, vertrauen Sie mir!«

»Für wie blöd halten Sie mich? Sie haben die Firma eingeschaltet, und die Tatsache, dass Sie nicht Derek Greene, sondern gleich die höchsten Ebenen informiert haben, zeigt mir Ihre Prioritäten. Unter den gegebenen Umständen werden Sie also sicher Verständnis für mein Misstrauen aufbringen.«

»NSA, Emma, nicht CIA. Der Special Collection Service, um es zu präzisieren.«

»Special Collection Service?«, wiederholte sie irritiert. »Lassen Sie sich etwas Besseres einfallen. Der SCS wurde vor mehr als zwei Jahrzehnten kraft eines Kongressbeschlusses aufgelöst.«

»Irrtum, Emma. Sie legen sich gerade mit den ganz großen Tieren an. Das sollten Sie wissen, wenn Sie vorhaben, auf mein Friedensangebot nicht einzugehen.« Die Furche zwischen seinen Augenbrauen wurde tiefer. »Mein Gott, kommen Sie endlich zur Vernunft. Übergeben Sie mir die Akte, und ich werde mich für Sie einsetzen. Das ist Ihre letzte Chance.«

»Ihre Lügen ziehen nicht mehr. Die Opfer der Angehörigen haben ein Recht darauf, die Wahrheit zu erfahren.«

Franklins Gesichtsausdruck veränderte sich, wurde eine Spur sanfter. »Es ist wegen Ihrer Schwester, nicht wahr?« Er seufzte. »Ich verstehe. Aber es bringt Meredith nicht wieder zurück, wenn Sie Ihr Leben leichtfertig verpfuschen. Sie sind Diplomatin, Emma. Sie wissen genauso gut wie ich: Es gibt nicht nur *die eine* Wahrheit.«

»Lassen Sie Meredith aus dem Spiel.«

»Stellen Sie sich. Noch ist es nicht zu spät.«

»Vergessen Sie's!«

Die Diskussion drehte sich im Kreis. Im Grunde war alles und gleichzeitig nichts gesagt. Mehr als vage Andeutungen und belanglose Informationen hatte Franklin nicht zu bieten.

Erschrocken bemerkte Emma, dass zwei Minuten verstrichen waren, seitdem sie das Telefonat angenommen hatte. Franklin redete weiter auf sie ein, doch seine Worte klangen mit einem Mal gedämpft, als kämen sie aus einem anderen Universum. Sie hörte nicht mehr hin. Wie hatte sie so nachlässig sein können? Mit Sicherheit war die CIA, der SCS oder wer auch immer längst unterwegs. Hektisch sah sie sich um. Sie musste sofort von hier verschwinden.

Sie setzte sich in Bewegung und unterbrach Franklin, der noch immer auf sie einredete. »Eine letzte Frage. Warum ich? Warum zum Teufel musste ausgerechnet ich nach dieser verdammten Akte suchen?«

Er sah sie verständnislos an. »Ja, haben Sie mir denn gerade eben nicht zugehört?«

»Egal. Spielt sowieso keine Rolle mehr. Ich werde die Wahrheit ans Tageslicht bringen!«

Sein Gesicht färbte sich tiefrot. »Himmel, Arsch und Zwirn, es geht hier um mehr als um ein paar Menschenleben. Geht das denn nicht in Ihren sturen Schädel?«

»Fahr zur Hölle, *Leland*!«

Sie deaktivierte ihren Communicator, entnahm dessen Akku und beschleunigte ihre Schritte. Sie bog um eine Häuserecke in eine wenig belebte Nebenstraße. Hinter einem Monstrum von Müllcontainer blieb sie stehen. Wohin wollte sie eigentlich? Die Erkenntnis traf sie wie ein Peitschenhieb aus heiterem Himmel. Zurück in ihr Apartment konnte sie nicht. Dort wartete man sicher längst auf sie. *Mist!*

Wütend schlug sie mit der flachen Hand gegen den Container. Hatte sie überhaupt jemals einen Plan oder zumindest den Ansatz einer Idee gehabt, wie sie weiter vorgehen wollte? Außer Nick anzurufen, der sie allem Anschein nach ignorierte? Verzweiflung packte sie, und ihr wurde klar, dass sie keine Ahnung hatte, wie es weitergehen sollte.

Sie hieb ein weiteres Mal auf den Container ein und lief dann dem einzigen Zufluchtsort entgegen, der ihr momentan in den Sinn kam.

33

Mit Collins im Schlepptau betrat Donovan Emma Fishers Büro.

»Warten Sie vor der Tür«, befahl er, »und sehen Sie zu, dass ich endlich die Auswertungen dieses Terminals bekomme. Ich will über jede Aktivität Bescheid wissen, die in den letzten 96 Stunden unter Emma Fishers Kennung vorgenommen wurde. Herrgott, womöglich hat sie die Akte bereits an Wikileaks weitergeleitet!«

Collins nickte und zog sich zurück.

Donovan sah sich um. Zu seinen Aufgaben beim SCS gehörten üblicherweise die weltweite Überwachung und Entschlüsselung sämtlicher elektronischer Kommunikation sowie des Datenverkehrs, aus denen man nachrichtendienstlich verwertbare Informationen herausfilterte und analysierte. Was jedoch nicht bedeutete, dass Donovan klasssische Ermittlerarbeit fremd war. Vielleicht entdeckte er in Emma Fishers Büro die ein oder andere Information, die so nicht in ihrem Dossier stand und die dabei helfen konnte, sie aufzuspüren. Zumal ihr Dossier nicht viel hergab.

Geboren in Los Angeles, hatte sie bis zu ihrem vierzehnten Lebensjahr eine unbeschwerte Kindheit im Kreis einer wohlhabenden, angesehenen Familie verbracht. Ihr Vater saß im Vorstand einer Privatbank, ihre Mutter, eine Deutsche, kümmerte sich losgelöst von finanziellen Sorgen um den Haushalt und ihre beiden Töchter. Emmas Kindheit endete, als ihre Schwester bei einem Autounfall ums Leben kam. Die junge Emma erlitt einen Nervenzusammenbruch. Für die Familie Fisher waren die folgenden Jahre geprägt von der Suche nach dem Unfallverursacher, den man jedoch nie ermitteln konnte. Ihr Studium schloss Emma mit summa cum laude ab. Sie bewarb sich in Berlin als Fachkraft in der politischen Abteilung und wurde postwendend eingestellt. Der Rest war, wie man so schön zu sagen pflegte, Geschichte.

Laut dem eilig zusammengestellten Dossier pflegte sie keine ernsthaften Beziehungen zu Männern, doch in diesem Punkt verließ sich Donovan nicht allzu sehr auf die Recherchen. Gerade bei diesem Thema ergaben sich oftmals Überraschungen. Eine erste Kreditkartenanalyse hatte ergeben, dass Emma Fisher einen gesunden Lebensstil pflegte. Sie kaufte bevorzugt ökologisch angebaute Nahrungsmittel, rauchte nicht, trank selten Alkohol und ging nur hin und wieder aus. Ihre Krankenakte war makellos. Lediglich ihr Kaffeekonsum lag mit 17 Prozent leicht über dem durchschnittlichen Verbrauch eines US-Bürgers. Bei so viel Anständigkeit hätte Donovan am liebsten gekotzt.

Alles in allem war das Dossier wenig aufschlussreich. Donovan tat gut daran, im Hier und Jetzt zu ermitteln. Ein Tatort enthielt immer Spuren, die auf den Charakter und die Denkweise des Täters hinwiesen und oft auch auf dessen Motivation. Auch Emma Fishers Wohnung würde einiges über sie zu erzählen haben. Er bleckte die Zähne. Er würde diese Frau bis in ihr Innerstes durchleuchten, sie in- und auswendig kennenlernen und sie dann schnappen, wenn sie es am wenigsten erwartete.

Er setzte sich an den Schreibtisch und durchsuchte diesen gründlich. Er enthielt nichts, was Donovan weiterbrachte. Es dauerte jedoch nicht lange, bis er etwas entdeckte, das ihm ein fettes Grinsen entlockte. Der Spürhund hatte die Witterung aufgenommen.

34

»Trink einen Schluck. Das beruhigt«, sagte Kiara Kolani und reichte Emma einen Becher frisch zubereiteten Filterkaffee.

Emma nickte, führte den Becher jedoch nicht an die Lippen, sondern hielt sich mit beiden Händen daran fest, als gäbe er ihr den momentan dringend benötigten Halt.

»Na los! Trink! Hat ein Vermögen gekostet«, lächelte Kiara und setzte sich ihr gegenüber auf einen Hocker aus blauem Kunstleder. Obwohl die Fenster weit offen standen, war es heiß und stickig. Die Klimaanlage funktionierte seit Monaten nicht. Emma rann der Schweiß in Strömen am Körper hinunter. Kiara war barfuß und trug außer einem zitronengelben, bauchfreien Top mit Spaghettiträgern und einem knappen feuerroten Höschen nichts weiter am Leib.

»Danke«, sagte Emma, ohne den Blick vom Becher zu nehmen.

»Wofür? Für den Kaffee, den du nicht anrührst?«

»Dafür, dass du da bist, wenn man dich braucht.«

»Werd nicht sentimental. Erzähl mir lieber, was los ist. Ich hab dir auch schon oft genug mein Leid geklagt.«

Emma blickte ihrer Freundin in die Augen. »Das ist lieb, und ich weiß es zu schätzen, aber ich will dich da nicht mit reinziehen.«

»In was?«

»Lass es gut sein, Ki.«

»He, ich bin eine Frau«, sagte sie augenzwinkernd. »Unstillbare Neugierde ist mir angeboren.«

»Neugier bringt die Katze um.«

»So schlimm?«

Emma nickte.

»Das dachte ich mir heute morgen schon. Scheiße.« Kiara stand auf. »Vergiss den Kaffee. Ich hol uns was Stärkeres.«

»Wie lange kennst du mich jetzt schon, Ki?«

»Okay, also nichts Hochprozentiges für *dich*.« Sie verschwand in der Küche, kehrte kurz darauf mit einem Bacardi-Breezer zurück und wackelte mit der Flasche. »Sicher nichts?«

»Ganz sicher. Aber ich könnte eine Dusche vertragen, und ich brauche frische Klamotten.« Sie deutete auf ihre zerrissene Bluse.

»He, Süße, mein Schrank ist dein Schrank.« Sie knuffte Emma in die Seite, nahm sie bei der Hand und führte sie ins Schlafzimmer. »Mal sehen, was wir aus dir machen können.«

Eine halbe Stunde später betrachtete sich Emma im Spiegel. Nach langem Hin und Her hatte sie sich für ein unauffälliges dunkelblaues T-Shirt entschieden, das ihr eine Nummer zu groß war, und für ein Paar Bluejeans, die Kiara angeblich seit Jahren nicht mehr trug, weil sie ihr irgendwann beim Waschen eingegangen waren. Gerne hätte sich Emma noch ein paar bequeme Turnschuhe ausgeliehen, doch die waren allesamt drei Nummern zu groß. Wenigstens passte die Jeans.

»Du siehst großartig aus«, sagte Kiara.

»Die Dusche tat gut.«

»Und was jetzt?«

»Ich muss jemanden anrufen.« Emma ging ins Wohnzimmer und kramte das Prepaid-Handy aus ihrer Handtasche.

»Was ist das denn für ein Teil?«

»Mein Communicator wird mit Sicherheit abgehört. Außerdem könnte man mich orten.«

»Scheiße.«

»Du sagst es.«

»Wen rufst du an?«

»Nick.«

»*Den* Nick?« Kiara grinste schelmisch. »Ich dachte, den hast du in den Wind geschossen?«

»Hab ich auch.«

»Aber jetzt rufst du ihn an.«

»Ich brauche ihn.«

Kiaras Grinsen wurde breiter.

»Ach Ki, nicht, was du schon wieder denkst. Nick ist Journalist. Er kann mir helfen.«

»Soso.«

»Rein beruflich.«

»Soso.«

»Blöde Kuh.«

Emma tippte auf Wahlwiederholung und scheuchte ihre Freundin aus dem Zimmer.

Nicks Gesicht erschien auf dem Display.

Sie räusperte sich. »Hi.«

»Hi.« Er sah müde aus.

»Warum hast du gestern einfach aufgelegt?«

»Wenn du vorhast, mich wieder blöd anzumachen, lege ich sofort auf. Ich bin wirklich nicht in der Stimmung, mich mit dir zu streiten. Ich habe gerade genügend andere Sorgen.«

Du hast Sorgen? Frag mich mal.

»Sorry. Ich bin wohl gestern etwas übers Ziel hinausgeschossen.«

»Was willst du?«

»Das ist nicht so leicht zu erklären.« Sie zögerte. »Zumindest nicht am Telefon.«

»Du hast von einer Story gesprochen.«

»Richtig.«

»Ein wenig mehr Information dürfte es schon sein.«

»Nicht am Telefon. Die Sache ist zu brisant.«

»Jede gute Story ist brisant, ansonsten wäre es keine gute Story.« Er seufzte. »Okay, gib mir wenigstens ein paar Stichworte.«

»Das kann ich nicht. Mein Communicator wird überwacht.«

»Du wirst überwacht?« Er wurde hellhörig. Mit einem Mal flackerte Interesse in seinem Gesicht auf. »Von wem?«

»Nicht am Telefon.«

»Deshalb die anonyme Rufnummer?«

»Ja.«

»Okay, aber wenn ich dich richtig verstehe, wird dein Communicator überwacht, *diese* Rufnummer dagegen nicht. Also warum diese Geheimniskrämerei?«

Nicks Penetranz war zum Aus-der-Haut-Fahren. Warum konnte er nicht einfach sagen: *Geht klar, wir treffen uns in einer Stunde, dann reden wir darüber.* Nein, Nick Schäfer musste mal wieder den Schlaumeier spielen und ihr die Worte im Mund verdrehen. Wie viel konnte sie am Telefon preisgeben, ohne die Quantencomputer von NSA und SCS sofort auf ihre Spur zu führen? Diese reagierten auf bestimmte Schlüsselbegriffe sowie Stimmprofile und schlugen Alarm, sobald irgendwo auf der Welt eines von Millionen Telefongesprächen in ein entsprechendes Suchraster fiel.

»Also gut, hör mir jetzt genau zu und stell keine Fragen!«

Er nickte.

In wenigen Sätzen schilderte sie ihm grob die Geschehnisse der letzten 48 Stunden, wobei sie peinlichst genau darauf achtete, bestimmte Wörter zu vermeiden, von denen sie vermutete, dass diese als Schlüsselbegriffe für eine mögliche Überwachung verwendet wurden. »Verstehst du jetzt, weshalb ich am Telefon nicht eingehender darüber reden möchte?«

»Ganz schön abgefahren.«

»Glaubst du, ich denke mir diesen ganzen Mist aus!«

»O Mann, natürlich nicht.« Er verdrehte die Augen. »Reg dich ab.«

»Bist du interessiert? Ja oder nein?«

»Kacken Möwen auf Schiffsplanken?«

»Heißt das, du hilfst mir?«

»Das heißt, ich bin interessiert«, erwiderte er ausweichend. »Ich möchte mir diese Akte zuerst ansehen, bevor ich dir irgendetwas zusage. Nachher nagelst du mich noch auf Dinge fest, die ich so nie gesagt oder getan habe.«

Sie atmete tief durch und ermahnte sich, nicht auszuflippen. *Typisch.* Mit diesem Kerl konnte man sich keine fünf Minuten unterhalten, ohne unterschwellige Vorhaltungen verpasst zu bekommen. »Einverstanden. Wo bist du gerade?«

»Magnetschwebebahn. Ich komme in zwanzig Minuten in Berlin-Hauptbahnhof an.«

Die erste gute Nachricht des Tages. Sie verabredeten ein Treffen im Historischen Zoo Berlins, für den gleich zwei gute Gründe sprachen. Als Jahreskarteninhaberin musste Emma beim Eintritt keine verräterische Kreditkartenabbuchung befürchten, und die Überwachungskameras dort gehörten zu einem privaten Sicherheitsunternehmen und waren demzufolge nicht an das öffentliche Netz angeschlossen.

Diesmal beendete Emma das Gespräch. Sie ging zum Bad, klopfte an und linste hinein. Kiara stand eingewickelt in ein Handtuch vor dem Spiegel und zupfte sich die Augenbrauen. »Alles paletti?«

»Wie man's nimmt.« Emma zögerte einen Moment, dann gab sie sich einen Ruck. »Hör mal, Ki, ich fürchte, ich muss dich noch um einen weiteren Gefallen bitten.«

»Alles, was du willst, Darling.«

35

Die Tür glitt auf, und Jason Collins trat ein. »In fünf Minuten bekommen wir das Telefonprotokoll.«

Donovan fluchte. Herrgott, wieso dauerte das so lange?

»Wie gut kennen Sie die Flüchtige?«, wollte er wissen.

»Im Grunde genommen überhaupt nicht. Ich habe sie nur ein- oder zweimal kurz getroffen.«

»Was wissen Sie über sie?«

»Nicht viel.« Collins dachte nach. »Botschafter Franklin hält viel von ihr. Nun ja, jetzt wahrscheinlich nicht mehr.«

»Da wäre ich mir nicht so sicher«, erwiderte Donovan kryptisch.

»Wie meinen Sie das?«

»Spielt keine Rolle.« Donovan lockerte seinen verspannten Nacken, indem er den Kopf mehrmals nach links und rechts neigte, und fuhr damit fort, Emma Fishers Terminal nach Hinweisen zu durchsuchen. Dateien scrollten in einer unendlichen Liste nach unten. Donovan gab sich keinen Illusionen hin. Mit hoher Wahrscheinlichkeit hatte die Flüchtige alle verräterischen digitalen Spuren beseitigt.

Collins trat hinter ihn und linste ihm über die Schulter. »Nach was genau suchen Sie?«

»Wie würden Sie denn vorgehen?«, erwiderte Donovan, ohne die Augen vom Bildschirm abzuwenden.

Collins antwortete konzentriert und mit Bedacht. »Ich würde zuerst im lokalen Protokoll nachsehen, welche Aktionen Miss Fisher in den letzten 24 Stunden durchgeführt hat. Vielleicht hat sie Kopien der Akte per Mail versandt, ins Web gestellt oder so was in der Art.«

»Mmmh. Und weiter?«

»Je nachdem, was dabei herauskommen würde ...«

»Gehen Sie davon aus, dass diese Spur im Sand verläuft.«

»Die Telefonate? Verbindungsprotokolle durchsehen, Videonachrichten kontrollieren.«

»Aber klar doch.«

Zielsicher huschten Donovans Augen über den Buchstaben- und Zahlensalat. »Was meinen Sie dazu?«

»Sie hat den Cache gelöscht«, stellte Collins fest. »Unmittelbar bevor sie die Botschaft verlassen hat.«

»Mit Sicherheit aus gutem Grund«, knurrte Donovan. »Herrgott, Collins, machen Sie Ihrer IT-Abteilung endlich Feuer unterm Hintern und schaffen Sie die gottverdammten Back-up-Daten herbei!« Er hieb mit der Faust auf den Schreibtisch.

»Jawohl, Sir.«

Die Tür glitt zur Seite, und zwei von Collins' Männern traten ein. Ein langer Lulatsch von mindestens zwei Metern sowie ein anderer von Donovans muskulöser Statur.

»Sir, das sind Brad Silverstone und Joshua Stern.«

»Meine Herren, Mr Collins hat einen Spezialauftrag für Sie, den er Ihnen draußen auf dem Flur erläutern wird. Danke für Ihre Kooperation.« Mit eindeutigen Handbewegungen wies Donovan die Männer an, das Zimmer zu verlassen. Ihre irritierten Blicke gingen ihm am Arsch vorbei. An derlei Reaktionen war er gewöhnt.

Die Tür schloss sich, und er war allein. Endlich Zeit, um in Ruhe nachzudenken. Er zog die kleine Tablettenbox aus der Hosentasche. Eine weitere *Orbital* würde seine Gedankengänge erheblich schärfen.

36

Der Historische Zoo lag im Ortsteil Tiergarten und bildete mit der angeschlossenen Parkanlage die grüne Lunge Berlins.

Der Aktenkoffer wog schwer in Emmas Hand, während sie den Souvenirshop gleich hinter dem Elefantentor passierte und an dem daran anschließenden Asiengehege links abbog. Der beißende Gestank dickfelliger Schneeleoparden lag in der Luft. Irgendwo kreischte ein Affe. Kurz darauf erreichte Emma dann auch schon die Freigehege der Menschenaffen, für deren Bewohner sie heute jedoch kein Interesse aufbrachte. Sie ließ den Affenfelsen links liegen, umkurvte Mütter, die Kinderbuggys vor sich herschoben, und steuerte zielstrebig auf eine Wiese am Rande des Vierwaldstätter Sees zu, dessen nördliches Ufer von Hunderten Flamingos in eine rosarote Fläche verwandelt wurde. Aus weiter Entfernung drangen die Geräusche der Seelöwen-Fütterungsshow herüber, die mit dem obligatorischen Kreischen kleiner Kinder einherging. Emma erreichte die Grünanlage mit den urigen Bänken und Sonnenschirmen. Um diese Uhrzeit tummelten sich dort hauptsächlich Mütter, die ihren Sprösslingen beim Toben und Fußballspielen zusahen.

Nick saß unter einem der Sonnenschirme am Rand der Anlage und hatte einen Tisch für sich allein, was mit Sicherheit daran lag, dass er trotz eines unübersehbaren »Rauchen verboten«-Schildes in aller Ruhe eine Zigarette qualmte. *Typisch.* Sein kurzärmeliges Hemd und die Khaki-Shorts gehörten dringend gebügelt, die grünen Chucks spotteten sowieso jeder Beschreibung. Solche Schuhe trugen nur Teenager. Trotz dieser modischen Defizite sah er mit seinem wuscheligen Lockenkopf und den unschuldig dreinblickenden braunen Augen verdammt gut aus. Es ärgerte Emma, dass Nick trotz allem noch immer eine so starke Anziehung auf sie ausübte.

Er bemerkte sie und winkte ihr zu.

Sie setzte sich ihm gegenüber auf eine schattige Holzbank und klemmte den Aktenkoffer unter dem Tisch zwischen ihre Beine. »Weißt du, warum ein kluger Mensch vor vielen Jahren das Piktogramm erfunden hat?«

»Wie ich dich kenne, wirst du es mir gleich erklären«, erwiderte er nicht unfreundlich, aber distanziert.

»Weil Piktogramme über alle Grenzen hinweg international verständlich sind.«

»Kommt noch eine Pointe, oder war's das?«

Sie zeigte auf die Zigarette in seiner Hand und anschließend auf das Verbotsschild hinter ihm.

»Etwas mehr Lockerheit täte dir gut«, sagte er, ohne sich umzudrehen, und zog wie zum Trotz genüsslich an seiner Kippe. »Du bist zu verkrampft.«

»Und du tätest gut daran, etwas weniger egoistisch zu sein und die Wünsche anderer mehr zu respektieren.«

Er verdrehte die Augen, warf die halb gerauchte Kippe auf den Boden und trat sie aus. »Zufrieden?«

»Nein. Dort drüben steht ein Mülleimer.«

»O Mann.«

Emma wollte sich nicht gleich in der ersten Minute ihres Treffens streiten und schlug einen versöhnlicheren Tonfall an. »Wartest du schon lange?«

»Zehn Minuten.« Er musterte sie. »Lange nicht mehr gesehen.«

»So lange nun auch wieder nicht.«

»Immerhin vier Wochen und drei Tage.«

»Vier Wochen und vier Tage«, präzisierte sie und strich sich eine lila Strähne aus der Stirn.

»Wie auch immer. Unser letzter Abend ist mir auf jeden Fall noch gut in Erinnerung.«

»Mir auch.«

»Ich verstehe immer noch nicht, weshalb du auf einmal beschlossen hast, auszuflippen.«

»Ich habe nicht *beschlossen* auszuflippen, du hast mich dazu *gebracht*. Übrigens, ich hoffe, die Flecken auf deinem Hemd sind rausgegangen.«

»Nein, sind sie nicht.«

»Tut mir leid.« *Gut so.*

»Scheinheiligkeit steht dir nicht.« Er grinste.

»Und wenn schon. Du bist selbst schuld.« Sie verschränkte die Arme vor der Brust. »Ich hoffe, sie war es wert.«

»Wer?«

»Frag nicht so bescheuert.«

»Katharina?«

»Keine Ahnung, wie viele Tussis du sonst noch am Start hast.«

Er seufzte. »Zum tausendsten Mal, Katharina und ich sind nur gute Freunde. Wir hatten und haben nichts miteinander.«

Sie hielt seinem Blick stand. Das Problem mit Nick war, dass man nie so recht wusste, woran man bei ihm war. Mit seinem Charme konnte er Frauen nach Belieben um den Finger wickeln. Gerade eben zum Beispiel sah er aus, als meinte er es ehrlich. Fast hätte sie ihm geglaubt, doch sie ermahnte sich, nicht auf seinen Hundeblick hereinzufallen.

»Ihr habt eng umschlungen an der Bar gestanden«, erinnerte sie ihn.

»Eine rein freundschaftliche Umarmung.«

»Sie hat dir einen Kuss auf den Mund gegeben! Gute

Freunde küsst man auf die Wange, Nick, nicht auf den Mund!«

»Ich sag doch: Du bist zu verkrampft.«

Sie atmete tief durch und merkte, dass sie für derartige Gespräche heute keine Energie aufbrachte. »Lass uns über das Geschäftliche reden.«

In einer entschuldigenden Geste breitete er die Arme aus. »Du hast damit angefangen. Aber gut, kommen wir zu deiner Story. Am Telefon klang alles ein wenig diffus.«

»Ich musste eben bestimmte Wörter und Details vermeiden.«

»Du denkst wirklich, du wirst abgehört?«

»Ja.«

»Von wem?«

Wie in einem schlechten Film, sah sie sich unauffällig nach allen Seiten um. »Special Collection Service. Eine Spezialabteilung der Nationalen Sicherheitsbehörde der Vereinigten Staaten.«

»Willst du mich verarschen?«

»Nein.«

»Vermutest du das nur, oder weißt du es genau?«

»Sagen wir, ich bin mir ziemlich sicher.«

»Okay.« Zweifelnd runzelte er die Stirn. »Dann schieß mal los. Ehrlich gesagt, habe ich nicht einmal die Hälfte von dem verstanden, was du erzählt hast.«

»Tatsächlich? Am Telefon klang das anders.«

Er zögerte. »Okay, um die Wahrheit zu sagen ... mit oder ohne Story ... ich wollte dich auf jeden Fall sehen.«

Emmas Mund fühlte sich plötzlich sehr trocken an. Wie hatte er das gerade eben gemeint? Unschlüssig, was sie darauf erwidern sollte, rieb sie sich mit der Hand über den Nacken. Verdammt noch mal, konnte er diesen treudoofen Hundeblick nicht einfach bleiben lassen?

»Willst du jetzt wissen, worum es bei der Story geht, oder nicht?«

Ein Anflug von Enttäuschung huschte über sein Gesicht. »Klar. Schieß los.«

37

Die Wirkung des Orbitals setzte ein, und Donovan spürte, wie seine Gedanken allmählich wieder an Schärfe gewannen.

Jason Collins kehrte zurück und verkündete: »Brad und Joshua sind unterwegs zu Fishers Apartment.«

»Weshalb hat das so lange gedauert? Und was haben Sie den Männern erzählt?«

»Nichts, und genau das ist mein Problem. Ich verlange von den beiden etwas Illegales, erkläre ihnen aber nicht weswegen. Darum hat es so lange gedauert.«

»Mit Untergebenen zu diskutieren ist ein Fehler. Es untergräbt den Respekt. Hierarchien sind nicht dazu da, um infrage gestellt zu werden.«

»Selbstverständlich, Sir.«

»Wie sollen diese Männer einen Vorgesetzten respektieren, der sich für einen Befehl rechtfertigt? Wo soll das hinführen?« Angewidert verzog Donovan das Gesicht. »Es führt geradewegs ins Chaos. Herrgott, verschaffen Sie sich endlich Respekt!«

Collins nickte geflissentlich, zuckte aber gleichzeitig

mit den Schultern. »Bis vor wenigen Wochen waren wir alle Kameraden im gleichen Dienstgrad. Soll ich meine Kumpels jetzt etwa vor den Kopf stoßen?«

»Diese Männer sind Untergebene und nicht mehr Ihre *Kumpels*, Mr Collins, aber das können Sie halten, wie Sie wollen. Ich habe Ihnen lediglich einen Rat erteilt. Nur eins noch: *Meine* Männer würden für mich sterben.«

»Ich verstehe, Sir.«

Crypto City meldete sich. »Sir, die Zielperson hat vor wenigen Minuten einen verschlüsselten Anruf erhalten. Inzwischen haben wir ihn decodiert.«

»Woher kam der Anruf?«

»Aus unserer Botschaft in Berlin.«

Donovan runzelte die Stirn. »Aufzeichnung starten.«

Gebannt lauschte Donovan einem Gespräch zwischen Leland Franklin und Emma Fisher, das vor wenigen Minuten stattgefunden hatte. Donovan war nicht gänzlich überrascht, dass Franklin auf eigene Faust versuchte, Emma Fisher zur Rückkehr zu bewegen. »Irgendwelche anderen Telefonate oder Mails über Fishers Communicator in der letzten Stunde?«

»Nein, Sir. Weder von ihrem Terminal zu Hause noch aus der Botschaft.«

»Was ist mit der Ortung ihres Communicators?«

»Momentan keine Ortung möglich. Sofort nach dem Gespräch von soeben hat die Zielperson ihren Communicator ausgeschaltet. Letzte Ortung vor 18 Minuten, Parkplatzareal Berlin-Hauptbahnhof.«

»In Ordnung. Bleiben Sie dran.« Donovan beendete die Verbindung. Er hatte sich nicht getäuscht. Die Kleine war clever. Aber was sollte dieser Anruf von Franklin?

War es wirklich nur der Versuch, Emma Fisher zur Umkehr zu bewegen? In den letzten 48 Stunden hatte Franklin insgesamt sieben Mal versucht, sie zu kontaktieren. Sobald Donovan die Back-up-Daten der IT-Abteilung vorlagen, würde er Franklin einen Besuch abstatten.

38

Langsam, aber stetig wanderte der Schatten des Sonnenschirms über Bank und Tisch. Die Worte sprudelten nur so aus Emma heraus. Nick saß ihr gegenüber und hörte aufmerksam zu. Minutiös berichtete sie, wie Leland Franklin sie in den Keller geschickt hatte, um nach einer alten Akte zu suchen, wie sie die Akte digitalisiert, auf einen USB-Stick kopiert und beides aus der Botschaft geschmuggelt hatte. Als sie zu ihrer überhasteten Flucht und den Kampf mit Kenny Porter kam, fiel es ihr schwer, die richtigen Worte zu finden. Sollte sie Nick in ihre Achterbahnfahrt der Gefühle einweihen – zwischen Überzeugung und Zweifel, zwischen Loyalität und Schuld? Sie betrachtete ihn und spürte, dass sie dazu noch nicht bereit war.

»Was denkst du?«, wollte sie wissen.

In Gedanken versunken, zog er eine Zigarettenschachtel aus der Brusttasche seines Hemdes, warf ihr einen Blick zu und schob die Kippen kommentarlos wieder zurück. »Ich denke, jetzt wäre ein guter Zeitpunkt, einen Blick in diese ominöse Akte zu werfen.«

»Hier?«

»Warum nicht? Kein Mensch interessiert sich für uns.«

Emma blickte rundum. Die einzelnen Tische standen weit genug auseinander, und die Mütter, die an ihnen saßen, hatten ohnehin nur Augen für ihre spielenden Sprösslinge. »Meinetwegen.«

Sie nahm den Ordner aus dem Aktenkoffer und schob ihn über den Tisch. Nick schlug ihn auf und begann, Seite für Seite zu überfliegen. Nach einer Weile tippte er mit dem Finger auf eines der Dokumente. Ohne aufzusehen, fragte er: »Der Name deines Bosses ist Leland Franklin, richtig?«

»Ja.«

»Bist du dir sicher, dass er und der Franklin, von dem hier die Rede ist, ein und derselbe sind?«

»Hundertprozentig.«

»Hat er dir jemals zuvor von dieser Sache erzählt?«

»Spinnst du?«

»Ich meine natürlich nicht die Morde. Hat er dir gegenüber nie erwähnt, dass er seinerzeit auf der Independence war?«

»Wieso sollte er?«

»Ihr verbringt viel Zeit miteinander, während ihr von einer Veranstaltung zur nächsten fahrt.« Nick sah auf. »Sprecht ihr da nie über persönliche Dinge?«

»Du meine Güte, Nick, wir reden hier vom amerikanischen Botschafter! Franklin ist 64 Jahre alt, verheiratet und mein Vorgesetzter. Wir verstehen, ich meine, *verstanden* uns gut, aber stets auf rein geschäftlicher Ebene. Darüber hinaus trennen uns aber Welten. Um also deine Frage zu beantworten: Nein, ich weiß praktisch weder etwas über seine Vergangenheit, noch kenne ich den Menschen Franklin.« Sie lachte bitter auf. »Was mir neuerdings schmerzhaft bewusst wird.«

»Aha.« Er vertiefte sich wieder in die Akte.

Nach einer Weile blickte er auf. »Mein Englisch ist zwar gut, so gut aber auch nicht. Warum gehen wir diese Dokumente nicht gemeinsam durch?«

Sie lächelte und setzte sich neben ihn.

39

»Dies ist ein Abhörprotokoll der NSA, der Nationalen Sicherheitsbehörde der Vereinigten Staaten«, erklärte Emma, »von der viele scherzhaft behaupten, die Abkürzung NSA stehe für ›No Such Agency‹ – eine solche Behörde gibt es nicht.«

»Sogar ich weiß, dass es die gibt«, entgegnete Nick.

»Sieh mal. Die zu den Telefonanschlüssen gehörenden Namen sagen mir nicht das Geringste, aber die Rufnummern sind äußerst seltsam.«

»Inwiefern?«

»Eine amerikanische Rufnummer besteht aus sieben Ziffern, zusätzlich einem dreistelligen Area-Code, vergleichbar einer deutschen Vorwahl. Die Area-Codes auf dieser Liste jedoch besitzen durchweg vier Stellen.« Sie schüttelte den Kopf. »Es gibt keine vierstelligen Area-Codes.«

»Anscheinend doch«, kommentierte Nick. Er zog einen Notizblock mitsamt Kugelschreiber aus seinem Rucksack und machte sich eine Notiz.

Emma heftete das Dokument ab und nahm den Bericht eines Navy-Offiziers namens Marcus Brooks, gerichtet an das CIA-Hauptquartier in Langley, zur Hand. »Dieser Bericht handelt von technischen Problemen an Bord der Independence.«

»Lass mal sehen«, forderte Nick und nahm Emma das Papier aus der Hand. Er überflog die Seite und sagte: »Offenbar sind im Rahmen von Projekt Morgenröte Messinstrumente ausgefallen und haben falsche Daten geliefert. Soll-Ist-Werte diverser Messkurven wichen voneinander ab und dergleichen mehr.« Er blickte auf. »Wer war dieser Brooks?«

»Chief Warrant Officer Marcus Brooks war der verantwortliche Projektleiter.«

Nick schien skeptisch zu sein. »Da Brooks direkt an das CIA-Hauptquartier berichtete, muss er mehr gewesen sein als nur ein einfacher Offizier.« Er blätterte ein wenig in der Akte und fand, was er suchte: »Dies hier ist der Einsatzbericht einer Special-Operations-Forces-Einheit namens PM9. Er handelt von Beweissicherungen und davon, dass man Druck auf die anwesenden Wissenschaftler ausübte. Kein Navy-Offizier geht so weit ohne entsprechende Instruktionen von höherer Stelle.«

»Richtig.« Emma überlegte. »Offenbar hat man versucht, nicht näher bezeichnete Gutachten dieser Wissenschaftler in entscheidenden Passagen ändern zu lassen.«

Nick runzelte die Stirn. »Gutachten welcher Art?«

»Ich hatte gehofft, dass du mir bei diesem Thema behilflich sein könntest.«

Er kratzte sich am Kopf und kritzelte eine weitere Notiz in seinen Block. »Wir werden sehen. Wir sollten zunächst herausfinden, worum es bei Projekt Morgenröte eigentlich genau ging.«

Emma nickte.

Sie kamen zu der Stelle, an der Brooks über die Ermordung von vier Menschen berichtete. Während Emma für Nick übersetzte, stockte sie mehrmals. Die Art und Weise, wie Marcus Brooks jeden einzelnen Tathergang ausführlich in sämtlichen grausigen Einzelheiten schilderte, widerte sie an.

»Also, was haben wir«, fasste Nick zusammen, als sie mit dem Bericht durch waren. »Drei der Opfer waren Wissenschaftler. Dieselben, die sich laut vorigem Bericht gegen die Abänderung und Zensierung ihrer Gutachten gewehrt hatten.«

»Ja.«

Er tippte mit dem Finger auf eine Textpassage. »Wir müssen unbedingt mehr über diese Gutachten herausfinden. Aus dem vierten Opfer, River Maddox, werde ich nicht schlau. Maddox war Berufstaucher und zuständig für die unterseeischen Kontrollen und Reparaturen an Bohrinsel und Pipelines.«

»Was hat ein Taucher mit Geo-Physikern zu schaffen?«

»Keine Ahnung. Maddox passt nicht ins Bild.« Er zwinkerte ihr zu. »Noch nicht.«

Gemeinsam beugten sie sich wieder über die Akte.

»Hier steht«, sagte Emma, »dass bereits im Vorfeld der Aktion die Anweisung bestand, alle vier Morde als Unglücksfälle darzustellen. Der Hurrikan kam den Verantwortlichen sehr gelegen. Aufgrund der besonderen

Umstände von Projekt Morgenröte war sich die CIA im Klaren darüber, dass die Todesfälle zwangsläufig vor einem unabhängigen Untersuchungsausschuss des Kongresses landen würden. Dementsprechend sorgfältig hatte man die Morde arrangiert. Bei den Opfern handelte es sich, laut offizieller Version, um Personen, die leichtsinnigerweise ihr Leben aufs Spiel gesetzt hatten, indem sie während eines Hurrikans die Ausgangssperre missachteten.«

Nick lehnte sich zurück und fasste sich mit einer Hand ans Ohrläppchen. »Unter dem Strich lautete das Fazit deiner Regierung also: Selber schuld, Jungs.«

»Kaum zu glauben, dass sie damit durchkamen.«

»In Bezug auf politische Intrigen wundert mich schon lange nichts mehr.«

Emma erwiderte nichts.

Nick blätterte vor, bis er auf eine Reihe von Fotos stieß. »Das hier sind die Opfer.« Nach und nach betrachtete er die Gesichter der Männer, bevor er die Fotos an Emma weiterreichte.

Der erste Schnapschuss zeigte einen hageren, braungebrannten Südländer, mit wallendem Haar und stechendem Blick. Das Kurzprofil unter dem Bild wies ihn als Professor Xavier Rochas aus. Auf einem weiteren Foto grinste ein dicker Mann unbeholfen in die Kamera. Dr. Claude Chevallier. Auch unter seinem Bild sowie unter dem des Dritten im Bunde, einem Schweizer namens Dr. Roman Leuthard, fanden sich entsprechende Kurzprofile. Mit seinem weißen Bart und der Halbglatze erinnerte Leuthard an einen Franziskanermönch. Das letzte Foto zeigte River Maddox in voller Montur, kurz vor einem Tauchgang. Ein attraktiver Mittzwanziger, braungebrannt, mit Lachfältchen um die Augen. Ein echter Sonnyboy.

Nachdenklich legte Nick die Fotos nebeneinander auf den Tisch. »Weshalb waren diese Männer auf der Independence? Mal abgesehen von River Maddox. Seine Aufgabe dürfte klar sein.«

»Ich weiß es nicht.« Emma schüttelte den Kopf. »Unvorstellbar. Man hat sie nur umgebracht, weil sie eine Zensur ihrer Forschungsergebnisse und Gutachten ablehnten.«

»Das können wir noch nicht mit Bestimmtheit sagen«, warf Nick ein, »aber man hat Menschen schon wegen weit weniger getötet.«

»Auch wieder wahr.«

In den Affengehegen, unweit der Parkanlage, ging auf einmal die Post ab. Zwei Affen stritten sich lautstark, ihre Kumpane fielen in das Gebrüll mit ein, und für eine Minute war außer dem Affentheater nichts weiter zu hören. Emma und Nick sahen sich an und mussten beide grinsen. Emma lag ein Kommentar auf der Zunge, und wie sie Nick kannte, erging es ihm nicht anders. Das Gebrüll ebbte so schnell ab, wie es aufgebrandet war, und sie konzentrierten sich wieder auf ihr Gespräch.

Nick nahm eines der Fotos in die Hand. »Wir müssen mehr über diese Männer erfahren.«

»Die Independence war ein Gemeinschaftsprojekt der US-Regierung und dem Energiekonzern Mettrack International«, überlegte Emma laut. »Mettrack hatte sich damals als erstes privates Unternehmen auf die Erschließung von Methanhydratvorkommen spezialisiert.«

Nick stimmte ihr zu. »Nach dem Super-GAU von Fukushima in 2011 war Atomkraft verpönt. In vielen Ländern wurden nach und nach die Atomkraftwerke abgeschaltet. Neue, sichere Energiequellen mussten her.«

»Worauf willst du hinaus?«

»Was die Förderung von Methanhydraten angeht, meldete man damals größte Bedenken an.« Er tippte auf die Akte. »Deswegen entschied man, unabhängige Beobachter an Bord zu nehmen. Diese sollten das Projekt überwachen und die Ergebnisse an das IPCC melden, das als unabhängige Institution dafür prädestiniert erschien.«

»Weswegen?«

»Weil man den USA vorwarf, durch eine möglicherweise unkontrollierte Förderung und Freisetzung von Methan aus Hydratvorkommen den Klimawandel zu beschleunigen.« Nick lehnte sich zurück. »Methan ist unser Klimakiller Nummer eins. Der Einfluss auf die Erderwärmung liegt etwa dreißig Mal höher als der durch Kohlendioxid.«

»Die Wissenschaftler sollten also über die Einhaltung internationaler Klimaschutzabkommen wachen.«

»Exakt. Offenbar fielen ihnen im Zuge ihrer Kontrollen Messdaten auf, die nicht stimmig waren und keinen Sinn ergaben, woraufhin sie bis zur Klärung der Ursache den sofortigen Stillstand des Projekts forderten.« Nick beugte sich vor und tippte demonstrativ mit dem Zeigefinger auf den Tisch. »Rochas, Chevallier und Leuthard drohten, mit ihren Ergebnissen an die Öffentlichkeit zu gehen.«

Emma nickte. Allmählich ergab das Ganze Sinn. »Im Gegenzug versuchte Brooks Druck auszuüben, damit Ergebnisse und Gutachten frisiert wurden. Für die USA und Mettrack stand zu viel auf dem Spiel, als dass man dieses Risiko hätte eingehen können, und so wurden diese Männer einfach aus dem Verkehr gezogen.«

»Nun drängt sich natürlich die Frage auf«, sinnierte Nick, »zu welchen Schlussfolgerungen diese Wissenschaftler gelangt sind. Das geht aus diesen Berichten nicht hervor. Welche Erkenntnisse konnten von so weitreichender Bedeutung gewesen sein, dass man deswegen mordete? Und was ist mit dem vierten Mann? Diesem Maddox. Wie passt er ins Bild?«

»Ich weiß es nicht«, gab Emma zu, »aber eines ist klar: Projekt Morgenröte beinhaltete eine Schwachstelle, die so gravierend gewesen sein muss, dass sie das gesamte Projekt hätte kippen können. Ein Fehlschlag, den sich die Vereinigten Staaten nicht leisten konnten. Lieber nahm man dafür eine großangelegte Vertuschungsaktion und vier Morde in Kauf.«

»So muss es gewesen sein.«

Eine Weile hing jeder seinen Gedanken nach. Emmas Blick wanderte über die Grünanlage und blieb an einer Überwachungskamera hängen, die weit entfernt auf einer Mauer thronte. Plötzlich fiel ihr etwas ein. Sie schnappte sich die Akte, blätterte vor und zeigte Nick die Fotos des U-Boot-Hangars der Independence. Zu beiden Seiten der weitläufigen, leeren Halle befanden sich Schwimmstege mit mehreren Pollern. Der in den Fotos eingedruckte Text verkündete: *Hangar/Cam2/Tue/29/10/2015/0230*

»Die Independence«, erklärte sie, »verfügte zur Kontrolle und zu Reparaturzwecken der unterseeischen

Schwimmkörper und Pipelines über zwei kleine Wartungs-U-Boote.«

»Was haben die Fotos eines leeren Hangars in dieser Akte zu suchen?«

Emma hob die Hände. »Ich habe keine Ahnung. Lauter identische Schnappschüsse, und alle zeigen absolut nichts. Ergibt auf den ersten Blick wenig Sinn, aber irgendetwas muss dahinterstecken.«

Nick nahm die Akte und verglich die Fotos mit zusammengekniffenen Augen. »Sie sind nicht identisch.«

»Wie bitte?«

»Sieh her.« Er drehte den Ordner so, dass sie besser hineinblicken konnte. Nacheinander tippte er auf die Datums- und Zeitangaben, die sich in kaum wahrnehmbaren Ziffern auf jedem einzelnen der Fotos in der linken oberen Ecke befanden. »Jedes Foto wurde zu einer anderen Uhrzeit und an einem anderen Tag aufgenommen.«

Emma stutzte. *Tatsächlich*. Die Fotos stammten aus einem Zeitraum von mehreren Wochen. Manche zeigten den Hangar frühmorgens um 6 Uhr, andere um 21 Uhr, wieder andere waren mitten in der Nacht geschossen worden.

»Ist mir nicht aufgefallen«, gab sie zu. »Unterschiedliche Tage, aber immer dieselben Uhrzeiten. Wirst du daraus schlau?«

»Diese Fotos umfassen einen Zeitraum von zwei Wochen, und sie wurden allesamt vor dem 15. November 2015 geschossen.« Er schob den Ordner von sich und seufzte. »Abgesehen davon, habe ich keine Ahnung, was sie bedeuten.«

40

Donovans Augen huschten über die IT-Protokolle von Emma Fishers Computeraktivitäten der letzten 48 Stunden, die nichts Außergewöhnliches offenbarten.

Einzig das ihm vorliegende Telefonprotokoll war interessant. Im Laufe des gestrigen Nachmittags hatte Emma Fisher eingehende Anrufe ausnahmslos abgewiesen und nur einen einzigen Anruf getätigt. Diese Rufnummer hatte sie kurz zuvor aus dem Web ins Kommunikationssystem kopiert. Sie gehörte zu einem gewissen Nick Schäfer, einem Journalisten. Donovan grinste zufrieden. Ihm war klar, wie der Hase laufen sollte. Deswegen war Emma Fisher auch in die Botschaft zurückgekehrt. Sie benötigte die Originalakte. Keine Fernsehstation, kein Redakteur, kein Verleger würde Material von dieser Brisanz ohne stichhaltige Beweise veröffentlichen.

»Wir haben eine zweite Zielperson«, informierte er Crypto City. In kurzen Worten schilderte er Namen, Sachverhalt und Rufnummer von Nick Schäfer.

»Noch etwas, Sir?«

»Ich brauche sämtliche verfügbaren Informationen über diesen Mann. Fangschaltungen, Mailüberwachung und Communicator-Ortung. Checken Sie Schäfer außerdem auf Querverbindungen zu Fisher.«

»Wird erledigt.«

»Etwas Neues von ihr?«

»Leider nein, Sir.«

»Was ist mit dieser Quittung?«

Interessiert lauschte Donovan, was sein Gesprächspartner darüber zu berichten wusste. Danach wandte er sich Collins zu, der am Terminal saß und versuchte, an Informationen über Nick Schäfer zu gelangen. »Was Interessantes gefunden?«

»Erstaunlich wenig für einen Journalisten. Nur Links zu diversen veröffentlichten Artikeln. Nichts Persönliches. Keine Social-Media-Accounts, keine Blogs.«

»Netter Versuch, aber lassen Sie es bleiben. Crypto City wird in einer Stunde alles über diesen Kerl herausgefunden haben. Unsere Suchmethoden sind …«, Donovan gestattete sich ein Lächeln »nun, sagen wir, vielseitiger.«

»Ich verstehe, Sir.« Collins grinste verschwörerisch.

»Fishers Apartment wird von Ihren Leuten überwacht«, sagte Donovan. »Vorerst lohnt es nicht, dort vorbeizufahren. Das läuft uns nicht davon. Wir statten jemand anderem einen Besuch ab.«

»Diesem Schäfer?«

»Dem auch. Sobald wir wissen, wo wir ihn finden.«

»Und bis dahin?«

»Bis dahin, Mr Collins, gehen wir einen Kaffee trinken.«

41

Die Mittagszeit verstrich, die Hitze hielt sich hartnäckig und versetzte Mensch wie Tier gleichermaßen in Lethargie. Die Luft über den asphaltierten Wegen flimmerte. Das Geschrei der Affen war längst verstummt. Kiaras Jeans klebten an Emma wie nasse Handtücher. Sie wischte sich Schweiß von der Stirn und warf Nick einen kurzen Blick zu. Irgendwann im Laufe der letzten halben Stunde hatte er sich den Ordner geschnappt, sich darin vertieft und seitdem nichts mehr gesagt. Irgendetwas beschäftigte ihn. Nun, er würde sich schon melden, wenn er etwas übersetzt haben wollte.

Emmas Blick wanderte über den blauen Himmel und blieb an einer einsamen Wolke hängen. Sie streifte ihre Schuhe ab und wackelte mit den Zehen. Gedankenverloren spielte sie mit ihrer Kette.

»Wie ich sehe, trägst du sie noch immer«, sagte Nick unvermittelt.

»Was?« Ihr war gar nicht aufgefallen, dass er sie ansah.

»Deine Kette. Du trägst sie noch immer.«

»Natürlich.« In einer schwachen Minute hatte sie Nick von Meredith und der Kette erzählt. Es war einer der wenigen Momente gewesen, in denen sie ihren Panzer geöffnet hatte, der ihre Gefühlswelt nach außen hin stets wirksam abschirmte. Längst wünschte sie, dies nicht getan zu haben. Aus heutiger Sicht erschien es ihr zu intim, dieses Geheimnis mit einem Mann wie Nick zu teilen, der sicher nicht ermessen konnte, wie viel ihr die Kette wirklich bedeutete.

»Sie muss ziemlich wertvoll sein«, mutmaßte er.

»Die Rote Edelkoralle ist seit ungefähr 25 Jahren ausgestorben. Was hältst du von der Akte?«

Er klappte den Ordner zu, stand auf und kehrte ihr den Rücken zu. »Weshalb hast du ausgerechnet mich angerufen? Du kennst genügend andere Pressefuzzis.«

Sie schüttelte den Kopf. »Niemanden, dem ich in so einer heiklen Angelegenheit vertrauen könnte.«

Er drehte sich um. »Warum riskierst du deinen Job für diese Sache?« Der Schalk, der so oft in seinen Augen aufblitzte, war vollkommen verschwunden.

»Vier.« Sie hob vier Finger in die Höhe. »Du hast es doch eben mit eigenen Augen gelesen. Meine Regierung hat vier unschuldige Menschen ermordet und deren Angehörige belogen. Bis heute verschweigt man ihnen die Wahrheit. Und ganz sicher wurden sie auch niemals dafür entschädigt.«

»Wie denn auch, wenn alles vertuscht wurde?«

»Die Schuldigen müssen sich für ihr Handeln verantworten. Außerdem ist mein Vorgesetzter an diesen Morden beteiligt. Ist das nicht Grund genug?«

»Aber du hast dafür deine Karriere geopfert!«

»Ich fürchte, ich riskiere weit mehr als das.«

Mit einem raschen Schritt war er bei ihr und sah ihr fest in die Augen. »Du weißt gar nicht, wie *viel* mehr.«

»Was ist denn auf einmal mit dir los, Nick?«

»Du ...« Er suchte händeringend nach Worten.

»Du setzt deine Zukunft für vollkommen fremde Menschen aufs Spiel. Hast du mal überlegt, dass diese Menschen mit der Vergangenheit vielleicht längst abgeschlossen haben? Vielleicht wollen sie die Wahrheit gar nicht hören?«

»Jeder will die Wahrheit wissen.«

»Sie könnte vernarbte Wunden aufreißen.«

»Auch vernarbte Wunden bleiben Wunden. Man lernt mit ihnen zu leben, das bedeutet aber nicht zwangsläufig, dass man sie auch akzeptieren muss.«

Er erwiderte nichts.

Sie sah ihn eindringlich an. »Warum nur habe ich das

Gefühl, dass du gerade versuchst, mir etwas auszureden?«

»Verdammt, du kennst mich einfach zu gut.« Er sah sie ernst und nachdenklich an.

»Sprich mit mir, Nick«, beschwor Emma ihn. »Was haben Rochas und seine Kollegen herausgefunden?«

Er seufzte. »Ich fürchte, du hast nicht die geringste Ahnung, worauf du dich eingelassen hast.«

Sie fuhr sich durch die Haare und reckte das Kinn vor. »Klär mich auf.«

Er griff in seine Brusttasche und fischte die Zigaretten hervor. »Keine Diskussionen«, sagte er energisch. Unübersehbar nervös fummelte er eine Kippe aus der zerknautschten Packung.

Sie ließ ihn gewähren. Offensichtlich war ihr bislang etwas fundamental Wichtiges entgangen. Sie war neugierig, was Nick so aus der Fassung brachte.

Das Brummen eines vibrierenden Handys ertönte. Es dauerte einen Augenblick, bis Emma realisierte, dass es von ihrem Prepaid-Handy ausging, das sie gestern Abend erstanden hatte. Unter dem Tisch wühlte sie in ihrer Handtasche nach dem Handy, dessen Nummer sie bisher nur einer einzigen Person verraten hatte. Für den Notfall.

42

Stirnrunzelnd blickte sie auf das Display. Zur Sicherheit deaktivierte sie die Bildübertragung, bevor sie den Anruf entgegennahm.

Sofort plapperte Kiara übertrieben gut gelaunt los. »Hallo Laura! Du, hör mal, wegen heute Abend, du weißt schon, unsere Verabredung bei Luigi zum Pastaessen. Sag jetzt bitte nichts, aber es tut mir furchtbar leid, mir ist da etwas dazwischengekommen. Ich muss unser Date leider absagen. Ein alter Bekannter ist vorhin im *del Mar* aufgetaucht, und, na ja, du weißt ja, wie das so ist ... Ist echt ein cooler Typ. Wir haben über die guten alten Zeiten gesprochen und so. Also, ich habe ihm versprochen, dass ich mich heute Abend mit ihm treffe. Ich hoffe, du bist deswegen nicht sauer auf mich. Wir sehen uns irgendwann, okay? Keine Sorge, ich melde mich wieder, wenn ich Zeit habe. Also, bis dann und pass auf dich auf!«

Die Verbindung brach ab.

Konsterniert starrte Emma auf das schwarze Display. Gänsehaut überzog ihre Oberarme und wanderte weiter den Nacken hinauf.

»Wer war das?«, wollte Nick wissen.

»Eine Freundin.«

»Aha. Wir müssen über die Akte reden, Emma!«

»Er hat sie gefunden.« Sie sah ihn an. »Verstehst du? Shit, nicht einmal drei Stunden, und er hat sie schon gefunden!«

»Wovon zum Teufel faselst du da?«

»Das war Kiara, meine Freundin, bei der ich die nächsten Tage unterkommen wollte. Ich hab dir doch vorhin von ihr erzählt.«

»Was ist los?« Fahrig zog er an seiner Zigarette. »Du siehst aus, als hättest du einen Geist gesehen.«

Sie wiederholte, was Kiara am Telefon gesagt hatte, und versuchte, sich dabei an den exakten Wortlaut zu halten.

»Sie hat dich mit Laura angesprochen«, merkte Nick an. »Vielleicht hat sie sich verwählt.«

»Nein. Ich selbst habe Ki die Nummer gegeben.«

»Wie viel weiß sie über diese Sache?«

»Nicht viel. Ich habe ihr erzählt, ich hätte Probleme in der Botschaft. Über die Akte habe ich kein Wort verloren.« Sie machte eine vage Handbewegung. »Auf jeden Fall weiß Ki, dass man nach mir sucht.«

»Ja und?«

Emma begann, vor dem Tisch nervös auf und ab zu gehen. »Ki sollte mich anrufen, falls es Probleme gibt. Sie hat mich Laura genannt, weil das ein alter Insiderwitz von uns ist. Sie ist so klug, am Telefon nicht meinen richtigen Namen zu nennen. Wir haben heute Abend keine Verabredung bei Luigi. Sie selbst wollte Pasta für uns beide kochen. Dann ihre Worte *Sag jetzt bitte nichts*. Jeder Trottel weiß, dass man mittels Stimmanalysen aus Telefongesprächen Personen identifizieren kann.«

Nicks Miene verfinsterte sich zusehends. Offensichtlich begriff er allmählich.

»Sie sagt unser Date ab«, fuhr Emma konsterniert fort. »Mit anderen Worten, ihre Wohnung ist nicht mehr sicher. Der Bekannte, der im Café del Mar aufgetaucht ist, ist niemand anderer als dieser SCS-Agent. Er hat Ki aufgespürt!« Sie hörte auf umherzuwandern und massierte sich die Schläfen, als plagten sie starke Kopfschmerzen. »Mein Gott, ich hätte Ki da nie mit reinziehen dürfen.«

»Beruhige dich wieder. Die Leute schauen schon herüber.« Besänftigend nahm er ihre Hand. Sie ließ es geschehen.

»Ki hat die Formulierung *cooler Typ* benutzt. Ich

denke, sie will mir damit sagen, wie abgebrüht dieser Kerl ist.«

»Wohl eher eiskalt«, knurrte er. »Was hat sie noch gesagt?«

»Sie musste ihm vermutlich versprechen, sich sofort zu melden, wenn sie etwas von mir hört. Dann meinte sie noch, *wir sehen uns irgendwann mal* und dass ich auf mich aufpassen soll. Ich glaube, das ist deutlich genug. Sie will mir mitteilen, für wie gefährlich sie diesen Kerl hält.«

»Das ist nicht gut.«

»Nicht gut?« In ihrer Stimme schwang aufkommende Hysterie mit.

»Wie kommt dieser Kerl auf deine Freundin?«

Emma riss sich von seiner Hand los und warf die Arme in die Luft. »Woher soll ich das wissen?« Nervös umkreiste sie wieder den Tisch. »Mit Sicherheit hat man meine Kreditkartenabbuchungen überprüft und festgestellt, dass ich jeden Morgen im Café del Mar vorbeischaue. Wahrscheinlich geht dieser Kerl einfach nur auf gut Glück jeder Spur nach.«

»Nimm deine Handtasche.« Bevor sie reagieren konnte, schnappte er sich den Ordner. »Wir gehen zu mir.«

»Nein.«

»Hast du eine bessere Idee?«, entgegnete er gereizt. »Wo zum Teufel willst du die nächsten Tage verbringen?«

»Und wenn dieser Typ auch bei dir auftaucht?«

»Hast du ihm einen Grund dafür geliefert?«

»Ich weiß es nicht.« Sie dachte nach. »Ich glaube nicht. Nachdem ich aufgeflogen bin, habe ich dich nur noch hierüber kontaktiert.« Sie wedelte mit dem Prepaid-

Handy vor seiner Nase herum. »Ich habe es erst gestern gekauft. Sie werden es unmöglich mit mir oder dir in Zusammenhang bringen.«

»Du dachtest auch, deine Verbindung zu Kiara sei sicher.«

Sie erwiderte nichts.

»Riskieren wir es«, sagte er nach einer Weile.

»Gib mir eine Sekunde.« Sie schloss die Augen.

Angesichts der Umstände fiel es ihr schwer, einen klaren Gedanken zu fassen, zudem hatte sie kaum geschlafen. Seit 48 Stunden lief ihr Leben vollkommen auf der falschen Spur. Emma musste dringend etwas Schlaf bekommen. So sehr es ihr auch widerstrebte, zu Nicks Angebot sah sie keine Alternative.

»Verdammt, Emma, willst du hier Wurzeln schlagen?«

Sie öffnete die Augen und musterte den Mann, mit dem sie einst eine kurze, aber heftige Romanze verbunden hatte. Ungeduldig stand er mit dem Aktenkoffer in der Hand unter dem Sonnenschirm und wartete auf ihre Entscheidung. Emma bemerkte, wie er unbewusst schon wieder an seiner Zigarettenschachtel herumfummelte. Auch er hatte den Ernst der Lage begriffen, und das nicht erst seit Kiaras Anruf. Bevor er einen Blick in die Akte geworfen hatte, war er cool und überheblich wie immer gewesen. Seitdem kam er ihr wie ausgewechselt vor.

Emma brannte darauf, zu erfahren, was er entdeckt hatte.

»Einverstanden«, sagte sie.

43

Nicks Bude befand sich in Berlin-Friedrichshain, einem ehemaligen Studenten- und Kneipenviertel, in dem sich unzählige Straßencafés, Künstlerateliers sowie die unterschiedlichsten Shops dicht an dicht drängten. Mit seinen um die Jahrhundertwende sanierten Altbauten war es früher ein durchaus attraktives Stadtgebiet gewesen, mittlerweile jedoch wirkte der überwiegende Teil Friedrichshains nur noch heruntergekommen. Die vielen renovierungsbedürftigen Gebäude und der hohe Anteil an Sozialwohnungen sprachen Bände.

Um der omnipräsenten städtischen Überwachung zu entgehen, schlug Emma vor, die acht Kilometer zu Fuß zurückzulegen. Auf halber Strecke schon bereute sie diese Entscheidung zutiefst. Ihre Schuhe waren zum Arbeiten und nicht für Wanderausflüge gedacht. An beiden Fersen sowie den Oberseiten der großen Zehen hatten sich Blasen gebildet, die jeden ihrer Schritte unerträglich machten. Schließlich wurde es ihr zu bunt, und sie zog die verdammten Teile einfach aus. Der Asphalt unter ihren Füßen brannte wie Feuer. Nick konnte sich einen bissigen Kommentar nicht verkneifen, und sie streckte ihm die Zunge heraus.

Vor einer Wohnanlage, die genauso so heruntergekommen war wie das restliche Viertel, blieb er stehen. Ein handbreiter Riss zog sich vom Gehweg bis unter ein Fenster im ersten Stock. Emma erinnerte sich daran, dass es keinen Aufzug gab. Verdammt, ihre Füße brachten sie fast um.

Nick blickte in den Irisscanner, stutzte und drückte gegen die Eingangstür, die nur angelehnt war.

»Immer dasselbe«, schimpfte er. »Bei jeder Mieterversammlung wird auf die hohe Einbruchsquote in diesem Viertel hingewiesen, und keine Sau juckt's.«

»Nun mach schon. Ich will endlich meine Füße hochlegen.«

War die Außenansicht schon wenig vertrauenerweckend, so besaß das Gebäude von innen die Attraktivität einer geplünderten Pharaonengrabkammer. Eine schmale Treppe führte nach oben.

»Gemütlich«, murmelte Emma, während sie hinter Nick die groben Stufen hinaufstieg.

Im ersten Stock blieb er unvermittelt stehen. Fast wäre sie gegen seinen Rücken geprallt. Vor ihnen stand der dickste Mann, der Emma jemals über den Weg gelaufen war. Der Koloss wog mindestens zweihundert Kilo und blockierte ihnen den Weg. Er schnaufte wie ein Elefant. Sein Gesicht war schweißüberströmt, und die fettigen Haare klebten ihm an Stirn und Nacken. Neben ihm lehnte ein Segway-Roller mit verstärktem, überbreitem Trittbrett an der Wand.

»Aha, der Schäfer lässt sich auch mal wieder blicken«, sagte er mit einer Stimme, die eher in einen Knabenchor gepasst hätte als zu einem Mann seiner Statur. »Ich habe mich schon gefragt, ob du überhaupt noch hier wohnst. Miete bezahlst du ja seit Monaten keine mehr.«

»Das ist nicht wahr, Sandro. Ich bin nur zwei Monate im Verzug. Du bekommst dein Geld demnächst.«

Nick machte Anstalten, sich an dem fetten Kerl vorbeizudrücken. Der verschränkte die Arme vor der Brust, wodurch er die gesamte Breite der Treppe einnahm. Nicht einmal eine Maus hätte sich jetzt noch an ihm vorbeiquetschen können.

»Verzug ist Verzug«, stellte Sandro fest.

»Ich leg eine Tafel Schokolade als Zinsen drauf, okay?«

»Du laberst Blödsinn, Schäfer.«

»Du lässt uns jetzt sofort vorbei.«

»He, Lady«, rief der Koloss über Nicks Schulter. »Ich hoffe, der Typ hier hat im Voraus bezahlt.«

Nick drückte Emma den Aktenkoffer in die Hand. Mit einer blitzschnellen Bewegung sprang er den Widerling an, packte seinen rechten Arm und drehte ihm den auf den Rücken, dann krallte er Zeige- und Mittelfinger in seine Nasenlöcher und riss ihm den Kopf nach hinten.

Der Koloss jaulte auf.

»Entschuldige dich auf der Stelle dafür«, zischte Nick ihm ins Ohr. Um seine Worte zu unterstreichen, zog er Sandros Nase weiter nach hinten.

»Scheiße!«, brüllte der Koloss. »Lass los, du Arsch!«

»Liegt an dir.«

»Scheiße, Mann, schon gut, ich entschuldige mich ja, okay? Entschuldigung, Lady. «

»Ist das in Ordnung für dich?«, wollte Nick wissen.

Emma nickte müde. Sandros Beleidigung hatte sie kaltgelassen. Wenn Nick meinte, für sie den Gentleman spielen zu müssen, dann sollte er ruhig. Sie dagegen wünschte sich nichts sehnlicher, als einfach nur die Füße hochzulegen und die Augen zu schließen.

Nick gab Sandros Nase frei und klopfte seinem Vermieter auf den Rücken, als sei er sein bester Kumpel. »Geht doch. Und jetzt lass uns verdammt noch mal vorbei.«

Der Fettwanst fasste sich mit beiden Händen an die blutende Nase. »Diesmal bist du zu weit gegangen, Schäfer. In einer Woche bist du hier draußen.« Dann verschwand er schimpfend in seiner Wohnung.

Emma gab Nick den Aktenkoffer zurück. »Gratuliere, ab nächster Woche hast du keine Bleibe mehr.«

»Machst du dir deswegen etwa Sorgen? Keine Angst, bis dahin bringen wir *dich* schon irgendwo unter.«

»So war das nicht gemeint. Seit wann bist du so empfindlich?«

Er erwiderte nichts.

Sie erreichten den zweiten Stock.

»Ich habe dich nicht gebeten, für mich den Helden zu spielen. Du bist ...«

»Still!« Er hob eine Hand, blieb abrupt stehen und spähte nach oben.

Sie folgte seinem Blick. »Was ist los?«

»Etwas stimmt nicht«, sagte er mit gedämpfter Stimme, »meine Wohnungstür ist offen.«

Sie trat neben ihn, dann sah sie es auch. Die Tür stand tatsächlich einen Spaltbreit offen. Ihr Herz begann kräftiger zu schlagen. *Nicht gut.*

Nicks Gesichtsausdruck verriet, dass er dasselbe dachte wie sie.

Aus der Wohnung drangen Stimmen, schwer zu schätzen von wie vielen Personen. Zwischen Tür und Angel erschien ein Gesicht. Obwohl sie in zwei Jahren keine zehn Sätze miteinander gewechselt hatten, erkannte Emma den Mann sofort. Einen Moment lang starrten sie sich an, dann überschlugen sich die Ereignisse.

44

Der Mann mit den kupferroten Koteletten riss die Tür auf und rief jemandem in Nicks Wohnung etwas zu. Anstelle seiner Uniform trug Jason Collins eine schwarze Kunstlederjacke.

»Lauf!«, befahl Emma und setzte ihren eigenen Befehl sofort in die Tat um. Ihre Schuhe in der Hand, nahm sie immer zwei Stufen auf einmal.

»Stehen bleiben!«, hallte Collins' Stimme durch das Treppenhaus. Obwohl das rauschende Blut in Emmas Ohren kaum Platz für andere Geräusche ließ, hörte sie seinen texanischen Südstaatenakzent heraus.

Weder sie noch Nick dachten daran, stehen zu bleiben.

Die Treppe machte eine Biegung, und Emma warf einen raschen Blick nach oben. Collins hastete hinter ihnen her, knapp dahinter ein Mann, älter, dafür aber deutlich muskulöser. Emma erkannte in ihm den SCS-Agenten, der während ihrer Flucht aus der Botschaft neben Collins gestanden hatte. Unter seinem wehenden Jackett blitzte der Griff einer Waffe aus dem Schulterholster hervor.

»Sofort stehen bleiben!«, brüllte Collins erneut.

Nick erreichte den Absatz vor der noch immer offenstehenden Tür seines Vermieters. Ohne zu zögern schnappte er sich dessen Segway und stieg auf. Den Aktenkoffer klemmte er sich zwischen die Beine. Emma erkannte sein Vorhaben, war sich aber nicht sicher, ob sie es für eine gute Idee halten sollte.

Das Getrampel ihrer Verfolger hallte durch das Treppenhaus.

Sie holten auf.

»Mach schon«, schnauzte Nick sie an.

Sie stieg hinter ihm auf, warf ihre Schuhe fort und umklammerte mit beiden Händen seinen Oberkörper. Sein Rucksack störte, doch das war momentan ihr geringstes Problem. Nur wenige Stufen trennten sie und ihre Verfolger.

Aus Sandros Wohnung ertönte ein Schrei. »He, was soll das!«

Nick lehnte sich nach vorn und beschleunigte. Aus den Augenwinkeln sah Emma den Koloss heranstürmen, dann verschwand er aus ihrem Sichtfeld.

»Ich bring dich um, Schäfer!«, hörte sie ihn hinter sich brüllen.

In halsbrecherischem Tempo holperten sie die Treppen hinunter. Die Federung des Heavy-Duty-Segways schluckte die Stufen gut, gleichwohl geriet eine Treppenfahrt mit hoher Geschwindigkeit mit jedem Segway zu einem Husarenritt. Um nicht abgeworfen zu werden, grub Emma ihre Finger tief in Nicks Brust. Sie riskierte einen Blick über die Schulter.

Collins erreichte die Stelle, an der vor wenigen Augenblicken noch der Segway gestanden hatte. In genau diesem Augenblick schoss Sandro mit unbändigem Schwung aus der Tür und prallte mit seinem ganzen Gewicht gegen den vergleichsweise schmächtigen Collins. Er erwischte Collins mit der Wucht eines American-Football-Linebackers. Collins wurde zur Seite geschleudert und prallte gegen das Treppengeländer. Nur mit äußerster

Kraftanstrengung gelang es ihm, einen Abgang über das Geländer zu verhindern.

Der Koloss taumelte, stürzte zu Boden, und Collins fiel über ihn.

Der muskulöse Agent erreichte die beiden. Wie ein Hürdenläufer übersprang er das menschliche Knäuel, landete mit traumwandlerischer Sicherheit fünf Stufen darunter und setzte die Verfolgung fort. *Mist.*

Sie rumpelten die letzten Stufen hinunter, dann waren sie draußen. Auf der Straße vor ihnen rauschten Autos von rechts nach links, eine Sightseeing-Gruppe von *Berlin Segway-Tours* rollte den Gehsteig entlang.

Ohne auf den Verkehr zu achten, schoss Nick über die Straße auf die Grünanlage der gegenüberliegenden Seite zu, mitten zwischen den fahrenden Autos hindurch.

Emma kniff die Augen zusammen, felsenfest davon überzeugt, ihre Fahrt würde ein schnelles Ende finden. Wider Erwarten wurden sie nicht über den Haufen gefahren. Ein wildes Hupkonzert war die einzige Reaktion auf Nicks waghalsiges Manöver.

»Mach so etwas nicht noch mal«, raunzte sie ihm ins Ohr.

»Was? Uns beide retten?«

Auf der anderen Straßenseite angekommen, fuhren sie auf den Gehsteig und weiter in den Park.

»Pass auf die Kinder auf!«

»Klar doch.«

Zwischen Schaukel und Kletterlandschaft rasten sie durch den Sandkasten eines Spielplatzes, ohne sich um die schimpfenden Mütter zu kümmern, die aufsprangen, um ihre Kinder in Sicherheit zu bringen.

Emma blickte zurück.

Der Agent erschien im Hauseingang und rannte schnurstracks auf die Segway-Gruppe zu. Kurzerhand warf er eine der Fahrerinnen brutal von ihrem Roller, stieg auf und machte sich an die Verfolgung. Einen Moment später tauchte Collins auf, erfasste die Situation und folgte seinem Beispiel.

»Houston, wir haben ein Problem«, informierte sie Nick.

Er sah nach hinten, fluchte und versuchte mehr Geschwindigkeit aus dem Roller herauszuholen. Mit irrwitzigen 55 Stundenkilometern rasten sie über die Grünfläche des Parks.

Emma ging ihre Optionen durch. Sandros Segway war für mehr Gewicht ausgelegt, als sie und Nick gemeinsam auf die Waage brachten, was ihnen eine respektable Höchstgeschwindigkeit verschaffte. Die Sightseeing-Unternehmen statteten ihre Segway-Fuhrparks üblicherweise mit billigen Mietrollern aus, die miserable Federungen und niedrigere Leistungen aufwiesen. Ein Umstand, der entscheidend für den Ausgang dieses Rennens sein konnte. Denn genau dazu entwickelte sich das Ganze soeben – zu einem Rennen auf Segways durch die Straßen Berlins. *Du lieber Himmel!*

Der Park endete. Hinter stattlichen Buchen näherten sie sich einer vielbefahrenen Kreuzung. Ohne die Geschwindigkeit zu verringern, hielt Nick darauf zu. Emma schloss die Augen. »Ich hoffe, du weißt, was du tust.«

»Vertrau mir.«

Sie bretterten über ein Kiesbett und fanden sich inmitten einer Kreuzung wieder. Im Gegensatz zur Straße vor

Nicks Wohnanlage lief der Verkehr hier nicht ganz so flüssig. Zwischen den summenden Elektroautos war weit und breit keine Lücke auszumachen. Nick musste die Geschwindigkeit verringern, um nicht zwischen Stoßstangen eingekeilt zu werden. Eine Weile rollten sie parallel zum Verkehr, dann schwenkte Nick mit einem Mal hart nach links und preschte zwischen zwei Autos hindurch. Wütendes Gehupe.

Der Agent war dichter hinter ihnen als erwartet. Er hatte mehr Glück und fand, ohne langsamer werden zu müssen, sofort eine Lücke im Verkehr. Auch Collins wurde es leichtgemacht. Er passierte die Kreuzung einen Augenblick später durch dieselbe Lücke. Beide holten auf, waren jetzt nur noch dreißig Meter hinter ihnen. So viel zu Emmas Theorie über Stärken und Schwächen der unterschiedlichen Segways.

Sie rasten an einer langen Betonmauer entlang über den Gehsteig. Entgegenkommende Fußgänger sprangen laut schimpfend vor dem irrsinnigen Trio zur Seite.

»Um die Ecke ist eine Polizeistation«, rief Nick ihr über die Schulter zu. »Wir könnten dort Schutz suchen.«

»Nein, dort sitzen wir in der Falle.«

»Aber das ist die Polizei!«

»Denkst du, das schert den SCS? Fahr weiter.«

»Und wohin?«

»Du wohnst hier, lass dir was einfallen.«

»Ich habe gerade einen Vorschlag gemacht.«

»Mach halt einen guten Vorschlag.«

Er knurrte irgendetwas Unverständliches.

Vor ihnen erstreckte sich das weitläufige Gelände einer Baustelle, die Berlins Skyline in Kürze um einen weiteren Wolkenkratzer bereichern würde. Verschalungen umgaben die untersten Stockwerke, darüber wuchs ein unfertiges Stahlgerüst wie ein gigantisches dreidimensionales Spinnennetz in den Himmel. Tieflader fuhren über den trockenen, rissigen Boden, zogen braune Staubwolken hinter sich her und lieferten Stahlträger an, die von monströsen Kränen in die Höhe gehievt wurden. Arbeiter und sechsarmige Bauroboter wuselten wie Ameisen über das Gelände. Wollte Nick etwa hier durch? Die Frage war leicht zu beantworten. Einen anderen Weg gab es nicht.

Sie fuhren auf das abgesperrte Gelände. Unvermittelt brandete Baulärm auf, eine Kakophonie aus Motorengeräuschen, Presslufthämmern und kreischenden Sägen. Der unebene Untergrund aus festgestampfter Erde verlangte der Federung des Segways alles ab. Harte Schläge schüttelten Emma durch. Sie klammerte sich fester an Nick.

Der Agent und Collins jagten ihrer Staubwolke nach. Beide holten konstant auf.

Bauarbeiter mit gelben Schutzhelmen und Warnwesten sahen ihnen verständnislos nach oder schimpften wild gestikulierend in ihre Richtung, je nachdem wie nah sie den Männern kamen. Der Ritt auf dem Segway über das Gelände glich einem Hindernisparcours. Im Slalom umkurvten sie alles, was ihnen im Weg stand – Menschen, Maschinen, Arbeitsgeräte, Erdhügel, Sand- und Kieshaufen. Emma musste anerkennen, dass Nick im Steuern des Segways Geschick bewies. Leider standen ihre Verfolger ihm in nichts nach.

Direkt vor ihnen tauchte ein dreigeschossiger Wohncontainer auf. Dahinter scherte ein Lastwagen aus, der ihnen von einer Sekunde auf die andere den Weg versperrte. Emma konnte den erschrockenen Gesichtsausdruck des Fahrers erkennen, als er den Segway auf sich zurasen sah.

Sie schrie.

45

Nur Zentimeter trennten sie noch von der Motorhaube des Lastwagens. Nick riss den Segway zur Seite. Staub aufwirbelnd schlitterten sie an ihm vorbei und drehten sich einmal im Kreis. Eingehüllt in eine braune Wolke, kamen sie direkt vor einem Kieshaufen zum Stehen. Emma atmete Staub ein und hustete. Durch die Staubwolke hindurch sah sie ihre Verfolger auf sie zukommen.

Nick fluchte, wendete und brachte den Segway wieder in Fahrt. In einem Reflex griff Emma nach dem Stiel einer neben ihr im Kieshaufen steckenden Schaufel.

Viel zu langsam nahm der Roller Geschwindigkeit auf. Ihre Verfolger flogen förmlich heran, teilten sich auf und nahmen Emma und Nick in die Mitte.

Collins startete einen Angriff.

Er näherte sich ihnen von rechts, in der offensichtlichen Absicht, sie zu rammen. Wie zum Teufel wollte er das anstellen, ohne sich bei dieser Geschwindigkeit selbst zu gefährden? Sollten sich die Räder der Segways verkeilen ... Nicht auszudenken!

Collins rauschte heran.

Emma holte aus und ließ die Schaufel durch die Luft

schwingen. Geschickt duckte sich Collins darunter weg, entfernte sich ein paar Meter, grinste hämisch und versuchte es erneut. Diesmal täuschte sie einen Schwung nur an, verzögerte geschickt, dann erst ließ sie die Schaufel herabsausen.

Sie landete einen Volltreffer. Die Schaufel traf Collins an der Schulter. Er knickte ein. Die plötzliche Bewegung seines Oberkörpers gab der Steuerung des Segways einen entsprechenden Impuls und brachte den Roller aus der Spur. Er schlingerte und raste querab in einen aufgeschütteten Erdwall. Der Segway bohrte sich in die Erde und warf Collins wie einen Rodeoreiter in hohem Bogen ab.

Emma atmete auf. Der Bursche würde so schnell nicht wieder aufstehen.

»Pass auf!«, schrie Nick, gefolgt von einem Knall und einem metallischen Pling.

Emma wurde die Schaufel aus der Hand gerissen.

Sie wirbelte herum.

Der SCS-Agent raste parallel neben ihnen her. Er steuerte mit einer Hand. In der anderen hielt er seine Waffe und legte damit auf sie an. Entsetzt begriff sie, dass dieser Mann soeben auf sie geschossen hatte. Nicht mit einem Taser, sondern mit einer scharfen Waffe! Zu ihrem Glück hatte er nur das Schaufelblatt erwischt. Eines stand fest: Einen zweiten Versuch durften sie ihm nicht geben, dazu war er zu nah.

»Brems!«, schrie sie.

Nick reagierte sofort. Er bremste. Emma wurde auf ihn geschoben. Der Reißverschluss seines Rucksacks schnitt ihr in die Wange.

Sie blieben zurück, der Agent fuhr weiter.

Nick wandte sich nach links und steuerte mangels Alternativen auf eine Öffnung in der Verschalung des Gebäudes zu. Über eine abgeschrägte Holzrampe, gerade breit genug für den Roller, rasten sie in den Rohbau.

Der Lärm war enorm. Maschinen hämmerten, bohrten und kreischten. Es roch nach frischem Gips und Beton. Ein Arbeiter mit zusammengerollten Bauplänen in der Hand sprang erschrocken zur Seite.

Erst hier, im Inneren des Gebäudes, bemerkte Emma dessen riesige Ausmaße. Die rechtwinklige Halle besaß die Länge eines Fußballfeldes und war durchzogen von unzähligen Reihen schlanker Säulen. Die Architektur erinnerte Emma an den Athena-Tempel der Akropolis.

Hinter ihnen folgte der Agent über die Holzrampe, legte seine Waffe an und feuerte. Ein Zischen an Emmas linkem Ohr übertönte für einen Wimpernschlag die Kakophonie des Baulärms.

Die Jagd ging weiter. In voller Fahrt sausten sie, nur durch die Säulen getrennt, durch die Halle. Im Slalom ging es vorbei an Baurobotern und menschlichen Arbeitern.

Sie näherten sich einem der Roboter, der mit seinen sechs Manipulatoren gleich mehrere Säulen auf einmal abschliff. Der Agent feuerte erneut, diesmal eine ganze Salve. Die Säule zwischen ihnen und dem Roboter explodierte förmlich. Reflexartig zog Emma den Kopf ein. Gips- und Betonbrocken flogen durch die Luft, verfingen sich in ihren Haaren. Aus den Hauptgelenken des Roboters sprühten Funken. Rauch quoll empor, und die Manipulatoren erstarrten funktionsuntüchtig in der Luft.

»Schneller!«, brüllte sie gegen den Lärm an.

»Willst *du* lieber übernehmen?«, bellte Nick zurück und wich einem selbstfahrenden Lastentransporter von der Größe eines indischen Kleinwagens aus.

Das Ende der Halle nahte, und das schneller, als ihnen lieb sein konnte. Die Betonwand vor ihnen wuchs und wuchs, versperrte ihnen den weiteren Fluchtweg.

»Dort ist ein Ausgang.« Über Nicks Schulter hinweg zeigte sie in Richtung einer säulenfreien Fläche. Daneben schraubte sich eine imposante Treppe in weitem Bogen nach oben in den ersten Stock. Der vermutlich zukünftige Haupteingang, im Moment lediglich eine rechteckige Aussparung in der Wand, abgesichert durch unzählige Stützstreben, lag genau dahinter.

Rasend schnell näherten sie sich der Treppe.

Mit versteinerter Miene rauschte der Agent heran. Im Gegensatz zu Collins vorhin versuchte er nicht, sie zu rammen. Für einen Moment fuhren sie nebeneinander her, und Emma und er blickten sich in die Augen. Die Kälte in seinem Blick war erschreckend. Hätte er nicht bereits zuvor auf sie geschossen, sie wüsste spätestens jetzt, dass dieser Mensch bereit war, zu töten.

»Fahr näher an ihn ran«, raunte sie Nick ins Ohr.

»Spinnst du?«

»Vertrau mir!«

Neben ihnen wechselte der Agent seine Waffe von der rechten in die linke Hand, um freies Schussfeld zu bekommen, was nicht ganz einfach war, da er zur Steuerung des Rollers mindestens eine Hand am Lenker benötigte.

Bis zur ersten Treppenstufe verblieben nur noch wenige Meter.

Nick zog nach rechts, direkt neben ihren Verfolger. Die rotierenden Räder der Segways trennte jetzt höchstens noch ein Meter. Der Agent bleckte die Zähne und legte an.

Mit dem rechten Fuß trat Emma so fest sie konnte gegen seinen Roller und traf diesen mit der nackten Unterseite ihrer Ferse direkt an der Lenkstange. Der Roller erhielt einen brutalen Lenkimpuls nach rechts, brach wie ein Querschläger aus und schoss direkt auf die Treppe zu. Einen Sekundenbruchteil später zog Nick ihr eigenes Gefährt scharf nach links und schrammte nur haarscharf am Geländer vorbei. Emma sah, wie der Agent seine Waffe verlor und sich mit beiden Händen am Lenker festhielt, während er notgedrungen die Treppen hinaufrumpelte, da Segways nicht auf Treppen wenden können. Sie selbst fuhren hinaus ins Freie und verließen das Baustellengelände.

Als hätte jemand einen Knopf gedrückt, verstummte der Lärm. Nick bog auf einen Fußgängerweg ein, der parallel zur Magnetschwebebahntrasse verlief.

»Starke Aktion«, lobte er.

»Welche? Die mit der Schaufel oder die gerade eben?«

Er grinste. »Beide. Reife Leistung für eine Bürotante.«

Sie dachte an die Waffe und an den Blick des Agenten. Hätte sie auch nur eine Sekunde gezögert, sie wäre jetzt tot. Das war kein Agent. Dieser Mann war ein Killer! Ihr Magen rebellierte. »Mir ist schlecht.«

»Kotz mir ja nicht in den Rücken.«

»Was denkst du, wie viel Zeit wir gewonnen haben?«

Er dachte nach. »Ein, zwei Minuten. Wenn wir Glück haben.«

Sie blickte über ihre Schulter, entdeckte jedoch niemanden, der ihnen folgte. »Und was jetzt?«

»Wir sollten auf etwas Schnelleres umsteigen.« Er deutete auf ein längliches Gebäude vor ihnen, und sie begriff.

»Gute Idee.«

Fünf Minuten später saßen sie in der erstbesten Magnetschwebebahn, die soeben den Ostbahnhof verließ. Emma presste ihre Nase ans Fenster und versuchte im Gedränge des Bahnsteigs ihren Verfolger auszumachen. Nichts. Er war wie vom Erdboden verschluckt.

Die Bahn verließ den überdachten Stationsbereich, beschleunigte und erreichte in weniger als einer Minute Höchstgeschwindigkeit.

Emma lehnte sich zurück, doch das Gefühl, in Sicherheit zu sein, wollte sich nicht einstellen. Ihr Herz raste, und ihr Gesicht brannte vor Aufregung. Sie schlug die Hände vors Gesicht und ließ ihren Tränen freien Lauf.

46

Die Geschehnisse des heutigen Tages waren einfach zu viel für Emma gewesen. Sie weinte hemmungslos.

Nick setzte sich neben sie und schien nicht zu wissen, wie er auf ihren Gefühlsausbruch reagieren sollte.

»Du hast dich großartig gehalten«, sagte er nach einer Weile und versuchte, mit der Rückseite seines Zeigefingers eine Träne von ihrer Wange zu wischen.

Emma zuckte zurück.

»Was ist?«, fragte er.

»Lass es gut sein.«

»Was denn?«

»Lass mich einfach in Ruhe, okay?« Demonstrativ wandte sie sich von ihm ab.

»Hey, es ist doch nichts dabei, wenn man mal Schwäche zeigt.«

Sie fuhr herum. »Jemand hat versucht, uns zu töten!«

»Ich war dabei.«

»Ich weiß ja nicht, wie es dir geht«, zischte sie, »aber mir passiert das nicht jeden Tag!«

Er seufzte. »Genau deswegen versuche ich gerade, dir zu sagen, dass nichts dabei ist, wenn ...«

»Ich weiß das! Okay?«

»Ach, Emma, du musst nicht immer die Unbesiegbare spielen.« Ungelenk versuchte er, ihre Hand zu nehmen.

Sie verschränkte die Arme vor der Brust und versteckte die Hände unter den Achseln. »Hältst du das hier etwa für ein Spiel?«, fragte sie ungläubig.

»Denkst du vielleicht, an mir geht so etwas spurlos vorüber?« Seine Augen blickten traurig, als er aufstand. »Ich gehe uns Tickets besorgen. Wir können es uns nicht leisten, beim Schwarzfahren erwischt zu werden.«

Emma sah ihm nach, als er den Gang entlangschlurfte. Sie wusste, er meinte es gut, aber sie musste diesen Moment der Schwäche einfach zulassen, um alles verarbeiten zu können. Ein Killer hatte versucht, sie zu töten. So etwas konnte einem schon mal den Tag versauen.

Für die 258 Kilometer lange Express-Trasse benötigten sie weniger als vierzig Minuten. Während dieser Zeit sprachen sie kaum ein Wort. Emma starrte aus dem Fenster, ohne die vorbeirasende Landschaft wahrzunehmen. Genau wie Nick hing auch sie ihren Gedanken nach. Die zentrale Frage lautete: Was nun? Sicher war nur, sie mussten sich fürs Erste irgendwo verstecken. Nur wo? Ein Hotelzimmer stand nicht zur Debatte. Die Guthaben ihrer beiden Cashcards zusammen reichten nicht einmal für eine Nacht in einer Jugendherberge, und Zahlungen per Kreditkarte verboten sich von selbst. Der SCS stünde sofort vor ihrer Tür. Es war zum Verzweifeln. Emmas Apartment sowie Nicks Bude schieden aus, ebenso Kiaras Wohnung. *Kiara*. Du lieber Himmel, hoffentlich hatte dieser grauhaarige Psychopath ihr nichts angetan! Emma schwor sich, niemanden mehr in diese Geschichte hineinzuziehen. Spätestens seit dem heutigen Tag wusste sie, wie wenig ein Menschenleben im Vergleich zu einem Stapel Papier wert sein konnte.

In Hannover angekommen, konfrontierte Nick sie mit einer Idee und einem Plan. Sein Vorschlag war abgedreht, geradezu aberwitzig, doch mangels Alternativen willigte Emma ein.

Sie lösten zwei weitere Tickets. Wieder zahlte Nick anonym und für niemanden nachvollziehbar mit seiner Cashcard. Diese wies danach noch ein lächerliches Restguthaben aus, für das Emma in einem Bahnhofshop ein Paar chinesische Billig-Turnschuhe erstand, zwei unscheinbare Baseballkappen mit großem Schirm sowie drei Halbliter-Flaschen stilles Wasser. Die Wasserflaschen packten sie in Nicks Rucksack, die Baseballkappen setzten sie auf, um den Überwachungskameras so wenig wie möglich von ihren Gesichtern zu präsentieren. Sicher war sicher, und obgleich hässlich, waren die Schuhe allemal besser, als weiterhin barfuß durch die Gegend zu marschieren. Emmas Cashcard rührten sie erst einmal nicht an. In einer guten Stunde würden sie diese noch benötigen.

Die Fahrt dauerte keine zwanzig Minuten. Sie verließen den Bahnhof und stiegen in das erstbeste freie Taxi. Nick nannte dem Fahrer das Ziel, und Emma reichte ihm ihre Cashcard, um das Geld im Voraus abzubuchen. Nach kurzer Überprüfung teilte ihnen der Fahrer mit, das Guthaben auf der Karte reiche nicht aus, um sie an das gewünschte Ziel zu bringen. Emma wies ihn an, so weit zu fahren, bis das Guthaben aufgebraucht sei.

An einer verlassenen Tankstelle, 13 Kilometer vor ihrem Ziel, fuhr der Fahrer schließlich rechts ran. Die restliche Strecke legten sie abseits der Landstraße auf Feldwegen zu Fuß zurück. Zum Glück dämmerte es bereits, und die Hitze des Tages sank allmählich auf ein erträgliches Niveau.

Sie kamen in eine kleine Stadt. Vor einem Jahr hatten hier laut Nick noch 2500 Einwohner gelebt. In der Zwischenzeit hatte die vorrückende Nordsee große Teile des Ortes überflutet, und die Einwohnerzahl hatte sich halbiert. Längst war es dunkel, doch spendete der Vollmond genügend Helligkeit, um sich in der Umgebung zurechtzufinden.

Trotz des Mondlichts reflektierte das Wasser kaum einen schwachen Schein, so viel Dreck schwamm auf der Oberfläche. Es stank nach Fäkalien. Einige wenige Autos standen vor Garagen oder in Einfahrten bis zu den Kotflügeln im Wasser. Sie würden nirgendwo mehr hinfahren. Ein von Rost zerfressenes Fahrrad lehnte angekettet an einer Straßenlaterne, die schon lange nicht mehr funktionierte.

So unauffällig wie möglich strichen Emma und Nick durch die menschenleeren Straßen eines der überfluteten Viertel. Niemand nahm Notiz von ihnen. Sie mussten nicht lange suchen. Vor einem der Häuser schaukelte ein kleines Schlauchboot von etwa drei Metern Länge auf dem knietiefen Wasser. Es war mit einem Seil an einem Straßenschild festgebunden und mit einem Elektroaußenbordmotor ausgestattet, und genau nach so etwas hatten sie gesucht.

Nick warf einen Blick auf den Motor, hob den Daumen und band das Boot los. Während er den Außenborder startete, kletterte sie zu ihm ins Boot.

Sie fuhren durch die überfluteten Straßen und nahmen Kurs auf das offene Meer. Sofort frischte der Wind auf. Wenigstens vertrieb die salzige Luft den Fäkaliengestank. Vor ihnen lag eine pechschwarze Wasserfläche, die vom geheimnisvollen Schimmer des Vollmonds beschienen wurde und deren Wellengang sich hob und senkte. Irgendwo dort draußen lag ihr Ziel. Emma schloss die Augen und drückte sich enger an die schützenden Schläuche des Bootes.

47

Emma erwachte schreiend. Ihr Herz schlug schnell, und sie schwitzte. Es dauerte einige Sekunden, bevor sie realisierte, dass sie einen Alptraum gehabt hatte. Ein gesichtsloser Killer hatte eine Waffe auf sie gerichtet und abgedrückt. Es war unglaublich real gewesen, letzten Endes aber doch nur ein Traum. Emma zwang sich dazu, ruhig zu atmen, dann sah sie sich um.

Im ersten Moment hatte sie keine Ahnung, wo sie sich befand. Durch ein Fenster einfallende Lichtstrahlen blendeten sie. Es war heiß und stickig und roch nach Moder, durchmischt mit einem weiteren Geruch, auf den sie jedoch nicht kam. Sie kniff die Augen zusammen und setzte sich auf. Das Bett unter ihr quietschte und knarzte. Die fleckige Schaumstoffmatratze war durchgeschwitzt. Sie war nicht bezogen, genauso wenig wie Kissen und Decke. Während ihre Augen sich langsam an die Helligkeit gewöhnten, verdrängte der Anblick des altmodischen Schlafzimmers allmählich den Alptraum, und sie erinnerte sich daran, wo sie war.

Sie quälte ihre Beine, die ihr wie zwei schwere Eisenstangen vorkamen, über den Bettrand und tapste barfuß über die knarrenden Holzdielen ans Fenster. Ihre Füße glichen geschwollenen Teigklumpen. Wie viele Kilometer hatte sie gestern insgesamt zu Fuß zurückgelegt? Sie wusste es nicht. Außerdem schmerzte der kleine Riss an ihrer Wange, den sie sich gestern auf dem Segway zugezogen hatte, als sie gegen Nicks Rucksack geknallt war.

Durch dreckige Fensterscheiben blickte sie nach draußen. Wie schon seit Wochen brannte die Sonne auch heute gnadenlos herunter. Mit der rechten Hand schirmte Emma ihre Augen ab, bevor sie das Fenster öffnete. Schwüle Luft strömte ins Zimmer. Emma schmeckte Salz und identifizierte endlich den zweiten Geruch. *Meeresluft.* Irgendwo schrien Möwen. So weit ihre Augen reichten, erstreckte sich eine schmutzig braune Brühe, aus der vereinzelt ausgebleichte Baumkronen ragten. Linker Hand reihten sich zerfallene Bauernhäuser aneinander, gefangen in einer Nordsee, die mehr einem Morast glich als einem Meer. Keine Menschenseele war zu sehen, weder auf den überfluteten Straßen noch in den Fenstern der Häuser. Eine schwache Brise fächelte warmen Wind auf ihre Haut. Wellen plätscherten gegen das Haus. *Willkommen am Ende der Welt.*

48

Sie fand Nick in der Küche. Ein verrosteter Gasherd, eine offensichtlich defekte Mikrowelle und ein leerer Kühlschrank dominierten den Raum, dazwischen stapelten sich dreckige Töpfe und Pfannen auf den Ablageflächen. Die darin eingetrockneten Essensreste standen kurz davor, ein Eigenleben zu entwickeln. Schimmel überzog die Wände. Das Schlimmste aber war der Schlamm auf dem Boden. Eine zentimeterdicke Schicht davon überzog das gesamte Erdgeschoss. Ein Überbleibsel der Sturmflut der vergangenen Tage. Im gesamten Erdgeschoss konnte man keinen Schritt tun, ohne von einem schmatzenden Geräusch begleitet zu werden. Zu allem Überfluss stank der Schlamm nach faulen Eiern.

Nick saß in der Mitte des Raums auf einem einfachen Stuhl an einem Holztisch. Unübersehbar hatte auch er in den Klamotten geschlafen. Seine Locken standen in alle Richtungen vom Kopf ab. Auf dem Tisch hatte er leere Konservendosen kunstvoll zu einer Art Halterung gestapelt, gegen die er seinen ausrollbaren Monitor gelehnt hatte. Daneben lag der Rucksack sowie ein alter Laptop, auf dessen Tastatur er wie wild herumhackte.

»Wie spät ist es?«, fragte sie.

Er sah auf und grinste süffisant.

»Was ist?«

»Ich hatte ganz vergessen, wie du morgens aussiehst.« Er grinste bis über beide Ohren.

»Nick?«

»Ja?«

»Halt die Klappe. Wo ist das Bad?«

»Nebenan.« Er widmete sich wieder seinem Monitor.

Sie schlurfte einen Raum weiter, um sich kaltes Wasser ins Gesicht zu spritzen und den schalen Geschmack im Mund loszuwerden.

Sie öffnete die Tür und hielt mitten in der Vorwärtsbewegung inne. Gegen diesen Raum mutete die Küche geradezu heimelig an. Wand- und Bodenfliesen starrten vor Dreck. Schimmel, wohin sie blickte. Die Toilettenschüssel war bis zum Rand mit Urin gefüllt. Offenbar funktionierte der Abfluss nicht, einen Deckel zum Zuklappen gab es nicht. Beißender Uringestank brannte ihr in der Nase und führte zu einem Würgereiz.

»Es gibt kein fließendes Wasser«, rief Nick aus der Küche, »und die Toilette benutzt du besser auch nicht. Ohne Wasser keine Spülung.«

Klugscheißer. Sie hielt die Luft an, trat ins Bad und betrachtete ihr Gesicht im Spiegel über dem Waschbecken. Sie befühlte den Schnitt an ihrer Wange, den sie nur allzu gerne desinfiziert hätte, fuhr sich durch die Haare und verließ das Bad, ehe sie eine Schimmelpilzvergiftung bekam.

Sie setzte sich zu Nick an den Tisch. »Ein Bad ohne Wasser und WC macht irgendwie wenig Sinn, meinst du nicht auch?«

»Mmmmh.«

Ihr Blick wanderte zum Kühlschrank. »Mir knurrt der Magen.«

»Ich könnte einen Ochsen verspeisen. Leider haben wir nicht einmal schimmliges Brot.«

»Überhaupt nichts?«

»Nein. Außer du stehst auf drei Tage alte Labskaus-Reste aus dem Mülleimer.«

»Wie steht es mit Getränken?«, fragte sie.

»Nichts außer den drei Flaschen Wasser, die wir mitgebracht haben.«

»Na großartig.« Sie verschränkte die Arme vor dem Körper. »Und wie stellst du dir das vor? Kein Frischwasser, keine Toilette, kein Strom, weder Essen noch Trinken.«

Er blickte von seinem Monitor auf. »Jetzt hör mal zu, Miss Etepetete. Ich bin in derselben Situation wie du, also mach keine Wellen, okay? Ich kann mich nicht daran erinnern, dass du eine bessere Idee für einen sicheren Unterschlupf gehabt hättest. Deine Aufzählung möchte ich übrigens ergänzen: Es gibt hier keine Überwachungskameras oder Irisscanner, und unsere Kreditkarten brauchen wir auch nicht. Immerhin sind wir hier sicher. Niemand wird uns finden.«

»Was bringt uns das, wenn wir in zwei Tagen dehydriert sind und nicht mehr klar denken können?«

Er fummelte eine der Wasserflaschen aus seinem Rucksack und warf sie ihr genervt über den Tisch hinweg zu.

Emma öffnete die Flasche, nahm einen Schluck und behielt ihn lange im Mund. Das Wasser tat ihren ausgetrockneten Schleimhäuten gut. Sie gönnte sich einen zweiten Schluck und betrachtete die Flasche.

»Ohne Essen und Trinken werden die nächsten Tage verdammt lang.«

»Uns wird schon was einfallen.« Wütend hackte er auf die Tastatur ein.

»Woher hast du den Laptop?«

»Der gehört meiner Mutter.« Er grinste. »Ich hätte nicht gedacht, dass er noch funktioniert.«

»Woran arbeitest du?«

»Fertig.« Er drückte *Enter*, lehnte sich zurück und verschränkte die Arme hinter dem Kopf. »Wir brauchen mehr Informationen. Ich möchte diese Website ausfindig machen, die wie vom Erdboden verschluckt ist. Ab sofort überwacht mein Agent das Netz. Sobald die Seite wieder online geht, schlägt er Alarm. Bis dahin muss ich mich ein wenig aufs Ohr hauen. Mein Schädel zerspringt gleich.« Er stand auf und machte Anstalten, den Raum zu verlassen.

»Warte. Was war gestern im Zoo mit dir los?«

»Wie meinst du das?«

»Du hast etwas herausgefunden.«

»Könnte sein«, erwiderte er vage.

»Spuck's endlich aus.«

Er zögerte. »Die Morde in dieser Akte sind nur die Spitze des Eisbergs.«

»Was?« Emma sprang von ihrem Stuhl auf. »Wovon redest du?«

»Emma, bitte, mein Schädel zerspringt gleich. Ich kann kaum geradeaus denken und brauche endlich etwas Schlaf.«

»Wieso? Hast du denn nicht geschlafen?«

»Etwa darauf?« Er zeigte durch die offene Tür ins Wohnzimmer auf ein winziges Sofa, durch dessen Polsterung sich massive Stahlfedern drückten. »Aussichtslos.«

»Mach mir keine Vorwürfe. Du hättest etwas sagen können. Das Bett ist groß genug.« Sie stellte die Wasserflasche auf den Tisch und ging zur Tür. »Nicht alles auf einmal austrinken.«

»Ich mache dir doch keine ... He, wo willst du hin?«

»Wenn ich zurück bin, will ich alles hören, was du herausgefunden hast! Schlaf gut.«

Sie ließ Nick stehen, stapfte den Flur entlang, öffnete die Haustür und trat ins Freie. Augenblicklich wurde der Gestank fauliger Eier von würziger Seeluft abgelöst. Schwül umhüllte sie Emmas Körper wie ein feuchtes Handtuch. Eine sanfte Brise trieb kleine, spitze Wellen durch die Straßen, auf denen das gestohlene Schlauchboot vor den Sandsäcken tanzte. Nick hatte es mit einem Seil am Briefkasten befestigt.

Sie löste den Knoten, stieg über die Sandsäcke hinweg

ins Boot und nahm Kurs auf das Nachbarhaus. Solange Nick sich ausruhte, wollte sie nicht untätig herumsitzen. In irgendeinem der Häuser mussten doch zurückgelassene Essens- und Trinkwasservorräte zu finden sein. Vielleicht fiel ihr dabei noch der ein oder andere nützliche Gegenstand in die Hände. Wer konnte schon sagen, wie lange sie hier festsitzen würden?

Sie erreichte das Haus und legte besser als erwartet an. Sie band das Boot fest und kletterte hinaus. Als sie die Hand an den Türknauf legte, schoss ihr ein beängstigender Gedanke durch den Kopf. Was, wenn nicht alle Bewohner des Dorfes weggegangen waren? Vielleicht hatten es einige ja auch vorgezogen zu bleiben? Woher konnte Nick so sicher sein, dass er und Emma die einzigen Personen in diesem vermeintlichen Geisterdorf waren? Wie würden sie reagieren, wenn Emma einfach so in ihrem Haus auftauchte? Nicht gerade freundschaftlich, so viel stand fest.

Sie biss sich auf die Lippen und klopfte zögerlich an die Tür. »Hallo? Jemand zu Hause?«

Stille. Emma kam sich selten dämlich vor. Außer ihr war niemand hier. Sie drückte die Klinke herunter und öffnete die Tür.

49

»Such dir was aus«, sagte Emma und breitete die karge Ausbeute ihres Streifzugs durch Dörpling auf dem Küchentisch aus: eine Konserve mit Bohnen, Erbsen und Würstchen, eine unappetitlich aussehende Dosenwurst, eine Tube Schmelzkäse und eine Fertigpackung Spaghetti mit Tomatenmark und Kräutermischung.

»Das ist alles?«, fragte Nick enttäuscht. Ein zerknülltes Päckchen Zigaretten am offenen Fenster sowie abgestandener Rauch verrieten ihr, dass er schon länger wieder wach sein musste.

»Der Großmarkt am Ende der Straße hat heute leider geschlossen.«

»Getränke?«

Sie schüttelte den Kopf. Einen Moment lang ergötzte sie sich an seiner Enttäuschung, langte dann hinaus in den Flur und präsentierte ihm zwei Flaschen Mineralwasser.

Erleichtert atmete er auf. »Komm her und lass dich knutschen.«

»Das lass mal schön bleiben.« Mit dem Zeigefinger wedelnd, setzte sie sich. »Zwei Flaschen Wasser sind nicht viel, aber es gibt genügend Häuser, die ich noch nicht durchsucht habe.« Sie schlüpfte aus ihren Schuhen und massierte sich die Füße. »Ich habe vier komplette Straßenzüge abgeklappert. Ich kann dir sagen, manchmal war mir wirklich mulmig zumute.«

»Außer uns ist keiner hier«, winkte er ab und inspizierte die Spaghetti-Packung.

»Weißt du das denn so genau?«

»Nein.«

»Wenigstens werden wir nicht so schnell verhungern. Außerdem habe ich eine Taschenlampe und ein paar Kerzen gefunden.«

»Siehst du, dein Pessimismus heute Morgen war völlig unangebracht.«

»Nicht ganz«, widersprach sie, »die Getränke könnten zum Problem werden.«

Er nickte und trank den letzten Schluck aus der Flasche, die sie ihm vor ein paar Stunden auf den Tisch geknallt hatte. »Dann mal los«, sagte sie.

»Hä?«

»Schmeiß den Gaskocher an und leg los.«

»Mit was?«

»Na, mit Kochen natürlich. *Ich* hab die Sachen organisiert, dafür zauberst *du* uns jetzt Spaghetti Pomodoro auf den Tisch. Ich sterbe vor Hunger.«

Er sah sie an, als hätte sie ihn soeben darum gebeten, ihr zuliebe im Himalaya einen Yeti zu erlegen. »Ich glaube, darum kümmerst du dich besser.«

»Ach ja?«

»Kochen ist nicht gerade meine Stärke.«

»Du hast auch Stärken?«

»Wie wär's damit: Du kochst, und ich übernehme den Abwasch.«

Er sah sie dermaßen treudoof an, dass sie beim besten Willen nicht anders konnte, als zu lachen. »Okay, du Held, aber nur wenn du mir währenddessen erzählst, was du herausgefunden hast.«

»Hätte ich sowieso.« Er ging zum Gaskocher und entzündete die Flamme.

»Ich weiß.«

Zu ihrer Überraschung fand Emma einen brauchbaren Topf, griff sich eine Mineralwasserflasche, schüttelte die Kohlensäure heraus und leerte das Wasser in den Topf. Nicht optimal, aber es würde genügen.

»So, mein Lieber, bis das Wasser kocht, dauert es.

Beginnen wir mit der Akte. Was habe ich bisher übersehen?«

»Ich fürchte, das Wesentliche.«

»Und das wäre?«

»Der Grund, weshalb Rochas, Chevallier, Leuthard und Maddox ermordet wurden.« Er kratzte sich am Kinn. »Okay, fassen wir zunächst zusammen, was wir haben ...«

»Vier Morde.«

»Ja, aber wir müssen früher ansetzen. Die Prämissen sind von entscheidender Bedeutung. Wo befinden wir uns und in welcher Zeit? Die Vorfälle ereigneten sich 2015. Was weißt du über die Independence?«

»Ich bin Amerikanerin, Nick. Jedes Schulkind bei uns kennt die Independence.«

»Darauf wette ich. Ihr alle kennt den Namen, den Mythos, die Glorifizierung, die dahintersteht. Aber was wisst ihr tatsächlich darüber?« Er sah sie herausfordernd an. »Doch nur das, was sie euch in der Schule als Wahrheit verkaufen. Eure Regierung hat euch schon oft für dumm verkauft, und ihr habt es jedes Mal aufs Neue geglaubt, ohne es zu hinterfragen.«

»Du pauschalierst.«

»Ändert das irgendetwas am Sachverhalt?«, knurrte er.

»Worauf willst du hinaus?«

»Halten wir für den Moment einfach mal fest, dass die USA zwischen 2010 und 2015 wirtschaftlich mächtig unter Druck gerieten. Der globale Energiehunger wuchs dramatisch. Der Weltenergierat prognostizierte einen Nachfrageanstieg um siebzig bis hundert Prozent bis zum Jahr 2050.« Er warf einen kritischen Blick auf die kümmerliche Flamme des Gaskochers. Hoffentlich waren die Spaghetti al dente, bevor ihnen das Gas ausging. »Die Energiekosten explodierten. In Bezug auf Öl stand ohnehin fest, dass sich die Situation mittelfristig verschärfen würde, da die globalen Erdölvorräte nur noch für einige Jahrzehnte ausreichten. Als größtem Ölimporteur der Welt drohte den USA die Abhängigkeit. Nicht zuletzt aufgrund des enormen Rohstoffhungers von China und Indien. Amerika musste handeln. Hätte man weiter tatenlos zugesehen, wäre der Absturz in die zweite Liga vorprogrammiert gewesen.«

»Ich schätze, an dieser Stelle kommt Projekt Morgenröte ins Spiel«, sagte Emma, nur um überhaupt mal wieder zu Wort zu kommen.

Er nickte. »Projekt Morgenröte ist in gewisser Weise das Resultat einer Strategie, deren Wurzeln bis in die letzte Amtszeit von Clinton zurückreichen. Bereits damals machte man sich Gedanken über Amerikas zukünftige Energieversorgung.«

»Darüber macht man sich in den Staaten Gedanken, seitdem man begann, den Indianern das Feuerholz unter dem Hintern wegzustehlen.«

»Mag sein. Auf jeden Fall legte das US-Ministerium für Energie im Jahr 2000 ein ganz besonderes, nationales Forschungsprogramm auf.«

Emma hob die Hand. »Lass mich raten: Es ging um Methanhydrate.«

»Volltreffer. Neben Öl waren die USA damals für rund ein Fünftel des weltweiten Erdgasverbrauchs verantwortlich. Also lag es nahe, in diese Richtung zu forschen.« Er legte den Finger an die Lippen und dachte nach. »Das Programm gelangte zu zwei Ergebnissen. Erstens wurde eine Erschließung der marinen Methanhydratvorkommen im Golf von Mexiko innerhalb der nächsten zehn Jahre avisiert. Zweitens hielt man die Erdgasproduktion des im Permafrostboden Alaskas eingelagerten Methanhydrats technisch bereits für machbar. Daraufhin startete man 2002 an der arktischen Küste Kanadas, in Mallik, ein entsprechendes Bohrprojekt. Dieses Projekt umfasste Gashydrat-Produktionstests und war Teil eines internationalen Forschungsverbunds, an dem mehr als zweihundert Wissenschaftler aus fünfzig verschiedenen Instituten mehrerer Staaten beteiligt waren. Darunter übrigens auch aus Deutschland, außerdem waren auch Unternehmen aus der Privatwirtschaft beteiligt.«

»Der Staat im Verbund mit privaten Unternehmen und Wissenschaftlern«, überlegte Emma laut. »Wie auf der Independence.«

»Ja, nur gibt es gravierende Unterschiede, auf die ich später eingehe.« Einmal mehr blickte er sehnsüchtig in den Topf, an dessen Boden sich zögerlich die ersten Bläschen bildeten. Immerhin, die Flamme brannte noch. »Das Mallik-Projekt kam nicht wie erhofft voran. Es gab eine Menge Rückschläge. Kein Wunder, denn die wenigen praktischen Erfahrungen, die man mit der Förderung von Methan aus Hydratvorkommen bis zu diesem Zeitpunkt gesammelt hatte, stammten allesamt von einem einzigen Gasfeld in Messoyakha, Sibirien, wo man angeblich bereits seit den Siebzigern Methan abbaute.«

»Angeblich?«

Nick grinste schief. »In der Fachwelt wird bezweifelt,

dass in Messoyakha gewonnenes Methan tatsächlich, wie behauptet, aus Hydratvorkommen gefördert wurde. Das Ganze war vermutlich reine Sowjetpropaganda.« Er winkte ab. »Wie auch immer, das Mallik-Projekt verzögerte sich. Ständig traten neue Probleme auf. Ein Scheitern drohte. Bei den Japanern, die ein vergleichbares Projekt fuhren, lief es dagegen besser. Sie meldeten, bereits 2007 mit Produktionstests beginnen zu wollen, und gaben an, bis spätestens 2012 über Technologien für die kommerzielle Großförderung zu verfügen. In der Tat meldeten die Japaner dann im Frühjahr 2013 diesbezüglich auch erste Erfolge.« Er legte eine kurze Pause ein und sah Emma herausfordernd an, bevor er fortfuhr. »Dermaßen unter Zugzwang verlängerte der US-Kongress die Finanzierung des Mallik-Projekts durch den Energy Policy Act. Das neue Ziel lautete, bis 2015 den kommerziellen Abbau von Methanhydraten in US-amerikanischen Gewässern zu starten.«

»Der Energy Policy Act ist mir ein Begriff«, sagte Emma, die froh war, endlich etwas zu dem Gespräch beitragen zu können. »Aber soweit ich weiß, diente er hauptsächlich dazu, Subventionen und staatliche Garantien zu gewährleisten, um die Kernenergie weiter auszubauen.«

»Offensichtlich finanzierte man unter seinem Deckmantel auch weniger in der Öffentlichkeit stehende Projekte.« Nick klopfte auf die aufgeschlagene Akte. »Wie zum Beispiel Projekt Morgenröte.«

Sie dachte nach. »Du sagtest, das Ziel lautete, bis 2015 Methanhydrate offshore abzubauen. Die Independence nahm ihren Betrieb tatsächlich 2015 auf.«

»Ja, praktisch in Rekordzeit! In Mallik gab es jahrelang

Probleme über Probleme, nichts lief zusammen, aber auf der Independence soll sofort alles wie am Schnürchen gelaufen sein?«

»Offensichtlich nicht«, wandte Emma ein. »Ansonsten hätten wir keine vier toten Wissenschaftler, die uns Kopfzerbrechen bereiten.«

»Drei. River Maddox war Taucher.«

»Richtig. Hast du inzwischen eine Idee, wo die Verbindung zwischen Maddox und den anderen liegen könnte?«

»Nein.« Nick zuckte mit den Achseln. »Vermutlich hatten sie überhaupt nichts miteinander zu tun. Maddox könnte ein unfreiwilliger Zeuge gewesen sein und musste nur deshalb sterben.«

»Das wäre eine Erklärung. Auf jeden Fall sind wir damit wieder bei deiner Verschwörungstheorie gelandet.«

»Das ist keine Theorie, Emma, es ist eine Tatsache. Ich bin überzeugt, bei Projekt Morgenröte kam es in der Anfangsphase zu ähnlichen Problemen wie in Mallik, nur standen die USA zu diesem Zeitpunkt unter einem wahnsinnigen Druck. China, Indien und Japan saßen deinem Land im Nacken. Ergebnisse mussten her, und zwar auf Teufel komm raus.«

»Selbst wenn du recht hast, weshalb setzt man nach so langer Zeit den SCS ein, um diese Akte zurückzubekommen?« Sie sah ihn fragend an. »Das ergibt doch keinen Sinn?«

»Es muss mehr dahinterstecken, als wir im Moment erkennen können.«

»Ich dachte, du hast eine Vermutung? Im Tierpark hast du so etwas angedeutet.«

»Yepp.« Er trat ans Fenster, griff nach den Zigaretten,

schüttelte das Päckchen vergeblich und bleckte die Zähne. »Du hast auf deiner Rundreise nicht zufällig ein paar Kippen gefunden?«

Sie schüttelte lächelnd den Kopf.

Er seufzte. »Sollte ich mit meiner Vermutung richtigliegen, toppt diese Story die Lügen und Vertuschungen des Irakkriegs und sogar die misslungene CIA-Intervention im Pakistan-Indien-Krieg von 2021.«

»Du haust ganz schön Nägel rein. Vier Morde mit zwei Kriegen zu vergleichen … Sorry, ich kann nicht erkennen, wo du Parallelen siehst.«

»Es geht nicht um die Anzahl an Toten. Es geht um die Vertuschungsaktion, die hinter Projekt Morgenröte steht, und darum, wie dein Land die Welt bis heute belügt.«

Langsam gingen Emma Nicks vage Andeutungen auf den Keks. Immerhin begann das Wasser im Topf endlich zu blubbern.

»Wo finde ich Salz?«, wollte sie wissen.

50

Sie öffnete die Schranktür und wühlte in einer Unmenge beschrifteter Tupperdosen, bis sie eine fand, auf der *Salz* stand. Sie gab etwas davon in den Topf, legte die Spaghetti ins kochende Wasser und machte sich an die Vorbereitungen für die Tomatensoße. »Raus damit. Ich will jetzt endlich wissen, was diese Wissenschaftler deiner Meinung nach herausgefunden haben!«

Er holte tief Luft. »Wie wir festgestellt haben, hatte Amerika ein ernsthaftes Problem. Regenerative Energien waren keine ernstzunehmenden Optionen. Atomkraft wurde nach Fukushima zusehends skeptischer betrachtet. Selbst Präsident O'Bannon hatte Mühe, von den zu diesem Zeitpunkt mehr als dreißig anhängigen Bauanträgen für Nuklearreaktoren in Amerika wenigstens ein Drittel durch den Kongress zu boxen. Wollte Amerika seinen Wohlstand auf dem gewohnt hohen Niveau halten, musste man einen vollkommen neuen Weg beschreiten.«

»Erdgas aus Methanhydratvorkommen«, ergänzte Emma und rührte in den Töpfen. »So weit waren wir schon.«

»Was weißt du über Methanhydrat?«

»Nur was aus dem Schulunterricht hängen geblieben ist. Bei Gashydraten handelt es sich im Grunde um in Käfigen aus gefrorenen Wassermolekülen eingelagertes Methan. Sie entstehen nur unter hohem Druck und extrem niedrigen Temperaturen. Sobald die Umgebungstemperatur steigt, werden Gashydrate instabil.« Sie zeigte auf das kochende Wasser im Topf. »Das Methan entweicht dann aus den Verbindungen, steigt zur Wasseroberfläche auf und gelangt von dort in die Atmosphäre. So wie dieser Wasserdampf hier.«

Er nickte. »Es gibt Stellen in den Ozeanen, die sehen tatsächlich aus, als würde das Wasser kochen. Solche Methan-Blowouts sind für die Schifffahrt nicht ungefährlich, da das entweichende Methan die Dichte des Wassers so stark herabsetzen kann, dass Schiffe keinen Auftrieb mehr bekommen und untergehen.«

»Das sind doch Ammenmärchen.«

»Keineswegs.« Er wandte sich ab und sah aus dem Fenster. »Weltweit sind über hundert Methanhydrat-Lagerstätten bekannt. Fast alle befinden sich Tausende Meter tief unter dem Meeresboden. Inzwischen werden die meisten davon wirtschaftlich abgebaut. Mettrack beherrscht auf diesem Gebiet den Weltmarkt praktisch konkurrenzlos. Der Konzern betreibt 63 Bohrinseln, auf denen Methan gefördert, aufbereitet und in die ganze Welt verschifft wird. Weitere sieben befinden sich im Bau, aber damit dürfte das Ende der Fahnenstange noch lange nicht erreicht sein.«

»Ein Milliarden-Geschäft«, murmelte Emma.

»Und ob.« Nick trat neben sie. »Wenn du dir vor Augen führst, dass ein einziger Kubikmeter Gashydrat rund 164 Kubikmeter Methan bindet, dann bekommst du eine erste Vorstellung, weshalb die US-Regierung damals alle Hebel in Bewegung setzte, um den Abbau von Methanhydraten wirtschaftlich zu gestalten. Methanhydrate versprachen nichts weniger als die Lösung aller Energieprobleme für die nächsten 1000 Jahre.«

»Also baute man die Independence.«

»Yepp. Aber die Geschichte geht weiter. Nur wenige Wochen nach Fukushima bewilligt der US-Kongress zwölf Milliarden Dollar für den Bau der Independence. Nur fünf Jahre später wird von ihrer Plattform aus der erste Bohrkopf durch die Erdkruste getrieben. Offiziell arbeitet die gesamte Anlage, inklusive einer revolutionären CO2-Sequestrierung, von Anfang an reibungslos. In meinen Augen Knackpunkt Nummer eins.« Klatschend schlug er mit der rechten Faust in die linke Handfläche. »Diese Zeitspanne reicht für die Entwicklung einer absolut revolutionären Technologie nicht aus. Gashydrate verhalten sich nicht wie Öl. Ihr Aggregatszustand verändert sich radikal, sobald man sie aus der Tiefe holt und der Umgebungsdruck nachlässt. Ganz zu schweigen von der CO_2-Sequestrierung …«

»Stopp!«, unterbrach Emma ihn. »Was zum Henker ist eine CO_2-Sequestrierung?«

»Die Einlagerung von klimaschädlichem Kohlenstoffdioxid in unterirdischen Lagerstätten.«

»Sag das doch gleich.«

»Na ja, heutzutage ist das ein alter Hut, aber damals war diese Technik revolutionär.«

»Langsam fange ich an zu begreifen, weshalb die US-Regierung Mettrack bei diesem Projekt unbedingt mit im Boot haben wollte.«

»Aha?« Fragend blickte er sie an.

»Die USA sind als einzige Industrienation nie dem Kyoto-Protokoll oder dessen Nachfolgeabkommen beigetreten, das für alle Staaten eine verbindliche Senkung des CO_2-Ausstoßes forderte. Präsident Bush sprach sich zwar andauernd für ein langfristiges Ziel zur Verringerung des Ausstoßes von Treibhausgasen aus, konkrete Ziele nannte er jedoch nie. Er betonte stets, Maßnahmen gegen den Klimawandel lägen in nationaler Verantwortung, und vertrat die Meinung, jedes Land solle seine eigenen Strategien entwerfen.« Sie schüttelte den Kopf. »Selbstverständlich spielte Bush nur auf Zeit. Er hatte nie vor, Amerikas Industrie mit den zusätzlichen Kosten zu belasten, die eine derartige Senkung des CO_2-Ausstoßes mit sich bringen würde. Bush behauptete, die Ratifizierung des Kyoto-Protokolls würde die USA fünf Millionen

Jobs kosten. Brauchst du in der Politik ein Totschlagargument, ziehst du am besten die Arbeitsplatzverlust-Karte. Die zieht immer.«

»O ja«, schnaubte Nick.

»Aber zurück zu Projekt Morgenröte«, fuhr sie fort. »Rochas, Chevallier und Leuthard wurden ermordet, weil sie etwas herausfanden. Etwas, das dieses Projekt gefährden konnte. Daraufhin versuchte man sie dazu zu bewegen, diese Erkenntnisse für sich zu behalten. Die drei ließen sich nicht darauf ein und mussten deshalb von der Bildfläche verschwinden. River Maddox war, wie du sagst, vermutlich nur zur falschen Zeit am falschen Ort. Ein Zeuge, der beseitigt werden musste.«

Er schürzte die Lippen. »Was stand in den Gutachten? Wo lag die Schwachstelle von Projekt Morgenröte beziehungsweise der Independence?«

»Ich hatte gehofft, du könntest etwas mit den Diagrammen und Statistiken in der Akte anfangen.«

»Ich arbeite dran.«

»Was so viel bedeutet wie, du hast keinen blassen Schimmer.«

»Auf jeden Fall muss es sich um eine erhebliche Schwachstelle gehandelt haben«, überging er ihren Vorwurf. »Man drängt nicht einfach so drei renommierte Wissenschaftler dazu, ihre Gutachten zu ändern.«

»Darüber habe ich auch schon nachgedacht«, erwiderte Emma, »und mir ist in diesem Zusammenhang etwas eingefallen. Ein oder zwei Jahre nach der Bush-Administration kam ans Licht, dass diese systematisch Erkenntnisse über den Klimawandel und seine Folgen verzerrt, verfälscht und verschwiegen hat. Außerdem erschien im Umfeld der UN-Klimakonferenz von Bali 2007 ein Kongressbericht, der dokumentierte, wie amerikanische Forscher und Behörden kollektiv unter Druck gesetzt wurden, damit sie bestimmte Erkenntnisse nicht veröffentlichten. Zensur wie sie im Lehrbuch steht.«

Nick kniff die Augen zusammen. »Sieh an.«

»Ja, und dieser Vorfall war nicht der einzige dieser Art. Vor einer Senatsanhörung über die gesundheitlichen Folgen des Klimawandels kürzte das Weiße Haus einen Bericht des Amerikanischen Seuchenbekämpfungszentrums CDC drastisch, und zwar von sechzehn auf vier Seiten!«

»Eine augenscheinlich bewährte Methode, von der man hoffte, sie auch bei Projekt Morgenröte erfolgreich anwenden zu können«, fasste Nick zusammen.

»Sieht so aus. Aber Mord?«

»Na hör mal, dein Land hatte noch nie Probleme, wegen Öl Krieg zu führen und Tausende Menschen zu töten«, wandte er ein. »Und denk nur an die Auseinandersetzungen mit China um die Bodenschätze in der Antarktis vor gut zwanzig Jahren. Aber um auf deine Frage zurückzukommen: Hätte jemand ernsthafte ökologische Zweifel an Projekt Morgenröte angemeldet, sprich an der technischen Umsetzung der Methanförderung oder der CO_2-Sequestrierung, wäre dies für Amerika einer Katastrophe höchsten Ausmaßes gleichgekommen. Im Grunde war die Independence nichts anderes als eine riesige, exorbitant teure In-situ-Versuchsanlage. Niemand konnte im Vorfeld sagen, ob Mettracks neue Technologien funktionieren würden.« Er hob den Zeigefinger. »Ich sage dir, Rochas, Chevallier und Leuthard sind hinter einen riesigen Schwindel gekommen.«

»Drei hochangesehene Wissenschaftler im Dienste des IPPC. Ihr Wort hätte einiges Gewicht gehabt.«

»Davon ist auszugehen. Projekt Morgenröte war zum Erfolg verdammt, Störenfriede konnte man nicht gebrauchen.«

»Haben wir Beweise dafür?«

»Machst du Witze?« Er tippte mehrmals mit dem Zeigefinger auf den aufgeschlagenen Aktenordner. »Das ist unser Beweis. Alles steht hier drin. Das Problem ist nur ...«

»Ja?«

»Vieles ergibt für mich keinen Sinn. Ich bin noch immer nicht dahintergekommen, *was genau* die drei entdeckt haben.«

»Ohne diese Informationen stecken wir in einer Sackgasse«, stellte Emma nüchtern fest.

»So ist es«, knurrte Nick, trat neben sie und linste in die Töpfe, aus denen es verführerisch duftete. »Ich bin am Verhungern.«

Sie fischte eine Nudel aus dem kochenden Wasser, um den perfekten Al-dente-Moment nicht zu verpassen, probierte und verzog das Gesicht. *Pfui Teufel!*

»Was ist los?«

»Keine Ahnung. Schmeckt irgendwie komisch.«

»Verdorbene Zutaten?«

»Nein. Muss an was anderem liegen.« Vorsichtig probierte sie mit der Zungenspitze die Tomatensauce. »Bäh!«

»Darf ich mal?«

»Nur zu.« Sie hielt ihm den Löffel hin, den er gierig in

den Mund steckte. Der Gute musste wirklich hungrig sein.

»Schmeckt ja grausig.« Er sah aus, als hätte er in eine Zitrone gebissen. »Was hast du da reingetan?«

»Nur was reingehört.«

»Hast du vielleicht was vergessen?«

»Nein.«

»Zu wenig Salz?«

»Bin ich blond?«

Er kratzte sich am Hinterkopf. »Ich konnte wenigstens zugeben, dass Kochen nicht zu meinen Stärken gehört.«

»An deiner Stelle würde ich meine nächsten Worte sehr sorgfältig abwägen ...«

»O Mann, das Zeug ist ungenießbar.«

Zu wenig Salz? Eine Ahnung überkam Emma. Sie griff nach der mit *Salz* beschrifteten Tupperdose, schnupperte daran, steckte ihren kleinen Finger hinein, probierte und verkündete: »Das ist kein Salz, sondern Zucker. Jemand muss die Tupperdosen verwechselt haben.«

»Mutter!«, stöhnte Nick.

Na super. »Und jetzt?«

»Alternativen?«

»Keine.« Sie verzog den Mund. »Augen zu und durch, würde ich sagen.«

»Das ist dein Ernst, oder?«

»Sicher.« Sie drehte den Gashahn zu, nahm den Topf und goss ihn über der Spüle aus. »Außerdem könnte uns das Gas schneller ausgehen, als uns lieb ist.«

»Was für eine Ironie. Das ganze Gerede über unendliche Gasvorkommen, und wenn man mal was braucht, ist keines mehr da.«

»Jammer nicht rum. Deck lieber den Tisch.«

»Mir ist der Appetit vergangen.«

»Dein Problem. Ich esse jetzt.«

»O Mann.« Nick legte die Akte zur Seite und deckte den Tisch. Für zwei.

51

Donovan warf sich eine gelbe Tablette ein und spülte sie mit einem Energydrink hinunter. Ohne die sedierende Wirkung des Tranquilizers hätte er die spärliche Einrichtung seines mickrigen Behelfsbüros in den Räumlichkeiten der Botschaft längst kurz und klein geschlagen. Seine Augen schossen zwischen Greg Foster und Peter Laymon hin und her, die aus dem Hauptquartier angereist waren, um ihn bei der Suche nach Emma Fisher und Nick Schäfer zu unterstützen. Beide versteckten sich hinter ihren Laptops und gingen stumm ihren Aufgaben nach. Die Agenten wussten von dem Fehlschlag auf der Baustelle und kannten ihren Vorgesetzten gut genug, um zu wissen, wann sie ihn besser nicht ansprachen.

Dabei hatte sich alles vielversprechend angelassen.

Ein Abgleich der Quittung aus Emma Fishers Büro mit ihren Kontodaten hatte ergeben, dass sie beinahe täglich ein ganz bestimmtes Café aufsuchte. Vielleicht hatte jemand sie dort nach ihrer Flucht noch gesehen oder war von ihr kontaktiert worden. Mit Collins im Schlepptau war Donovan im Café del Mar auf die Bedienung Kiara Kolani gestoßen, ein scharfes Gerät mit dicken Titten. Leider hatte er von ihr nichts Verwertbares erfahren, woraufhin er und Collins das Café unverrichteter Dinge wieder verlassen hatten. Auch Emma Fishers Wohnung hatte sich als Reinfall erwiesen. Sie hatte Donovan nichts offenbart, was dieser nicht schon längst über sie wusste. Wenigstens hatte er es sich nicht nehmen lassen, genüsslich in Miss Fishers Unterwäsche zu wühlen.

Er trat neben Foster. »Was haben wir?«

»Keine Kreditkartenumsätze seit dem letzten Check«, antwortete Foster, ohne den Blick vom Monitor zu nehmen.

»Davon war auszugehen. Bleiben Sie trotzdem dran.«

Foster nickte.

Donovan wandte sich Laymon zu, der im EDV-System der Stadt Berlin Daten und Archive der öffentlichen Überwachungskameras durchforstete. »Agent Laymon?«

»Negativ, Sir. Die beiden sind wie vom Erdboden verschluckt. Nicht einmal ein Beinahe-Match. Im Pendlerexpress nach Hannover verliert sich ihre Spur.«

»Machen Sie weiter, die beiden können sich nicht in Luft aufgelöst haben. Glauben Sie mir, Fisher und Schäfer haben eine Scheißangst, und Angst führt immer zu Fehlern.« Donovans Kiefer mahlten. »Irgendwann werden sie einen Fehler begehen, und wenn es so weit ist, sind wir zur Stelle.«

»Sind wir immer, Sir.«

Mit einem leisen Zischen öffnete sich die Tür.

Donovan wirbelte herum. »Was wollen Sie hier?«

»Mich erkundigen, ob Sie Fortschritte machen«, entgegnete Leland Franklin. »Wie ich hörte, mussten Sie einen kleinen Rückschlag verkraften.«

Donovan baute sich vor ihm auf. »Kümmern Sie sich um Ihre Angelegenheiten.«

»Wenn der Leiter meiner Sicherheitsabteilung im Krankenhaus liegt, weil er sich bei einer nicht autorisierten Aktion außerhalb der Botschaftsgrenzen beinahe das Genick gebrochen hat, dann geht mich das sehr wohl etwas an.« Franklins rot unterlaufene Augen ruhten mit einer Selbstsicherheit auf Donovan, die Franklins Status in diesem Gebäude widerspiegelte. »Himmel, Arsch und Zwirn, Donovan, sehen so etwa verdeckte Operationen des SCS aus? Der Berliner Polizeichef hat sich eine Viertelstunde lang am Telefon aufgeblasen, als wäre er der verdammte Bundespräsident, und für morgen früh hat mich der Innensenator zu sich bestellt.«

»Erwarten Sie Probleme?«

Franklin winkte ab. »Nur das übliche diplomatische Geschwätz.«

»Sie halten sich an unsere Absprachen?«

»Natürlich.« Er lachte verächtlich auf. »Genauso wenig wie Sie habe ich ein Interesse an einer offiziellen Untersuchung dieses Falles durch die deutschen Behörden.«

»Wie geht es unserem Superheld eigentlich?«, wollte Donovan wissen.

»Collins hat sich die rechte Schulter ausgekugelt und ein paar Schrammen im Gesicht. Es besteht der Verdacht auf eine leichte Gehirnerschütterung, weshalb man ihn über Nacht zur Beobachtung in der Klinik behält. Aller Wahrscheinlichkeit nach wird er uns morgen wieder zur Verfügung stehen.«

»Gut. Sonst noch was?«

»Wie kommen Sie mit der Suche nach Emma Fisher voran?«

»Erledigen Sie Ihren Job, Franklin, wir erledigen unseren.«

»Mit anderen Worten, Sie tappen im Dunkeln.« Leland Franklin sah ihm fest in die Augen und wandte sich dann ab. Im Hinausgehen fügte er hinzu: »Ich erwarte, dass Sie mich umgehend informieren, falls sich neue Hinweise ergeben. Außerdem erwarte ich, dass Sie zukünftige Aktionen im Vorfeld mit mir abstimmen. Seien Sie froh, dass Derek Greene im Urlaub ist.«

Donovan hätte dem Botschafter am liebsten die Zahnimplantate ausgeschlagen, doch noch brauchte er ihn. Wie aus heiterem Himmel schoss ihm etwas, das Laymon vorhin gesagt hatte, durch den Kopf. Plötzlich wusste er, wie er Fisher und Schäfer aufspüren konnte!

52

Die letzten Sonnenstrahlen ihres zweiten Tages in Dörpling fielen durch das Küchenfenster auf den Tisch und beleuchteten die pampige Masse auf Emmas Teller, bei der es sich laut Verpackung um Ravioli handeln sollte. Sie schmeckten noch ekliger als die Pasta von gestern Abend. Fasziniert beobachtete sie, wie Nick sich Gabel um Gabel dieses widerlichen Zeugs in den Mund schaufelte.

»Noch immer keine Spur von dieser Website?«, fragte sie.

»Nein. Ich vermute, sobald sie online geht, nimmt sie der SCS sofort wieder aus dem Netz.«

»Das ist die einzig logische Erklärung, nur warum?«

»Zensur.« Er spießte eine Ravioli auf. »Darum geht es. Damals wie heute. Eine Behörde, die bereit ist, für eine Akte zu töten, überwacht garantiert auch das World Wide Web.«

»Wir reden hier von der Nationalen Sicherheitsbehörde der Vereinigten Staaten, Nick. Genau zu diesem Zweck wurde sie ins Leben gerufen. Es gibt praktisch keine E-Mail, keine Videonachricht, kein Telefongespräch auf der Welt, das nicht durch deren Filter läuft.«

»Was hat es mit diesem SCS auf sich? Nie davon gehört.«

»Kein Wunder, der Special Collection Service ist das bestgehütete Geheimnis der USA.«

»Noch vor Area 51?«

Sie lächelte. »Um den SCS zu verstehen, musst du erst einmal begreifen, worin der Unterschied zwischen NSA und CIA besteht.« Sie schob ihren halbvollen Teller von sich und lehnte sich zurück. »Als reiner Nachrichtendienst überwacht die NSA sämtliche weltweite Kommunikation aller Art, verwertet diese und bereitet sie für die entsprechenden Behörden auf. Ihr Auftrag lautet jedoch *nicht*, aufgrund gewonnener Erkenntnisse in irgendeiner Art und Weise tätig zu werden.«

»Und die CIA?«

»Beschäftigt sich mit klassischer Spionage. Verdeckte Operationen mit Billigung oder sogar auf Weisung des Präsidenten.«

Er deutete auf ihren Teller. »Isst du die Ravioli noch?«

Wortlos schob sie ihm den Teller zu, und er spachtelte drauflos, als hätte er seit Wochen nichts mehr gegessen.

»Aus welchem Loch ist unser Freund auf dem Segway gekrochen?«, fragte er mampfend.

»Laut Franklin gehört er zum SCS. Irgendwann in den Achtzigern gegründet, ist er nichts weniger als die perfekte Vereinigung von NSA und CIA. Eine Chimäre, die sämtliche Ressourcen und Fähigkeiten der CIA mit den technischen Möglichkeiten der NSA verbindet. Eine Art Superbehörde. Offiziell wird die Existenz des SCS hartnäckig geleugnet, da man in dessen Reihen auch vor illegalen Methoden wie Einbrüchen und Mord nicht zurückschreckt.«

»Wie wir am eigenen Leib erfahren durften.«

»Du sagst es. Hinter vorgehaltener Hand spricht man von Auftragsmorden der Regierung, die selbst der CIA zu heiß sind. Vor ein paar Jahren schließlich gab es dann Gerüchte, der SCS wäre aufgelöst worden, aber wie es scheint, war auch das gelogen.«

Nick sah skeptisch drein. »Wie kann man eine Abteilung auflösen, die es niemals gab?«

»Diplomatisch.« Sie lächelte. »Man behauptete, selbst falls es den SCS jemals gegeben haben sollte, wäre er seit vielen Jahren längst aufgelöst.« Sie wurde ernst und verschränkte die Arme vor der Brust. »Jetzt weißt du, worauf du dich eingelassen hast.«

Er griff nach der Diätcola, die Emma zusammen mit den Ravioli und einer hässlichen Sonnenbrille von ihrem heutigen Ausflug durch Dörpling mitgebracht hatte. »Zumindest ist mir jetzt klar, weshalb wir im Web nichts über Projekt Morgenröte und die Morde auf der Independence finden. Die Jungs hacken entsprechende Websites und legen die Server lahm.«

»Hinter jeder Website steht auch ein Mensch«, gab Emma zu bedenken. »Das macht mir zu schaffen. Was geschieht mit diesen Leuten? Sperrt man sie nur weg, oder lässt man sie auf andere Art und Weise verschwinden?«

»Ich fürchte, in Bezug auf Projekt Morgenröte geht hinter den Kulissen weit mehr ab, als wir uns vorstellen können.«

Sie erwiderte nichts, stand auf und trat ans Fenster. Durch zwei Häuser hindurch versank die Sonne glutrot hinter einer Ansammlung abgestorbener Bäume. Bis auf das gedämpfte Plätschern der Wellen lastete eine bedrückende Stille über dem Dorf.

Plötzlich stand Nick neben ihr. »An was denkst du?«

»Ich hätte dich und Ki niemals in diese Sache mit reinziehen dürfen.«

»Du hast mich nicht dazu gezwungen, mitzumachen.«

»Denkst du, Ki geht es gut?«

»Niemand hat einen Grund, ihr irgendetwas anzutun. Mach dir keine Sorgen.«

»Die mache ich mir aber.«

Er trat hinter sie und begann ihren Nacken sanft zu massieren. »Du solltest dich ein wenig entspannen. Im Moment können wir nichts tun, außer unsere grauen Zellen anzustrengen und zu versuchen, mehr Informationen zu sammeln.«

Sie schloss die Augen. »Das tut gut.«

»Um ehrlich zu sein«, sagte er, »finde ich es trotz allem irgendwie schön, gemeinsam mit dir hier zu sein.«

»Wenigstens einer von uns.« Es klang halbherzig. Sie spürte ihren Widerstand dahinschmelzen.

»Hast du je daran gedacht, dass uns das Schicksal wieder zusammengeführt und hierher gebracht haben könnte?«

»Ich glaube nicht an ein fremdbestimmtes Schicksal. Ich glaube an eine Zukunft, die jeder Mensch in seinem eigenen Sinne beeinflussen kann. Wir müssen nur unseren Überzeugungen folgen und danach handeln. Dann, Nick, bestimmen wir unsere Zukunft selbst und müssen auf kein unabänderliches Schicksal hoffen.«

»Du nennst es Bestimmung, ich Schicksal.« Er lächelte. »So weit sind wir doch gar nicht voneinander entfernt.«

Seine Hände wanderten von ihrem Nacken über ihre Schultern. Sie ließ es geschehen. Die Berührungen seiner warmen Hände taten gut. Ihre Anspannung löste sich ein klein wenig. Hatte sie Nick an jenem Abend im Troja vielleicht doch unrecht getan? Sie wollte ihm so gerne glauben. Sie hätte sich nur umdrehen und ihn küssen müssen. Es wäre so leicht gewesen. Und gleichzeitig so schwer.

53

Donovan stand vor dem Waschbecken der Toilette und betrachtete sein Spiegelbild. Eine Rasur war überfällig, und da sich momentan nicht viel tat, entschied er, dass dies ein geeigneter Moment dazu war. Als er das altmodische Rasiermesser mit dem ziselierten Elfenbeingriff in die Hand nahm, kam ihm sein Vater in den Sinn. Wie hätte er in dieser Situation gehandelt? Die Antwort darauf war bedeutungslos. Randall T. Donovan war nicht wie sein Vater und würde auch niemals zu so einem rückgratlosen Pisser werden.

Donovan rührte Rasierschaum an, seifte sein Gesicht ein und setzte das Messer an. Vorsichtig schabte er die Bartstoppeln mit der extrem geschärften Klinge gegen den Strich ab. Die Angewohnheit, sich mit diesem Rasiermesser zu rasieren, hatte er von seinem Vater, einem ehemaligen Flottillen-Commander der US Navy übernommen. Jeder in Donovans Team kannte dieses Messer, doch niemand ahnte, dass Donovans Vater sich damit vor vielen Jahren die Kehle aufgeschlitzt hatte. Donovan, damals gerade einmal 13 Jahre alt, hatte ihn auf dem Badboden vorgefunden, inmitten einer riesigen Blutlache, in der Hand das Rasiermesser. Bezeichnenderweise hatte Donovan der Anblick des glänzenden Messers inmitten des dunkelroten Blutes mehr als alles andere gefesselt. Sein toter Vater dagegen war nur die passende Staffage dazu gewesen. Donovan hatte das Messer an sich genommen und benutzte es seit seiner ersten Rasur. Es erinnerte ihn an das Versagen seines Vaters und mahnte ihn, niemals Momente der Schwäche zuzulassen.

Laymon öffnete die Tür. »Jackpot!«

Rasch beendete Donovan seine Rasur, kehrte in die provisorische Kommandozentrale zurück und blickte Laymon über die Schulter. Laymons Monitor zeigte ein Standbild, aufgenommen von einer der städtischen Überwachungskameras Hamburgs. Kein Zweifel, bei den Personen auf dem Bild handelte es sich um Fisher und Schäfer.

»Sie tragen Baseballkappen«, sagte Laymon, »aber

hier sieht Schäfer für einen Augenblick nach oben. Das System berechnet eine Matchquote von 95,8 Prozent.«

»Sie sind es«, stellte Donovan fest. »Was zum Teufel suchen die beiden in Hamburg?«

»Keine Ahnung, Sir.«

Laymon startete eine Videoaufzeichnung. Sie zeigte wartende Taxis vor dem Bahnhof. Menschen liefen umher, Segways fuhren durchs Bild. Die Zielpersonen traten ins Bild. Sie schienen es eilig zu haben.

»Sie gehen zum Taxistand«, kommentierte Laymon. »Hier steigen sie ein.« Das Taxi fuhr an und verschwand aus dem Sichtfeld der Kamera.

»Ich will wissen, wohin sie gefahren sind.«

»Einen Moment.« Mit geübten Fingern suchte Laymon den kurzen Augenblick heraus, auf dem das Kennzeichen des Taxis zu sehen war. Er zoomte es heran, schickte die Daten nach Crypto City und jagte sie dort durch die SCS-Großrechner. Wenig später kannten sie den Namen des Taxiunternehmens sowie die Identität des Fahrers, eines 52-jährigen Tschechen namens Tomas Horák. Laymons Hände flogen jetzt nur so über den Touchscreen. Unzählige Fenster poppten auf dem Monitor auf. Das Track-and-Trace-Tool nahm seine Arbeit auf und rekonstruierte die Route des Taxis, indem es sämtliche Datenspeicher der städtischen Überwachung Hamburgs anzapfte und auf das Auftauchen des Nummernschildes hin überprüfte. Jedes Mal, wenn das System einen Treffer meldete, ergänzte und erweiterte es die zurückgelegte Strecke.

»Sie sind nach Norden gefahren«, sagte Laymon.

»Bleiben Sie dran.« Donovan kippte den Rest seines

Energydrinks hinunter. »Überprüfen Sie in der Datenbank des Taxiunternehmens, ob das Ziel dieser Fahrt registriert wurde.«

»Jawohl, Sir.«

Donovan wandte sich an Foster. »Irgendetwas Neues in der letzten Stunde?«

»Negativ. Die beiden aktivieren ihre Communicator nicht einmal für eine Sekunde.«

»Nein, so einfach werden sie es uns nicht machen.« Donovan dachte nach. »Durchforsten Sie Schäfers Dossier noch einmal auf Verwandte. War darin nicht von jemandem die Rede, der nördlich von Hamburg lebt?«

»Wird erledigt.«

Drei Minuten später sagte Foster: »Sie hatten den richtigen Riecher, Sir.«

»Ich höre.«

»Nick Schäfers Mutter, Lena Schäfer, ist als Bewohnerin eines Auffanglagers für Klimaflüchtlinge registriert, das sich 23 Meilen nördlich von Hamburg befindet.« Foster kniff die Augen zusammen, als bräuchte er eine Brille. »Anscheinend ist sie krank. Genaueres steht hier nicht.«

»Letzter Wohnort?«

»Dörpling. Gut 72 Meilen nördlich von Hamburg.«

»Laut Fahrtenprotokoll des Taxis hat der Fahrer die beiden bis kurz hinter Bad Bramstedt gefahren«, vermeldete Laymon. »Irgendwo zwischen Kaltenkirchen und Dörpling sind sie ausgestiegen, und das Taxi kehrte als Leerfahrt zurück an den Hauptbahnhof.«

Donovan klopfte Laymon auf die Schulter. »Das ist es, Gentlemen. Wir haben sie! Die Akte wird sich in wenigen Stunden in unseren Händen befinden.«

54

Binnen Sekundenbruchteilen saß Emma kerzengerade im Bett. Ihr Herz hämmerte in der Brust. Ein Geräusch hatte sie geweckt. Vielleicht ein Aufprall? *Oder gar ein Schuss?*

Angespannt wartete sie auf eine Wiederholung. Ein Blick nach draußen verriet ihr, dass es kurz vor Sonnenaufgang war. Sie bemerkte die zurückgeschlagene Steppdecke und den freien Platz neben ihr. Nick war fort. Ein furchtbarer Gedanke kam ihr. Was, wenn man sie aufgespürt hatte? Unwillkürlich umklammerte sie ihre Bettdecke und zog sie hoch bis ans Kinn. Bei dem Gedanken an bewaffnete SCS-Agenten, die sich im Erdgeschoss von Zimmer zu Zimmer vorarbeiteten, wurde ihr übel. Ein dumpfes Poltern über ihr ließ sie zusammenzucken. Um ein Haar hätte sie laut aufgeschrien. Sie hörte eine Stimme. Ein Mann. Sämtliche Nackenhaare stellten sich ihr auf. Sie waren nicht mehr allein! Emma sprang aus dem Bett und suchte im Zimmer hektisch nach einer Waffe. Unter dem Bett fand sie schließlich einen Teppichklopfer. Sie zog ihn hervor und umklammerte ihn wie einen Tennisschläger. Notdürftig bewaffnet, schlich sie hinaus auf den Flur, den Blick starr nach oben gerichtet. Vor ihr fiel Licht durch das Dach und bildete einen quadratischen hellen Fleck auf dem Boden. In dessen Mitte führte eine Sprossenleiter hinauf zu einer geöffneten Dachluke. Staubflusen tanzten im Lichtschein. Vorsichtig näherte sie sich der Leiter.

Plötzlich schob sich ein Kopf vor die Öffnung, gegen

das Licht der Dämmerung nicht mehr als eine schwarze Kontur.

Instinktiv holte Emma aus und schlug zu. Die Umrandung des Teppichklopfers krachte gegen den Kopf des Mannes. Er stieß einen Schmerzensschrei aus und schnellte zurück.

»Scheiße, verdammt!«, kam es von oben, »bist du vollkommen übergeschnappt? Was soll das?«

»Nick?«

»Wer denn sonst? Scheiße, tut das weh.«

Erleichtert atmete sie auf und lehnte sich mit der Stirn gegen die Leiter.

»Alles in Ordnung?«, fragte sie.

»Bis gerade eben war es das.«

»Was in aller Welt machst du auf dem Dach?«

»Ich blute.«

»Tut mir leid, ich dachte, du seist jemand anders.«

»Wer sollte denn sonst hier sein?« Sein Kopf erschien wieder in der Luke. Diesmal schien es ihr unbegreiflich, wie sie ihn vorhin nicht hatte erkennen können.

»Ich dachte, der SCS hat uns aufgespürt!« Sie schüttelte den Kopf über sich selbst. Vermutlich hatte sie sich die Stimmen vor lauter Angst nur eingebildet.

»Schon gut«, sagte er. »Komm rauf. Die Sonne geht gerade auf.«

»Okay.« Sie schnappte sich ihre Sonnenbrille und kletterte die Leiter hinauf.

Noch war es empfindlich kühl. Zwischen den Häusern stieg Nebel von der Wasseroberfläche auf. Nick rieb sich die Stirn und sah sie vorwurfsvoll an. Er blutete aus einem winzigen Schnitt auf der Stirn. Nichts Ernstes.

»Wie lange treibst du dich schon hier oben rum?«

Er zuckte mit den Achseln. »Ich konnte nicht mehr schlafen.«

Sie blickte nach Osten, wo am Horizont ein Streifen Tageslicht auf den Wellen glitzerte. Emma konnte sich nicht daran erinnern, wann sie sich zum letzten Mal die Zeit genommen hatte, einen Sonnenaufgang in aller Ruhe zu genießen.

Sie zog die Knie an und umklammerte ihre Beine. »Ich vermisse meine Schwester so sehr.« Weshalb hatte sie das gerade gesagt? Vielleicht weil Meredith nicht alt genug werden durfte, um Momente wie diesen erleben zu können? Meredith hätte Sonnenaufgänge sicher geliebt.

»Sie ist der Grund, weshalb du dich so in diese Sache reinhängst, nicht wahr?«

»Ich kann nicht zulassen, dass diese Morde und dieser Riesenschwindel ungesühnt bleiben. Ich könnte nie wieder in den Spiegel sehen. Die Angehörigen haben ein Recht darauf, die Wahrheit zu erfahren, und die Verantwortlichen müssen zur Rechenschaft gezogen werden. Dabei kommt es nicht darauf an, ob das alles nun vier oder vierzig Jahre her ist. Gut möglich, dass dies nach so langer Zeit überhaupt niemanden mehr interessiert, aber für mich ist es wichtig. Klingt das sehr bescheuert?«

»Würdest du anders darüber denken, wärst du nicht du. Das ist es, was dich ausmacht.« Einmal mehr sah er sie mit diesem seltsamen Blick an, den sie die letzten Tage schon des Öfteren an ihm beobachtet hatte.

In der Nacht hatte Emma eine gefühlte Ewigkeit wach

gelegen und in der Dunkelheit Nicks Atemzügen gelauscht. Selbstverständlich hatte sie bemerkt, dass er ebenso wenig einschlafen konnte wie sie selbst. Wie versprochen war er jedoch auf seiner Seite des Bettes geblieben und hatte nicht den geringsten Versuch gestartet, die Situation auszunutzen. Ein Teil von Emma hatte gehofft, er würde sie einfach an sich ziehen und sie küssen. Doch wie hätte sie in diesem Augenblick tatsächlich darauf reagiert? War sie schon so weit? Konnte sie ihm vertrauen? Verdammt, warum mussten Gefühle immer nur so kompliziert sein? Sie schloss die Augen und genoss die wärmenden Strahlen der aufgehenden Sonne.

»Ich verstehe, warum du für diese Sache alles aufs Spiel setzt«, sagte er unvermittelt, »und du sollst wissen, ich stehe bis zum Schluss an deiner Seite.«

Sie schluckte.

»Auch wenn ich vielleicht nicht der richtige Mann dafür bin.«

»Wie meinst du das?«

»Ich schreibe Artikel über Mutter Natur, das Abholzen der Regenwälder, die Versauerung der Weltmeere, das Absterben ganzer Ökosysteme und über Klimaflüchtlinge. Mit politischen Intrigen habe ich keine Erfahrung. Mir fehlen entsprechende Kontakte.«

»Mach dir darüber keine Gedanken. Wir können uns sowieso an niemanden wenden.« Sie tätschelte ihn. »Gemeinsam bekommen wir das schon gebacken.«

»Wenn du es sagst.«

»Nick, ich glaube, ich habe mich noch gar nicht richtig bei dir bedankt.«

»Wofür?«

»Na, für deine Hilfe.«

»Du musst dich nicht bedanken. Hast du mir nicht zugehört?«

»Doch. Trotzdem danke.«

Er sah sie lange an.

»Was ist?«, fragte sie.

»Ich mag es nicht, wenn du traurig bist.«

»Ich bin nur müde.«

Sachte schüttelte er den Kopf. »Ich kann es in deinen Augen sehen.«

Sie lächelte und setzte ihre Sonnenbrille auf. »Ach ja?«

Er erwiderte ihr Lächeln, wandte sein Gesicht der aufgehenden Sonne zu und sagte nach einer Weile: »Ich habe Hunger.«

»Und ich erst. Was würde ich jetzt nicht alles für einen von Ki's Spezial-Kaffees geben.« Sie dachte an Kiara. Das letzte Lebenszeichen von ihr war die beunruhigende Nachricht auf ihrer Mailbox gewesen. Allzu gerne hätte sie ihre beste Freundin angerufen und sich vergewissert, dass es ihr gutging. Aber das war unmöglich. Selbst ihrem neuen Prepaid-Handy vertraute sie nicht mehr. Kiara hatte darauf angerufen, und Emma musste davon ausgehen, dass der SCS seit Donovans Besuch im Café del Mar auch Kiara überwachte. War sie jetzt schon paranoid? Vielleicht. Aber sicher war sicher. Ihr letztes Gespräch mit Leland Franklin kam ihr in den Sinn. Dieser hinterhältige Schuft hatte versucht, sie hinzuhalten, damit der SCS ihren Standort lokalisieren konnte. *Von wegen paranoid!*

Zum Thema *Paranoia* fiel ihr plötzlich etwas ein. In

der ganzen Aufregung hatte sie eine Sache ganz vergessen, die ihr gestern, unmittelbar vor ihrer Flucht aus der Botschaft, aufgefallen war. Sie musste es Nick sagen. Sie war gespannt, was er davon hielt.

55

Der Zugriff stand kurz bevor. Die Aussicht, die beiden Flüchtigen in Kürze zu stellen, versetzte Donovan in Hochstimmung.

»In Ordnung«, sagte er. »Es gibt nur einen Eingang. Keinen Hinterausgang. Wir haben auf jeder Seite mehrere Fenster, die als Fluchtweg für Schäfer jedoch zu schmal sein dürften.« Er wandte sich an Foster. »Decken Sie trotzdem den rückwärtigen Bereich ab. Die Frau ist nicht besonders groß und könnte durchaus versuchen, sich durch eines dieser Fenster zu quetschen. Ich will kein Risiko eingehen.«

»Jawohl, Sir.«

»Sollte es notwendig sein, benutzen Sie die Taser. Mittlere Stärke.« Donovan setzte seine Sonnenbrille auf. »Es ist von äußerster Wichtigkeit, dass wir beide lebend in die Finger bekommen.«

»Selbstverständlich, Sir.«

»Agent Laymon, sobald ich drin bin, positionieren Sie sich vor dem Eingang. Keiner betritt oder verlässt diese Bruchbude ohne mein Einverständnis.«

Laymon räusperte sich. »Sir, soll ich nicht lieber mit rein? Sollten die Zielpersonen bewaffnet sein, kann ich

Ihnen von meiner zugedachten Position aus keine Deckung geben.«

»Das wird nicht nötig sein. Wir haben es nicht mit Terroristen zu tun, sondern mit einer Botschaftsangestellten und einem Journalisten, die sich hier wie die Kaninchen vor der Schlange verstecken.«

»Jawohl, Sir.«

»Noch Fragen?« Er sah von Laymon zu Foster. Beide erwiderten nichts. »Dann los!«

Laymon und Foster nahmen ihre Positionen ein. Donovan überprüfte ein letztes Mal seinen Taser. Zur Not wartete ja noch seine Beretta im Schulterhalfter auf ihren Einsatz. Er nahm den schwarzen Aktenkoffer, der die ganze Zeit über neben ihm gestanden hatte, und begab sich zügig zum Eingang. Donovan musste zugeben, dies hier war ein Ort, der wie kein zweiter dazu geeignet war, um vorübergehend unterzutauchen.

Er horchte an der Tür. Da sich im Innern nichts rührte, trat er ein.

Im Bruchteil einer Sekunde scannte Donovan die Räumlichkeiten.

Im Grunde bestand die Bruchbude nur aus zwei Räumen. Linker Hand befand sich eine Tür, dahinter lag ein einfaches Bad mit Toilette. Donovan betrat den Wohnraum. Von Fisher oder Schäfer keine Spur. Nur eine alte Frau, die in einem klapprigen Bettgestell lag und schlief. Donovans Erfahrung sagte ihm, dass er zu spät kam. Die Vögel waren ausgeflogen. Enttäuschung und Wut brandeten in ihm auf und vermischten sich zu einem gefährlichen Cocktail. Er gönnte sich eine Orbital, die er trocken hinunterschluckte.

Der Wohnraum war in acht Parzellen aufgeteilt, lediglich durch einfache Vorhänge voneinander getrennt.

Donovan betrat die Parzelle der alten Frau. Ohne Zweifel Lena Schäfer. Die Ähnlichkeit mit ihrem Sohn war unverkennbar. Donovan betrachtete sie eine Weile und zog dann den Vorhang zu. Vielleicht konnte er der alten Schachtel die ein oder andere bedeutsame Information entlocken. In den Akten der Lagerverwaltung war die fortgeschrittene Demenz Lena Schäfers vermerkt, aber Donovan besaß seine ganz eigenen Methoden der Informationsgewinnung. Methoden, die selbst bei Menschen mit hochgradigem Gedächtnisverlust funktionierten.

Er schob Lena Schäfers Beine unter der Bettdecke zur Seite, legte seinen Aktenkoffer daneben und entnahm diesem ein kleines schwarzes Lederetui.

»Wer sind Sie?«

Lena Schäfer sah ihn an. Sie musste aufgewacht sein, als er ihre Beine zur Seite geschoben hatte.

»Guten Morgen, Frau Schäfer«, sagte Donovan auf Deutsch. »Mein Name ist Dr. Müller. Ich bin hier, um Sie zu untersuchen.« Er gab sich keinerlei Mühe, seinen Akzent zu verbergen. Es spielte keine Rolle, ob sie ihm glaubte oder nicht.

In Lena Schäfers Augen lag Unverständnis. »Wo ist die Frau?«

»Sie ist heute leider verhindert. Sie ist an der Pest erkrankt.«

»Och nee, die Arme. Sie ist eine so liebe Frau.«

Donovan musste sich konzentrieren, um Lena Schäfers Dialekt zu verstehen. »Ich bin sicher, sie ist morgen wieder auf den Beinen.« Ganz so schlimm konnte es um ihren Geisteszustand nicht bestellt sein, immerhin erinnerte sie sich an ihre behandelnde Ärztin. Er entschied, es zunächst auf die direkte Art zu versuchen. »Frau Schäfer, wissen Sie, wo ich Ihren Sohn finden kann? Ich habe ein paar Fragen an ihn.«

»Nikolaus?«

»Ihr Sohn, ja. Befindet er sich hier?«

»Hier?« Sie sah sich fragend um.

»Ich meinte, hält er sich hier im Lager auf?«

»Lager?«

»Haben Sie ihn oder seine Freundin kürzlich gesehen?«

»Freundin? Nee, Nikolaus hat keine Freundin.«

Donovan seufzte. Die Alte war doch ziemlich weich in der Birne. Er griff nach einer Spritze sowie einem kleinen Medikamentenfläschchen. Er stach die Kanüle in das Fläschchen, zog die Spritze auf und schnippte mit dem Finger die Luftbläschen aus der Droge. Schließlich wollte er die alte Schachtel nicht sofort umbringen.

Mit festem Griff packte er ihren Arm, suchte in der Armbeuge nach einer geeigneten Vene und injizierte ihr das Natrium-Pentothal-Derivat.

»Sie sind reichlich grob«, protestierte Lena Schäfer.

»Es ist gleich vorbei.« Im Geiste zählte er bis zehn, dann stellte er ihr die erste Frage: »Wo ist Ihr Sohn?«

Lena Schäfers Augen hatten einen glasigen Blick angenommen. Sie öffnete den Mund, doch es dauerte einige Zeit, bis sie antwortete: »Weiß nicht.« Ihre Stimme klang belegt, die Worte kamen gedehnt wie Kaugummi.

»Befindet er sich hier im Lager?«

Anstelle einer Antwort erhielt er einen fragenden

Blick, was vermutlich bedeutete, dass sie es wirklich nicht wusste.

»Hat Ihr Sohn gesagt, wo er hingehen möchte?«

»Weiß nicht.«

»Erinnern Sie sich an irgendetwas, das er erwähnt hat?«

Aus den Wangen der alten Frau war jegliche Farbe gewichen. Die ersten Schweißtropfen bildeten sich auf ihrer Stirn. Ihr Blutdruck fiel in den Keller. Eine typische Reaktion auf die Droge.

»Kennen Sie eine Frau namens Emma Fisher?«

»Nee.«

»Hat Ihr Sohn Ihnen gegenüber jemals von einer Akte gesprochen?«

Keine Antwort, nur ein fragender Blick. Donovans Ungeduld wuchs. Verdammt, so kam er nicht weiter. Er änderte seine Strategie. »Wenn sich Ihr Sohn vor jemandem verstecken wollte ... was denken Sie, wohin würde er gehen? Gibt es jemanden, bei dem er unterkommen könnte?«

Lena Schäfers Pupillen rollten hin und her, und ihre Lider flatterten. Sie atmete schwer. Donovan prüfte erneut ihren Puls und verzog das Gesicht. Nicht gut. Die alte Frau war in schlechterer körperlicher Verfassung als angenommen. Sie würde jeden Moment kollabieren. Er musste sich beeilen.

»Frau Schäfer, haben Sie meine Frage verstanden? Gibt es jemanden, dem Ihr Sohn vertraut?«

»Will ... nach ... Hause ...«

»Herrgott, beantworte meine Frage, du alte Vettel, sonst ...« Donovan stoppte mitten im Satz und sah die bleiche, schweißüberströmte Frau mit großen Augen an.

Er rief Nick Schäfers Akte auf seinen Communicator und suchte nach der letzten gemeldeten Adresse Lena Schäfers. Verdammte Scheiße, das war es! Plötzlich passte alles zusammen. Weshalb hatte Donovan daran nicht längst gedacht?

Lena Schäfer bekam Atemaussetzer. Ihre Haut war von kaltem Schweiß überzogen, ihre Lider schlossen sich, und die Augäpfel darunter bewegten sich hin und her. Es ging zu Ende. Ihre kalte Rechte tastete nach Donovans Hand und versuchte, diese zu umklammern. Angewidert stieß er sie beiseite.

Ihr Körper verkrampfte sich. Sie riss die Augen weit auf, in denen nur das Weiße zu sehen war, und erbrach sich, hilflos auf dem Rücken liegend. Seelenruhig sah Donovan dabei zu, wie sie röchelnd an ihrem Erbrochenen erstickte.

Als er sicher sein konnte, dass Nick Schäfers Mutter tot war, verstaute er seine Utensilien, trat vor die Baracke, setzte seine Sonnenbrille auf und sagte zu dem wartenden Laymon: »Wir brauchen ein Boot.«

56

»Ich bin mir nicht sicher, aber es könnte sein, dass jemand die Akte gelesen hat«, sagte Emma zu Nick, nachdem sie das Dach verlassen und sich in die Küche verzogen hatten. »Ich meine, in der Botschaft, während sie in meinem Rollschrank im Büro weggeschlossen war.«

Er sah sie fragend an, und sie berichtete ihm in kurzen Worten, wie sie die Akte in den Rollschrank gestellt und diesen verriegelt hatte. Erklärend fügte sie hinzu: »Möglicherweise hat jemand den Code des Schlosses geknackt und die Akte in die Hand genommen.«

»Wie kommst du darauf?«

»Ich habe da diesen kleinen Tick ...« Sie bemerkte das Grinsen in seinem Gesicht und bedachte ihn mit einem vernichtenden Blick. Er verstand die Warnung, enthielt sich eines Kommentars, und sie fuhr fort: »Ich stelle Aktenordner immer bündig zum Regal ab. Als ich die Akte aus dem Schrank holen wollte, meinte ich, dass der Rand des Ordners etwas über das Regal hinausragte. Jemand könnte den Ordner herausgeholt und danach wieder schlampig hineingestellt haben.«

»Das ergibt keinen Sinn«, überlegte Nick. »Erstens hätte dieser Jemand wissen müssen, dass du im Besitz der Akte bist, zweitens, wo du sie versteckst, drittens müsste er den Code des Schlosses kennen und viertens – und das ist der springende Punkt: Weshalb hätte dieser Jemand die Akte wieder zurücklegen sollen?«

»Das frage ich mich auch.«

»Das ergibt keinen Sinn«, wiederholte er seine Meinung. »Jeder, der von der Akte weiß, kennt auch deren Brisanz. Zumindest ist davon auszugehen. Die Akte in den Schrank zurückzulegen wäre unter allen Gesichtspunkten ein absolut unlogisches Verhalten.«

»Aber jemand hat es getan«, beharrte Emma, die langsam sauer wurde, da Nick ihr offenbar nicht glaubte.

»Hast du einen Verdacht?«, fragte er.

Sie schnappte sich eine Wasserflasche und setzte sich zu Nick an den Tisch. »Franklin. Wer sonst?«

Er dachte nach. »Im Tierpark haben wir kurz darüber gesprochen, dass Franklin dich immer sehr geschätzt hat. Was meinst du, weswegen?«

»Vielleicht habe ich mir das auch nur eingebildet.« Sie starrte auf die Flasche in ihrer Hand. »Wie es aussieht, hat er mir die ganze Zeit über nur etwas vorgemacht. Er ist ein Meister der Täuschung.«

»Er ist Politiker. Denen liegt das im Blut.«

»Warum ich, Nick? Warum hat er ausgerechnet mich für sein hinterhältiges Spiel benutzt?«

»Darf ich offen sein, ohne dass du mir gleich wieder den Teppichklopfer aufs Hirn haust?«

»Kann ich dir nicht versprechen.«

»Okay.« Er lehnte sich zurück und verschränkte die Hände hinter dem Kopf. »Vielleicht ist deine Menschenkenntnis nicht so gut, wie du denkst. Es gehört zu Franklins Job, Menschen zu beurteilen und zu manipulieren. Dachtest du wirklich, du kannst einem wie ihm das Wasser reichen?«

»Darum ging es mir doch nie. Ich wollte immer nur einen guten Job machen.«

»Vielleicht ist es ein wenig weit hergeholt, aber wäre es nicht möglich, dass Franklin dies alles von langer Hand vorbereitet hat?«

»Von langer Hand?«

»Ja, sagen wir über mehrere Monate?«

Sie runzelte die Stirn. »Spielst du etwa auf meine Beförderung an?«

»Machtmenschen wie Franklin planen langfristig und strategisch. Du hast mir selbst erzählt, wie überraschend deine Beförderung für alle kam. Andere standen schon länger auf der Warteliste, aber Franklin hat dir den Job gegeben.« Er beugte sich vor. »Hast du dich nie gefragt, weshalb?«

»Das ist mir zu weit hergeholt. Was, wenn Franklin nicht der Drahtzieher des Ganzen ist? Wenn er selbst nur eine Schachfigur auf einem Spielfeld ist, über dem andere sitzen und die Züge ausführen.«

»An wen denkst du?«

»Der SCS? Die Regierung? Keine Ahnung.«

»Was spricht gegen meine Theorie, dass Franklin hinter all dem steckt?«, hakte er nach. »Er hat dich angewiesen, nach der Akte zu suchen. Er kennt den Inhalt, verflucht, er ist ein Teil dieser Akte! Außerdem hast du selbst gesagt, dass er sich die letzten Wochen über seltsam benommen hat.«

Nachdenklich stellte Emma die Flasche vor sich auf den Tisch. »Das stimmt allerdings. Er wirkte fahrig, unkonzentriert und nicht bei der Sache.« Sie erinnerte sich daran, wie sie an dem verhängnisvollen Morgen auf dem Weg zur Botschaft gedacht hatte, Franklin wirke irgendwie gehetzt. »Aus irgendeinem Grund hat Franklin mich die Drecksarbeit machen lassen und mir dann höchst elegant den schwarzen Peter zugespielt.«

»Das hat er zweifellos, nur ...« Er zögerte. »Korrigiere mich, falls ich mich irre, aber solltest du die Akte nicht einfach bei ihm abliefern?«

»Nun, ja.«

»Du solltest sie ihm nur beschaffen, mehr nicht, und genau das ist der Punkt, weshalb deine Theorie nicht stimmig ist.«

»Welche Theorie?«

»Na, dass Franklin dich manipuliert und benutzt hat.«

»Du kennst ihn nicht, Nick. Er mag gebrechlich sein, und er ist ein Trinker, aber trotz allem ist er hochintelligent. Irgendetwas hat er sich garantiert dabei gedacht.«

»Tja, nur was?« Er knetete seine Ohrläppchen, ein Tick, der Emma inzwischen so vertraut war, als wäre es ihr eigener.

Sie fasste einen Entschluss, denn sie hatte die Schnauze voll von diesem miefigen Haus, von abgelaufenem Käse aus der Tube, ekelhaften Ravioli und dem Versteckspiel. Morgen würden sie nach Berlin zurückkehren. Sie wusste auch schon, an wen sie sich dort wenden konnten.

57

Gähnend schlurfte Emma den Gang entlang in Richtung Küche. Eigentlich hatte sie nur kurz die Augen zumachen wollen, war aber sofort in einen tiefen Schlaf gefallen. Die Strapazen der letzten Tage hinterließen Spuren. Inzwischen stand die Sonne hoch am Himmel.

Zu ihrem Erstaunen hockte Nick nicht wie üblich in der Küche vor dem Laptop. Sie öffnete eine Flasche Mineralwasser und trank gierig. Mit der Flasche in der Hand setzte sie sich vor den ausgerollten Monitor und deaktivierte den Bildschirmschoner.

Das Foto eines bärtigen Mannes sprang ihr entgegen.

Sie erkannte ihn sofort, obwohl sie diesen Mann zuvor nur auf einem einzigen anderen Foto gesehen hatte und er darauf wesentlich jünger und gesünder ausgesehen hatte als auf dieser Aufnahme. Neugierig rief sie die Dateiinformationen ab.

Erstellt: 26. Juni 2019.

Sie runzelte die Stirn. *Unmöglich.* Von diesem Mann konnte es keine Aufnahme mit diesem Datum geben. Jemand musste das Datum gefälscht haben. Nur warum? Sie beschloss, Nick zu suchen.

Sie fand ihn auf dem Dach, wo sie morgens noch gemeinsam den Sonnenaufgang beobachtet hatten. Mit blankem Oberkörper lag er in der prallen Sonne und rauchte einen Joint. Emma fiel die Kinnlade herunter.

»Hallo, Schönheit. Endlich aufgewacht?«

»Du kiffst? Am helllichten Tag?«

»Entschuldigung, ich wusste nicht, dass man nur nach Sonnenuntergang einen durchziehen darf.«

»Deinen Sarkasmus kannst du dir sparen«, funkelte sie ihn an. »Wie bescheuert bist du eigentlich? In unserer Situation sind wir ohne unseren Verstand aufgeschmissen, und du hast nichts Besseres zu tun, als dich vollzudröhnen.«

»Reg dich ab, okay? Ich bin voll da.« Er setzte sich auf und grinste sie aus rot unterlaufenen Augen an: »Ich hab nur daran gezogen, nicht inhaliert. Ich schwör's.«

»Wie bist du an das Foto von Roman Leuthard gekommen?«

»Coole Sache, nicht wahr?«

»Es ist eine Fälschung. Es wurde angeblich vier Jahre nach Leuthards Ermordung aufgenommen.«

»Die Aufnahme ist echt.« Sein Grinsen wurde breiter. »Leuthard ist nicht tot. Er ist putzmunter. Nun ja, putzmunter ist vielleicht etwas übertrieben, aber der Punkt ist, Leuthard lebt. Da staunst du, was?«

»Aber in der Akte steht …«

»Vergiss die Akte.« Er schnippte den Joint ins Meer. »Wir haben einen Fehler gemacht. Wir haben unsere Schlüsse nur aus einer Quelle gezogen, der Akte. Wir haben die Angaben darin als unumstößliche Wahrheiten betrachtet und sind nicht auf die Idee gekommen, sie zu hinterfragen. Wir waren blind.«

Emma sah Nick mit großen Augen an. Die Tatsache, dass Roman Leuthard noch am Leben war, bedeutete einerseits, dass der interne Bericht der CIA in Bezug auf den Wissenschaftler falsche Angaben enthielt. Die bis zur Perversion getriebenen Geheimniskrämereien der Geheimdienste waren ein alter Hut, aber dass sich die einzelnen Abteilungen sogar untereinander belügen sollten, erstaunte Emma dann doch. Wesentlich aufregender als dieser Umstand war jedoch die Erkenntnis, dass sie mit Roman Leuthard plötzlich einen potenziellen Zeugen hatten.

Rasch kletterte Emma zu Nick aufs Dach und setzte sich neben ihn. »Was ist mit Rochas, Chevallier und Maddox?«

»Die sind tatsächlich tot. Leuthard ist der einzige Überlebende.«

»Ich will alles hören.«

Er grinste. »Ich habe auf gut Glück ein wenig im Nebel herumgestochert und einen Volltreffer gelandet. Manchmal sieht man den Wald vor lauter Bäumen nicht. Ich war überzeugt davon, dass *Welt im Wandel* damals eingehend über Projekt Morgenröte und die Independence berichtet haben musste, schließlich sind wir ein Öko-Magazin. Also habe ich uralte Back-up-Dateien meines Verlages durchstöbert.«

»Und dabei diesen Treffer gelandet?«

»Yepp. Mach dich auf was gefasst.«

58

Zurück in der Küche, starrte Emma auf Leuthards Konterfei. Eingefallene Wangen, fahle Haut und trübe Augen – der Geophysiker hatte ein Martyrium hinter sich, und exakt so sah er auch aus. Wie in aller Welt hatte er den Anschlag überlebt?

»Dieses Foto stammt tatsächlich vom 26. Juni 2019«, erklärte Nick, »aufgenommen im Universitätsspital Zürich, wohin man Leuthard zur Reha überstellt hatte.«

»Wieso hat man ihn überleben lassen? Und wieso steht in Brooks' Bericht, Leuthard wäre tot?«

»Wenn ich das wüsste.« Nick zupfte an seinem Ohrläppchen. »Leuthard hat nie über die Vorfälle an Bord der Independence gesprochen. Weder mit seinen behandelnden Ärzten und schon gar nicht mit der Presse. Genau genommen, hat Leuthard nie wieder mit irgendjemandem gesprochen, nachdem er aus dem Koma erwacht ist. Außer mit seiner Tochter.«

»Tatsächlich?«

»Zumindest steht das in sämtlichen Artikeln, die sich mit ihm befassen.«

»Hat sich seine Tochter zu diesem Thema geäußert?«

»In einem Interview sagte sie einmal, ihr Vater leide unter einem schweren posttraumatischen Schock, der ihm das Sprechen unmöglich macht. Leuthards Ärzte hielten sich diesbezüglich bedeckt, jedoch gab es hinter vorgehaltener Hand Stimmen, die behaupteten, Leuthard ziehe eine Show ab.«

»Was für eine Show?«, fragte Emma.

»Nun, dass Leuthard schlicht und ergreifend mit niemandem reden *wollte*.«

Emma dachte kurz nach und sagte dann: »Leuthard wurde unter Druck gesetzt.«

Nick nickte. »Zu demselben Schluss bin ich auch gekommen.«

Emma stand auf. »Okay, stell dir für einen Moment vor, du bist der Mörder.« Gestenreich begann sie ihre Theorie darzulegen. »Du befindest dich auf einer Bohrinsel, ein Hurrikan tobt, es gießt in Strömen, du bist völlig durchnässt. Du hast zwei Menschen ermordet und stößt gerade Opfer Nummer drei in die Tiefe. Du siehst den Körper aufschlagen und reglos liegen bleiben. Du zweifelst keine Sekunde daran, dass ein Mensch diesen Sturz nicht überleben kann. Es gibt keinen Grund für dich, nach unten zu gehen, um den Puls des Opfers zu fühlen. Du hast deinen Auftrag erledigt. Du siehst zu, dass du fortkommst, bevor dich jemand entdeckt und blöde Fragen stellen kann.«

Wie ein Schüler hob Nick den Finger. »Sind Anmerkungen erlaubt?«

»Sicher.«

»Profis machen sich niemals aus dem Staub, ohne sich vorher vom Tod ihres Opfers zu überzeugen.«

»Vielleicht betritt just in diesem Augenblick ein Zeuge die Szene und unser Mörder muss verschwinden?«

»River Maddox?«

»Gut möglich.« Sie überlegte. »Was auch immer der Grund dafür gewesen sein mag: Der Mörder überzeugt sich in geradezu fahrlässiger Weise nicht von Leuthards Tod. Jemand findet ihn, ruft einen Arzt, und damit bekommt das Ganze offiziellen Charakter. Man informiert sofort Leuthards Angehörige und die IPCC-Zentrale. Leuthard jetzt noch auszuschalten ist zu riskant. Vielleicht will man auch nur abwarten, ob er die nächsten Tage übersteht? Immerhin liegt er im Koma und keiner kann sagen, wann oder ob er überhaupt jemals wieder aufwachen wird. Und falls ja, bestünde immer noch die Möglichkeit schwerwiegender Hirnschädigungen.«

»Aber irgendwann wacht er wieder auf und ist zudem geistig voll auf der Höhe«, warf Nick ein. »Spätestens jetzt muss die CIA reagieren und ihn aus dem Verkehr ziehen.«

»Stimmt, aber Leuthard steht zu diesem Zeitpunkt bereits zu sehr im Fokus der Öffentlichkeit.« Sie deutete auf Leuthards Konterfei auf dem Display. »Immerhin berichtet selbst ein Magazin wie *Welt im Wandel* über ihn. Nein, ich denke, man bringt ihn mit anderen Methoden dazu, den Mund zu halten.«

»Man droht ihm.«

Sie nickte. »Die CIA ist nicht zimperlich, was das betrifft, ganz zu schweigen vom SCS. Ich könnte mir vorstellen, dass man damit gedroht hat, seiner Tochter etwas anzutun, sollte er über die Vorgänge auf der Independence oder über seine Forschungsergebnisse reden.«

»Aber warum hat man ihn dann einige Jahre später nicht liquidiert?«, hakte Nick nach. »Nachdem Gras über die Sache gewachsen war.«

»Vielleicht hat sich der Deal mit Leuthard bewährt?« Emma zuckte mit den Schultern. »Du sagst selbst, dass irgendwann die Aufmerksamkeit der Öffentlichkeit nachließ. Leuthard hat Wort gehalten, sprach mit niemandem, und sein *Unfall* auf der Independence geriet allmählich in Vergessenheit. Warum sollte die CIA das Risiko eingehen, dass die Medien nach Leuthards Tod dies alles wieder aufkochen?«

»So muss es gelaufen sein.« Nick kratzte sich am Hinterkopf. »Das alles bringt uns aber in der Frage, *was* genau er und seine Kollegen herausgefunden haben, nicht wirklich weiter.«

»Irgendetwas müssen wir bisher übersehen haben.«

Emma zog den Laptop zu sich, rief eine Website auf und erklärte: »Diese Seite war während meines Studiums Gold wert. Hier findest du alles über die US-Politik der letzten zweihundert Jahre.« Auf einem virtuellen Zeitstrahl klickte sie sich bis zu dem von ihr gesuchten Ereignis durch. »Hier steht, während des Wahlkampfjahres 2008 setzten sich sowohl Demokraten als auch Republikaner gemeinsam zum Ziel, die Energiepolitik der USA umzustrukturieren. Der Slogan lautete *Energy Independence.* Im Vordergrund stand die Autarkie bei der Energieerzeugung und vor allem ein Ende der Abhängigkeit von Öl-Importen.«

»Wer ist das?«, fragte Nick und deutete auf das Bild eines ernst dreinblickenden Mannes in Uniform.

»Jonathan Lancaster, ehemaliger 4-Sterne-General

des US Marine Corps, von Präsident O'Bannon 2009 zum Nationalen Sicherheitsberater ernannt. Das ist interessant, Lancaster wird mit den Worten zitiert: ›Energie ist eine Angelegenheit der nationalen Sicherheit. Warum? Weil die Hälfte unseres Handelsdefizits auf Öl-Importe zurückzuführen ist und einiges von diesem Geld in den Händen von Terroristen landet.‹«

»Ein weiteres Indiz dafür, wie sehr dein Land zu diesem Zeitpunkt unter Druck stand.«

»Druck, der nach der Klimakonferenz von Kopenhagen 2009 weiter verstärkt wurde, da Länder wie Russland und China ankündigten, den Ausstoß von Treibhausgasen drastisch herunterzufahren. Präsident O'Bannon selbst ließ sich zu der Ankündigung hinreißen, auch die USA wollten bis 2020 siebzehn Prozent weniger Treibhausgase emittieren.«

»Sieh an«, sagte Nick. »Das erklärt, weshalb man Mettrack mit ins Boot nahm. Mettrack besaß unbezahlbares technisches Know-how. Vor allem aber besaß Mettrack die entsprechenden Patente.«

Nachdenklich tippte er mit dem Zeigefinger gegen seine Lippen. »Mettrack lieferte deiner Regierung exakt das, was diese dringend benötigte. Für beide Seiten ein Milliardengeschäft.«

Emma trat ans Fenster und sah hinaus. »So weit passt alles zusammen. Was ich nur nicht verstehe, ist, weshalb man IPCC-Wissenschaftler auf die Independence einlud. Den Verantwortlichen muss das Risiko doch bekannt gewesen sein?«

»Das kann ich dir erklären.« Er trat neben sie. »Die Überprüfung der Einhaltung internationaler Klimaschutzbemühungen war seinerzeit einer der größten Streitpunkte. Vor allem China sperrte sich gegen internationale Kontrollen, was alle anderen Länder natürlich auf die Palme brachte. Amerika konnte nicht ins gleiche Horn stoßen, wollte es nicht auf eine Stufe mit China gestellt werden. Also ließ man diese Kontrollen zähneknirschend zu, um westliche Transparenz-Standards zu erfüllen.«

»Was vermutlich bedeutete, alle Informationen in Bezug auf Projekt Morgenröte mussten zuerst einer amerikanischen Behörde vorgelegt werden, bevor sie an die Öffentlichkeit gelangten.«

»Bingo.« Er schnippte mit den Fingern. »Nur, was war der Knackpunkt an Projekt Morgenröte? Die damals entwickelten Technologien funktionieren bis heute.«

»Mettrack verheimlicht uns allen etwas. Etwas von so großer Bedeutung, dass der Konzern dafür sogar die Rückendeckung meines Landes besitzt.«

Nick sah Emma an. »Dein Land mordet, um einen Konzern zu decken. Beide müssen gehörig Dreck am Stecken haben.«

Emma erwiderte nichts darauf.

»Wir sollten die Akte bei einem Anwalt hinterlegen«, schlug Nick vor. »Als Druckmittel oder falls uns was zustößt.« Beiden war klar, was er damit meinte.

»Ja, das sollten wir. Für unsere Recherchen reicht uns die digitale Kopie.«

Nick schüttelte den Kopf. »Selbst wenn wir herausfinden, wer und was hinter dieser ganzen Sache steckt, außer der Akte haben wir keinerlei Beweise.«

»Ist die Akte nicht Beweis genug?«

»Höchstens, um für ein oder zwei Tage ein wenig politische Unruhe zu verursachen.« Er lachte frustriert auf. »Um die Drahtzieher an den Eiern zu packen, geschweige denn um Mettrack fertigzumachen, nie im Leben. Dazu brauchen wir etwas Handfesteres.«

»Ich brauche mal frische Luft.« Emma verließ die Küche und lehnte sich im Flur mit dem Rücken gegen die abblätternde Tapete. Die Schuldigen zur Rechenschaft zu ziehen, das war ihr Ziel. Nichts weiter. Sie hatte nicht die Absicht, einen Konzern in den Ruin zu treiben, der mehr als 500 000 Menschen Arbeit bot. Gerechtigkeit für die Hinterbliebenen der Ermordeten war alles, was sie verlangte. Und diese Gerechtigkeit sollte ihr nach all dem, was sie bisher durchgemacht, was sie aufgegeben hatte, verwehrt bleiben, nur weil ihnen Beweise fehlten? Wütend kickte sie gegen einen Bücherstapel, der daraufhin polternd zur Seite kippte. Sie musste hier raus.

Emma riss die Haustür auf und trat an die frische Luft. Nein, so schnell würde sie die Flinte nicht ins Korn werfen. Sie würde ihre Beweise bekommen! Und sie wusste auch schon wie.

59

Emma lag im Bett und starrte an die Decke. Seit mehr als zwei Stunden wälzte sie sich nun schon hin und her. Obwohl das Fenster sperrangelweit offen stand, herrschte unter dem Dach drückende Schwüle. Nick schien das weniger zu stören. Er lag neben ihr und schnarchte seelenruhig. Zu allem Überfluss surrte jetzt auch noch ein

Moskito über dem Bett. *Na super.* Sie konzentrierte sich auf das Surren, um den Störenfried zu lokalisieren.

Das Surren wurde lauter.

Das war kein Moskito!

Sie rüttelte Nick wach. »Da kommt jemand!«

»Hol den Teppichklopfer«, murmelte er schlaftrunken und wälzte sich auf die andere Seite.

»Wach auf!« Sie sprang aus dem Bett, rannte zum Fenster und blickte hinaus.

Der Vollmond erhellte die Szenerie. Glitzernde Lichtreflexe tanzten auf den Wellen. Vom offenen Meer kommend bewegte sich ein Schatten auf sie zu. Emma erkannte die Silhouette sofort. Das Summen, das sie zunächst für einen Moskito gehalten hatte, war nun deutlich als Elektromotor zu identifizieren. Es gab nur einen Grund, weshalb ein Boot um diese Uhrzeit direkt auf sie zuhielt. Man hatte sie aufgespürt.

»Da kommt ein Boot!«, schrie sie Nick an.

»Was?« Mit einem Mal war er hellwach und neben ihr. »Scheiße, wie haben die uns gefunden?«

»Spielt das eine Rolle?« Sie packte ihn an den Schultern. »Mach das Schlauchboot startklar. Ich packe die Akte und den Laptop in den Rucksack. Los, wir dürfen keine Zeit verlieren!«

In Rekordzeit schlüpften sie in ihre Klamotten und stürmten die Treppe hinunter. Unten angekommen, lief Nick zur Haustür, Emma selbst rannte in die Küche, schnappte sich den Rucksack und stopfte die Akte mitsamt dem Laptop hinein.

Ein dumpfes Geräusch ließ sie zusammenzucken. Ihre Verfolger legten am Hintereingang an!

Sie warf den Rucksack auf den Rücken und sprang in den Flur. Am anderen Ende sah sie Nicks Silhouette in der geöffneten Haustür. Er kniete im Schlauchboot und beugte sich über den Motor.

Sie rannte los.

Hinter ihr flog die Tür auf.

Noch fünf Meter.

Nick warf den Motor an. »Mach schon!«

Noch drei Meter.

»Stehen bleiben!«, brüllte eine Stimme hinter ihr.

Noch einen Meter.

»Spring!«, schrie Nick, der mit dem Boot bereits einen guten Meter vom Eingang entfernt in den Wellen trieb.

Sie erreichte den Türrahmen und sprang über die Sandsäcke hinweg in Richtung Schlauchboot.

Ein ohrenbetäubend lauter Knall hallte durch den Flur, zwei weitere folgten in kurzem Abstand.

Der erste Schuss traf den Türrahmen, nur wenige Zentimeter über Emmas Kopf. Das morsche Holz zerstob, feine Splitter fetzten wie Schrapnelle durch die Luft und verfingen sich in ihren Haaren. Der zweite Schuss pfiff knapp an ihrem rechten Ohr vorbei.

Der dritte Schuss traf Emma mitten in den Rücken.

Es fühlte sich an, als rammte ihr ein Riese mitten im Sprung seine Faust in die Wirbelsäule. Emma blieb die Luft weg, ihre Augen traten hervor. Noch in der Luft meinte sie, ihr rechtes Bein nicht mehr zu spüren.

»Nein!«, schrie Nick mit weit aufgerissenen Augen und breitete die Arme aus, um sie aufzufangen.

Sie landete auf einem der Schläuche, rutschte ab und wurde von Nick ins Boot gezogen. Ihr Knöchel verhakte sich schmerzhaft an einem der Haltegriffe. Emma schrie auf. Hilflos auf dem Rücken liegend, sah sie wie durch einen Schleier Nick den Griff des Außenborders packen und Vollgas geben.

Weitere Schüsse peitschten durch die Nacht.

Emmas Atem ging stoßweise. Kalter Schweiß drang ihr aus allen Poren.

Nick hielt auf das Hauseck zu.

Ihre Verfolger erschienen am Eingang. Die Entfernung zwischen ihnen betrug keine zehn Meter. Einer der Männer legte an und feuerte eine Salve aus einer halbautomatischen Waffe ab. Wasserfontänen spritzten in einer geraden Linie auf und näherten sich rasend schnell dem Boot.

Einen Sekundenbruchteil, bevor die Kugeln die Schläuche des Bootes zerfetzten, bog Nick um die Ecke.

Emma zitterte am ganzen Körper. Abgesehen von einem dumpfen Pochen im Rücken und einem Ziehen im Knöchel spürte sie jedoch seltsamerweise keinen Schmerz. Der Schleier vor ihren Augen verschwand. Sie befühlte ihren pochenden Rücken und versuchte sich aufzurappeln, aber Nick drückte sie mit einer Hand zurück auf den Boden. »Bleib unten und beweg dich so wenig wie möglich. Ich kann mich jetzt nicht um dich kümmern. Die Typen werden in wenigen Augenblicken hinter uns her sein, und ich fürchte, sie haben das schnellere Boot.«

»Abgesehen von meinem Knöchel geht es mir eigentlich gut.« Zu Nicks offenkundigem Erstaunen rappelte sie sich auf.

»Was zum Teufel …?«, fragte er irritiert.

Emma streifte den Rucksack ab, zog den Laptop heraus und betrachtete ihn prüfend.

»Ich glaube es nicht«, murmelte sie.

»Was?«

»Der ist hinüber«, stellte sie fest. Ein daumendickes Loch prangte inmitten des Gerätes. Sie fingerte darin herum, und eine zusammengepresste Patrone fiel heraus. »Du meine Güte!«

»Gott sei Dank!«, stieß Nick hervor.

Emma betrachtete die Patrone auf dem Boden des Bootes. »Ich glaube, mir wird schlecht.«

»Dafür haben wir keine Zeit«, sagte er gepresst und deutete nach hinten. Sie folgte seinem Blick.

Ein Luftkissenboot, doppelt so lang und breit wie ihr Schlauchboot, schoss um die Ecke. Mehrere Lichtkegel starker Suchlampen durchschnitten die Dunkelheit. Dynamisch umkurvten ihre Verfolger Nicks Elternhaus in einem weiten Bogen. Dieser Power hatte ihr schwacher Außenborder nichts entgegenzusetzen.

»Halt dich fest«, befahl Nick und schlug einen Haken, fort von der Straße zwischen zwei Häuser hindurch. Für einen kurzen Moment waren sie vor den Blicken und Waffen ihrer Verfolger geschützt, dann war die schützende Durchfahrt zu Ende.

»Wir sind viel zu langsam«, stellte er fest. »Vielleicht kann ich sie im Zentrum abhängen. Dort stehen die Häuser dichter beieinander. Im Gegensatz zu denen kenne ich mich hier aus.«

»Mag sein, aber das aufgewirbelte Kielwasser wird uns verraten, egal wohin wir fahren.«

Er presste die Lippen aufeinander und erwiderte nichts. Besser, ihnen fiele rasch etwas ein.

60

Das Luftkissenboot schoss zwischen zwei Häusern hervor, legte sich in die Kurve und hielt auf sie zu.

»Schneller!«, forderte Emma.

»Wie denn?« Nick riss die Pinne des Außenborders bis zum Anschlag nach rechts. Das Boot reagierte auf der Stelle und schlug einen Haken nach links. Nur knapp entkamen sie einem Frontalzusammenstoß mit einem Baumstamm, der direkt vor ihnen aus dem Dunkel auftauchte. Emma prallte gegen den Gummischlauch und landete unsanft auf dem Hintern.

Ihre Verfolger holten auf. Schüsse krachten. Schräg über Emma spritzte Putz aus der Fassade eines Hauses. Reflexartig zog sie den Kopf ein.

Sie umrundeten das Haus und gelangten erneut für einen Moment aus der Schusslinie. Emma hob den Kopf. »Wenn das so weitergeht, haben sie uns in einer Minute.«

»Denkst du, das weiß ich nicht?«, fuhr er sie an.

Sie kamen in die Ortsmitte, wo die Häuser deutlich enger beieinander standen. Wie ein Kaninchen auf der Flucht schlugen sie Haken um Haken, retteten sich um Häuserecken und rasten so in einem wirren Zickzackkurs durch den Ort. Kaum dass ihre Verfolger freies Schussfeld bekamen, bog Nick schon um die nächste Ecke. Trotzdem verloren sie Meter um Meter.

Sie fuhren auf zwei eng nebeneinanderstehende Gebäude zu. Nick hielt direkt auf die extrem schmale Durchfahrt zu. Ihr war klar, was er beabsichtigte, sie bezweifelte jedoch, dass diese Gasse breit genug für ihr Boot war.

In vollem Tempo steuerte er in die Durchfahrt. Die Gummischläuche schrammten rechts und links an den Gebäudewänden, doch wie durch ein Wunder passten sie hindurch. Ihre Verfolger dagegen mussten scharf abdrehen. Ihr Boot war viel zu breit.

»Gut gemacht«, lobte sie.

»Das bringt uns nicht viel.« Er steuerte auf das offene Meer hinaus, fort von den schützenden Häusern, die ihnen Deckung boten. Sofort wurden die Wellen steiler. Emma umklammerte die Haltegriffe. Kaltes Wasser schwappte ins Boot herein und durchnässte Emmas Schuhe und Jeans. Immerhin zerstörte der Seegang ihr verräterisches Kielwasser innerhalb weniger Sekunden.

»Was hast du vor?«, fragte sie.

Mit zusammengekniffenen Augen starrte er angestrengt in die Dunkelheit. »Wir müssen uns verstecken, und ich denke, ich kenne einen guten Platz dafür.«

»Ich gehe jede Wette ein, die Typen tragen wärmesensorische Brillen. Davor kann man sich nicht verstecken.«

»Abwarten.« Er deutete nach vorne, wo sich eine Scheune aus der Dunkelheit schälte. Sie stand zu etwa einem Drittel unter Wasser, die Flügeltore waren weit geöffnet.

Emmas Augen weiteten sich. »Du willst da hinein?«

»Dort drin sind wir vor ihren Wärmebildbrillen geschützt.«

»Nein.« Sie packte seinen Unterarm. »Dort drin sitzen wir in der Falle.«

Er schüttelte ihre Hand ab. »Wir haben keine Alternativen. Zieh deinen Kopf ein.«

Kaum dass sie in die Scheune hineinfuhren, schaltete

Nick den Motor aus. Schwungvoll trieben sie in das längliche Gebäude, lautlos, begleitet nur vom leisen Rauschen ihrer Bugwelle. Im Innern war es stockfinster. Emma konnte kaum die Hand vor den Augen erkennen. Es roch nach modrigem Holz.

»Ganz hinten ist eine Abtrennung«, sagte er. »Eine alte Pferdebox. Hinter zwei Holzwänden sollten wir vor ihren Wärmesensoren sicher sein.«

»Pferdebox? Woher ...?«

»Hey, ich bin hier aufgewachsen.«

Sie rumsten gegen die Wand, und das Schlauchboot prallte zurück wie ein Gummiball. Mit Hilfe ihrer Hände, die sie wie Paddel benutzten, manövrierten sie das Boot geräuschlos in die besagte Pferdebox. Emma bezweifelte, dass Nicks Idee aufging, aber für Alternativen war es längst zu spät.

Das Summen des Luftkissenbootes erklang so plötzlich in ihrem Rücken, dass Emma erschrak. Ihre Verfolger kamen auf die Scheune zu. In der Hoffnung, die Gummischläuche würden ein zusätzliches Hindernis für die Wärmesensoren darstellen, pressten sie sich nebeneinander flach auf den Boden, die Gesichter einander zugewandt.

Ihre Verfolger verlangsamten das Tempo. Dem Motorengeräusch nach zu urteilen, umrundeten sie die Scheune.

Emma wagte kaum zu atmen. Auch Nick rührte sich nicht. Ihre Nasenspitzen trennten nur Zentimeter. Adrenalin durchströmte Emmas Körper. Irrsinnigerweise überkam sie mit einem Mal der Wunsch, Nick zu küssen. Schnappte sie jetzt total über? Keine zehn Meter entfernt kreisten Killer um die Scheune wie Geier um Aas, und sie dachte ans Küssen. Sie schob ihre Gefühlsaufwallung auf die extreme Stresssituation, die ihre Synapsen offensichtlich kräftig durcheinanderwirbelte, und der Impuls verschwand ebenso rasch, wie er aufgeflammt war.

Ihre Verfolger umrundeten die Scheune einmal komplett und entfernten sich zu Emmas grenzenloser Erleichterung dann wieder in Richtung Dorf. Sie setzte sich auf. »Die werden zurückkommen.«

»Ja.« Er rappelte sich ebenfalls hoch und hockte sich ihr gegenüber auf den Schlauch. »Irgendwelche Ideen?«

Ihre Augen hatten sich der Dunkelheit inzwischen angepasst, und sie betrachtete nachdenklich den Rucksack. »Und wenn wir ihnen die Akte einfach geben? Würden sie uns laufen lassen?«

»Nie im Leben.«

»War nur laut gedacht.« Sie seufzte, legte den Kopf in den Nacken und betete stumm um einen Geistesblitz.

Etwas über ihr fesselte ihre Aufmerksamkeit. Sie runzelte die Stirn, sah sich um, blickte erneut nach oben und blinzelte zweimal, um sich zu vergewissern, dass das, was sie sah, tatsächlich existierte. Ihr kam eine Idee. Zu ihrer Überraschung hatte Nick diesbezüglich keinen blöden Kommentar auf Lager.

Keine Minute später explodierte über ihnen der Himmel.

61

Eine Detonation hoch über der Scheune durchbrach die Stille. Emma und Nick zuckten zusammen. Gleißend helles Licht flutete durch das Gerippe des Holzdachs und durchschnitt die Schwärze wie Laserstrahlen. Emma lugte durch ein Astloch ins Freie.

Draußen war die Nacht zum Tage gemacht worden. Eine Leuchtrakete schwebte in großer Höhe wie eine Miniatursonne. Die Dächer der Häuser schimmerten weiß, und die Wellenkämme der Nordsee glitzerten silbern. Das Luftkissenboot mit den Killern dagegen war nirgendwo auszumachen.

»Vielleicht haben wir uns getäuscht, und sie haben keine Nachtsichtgeräte«, sagte sie. »Weshalb sonst sollten sie Leuchtraketen abschießen?«

»Keine Ahnung. Siehst du sie?«

»Nein.«

Die Leuchtrakete sank zu Boden, flackerte und brannte aus. Kurz bevor es dunkel wurde, flammte bereits eine weitere Rakete auf – diesmal fast senkrecht über der Scheune, gefolgt vom Donnerhall der Explosion, der einen Wimpernschlag verzögert an ihre Ohren drang.

»Klingt näher als vorhin«, bemerkte Nick.

»Sie kommen!«

Sie waren zu viert. Emma erkannte Jason Collins, der am Bug des Bootes kniete und Ausschau hielt. An seiner rechten Schläfe reflektierte ein weißes Pflaster das Licht der Leuchtrakete. Flankiert wurde Collins von zwei kräftigen Männern mit kurzläufigen Maschinenpistolen. Am

Steuer erkannte sie den grauhaarigen Agenten, der sie vorgestern ohne mit der Wimper zu zucken vom Segway ballern wollte. Es erweckte nicht den Anschein, als hätten die Männer ein bestimmtes Ziel im Visier.

»Einer von denen ist Collins.«

»Wer?«

»Der Sicherheitschef der Botschaft, der den dreifachen Rittberger auf der Baustelle hingelegt hat«, erklärte Emma.

»Was tun sie?«

»Sie fahren langsam ... in unsere Richtung ... halten Ausschau ... jetzt drehen sie ab ... vielleicht haben wir Glück und ... nein, sie wenden ... jetzt nähern sie sich der Scheune, an der wir vorhin vorbeigefahren sind. Die Jungs sind clever.«

»Was hast du erwartet?«, erwiderte Nick. »Sie werden jedes mögliche Versteck kontrollieren. Uns bleiben höchstens fünf Minuten, bis sie hier auftauchen.«

Das Licht der Leuchtrakete schwand. Einer der Männer reckte den Arm in die Höhe und schoss aus einer kompakten Pistole eine weitere Rakete ab.

»Sieh mal einer an«, hörte Emma Nick murmeln.

Das kleine Schlauchboot begann plötzlich gefährlich zu wackeln, und sie musste sich mit beiden Händen abstützen, um nicht das Gleichgewicht zu verlieren. Was zum Teufel tat der Kerl? Sie löste sich vom Astloch. Nick hing halb über dem Boot und stützte sich mit einer Hand an der Rückwand der Scheune ab. Mit der freien Hand fummelte er an einem länglichen Gegenstand herum, der dort an der Wand hing.

»Was tust du?«, zischte sie.

»Ich besorge uns eine Waffe.« Es knarrte, als er einen Nagel aus einem morschen Stück Holz zog.

»Eine Waffe?«

Er drehte sich um und präsentierte ihr voller Stolz eine altertümliche, langstielige Sense aus dem frühen neunzehnten Jahrhundert. Das rostige Sensenblatt war halbmondförmig gebogen und maß gut und gerne fünfzig Zentimeter.

»Besser als nichts«, kommentierte er ihren kritischen Blick. Er setzte sich, wobei er das Boot aufs Neue zum Schaukeln brachte und, im Bemühen, das Gleichgewicht nicht zu verlieren, mit der Sense nur eine Handbreit über ihrem Kopf hinwegsäbelte.

»Pass doch auf, du Idiot!«

»'tschuldigung.«

Mit einer Sense gegen Maschinenpistolen? Sie waren geliefert, keine Frage. Erneut spähte sie durch das Astloch. Die Agenten kontrollierten die Nachbarscheune. Einer der Männer kletterte sogar aufs Dach. Die Jungs ließen nichts anbrennen. Das waren Vollprofis.

»Unsere Scheune ist die nächste«, stellte sie fest.

»Vielleicht haben wir eine Chance.«

»Sicher. Sie werden deine Sense sehen, vor lauter Angst ihre Maschinenpistolen ins Meer werfen und sich ergeben.«

»Sollen wir uns etwa einfach so abknallen lassen?«

»Nein, ergeben. Ich glaube nicht, dass sie uns töten, wenn wir uns stellen. Ich meine, ich kenne diese SCS-Typen nicht, aber Jason Collins ist mit Sicherheit kein Killer. Sie werden keinen Mord begehen mit Collins als Zeugen.«

»Darf ich dich daran erinnern, dass es dein hochgeschätzter Collins war, der uns auf dem Segway ans Leder wollte?«

»Da sind wir auch geflohen. Ich denke, wenn wir uns stellen, werden sie nicht schießen.«

»Wie naiv bist du eigentlich?«

»Okay, dann sag mir, was du mit dieser Sense gegen bewaffnete Agenten ausrichten willst!«

Er zwinkerte ihr zu und grinste schief. »Vertrau mir.«

»Machst du jetzt einen auf Indiana Jones?«

»Wen?«

»Vergiss es.«

»Hör mir zu.« In knappen Worten erläuterte er ihr seinen Plan. Sie schüttelte den Kopf. Du liebe Güte, das konnte niemals funktionieren!

62

Das Luftkissenboot näherte sich. Nicks Herz hämmerte. Er spannte seinen Körper an, drückte Emma einen Kuss auf die Wange und ließ sich ohne ein weiteres Wort ins Wasser gleiten. Die Sense hielt er dabei fest umklammert.

Das Wasser war kalt und reichte ihm bis an die Brust. Schon jetzt begann er zu zittern. So leise wie möglich durchquerte er die Scheune bis zum Tor, wobei er bei jedem einzelnen Schritt bis zu den Knöcheln im Schlick versank. Die Killer – und nichts anderes waren sie in Nicks Augen, da konnte Emma gerne anderer Meinung sein – näherten sich von rechts. Er wandte sich nach links, darauf achtend, immer eng an der Wand zu bleiben. Nick atmete schwer. Der Wasserwiderstand und die Kälte setzten ihm zu. Er trat auf einen Stein, rutschte ab und ging unter. Sofort tauchte er wieder auf und wischte sich das Wasser aus den Augen. Er umrundete die Zweige einer abgestorbenen Hainbuche, ging dahinter in Deckung und wartete. Nick hoffte, die Killer würden nach demselben Schema vorgehen wie bei der Inspektion der Scheune zuvor und diese zunächst umrunden, bevor sie einen Blick ins Innere warfen. In diesem Fall mussten sie an ihm vorbei.

Die Wartezeit verstrich unerträglich langsam. Kälte fraß sich durch seinen Körper und lähmte seine Muskeln. Längst zitterte er wie Espenlaub. Die Hand, mit der er die Sense umklammerte, begann sich zu verkrampfen.

Endlich kamen sie. Sie erreichten das Tor, stoppten, verharrten auf der Stelle, wie es schien unschlüssig über das weitere Vorgehen.

Weiter! Nicht anhalten! Ihr müsst weiterfahren!

Die Leuchtrakete flackerte und erlosch. Zu Nicks Überraschung feuerten die Männer keine weitere Rakete ab. Hatten sie ihren Vorrat aufgebraucht?

Schnell gewöhnten sich seine Augen wieder an die Dunkelheit, und er sah einen der Männer mit einem Nachtsichtgerät hantieren. Sobald dieser das Gerät aufsetzte, waren sie geliefert.

Nick handelte instinktiv. Er griff in seine Hosentasche, zog sein Feuerzeug hervor und schleuderte es in hohem Bogen gegen das letzte intakte Scheunenfenster. Es gab ein klirrendes Geräusch, kurz darauf landete das Feuerzeug platschend im Wasser.

Keine Sekunde später schoss das Luftkissenboot heran.

Nick holte tief Luft und tauchte unter. Den Stiel der Sense umfasste er mit beiden Händen, das scharfe Sensenblatt mit dem spitzen Ende zeigte nach oben. Die Sichtweite unter Wasser betrug kaum mehr als einen Meter. Fast zu spät erkannte er die Umrisse des Luftkissenbootes direkt über sich.

Darauf hatte er gewartet.

Er riss die Sense hoch, rammte sie von unten in einen der gummierten Schwebekörper und hielt mit aller Kraft dagegen, während das Boot über ihn hinwegbrauste. Enorme Zugkräfte rissen ihm fast den Arm ab, doch er hielt weiter dagegen. Die Sense schlitzte den Schwebekörper von vorne bis hinten auf. Dann ließ der Zug auf seinen Armen plötzlich nach.

Er wartete mit dem Auftauchen, bis sein Atemreflex ihm dies unweigerlich befahl, und sah sich sofort um. Das Luftkissenboot war nicht mehr zu gebrauchen. Im Kreis rotierend, trudelte es mit dem letzten Schwung davon. Die Agenten hatten alle Hände voll zu tun, nicht das Gleichgewicht zu verlieren.

»Emma, jetzt!«

Wenige Sekunden später erschien Emma mit dem Schlauchboot im Scheunentor und hielt auf ihn zu. Er ließ die Sense los und grabschte nach den Haltegriffen an den Schläuchen.

»Bist du okay?«, wollte sie wissen, während er seinen Körper ins Boot wuchtete.

»Ja, und jetzt los, bevor sie die Situation unter Kontrolle bekommen.« Er ließ sich auf den Boden gleiten und schnappte nach Luft.

Emma gab Gas, und sie entfernten sich hinaus aufs offene Meer.

»Bist du wirklich in Ordnung?«, fragte sie besorgt.

»Ja.« Er strich sich die nassen Locken aus dem Gesicht und blickte zurück. »Sie können uns nicht folgen. Hol mich der Teufel, es hat tatsächlich funktioniert.«

»Werden sie untergehen?«, fragte sie.

»Ich wünschte, sie würden, aber der GFK-Rumpf besitzt genügend Auftriebskraft. Immerhin sind sie manövrierunfähig.«

»Wie lange wird es dauern, bis Verstärkung anrückt?«

»Woher soll ich das wissen? Die setzen mit Sicherheit sofort einen entsprechenden Funkspruch ab.«

Sie nickte. »Wir müssen so schnell wie möglich aus diesem Boot heraus.«

»Versuch einfach diesen Kurs so gut es geht beizubehalten.«

»Wo führt er uns hin?«

»Kaltenkirchen.«

»Du willst ins Auffanglager?« Sie riss die Augen auf. »Da sind wir ja die ganze Nacht unterwegs.«

»Dort sind wir fürs Erste in Sicherheit. Hast du eine bessere Idee?«

»Schon gut.« Sie tätschelte ihm den Oberschenkel. »Du entwickelst dich anscheinend zum Spezialisten für ausweglose Situationen.«

»Dann besteht ja noch Hoffnung, dass ich irgendwann auch mit dir zurechtkomme.« Er lächelte.

»Ich kenne jemanden, der uns helfen kann«, wechselte Emma das Thema.

»Wen?«

»Kennst du nicht.«

»Okay, und was kann dieser Jemand für uns tun?«

»Er kann uns helfen, den einzigen Mann zu finden, der das Geheimnis von Projekt Morgenröte kennt und uns mit ein wenig Glück die entsprechenden Beweise dazu liefern kann.«

Nick hob eine Augenbraue. »Und wer soll dieser Mann sein?«

»Dr. Roman Leuthard.«

63

Emma reckte ihr Gesicht der Sonne entgegen. Allmählich wich die Kälte aus ihrem Körper. Sie mochte sich gar nicht vorstellen, wie Nick in seinen nassen Klamotten die ganze Nacht über gefroren haben musste. Die Fahrt war anstrengend gewesen. Abwechselnd hatten sie wahlweise das Boot gesteuert oder waren mit dem Kopf auf den Knien eingenickt.

»Gehen wir es an«, sagte er.

Sie nickte.

Kein einziger der Bundeswehrsoldaten am Tor nahm Notiz von ihnen, während sie die Schranken des Auffanglagers passierten. In ihren vor Schmutz starrenden Klamotten und mit übernächtigten Gesichtern sahen sie vermutlich so aus, als gehörten sie hierher.

Sie waren noch keine dreißig Schritte gelaufen, als ein offener Bundeswehrjeep direkt vor ihnen stoppte und ihnen den Weg versperrte. Emma seufzte. Es wäre auch zu schön gewesen, wenn einmal etwas ohne Probleme über die Bühne gegangen wäre.

Eine Blondine saß hinter dem Steuer. Sie erhob sich, stützte die Ellbogen auf die Windschutzscheibe und sagte mit ernster Miene: »Hallo, Nick. Endlich. Ich versuche seit gestern, dich zu erreichen. Hörst du deine Mailbox nicht ab?«

»Hallo, Victoria.« Er wirkte überrascht. »Äh, tut mir leid, mein Communicator ist deaktiviert.«

»Weshalb das?«

»Ist eine lange Geschichte.«

Sie musterte ihn. »Du siehst mitgenommen aus.«

»Gehört zur langen Geschichte.«

»Aha. Ich muss mit dir reden.«

»Victoria, momentan ist es wirklich ungünstig. Ich bin in Eile. Ich möchte meine Mutter besuchen. Können wir das hier nicht verschieben?«

»Tut mir leid«, sagte die Frau und sprang aus dem Jeep. »Wir müssen reden.«

Die Situation war Nick offensichtlich unangenehm. Wie es aussah, gab es außer ihr noch mehrere Frauen, die nicht sonderlich gut auf ihren Begleiter zu sprechen waren.

Er warf Emma einen entschuldigenden Blick zu. Genervt verdrehte sie die Augen. Unglaublich, dieser Kerl hatte anscheinend überall ein Eisen im Feuer. Am meisten ärgerte sie ihre eigene Naivität. Sie war drauf und dran gewesen, ihm wieder zu vertrauen. Aber auf Kerle wie Nick war schlichtweg kein Verlass. Die Frau kam auf sie zu.

»Ich warte beim Jeep«, sagte Emma. »Und Nick, ich wäre dir dankbar, wenn du diese Angelegenheit schnell regeln könntest. Ich bin hundemüde.« Sie wandte sich zum Gehen.

»Warte.« Er hielt sie am Arm zurück. »Bleib. Es wird nicht lange dauern.«

»Nein danke.«

»Dr. Fuchs kümmert sich hier um meine Mutter.«

Doktor Fuchs?

»Also gut, Victoria, wo drückt der Schuh?«

Die Ärztin atmete tief durch. »Es tut mir sehr leid, Nick, aber ich habe schlechte Neuigkeiten. Deine Mutter ist gestern überraschend verstorben.«

Sämtliche Farbe wich aus seinem Gesicht. Er schnappte nach Luft. »Wie bitte?«

»Als sie mich riefen, war es bereits zu spät. Ich konnte nur noch ihren Tod feststellen. Vermutlich Herzversagen.«

Nick griff sich mit beiden Händen an den Kopf und schloss die Augen. Emma sah, dass sein Kinn zitterte. Gerne hätte sie ihn getröstet, aber ihr fehlten die Worte. Als er die Augen wieder öffnete, fragte er: »Wann genau ist es passiert?«

»Gestern zwischen 17 und 17.30 Uhr.«

»Aber warum ...« Er suchte nach den richtigen Worten. »Sie ist, ich meine, nach deiner Aussage von vor ein paar Tagen war sie, abgesehen von ihrer Demenz, völlig gesund.«

»Als ich sie am Tag eurer Ankunft untersucht habe, war sie organisch ohne Befund, das ist richtig. Ihr körperlicher Zustand entsprach ihrem Alter.« Sie zögerte. »Manchmal geht es schneller, als wir es wahrhaben wollen.«

Emma studierte das Gesicht der Ärztin. Dr. Fuchs war sichtlich angespannt. Für ihre vorschnellen Verdächtigungen schämte Emma sich nun in Grund und Boden.

»Ich möchte sie sehen«, forderte Nick.

»Ich fürchte, das geht nicht.«

»Wie bitte?«

»Nick, bitte …« Diesmal versuchte die Ärztin gar nicht erst, ihr Seufzen zu verbergen, und Emma erkannte die Zwickmühle, in der sich die Frau befand.

»Ich denke, ich weiß, weshalb du sie nicht sehen kannst«, sagte Emma und sah der Ärztin in die Augen. »Sie haben Lena Schäfer in die Autopsie bringen lassen.«

»Wie kommst du denn auf die Idee?«, fragte Nick entgeistert. »Warum?«

»Es ist leider wahr«, sagte Dr. Fuchs. »Ich musste deine Mutter zur Obduktion in die Pathologie nach Hamburg überstellen. Tut mir leid, Nick, ihre Leiche wird erst nach Beendigung der Sektion freigegeben.«

»Moment mal!« Er packte die Ärztin am Oberarm. »Eine Obduktion?« Nick war völlig durch den Wind. Er registrierte, dass er die Ärztin festhielt, und ließ sie beschämt los.

»Vermuten Sie eine unnatürliche Todesursache?«, fragte Emma.

»Wir konnten einen ungewöhnlichen Mix an Katecholaminen in Lena Schäfers Blut nachweisen, die in diesen hohen Konzentrationen arrhythmogen und kardiotoxisch sind. Es gibt diesbezüglich eindeutige Vorschriften.«

»Katelowas?«, fragte Nick.

»Katecholamine sind körpereigene, aber auch chemische Stoffe mit anregender Wirkung auf das Herz-Kreislauf-System.«

»Soweit ich weiß, nahm meine Mutter keine solchen Medikamente.«

»Eben, ihr Herz war in Ordnung. Die Obduktion soll klären, woher diese hohen Werte stammen.«

Emma lag eine Frage auf der Zunge, vor deren Antwort sie Angst hatte, doch sie musste es einfach wissen. »Halten Sie es für möglich, dass ihr jemand vorsätzlich eine Überdosis dieser Substanzen verpasst hat?«

»Um genau diese Frage zu klären, habe ich die Obduktion angeordnet.«

»Mein Gott«, murmelte Nick und fasste sich an seine Ohrläppchen. An seinem Blick erkannte Emma, dass er dasselbe dachte wie sie.

»Jetzt wissen wir, wie der SCS uns gefunden hat«, flüsterte sie.

Er wirbelte herum, warf den Kopf in den Nacken und ging so einige Schritte ziellos herum. Mehrmals schlug er mit der flachen Hand gegen eines der Hinweisschilder. »Dieses Schwein bringe ich um, das schwöre ich.«

»Was geht hier eigentlich vor?«, fragte Dr. Fuchs. »Nick, wenn du etwas über den Tod deiner Mutter weißt, solltest du es mir sagen.«

Er warf Emma einen fragenden Blick zu. Sie nickte knapp.

»Wir müssen reden«, sagte er zu der Ärztin.

Emma hatte genug gehört. Wie betäubt schlurfte sie zum Jeep und ließ sich auf den Beifahrersitz fallen. Ihr schwirrte der Kopf. Der SCS hatte Nicks Mutter getötet, das stand außer Frage. Diese Nachricht musste sie erst einmal verdauen. Sie schloss die Augen. *Arme alte Frau. Armer Nick.* Er tat ihr furchtbar leid.

Emma spürte, wie sie wegdämmerte. Die Strapazen der letzten Nacht forderten ihren Tribut. Sie wollte nur noch schlafen. Leider war ihr dies nicht vergönnt. Jemand rüttelte an ihrer Schulter. Es kostete sie unglaubliche Kraft, die Augen zu öffnen.

Vor ihr stand Nick. »Du meintest, es gäbe jemanden, der uns weiterhelfen könnte.«

Sie nickte.

»Ich habe Victoria gesagt, dass wir in der Klemme sitzen. Natürlich habe ich keine Details erwähnt. Victoria hat sich bereit erklärt, uns zu helfen. Sie wird uns zu der Person bringen, die uns zu Roman Leuthard führen kann.«

64

»Hoffentlich ist er zu Hause.« Emma drückte auf eine der Klingeln am Eingang eines riesigen Wohnkomplexes in Sputendorf, einer der unzähligen, aus dem Boden gestampften Trabantenstädte Berlins. »Wenn wir Pech haben, arbeitet er um diese Uhrzeit noch.«

»Und du bist sicher, dass wir ihm vertrauen können?«, fragte Nick, der keinen Hehl daraus machte, dass ihm Emmas Vorschlag nicht sonderlich gefiel.

»Er wird uns nicht verraten. Falls doch, so habe ich mich gründlich in ihm getäuscht.« Sie bedachte Nick mit einem Seitenblick. »Was mir nicht oft passiert.«

Er überging den versteckten Vorwurf.

In einem Monitor über den Klingeln erschien ein Gesicht. »Wer ... ach du heilige Scheiße!«

»Hi, Tom.«

»Heilige Scheiße!«, meinte Tom Holyfield erneut.

»Hast du ein paar Minuten für mich? Ich stecke bis zum Hals in Schwierigkeiten.«

»Das kannst du laut sagen.«

»Ich brauche deine Hilfe.«

»Meine Hilfe?«

»Ja.«

»Menschenskind, Emma, was hast du nur angestellt? Der Alte ist auf hundertachtzig.«

»Tom, bitte, lass uns rein, und ich erkläre dir alles.«

»Wer ist das neben dir?«

»Nick Schäfer. Ein Freund. Bitte, Tom, ich weiß nicht, an wen ich mich sonst wenden könnte.«

Tom Holyfield zögerte. Nach einer gefühlten Ewigkeit sagte er: »Zwölfter Stock, den Gang ganz nach hinten durch.« Ein Summen und die Tür schob sich zur Seite.

»Ich sagte doch, er wird uns helfen.«

»Noch hat er nichts getan, außer die Tür zu öffnen. Wahrscheinlich alarmiert er in diesem Moment die Botschaft.«

»Das würde Tom niemals tun.« Sie hoffte nur, sie täuschte sich nicht. Tom war hochgradig nervös und bekam schon ein schlechtes Gewissen, wenn er während der Arbeitszeit private Mails beantwortete.

Oben angekommen, führte Tom Holyfield seine Besucher ins Wohnzimmer und deutete auf die beiden Zweiersofas, die in einem rechten Winkel einen schwarzen Wohnzimmertisch einrahmten.

Tom, der eine schwarze Anzugshose und ein gelbes Hemd mit kurzen Ärmeln trug, starrte Emma an. »Du siehst furchtbar aus.«

»Ich kann mir vorstellen, wie seltsam dir das alles vorkommen muss.«

»Seltsam?« Nervös begann er, ein paar auf dem Tisch herumliegende Zeitschriften zu einem Stapel zu schichten. »Man munkelt, du hast streng geheime Regierungsakten gestohlen. Ein Special Agent hat mich deinetwegen verhört. Er behauptet, du seist eine Spionin. Ist das wahr? Bist du das? Hast du tatsächlich geheime Akten gestohlen?« Er zeigte auf Nick. »Und wer ist er?«

»Eins nach dem anderen. Wie ich schon sagte, das ist Nick. Ohne seine Hilfe wäre ich ganz schön aufgeschmissen.«

»Schön, Sie kennenzulernen.« Nick grinste übertrieben freundlich und winkte Tom lässig zu. Dieser fixierte ihn mit zusammengepressten Lippen.

Emma legte ihrem Kollegen eine Hand auf den Unterarm und bemühte sich um einen noch sanfteren Tonfall als sonst. »Bitte beruhige dich. Ich versichere dir, ich habe nichts verbrochen, und ich bin auch keine Spionin.« Sie bemerkte seinen misstrauischen Blick und fügte hinzu: »Ich werde alle deine Fragen beantworten. Aber nur bis zu einem gewissen Punkt. Ich möchte dich nicht zu weit in diese Sache hineinziehen.«

»He, du bist zu mir gekommen. Ich habe nicht darum gebeten. Menschenskind, in diesem Augenblick sucht man nach dir. Korrigiere mich, falls ich mich irre, aber du ziehst mich bereits ganz gewaltig in was auch immer mit rein.«

»Wenn du willst, hauen wir sofort wieder ab.«

Auf seiner Stirn bildeten sich die ersten Schweißperlen. »Dir ist klar, dass ich dich eigentlich sofort melden müsste.«

Nick lehnte sich vor. »Ihnen geht der Arsch schon auf Grundeis, nur weil Emma sich in Ihrer Wohnung aufhält? In dem Fall sollten wir vielleicht in beiderseitigem Interesse tatsächlich verschwinden.«

»In beiderseitigem Interesse?«, wiederholte Tom. »Von wessen Interessen reden Sie? Von Emmas oder Ihren?«

»Von unser beider Interessen.«

»Was soll das, Nick?«, fuhr Emma ihn an. »Warum bist du so aggressiv?«

»Sieh ihn dir doch an. Er hat jetzt schon die Hosen gestrichen voll, und dabei weiß er noch nicht einmal, worum es geht. Es wäre wirklich das Beste für alle, wenn wir wieder gehen.« Er stand auf. »Jetzt sofort. Dadurch bringen wir ihn nicht in die Zwickmühle, und wir müssen uns nicht andauernd fragen, wann er uns verrät.«

»So etwas muss ich mir in meinen eigenen vier Wänden nicht bieten lassen«, brauste Tom auf.

»Würdest du uns bitte für ein paar Minuten alleine lassen?«, zischte Emma und schoss einen tödlichen Blick auf Nick ab.

»Schon gut.« Er hob die Hände. »Ich warte in der Küche, aber überleg dir gut, was du tust.« Kopfschüttelnd verließ er das Wohnzimmer.

Sie seufzte. »Ich möchte mich für Nick entschuldigen. Er ist mit den Nerven am Ende. Genau wie ich.«

»Er ist ein arrogantes Arschloch und sieht aus wie ein Penner.« Toms Communicator piepste. Ohne auf das

Display zu blicken, schob er sich einen Insulinkaugummi in den Mund.

»Sie haben Nicks Mutter umgebracht. Gestern. Er hat es erst vor wenigen Stunden erfahren. Sei also ein wenig nachsichtig mit ihm, okay?«

»Umgebracht? O mein Gott! Wen meinst du mit *sie*?«

»Den Special Collection Service.«

Tom riss die Augen auf. »Der SCS?« Er dachte nach. »Das könnte Sinn ergeben. Dieser Special Agent, der mich über dich ausgefragt hat, gab vor, für die NSA zu arbeiten. Ich fand es ausgesprochen seltsam, dass die NSA in einem Fall von Aktendiebstahl tätig wird. Aber der SCS ... das erklärt natürlich einiges.«

»Hieß der Agent Donovan? Grauhaarig, muskulös, um die fünfzig?«

»Ja.«

»Was wollte er wissen?«

»Nun ja, er hat ziemlich viele Fragen gestellt.« Er senkte den Blick und verstummte.

»Tom, bitte, das ist sehr wichtig. Mein Leben könnte davon abhängen.« *Und deines auch*, fügte sie in Gedanken hinzu.

Er zog ein Seidentaschentuch aus der Hose und wischte sich damit über die Stirn. »Wirst du wirklich zu Unrecht verdächtigt? Ich muss das wissen, verstehst du das?«

Sie nahm seine Hand und drückte sie. »Ich würde dich nie belügen, Tom. Ein Vorschlag: Ich erzähle dir alles, erst danach entscheidest du, ob du uns helfen willst oder nicht.«

»Wie könnte ich dir schon helfen?«

»Du bist genau der Mann, den ich jetzt brauche.«

»Tatsächlich?«

Sie lächelte. »Ja, und jetzt hör zu. Alles begann am Montag, als Franklin mich zu sich rief.«

Die nächste halbe Stunde berichtete sie vom Fund der Akte und was sich seitdem ereignet hatte. Sie verharmloste nichts, fügte nichts hinzu, ließ jedoch auch nichts aus. Tom Holyfield hörte gebannt zu, schüttelte die meiste Zeit über ungläubig den Kopf und stellte hin und wieder eine Frage.

Noch während Emma erzählte, fragte sie sich, ob es womöglich ein Fehler war, Tom in alles einzuweihen. Würde er den Mund halten können? Wie lange würde es dauern, bis er sich in der Botschaft durch einen unbedachten Kommentar verriet? Andererseits blieb ihr keine andere Wahl, als ihn mit ins Boot zu nehmen.

»Nachdem du jetzt die ganze Story kennst«, sagte Emma abschließend, »würde ich gerne wissen, was du darüber denkst.«

Tom Holyfield sagte lange nichts, spuckte dann seinen Kaugummi in ein Kleenextuch und stand auf.

»Was ich davon halte?« Er wischte sich mit dem inzwischen völlig durchnässten Taschentuch erneut über die Stirn und ging auf und ab. »Das ist die verrückteste Geschichte, die ich je gehört habe! Menschenskind, wie konntest du nur Akten mit Top-Secret-Einstufung stehlen?«

»Das Thema hatten wir doch gerade eben abgehakt.« Sie verschränkte die Arme vor der Brust. »Also?«

»Also was?«

»Hilfst du uns?«

Er sah aus dem Fenster. »In meinem ganzen Leben bin ich nie mit dem Gesetz in Konflikt geraten.« Er drehte sich zu ihr um. »Ich glaube auch nicht, dass ich das jemals möchte.« Er sah die Enttäuschung in ihrem Gesicht. »Was erwartest du von mir?«

»Können wir Nick wieder mit dazunehmen? Dann müssen wir nicht alles zweimal durchkauen.«

»Wenn er sich noch einmal wie ein Arschloch aufführt, schmeiße ich ihn raus.«

»Sicher.« Sie verließ das Wohnzimmer, um Nick zu holen.

»Das meine ich ernst«, rief Tom ihr hinterher.

Ja, sicher. Eher würde Nick mit ihm den Boden aufwischen.

65

Emma traute ihren Augen nicht. Nick saß in der Küche auf der Spüle, gleich neben dem geöffneten Fenster, und rauchte.

»Spinnst du? Mach sofort die Kippe aus. Tom ist Nichtraucher.«

»Der Typ soll sich nicht so anstellen.«

»Du kapierst wohl überhaupt nichts.« Wütend riss sie ihm die Zigarette aus dem Mund und schmiss sie durch das Fenster nach draußen.

»He!«

»Tom hat sich bereit erklärt, uns zu helfen«, teilte sie ihm mit, »aber nur, wenn du dich nicht mehr wie ein Arschloch benimmst.«

»Das hat er gesagt?«

»Wortwörtlich.«

»Der Typ ist ein Loser.«

»Er ist ein guter Kerl.«

»Ja, der Traum aller Schwiegermütter.«

»Verdammt, was ist eigentlich los mit dir? Du führst dich auf wie ein Idiot. Das hier ist kein Spiel. Wir brauchen Tom. Ohne seine Hilfe kommen wir niemals an neue Ausweise, das weißt du genau. Also reiß dich verdammt noch mal zusammen.«

»Dein Kumpel ist ein Spießer. Er wird uns nie im Leben helfen. Dazu hat er nicht die Eier.«

»Du kennst ihn nicht, also maß dir kein Urteil über ihn an.« Sie tippte ihm mit dem Zeigefinger auf die Brust. »Auch wenn du mit dem Segway ganz gut umgehen kannst: Du bist nicht gerade Superman. Also steig endlich von deinem hohen Ross herunter und gib hier nicht andauernd den Obermacho.«

»Das hat gesessen.« Unvermittelt rutschte er von der Spüle und klatschte in die Hände. »Also los.«

»Keine blöden Kommentare mehr?«

»Versprochen.«

»Also, Tom weiß nicht, dass wir mal was miteinander hatten, und es gibt keinen Grund, weshalb wir es ihm auf die Nase binden sollten.«

»Ach, sieh mal einer an.« Er grinste boshaft. »Du manipulierst diesen Trottel nach Strich und Faden. Du bist keinen Deut besser als ich. Im Gegensatz zu dir sage ich nur offen meine Meinung.«

»Darum geht es überhaupt nicht.«

»Um was dann? Klär mich auf.« Sein Grinsen wurde

breiter, als er merkte, dass sie darauf keine Antwort parat hatte. Am liebsten hätte sie ihm eine Ohrfeige verpasst, aber natürlich hatte er recht. Tom war bis über beide Ohren in sie verschossen, und sie schämte sich, weil sie diesen Umstand skrupellos ausnutzte. Hätte sie einen anderen Weg gesehen, sie hätte diese Wohnung auf der Stelle verlassen.

»Nachdem das geklärt wäre«, sagte Nick, »lassen wir Tommyboy nicht länger warten.« Er schob sich an ihr vorbei und ließ sie in der Küche stehen.

Plötzlich fühlte Emma sich abgrundtief schlecht.

66

Die beiden Männer standen mit verschränkten Armen in entgegengesetzten Ecken des Wohnzimmers, starrten demonstrativ aneinander vorbei und schwiegen sich an.

Emma räusperte sich. »Nick und ich sind an einem Punkt angelangt, an dem wir nicht mehr weiterkommen. Roman Leuthard lebt. Wir wissen nicht, weshalb und warum, aber wenn uns jemand Auskunft über Projekt Morgenröte und die Independence geben kann, dann er.«

»Ich soll über die Botschaft an Leuthards Adresse kommen«, riet Tom.

»Die haben wir längst«, winkte Emma ab. »War nicht schwer. Leuthard lebt seit mehr als sieben Jahren in Antarctic City. Gemeinsam mit seiner Tochter wohnt er in Hopetown, einem schäbigen Viertel im Süden der Stadt. Seit jenem Abend damals ist er vom Hals abwärts gelähmt. Seine Tochter pflegt ihn.« Sie nahm Toms Hand. »Nick und ich müssen nach Antarctic City. Wir müssen mit Leuthard reden. Er ist der Schlüssel. Noch gibt es zu viele Ungereimtheiten, die uns den Blick aufs Wesentliche verstellen. Leuthard ist der einzige Mensch auf der Welt, der unsere Fragen beantworten kann. Nur mit seiner Hilfe wird es uns gelingen, den Wahrheitsgehalt der Akte zu beweisen.«

»Und was willst du von mir?«, wollte Tom wissen.

»Kannst du dir das nicht denken?«

Tom kniff die Augen zusammen. »Für den Flug nach Antarctic City benötigt ihr neue Identitäten.«

»Wir brauchen mehr als das. Wir benötigen neue Identitäten inklusive abgesichertem Background. Der SCS überwacht alles. Glaub mir, ich weiß, wie so was läuft. Mit Sicherheit stehen wir längst auf sämtlichen Fahndungslisten. Sollten wir je versuchen, ein Flugzeug zu besteigen, würden sofort die Handschellen klicken.«

»Das kann nicht dein Ernst sein.« Tom Holyfield sah aus, als wünschte er sich, Emma und Nick niemals in seine Wohnung gelassen zu haben.

Emma nickte.

»Was ist ein abgesicherter Background?«, fragte Nick.

»Vorausgesetzt, Tom entschließt sich dazu, uns zu helfen, wird es folgendermaßen ablaufen«, erklärte sie ihm. »Sobald wir in der Sicherheitsschleuse des Flughafens in den Iris-Scanner sehen, wird das System einen Identifizierungskonflikt melden. Es wird uns gleichzeitig unter unseren echten wie auch den neuen Identitäten identifizieren.

Da bei einer biometrischen Identifizierung praktisch

nie ein hundertprozentiger Abgleich zustande kommt, stellt dies zunächst mal kein größeres Problem dar.«

»Okay, hab's kapiert. Was geschieht dann?«

»Jetzt folgt die Verifizierung. Dabei soll geklärt werden, ob du derjenige bist, für den du dich ausgibst. Die übliche Vorgehensweise ist ein DNA-Schnelltest. Man wird deine DNA mit der auf deinem falschen Ausweis hinterlegten DNA vergleichen. Da Tom dafür sorgt, dass es sich bei dieser DNA um deine DNA handelt, wird die Verifizierung positiv ausfallen, und man wird dich passieren lassen.« Sie schielte hinüber zu Tom, der mit ausdruckslosem Gesicht zum Fenster hinausstarrte. Was ging in seinem Kopf gerade vor? Hoffentlich ließ er sie nicht doch noch hängen.

»Was, wenn den Grenzbeamten dennoch etwas spanisch vorkommt?«, fragte Nick.

»Nun, genau für diesen Fall brauchen wir einen abgesicherten Background.«

»Tom, willst du es ihm vielleicht erklären?«

Zunächst schien Tom Holyfield überhaupt nicht zu begreifen, was man von ihm verlangte, dann jedoch sagte er mit monotoner Stimme: »Eine Identitätsfeststellung bei amerikanischen Staatsbürgern besteht in erster Linie aus der Überprüfung der Sozialversicherungsnummer, danach folgen Abgleiche mit Behörden wie Einwohnermeldeamt oder anderen staatlichen Meldestellen.«

Er verstummte wieder, und Emma ergänzte: »Deswegen benötigen wir echte Sozialversicherungsnummern, Geburtsurkunden sowie Wohnadressen mit entsprechenden Einträgen bei Meldeämtern. Alle Eintragungen müssen einer offiziellen Überprüfung standhalten. Sich irgendwo einzuhacken und einfach eine erfundene Sozialversicherungsnummer oder Wohnadresse anzugeben, würde sofort auffliegen.«

Nick schürzte die Lippen. »Klingt nach mächtig viel Arbeit.«

»Ist es auch. In der Konsularabteilung ist Tom aber mit allen dafür notwendigen technischen Möglichkeiten ausgestattet, und darüber hinaus besitzt er alle Vollmachten, die man dafür benötigt. Nicht wahr, Tom?«

In Toms Blick spiegelte sich das Elend der gesamten Welt wider. »Weißt du eigentlich, was du da von mir verlangst?«

»Durchaus. Bitte glaub mir, ich wäre damit nie zu dir gekommen, wenn ich einen anderen Ausweg sehen würde.«

»Das kostet mich meinen Kopf.«

Sie sah ihm fest in die Augen. »Wenn wir auffliegen, ja. Und genau deswegen werde ich dich nicht dazu überreden. Du kennst jetzt die Hintergründe und die Risiken. Es ist allein deine Entscheidung.«

»Scheiße.« Er atmete tief durch und schüttelte den Kopf in einer Art und Weise, die nichts Gutes verhieß.

Emma nahm seine Hand, die eiskalt war. »Wenn du ablehnst, werde ich dir keine Vorwürfe machen. Ich könnte es verstehen.«

Er stand auf, stierte lange an die Decke, drehte sich dann zu ihr um und verkündete: »Du bekommst deine Identität. Auch wenn ich dafür vermutlich im Knast lande.«

»Niemand wird dahinterkommen. Sobald wir sie nicht mehr benötigen, löschen wir die Daten sofort wieder. O Tom, du bist ein Schatz!« Sie sprang vom Sofa auf und drückte ihm einen dicken Schmatz auf die Backe.

»Aber nur du. Er nicht.« Tom zeigte auf Nick.

Mitten in der Bewegung hielt sie inne. »Wie bitte? Was meinst du mit *er nicht*?«

»Warum sollte ich dieses Risiko für ihn eingehen? Ich sehe ihn heute zum ersten Mal. Außerdem ist er nicht einmal Amerikaner.«

»Das spielt doch überhaupt keine Rolle. Sieh mal, Tom, ich habe mir das alles auch nicht gewünscht, aber die Dinge sind außer Kontrolle geraten.« Emma packte ihn mit beiden Händen an den Oberarmen. »Mir bleibt nichts anderes übrig, als diese Sache zu einem vernünftigen Ende zu bringen, und dazu brauche ich ihn.« Sie beugte sich vor und flüsterte ihm ins Ohr: »Ich verlange nicht von dir, dass du ihn magst. Mir geht er auch oft auf die Nerven. Tu es nicht für ihn, tu es für mich.«

»Menschenskind, Emma, was verlangst du da nur von mir.« Er rieb sich die Schläfen.

Sie wusste das natürlich nur zu gut, und sie wusste ebenso, dass er ihrem Bitten nachgeben würde. Emma erkannte sich selbst nicht wieder. Bei der Art und Weise, wie sie ihn manipulierte und in diese Geschichte hineinzog, drehte sich ihr der Magen um. *Ich mache es wieder gut. Sieh mich an, Tom, ich mache es wieder gut. Das schwöre ich!*

»Habt ihr Geld für die Tickets?«, fragte Tom unvermittelt.

»Danke, Tom! Du bist ein Schatz.« Emma strahlte übers ganze Gesicht. »Unsere Cashcards sind zwar leer, aber ich habe schon darüber nachgedacht und eine Lösung gefunden. Mach dir darüber keine Gedanken.«

67

Nervös mit den Füßen auf und ab wippend, saß Tom Holyfield vor seinem Terminal in der Botschaft. Auf seiner Stirn perlte der Schweiß, den er gelegentlich mit dem Taschentuch wegwischte. Obwohl die Konsularabteilung sonntags praktisch ausgestorben war, fühlte er sich äußerst unwohl. Ein Putzroboter, der in einer entfernten Ecke des Großraumbüros den Boden polierte, verursachte das einzig nennenswerte Geräusch. Bis auf zwei höherrangigen Botschaftsangestellten, die ihn nicht einmal gegrüßt hatten, war Tom seit seiner Ankunft vor rund zwei Stunden niemandem über den Weg gelaufen.

Auf seinem Monitor blickte er in Emmas Konterfei. *Was für wunderschöne Augen.* Emma hatte sich für ihre neue Identität den Namen Meredith Angel gewünscht. Er wusste über das Schicksal von Emmas Schwester Bescheid und darüber, wie sehr sie ihr fehlte.

Innerhalb weniger Minuten hatte Tom Emmas Foto das nötige biometrische Format verpasst. Danach kopierte er das Foto, Emmas digitalisierte Fingerabdrücke, Iris-Scans ihrer beiden Augen sowie ihren DNA-Code mittels RFID in Meredith Angels Ausweismatrix. Eine Sozialversicherungsnummer hatte er bereits berechnen lassen, ins System eingespeist und aktiviert. Auch die angegebene Adresse in den Vereinigten Staaten würde einer oberflächlichen Überprüfung standhalten. Sollte der SCS jedoch einen genaueren Blick darauf werfen, fiele der Betrug rasch auf, dessen war er sich bewusst. Er betrachtete das Ergebnis und war zufrieden. Emma Fisher war nun Meredith Angel.

Er befahl dem Computer, den Ausweis zu produzieren, verschränkte die Arme hinter dem Kopf und wartete.

Der Herstellungsprozess dauerte nur wenige Minuten. Als Nächstes widmete er sich Nick Schäfers Ausweis.

Mitten in seinen Überlegungen erstarrte er.

Etwas stimmte nicht. Sämtliche Haare stellten sich ihm auf.

Jemand stand hinter ihm!

Vor lauter Panik wagte Tom kaum zu atmen. Vergeblich versuchte er, in seinem entspiegelten Monitor die Person hinter sich zu erkennen.

In diesem Augenblick spuckte die RFID/Magnetkarten-Produktion Meredith Angels brandneuen Ausweis aus.

Wie in Zeitlupe drehte Tom sich um.

Hinter ihm stand Leland Franklin und funkelte ihn mit rot unterlaufenen Augen wutentbrannt an.

68

Emma hielt die Zugangskarte zu Toms Wohnung vor den Scanner, die Tür glitt zur Seite, und sie traten ein. »Tom?«

Niemand antwortete.

Sie sah im Wohnzimmer nach ihm, während Nick in der Küche verschwand. »Tom? Bist du hier?«

Die Wohnung sah genauso aus wie noch vor einer guten Stunde.

»Niemand da«, stellte Nick fest, der mit einer Flasche Cola im Türrahmen auftauchte. »Dauert wohl doch länger als angenommen.«

»Sieht ganz so aus.« Sie nahm ihm die Flasche aus der Hand und trank einen Schluck. »Warten wir.«

»Ich habe kein gutes Gefühl bei dieser Sache«, sagte Nick. »Bist du sicher, dass wir ihm vertrauen können?«

»Wie oft willst du mich das noch fragen?«

»Bis ich daran glaube.«

»Er hätte uns jederzeit fortschicken können.«

Demonstrativ sah Nick auf die Uhr. »Er müsste längst zurück sein.«

»Geben wir ihm noch eine Stunde.«

»Und wenn er bis dahin nicht auftaucht?«

»Dann schicken wir ihm eine unverfängliche Nachricht von seinem Home-PC auf seinen Communicator. Unwahrscheinlich, dass Tom überwacht wird.«

»Einverstanden.«

Sie fläzte sich aufs Sofa, zog ihre Cashcard aus der Seitentasche ihrer Jeans und spielte gedankenverloren damit herum. Soeben hatte sie Merediths Korallenkette bei einem Pfandleiher beliehen. Für die Fragmente der seit mehr als 25 Jahren ausgestorbenen roten Edelkoralle hatte sie eine erstaunlich hohe Summe erhalten. Mit ihrer Cashcard konnte Emma nun so viele Tickets nach Antarctic City buchen, wie sie wollte, und der ein oder andere Cheeseburger war auch noch drin. Trotzdem fühlte sie sich unwohl. Die Kette in der Obhut eines fremden Mannes zurückzulassen, gefiel ihr nicht. Auch wenn es hoffentlich nur für ein paar Tage sein würde.

»Was ist das?« Nick stand vor dem Esstisch, griff nach

einem weißen DIN-A4-Umschlag, warf einen Blick darauf und hielt ihn ihr hin. »Für dich.«

Überrascht griff sie danach. Es handelte sich um einen Umschlag, wie sie ihn in der Botschaft verwendeten. Er war zugeklebt. »Mach schon auf«, verlangte Nick ungeduldig.

Sie riss den Umschlag auf und schüttete den gesamten Inhalt auf dem Tisch aus. Mehrere amtlich aussehende Dokumente, zwei Ausweise sowie ein zusammengefalteter Zettel kamen zum Vorschein. Sie griff nach einem der Ausweise, auf dem sie ihr Gesicht erkannte. Rasch überflog sie die anderen Dokumente. Zwei Sozialversicherungsausweise, einer ausgestellt auf Meredith Angel, der andere auf Matthew Cox, sowie zwei tabellarische Lebensläufe, in denen Tom ihnen alles Relevante über ihre neuen Identitäten mitteilte. Wo sie wohnten, arbeiteten und in welchen Vereinen sie eine Mitgliedschaft besaßen. Meredith Angel war Mitglied in einem Fitnessclub und bei den Dallas Cowboys. Emma schmunzelte. Sogar an solche Details hatte Tom gedacht.

Grinsend zeigte Nick ihr seinen Ausweis. »Gestatten, Matthew Cox aus Washington, D. C.«, näselte er mit übertrieben falschem Akzent. »Mitglied im Förderverein des altehrwürdigen Smithsonian-Instituts und«, er verzog das Gesicht, »der Ponderosa-Beauty-Ranch.«

Sie lachte auf. »Wann ist denn Ihre nächste Botox-Behandlung fällig, Mr Cox?«

»Sehr witzig, Tommyboy.« Er rang sich ein gequältes Lächeln ab.

»Komm schon, das *ist* witzig.« Sie wurde ernst. »Siehst du, er hat es durchgezogen.«

»Ich weiß nicht recht.« Nick sah sich im Zimmer um, als erwarte er jeden Moment, dass ein Trupp bewaffneter Spezialagenten die Wohnung stürmte. »Wo ist er? Warum ist er nicht hier?«

»Keine Ahnung.« Sie nahm den Zettel in die Hand, faltete ihn auseinander und las die Nachricht vor, die ebenso wie ihr Name auf dem Umschlag handgeschrieben war: *»Liebste Emma, hier habt ihr das, um was ihr mich gebeten habt. Ich hoffe, die Ausweise sind so geworden, wie ihr euch es vorgestellt habt. Leider habe ich euch nicht angetroffen und muss jetzt noch etwas Dringendes erledigen. Ich werde morgen Abend wieder zurück sein, aber ich nehme an, dann seid ihr längst unterwegs. Emma, ich glaube an dich und wünsche dir viel Glück. Bis bald, Tom.«*

»Lass mal sehen«, verlangte Nick.

Sie drückte ihm die Notiz in die Hand und betrachtete ihren neuen Ausweis. Keine billige Fälschung. Tom hatte hervorragende Arbeit geleistet. Diese Ausweise waren so echt wie ... Sie stutzte, durchwühlte sämtliche Dokumente auf dem Tisch, fand nicht, wonach sie suchte, und runzelte die Stirn.

»Was ist?«, fragte Nick, der sie beobachtete.

»Unsere Ausweise fehlen. Die echten Ausweise.« Sie sah sich suchend um. »Zumindest kann ich sie nirgendwo entdecken. Tom muss sie behalten haben.«

»Was?« Ungläubig sah er die Dokumente durch, nur um festzustellen, dass Emma recht hatte. »Was soll das bedeuten?«

»Ich habe keinen Schimmer.«

»Das gefällt mir nicht.«

»Mir auch nicht, aber ich bin sicher, Tom hat einen guten Grund dafür. Wir haben, was wir wollten. Sehen wir zu, dass wir fortkommen, Mr Cox.«

»Nichts lieber als das, Ms Angel.«

69

Der muskulöse Mann in dem maßgeschneiderten Anzug sprintete den Gang entlang, an dessen Ende sich Leland Franklins Büro befand. Eine Angestellte sprang erschrocken zur Seite.

Donovan war auf hundertachtzig. Emma Fisher war ihm nun schon zum zweiten Mal entwischt. Wütend presste Donovan seine Kiefer aufeinander. Mehr als vier Stunden hatte er ausharren müssen, bevor man ihn und die anderen endlich mit dem botschaftseigenen Hubschrauber aus Dörpling herausgeholt hatte.

Er rauschte an Liz Coleman vorbei. »Einen Augenblick! Sie können nicht …«

»Und ob ich kann«, knurrte er und stürmte in Franklins Büro.

Wie erwartet saß dieser hinter seinem Schreibtisch, in der Hand ein randvolles Glas. Mit verkniffenem Gesichtsausdruck blickte er Donovan an. »Wie ich hörte, ist die Operation nicht ganz nach Plan verlaufen.«

Donovan knallte die Handflächen auf Franklins Schreibtisch und beugte sich mit angewinkelten Armen zu ihm hinunter. »An Ihrer Stelle würde ich nicht so eine dicke Lippe riskieren. *Sie* waren für die sichere Verwahrung der Akte verantwortlich. Dank Ihrer Dummheit stecken wir überhaupt nur in dieser gottverdammten Krise, Sie verfluchter Säufer! Scheiße, ich kann Ihre Fahne bis hierher riechen.«

»Sind Ihnen die Tranquillizer ausgegangen?«

»Ich warne Sie, Franklin. Geben Sie mir nur einen Grund, und ich lasse Sie nach New Guantanamo Bay schaffen, wo Sie für den Rest Ihres kümmerlichen Lebens Dreck fressen und Alkohol nur in Ihren Erinnerungen existiert.«

Franklin winkte ab. »Sagen Sie mir einfach, was Sie diesmal von mir benötigen.«

»Weshalb hat es so lange gedauert, bis der Hubschrauber in Dörpling eingetroffen ist?«

»Was reden Sie da? Nachdem Mr Collins den Hubschrauber angefordert hatte, habe ich sofort Startfreigabe erteilt.«

»Erzählen Sie keine Märchen. Der Rückflug nach Berlin dauerte exakt 45 Minuten. Wo bleibt die Differenz zu unseren vier Stunden Wartezeit?«

»Der Hubschrauber kam mit kleineren Elektronikproblemen von einem Einsatz zurück und musste erst durchgecheckt werden.«

»Lächerlich.« Donovan versuchte im Gesichtsausdruck seines Gegenübers zu lesen, doch blickte er nur in die aalglatte Fassade eines erfahrenen Diplomaten. »Seit wann kümmern Sie sich eigentlich persönlich um Belange der Security?«

»Ich weiß eben gerne, was in meinem Laden läuft.« Franklin lächelte schmallippig. »In diesem Punkt sind wir uns nicht unähnlich.«

Donovans Kiefer knirschten, so fest presste er sie aufeinander. »Sie erzählen Bullshit.« Er zeigte mit dem Finger auf ihn. »Ich werde das überprüfen.«

»Kümmern Sie sich lieber um Miss Fisher, anstatt mir andauernd Vorhaltungen zu machen.« Zum ersten Mal zeigte Franklin so etwas wie Emotionen. »Sie sind nicht der Einzige, von dem Berichte erwartet werden. Washington meldet sich inzwischen beinahe stündlich bei mir und will wissen, wie die Dinge voranschreiten. Lange kann ich die Jungs nicht mehr hinhalten.«

»Washington kümmert mich einen Scheißdreck. Ich werde meine Behörde über Ihre mangelnde Unterstützung in dieser Angelegenheit unterrichten. Mal sehen, wie Washington *darauf* reagiert.«

Franklin kippte seinen Drink hinunter. »Ich unterstütze Sie, wo ich kann, und das wissen Sie. Was uns im Übrigen wieder zurück zu der Frage führt, was Sie hier in meinem Büro zu suchen haben.«

Donovan musterte ihn. »Weshalb haben Sie Miss Fisher nach ihrer Flucht aus der Botschaft mehrmals kontaktiert?«

»Ihre Informationen sind nicht zutreffend. Nach diesem unglückseligen Vorfall haben wir lediglich noch ein einziges Mal miteinander telefoniert.«

»Richtig, aber Sie haben mehrfach *den Versuch* unternommen, Kontakt zu ihr aufzunehmen. Weshalb?«

»Liegt das nicht auf der Hand? Ich wollte sie zur Einsicht bekehren, sie davon überzeugen, dass sie einen gewaltigen Fehler begeht. Außerdem habe ich ihr Straffreiheit in Aussicht gestellt, falls sie sich stellen sollte.«

Donovan dachte nach. Tatsächlich lag ihm die Aufzeichnung dieses Gesprächs vor. Franklin sagte die

Wahrheit, und dennoch passte irgendetwas nicht zusammen. Er musste sich Gewissheit verschaffen, und sei es mit Hilfe seines kleinen schwarzen Etuis, das erst vor kurzem bei Lena Schäfer zum Einsatz gekommen war.

»Wenn ich herausfinde, dass Sie mich verarschen, hänge ich Sie an den Eiern auf!«

»Würden Sie mir nicht die ganze Zeit über Vorhaltungen machen, hätte ich Ihnen die folgende Information bereits früher gegeben.«

Donovan verschränkte die Arme vor der Brust und wartete ab.

Leland Franklin legte eine wohlbedachte Pause ein, bevor er antwortete. »Ich weiß, wo sich Miss Fisher und der Journalist aufhalten.«

»Und damit kommen Sie erst jetzt!«

»Die beiden haben einen Verbündeten«, fuhr Franklin ungerührt fort, »jemand aus unseren eigenen Reihen, der ihnen bei der Flucht behilflich war.«

»Wer?«

»Tom Holyfield aus der Konsularabteilung. Kennen Sie ihn?«

»Flüchtig. Ich habe ihn gestern befragt. Er war ein wenig nervös, machte auf mich aber nicht den Eindruck, als hätte er etwas zu verbergen.« Donovan legte die Stirn in Falten. »Was das betrifft, liege ich selten daneben.«

»Er und Miss Fisher sind eng befreundet.« Franklin seufzte. »Ich hätte es mir denken können.«

»Wie sind Sie darauf gekommen?«

»Ich habe Holyfield überrascht, als er versuchte, den beiden falsche Identitäten zu verpassen.«

»Wann?«

»Heute Vormittag.«

»Wo ist Holyfield jetzt? Ich nehme an, Sie haben ihn festgesetzt.«

»Selbstverständlich. Er befindet sich in der Arrestzelle im Westtrakt.«

»Den Kerl knöpfe ich mir vor!«

»Haben Sie nicht zugehört?«, fragte Franklin ärgerlich. »Ich bin bereits über alles im Bilde. Wir kennen Emma Fishers Pläne und ihre nächsten Schritte. Wir dürfen keine Sekunde mehr verlieren! Die beiden planen, das Land zu verlassen. Holyfield läuft Ihnen nicht davon, Miss Fisher und die Akte hingegen schon.«

Donovan lief rot an vor Wut. »Warum wurde ich nicht unverzüglich über die neue Sachlage informiert?«

»Als Holyfield die Beichte abgelegt hat, befanden Sie sich gerade auf einem manövrierunfähigen Luftkissenboot mitten auf der Nordsee.« Franklin grinste schief.

Wie schon zu Beginn ihres Gespräches, knallte Donovan beide Hände auf Franklins Schreibtisch und brachte sein Gesicht bis auf wenige Zentimeter vor das des Botschafters. »Was haben Sie unternommen, nachdem Holyfield gesungen hat?«

»Ich habe für ein kleines Ablenkungsmanöver gesorgt und dafür, dass Fisher und Schäfer keinen Schritt mehr tun können, ohne dass wir davon erfahren.«

»Wie?«

»Ich ließ Holyfield einen Brief schreiben, der erklärt, weshalb er nicht mehr auftaucht. Zudem habe ich Fisher und Schäfer die neuen Ausweise zukommen lassen, um sie in Sicherheit zu wiegen. Somit haben wir sie unter Kontrolle.«

Donovans Augen verengten sich. »Wenn Sie wussten, wo sich die beiden aufhielten, weshalb haben Sie sie nicht sofort festgenommen?«

»Holyfield hat ausgesagt, dass sie die Akte nicht bei sich haben. Wo sie sich befindet, weiß er nicht. Das herauszufinden ist Ihre Aufgabe, Special Agent.« Der alte Mann hielt Donovans Blick stand. Erst aus nächster Nähe fiel Donovan auf, wie ausgemergelt Franklin wirklich aussah. Seine rot unterlaufenen Augen blickten zornig, aber auch müde. »Ich serviere Ihnen die beiden auf dem Silbertablett, Donovan, und jetzt tun Sie mir den Gefallen und schaffen Sie Ihre hässliche Visage aus meinem Büro. Erledigen Sie endlich Ihre Arbeit.«

Donovans Kiefer mahlten. Der Drang, Franklin die Kehle aufzuschlitzen, war überwältigend. Das Schlimmste aber war die Erkenntnis, dass der nach Alkohol stinkende Hurensohn recht hatte. Die Wiederbeschaffung der Akte besaß oberste Priorität, und die Zeit lief gegen den SCS. Holyfield konnte warten, und Franklin selbst würde die Quittung für seine Arroganz erhalten, wenn diese Krise erst einmal bereinigt war. Er höchstpersönlich würde sich darum kümmern.

Donovan strich sein Jackett glatt. Diesmal war der Vorteil auf seiner Seite. Diesmal würde es keine Pannen geben. Aber vorher gab es noch einiges zu besprechen.

70

Kaum merklich setzte die Eurofly-Mach4-Interkontinental auf der Landebahn des 2042 errichteten Shackleton-International-Airports auf, dessen Namenspatron, Sir Ernest Henry Shackleton, als Leiter einer britischen Antarktis-Expedition Berühmtheit erlangt hatte. Shackletons Schiff, die *Endurance*, war im Jahre 1915 vom Packeis eingeschlossen und zerdrückt worden, und es war nur Shackletons heroischem Einsatz und unbedingtem Lebenswillen zu verdanken gewesen, dass die gesamte Besatzung nach einem viele Monate dauernden Martyrium lebend gerettet werden konnte. Shackletons Selbstlosigkeit brachte ihm dabei Erfrierungen an mehreren Fingern ein.

Während der vollautomatische Shuttlebus sie von der Landebahn hinüber zu Terminal 8 brachte, spukte Emma diese Geschichte im Kopf herum. Ein Paradebeispiel, wie bedingungsloser Einsatz, gepaart mit absolutem Willen und dem Glauben an eine Sache über ein aussichtslos scheinendes Schicksal zu triumphieren vermochte. Wie weit würde sie selbst gehen müssen? Welche persönlichen Verluste würde sie erleiden müssen, um die Wahrheit ans Licht zu bringen? Die antarktische Halbinsel empfing sie mit angenehmen 18 Grad Celsius. Die eindrucksvolle Skyline von Antarctic City leuchtete in gut fünfzehn Kilometern Entfernung und bot einen Vorgeschmack auf die junge, pulsierende Hauptstadt der Antarktischen Halbinsel. Dank Toms Hilfe hatten sie es tatsächlich geschafft.

Die Kontrollen vor dem Abflug in Berlin waren exakt so verlaufen, wie Emma es vorhergesagt hatte. Der erwartete Identitätskonflikt war aufgetreten, und Emma war von den Grenzbeamten zur DNA-Analyse gebeten worden. Sie war unglaublich nervös gewesen. Nachdem die Analyse für Meredith Angel positiv ausgefallen war, hatte sich plötzlich kein Schwein mehr für sie interessiert, und man hatte sie ohne weiteren Kommentar durchgewunken. Nick war es nicht anders ergangen. Trotzdem war die Anspannung erst von ihr abgefallen, nachdem die Eurofly endlich abgehoben hatte.

In einem Shop in Terminal 8 kaufte sie einen kleinen Rucksack. Gleich nach dem Gespräch mit Leuthard wollte sie unbedingt einige Toilettenartikel, frische Unterwäsche und ein neues T-Shirt zum Wechseln besorgen. Kiras Klamotten, die Emma nun schon seit mehreren Tagen trug, starrten vor Schmutz und widerten sie an. Wenigstens hatten sie in Toms Wohnung noch rasch duschen können.

Sie setzten sich in ein Taxi und nannten dem Fahrer die Adresse eines Hotels, nur wenige Blocks von Roman Leuthards Adresse entfernt. So spät in der Nacht konnten sie unmöglich an Leuthards Tür klopfen. Vielmehr wollten sie die Gelegenheit nutzen, um sich endlich einmal wieder richtig auszuschlafen. Emma wollte Leuthard mit klarem Kopf gegenübertreten.

»Was für ein Typ dieser Leuthard wohl ist?«, brach Nick das Schweigen.

»Das Einzige, was wir über ihn wissen, ist, er ist 92 Jahre alt, hat irgendwie einen Mordversuch überlebt, ist seitdem ein Pflegefall und lebt mit seiner Tochter zusammen. Alles Weitere werden wir hoffentlich von ihm selbst erfahren.«

»Mir will es noch immer nicht einleuchten, weshalb man ihn am Leben gelassen hat. Das ergibt keinen Sinn. Weshalb hat man die Sache nicht zu Ende gebracht?«

»Darüber denke ich andauernd nach. Nach dem Mordanschlag muss Leuthard monatelang in einem Krankenhaus gelegen haben. Eine bessere Möglichkeit hätte sich der CIA gar nicht bieten können.«

»Vielleicht erfahren wir es morgen.«

»Vielleicht ja, vielleicht nein.«

»Und wenn er nicht mit uns reden will?« Nick rutschte unruhig auf seinem Sitz hin und her. »Nach allem, was wir bisher wissen, hat er sein Geheimnis all die Jahre für sich behalten. Weshalb sollte er ausgerechnet mit uns darüber reden?«

Sie lächelte. »Weil wir die Akte haben.«

»Die Akte, ja, unser einziges Argument, das wir in die Waagschale werfen können. Und wir haben sie nicht einmal dabei.«

»Sie ist in Sicherheit. Bleib cool. Wir werden schon etwas aus Leuthard rauskitzeln.« *Hoffentlich.*

Emma gab sich optimistischer, als sie tatsächlich war. Insgeheim teilte sie Nicks Befürchtungen. Für Leuthards eisernes Schweigen musste es einen verdammt guten Grund geben. Es würde eine Menge Überzeugungsarbeit vonnöten sein, um jemanden zum Reden zu bewegen, der ein Geheimnis vierzig Jahre lang für sich behalten hatte.

Sie erreichten die ersten Wohnhäuser von Glacier Mountain, einer der wohlhabenderen Vorstädte von Antarctic City. Sie passierten moderne Einfamilienhäuser mit Rundumverglasungen aus getönten Sonnenschutzfenstern. Man sah ihnen an, dass darin Menschen lebten, die auf dem neuen Kontinent ihr Glück gefunden hatten. Der Name Glacier Mountain war eine Reminiszenz an längst vergangene Tage, als hier noch alles unter einer kilometerdicken Eisschicht begraben lag. Heute säumten Nadelbäume und perfekt getrimmte Hecken den Straßenrand. Von den sieben Bohrinseln, die alleine der Mettrack-Konzern rund um die zerklüftete Westantarktis betrieb, den Methanhydrat-Aufbereitungsanlagen und weiteren zahlreichen Bergbauunternehmen, die über den gesamten Kontinent verteilt Titan-, Chrom-, Eisen-, Kupfer- sowie Uranerzlagerstätten ausbeuteten, war hier nichts zu sehen.

Sie verließen Glacier Mountain und umfuhren die Innenstadt weitläufig auf einem der fünf Autobahnringe, die Antarctic City wie konzentrische Kreise umgaben. Gut dreißig Minuten später erreichten sie das Zentrum von Hopetown, dem ärmsten Stadtviertel der wuchernden Metropole. Hopetown war ein gigantischer Moloch und setzte sich vorwiegend aus billigen Sozialsiedlungen und hässlichen Wohnblocks zusammen. Abgerissene Gestalten trieben sich vor Läden herum, deren Fenster und Türen mit massiven Eisengittern gesichert waren. Hämmernde Beats dröhnten aus Kneipen und aufgemotzten Autos. Hopetown war berüchtigt wegen seiner beängstigend hohen Kriminalitätsrate, und so war es nicht verwunderlich, dass man Touristen davon abriet, die Gegend nach Einbruch der Dunkelheit aufzusuchen.

»Hier also lebt Leuthard.« Emma konnte ihre Anspannung kaum unterdrücken.

Unvermittelt stoppte der Taxifahrer vor einer Bruchbude von Hotel.

»Das ist es?«, fragte Emma unnötigerweise.

Der Fahrer, dem Aussehen nach Chilene oder Peruaner, sah sie an, als wollte er sagen: *Das war nicht meine Idee, sondern Ihre, Lady.*

Sie hielt ihre Cashcard vor einen Sensor. Während des Bezahlvorgangs wandte sich Nick an den Fahrer. »Können Sie uns eventuell ein besseres Hotel empfehlen?«

Der Fahrer lächelte und zeigte dabei ein sanierungsbedürftiges Gebiss. »In dieser Gegend?«

Sie stiegen aus und betrachteten die blinkende Neonreklame des Hotels.

»Für eine Nacht wird es reichen«, meinte Nick.

»Das muss es wohl.«

71

In den Straßenschluchten eines der heruntergekommensten Stadtvierteln, die Donovan seit langem gesehen hatte, waren zu dieser späten Stunde ausnahmslos Männer unterwegs, dem Aussehen nach auf der Suche nach Drogen oder Nutten. Von den Straßenlampen funktionierte nur jede vierte, die anderen zuckten und flirrten unkontrolliert oder brannten gar nicht. Ausgerechnet die Lampe, unter der Donovan stand, strahlte heller als die Sonne. Seine von Amphetaminen geweiteten Pupillen zogen sich zusammen.

Sein Blick wanderte die verspiegelte Fassade des heruntergekommenen Hotels hinauf bis zu einem der Fenster im siebten Stock. Dort, genauer gesagt in Zimmer Nr. 707, warteten Fisher und Schäfer auf ihn, und mit ein wenig Glück als Zugabe obendrein die Akte. Die beiden hockten dort oben wie die Ratten in der Falle.

Donovan rieb seinen Fingerstumpf. Er juckte höllisch. Der Fehlschlag von Dörpling nagte noch immer an ihm, doch diesmal war der Zugriff besser geplant.

Ein Sportwagen mit schwarzen Scheiben und riesigem Heckspoiler rollte die Straße entlang. Wummernde Beats drangen aus seinem Inneren und brachten die Fensterscheiben des Hotels sowie der umliegenden Erdgeschosswohnungen zum Vibrieren. Donovan hatte genug gesehen und zog sich in den hinteren Bereich des Gebäudeeingangs zurück, wo Laymon und Foster auf ihn warteten.

»Was haben Sie für mich?«, fragte er.

Foster checkte seinen Communicator. »Status der Zielpersonen seit dem Check-in unverändert. Alles ruhig. Die beiden haben keine Ahnung, dass wir ihr kleines Spielchen durchschaut haben.«

»Zugriff vorbereiten!«

»Jawohl, Sir.«

Während Donovan seinen Funkknopf ins Ohr drückte und den Ladezustand des Tasers überprüfte, ging ihm Franklins Verhalten nicht aus dem Kopf. Zuerst hatte dieser gemauert und auf Zeit gespielt, bevor er schließlich umschwenkte und seitdem gemeinsam mit ihm an einem Strang zog. Leland Franklin besaß unzweifelhaft zwei Gesichter, wie sie unterschiedlicher nicht sein konnten. Auf der einen Seite spielte er die Rolle des weltgewandten, eloquenten Diplomaten mit erstaunlicher

Bravour. Andererseits hielt er sich in vielen Belangen an keine Konventionen. Die Vergangenheit hatte dies nur allzu deutlich gezeigt. Donovan wusste, dass er sich Franklin noch einmal vorknöpfen musste, doch jetzt war nicht die Zeit, darüber nachzudenken.

Auf sein Nicken hin überquerten sie mit schnellen Schritten die Straße und betraten die menschenleere Hotellobby, die vermutlich irgendwann einmal modern gewesen war. Donovan bedeutete Laymon, die Treppe zu nehmen. Er selbst und Foster belegten jeweils einen Aufzug. Den dritten Aufzug blockierte Donovan mit einem abgewetzten Sessel aus der Lobby. Für den Augenblick sollte das genügen.

Im siebten Stock angekommen, warteten sie auf Laymon, der eine Minute später in der Tür zum Treppenhaus erschien. Er nickte knapp: Alles lief nach Plan. Im Gleichschritt gingen sie bis vor Zimmer 707.

Donovan und Foster zogen ihre Taser. Laymon beugte sich über das elektronische Türschloss, zog einen unscheinbaren Chip aus der Innentasche seines Jacketts und hielt ihn vor das Schloss. Keine fünf Sekunden später leuchtete das grüne Lämpchen auf und die Tür glitt zur Seite.

Laymon sprang vor, den Taser schussbereit vor sich haltend. Foster wirbelte mit der Waffe in der Hand herum, um seinen Kollegen zu sichern. Donovan folgte ihm. Linker Hand befand sich die Tür zum Bad. Während Foster und Laymon ihn sicherten, warf Donovan einen Blick hinein: leer. Foster und Laymond drangen mit schnellen Bewegungen ins Halbdunkel des Schlafzimmers vor. Der Mann auf dem Bett wachte erst auf, als sie ihm 100 000 Volt durch den Körper jagten. Er hatte keine Chance. Noch während Foster ihm zwei Taser-Projektile in die Hüfte schoss, band Laymon ihm die Hände mit einem Kabelbinder zusammen und drehte ihn auf den Rücken.

Endlich konnte Donovan sein Gesicht erkennen.

Fassungslos starrte er den Mann an.

»Sie?« Donovan senkte den Taser. »Scheiße, was machen *Sie* denn hier?«

Der Mann versuchte zu antworten, brachte aber nur sinnloses Gebrabbel zustande. Völlig perplex versuchte Donovan zu begreifen, was die Anwesenheit dieses Mannes hier zu bedeuten hatte. Was zum Teufel ging hier eigentlich vor?

72

»Danke, dass Sie uns empfangen«, sagte Emma und nippte an dem heißen Pfefferminztee, den Corinne Leuthard ihr gereicht hatte.

»Wir wissen das wirklich zu schätzen«, pflichtete ihr Nick bei.

Wie sie saß auch er in einem zerschlissenen Ohrensessel in dem altmodisch eingerichteten Wohnzimmer. In der Luft hing der Geruch von Pfefferminze und süßlichem Raumspray. Emma nahm noch einen dritten Geruch war, den sie aber nicht einordnen konnte.

»Wir bekommen nicht allzu häufig Besuch«, sagte Corinne Leuthard und zog einen runden Hocker unter dem Wohnzimmertisch hervor. Stocksteif, die Knie aneinandergepresst, setzte sie sich.

Alte Jungfer, war der erste Begriff, der Emma durch den Kopf geschossen war, als Corinne Leuthard ihnen vorhin die Tür geöffnet hatte. In der weißen Bluse mit spitzem Kragen und Stickereien an den Ärmeln und dazu einem knöchellangen beigen Faltenrock wirkte ihre ganze Erscheinung ausgesprochen bieder. Corinne Leuthard mochte Mitte sechzig sein, doch die grauen, zu einem Dutt geflochtenen Haare ließen sie erheblich älter aussehen. Die tiefen Falten um die Mundwinkel verliehen ihrem Gesicht einen verhärmten Ausdruck. Emma konnte sich des Eindrucks nicht erwehren, dass vor ihr eine zutiefst unglückliche Frau saß.

»Wir freuen uns, dass Ihr Vater diesem Treffen zugestimmt hat«, sagte Nick und beugte sich in seinem Sessel nach vorn. »Er muss vor Neugierde doch schier platzen.«

Corinne Leuthard starrte in ihre Tasse. »Um offen zu sein, mein Vater hat diesem Treffen überhaupt nicht zugestimmt.«

Emma und Nick warfen sich einen erstaunten Blick zu. Emma fing sich als Erste. »Am Telefon sagten Sie ...«

»Ich habe geschwindelt.« Corinne Leuthard ballte eine Hand zur Faust und presste die andere so fest darüber, dass die Fingerknöchel weiß hervortraten. »Bitte verzeihen Sie mir.«

Emma stellte ihre Tasse auf dem Wohnzimmertisch ab. Nicht unfreundlich, aber doch bestimmt sagte sie: »Ms Leuthard, Sie haben uns gestern am Telefon ein Gespräch mit Ihrem Vater in Aussicht gestellt. Nur deswegen haben wir den weiten Weg von Berlin hierher auf uns genommen. Was soll diese Farce?«

Die alte Frau betrachtete ihre verkrampften Hände. »Ich denke, ich schulde Ihnen eine Erklärung.«

Es dauerte eine Weile, bis Corinne Leuthard endlich zu reden begann. »Mein Vater ist alt. Nächsten Monat wird er 93. Wie Sie wissen, ist er schwer krank. Sein Überleben hing monatelang am seidenen Faden. Doch wir haben ihn alle unterschätzt. Er überlebte, aber er war seit diesem Tag nie wieder derselbe. Diese *Sache* hat ihn verändert. Verstehen Sie?« Sie blickte in die Runde.

Emma tat ihr den Gefallen und nickte knapp.

Corinne fuhr fort: »Vater zog sich von Freunden und Kollegen zurück. Leider auch von seiner Familie. Vom Hals abwärts gelähmt im Bett zu liegen, mit zerstörten Stimmbändern, aber nach wie vor mit einem messerscharf funktionierenden Verstand ausgestattet, geht auch an einer starken Persönlichkeit nicht spurlos vorüber.« Sie stockte. Es war offensichtlich, wie schwer es ihr fiel, über all das zu reden.

»Es war eine furchtbare Zeit für uns. Selbst als die Ärzte meinem Vater neue Stimmbänder einsetzten, sprach er kaum ein Wort. Er weigerte sich schlichtweg. Nun wandten sich auch diejenigen Menschen enttäuscht von ihm ab, die ihn all die Jahre über mehr oder weniger regelmäßig besucht hatten. Ihm war es vollkommen gleich. Einmal, wenige Tage nach der Stimmbandoperation, bat er mich um eine Zyankalikapsel.« Nervös zupfte sie an ihrer Bluse herum. »Stellen Sie sich vor, er bat mich, seine eigene Tochter, ihn umzubringen. Ich rannte weinend aus dem Zimmer und habe ihn einen Monat lang nicht besucht. Er hat mich nie wieder darum gebeten. Als es nicht anders ging, habe ich meine Arbeit aufgegeben, und seitdem kümmere ich mich um ihn. Die ersten Jahre waren hart. Nichts konnte ich ihm recht machen, ständig beschimpfte er mich. Aber ich hielt durch, und irgendwann akzeptierte er mich und meine Hilfe. Ich war, nein ich *bin* die einzige Person, die zu ihm durchdringt.« Sie suchte Blickkontakt mit Emma.

»Was ist mit Ihrer Mutter?«, fragte Emma.

»Was meinen Sie?« Die Frage schien sie aus dem Konzept zu bringen.

»Nun, Sie widmen Ihr Leben der Pflege Ihres Vaters. Damals wie heute. Welche Rolle spielte Ihre Mutter dabei? Sie haben sie nicht erwähnt.«

Corinne Leuthard trank einen Schluck Tee. »Meine Mutter ist mit dieser Situation nicht fertig geworden. Sie hat uns vier Jahre nach dem *Unfall* verlassen und einen anderen Mann geheiratet. Wir haben seit über dreißig Jahren keinen Kontakt mehr zu ihr.«

»Nicht jeder kann sein Leben einem anderen unterordnen«, bemerkte Nick. »Ich bewundere Ihr Durchhaltevermögen. Leider hatte meine Mutter mit mir nicht so viel Glück wie Ihr Vater mit Ihnen.«

»Mr Cox, die Frage, ob ich durchhalten würde oder nicht, stellte sich niemals. Ich hatte schlichtweg keine andere Wahl.«

»Man hat immer die Wahl.«

»Nicht, wenn man liebt«, entgegnete Corinne Leuthard leise und starrte in ihre Tasse.

»Was erwarten Sie von uns Ms Leuthard?« Allmählich wurde Emma ungeduldig. »Obwohl Sie davon ausgehen müssen, dass Ihr Vater nicht mit uns reden wird, bitten Sie uns zu sich. Weshalb?«

Corinne Leuthard sah abwechselnd von einem zum anderen. »Sie sind die Ersten, die mit handfesten Beweisen im Gepäck anreisen.«

»Und Sie denken, das reicht aus, damit Ihr Vater sein Schweigen bricht?«, hakte Nick nach.

»Ich weiß es nicht, aber ein besserer Augenblick wird nicht kommen. Er wird bald 93, habe ich das erwähnt?«

Emma war skeptisch. »Das ist nicht der einzige Grund, weswegen wir heute hier zusammensitzen. Raus damit.«

Einmal mehr zögerte Corinne Leuthard, bevor sie leise zwei Worte sprach. »River Maddox.«

»Maddox? Der Taucher?«, fragte Emma vollkommen überrascht.

Corinne Leuthard nickte.

»Was hat River Maddox damit zu tun?«

»Alles. Einfach alles.«

73

River Maddox.

Während sich Corinne Leuthard aufmachte, um ihren Vater zu holen, dachte Nick an den Taucher. Er war einer der Männer gewesen, die man in jener Nacht getötet hatte, doch darüber hinaus hatte sich in all ihren Recherchen nie eine schlüssige Verbindung von Maddox zu den IPCC-Wissenschaftlern ergeben. Bisher waren er und Emma stets davon ausgegangen, River Maddox sei lediglich ein zufälliger Zeuge der Morde gewesen, weswegen er ebenfalls eliminiert werden musste. Wie es nun schien, spielte Maddox in dieser Angelegenheit doch eine bedeutendere Rolle.

»Kannst du dir einen Reim darauf machen?«, fragte er Emma.

»Nein. Wir müssen Leuthard unbedingt zum Reden bringen. Nur überlass das bitte vorerst mir. Nimm das nicht persönlich, aber ich glaube, ich kann das besser als du.«

»Aber natürlich.« Ein spöttisches Grinsen umspielte seine Mundwinkel. »Darf ich dich daran erinnern, dass es mein Job ist, Leute zu interviewen?«

»Siehst du, da fängt es schon an. Das hier wird keines deiner Interviews. Wir müssen behutsam vorgehen.«

Nick wollte protestieren, aber bevor er dazu kam, glitt die Wohnzimmertür zur Seite.

Ein Mann in einem vorsintflutlichen Rollstuhl fuhr herein, gefolgt von Corinne Leuthard, die einen Infusionsständer hinter ihm herschob.

Die Haare an Nicks Armen und Beinen stellten sich auf. Dieser Mann hatte nichts mit dem rustikalen Roman Leuthard gemein, dessen Bild sich in der Akte befand. Vor ihnen kauerte ein ausgemergelter Greis in seinem Rollstuhl. Die fleckigen Hände lagen schlaff auf seinem Schoß, die Finger zu Klauen gekrümmt. Dünne Pergamenthaut spannte sich über den deutlich hervorstehenden Knochen. Von dem wallenden Haar und dem wilden Bart war nichts übriggeblieben. Die Haut an Leuthards Glatze war so fleckig wie seine Hände, und an der rechten Schläfe, dort wo der Bioport Leuthards Gehirn mit der Computereinheit des Rollstuhls verband, wölbte sich dicker Schorf um den Anschluss. Nur die grauen, buschigen Augenbrauen und die wachsamen Augen erinnerten Nick entfernt an das Foto. Ein modriger Geruch stieg ihm in die Nase. Plötzlich wusste er, welchen Geruch das süßliche Raumspray überdecken sollte, das sie bereits beim Betreten der Wohnung wahrgenommen hatten.

Leuthard steuerte seinen Rollstuhl direkt vor Emmas Sessel. Der ekelhafte Geruch, den er ausströmte, raubte Nick fast den Atem. Er sah hinüber zu Emma. Ihrem Gesichtsausdruck nach zu urteilen erging es ihr ähnlich.

»Weshalb sind Sie verstummt?«, fragte Leuthard, an Emma gewandt.

»Wie bitte?«, entgegnete Emma, der auf die Schnelle nichts Besseres einfiel.

»Weshalb haben Sie Ihre Unterhaltung mit Ihrem Kollegen unterbrochen, als ich an der Tür erschien?« Sein Blick haftete unverwandt auf ihr. Nick dagegen schien er nicht einmal zu bemerken.

»Es ... wäre unhöflich gewesen, weiterzureden.«

»Ist Ihnen mein Anblick peinlich?«

»Aber nein, ich bitte Sie. Wir haben extra den weiten Weg von Berlin hierher auf uns genommen, um Sie zu treffen«, antwortete Emma und wurde rot.

»Das ist gut«, erwiderte Leuthard, »denn für einen Moment dachte ich schon, Sie ekeln sich vor mir.«

»Vater!«

»Schon in Ordnung«, versicherte Emma rasch. »Tut mir leid, falls ich diesen Eindruck erweckt habe.«

»Möchten Sie meinen Blasenkatheter sehen?«

»Vater, bitte!«

»Ich bin hier, um mit Ihnen über Professor Xavier

Rochas, Dr. Claude Chevallier und River Maddox zu reden«, erwiderte Emma so gelassen wie möglich. »Und über den 15. November 2015.«

»Es ist ein suprapubischer Katheter. Wirklich äußerst interessant.«

»Vater, das reicht jetzt wirklich!« Corinne Leuthard war den Tränen nahe.

»Was soll diese Show, Dr. Leuthard?«, platzte Nick heraus. Seine Erfahrung sagte ihm, dass sie mit Freundlichkeit alleine hier nicht weiterkommen würden. »Meine Partnerin und ich haben Beweise. Verstehen Sie? Wir können die Verbrecher, die Ihnen das hier angetan haben, zur Rechenschaft ziehen. Alles, was wir dafür benötigen, ist ein kleines bisschen Kooperation Ihrerseits. Nur ein paar Auskünfte. Mehr nicht.«

Leuthard ließ sich Zeit mit einer Antwort. »Ich sehe nicht, welchen Nutzen ich davon hätte, mit Ihnen zu kooperieren.«

»Liegt Ihnen denn nichts daran, die Wahrheit über die Verbrechen, die auf der Independence begangen wurden, ans Tageslicht zu bringen?«

»*Wahrheit.*« Er spie das Wort regelrecht aus. »Bringt mich die *Wahrheit* vielleicht aus diesem verdammten Rollstuhl? Macht mich die *Wahrheit* wieder gesund?«

»Nein«, gab Nick zu. »Aber vielleicht macht sie einen zufriedeneren Menschen aus Ihnen.«

Ein humorloses Lachen drang aus seiner Kehle. »Junger Mann, Sie sind reichlich naiv.«

»Dann denken Sie an Ihre Tochter«, warf Emma ein. »Ihr ist es wichtig. Sie hat uns hergebeten, weil sie sich etwas davon verspricht.« Sie deutete auf Corinne Leuthard. »Sehen Sie denn nicht, wie unglücklich Ihre Tochter ist?«

Leuthard erwiderte nichts.

Nick musterte ihn und fragte dann unvermittelt: »Welche Rolle hat River Maddox bei Projekt Morgenröte gespielt? Ihre Tochter meinte, er sei der Schlüssel zu allem.«

»Corinne hat nicht die geringste Ahnung«, brauste Leuthard auf. »Maddox war nur zur falschen Zeit am falschen Ort.«

»Du weißt genau, dass das nicht stimmt, Vater.«

»Halt den Mund!«, herrschte er sie an. Ein Speicheltropfen sprühte aus seinem Mund und landete auf Nicks nacktem Unterarm. Nur mit Mühe unterdrückte er den Impuls, ihn angeekelt wegzuwischen.

»Dr. Leuthard, wir sind im Besitz einer umfangreichen CIA-Akte, mit deren Hilfe wir der Welt die Wahrheit über Projekt Morgenröte offenbaren können«, versuchte er es erneut. »Wir sind keine dahergelaufenen Spinner, und wir sind ganz sicher nicht zum Spaß hier.«

»Falls Sie tatsächlich im Besitz einer solchen Akte sein sollten, wozu brauchen Sie dann mich noch?«

»Die Akte wirft leider mehr Fragen auf, als sie beantwortet.«

»Das dachte ich mir.« Leuthard schloss die Augen. »Gehen Sie jetzt. Ich habe Ihnen nichts zu sagen.«

»Ich verstehe Sie einfach nicht«, sagte Emma enttäuscht.

»Gehen Sie!«

Corinne Leuthard war den Tränen nahe. »Es tut mir leid.«

»Machen Sie sich keine Vorwürfe«, entgegnete Emma.

»Sie haben getan, was in Ihrer Macht stand.« Sie schob sich zwischen Ohrensessel und Rollstuhl hindurch, drehte sich in der Tür aber noch einmal um. »Übrigens, Dr. Leuthard, bedenken Sie eines: Ihnen läuft die Zeit davon. Was glauben Sie, wie lange Sie noch haben? Zwei oder drei Jahre? Vielleicht fünf? Sind Sie erst einmal tot, wird die Wahrheit für alle Zeiten mit Ihnen begraben.«

Keine Reaktion.

Nick legte ihr die Hand auf die Schulter. »Wir werden die Wahrheit auch ohne ihn herausfinden.«

»Nein. Donovan hat gewonnen.«

Leise surrend drehte sich Leuthards Rollstuhl in ihre Richtung. Seine Augen hefteten sich auf Emma. »Was haben Sie gerade gesagt?«

»Ich sagte, die Wahrheit wird mit Ihnen begraben werden.«

»Nicht das. Sie nannten soeben einen Namen.«

»Donovan?«

»*Donovan*«, wiederholte Leuthard kaum hörbar.

»Ja, einer der Agenten, die hinter uns her sind.«

»Kennen Sie ihn?«, fragte Nick.

Leuthards Mundwinkel zuckte und sein Gesichtsausdruck veränderte sich. Mit einem Mal blitzte in Leuthards Augen blanker Hass auf. Nick zählte eins und eins zusammen. Und plötzlich ergab alles einen Sinn.

»Verschwinden Sie«, forderte Leuthard, sichtlich bemüht, die Fassung zu bewahren. »Auf der Stelle.«

Nick fixierte ihn. »Sie kennen Agent Donovan, und ich weiß auch woher.«

»Raus hier!«, brüllte Leuthard mit hochrotem Kopf. Er begann am ganzen Körper zu zittern.

»Besser, Sie gehen jetzt«, sagte Corinne Leuthard und schob Emma und Nick zur Wohnungstür.

Emma wollte protestieren, doch Nick zog sie mit sich. »Sie hat recht. Es ist vorbei.«

»Das alles tut mir unglaublich leid«, sagte Corinne Leuthard mit feuchten Augen.

»Mir auch«, erwiderte Emma.

»Komm«, sagte Nick und zog sie mit nach draußen.

74

Umgeben von herrlichen Parkanlagen, thronte auf einem über fünftausend Quadratmeter großen, von einem drei Meter hohen Eisenzaun umgebenen Areal in Berlin-Dahlem die Residenz des amerikanischen Botschafters. Die vor über einem Jahrhundert im Landhausstil errichtete schneeweiße Villa wurde von Außenleuchten dekorativ angestrahlt. Die Uhr zeigte 1.52 Uhr, als Donovan von den beiden Torwachen der Residenz angehalten wurde. Er saß auf dem Beifahrersitz einer Botschaftslimousine und kochte vor Wut. Zwei beschissene Marine-Wichser verweigerten ihm doch tatsächlich den Zutritt zum Gelände.

Donovan zückte seinen Communicator.

Ein Telefonat und einen Rückruf später drückte einer der Marines, bleich wie die Fassade der hinter ihm angestrahlten Residenz, auf den Toröffner und salutierte vor Donovan, während dieser an ihm vorbeibrauste. Im Rückspiegel sah Donovan, wie der Marine seinen Communicator zückte. Sicher rief er irgendeinen Kameraden an und prahlte damit, soeben einen Anruf von General James Earl Quentin höchstpersönlich erhalten zu haben, einem der fünf ranghöchsten Offiziere des United States Marine Corps.

Sie hielten vor dem Haupteingang, und ein livrierter Hausangestellter öffnete ihnen die Tür. Gefolgt von Laymon und Foster stürmte Donovan mit hochrotem Kopf in den großzügig bemessenen Repräsentationsbereich mit gleich zwei Empfangssälen, einer Bibliothek und einem Speisesaal.

»Seine Exzellenz der Botschafter wird Sie in wenigen Augenblicken empfangen«, informierte sie der Hausangestellte. »Ich darf Sie in den Empfangssaal zu meiner Rechten bitten.«

Durch eine altmodische Flügeltür aus dunklem Wurzelholz betraten sie den Saal, dessen Prunkstück ein acht Meter langer Mahagonitisch war, um den herum zwölf Stühle mit hohen Rückenlehnen standen. Eine Holographiewand im hinteren Teil des Saales bot die perfekte Illusion eines prasselnden Kaminfeuers.

»Wünschen die Gentlemen etwas zu trinken?«

»Bourbon«, blaffte Donovan.

Laymon bat um schwarzen Tee, Foster um Filterkaffee. So hatten sie es im Vorfeld abgesprochen, um den Hausangestellten möglichst lange in der Küche zu beschäftigen.

»Sehr wohl, Gentlemen.« Der Hausangestellte entfernte sich und ließ die drei Männer im Saal zurück.

Donovan hatte nicht vor, zu warten, bis sich Franklin bequemte, endlich aufzutauchen. Die Spielregeln hatten sich in dem Moment geändert, in dem sie Zimmer 707 betreten und dort jemanden vorgefunden hatten, der eindeutig nicht dort hätte sein dürfen. Franklin würde verdammt noch mal einiges zu erklären haben, notfalls würde er den alten Sack an seinen Eiern hierherschleifen.

»Sie warten hier«, wies Donovan seine Adjutanten an und fegte aus dem Saal.

Gerade wollte er die Treppe zu den Privaträumen der Residenz hinaufstürmen, als Franklin in einen karierten Morgenmantel gehüllt oben an der Balustrade erschien. Seine grauen Haare standen in alle Richtungen ab. Ein dichter Bartschatten bedeckte seine Wangen. »Wissen Sie eigentlich, wie spät es ist?«

»Wir müssen reden.«

Franklin erwiderte nichts. Ihm musste klar sein, weshalb der SCS-Agent um diese Uhrzeit hier auftauchte. Langsam stieg der alte Mann die Stufen hinunter, und jeder einzelne Schritt schien ihm Mühe zu bereiten. Donovans Geduld war am Ende. Er eilte Franklin entgegen, packte ihn am Arm und zog ihn grob mit sich. Franklin protestierte und wäre beinahe gestürzt, doch Donovan hielt ihn aufrecht. Am liebsten hätte er ihm einen kräftigen Stoß die Treppen hinunter versetzt, doch sollte sich Franklin das Genick brechen, bevor er seine Antworten bekam, geriete die Operation unter Umständen in ernsthafte Gefahr. Franklin war der Schlüssel zu Emma Fisher und der Akte. Donovan schleifte Franklin in den Empfangssaal und stieß ihn rüde auf einen der Stühle. Franklin stöhnte auf.

»Lassen Sie den Aktenkoffer hier und schließen Sie die Tür hinter sich«, befahl Donovan den beiden Agenten. »Keiner betritt diesen Raum.«

»Jawohl, Sir«, erwiderte Laymon, der den Aktenkoffer bei sich trug. Behutsam legte er ihn auf den Tisch und verzog sich gemeinsam mit seinem Kollegen nach draußen.

Franklin rieb sich den Oberarm. »Haben Sie vollkommen den Verstand verloren?«

»Ganz im Gegenteil. Ich sehe klarer als je zuvor.« Er drückte Franklin den Zeigefinger auf die Brust.

»Was zum Teufel haben Sie sich dabei gedacht?«

»Ich habe keine Ahnung, wovon Sie reden.«

»Bullshit. Sie wissen genau, wovon ich rede. Frankfurt am Main, Galaxy Grand, Zimmer 707.«

»Waren Sie erfolgreich?« Franklins bleiches, ausdrucksloses Gesicht glich einer Maske. Donovan beugte sich hinunter und flüsterte ihm ins Ohr. »Sie haben Ihre Rolle exzellent gespielt. Nur geht jedes Spiel einmal zu Ende, und Ihres ist in genau diesem Augenblick vorbei.«

»Special Agent, Sie haben die enervierende Angewohnheit, andauernd in Rätseln zu sprechen.«

»Sie sind ein dreckiger Lügner.«

Franklin lachte auf. »Und das aus dem Mund von jemandem, dessen gesamtes Leben eine einzige große Lüge ist.«

»Ob es Ihnen passt oder nicht, Franklin, Ihre Existenz und meine sind untrennbar miteinander verbunden. Ohne unser kleines Geheimnis wären Sie ein Niemand.«

Unbeirrt blickte Franklin auf seine Rolex. »Es ist zwei Uhr morgens. Sind Sie nur gekommen, um mir vage Vermutungen um die Ohren zu schlagen?« Er erhob sich. »Sehen Sie zu, wie Sie alleine zurechtkommen, wenn Sie mir nicht vertrauen. Auf meine Hilfe jedenfalls brauchen Sie ab sofort nicht mehr zu bauen.«

Donovan versperrte ihm den Weg. »Ihre sogenannte Hilfe ist für den Arsch. Ab sofort gelten meine Regeln.«

»Verlassen Sie die Residenz auf der Stelle, oder ich verständige die Wachen.«

Vergeblich versuchte Franklin sich an Donovan vorbeizuschieben. »Gehen Sie mir sofort aus dem Weg!«

Donovan stieß ihn zurück auf den Stuhl, zog den Gürtel aus den Schlaufen von Franklins Bademantel und schlang ihn blitzschnell zweimal um den Hals des Botschafters. Bevor dieser reagieren konnte, schnürte Donovan ihm bereits die Luft ab. Franklin ächzte und griff mit beiden Händen nach dem Gürtel, schaffte es jedoch nicht, den Druck auf seine Luftröhre zu verringern. Ungerührt beobachtete Donovan, wie Franklins von roten Äderchen durchzogene Augen hervortraten.

Dann lockerte er den Gürtel, packte Franklins dünne Handgelenke, bog dessen Arme mühelos hinter die Stuhllehne und fesselte ihn mit einem Kabelbinder. Danach griff er erneut nach den Gürtelenden und zog zu. Franklin röchelte.

»Das hier wird folgendermaßen ablaufen«, informierte Donovan ihn. »Ich stelle Fragen. Höre ich Bullshit, ziehe ich die Schlinge wieder zu. Mit jeder inakzeptablen Antwort etwas mehr. Haben Sie das verstanden?«

Franklin hustete und krächzte. »Was denken Sie, wer Sie sind? Haben die Drogen Ihr Hirn perforiert? Das wird Konsequenzen nach sich ziehen!«

»Falsche Antwort.« Donovan riss den Gürtel nach hinten. Franklins Hinterkopf knallte gegen die hohe Stuhllehne. »Selbstverständlich wird das hier Konsequenzen nach sich ziehen, aber nicht für mich. Ihre nächsten Antworten sollten mich besser zufriedenstellen.«

Franklins Augäpfel drohten ihm aus den Höhlen zu springen, und er nickte, so gut ihm das möglich war.

»Beginnen wir«, sagte Donovan und ließ seinem Opfer wieder etwas Luft zum Atmen. »Auf wessen Seite stehen Sie?«

»Heilige Mutter Gottes, nehmen Sie doch Vernunft an. Wer hat denn veranlasst, dass Sie über den Diebstahl der Independence-Akte in Kenntnis gesetzt wurden? Hätte ich das getan, wenn ich etwas zu verbergen hätte? Und wer hat Collins auf Miss Fisher angesetzt? Auch ich. Und zwar noch bevor Sie in Berlin erschienen sind. Denken Sie doch nach! Ich stehe auf Ihrer Seite!«

Donavan brachte seinen Mund nahe an Franklins Ohr. »Du erzählst Bullshit, *Leland.*«

»Verpassen Sie mir meinetwegen eine Dosis Pentothal, falls Sie mir nicht glauben.«

Mit der flachen Hand schlug Donovan ihm kräftig gegen den Hinterkopf. »Du weißt genau, dass Natrium-Pentothal nicht immer zuverlässig funktioniert. Ich wette, du kennst die Kniffe, wie man dagegen ankämpfen kann.«

Franklin erwiderte nichts.

Donovan ließ die Gürtelenden los und öffnete seinen Aktenkoffer. Beinahe behutsam nahm er das Rasiermesser mit dem ziselierten Elfenbeingriff in die Hand und klappte es auf. Die scharfe Klinge reflektierte blitzend das Licht der Deckenlampen. Franklin stieß keuchend den Atem aus.

»Ich sehe, du hast die Lage erfasst.« Donovan lächelte

grimmig und näherte sich mit der Klinge Franklins Gesicht.

Franklins Lippen zitterten.

Donovan grinste, schob Franklins Morgenmantel zur Seite und schlitzte dessen Pyjama in einer einzigen raschen Bewegung von unten nach oben auf, als sei er aus Papier. Nur haarscharf fuhr die Klinge an Franklins Kinn vorbei.

Franklins Atem ging stoßweise. Panik stand ihm ins Gesicht geschrieben.

Donovan entblößte die mit braunen Altersflecken übersäte Brust des alten Mannes. Durch die ausgezehrte Haut hindurch zeichneten sich die Rippen ab. Mit ruhiger Hand setzte Donovan die Klinge am Bauchnabel des Botschafters an und fuhr damit bis knapp unterhalb der rechten Brustwarze. Dort wo die Klinge die Haut anritzte, bildete sich ein schmaler roter Streifen.

»Bei Gott, Sie sind ja vollkommen verrückt«, flüsterte Franklin.

»Beginnen wir«, verkündete Donovan und trennte Franklins Brustwarze ab.

75

Leland Franklins Schmerzensschreie hallten durch den Empfangssaal. In Donovans Ohren klangen sie wie Musik. Viel zu lange schon hatte er diesen Augenblick herbeigesehnt. Den Moment, in dem Randall T. Donovan endgültig über Leland Franklin triumphierte und er dem skrupellosen Hurenbock die Quittung für seinen lange zurückliegenden Verrat ausstellte. Franklin brüllte sich die Lunge aus dem Leib. Sollte er doch. Sämtliche Räume der Residenz waren bestens schallisoliert.

Mit seinem Haifischlächeln wanderte Donovans Blick von Franklins abgetrennter Brustwarze hinauf zu der stark blutenden Wunde.

»Ich hätte meiner Intuition vertrauen sollen«, sagte er, als Franklins Schreie allmählich in Wimmern übergingen. »Stattdessen habe ich eine Zeitlang tatsächlich angenommen, wir beide zögen in dieser Angelegenheit am selben Strang. Was wir auch taten, nur leider an entgegengesetzten Enden.« Da Franklin keinerlei Anstalten machte, etwas zum Gespräch beizusteuern, fuhr er fort: »Du hattest alles hervorragend durchdacht und geplant. Zumindest das muss ich dir zugestehen.«

»Fick dich ins Knie, *Randall*!«

Donovan setzte das Rasiermesser an und schnitt nach Franklins rechter auch dessen linke Brustwarze ab. Sie landete auf dem Boden, direkt neben der ersten. Blut quoll aus dem frischen Schnitt.

Franklin schrie wie am Spieß. Vergeblich wand er sich auf dem Stuhl hin und her. Donovan lehnte sich gegen die Tischkante, verschränkte die Arme vor der Brust und fuhr fort, als sei nicht das Geringste vorgefallen. »Du hast seit langem mit dem Gedanken gespielt, die Akte aus der Versenkung zu holen. Bruce Swaggerts überraschender Tod kam dir dabei sehr gelegen. Du hast Jason Collins Swaggerts Posten angeboten. Ein naiver Grünschnabel, den du jederzeit unter Kontrolle hattest. Collins ist dir dafür so dankbar, dass er dir bedingungslos jeden Gefallen erfüllt. Und er stellt keine Fragen. Du wartest ab, bis Derek Greene für ein paar Tage zum Angeln in die Heimat abtaucht. Das war klug. Greene hätte dir ernsthafte Probleme bereiten können, aber er ist ja nicht vor Ort. Wie dem auch sei, dein Plan hätte funktioniert, wenn ...«, er grinste hämisch, »ja, wenn Emma Fisher dir keinen Strich durch die Rechnung gemacht hätte.«

»Fahr zur Hölle!«, brüllte Franklin mit schmerzverzerrtem Gesicht.

Donovan lachte. »Das werde ich ganz gewiss, wenn meine Zeit gekommen ist.« Er beugte sich zu dem gefesselten Mann hinunter. »Wenn es nach mir ginge, wärst du seit Ewigkeiten bereits dort, und das weißt du.«

Franklin spuckte ihm ins Gesicht.

Mit der Rückseite seiner Hand verpasste Donovan ihm eine brutale Ohrfeige. Franklins Kopf flog zur Seite, und Blut lief ihm aus der Nase.

»Mach das noch einmal, und ich schneide dir den Schwanz ab!«

Franklin leckte sich das Blut von den Lippen, hielt aber den Mund.

»Auf Fishers Rolle komme ich später zurück«, nahm Donovan ungerührt den Faden wieder auf. »Zuerst möchte ich wissen, wie du die Sache mit dem Galaxy Grand und Tom Holyfield gedeichselt hast. Wieso hielt sich Holyfield in einem Hotelzimmer in Frankfurt am Main auf, das über Nick Schäfers Kreditkarte gebucht wurde?«

Franklin starrte ihn hasserfüllt an.

»Ach ja, richtig. Diese Information dürfte noch nicht bis zu dir durchgedrungen sein«, informierte Donovan ihn süffisant. »Wir haben Holyfield.«

»Du lügst.«

»Holyfield hat es vermasselt.« Donovan schob den Ärmel seines Jacketts hoch, aktivierte seinen Communicator und drehte das Display so, dass Franklin es sehen konnte. Ein Video startete. Es zeigte Tom Holyfield, dessen Gesicht bis zur Unkenntlichkeit malträtiert war. Blut strömte aus einer klaffenden Platzwunde über seinem rechten Auge und bedeckte fast die gesamte rechte Gesichtshälfte. Das Auge war komplett zugeschwollen, die Lippen aufgeplatzt. Eine Hand schob sich ins Bild. Sie hielt eine Beretta M9 mit Schalldämpfer. Jemand hielt die Waffe an Tom Holyfields Schläfe und drückte ab. Holyfields Kopf flog zur Seite, Gehirnmasse klatschte gegen die ausgebleichte Tapete und glitt wie in Zeitlupe daran hinunter.

Donovan stoppte die Aufzeichnung und betrachte Franklin, der sichtlich geschockt wirkte. »Spar dir ab sofort deine Lügen. Bevor wir Holyfield eliminiert haben, hat er gesungen wie ein Vögelchen im Frühling. Zu meinem Bedauern hast du ihn offenbar jedoch nicht in alles eingeweiht.«

Mit glasigen Augen starrte Franklin in die Pfütze seines eigenen Blutes, die sich langsam, aber stetig zu seinen Füßen ausbreitete. Donovan wusste, er hatte den Widerstand des alten Mannes endgültig gebrochen. Das Video, einzig zu diesem Zweck aufgenommen, hatte seine Wirkung nicht verfehlt.

»Was willst du wissen?«, vernahm er Franklin leise.

»Wieso hatte Holyfield unter dem Namen *Schäfer* in Frankfurt eingecheckt?«

»Holyfield befolgte nur meine Anweisungen.«

»Das weiß ich. Du wolltest mich verarschen. Schon

vom ersten Tag an versuchst du, deine kleine Nutte mit allen Mitteln zu schützen. Ich frage mich nur, aus welchen Beweggründen?«

»Weil du Emma töten würdest.«

»Selbstverständlich würde ich das, aber warum nur nehme ich dir das nicht ab, Leland? Da steckt mehr dahinter. Oder bekommst du auf deine alten Tage etwa Skrupel?«

»Menschen ändern sich.«

»Nein. Zeiten ändern sich. Menschen nicht.« Donovan dachte nach. »Wie kam Holyfield an Schäfers Kreditkarte?«

»Ich habe ihn überrascht, als er gerade dabei war, neue Identitäten für Fisher und Schäfer zu erstellen.«

»Wann?«

»Vorgestern.«

»Weshalb hat sich Holyfield darauf eingelassen? Er ist nicht gerade der geborene Held.«

»Nein, aber bis über beide Ohren in Emma verschossen. Sie hatte vermutlich leichtes Spiel mit ihm.«

»Und was ist mit dir, Leland?«

»Was meinst du?«

»Wie stehst du zu der kleinen Nutte?« Donovan fixierte sein Gegenüber. »Fickst du sie?«

»Leck mich!«

»Vorsicht!« Donovan wedelte mit dem Rasiermesser vor Franklins Gesicht herum.

»Fahr zur Hölle!«

»Ich habe dich gewarnt.« Donovan verpasste dem wehrlosen Mann einen Schnitt quer über die rechte Wange. Sie platzte auf wie ein überreifer Pfirsich.

Franklin brüllte auf. »Nein, verdammt, ich ficke Emma Fisher nicht! Sie ist nur zufällig eine der besten Mitarbeiterinnen, die ich je hatte.«

»Wie zuverlässig kann jemand sein, der Akten stiehlt?«, merkte Donovan an. »Was unweigerlich die Frage aufwirft, weshalb du die Akte nicht selbst aus dem Archiv geholt hast? Stattdessen hast du diese Aufgabe einer Person überlassen, deren Sicherheitseinstufung dafür nicht ausreicht.«

»Verdammt, wie oft denn noch? Ich hatte zu diesem Zeitpunkt einen Schub und konnte mich kaum bewegen. Ich hatte vollstes Vertrauen in Emma.«

»Und was hat dir dieses Vertrauen eingebracht?« Donovan schnaubte verächtlich. »Du sitzt halbnackt, gefesselt und ohne Brustwarzen vor mir. Das letzte Mal, dass ich in meinem Leben einer Frau vertraut habe, hat es mich meinen kleinen Finger gekostet. Sie hieß Reika, was auf Japanisch *Liebliche Blume* bedeutet. Ich dachte, sie wäre nur scharf auf meinen Schwanz, stattdessen hat sie mir das hier eingebrockt.« Er hielt Franklin seinen Fingerstumpf vors Gesicht. »Die kleine Japse war ein Lockvogel der Japanese Defense Agency und zu meinem Bedauern ausschließlich scharf auf Informationen über Projekt Morgenröte.«

Jemand klopfte an die Tür. Donovan öffnete sie einen Spaltbreit. Laymon grinste ihn an. »Ihr Drink, Sir.«

Donovan nahm ihm das Glas aus der Hand. »Alles ruhig bei Ihnen?«

»Jawohl, Sir.«

»Die Torwachen?«

»Verhalten sich unauffällig.«

»In Ordnung. Ich brauche noch ein paar Minuten.«

»Selbstverständlich.« Laymon grinste wissend.

Donovan schloss die Tür, nippte an seinem Bourbon und genoss den rauchigen Geschmack nach Leder und Eiche, während er zufrieden Franklins geschändeten, blutverschmierten Körper betrachtete. Er stellte das Glas auf den Tisch und brachte sein Messer dicht vor Franklins rechten Augapfel. »Es wird Zeit für die wichtigen Informationen, Leland.«

76

Mit der wuchernden Metropole Antarctic City verband man viele Attribute: dynamisch, hip, pulsierend, hektisch, laut waren nur einige davon. Auf viele Menschen wirkte die Kombination von kosmopolitischem Flair und hypermoderner Großstadtästhetik geradezu magnetisch. Aus allen Teilen der Welt strömten sie herbei, beseelt von einer Aufbruchsstimmung, die im ganzen Land spürbar war. Alle hatten sie dasselbe Ziel vor Augen. Das ärmliche Leben hinter sich zu lassen und auf dem neuen Kontinent von vorne zu beginnen. Begründet lag die Aussicht auf ein besseres Leben, vielleicht sogar auf ein klein wenig Wohlstand, in den nahezu unendlichen Rohstoffvorkommen Antarktikas. Mettrack International alleine zog rund um die Westantarktische Halbinsel jährlich eine weitere Bohrinsel in die Höhe, um die gigantischen Methanhydratvorkommen entlang der Kontinentalhänge auszubeuten.

Nick betrachtete die international bunt zusammengewürfelten Menschen unterschiedlichster Hautfarben, die mit hoffnungslosen Gesichtern vor ihren Getränken am Tresen hockten. Wer auch immer Lobeshymnen über den neuen Kontinent verbreitete, der war mit Sicherheit noch nie in Hopetown gewesen.

Gemeinsam mit Emma stand er an einem der Stehtische in der Nische eines heruntergekommenen Pubs mit dem bezeichnenden Namen »The Melting Pot«, keine fünfzig Meter von Leuthards Wohnblock entfernt.

Ein mürrischer Schwarzer knallte zwei Bierflaschen auf den Tisch. Nick leerte seine fast auf ex. Das Bier schmeckte wie warme Hundepisse. Sofort stieg ihm der Alkohol zu Kopf, was seinen Ärger jedoch kein bisschen dämpfte. Ein Ärger, der nicht ausschließlich Leuthard galt. Er ärgerte sich ebenso über sein eigenes Unvermögen, dem alten Mann die Möglichkeiten aufzuzeigen, die sich mit seiner Hilfe ergeben hätten. Er streckte zwei Finger in die Luft und signalisierte dem Kellner dadurch, für Nachschub zu sorgen.

Emma hatte ihr Bier noch nicht einmal zur Hälfte ausgetrunken. »Okay. Was ging da vorhin zwischen dir und Leuthard vor?«

»Was meinst du?«

»Als wir Donovans Namen erwähnt haben, hat der alte Mann fast einen Herzinfarkt bekommen. Woher kennen sich die beiden?«

»Ist das nicht offensichtlich?«

»Mach's nicht so spannend.«

»Donovan bedroht Leuthard.«

Der Kellner brachte ihnen zwei neue Bier.

»Meinst du?«, fragte Emma.

Er nickte. »Wie wir wissen, ist Donovan in dieser Sache so etwas wie *der Große Bruder*. Er wacht darüber, dass nichts über Projekt Morgenröte an die Öffentlichkeit gelangt. Ich wette, es war Donovan, der Leuthard damals im Sanatorium einen Besuch abgestattet und damit gedroht hat, Leuthards Familie etwas anzutun.«

»Gut möglich. Leider werden wir die Wahrheit wohl nie erfahren.«

»Da bin ich mir nicht so sicher.«

»Woher nimmst du diese Zuversicht?«

»Sieh selbst.« Er deutete mit dem Kopf auf eine Person, die sich durch das Gewühl hindurch auf sie zubewegte. Die nächsten Minuten versprachen interessant zu werden.

77

»Zurück zu Holyfield«, sagte Donovan, das Rasiermesser dicht vor Franklins Augapfel haltend. »Du hast ihn also überrascht, wie er für Fisher und Schäfer neue Identitäten kreierte.«

»Ja.«

»Was geschah dann?«

»Ich habe ihm klargemacht, dass ich es nicht auf Emma abgesehen habe, sondern nur die Akte zurückbekommen möchte. Da Holyfield nun dank Emma in diese Sache involviert war, ergaben sich natürlich weitere Optionen. Ich eröffnete ihm meinen Plan, und er erklärte sich bereit, mitzuspielen.«

»Wie lautete dieser Plan?«

»Holyfield sollte mit Hilfe von Schäfers Ausweis und Kreditkarte eine falsche Spur legen. Mir war klar, dass der SCS sofort darauf anspringt. Holyfield sollte über Frankfurt und München nach Wien und weiter in die Tschechei reisen. Von dort aus sollte er nach Berlin zurückkehren, dafür aber seine eigene Cashcard benutzen. Dadurch hätte sich für euch die Spur irgendwo in der Tschechei verloren.« Franklin sah ihn mit müden Augen an. »Was ist schiefgelaufen? Wie konntet ihr ihn erwischen? Er hatte mehr als genug Vorsprung.«

»Ganz einfach. Holyfield schlief wie ein Murmeltier. Bei der Überprüfung seines Communicators ist uns aufgefallen, dass sein Blutzuckerspiegel extrem niedrig war. Wir vermuten, dadurch wurde er müde und ist eingeschlafen.« Donovan lächelte humorlos. »Holyfield war ein Loser. Für eine Mission wie diese nicht zu gebrauchen.«

»Was habt ihr mit seiner Leiche gemacht?«

»Eines der Zimmermädchen wird morgen früh die Leiche eines verzweifelten Selbstmörders in Zimmer 707 vorfinden, der sich mit einer nicht registrierten Waffe das Leben genommen hat.« Donovan kippte seinen Drink hinunter und knallte das Glas auf den Tisch. »Wo befinden sich Fisher und Schäfer?«

»Das weiß ich nicht.«

»Bullshit!« Mit geschmeidigem Schwung schlitzte Donovan einen langen Schnitt in die Brust des alten Mannes, und noch mehr Blut strömte heraus. Diesmal biss Franklin die Zähne zusammen. Anstatt zu schreien, wimmerte er nur, was Donovan ein klein wenig enttäuschte. »Du versuchst tatsächlich noch immer, mich für dumm zu verkaufen. Natürlich ist dir der Aufenthaltsort der beiden bekannt. Schließlich kennst du ihre neuen Identitäten, nicht wahr?«

Franklin erwiderte nichts.

»Und nicht nur das«, fuhr Donovan fort, »du höchstpersönlich hast dafür gesorgt, dass die neuen Ausweise und Kreditkarten Holyfields Wohnung erreichten, zusammen mit einem Brief von Holyfield an Emma Fisher. Das Ganze war natürlich nur eine Finte, damit Holyfield ungestört seine Reise antreten konnte. Du wolltest derweil in Holyfields Wohnung Kontakt mit Emma Fisher aufnehmen. Dank Holyfield wusstest du, wo du sie finden konntest.«

Franklin atmete schwer. »Das ist blanker Unsinn.«

»Tatsächlich? Ich glaube, ich habe bereits erwähnt, dass Holyfield uns gegenüber sehr gesprächig war, bevor wir ihn umgenietet haben.« Donovan drückte ihm die Klinge des Rasiermessers gegen den Adamsapfel. »Zum letzten Mal: Wo befinden sich die beiden? Haben sie die Akte noch bei sich, oder wurde diese irgendwo hinterlegt? Haben die beiden jemanden eingeweiht? Wer weiß noch Bescheid? Was haben die beiden vor?«

»Ich weiß es wirklich nicht.« Franklin schluckte. »Es ist wahr. Ich wollte Emma in Holyfields Wohnung aufsuchen. Ich dachte, vielleicht würde es mir gelingen, sie von Angesicht zu Angesicht zu überzeugen, aber die beiden waren längst fort. Über alles Weitere kann ich nur Vermutungen anstellen. Mit Emma habe ich das letzte Mal an dem Tag gesprochen, als sie aus der Botschaft geflohen ist. Und was die neuen Identitäten betrifft ... hat Holyfield die Namen denn nicht verraten?«

»Selbstverständlich hat er das. Leider liegen Crypto City in Bezug auf den derzeitigen Aufenthaltsort von *Meredith Angel* und *Matthew Cox* noch keine verwertbaren Informationen vor. Ich rechne aber jede Minute damit.«

»Dann verstehe ich nicht, was du von mir willst?«

Donovan überlegte einen Augenblick und entfernte dann die Klinge von Franklins Hals. Er hätte ihm stattdessen genauso gut auch den Kopf von den Schultern schneiden können.

»Nun, *alter Freund,* vielleicht habe ich deiner Person in diesem Spiel tatsächlich zu viel Bedeutung beigemessen.«

»Endlich siehst du klar. Und jetzt binde mich verdammt noch mal los.« Franklin rüttelte an seinen Handfesseln, doch es war unübersehbar, wie sehr ihn die letzte halbe Stunde geschwächt hatte. »Ich brauche einen Arzt, verdammt noch mal.«

Du brauchst keinen Arzt mehr, dachte Donovan. Er betrachtete seinen verhassten Erzfeind. »Vieles von dem, was ich in den letzten Minuten gehört habe, erscheint in sich logisch, und doch glaube ich, dass du mir noch irgendetwas verheimlichst, und das gefällt mir nicht. Außerdem hast du hinter meinem Rücken agiert, mich bewusst getäuscht, und das kann ich nicht zulassen.«

»Wieso ...«

Weiter kam Franklin nicht.

Mit einem Hieb des ultrascharfen Rasiermessers durchtrennte Donovan den Kabelbinder, der Franklins Hände gefesselt hinter der Stuhllehne fixiert hatte. Noch bevor der stark geschwächte Mann in irgendeiner Form reagieren konnte, packte Donovan seine linke Hand und drückte sie mit der Handfläche nach unten auf den Tisch.

»Wie ich bereits sagte«, flüsterte er in Franklins Ohr, »sind unsere Leben seit über vierzig Jahren in gewisser Weise miteinander verbunden. Für dich, *alter Freund*, ist es an der Zeit, zu erfahren, was Schmerz tatsächlich bedeutet, wenn man ihn nur intensiv genug erlebt.«

Franklins Augen weiteten sich in schierem Entsetzen, als er verstand. Donovans fester Griff drückte Franklins Hand unnachgiebig auf den Tisch. Mit seiner freien Hand setzte Donovan die Klinge des Rasiermessers direkt an der Wurzel von Franklins kleinem Finger an.

Beinahe mühelos drang die Klinge in Franklins Fleisch. Der Schmerzensschrei des alten Mannes hallte von den Wänden wider.

Die Klinge durchtrennte Muskelgewebe und Blutgefäße, zerfetzte Ringbänder und Sehnen. Blut spritzte und besudelte Donovans Hand. Als die Klinge auf den Knochen stieß, gab es einen kleinen Widerstand. Ein kurzes Knacken, und der Knochen war durch. Franklin schrie wie am Spieß. Ein letzter entschlossener Schnitt, dann lag der kleine Finger des Botschafters abgetrennt vor ihnen auf dem Tisch.

Franklin fiel in Ohnmacht. Seine Schreie verstummten. Enttäuscht ließ Donovan den Arm los. Sofort kippte der alte Mann zur Seite und prallte mit der Stirn gegen Donovans Bauch. Er setzte ihn wieder aufrecht auf den Stuhl, trat einen Schritt zurück und besah sich sein Werk.

Leland Franklin, der Mann, den Donovan nach seinem Vater am meisten hasste, war fertig. Bewusstlos hing er im Stuhl, der Kopf war ihm auf die Brust gesunken. Aus dem Fingerstumpf tropfte Blut im Sekundentakt auf den Boden und bildete eine Lache. Donovan empfand tiefe Genugtuung.

Ein lautes Piepen riss ihn aus seinen Gedanken. Sein Communicator meldete einen Anruf aus Crypto City. Das wurde verdammt noch mal Zeit. Die nächsten Minuten lauschte er mit größtem Interesse, was man ihm mitzuteilen hatte. Seine Kiefer knirschten, während er die Neuigkeiten verarbeitete. Er beendete die Verbindung und tätigte einen längst überfälligen Anruf.

Abermals klopfte es an der Tür.

»Ja?«

Laymon steckte seinen Kopf herein. Sofort erkannte Donovan, dass etwas nicht stimmte. »Wir bekommen Besuch, Sir.«

»Wimmeln Sie ihn ab.«

Laymon zögerte. »Ich fürchte, das dürfte nicht so einfach werden.«

78

Die Atmosphäre war angespannt. Zu viert saßen sie in dem bieder eingerichteten Wohnzimmer, von dem Emma niemals vermutet hätte, es wiederzusehen.

»Ich freue mich, dass Sie Ihre Meinung geändert haben, Dr. Leuthard«, versuchte Emma das Eis zu brechen. »Zum Glück hat Ihre Tochter uns in dieser Kneipe gefunden.«

»Ich habe Ihnen vom Fenster aus nachgesehen, als Sie das Haus verließen«, erklärte Corinne Leuthard. Völlig verkrampft saß sie neben ihrem Vater.

Leuthard hielt offenbar nichts von Small Talk: »Sie behaupten, im Besitz eines Geheimdienstdossiers zu sein, mit dessen Hilfe Sie die Verbrecher von Mettrack mitsamt deren Verbündeten hochgehen lassen können. Sie behaupten ferner, hieb- und stichfeste Beweise für die Vorgänge auf der Independence vorlegen zu können. Entspricht das den Tatsachen?« Sein stechender Blick schoss zwischen ihr und Nick hin und her.

»Das ist korrekt«, antwortete Nick.

»Ist das Dossier hier drin?« Er blickte auf den Rucksack zu Nicks Füßen. »Ich möchte es sehen.«

»Tut mir leid, wir mussten die Akte an einem sicheren Ort zurücklassen.«

»An einem sicheren Ort?« Leuthard sah nicht besonders überzeugt aus. »Mit anderen Worten, Sie haben keinen Zugriff mehr darauf.«

»Doch, nur eben nicht im Augenblick«, entgegnete Nick.

»Ich verstehe Ihre Bedenken«, sagte Emma. »Man hat Ihnen übel mitgespielt, aber eines sollten Sie sich vergegenwärtigen. Wir sind auf Ihrer Seite. So wie Sie damals Ihr Leben für die Wahrheit riskiert haben, so riskieren wir jetzt unseres. Die meisten Fakten kennen wir bereits. Was uns fehlt, sind lediglich einige Puzzleteile und ein handfester Beweis.«

»Und Sie denken, diesen Beweis kann ich Ihnen liefern?«

»Davon sind wir überzeugt.«

Leuthard schwieg einen Augenblick. »Sehen Sie mich an. Das ist es, was diese Verbrecher Menschen antun, die nach der Wahrheit suchen. Sind Sie wirklich bereit, dieses Risiko einzugehen? Sie sind jung, haben Ihr Leben noch vor sich.«

»Sie waren damals nicht viel älter. Hat Sie das etwa davon abgehalten, Ihrer Überzeugung zu folgen?« Emma beugte sich vor. »Ob Sie uns helfen oder nicht, wir stecken bereits mittendrin. Ihr alter Bekannter, Special Agent Donovan, ist hinter uns her, und ob wir an dieser Stelle aufhören oder weitermachen, er wird nicht davon ablassen, uns zu jagen.«

»Donovan ist ein Bluthund. Er wird Sie töten, das ist Ihnen doch klar?«

Nick schluckte. »Er hat bereits meine Mutter auf dem Gewissen.«

Leuthard nickte kaum merklich. »Er ist der skrupelloseste Mensch, dem ich je begegnet bin. Ein Psychopath, der sich am Schmerz anderer weidet und daraus seine perversen Freuden zieht.«

»Wo sind Sie beide sich zum ersten Mal begegnet?«, fragte Emma. Der große Moment stand bevor. Würde Leuthard den Mund aufmachen? Emma entschied, ihm die Entscheidung etwas leichter zu machen, und sagte: »Lassen Sie mich raten. Er hat Sie damals im Züricher Sanatorium aufgesucht und damit gedroht, Sie und Ihre Familie zu töten, falls Sie je ein Wort über den 15. November 2015 verlieren sollten. War es so?«

Leuthard sah sie mit merkwürdigem Blick an. »Ich dachte, Sie wären über alles im Bilde? Corinne gegenüber behaupteten Sie, Sie wären im Besitz von Geheimdienstprotokollen, in denen die Geschehnisse dieses Tages minutiös protokolliert sind.«

»Das stimmt.«

»Weshalb fragen Sie mich dann, wann Donovan und ich uns zum ersten Mal begegnet sind?« Seine Augen verrieten tiefsitzendes Misstrauen.

»Ein Randall T. Donovan wird in der Akte an keiner Stelle erwähnt.«

»Donovan hat mich im Sanatorium aufgesucht, so weit richtig«, antwortete er ausweichend. »Unsere Bekanntschaft reicht jedoch noch weiter in die Vergangenheit. Lassen Sie uns später darauf zurückkommen. Vorher möchte ich eines klarstellen. Ich tue das hier nicht für Sie beide. Sie sind mir vollkommen gleichgültig. Der einzige Grund, weshalb ich all die Jahre über wie ein Grab geschwiegen habe, ist derselbe, weswegen ich Ihnen heute alles erzählen werde.« Er sah seine Tochter an, die hastig eine Träne wegwischte. »Corinne und ich, wir hatten vorhin einen, nun, nennen wir es einen kleinen Disput. Sie hat mir unmissverständlich klargemacht, dass sie es leid ist, mir zweimal am Tag den Arsch abzuwischen.«

»Vater!«

»Sie droht damit, mich in ein Pflegeheim zu stecken, falls ich Ihnen nicht helfen sollte.« Sein Gesicht verzog sich zu einem maskenhaften Grinsen. »Und diesmal, fürchte ich, macht sie Ernst.«

Nick räusperte sich. »Eines verstehe ich nicht. Ms Leuthard, weshalb drängen Sie Ihren Vater nach so langer Zeit auf einmal, die Sache an die Öffentlichkeit zu bringen?«

»Sie sind die Ersten, die mit Hilfe dieser Akte beweisen können, dass mein Vater kein Lügner ist.«

»Ms Leuthard ...«, begann Emma.

»Corinne.«

»Okay, Corinne, ich kann Ihre Motivation nachvollziehen, aber ich spüre, da ist noch mehr. Die Akte ist nicht der einzige Grund, weshalb Sie Ihrem Vater mit dem Pflegeheim drohen.«

Einmal mehr antwortete ihr Vater für sie: »Es ist wegen Maddox.«

»River Maddox?«

»Welcher Maddox denn sonst? Sie wollen also eine Geschichte hören? Dann spitzen Sie mal die Ohren, junge Dame.«

79

»Die Ankündigung von Mettrack International im Sommer 2015 kam für alle überraschend«, begann Leuthard. »Die Behauptung, über ein funktionierendes System zum Abbau von Methanhydraten und gleichzeitiger CO_2-Sequestrierung in den leergepumpten Lagerstätten zu verfügen, wurde in der Fachwelt äußerst skeptisch beurteilt. Ich nehme an, Sie wissen, was Sequestrierung bedeutet?« Sein wachsamer Blick wanderte zwischen Emma und Nick hin und her.

»Die Einlagerung von klimaschädlichem Kohlendioxid in unterirdische Lagerstätten«, antwortete Nick. »Mettrack ist auf diesem Gebiet Weltmarktführer.«

Leuthard deutete ein Nicken an. »Damals befand sich

diese Technologie noch in einem frühen, experimentellen Stadium. Heute verdient Mettrack alleine mit dem Handel von Emissionszertifikaten Milliarden. Sind Sie mit dem Zertifikatehandel vertraut?«

»Studium der Politikwissenschaften, drittes Semester«, erwiderte Emma lächelnd. »Unternehmen, die Treibhausgase emittieren, in erster Linie Kohlendioxid, benötigen dafür Zertifikate. Diese berechtigen zum Ausstoß einer genau festgelegten Menge an Treibhausgasen. Verursachen die Anlagen dieser Unternehmen mehr Emissionen, müssen sie entsprechend der Menge zusätzliche Zertifikate ankaufen. Wird der Ausstoß dagegen reduziert, kann das Unternehmen die überzähligen Berechtigungen frei auf dem Markt verkaufen und so einen Gewinn erzielen.«

»So ist es. Dem Zertifikatehandel liegt die Idee zugrunde, dass Umweltverschmutzung Geld kosten und es sich für Unternehmen und Staaten finanziell lohnen soll, Treibhausgas-Emissionen zu reduzieren. Ich erinnere mich an Zeiten, als eine Tonne Kohlendioxid nur wenige US-Dollar kostete. Ein Preis, der selbstverständlich keinerlei Anreiz bot, Kohlendioxid in nennenswertem Umfang einzusparen.«

»Weswegen der Handel reformiert wurde«, ergänzte Emma.

»In der Tat. Bis 2020 kürzte man einfach die Menge der insgesamt zur Verfügung stehenden Zertifikate. Das Gesetz von Angebot und Nachfrage griff, und die Preise für eine Tonne Kohlendioxid stiegen innerhalb weniger Jahre um mehrere hundert Prozent. Heute wird die Tonne mit 1425 Euro gehandelt.«

Nick räusperte sich. »Das alles ist sehr interessant, aber weshalb erzählen Sie uns das?«

Seine Ungeduld und offenkundige Antipathie Leuthard gegenüber waren ihm deutlich anzumerken. »Sie wollen wissen, was auf der Independence vor sich ging«, erwiderte Leuthard. »Genau darüber reden wir gerade. Natürlich ging es den Vereinigten Staaten bei Projekt Morgenröte vornehmlich um die Erschließung einer neuen, praktisch unendlichen Energiequelle. Mettrack ebenfalls, aber dessen Vorstandsriege sah bereits damals, in weiser Voraussicht, in der CO2-Sequestrierung das Geschäft der Zukunft.«

Nick horchte auf. »Wollen Sie damit andeuten, die Schwachstelle von Projekt Morgenröte lag in der Sequestrierung und nicht in der Förderung?«

»Zum Zeitpunkt der Inbetriebnahme der Independence hatte sich der Preis für Erdgas im Vergleich zu den Jahren davor mehr als halbiert. Man musste kein Genie sein, um die weitere Preisentwicklung vorherzusagen für den Fall, dass Erdgas durch den Abbau von Methanhydraten weltweit in ausreichenden Mengen verfügbar sein würde. Sie erinnern sich an das Gesetz von Angebot und Nachfrage? Heutzutage ist Erdgas spottbillig. Und jetzt denken Sie an die Sequestrierung, bei der die Tonne Kohlendioxid mit 1425 Euro gehandelt wird. *Das* ist Mettracks Goldesel!«

Nick pfiff durch die Zähne. »Also ging es Amerika vornehmlich um billiges Erdgas, Mettrack dagegen um teures Kohlendioxid.«

»Sehr vereinfacht gesagt, ja. Selbstverständlich partizipieren die Vereinigten Staaten an beidem.«

»Also gab es kein Problem mit der Methanhydratförderung«, überlegte Emma, »sondern mit der Sequestrierung?«

»Sehen Sie, die Menge an Erdgas, die Mettrack tagtäglich aus Methanhydraten gewinnt, ist leicht messbar. Man kann nicht mehr verkaufen, als gefördert wird.« Leuthards Mimik veränderte sich. Seine Augen verengten sich, sein Totenkopfgrinsen nahm groteske Züge an und verwandelte sein Gesicht in eine Fratze, wie sie Hieronymus Bosch nicht furchterregender hätte malen können. »Die Fördermengen können nicht manipuliert werden, nein. Aber wer misst die Menge an Kohlendioxid, die tagtäglich im Austausch in die leeren Hydratlagerstätten gepumpt wird? Wer kontrolliert, wie viel Kohlendioxid *tatsächlich* eingelagert wird? Niemand.«

»Moment«, hakte Emma nach. »Wird denn nicht exakt so viel Kohlendioxid eingelagert, wie im Gegenzug Hydrate abgebaut werden? Ich dachte immer, das Ganze sei ein Nullsummenspiel, also sollten die Mengen durchaus berechenbar sein.« Sie warf Nick einen Blick zu, der jedoch achselzuckend den Kopf schüttelte.

»Man merkt, dass Sie kein naturwissenschaftliches Studium absolviert haben, junge Dame«, sagte Leuthard, dessen Gesichtszüge sich wieder normalisierten. »Wenn es so einfach wäre, würden Xavier und Claude noch leben.«

»River«, warf Corinne Leuthard ein. »Du vergisst River.«

»Maddox, natürlich«, seufzte Leuthard, ging jedoch nicht weiter auf den Taucher ein, der Corinne Leuthards Worten nach zu urteilen eine wichtigere Rolle gespielt hatte als im Vorfeld angenommen. »Das Ganze ist natürlich kein Nullsummenspiel. Bei der Sequestrierung wird ein Methanmolekül, je nach Umgebungsdruck, durch drei bis fünf Kohlendioxid-Moleküle ersetzt.«

»Also kann die im Meeresboden deponierbare Menge an Kohlendioxid bis zu fünf Mal größer sein als die im Gegenzug geförderte Methanmenge?«, hakte Nick nach.

»Korrekt. Nur müssen zwei wesentliche Punkte stimmen, damit die Reaktion funktioniert: Die Thermodynamik, die bestimmt, welches Gleichgewicht sich zwischen Edukten und Produkten einstellt, und die Kinetik, die bestimmt, wie lange es dauert, bis dieses Gleichgewicht erreicht wird.«

»Ich bin mir nicht sicher, ob ich Ihnen noch folgen kann«, sagte Emma und blickte erneut hilfesuchend zu Nick.

»Ich glaube, ich weiß, worauf Dr. Leuthard hinauswill«, sagte Nick. »Liege ich richtig, wenn ich behaupte, der Austausch von Methan und Kohlendioxid läuft nur sehr langsam ab?«

»Sehr langsam?« Leuthard sah sie wieder mit seiner grinsenden Totenkopffratze an. »Eine Schnecke ist eine Rennmaus dagegen. Nun ja, vielleicht nicht ganz, aber ein besserer Vergleich fällt mir spontan dazu nicht ein. Außerdem ist für den Sequestrierungsvorgang ein sehr hoher Energieaufwand vonnöten, der Geld verschlingt und natürlich von der Rendite abgeht.«

»Allmählich verstehe ich«, sagte Nick. »Mettrack konnte Methanhydrat nicht in den Mengen fördern wie gewünscht. Die Förderraten hingen davon ab, wie schnell man den Austausch von Methan und Kohlendioxid in den

Lagerstätten hinbekam. Dies aber ging Mettrack zu langsam vonstatten und war zudem teuer. Unter Umständen wäre eine korrekt durchgeführte Sequestrierung unter dem Strich nicht einmal rentabel gewesen. Also hat Mettrack nach Lösungen für dieses Problem gesucht und dafür zu illegalen Mitteln gegriffen.«

Wieder deutete der gelähmte Mann ein Nicken an. »Mettrack investierte Milliarden in Projekt Morgenröte. Ohne zu übertreiben kann man sagen, das Überleben des Konzerns hing davon ab, die Sequestrierung zu optimieren und somit die Förderraten drastisch zu erhöhen.«

»Aber wie? Worin liegt der Trick?« Emma konnte es kaum erwarten, endlich den Grund dafür zu erfahren, weswegen Rochas, Chevallier und Maddox sterben mussten. »Was haben Sie entdeckt, Dr. Leuthard? Weswegen hat man Ihnen das angetan?«

Die Lippen des Greises bebten. »Die Lösung war so einfach wie dreist. Sie stand von Anfang an vor unserer Nase, aber wir waren blind. Vermutlich weil sich niemand eine derartige kriminelle Energie vorstellen konnte. Zumal die Vereinigten Staaten an diesem Projekt beteiligt waren.« Er sah von einem zum anderen, bevor er endlich mit der langersehnten Wahrheit herausrückte. »Mettrack verklappt in großem Stil illegal Kohlendioxid im Meer, anstatt es ordnungsgemäß einzulagern. Damals wie auch heute noch.«

80

Emma glaubte sich verhört zu haben, aber Nick fiel buchstäblich aus allen Wolken. »Wie bitte? Illegale Verklappung von Kohlendioxid? Das … das ist …«

»Ein Verstoß gegen so ziemlich alle gültigen internationalen Abkommen, Gesetze und das internationale Seerecht«, beendete Leuthard den Satz für ihn.

»Das ist ungeheuerlich!« Nick sprang auf und ging erregt auf und ab.

»Es ist vor allem ein Verstoß gegen das OSPAR-Abkommen von 2007«, ergänzte Emma. »Darin wird das Verbot der Verbringung von Abfällen auf See geregelt. Laut diesem Abkommen ist die Verbringung von Kohlendioxid in geologische Formationen unterhalb des Meeresbodens gestattet, die Verbringung in die offene Wassersäule hingegen verboten.«

»Unglaublich«, murmelte Nick.

»Glauben Sie es ruhig, junger Mann. Exakt so wie Sie haben auch wir reagiert, als wir uns schließlich unserer Sache sicher waren.«

»Kohlendioxid ist ein starkes Treibhausgas«, sagte Emma, »so viel ist mir klar und auch, dass Mettrack mit der Verklappung gegen internationale Abkommen verstößt. Aber worin genau liegen die Gefahren dieser Verklappung?«

Leuthard räusperte sich. »Die Einbringung großer Mengen Kohlendioxid in die Wassersäule zieht massive ökologische Folgen nach sich. Der pH-Wert des Wassers verändert sich um bis zu mehrere Einheiten, das Meer versauert, und ganze Ökosysteme sterben ab.«

»Nicht zu vergessen«, fügte Nick grimmig hinzu, »dass sich dieses verdammte Zeug in der Atmosphäre anreichert und die Temperaturen weiter anheizt.«

»Reine Spekulation«, entgegnete Leuthard. »Bis heute ist das wissenschaftlich nicht eindeutig belegt.«

»Bei allem Respekt, Dr. Leuthard«, wandte Emma ein, »es ist schwer vorstellbar, dass eine Regierung wissentlich bei solch einem Vorhaben mit von der Partie sein soll. Sie behaupten allen Ernstes, Mettrack verklappt auch heute noch illegal Kohlendioxid?«

»Weshalb nicht an Bewährtem festhalten?«, erwiderte er sarkastisch. »An Mettracks Methoden hat sich seit den Anfangstagen der Independence nicht viel geändert.«

»Mettrack betreibt über sechzig Bohrinseln!« Nick war völlig außer sich. »Sollte Ihre Behauptung wahr sein, wären die Mengen an verklapptem Kohlendioxid gigantisch.«

»Es verhält sich so, wie ich es Ihnen sage. Und ja, die Mengen sind unvorstellbar.«

»Nein.« Emma wedelte mit dem Zeigefinger vor Leuthard hin und her. »Niemand hätte eine Bohrgenehmigung für solch ein technisch unausgereiftes Projekt ausgesprochen. Immerhin gab es damals die Behörde für Mineralienförderung, quasi eine staatliche Öl-Lizenzabteilung des US-Innenministeriums, die über jedes einzelne Bohrprojekt in US-Gewässern entschied. Niemals hätte man unter diesen Voraussetzungen ein derartiges Projekt abgesegnet.«

Leuthards Gesicht verzog sich einmal mehr zu seinem totenkopfähnlichen Grinsen. »Ich will Ihnen etwas über diese Behörde erzählen, junge Dame. Sagt Ihnen der Name Deepwater Horizon etwas?«

»Selbstverständlich. Die Explosion der Deepwater Horizon im Golf von Mexiko führte 2010 zur bisher schlimmsten Ölpest in der Geschichte der Vereinigten Staaten.«

»Auch die Deepwater Horizon hätte niemals eine Genehmigung erhalten dürfen«, entgegnete Leuthard ungerührt. »Im Zuge der Ermittlungen zu diesem Unglück kamen Umstände ans Tageslicht, die man ebenfalls kaum für möglich gehalten hätte. Diese Behörde, die eigentlich die Öl-Lizenzen und Bohrungen der Mineralölkonzerne unabhängig überwachen sollte, war korrupt bis in die Haarspitzen. Keine andere Kontrollabteilung eines US-Ministeriums wurde dermaßen stark von der Industrie unterwandert. Anstatt Lizenzen kritisch zu prüfen, feierte man lieber gemeinsam mit Vertretern der Mineralölkonzerne exzessive Drogen- und Sexpartys. Bohrgenehmigungen wurden nach der Devise *Wird schon schiefgehen* erteilt. Die Betreibergesellschaften von Ölplattformen kontrollierten sich praktisch selbst und bescheinigten sich einfach selber ausreichende Sicherheitsvorkehrungen. Gesetzlich vorgeschriebene Umweltexpertisen holte man erst gar nicht ein. Man benötigte noch nicht einmal Gefälligkeitsgutachter, um die staatlichen Kontrolleure zufriedenzustellen. Ein paar Gramm Koks und genügend Nutten reichten vollkommen.« Leuthard hatte sich in Rage geredet. Speichel troff aus seinem hängenden Mundwinkel. Beinahe zärtlich wischte ihn seine Tochter mit einem Taschentuch ab.

»So viel dazu, wie Mettrack an die erforderlichen Genehmigungen kam«, fasste Nick zusammen. Er warf Emma einen Blick zu, als trüge sie an allem eine Mitschuld, nur weil sie amerikanische Staatsbürgerin war.

Sie ignorierte ihn und überlegte stattdessen laut: »Weshalb beteiligte sich die Regierung an einem von vornherein kriminell angelegten Projekt?«

»Na, weshalb wohl?«, schnaubte Leuthard. »Wirtschaftlicher Druck. Man wollte die Methanhydratförderung etablieren, solange wichtige wirtschaftliche und rechtliche Fragen noch ungeklärt im Raum schwebten. Wer bekommt welche Bohrlizenzen? Inwieweit gelten für die Grenzziehung in der Tiefsee und am Meeresboden die Regeln der Internationalen Seerechtskonvention? Ich erinnere nur an die Russen, die um die Jahrhundertwende eine Flagge auf den Meeresboden der Arktis gesetzt und erklärt hatten, die Bodenschätze der Arktis gehörten von nun an Russland. Es waren viele Fragen offen. Vor allem aber gab es noch kein internationales Haftungsrecht für den Fall von Umweltschäden durch den Abbau von Methanhydraten.«

»Für die illegale Verklappung von Kohlendioxid aber schon«, warf Nick ein.

»Ja, nur, wo kein Kläger, da kein Richter.«

»Sie, Rochas, Chevallier und River Maddox waren die Kläger«, gab Nick zu bedenken. »Bei allem Respekt, Dr. Leuthard, es muss Ihnen doch klar gewesen sein, welches Risiko Sie eingingen, als Sie sich mit Ihren Erkenntnissen an Officer Marcus Brooks wandten.«

»Albert Einstein sagte: Die Welt wird nicht bedroht von den Menschen, die böse sind, sondern von denen, die das Böse zulassen.«

»Aber weshalb Brooks? Immerhin war er der ranghöchste Militär an Bord der Independence. Sie mussten doch davon ausgehen, dass er über alle Facetten von Projekt Morgenröte Bescheid wusste.«

»Wäre es nach mir gegangen, hätten wir sofort unsere Zentrale in Genf benachrichtigt.« Er atmete schwer. »Ich wurde überstimmt. Xavier und Claude zweifelten ihre eigenen Daten an. Sie waren der Überzeugung, die Messinstrumente seien defekt. Sie wollten keine voreiligen Schlüsse ziehen, um nicht als Idioten dazustehen. Xavier machte schließlich den Vorschlag, Brooks aufzusuchen, um ihm die Daten zu präsentieren und seine Reaktion darauf zu beobachten.«

Und dann erzählte Roman Leuthard die Geschichte dieses verhängnisvollen Tages, die sie bereits aus der Akte kannten. Allerdings aus etwas anderer Perspektive.

81

Erstaunlich emotionslos berichtete Leuthard, wie er gemeinsam mit Xavier Rochas und Claude Chevallier in jener verhängnisvollen Nacht Chief Warrant Officer Marcus Brooks aufgesucht hatte. Wie aus heiterem Himmel Marines auftauchten und einer von ihnen Rochas und Chevallier tötete. Wie er floh und schließlich gestellt und in den Abgrund gestoßen wurde.

Eine Weile herrschte betretenes Schweigen, schließlich ergriff Emma das Wort: »Was ist mit River Maddox? Sie haben ihn bisher nicht erwähnt. Wie passt er ins

Bild?« Sie wandte sich an Corinne Leuthard, die stocksteif dasaß, die Hände im Schoß verkrampft. »Corinne, Sie erwähnten vorhin, River Maddox habe eine bedeutende Rolle in dieser Sache gespielt.«

Leuthards Tochter sah ihren Vater an, als wartete sie auf sein Einverständnis, antworten zu dürfen. Schließlich sagte sie: »River und ich ... wir waren ein Paar. Wir lernten uns zwei Monate, bevor das Projekt startete, bei einer von Mettrack organisierten PR-Veranstaltung in New Orleans kennen. Zu diesem Zeitpunkt absolvierte ich gerade mein Auslandsemester in den Staaten und nutzte die Gelegenheit, Vater zu besuchen.« Sie senkte die Stimme. »Es war Liebe auf den ersten Blick, aber Vater war nicht gerade begeistert von River. Er war ihm nicht gut genug.«

»Du hattest etwas Besseres verdient als einen Taucher.«

»Das Thema ist durch, Vater.« Sie sah Emma an. »River hat alles versucht, um einen guten Eindruck zu hinterlassen. Vergeblich. Sie haben es selbst gehört, River war ja *nur ein Taucher.*«

»Du standst kurz davor, deinen Abschluss zu machen, Corinne. Was auch immer zwischen euch war, es wäre nicht von Dauer gewesen.«

»Was weißt du schon«, blaffte sie ihn an. »Auf jeden Fall hätte sich River nie auf diese Sache eingelassen, hättest du ihn akzeptiert.«

»Er war alt genug, um zu wissen, was er tut.«

»Du hast River doch nur benutzt.«

»Was genau tat River Maddox denn für Sie, Dr. Leuthard?«, fragte Emma rasch, um das Thema auf die sachliche Ebene zurückzuführen.

»Maddox war einer von acht Tauchern an Bord der Independence und zuständig für die Wartung und die Reparaturen aller unter Wasser liegenden Komponenten wie Pfeiler, Pipelines oder Kabel. Er hat uns Beweise für unsere Theorien geliefert, an die wir ohne ihn nie herangekommen wären.«

»Beweise welcher Art?«, wollte Nick wissen.

»Maddox war es, der die nicht registrierte Pipeline entdeckte, die zur Verklappung des Kohlendioxids diente. Sie führte von einer Verteilerstelle in etwa 150 Metern Tiefe unterhalb der Independence über 200 Kilometer weit in den Golf von Mexiko hinaus. Am Ende dieser Pipeline befanden sich Auslassventile, über die das Kohlendioxid einfach in die Wassersäule abgelassen wurde.«

»Davon stand nichts in der Akte«, stellte Emma fest. Sie sah Nick an. »Hast du etwas darüber gelesen?«

Er schüttelte den Kopf. »Über Maddox stand praktisch überhaupt nichts drin.«

»Das wundert mich nicht«, sagte Leuthard. »Maddox unterstand Brooks, und der wollte Maddox' Part an der ganzen Misere natürlich so weit wie möglich herunterspielen, um selbst nicht wie ein Idiot dazustehen.«

Emma fiel etwas ein: »River Maddox hatte sicherlich Zugang zum Wartungs-U-Boot und zum Hangar, richtig?«

»Selbstverständlich. Weshalb fragen Sie?«

»Nun, in der Akte befinden sich eine Menge Fotos einer Überwachungskamera. Sie tragen alle ein unterschiedliches Datum und unterschiedliche Uhrzeiten und zeigen stets nur den leeren U-Boot-Hangar.«

»Ach, die Fotos, richtig. In der Tat hat Maddox sie besorgt. Sie waren sogar seine Idee gewesen.«

»Was hat es damit auf sich?«

»Ganz einfach. Auch eine nicht registrierte Pipeline muss natürlich gewartet und hin und wieder repariert werden. Nur durfte dies logischerweise in offiziellen Protokollen oder Büchern nicht auftauchen. Während einer seiner Schichten zog Maddox Fotos vom Server, die den verlassenen Hangar zeigten – zu Uhrzeiten, an denen sich das U-Boot offiziell im Hangar befand. Maddox' Meinung nach stellten diese Fotos einen weiteren Beweis für die Existenz der geheimen Pipeline dar. Zumindest aber eine Unregelmäßigkeit, die vor einem Untersuchungsausschuss ungemütliche Fragen aufgeworfen hätte. Wir hätten lieber ein Foto der Verteilerstation gehabt, doch dazu kam Maddox leider nicht mehr.«

Emma blickte nachdenklich auf Corinne Leuthard, die verkrampft ihre Finger knetete, als seien sie aus Wachs. Sie musste River Maddox sehr geliebt haben. Gerne hätte Emma mehr Rücksicht auf Corinnes Gefühle genommen, aber sie mussten die Gunst der Stunde nutzen und Leuthard bis ins kleinste Detail ausfragen. Eine zweite Chance würden sie nicht erhalten.

An Leuthard gewandt sagte Emma: »In der Akte steht, die CIA hätte sich dazu entschlossen, River Maddox aus taktischen Gründen aus dem Verkehr zu ziehen. Nachdem dieser Marine Sie von der Plattform gestoßen hatte, ging er direkt zu Maddox. Er erzählte ihm, der Hurrikan habe einen Schaden an einem der Pfeiler verursacht und alle Taucher müssten sofort antreten. Kaum dass Maddox den Treffpunkt auf einer der tiefer gelegenen Ebenen erreicht hatte, wurde er überwältigt und über Bord geworfen.«

»Herr im Himmel«, flüsterte Corinne Leuthard und schlug die Hände vors Gesicht.

»Tut mir sehr leid, Corinne, aber Nick und ich müssen alles über jenen Abend erfahren. Dr. Leuthard, mich interessiert, woher Brooks von Ihrer Verbindung zu Maddox wusste.«

»Wir wurden die ganze Zeit überwacht. Sämtliche Räume auf Plattform drei, der *Wissenschaftler-Plattform*, wie sie damals genannt wurde, waren verwanzt. Ich habe das leider zu spät erfahren.«

»Unglaublich.« Nick schüttelte inzwischen nur noch den Kopf. Seitdem er von der illegalen Kohlendioxidverklappung erfahren hatte, war er völlig von der Rolle.

»Mehr als das«, pflichtete Leuthard ihm bei. »Wir wussten, dass wir den Amerikanern ein Dorn im Auge waren. Aber das? Brooks war von Anfang an über alles im Bilde. Wir waren so naiv.«

»Kennen Sie einen Mann namens Leland Franklin?«, fragte Emma.

»Ich habe von ihm gehört, bin ihm aber nie begegnet.«

»Welche Rolle genau spielte er bei Projekt Morgenröte?«

»Das weiß ich nicht.«

»Was wissen Sie sonst über ihn?«

»Abgesehen von dem offiziellen Blabla, das man im Internet über ihn findet? Nichts.«

»Ihr habt River da mit reingezogen«, sagte Corinne Leuthard unvermittelt. »Er war nie auf eurer Seite, wie du immer behauptet hast. River wollte nichts weiter, als von dir akzeptiert werden.«

»Er war alt genug, um ...«

»Hör endlich auf mit diesem Geschwätz!« Mit Tränen in den Augen sprang sie auf. »Ein für alle Mal, hör endlich auf damit. Du allein bist schuld an Rivers Tod!« Schluchzend lief sie aus dem Wohnzimmer und knallte die Tür hinter sich zu.

Emma stand auf. »Ich bin gleich zurück.«

»Sie kommt alleine zurecht«, sagte Leuthard. »Das Theatralische hat sie von ihrer Mutter.«

»Sie sind ein herzloses Ekelpaket«, schleuderte Emma ihm entgegen und folgte Corinne Leuthard.

82

Leland Franklin hing noch immer bewusstlos und blutend auf dem Stuhl. Ein Zustand, der sich in den nächsten Minuten aller Voraussicht nach auch nicht ändern würde. Es sollte kein Problem darstellen, den guten Leland für eine Weile alleine zu lassen. Donovan bleckte die Zähne. Wer in aller Welt war diese Person, von der Laymon annahm, sie würde ihnen Probleme bereiten?

Er schlüpfte durch die Tür in den großzügigen Repräsentationsbereich der Residenz. Außer Laymon und Foster war niemand sonst zu sehen. »Was gibt es?«

»Collins fährt soeben die Auffahrt hoch.«

»Scheiße«, entfuhr es Donovan, »woher weiß er, dass wir hier sind?«

»Ich nehme an, die Torwache hat ihn unterrichtet.«

Donovan erinnerte sich daran, wie der Marine am Tor

seinen Communicator zur Hand genommen hatte, unmittelbar nachdem er sie hatte passieren lassen. Das war nicht gut. Collins hatte die Security sowie die hier stationierten Marines hinter sich und konnte zum Problem werden. Erst recht, wenn er sah, was man mit dem Botschafter angestellt hatte.

»Sir, ich wusste nicht, was ich Collins sagen soll, wenn er nach Ihnen oder dem Botschafter fragt.«

»Es war richtig, mir Bescheid zu geben.« Donovan griff in die Hosentasche und zog die kleine Tablettenbox aus Edelstahl heraus. Missmutig steckte er sich eine Orbital in den Mund. Sein Konsum schnellte in letzter Zeit in schwindelerregende Höhen.

Die Eingangstür schwang auf, und Jason Collins rauschte herein, gefolgt von drei Angehörigen der Security. Collins sah man die Spuren seines unfreiwilligen Abstiegs vom Segway noch immer an. Ein Großteil seiner rechten Gesichtshälfte war blau und geschwollen, und unter seinem Auge prangte ein Veilchen.

»Unauffällig Waffen entsichern und bereithalten«, raunte Donovan Laymon und Foster zu. Entschlossen schritt er Collins entgegen.

Sie trafen sich auf halber Strecke zwischen Eingangstür und Empfangssaal.

»Sir, Ihre Anwesenheit in der Residenz wurde mir nicht avisiert. Darf ich den Grund erfahren, weshalb Sie sich um diese Uhrzeit hier aufhalten?«

»Nein. Nationale Sicherheit. Darüber hinaus bin ich nicht verpflichtet, Sie über meinen jeweiligen Aufenthaltsort auf dem Laufenden zu halten.«

Collins stemmte die Hände in die Hüften. »Solange

Sie sich außerhalb meines Zuständigkeitsbereiches aufhalten, trifft das zu. Mir obliegt jedoch die Sicherheit des Missionsgeländes, inklusive der Residenz, sowie des Leiters der Mission und seiner Familie höchstpersönlich. Es ist meine Pflicht, auf jedes nicht autorisierte Betreten des Missionsgeländes zu reagieren. Bei allem Respekt, Sir, das gilt auch für Sie.«

»Hören Sie, Sie Klugscheißer, ich brauche keine Belehrung über Ihre verdammten Rechte und Pflichten. Merken Sie sich das endlich! Darüber hinaus sind Ihre Informationen nicht zutreffend. Unser Besuch hier ist selbstverständlich autorisiert, und zwar von allerhöchster Ebene.«

»General Quentin. Das habe ich mitbekommen.« Collins hielt Donovans Blick eisern stand. »Trotzdem muss ich darauf bestehen, zu erfahren, weshalb Sie sich um diese Uhrzeit und auf diese Art und Weise Zutritt zur Residenz verschafft haben.«

Überrascht über die für Collins untypische Entschlossenheit und dessen Selbstbewusstsein, änderte Donovan seine Strategie. Verschwörerisch senkte er die Stimme. »Wir sind im Besitz neuer, äußerst brisanter Informationen im Fall Fisher. Es war unumgänglich, mit Botschafter Franklin ein Gespräch unter vier Augen zu führen. Ein vertrauliches Gespräch, Sie verstehen.« Mit einem knappen Nicken deutete er auf Collins' Leute.

»Yeah, so etwas in der Art dachte ich mir schon«, entgegnete Collins, der seine Lautstärke automatisch der Donovans anpasste. »Ich hoffe, Sie verstehen, dass ich dazu verpflichtet bin, das Protokoll zu wahren, Sir.«

»Selbstverständlich.« Donovan zwinkerte ihm zu und

achtete einmal mehr darauf, dass jeder im Raum es bemerkte. »Nichts anderes habe ich von einem Mann Ihres Formats erwartet.«

Collins strahlte, erinnerte sich an die Anwesenheit seiner Leute und kehrte zu normaler Lautstärke zurück: »Wo ist er?«

»Wir haben unser Gespräch beendet«, erklärte Donovan. »Der Herr Botschafter hat sich bereits wieder nach oben begeben. Er hatte einen langen Tag, und wie Sie wissen, ist es um seinen Gesundheitszustand nicht sonderlich gut bestellt.«

Collins nickte. »Nun, in diesem Fall sind, soweit ich das beurteilen kann, von meiner Seite aus keine weiteren Maßnahmen zu ergreifen. Ich muss Sie und Ihre Leute jetzt bitten, das Missionsgelände zu verlassen.«

Generös legte Donovan einen Arm um seine Schultern. »Selbstverständlich. Wir hatten sowieso vor, zu gehen.« Langsam führte Collins ihn in Richtung Ausgang. »Übrigens, wie geht es Ihnen? Ihr Sturz sah ziemlich übel aus«, gab er sich interessiert, während er fieberhaft darüber nachdachte, wie er den Sicherheitschef und dessen Team, ohne Misstrauen zu erregen, loswerden konnte. Franklin befand sich noch immer im kleinen Empfangssaal und hatte längst nicht alle Fragen beantwortet. Sollte Donovan ihn in diesem Zustand hier und jetzt zurücklassen müssen, war die Chance, Antworten zu erhalten, vertan. Franklin würde dafür sorgen, dass man nicht mehr an ihn herankäme. Sie hatten den Ausgang fast erreicht, als sich jemand laut vernehmlich räusperte. »Verzeihung, wünschen Sie Ihren Bourbon noch?«

Sämtliche Köpfe fuhren herum.

Am Fuße der Treppe stand der Hausangestellte, ein halbvolles Whiskeyglas auf einem Tablett balancierend.

»Hat sich erledigt«, sagte Donovan rasch, bevor der Butler noch auf die Idee kam, nach Franklin zu fragen. Ohne dass es Collins oder dessen Leute mitbekamen, stellte er Augenkontakt zu Foster her. Der verstand sofort. Während die Männer die Residenz verließen, ging Foster zu dem Butler und wechselte leise ein paar Worte mit ihm. Kurz darauf verschwanden sie gemeinsam in der Küche.

Vor der Residenz stoppte die Gruppe. »Nun denn, Mr Collins, seien Sie gewiss, Ihr verantwortungsvolles und pflichtbewusstes Handeln findet in meinem Bericht positive Erwähnung.«

»Vielen Dank, Sir.«

»Agent Laymon und ich warten nur noch auf Agent Foster, bevor wir zurück ins Hotel fahren. Sie müssen nicht auf uns warten.« Er zwinkerte Collins gönnerhaft zu. »Das kommt natürlich nicht in den Bericht.«

»Danke, aber ich denke, auf die paar Minuten kommt es nicht an. Es sieht besser aus, wenn wir das Missionsgelände gemeinsam verlassen.«

Donovans Kiefer mahlten. Wie es aussah, würde es unweigerlich zu Kampfhandlungen mit der Security kommen.

Aus den Augenwinkeln bemerkte er, wie Laymons Hand langsam in Richtung seines Tasers wanderte. Kaum merklich schüttelte Donovan den Kopf, und Laymons Hand verharrte in ihrer Position. Zwei gegen vier. Das *konnte* gutgehen, *musste* aber nicht zwangsläufig. Es war sicherer, auf Foster zu warten.

83

Emma fand Corinne Leuthard in der schäbigen Küche, wo sie ihre Tränen mit einem Kleenextuch abwischte. Emma reichte der schluchzenden Frau ein Glas Leitungswasser. Mechanisch nahm Corinne es an, trank jedoch nichts.

»Manchmal frage ich mich, warum ich mir das überhaupt antue«, sagte sie mit leerem Blick.

»Er ist Ihr Vater.« Eine schwache Antwort, aber angesichts Leuthards indiskutablem Verhalten wollte Emma einfach keine bessere einfallen.

»Bei Gott, manchmal wünschte ich, *er* wäre damals gestorben und nicht River.«

»So etwas dürfen Sie nicht denken.«

»Sie können das nicht verstehen.« Sie stockte. »Seit River gab es in meinem Leben niemanden mehr.« Unvermittelt drehte sie sich um, stellte das Glas ab und packte Emmas Handgelenke. »Hören Sie, ich muss Ihnen etwas sagen. Etwas sehr Wichtiges. Mein Vater …«

»Das reicht, Corinne!«

Leuthard. Aus seinem Rollstuhl heraus fixierte er seine Tochter mit einem Blick, wie ihn Emma ihren ärgsten Feinden nicht hätte zuwerfen wollen. Nun ja, einmal abgesehen vielleicht von Leland Franklin. Der Infusionsständer mit wackelnden Plastikbeuteln stand vor ihm. Er musste ihn mit dem Rollstuhl vor sich hergeschoben haben. »Geh sofort auf dein Zimmer!«

»Du musst es ihnen sagen, Vater. Bitte.«

Leuthards ungesunde Gesichtsfarbe ging über in ein

dunkles Rot, und seine Augen traten hervor. »Auf dein Zimmer!« Spucke sprühte von seinen Lippen.

Hinter ihm erschien Nick. »Was ist hier los?«

Niemand beachtete ihn.

Corinne Leuthard zitterte. Sie sah Emma mit einem Blick an, der das ganze Elend ihrer Existenz widerspiegelte. Sie öffnete die Lippen ein Stück weit, als wollte sie etwas sagen, ließ es aber bleiben. Emma sah förmlich, wie diese Frau mit sich rang.

Schließlich senkte Corinne den Blick. »Es tut mir leid«, flüsterte sie kaum hörbar und schob sich an Emma vorbei zur Küche hinaus. Kurz darauf hörten sie eine Tür knallen.

Selten hatte Emma Stille als so unangenehm empfunden wie in diesem Augenblick. Voller Abscheu blickte sie auf Leuthard hinunter.

»An Corinnes Stelle würde ich Sie in diesem Stuhl verrotten lassen.« Sie hatte das eigentlich nur denken wollen, aber die Worte waren heraus, noch bevor sie es realisierte.

»Wie ich mit meiner Tochter rede, geht Sie nicht das Geringste an, und wenn Ihnen das nicht passt«, er machte eine ruckartige Bewegung mit dem Kopf in Richtung Flur, »dort ist der Ausgang.«

Emma zögerte. Der Drang, Leuthard gründlich die Meinung zu sagen, war enorm. Ihr war jedoch klar, dass dieser Mann ihre einzige Chance war. Wollten sie und Nick am Leben bleiben und Franklin und Donovan das Handwerk legen, durften sie das nicht wegen eines Vater-Tochter-Konflikts aufs Spiel setzen.

Sie lehnte sich gegen die Spüle, verschränkte die

Arme vor dem Körper und sagte: »Wir waren bei Marcus Brooks stehen geblieben. Sie meinten, er habe Ihnen die ganze Zeit über hinterherspioniert. *Ich* denke das nicht. Brooks gehörte der Navy an. Wenn Sie jemand überwacht hat, dann die CIA.«

»In der Tat. Wie ich später erfuhr, war damals auch ein CIA-Verbindungsmann an Bord.« Seine Gesichtszüge entspannten sich. Offenbar war er froh darüber, dass Emma nicht weiter nachhakte, was die kryptischen Andeutungen seiner Tochter anbelangte. Natürlich würde Emma später noch darauf zurückkommen, schließlich brannte die Neugier wie Feuer in ihr. Zuerst aber musste sie Antworten auf ihre Fragen bekommen. Was die Identität des CIA-Verbindungsmannes betraf, hatte sie einen Verdacht, äußerte ihn aber nicht. Stattdessen sagte sie: »Ich frage mich, weshalb man einen Marine die Drecksarbeit erledigen ließ. Üblicherweise ist dafür die CIA zuständig.« Zufrieden registrierte sie, wie Leuthard bei dem Wort *Drecksarbeit* zusammenzuckte. Sie hätte ihre Frage mit Leichtigkeit diplomatischer formulieren können, aber dieses Ekelpaket verdiente es nicht, geschont zu werden.

»Die CIA hatte Harris, so hieß der Marine, zu diesem Zeitpunkt bereits angeworben. Harris' Familie besaß gewisse Verbindungen, und diese Morde stellten wohl so etwas wie eine Eignungsprüfung dar.«

»Das ist doch Wahnsinn«, kommentierte Nick, der noch immer halb im Flur, halb in der Küche stand.

»Nick hat recht. Schwer vorstellbar, dass die CIA einem Rookie eine so heikle Aufgabe überträgt.«

»Ich bin mir sicher, die CIA hielt sich die ganze Zeit

über im Hintergrund, jederzeit dazu bereit, einzugreifen.«

Emma fiel ein, wie sie Franklin darum gebeten hatte, eine der Aushilfskräfte der Botschaft nach der Akte suchen zu lassen. Franklin hatte vehement darauf bestanden, einzig sie, Emma, käme dafür in Frage, weil er vollstes Vertrauen in sie setze. Auch Franklin war die ganze Zeit über im Hintergrund präsent und über alles im Bilde gewesen. Erst jetzt wurde ihr das so richtig bewusst. Zu Leuthards Worten passte, dass mit Jonathan Lancaster seinerzeit ein Vier-Sterne-General des US Marine Corps das Amt des Nationalen Sicherheitsberaters der Vereinigten Staaten bekleidet hatte. Garantiert hatte Lancaster bei Projekt Morgenröte einige Verbindungen spielen lassen.

»Was denken Sie«, fuhr Leuthard fort, »weshalb die CIA kurz vor Baubeginn der Independence ein Zentrum für Analysen zum Klimawandel gründete?«

»Was hat ein Geheimdienst mit Klimawandel am Hut?«, fragte Nick.

»Diese Abteilung gibt es tatsächlich«, klärte Emma ihn auf. »Offiziellen Angaben zufolge beschäftigt man sich dort mit Worst-case-Szenarien des Klimawandels. Das CIA-Zentrum für Klimawandel und Nationale Sicherheit wurde der Öffentlichkeit vom damaligen CIA-Boss Lesley Pantera vor dem Kopenhagen-Gipfel mit großem Tamtam vorgestellt. Es sollte als eine Art Frühwarnsystem verstanden werden. Wo kommt es aufgrund klimatischer Veränderungen zur nächsten Hungersnot? Welche Länder sind aufgrund von Klimazonen-Verschiebungen von politischen Instabilitäten bedroht? Fragen dieser Art.«

»Die CIA als Klimawächter, was für ein Witz«, schnaubte Leuthard.

»Nach all dem, was wir inzwischen wissen«, überlegte Nick, »wäre es doch möglich, dass diese Abteilung nur eine Tarnung ist. Sozusagen ein Deckmantel für Donovan. Emma, du hast gesagt, der SCS sei ein Zusammenschluss aus CIA und NSA.«

»Möglich«, stieg sie in sein Gedankenspiel ein. »Vielleicht stellte man bereits damals bestimmte Weichen. Da wir gerade dabei sind, Dr. Leuthard, woher kennen Sie Special Agent Donovan?«

Leuthard leckte sich über die Lippen und starrte stumm wie ein Autist an ihr vorbei.

Emma ließ ihm etwas Zeit, dann sagte sie: »Er bedroht Sie, nicht wahr? Donovan ist derjenige, der Sie im Sanatorium aufgesucht und damit gedroht hat, Ihre Tochter zu töten, sollten Sie jemals über Projekt Morgenröte reden. Richtig?«

Der kahlköpfige Greis betrachtete Emma einen Augenblick. Und was er dann zu sagen hatte, zog Emma buchstäblich den Boden unter den Füßen weg.

84

Auf dem Hof vor der Residenz warteten sechs bewaffnete Männer auf die Rückkehr von Agent Foster. Die Atmosphäre war angespannt. Obwohl die Situation aus Collins' Sicht eigentlich geklärt sein musste, spürte Donovan die Nervosität des jungen Sicherheitschefs nur allzu deutlich. Donovan dachte an das Telefonat von vorhin mit Crypto City. Vedammt noch mal, er hätte es wissen müssen! Fisher und Schäfer befanden sich in Antarctic City. Verdammte Scheiße, niemals hätte er damals dem Deal zwischen seiner Abteilung und der Untersuchungskommission zustimmen dürfen. Leuthard damals nicht zu töten, war schlichtweg idiotisch gewesen. Donovan hatte nie verstanden, wie man jemanden am Leben lassen konnte, der hinter das Geheimnis von Projekt Morgenröte gekommen war. In unzähligen Gesprächen hatte er versucht, vor der Gefahr zu warnen, die ein lebender Roman Leuthard darstellte. Jetzt, fast vierzig Jahre später, schien sich seine Prophezeiung zu erfüllen. Aber noch war es nicht so weit. Noch blieb genügend Zeit, Fisher und Schäfer zu stoppen.

Endlich öffnete sich die Tür, und Foster trat ins Freie. Seinem Gesichtsausdruck nach zu urteilen, stellte der Butler keine Gefahr mehr dar. Foster trat neben Donovan und flüsterte ihm ins Ohr: »Ich habe den Botschafter vorsichtshalber ebenfalls in der Vorratskammer abgelegt. Man wird ihn dort nicht vor morgen früh entdecken.«

Donovan dachte nach und traf eine Entscheidung. Er winkte Laymon heran. »Lassen Sie den Jet startklar machen. Wir werden in etwa zwanzig Minuten am Flughafen sein.«

»Welches Ziel?«

Donovan erörterte den beiden Agenten das weitere Vorgehen.

Laymon und Foster grinsten.

»Sie verlassen Berlin?«, fragte Collins und fügte rasch hinzu: »Entschuldigen Sie, Sir, ich habe nicht gelauscht, aber es war unvermeidbar mit anzuhören, wie Sie befahlen, den Jet startklar zu machen.«

»So ist es.«

»Bedeutet dies, die Angelegenheit Fisher ist erledigt?«

»Für Sie und Ihre Leute ja.«

»Ich verstehe.« Er zögerte.

»Was gibt es noch?«, fuhr Donovan ihn an. »Herrgott, raus mit der Sprache. Ich habe es eilig.«

»Es ist nur ...« Collins senkte die Stimme. »Sir, Sie stellten mir einen Job in Ihrem Team in Aussicht. Darf ich mit Ihrem Anruf rechnen, sobald diese Sache endgültig vom Tisch ist? Wie stehen meine Aktien?«

»Ihre Aktien?« Donovan schmunzelte. »Tut mir leid, Mr Collins, aber Penny Stocks kann ich in meinem Depot nicht gebrauchen.« Er schritt zur Limousine und nahm auf dem Beifahrersitz Platz.

Collins lief ihm nach. »Aber Sir, Sie sagten ...«

»Sie müssen noch viel lernen, mein Junge«, schnitt Donovan ihm das Wort ab und zog die Tür zu, ohne ihn eines weiteren Blickes zu würdigen.

Laymon gab Gas. Zurück blieb ein zutiefst gedemütigter Jason Collins, der ihnen fassungslos hinterherstarrte.

85

Die Luft in der winzigen Küche konnte man förmlich schneiden, so stickig war es inzwischen geworden.

»Wie meinen Sie das?«, hakte Nick ungläubig nach.

»Was ist daran so schwer zu verstehen?«, schnaubte

Leuthard. »Der Mann, den Sie beide unter dem Namen Randall T. Donovan kennen, hieß nicht immer so. Ich machte seine Bekanntschaft noch unter seinem richtigen Namen. Ein kleiner Hinweis: Es war am 15. November 2015.«

Jegliche Farbe wich aus Nicks Gesicht.

»Harris!«, rief er aus. »Lieutenant Harris, der Marine, der Ihre Kollegen ermordet und Sie zum Krüppel gemacht hat. Sie wollen behaupten, das war Donovan?«

Leuthard nickte knapp.

Nick knetete seine Ohrläppchen und sah zu Emma, die das Ganze anscheinend ebenfalls kaum glauben konnte. »Wie ist das möglich?«, fragte er.

Leuthard lachte heiser. »Die CIA macht alles möglich.«

»Ich brauche frische Luft.« Emma öffnete das Fenster. Eine angenehme Kühle strömte herein und mit ihr der Lärm und die Abgase von Hopetown.

Nick dachte nach. Harris und Donovan waren ein und dieselbe Person. Diese Information musste er erst einmal verdauen. Schlagartig wurde ihm klar, dass Franklin und Donovan sich kennen mussten, schließlich waren sie beide auf der Independence gewesen und hatten gemeinsam an der Vertuschung der Morde mitgewirkt. Mit einem Mal änderten sich die Vorzeichen, und neue Perspektiven taten sich auf. Die Möglichkeit, nicht nur Franklin ans Messer zu liefern, sondern mit ihm auch den Mörder von Rochas, Chevallier und Maddox, ließ Nicks Puls in die Höhe schnellen.

»Das ist kein Zufall«, stellte er fest.

»Natürlich nicht.« Leuthard schüttelte langsam den Kopf. »Während ich damals im Sanatorium allmählich aus dem Tranquilizersumpf auftauchte, stand eines Tages plötzlich Harris vor meinem Bett. Ich erinnere mich noch, dass er einen billigen Anzug trug, der ihm mindestens eine Nummer zu klein war. Zuerst dachte ich, die Opiate, die man mir gegen die Schmerzen verabreichte, hätten eine Halluzination ausgelöst. Aber dann machte er den Mund auf, und mir wurde klar, dass es leibhaftig Harris war, der auf mich herabsah.«

»Du lieber Himmel, Sie müssen Todesängste ausgestanden haben«, stellte Emma fest.

Leuthards kehliges Lachen hallte durch die Küche. »Als ich Harris sah, wusste ich, dass ich an diesem Tag endgültig sterben würde. Ich meine, ich wusste es *wirklich*, verstehen Sie?«

Emma nickte.

»Das Erstaunliche daran ist«, fuhr er fort, »ich war bereit dazu. Ehrlich gesagt, ich wünschte mir zu diesem Zeitpunkt nichts sehnlicher, als endlich zu sterben. Und so paradox es klingt, was das betraf, war ich froh, Harris zu sehen. Er war der einzige Mensch auf der Welt, der meinen Wunsch erfüllen konnte. Ich bat Harris lediglich, es kurz zu machen. Er lachte nur und eröffnete mir voller Stolz, dass er jetzt für die CIA arbeitete und man beschlossen hatte, mich unter einer Bedingung am Leben zu lassen.«

»Kein Wort über Projekt Morgenröte und die Independence.«

»Harris hat es zwar etwas anders formuliert, aber unter dem Strich trifft das den Kern.«

»Aber warum hat man Sie am Leben gelassen?«, hakte Nick nach. »Für die CIA waren Sie ein potenzielles Risiko.

Wäre es für Donovan nicht einfacher gewesen, zu beenden, was er auf der Independence begonnen hatte?«

»Sicher. Nur war man in den Chefetagen der CIA offenbar der Meinung, dass der Independence, vor allem aber meiner Person, bereits viel zu viel Aufmerksamkeit geschenkt wurde. Die offizielle Version um die Vorgänge während des Hurrikans war mit Zufällen bereits mehr als gespickt. Man wollte weitere unangenehme Schlagzeilen und neugierige Reporter vermeiden.«

»Klingt einleuchtend«, sagte Emma.

»Wie lautete der Deal?«, wollte Nick wissen.

Leuthard seufzte leise. »Harris packte mich an der einzigen Sache, die mir noch etwas bedeutete. Corinne. Er drohte damit, ihr etwas anzutun, sollte ich reden.«

Zum ersten Mal, seit Nick Leuthard kennengelernt hatte, zeigte er so etwas wie Gefühle. Seine verhärmten Gesichtszüge glätteten sich, seine Stimme klang einen Tick sanfter. »Die Dinge, die er mit meiner Tochter anstellen wollte, für den Fall, dass ich rede, waren unbeschreiblich. Während Harris alles aufzählte, was ihm an Grausamkeiten nur so einfiel, hatte ich das Gefühl, meine nicht mehr vorhandenen Eier würden in einem Schraubstock zerquetscht. Mein Leben war mir gleich, Corinnes jedoch keineswegs.«

»Du lieber Himmel«, rief Emma aus. »Sie müssen sich dafür doch nicht entschuldigen. Sie ist Ihre Tochter.«

Nick legte den Kopf in den Nacken und starrte an die Decke. »Die Frage, Dr. Leuthard, die mich seit einigen Tagen andauernd beschäftigt, lautet: Wie können wir das alles beweisen? Sicher, wir haben die Akte, aber ohne weitere Beweise wird man uns in der Luft zerreißen.«

»Mehr als das«, entgegnete Leuthard seelenruhig. »Man wird Sie beide eliminieren.«

Nick überging seinen Hinweis und sagte: »Wir brauchen etwas Handfestes.«

»Etwas Handfestes?« Leuthards Augen verengten sich zu schmalen Schlitzen. »Nun, da gäbe es etwas.«

»Was?«

»Ich kann Ihnen tatsächlich einen handfesten Beweis liefern. Aber er wird Ihnen nicht gefallen.«

86

Leuthards Ankündigung, einen Beweis für den Independence-Betrug zu haben, versetzte Emma in Aufregung. Durch das geöffnete Fenster drang der Straßenlärm von Hopetown herein, und irgendwo jaulte eine Polizeisirene. Wie elektrisiert stand Nick auf und stellte sich neben Emma ans Fenster. Gespannt blickte er auf Leuthard. »Was genau haben Sie uns anzubieten?«, wollte er wissen. »Befindet sich dieser Beweis hier in Ihrer Wohnung?«

»Oh, ich fürchte, Sie haben mich missverstanden, junger Freund. Ich bin weder im Besitz eines Beweises, noch kann ich Ihnen diesen liefern. Ich kann Ihnen nur sagen, wie *Sie* an ihn gelangen können. Den Rest müssen Sie schon selber erledigen. Aber wie gesagt, er wird Ihnen nicht gefallen.«

»Alles ist besser, als darauf zu warten, dass der SCS uns erwischt«, erwiderte Emma, »und das wird über kurz oder lang der Fall sein. Also?«

»Sie erinnern sich daran, wie ich Ihnen erzählte, dass Harris meinen Kollegen Claude mit einem Schraubenschlüssel erschlug?« Ohne eine Antwort abzuwarten, fuhr er fort. »Danach ließ Harris dieses Ungetüm fallen. Mitten hinein in Xaviers und Claudes Blut. Bevor ich floh, schnappte ich mir diesen Schraubenschlüssel. Fragen Sie mich nicht, weshalb. Ich denke, ich hatte vor, mich damit zu verteidigen. Leider kam ich nicht dazu, weil mir dieses verdammte Teil aus der Hand rutschte und in einen Lüftungsschlitz fiel.« Leuthard leckte sich über die Lippen. »Ich habe mich oft gefragt, wie diese Sache ausgegangen wäre, hätte ich diesen Engländer tatsächlich als Waffe benutzt.«

»Sie hätten keine Chance gehabt«, stellte Emma sachlich fest.

Leuthard lachte kehlig auf. »Vermutlich nicht.«

»Kommen Sie zum Punkt«, forderte Nick ihn auf. »Uns läuft die Zeit davon.«

Leuthard bedachte ihn mit einem bösen Blick und sagte: »Das dachte ich damals auf der Independence auch, aber während ich im Sanatorium lag, verlor der Begriff *Zeit* seine Bedeutung für mich. Ich hatte mehr als genug davon zum Nachdenken. Und jetzt hören Sie mir gut zu ...« Er machte eine bedeutungsschwere Pause. »Während einer meiner unzähligen schlaflosen Nächte wurde mir bewusst, dass Harris damals keine Handschuhe trug. Er berührte den Griff des Engländers mit den bloßen Händen. Verstehen Sie, was ich damit sagen will?«

Nick verzog das Gesicht. »Sie dachten daran, Donovan zu erpressen, nur weil womöglich ein paar Fingerabdrücke auf dem blutigen Griff sein konnten? Was für eine Schnapsidee.«

»Für einen Journalisten besitzen Sie erstaunlich wenig Phantasie, junger Mann. Wenn Sie denken, es wäre mir um Fingerabdrücke gegangen, liegen Sie daneben. Der Regen hatte sowieso alles verwischt.«

Nick öffnete den Mund, um etwas zu erwidern, aber Emma stieß ihm den Ellbogen in die Rippen. Sie mochte Leuthard nicht, aber dennoch hegte sie für den vom Hals abwärts gelähmten Schweizer so etwas wie Mitgefühl. Außerdem hatte Leuthard recht. Donovans Fingerabdrücke wären nicht mehr verwertbar gewesen. Nein, Leuthard war auf etwas anderes aus.

»Sie dachten an Donovans DNA«, riet sie. »Auf dem Schraubenschlüssel mussten sich DNA-Reste in Form winziger Hautpartikel befinden. Gemeinsam mit Chevalliers Blut ergäbe das in der Tat ein gutes Beweisstück.«

Leuthard nickte kaum merklich. »Ich war drauf und dran, Harris anzurufen, aber dann kam Corinne zu Besuch, und ich konnte nur noch daran denken, was Harris ihr angedroht hatte für den Fall ...« Er stockte, als kehrte mit der Erinnerung an diesen Moment auch die Angst um seine Tochter zurück.

»Ihre Idee war gut«, sagte Emma. »Nur ob Sie damit vor einem Gericht hätten bestehen können, bezweifle ich.«

Noch vor wenigen Augenblicken nachdenklich in sich gekehrt, verwandelte sich Leuthards Gesicht wieder in Gollums grinsende Fratze. »Warum finden Sie es nicht heraus?«

»Wie meinen Sie das?«

»So wie ich es sagte. Finden Sie heraus, ob Sie mit

Hilfe der Akte *und* des Engländers Harris vor Gericht festnageln können.«

»Wollen Sie etwa behaupten diesen Schraubenschlüssel gibt es noch?«

»Ganz genau.«

»Wie bitte?« Nick machte große Augen.

»Du meine Güte! Wo ist er?«, fragte Emma aufgeregt.

»Wo er seit vierzig Jahren darauf wartet, dass ihn endlich jemand an sich nimmt. Auf der Independence.«

»Wollen Sie uns verarschen?«, fragte Nick.

Ungläubig sah Emma den Greis im Rollstuhl an. »Woher wollen Sie wissen, dass er sich noch immer dort befindet? Was macht Sie so sicher, dass ihn in der Zwischenzeit niemand entdeckt hat?«

»Glauben Sie mir, ich weiß es.«

Sie schüttelte den Kopf. »Das reicht mir nicht.«

Er seufzte. »Der Engländer befindet sich in einem Hohlraum unter einer der Gasturbinen der Verdichterstation auf Plattform drei. Sie haben kleine Hände. Es könnte Ihnen gelingen, durch den Lüftungsschlitz zu greifen. Ich habe mir bei dem Versuch damals fast die Hand gebrochen. Ein perfektes Versteck.«

»Mag sein, aber was ist mit der Turbine?«, gab Emma zu bedenken. »Sie wurde mit Sicherheit irgendwann gewartet, repariert, vielleicht sogar ausgetauscht. Irgendjemand hat Ihren Engländer bei einer dieser Gelegenheiten garantiert entdeckt und entfernt.«

»Ausgeschlossen. Diese Turbinen sind deutsche Wertarbeit. Sie liefen noch, als man die Independence vor fünf Jahren stilllegte. Ein ehemaliger Techniker und Freund kennt sich damit bestens aus. Er hat mir versichert, dass man den Hohlraum unter der Bodenplatte selbst bei einem Komplettaustausch der Turbine nicht angetastet hätte. Nein, der Engländer wird das Tageslicht erst erblicken, wenn die Independence eines Tages verschrottet wird.«

»Oder wenn *wir* ihn uns holen.« Emma sah Nick herausfordernd an.

»Bist du völlig übergeschnappt?« Er zeigte ihr den Vogel. »Du willst auf die Independence und einen beschissenen Schraubenschlüssel suchen, der sich höchstwahrscheinlich nicht einmal mehr dort befindet? Sag mal, hast du sie noch alle?«

»Der Engländer ist noch dort«, beharrte Leuthard.

Emma packte Nick an den Oberarmen. »Genau deswegen sind wir doch hierhergekommen. Wir wollten einen Beweis für die Echtheit der Akte. Jetzt bekommen wir sogar mehr! Die DNA-Spuren an diesem Mordwerkzeug beweisen nicht nur, dass es diese Morde tatsächlich gegeben hat. Sie entlarven zudem den Mörder – Donovan. Das ist perfekt.«

Nick schüttelte ihre Hände ab. »Na gut, Fräulein Schlaumeier, dann erzähl mir mal, wie wir das anstellen sollen. Wie sollen wir unbemerkt auf eine Bohrinsel mitten im Golf von Mexiko gelangen, die zwar stillgelegt ist, aber rund um die Uhr bewacht wird?«

»Uns wird schon was einfallen.« Sie versuchte sich an einem bezaubernden Lächeln.

Nick fiel nicht darauf herein. »Selbst falls uns das gelingen sollte, was ich stark bezweifle, werden wir feststellen, dass es diesen Engländer nicht mehr gibt.«

»Dr. Leuthard sagt, er ist noch da.«

»Und ich sage: Bockmist.« Er zeigte mit dem Finger auf Leuthard. »Ich vertraue diesem Kerl nicht, okay?«

»Weshalb sollte er sich so eine Story ausdenken?«

»Vielleicht steckt er mit Donovan unter einer Decke?«

»Hast du sie noch alle? Sieh dir nur an, was Donovan aus ihm gemacht hat. Er hat damit gedroht, seine Tochter zu foltern und zu töten.«

»Sie sollten auf Ihre Freundin hören«, grinste Leuthard. Offenbar amüsierte ihn der kleine Streit in seiner Küche prächtig.

»Ich respektiere, was Sie durchgemacht haben«, sagte Nick zu ihm, »aber Rollstuhl hin oder her, Sie können mich mal.«

»Beherrsch dich, Nick.«

»Das ist glatter Selbstmord.« Er schob Emma zur Seite und rauschte zur Küchentür hinaus.

»Nein.« Leuthard sah Emma in die Augen. »Selbstmord wäre es, tatenlos herumzusitzen und auf Harris zu warten.«

87

Nick stand mit hinter dem Nacken verschränkten Händen im Wohnzimmer und starrte zur Decke.

»Du benimmst dich wie ein Arschloch«, warf Emma ihm vor.

»Das ist Wahnsinn«, wiederholte er seine Ansicht, diesmal jedoch ohne Aggressivität in der Stimme. »Leuthard hat dir einen Floh ins Ohr gesetzt, und du springst darauf an wie ein Fisch auf einen Wurm.«

»Was hast du erwartet? Dass es einfach wird? Dass Leuthard eine Schublade aufzieht und sagt: *Auf euch habe ich mein Leben lang gewartet. Hier sind die Beweise, die ihr sucht?*«

»Emma, was er vorschlägt, ist unmöglich.«

»Weshalb warst du vorhin so nachdenklich?«

»Häh?«

»Bevor Leuthard von dem Engländer angefangen hat, bist du nur dagestanden und hast nachgedacht.«

»Das erzähle ich dir, wenn wir unter uns sind.« Er nickte in Richtung Tür.

Leuthard rollte in den Raum und schob den Infusionsständer dabei geschickt vor sich her.

»Würden Sie uns bitte einen Augenblick allein lassen?«, bat Emma.

»Mir ist etwas eingefallen«, verkündete er. »Auf der Independence finden Sie noch etwas, das Ihnen weiterhelfen wird.«

»Ich bin ganz Ohr.«

»Dokumentieren Sie die Existenz der nicht registrierten Kohlendioxid-Pipeline, die an der Verteilerstelle unterhalb der Plattform abzweigt.«

»Dokumentieren? Sie meinen fotografieren?«

»Ein hübsches Video wäre besser.«

Nick lachte auf und warf die Hände in die Luft. »Na, diese Idee ist ja mal um Längen besser als ihre erste. Verraten Sie uns bitte auch, wie wir das anstellen sollen? Laut Ihren eigenen Worten befindet sich diese Verteilerstation in einer Tiefe von 150 Metern.«

»Benutzen Sie Ihren Verstand, junger Freund. Die Independence verfügt über ein U-Boot.«

Nick sah Leuthard an, als hätte er einen Wahnsinnigen vor sich, und vielleicht lag er damit gar nicht so falsch. »Sie schlagen allen Ernstes vor, das Wartungs-U-Boot zu stehlen, damit abzutauchen, die Verteilerstation zu suchen, alles zu filmen, unbemerkt wieder aufzutauchen und danach – als Sahnehäubchen sozusagen – den Engländer zu suchen?«

»Nicht unbedingt in dieser Reihenfolge, aber im Prinzip ja.«

»Sie sind total verrückt.« Er wandte sich an Emma. »Dir ist doch klar, dass er verrückt ist, oder?«

Sie lächelte ihn an. »George Bernard Shaw sagte einmal: *Was wir brauchen, sind ein paar verrückte Leute. Seht euch an, wohin uns die Normalen gebracht haben.*«

Er verdrehte die Augen. »Kannst du ein U-Boot steuern?«

»Nein.«

»Ich auch nicht. Merkst du was?«

»Wir werden jemanden auftreiben, der uns das beibringt.«

»Sicher. Solche Leute stehen an jeder Straßenecke und warten nur auf uns.«

»Ach, Nick, mir gefällt das doch auch nicht.« Sie griff nach seiner Hand. »Nur sehe ich keine andere Möglichkeit. Immerhin haben wir jetzt sogar zwei Ansatzpunkte. Den Engländer und die Pipeline. *Ein* Joker wird stechen.«

Er erwiderte nichts.

»Wir brauchen detaillierte Pläne der Independence«, sagte sie zu Leuthard. »Wir müssen wissen, wo sich der U-Boot-Hangar befindet, wo die Gasturbine mit dem Engländer steht und vieles andere mehr. Trauen Sie sich zu, mir diese Informationen aus dem Gedächtnis heraus zu diktieren, damit ich uns einen Wegweiser zeichnen kann?«

»Selbstverständlich.«

»Phantastisch«, sagte Nick und ließ sich in einen der Ohrensessel fallen. »Wir sind so gut wie tot.«

88

Emma schwirrte der Kopf. Seit einer Stunde schon beschrieb Leuthard die Independence bis ins kleinste Detail. Zu Emmas Erleichterung hatte sich Nick beruhigt und stellte intelligente Fragen, anstatt alles mies zu reden. Leuthard gab ihnen bereitwillig Auskunft und bestach durch ein hervorragendes Gedächtnis. Am Ende seiner Ausführungen hielt Emma schließlich eine detailreiche Skizze in der Hand, die ihnen den richtigen Weg weisen sollte.

»Eine Bitte zum Schluss«, begann sie.

»Machen Sie es kurz. Ich bin erschöpft und brauche etwas Schlaf.«

In der Tat sah Leuthard mitgenommen aus, was Emma nicht verwunderte. Täuschte sie sich, oder hing sein rechter Mundwinkel etwas schiefer nach unten als noch zu Beginn ihres Treffens?

»Ich würde mich gerne von Ihrer Tochter verabschieden.«

Leuthards Augen blitzten auf. »Nein.«

»Sollte das Corinne nicht selbst entscheiden?«

»Ich sagte nein!«

Mist. Nur zu gerne hätte sie noch einmal mit Leuthards Tochter unter vier Augen gesprochen. Corinne Leuthard hatte Emma etwas mitteilen wollen, bevor Leuthard sie so rüde unterbrochen hatte. Ihrer Miene nach zu urteilen, hatte es sich um etwas Wichtiges gehandelt. Sie musterte Leuthard. Er hing schief im Rollstuhl, und der Speichel troff ihm in einem langen Faden aus dem Mundwinkel. Wie dieser Mann seine Tochter behandelte, widerstrebte Emma, aber sie verurteilte Leuthard nicht dafür, denn Donovan hatte ein Wrack aus ihm gemacht.

»In Ordnung. Letzte Frage, Dr. Leuthard. Vielleicht ist das etwas viel verlangt, aber könnten Nick und ich heute Nacht hier schlafen? Wie Sie wissen, können wir unsere Kreditkarten nicht benutzen.«

Nick sah sie an, als wäre sie endgültig übergeschnappt. Er wollte etwas anmerken, aber mit energischem Kopfschütteln gab sie ihm zu verstehen, dass er die Klappe halten sollte.

»Ich verstehe«, sagte Leuthard, »aber das ist unmöglich.«

»Wir machen Ihnen keine Umstände. Wir schlafen auch auf dem Boden.«

»Nein. Ich habe mein Soll erfüllt. Sehen Sie die Kommode dort an der Wand, in der zweiten Schublade von oben finden Sie eine Cashcard. Das Guthaben dürfte für eine Nacht im Hotel und Ihren Rückflug ausreichen. Mehr kann ich nicht für Sie tun.«

Emma musterte den Greis mit neu erwachtem Misstrauen. Ihr war es nicht ums Geld gegangen. Dank Merediths Korallenkette befanden sich mehr als genug Credits auf ihrer eigenen Cashcard. Emma hatte vielmehr auf eine Gelegenheit gehofft, im Laufe der Nacht noch einmal mit Corinne Leuthard zu sprechen. Roman Leuthard war bereit, ihnen Geld zu schenken, nicht aber sie bei sich übernachten zu lassen, obwohl Geld in diesem Hause eindeutig Mangelware war. Was nur hatte Corinne Leuthard Emma anvertrauen wollen?

»Behalten Sie Ihr Geld und richten Sie Corinne liebe Grüße aus.« Sie schlug Nick kameradschaftlich auf die Schulter. »Komm. Wir haben einiges vor uns.«

89

Cojimar grenzte nahtlos an Kubas Hauptstadt Havanna an und lag nur etwa 280 Seemeilen südlich der Independence. Das Fischerdorf hatte sich trotz der Beeinträchtigungen eines stetig ansteigenden Meeresspiegels eine liebenswerte Ursprünglichkeit bewahrt. Widerspenstig weigerte man sich in dem kleinen Ort, die Unabwendbarkeit von Cojimars vorgezeichnetem Schicksal zu akzeptieren, obwohl bereits der gesamte nördliche Stadtteil meterhoch unter Wasser stand. Längst hatte man einen neuen Hafen anlegen müssen, doch das Leben ging hier nach wie vor seinen gewohnten Gang. Die Älteren trafen sich zum täglichen Plausch im Schatten ausladender Bäume, und herrenlose Köter schlichen durch Straßen, deren Asphaltierung mehr Schlaglöcher als intakte Stellen aufwies. Vor Dreck starrende Kinder lungerten vor den Häusern herum oder spielten in staubigen Hinterhöfen Baseball mit Holzlatten. Mit Argusaugen beobachteten sie das hellhäutige Paar, das zu Fuß und nur unzulänglich durch Baseballkappen vor der brennenden Sonne geschützt zielstrebig den neuen Hafen ansteuerte.

Emma wischte sich mit dem Handrücken den Schweiß von der Stirn. »Diese Hitze ist unerträglich.«

Nick zuckte mit den Achseln. »Letztes Jahr habe ich fünf Tage hier verbracht. An allen fünf war es heißer als heute.«

»Ist es noch weit?«

»Nein.«

Sie bogen in eine lange Straße ein, an deren Ende sich unter dem hellen Blau des Himmels eine hohe Steintreppe abzeichnete. Mit jedem Meter, dem sie sich dem Hafen näherten, schmeckte die Luft salziger.

Emma beobachtete Nick, der ganz in seine eigenen Gedanken versunken war, seit sie Hopetown verlassen hatten. »Willst du mir nicht endlich sagen, was dich bedrückt?«

»Ich bin wütend.«

»Auf Mettrack?«

»Diese Verbrecher! Kohlendioxid in dermaßen großem Umfang und über einen so langen Zeitraum zu verklappen ...« Er hielt inne und sah ihr in die Augen. »Emma, ist dir eigentlich klar, was das bedeutet?«

»Kein Wunder, dass die Meere versauert und ganze Ökosysteme abgestorben sind.« Automatisch tastete sie nach Merediths Korallenkette, griff jedoch ins Leere. Ihr Besuch beim Pfandleiher schien ewig weit zurückzuliegen. Tatsächlich war er gerade einmal zwei Tage her.

»Saure Meere sind längst nicht alles«, schnaubte Nick.

»Die Durchschnittstemperaturen auf der Erde erhöhen sich von Jahr zu Jahr. Dürreperioden wechseln sich mit verheerenden Stürmen ab, Eis und Gletscher gibt es nur noch in der Ostantarktis. In den letzten dreißig Jahren ist der Meeresspiegel um mehr als elf Meter angestiegen. Zwei Milliarden Menschen befinden sich auf der Flucht vor dem Meer und töten für Trinkwasser und Nahrungsmittel.«

»Worauf willst du hinaus?«

»Es ist allgemein bekannt, dass der massive Kohlendioxidausstoß die Hauptursache für den Treibhauseffekt ist. Ich habe auf dem Flug recherchiert und einige Berechnungen angestellt ...« Er stockte und blickte in Richtung Meer. Schließlich gab er sich einen Ruck. »Ich bin mir inzwischen sicher, dass dieser Prozess aufgrund der gigantischen Kohlendioxid-Verklappung von Mettrack derart dramatisch beschleunigt wurde!«

»Das ist jetzt nicht dein Ernst.«

»Sehe ich so aus, als ob ich Witze mache?«, fuhr er sie an. »Mettrack und deine Regierung wussten über die Risiken von Projekt Morgenröte sehr genau Bescheid, und sie nahmen die Folgen aus reiner Profitgier in Kauf.«

»Mach dich nicht lächerlich, Nick. Den Treibhauseffekt gab es schon in unserer Kindheit. Mettracks illegalen Methoden muss das Handwerk gelegt werden, keine Frage. Aber du willst dem Konzern und meinem Land die Schuld an einem Prozess zuschreiben, der nachweislich bereits im letzten Jahrhundert in Gang geraten ist. Das ist Blödsinn.«

»Blödsinn?«

»Bitte schrei mich nicht so an.«

Er kniff die Augen zusammen. »Weshalb hat sich der Kohlendioxidanteil in der Atmosphäre von ursprünglich ein Prozent inzwischen verdreifacht? Diese Frage beschäftigt die Fachwelt schon lange. Nun, ich denke, *wir* kennen jetzt den Grund.«

Sie überlegte. »Okay, *lächerlich* und *Blödsinn* nehme ich zurück, aber ich bin nach wie vor skeptisch. Mettrack verklappt illegal Kohlendioxid, ja, aber doch nur die Menge, die in der Industrie sowieso anfällt und die man auch ohne Sequestrierung in die Luft geblasen hätte.«

»Das stimmt so nicht. Der weltweite Methanverbrauch ist dank der Technologien von Mettrack unaufhörlich in die Höhe geschossen, und Methan ist dreißig Mal klimaschädlicher als Kohlendioxid.«

Er streckte zwei Finger hoch. »Der zweite Faktor ist die Sequestrierung. Du behauptest, die Industrie würde auch ohne Sequestrierung Kohlendioxid in die Luft blasen.«

»Genau.«

»Das ist falsch. Du vergisst den Zertifikatehandel. Er ermöglicht es Unternehmen und Staaten, ein Vielfaches an Kohlendioxidemissionen zu verursachen und trotzdem unter den jeweiligen Grenzwerten zu bleiben. Natürlich in der Annahme, das an Mettrack gelieferte Kohlendioxid würde fachgerecht und für alle Zeiten unter dem Meer gelagert.« Er ballte die Hände zu Fäusten. Emma spürte förmlich, wie er innerlich vor Wut kochte. »Denk nach, Emma, wir reden hier von gigantischen Mengen über einen Zeitraum von vierzig Jahren! Verflucht, das ist nicht nur bloße Theorie!«

Sie schürzte die Lippen und dachte nach. Sollte Nick

mit seiner Behauptung richtigliegen, würde das vieles erklären. Auch, weshalb der SCS noch immer existierte, weiterhin fleißig Websites zensierte, die mit Projekt Morgenröte oder der Independence zusammenhingen, und weshalb er bereit war, für eine vierzig Jahre alte Akte zu morden. Sicher, Nicks Theorie war weit hergeholt, aber bei Gott, Emma musste zugeben, dass sie schlüssig war. Sie fröstelte und bekam Gänsehaut. Nicht auszudenken, sollte Nick recht behalten und sie diesen Verdacht tatsächlich beweisen können. Ein politisches Erdbeben erster Klasse wäre die Folge. Emmas Knie wurden weich. Die Welt würde Mettrack und den Vereinigten Staaten buchstäblich die Hölle heißmachen. Und sie und Nick kämpften an vorderster Front.

90

Sie setzten sich wieder in Bewegung. Die schwüle Luft machte Emma allmählich zu schaffen. »Findest du nicht, es wäre langsam an der Zeit, mir zu verraten, was wir hier eigentlich suchen?«

»*Wen*, nicht was.«

Sie blieb stehen und verdrehte die Augen. »Genau das meine ich, wenn ich sage: Du gehst mir auf den Keks.«

Er schob seine Baseballkappe nach hinten, hob mit einer Hand ihr Kinn leicht an und blickte ihr mit schiefem Grinsen tief in die Augen. »Vertrau mir.«

»Bringst du die Indiana-Jones-Nummer jetzt öfters?«

»Wer zum Teufel ist Indiana Jones?«

»Egal.«

Er setzte sich wieder in Bewegung. »Letztes Jahr habe ich ein paar Tage in Havanna verbracht. Ich habe für einen Artikel recherchiert, der in *Welt im Wandel* veröffentlicht wurde und ganz gut ankam. Vielleicht erinnerst du dich. Er handelt von Kubas berüchtigten Städtetauchern, der Grupo Existencia.«

»Kann mich nicht daran erinnern. Über das Städtetauchen weiß ich nur, dass es gefährlich und ethisch zweifelhaft ist.«

»Dann will ich es dir erklären. Wracktauchen ist out. Stattdessen boomen Tauchausflüge durch versunkene Küstenstädte, auch wenn dies in fast allen Ländern offiziell verboten ist. Das Betauchen versunkener Städte ist ziemlich gefährlich. Jedes Jahr gibt es zahlreiche Tote, weil die Leute so unvorsichtig sind, in instabile Häuser hineinzutauchen. Den meisten Gebäuden sieht man es nicht an, aber nach mehreren Jahren unter Wasser genügen oft schon ein oder zwei unbedachte Flossenschläge, und die verrotteten Bruchbuden fallen in sich zusammen. Zum anderen gibt es in der Tat ethische Bedenken. In den Häusern befinden sich oft noch Gegenstände, die als Souvenirs mitgenommen werden.«

»Was hat das alles mit uns zu tun?«

Nick zeigte nach Westen, in Richtung einer kleinen Ansammlung von Hafenkneipen und Bars. »In der hellgrünen Kneipe dort drüben finden wir sie höchstwahrscheinlich.«

»Wen?«

»Diejenigen, die uns zur Independence bringen werden. Die Grupo Existencia.«

91

»Tauchen durch ehemalige Metropolen ist en vogue«, erklärte Nick, während sie die breite Hafenmauer entlangschlenderten. »In Asien sind Bangkok und Shanghai äußerst beliebt, in Europa Amsterdam. Mein Artikel handelt von illegalen Touren, die von Kuba aus organisiert werden. Hier in Cojimar kam ich in Kontakt mit der Grupo Existencia. Sie besteht aus jungen Kubanern, die nachts mit ihren Schnellbooten Kurs auf Miami nehmen und dort für reiche Touristen Tauchexkursionen durchführen. Du kannst dir vorstellen, dass die amerikanischen Behörden darüber nicht gerade erfreut sind.«

»Und die sollen uns anstatt nach Miami hinaus zur Independence bringen«, kombinierte Emma.

»Für Geld tun diese Typen alles.«

Sie blieb stehen und hielt Nick am Arm zurück. »Was sind das für Kerle?«

»Sie planen und führen illegale Aktivitäten durch, rasen in stockdunkler Nacht mehr als 200 Kilometer übers Meer und halten sich tagsüber in Hafenkneipen auf.« Er verzog das Gesicht. »Ich will offen sein. Diese Jungs sind bewaffnet, und es gab bereits mehrere Zwischenfälle mit der US Coast Guard. Also, was für Typen können das schon sein?«

»Deswegen hast du mir nicht verraten, was oder wen wir hier suchen. Du dachtest, ich hätte Schiss.«

Er grinste. »Hast du?«

»Nö.« Sie ließ ihn stehen und marschierte entschlossen den Kneipen und Strandbars entgegen, aus denen leise Salsaklänge herüberdrangen.

»Jetzt warte doch.« Er holte sie ein. »Mir gefällt es auch nicht. Nur sehe ich keine andere Möglichkeit, zur Independence zu kommen.«

»Hey, ich habe kein Problem damit«, log sie. Natürlich gefiel ihr die Idee ganz und gar nicht. Mit einem Haufen Halsabschneider hinaus aufs offene Meer zu fahren, wo diese Kerle mit ihr und Nick weiß Gott was anstellen konnten, war schlichtweg Wahnsinn. Tief im Innern wusste sie jedoch, dass sie keine andere Wahl hatten. Früher oder später würde Donovan hinter ihre neuen Identitäten kommen, ihre Reiseroute nachvollziehen und sie zwangsläufig schnappen. Sie konnten sich nicht ewig verstecken. Ihre einzige Möglichkeit, unbeschadet aus dieser Geschichte herauszukommen, war, Leuthards Beweise zu sichern, und dies möglichst rasch.

Sie gelangten an eine windschiefe Kneipe, deren hellgrüne Farbe längst verblasst war und an vielen Stellen abblätterte. Auf einem Schild über dem Eingang stand *Jardín de Neptuno*. Laute Musik dröhnte aufdringlich aus dem Innern.

»Nick?« Emma hielt ihn am Arm zurück. »Haben diese Kerle ihre Waffen jemals benutzt?«

Er erwiderte nichts. Damit war alles gesagt, und sie traten ein.

Etwa ein Dutzend braungebrannte und durchweg dunkelhaarige Männer hockten an Tischen oder am Tresen, tranken Bier aus Flaschen und diskutierten dabei lautstark oder spielten Backgammon. Rauchschwaden stiegen zur Decke, wo zwei Ventilatoren sie verwirbelten. Es herrschte eine brütende Hitze, der Geruch nach Männerschweiß hing in der Luft. Ein Barkeeper wischte mit einem fleckigen Putztuch gelangweilt abwechselnd über den Tresen und seine Stirn. Ein paar Köpfe drehten sich in ihre Richtung. Die einzige Frau im Raum saß an einem Tisch in der Ecke, gemeinsam mit vier athletisch gebauten Männern. Ihre Locken reichten ihr fast bis zur Hüfte.

»Gemütlich«, raunte Emma Nick ins Ohr. »Erkennst du jemanden wieder?«

»Ja. Ein paar der Jungs sind hier.«

»Wo?«

»Warte hier.« Er schob sich zum Tresen vor und versuchte dem Barkeeper gestikulierend irgendetwas zu erklären. Der Mann nickte, und Nick kam zurück. »Ich habe für uns und die Jungs was zu trinken bestellt.«

»Mir gefällt es hier nicht.«

»Die meisten Typen sind völlig harmlos. Nur vor Carlos solltest du dich in Acht nehmen. Er ist unberechenbar.«

»Wer ist Carlos?«

»Du lernst ihn gleich kennen. Komm.«

92

Nick schob sich zwischen den Tischen durch die Menge. Ein ungutes Gefühl beschlich Emma, als sie ihm folgte. Er steuerte den Tisch mit den muskulösen Männern und der Frau an. Diese bemerkte Nick und sagte etwas zu ihren Freunden. Wie auf Kommando drehten sich alle um. Misstrauisch musterten sie die Neuankömmlinge.

»Holá«, grüßte Nick und grinste in die Runde. Auf Englisch fügte er hinzu: »Lange nicht gesehen.«

»Holá, Nick«, erwiderte die rassige Kubanerin lächelnd.

Sie trug ein ärmelloses Army-Top, das sich über ihre ausladenden Brüste spannte, sowie knappe Shorts und Boots.

»Holá, María«, erwiderte Nick dümmlich grinsend. »Wie geht es dir?«

Ein kahlrasierter Kerl mit der Statur eines Baumstammes drehte sich auf seinem Hocker herum. »Was willst du?« Er sah Nick an, als wollte er jeden Augenblick den Boden mit ihm aufwischen. Er trug ein löchriges Muscleshirt. Seine muskulösen Arme waren mit Tätowierungen religiöser Symbole übersät, ebenso Hals, Nacken und Hinterkopf.

»Holá, Carlos, schön dich zu sehen.«

Falls Carlos dasselbe empfand, gelang es ihm vortrefflich, das zu verbergen. »Wer ist das?«, fragte er mit einem Kopfnicken in Richtung Emma.

»Emma, eine Freundin.«

Der Barkeeper brachte sieben Flaschen Bucanero auf einem Tablett an. Er krächzte etwas auf Spanisch, stellte das Tablett ab und trollte sich.

Niemand sagte etwas.

»Die gehen auf mich«, sagte Nick. »Betrachtet es als Geste der Freundschaft.«

Niemand griff nach den Flaschen.

»Freundschaft ist ein starkes Wort«, entgegnete der

tätowierte Glatzkopf in überraschend akzentfreiem Englisch, »und ich kann mich nicht daran erinnern, dich jemals Freund genannt zu haben.«

Zunehmend nervös blickte Emma zu Nick, der seinerseits nur auf Carlos achtete. Die Sache lief offenbar nicht ganz so, wie der tolle Herr Journalist sich das erhofft hatte.

»Was ist los, Carlos? Warum so feindselig?«

»Feindselig? Oh no. Es ist nur, du hast uns deutsche Touristen versprochen, im Gegenzug für Informationen. Wir haben dich in unserem Kreis willkommen geheißen, dir Einblick in unsere Welt gewährt, Geheimnisse mit dir geteilt, die bis dahin außerhalb der Gruppe niemand kannte. Wir haben dir vertraut. Nach einer Woche bist du verschwunden, und wer ist gekommen?« Carlos boxte einen Jüngling mit Ziegenbärtchen an. »Sag es ihm, León!«

»La Policía«, spie Ziegenbärtchen ihnen entgegen.

»Richtig«, sagte Carlos, »die Bullen sind aufgetaucht, Nick, und keine deutschen Touristen.«

Nur für den Fall sah sich Emma vorsichtshalber schon mal nach einem Fluchtweg um.

»Ich hatte damit nichts zu schaffen. Hier im Ort weiß doch jeder, womit ihr euer Geld verdient.«

»Also war alles nur ein blöder Zufall?«

»Denkst du etwa, *ich* hätte euch die Polizei auf den Hals gehetzt?«, empörte sich Nick.

»Hast du?« Carlos lächelte auf eine Art und Weise, die Emma einen kalten Schauer über den Rücken jagte. Immerhin saß der Muskelberg noch. Wirklich brenzlig würde die Lage erst werden, falls Carlos und die anderen sich erhoben.

Carlos erhob sich.

Na super.

Er baute sich vor Nick auf, der einen guten Kopf kleiner war. Unter Carlos' Muscleshirt zuckten harte Brustmuskeln, als warteten sie nur darauf, in Aktion zu treten.

»Basta«, mischte sich María ein. »Es reicht, Carlos. Miguel hat uns verpfiffen. Das wissen wir doch längst. Warum machst du Nick so an?«

»Ich wollte nur sehen, ob er nicht doch etwas mit Miguel zu schaffen hatte«, erwiderte Carlos. Ein fettes Grinsen erschien auf seinem Gesicht. Er klopfte Nick auf die Schulter und griff sich zwei freie Stühle vom Nebentisch. »Setzt euch.«

Emma atmete tief durch. »Wäre fast schiefgegangen«, raunte sie Nick zu.

»Ach was. Ich kenne Carlos. Ich wusste, dass er nur blufft.«

»Aber sicher.«

Sie nahmen Platz.

Carlos griff nach einem Bier, und als wäre das der offizielle Startschuss gewesen, taten es ihm die anderen am Tisch gleich. Ziegenbärtchen schnappte sich gleich zwei Flaschen und drückte Emma eine davon in die Hand, wobei er ihren Körper mit unverhohlenem Grinsen musterte.

Nick stellte Emma die Gruppenmitglieder vor. Carlos, Roberto, León, Jorge und natürlich María. Zwischen Nick, Carlos und María entwickelte sich in der Folge ein lebhaftes Gespräch, das sich hauptsächlich um Nicks Artikel drehte. Da man Emma wie Luft behandelte und auch León sich vorerst damit zufriedengab, sie lediglich anzugaffen, nutzte sie die Zeit, um die Anwesenden ein wenig genauer in Augenschein zu nehmen. Emma fragte sich, in welcher Beziehung Carlos zu María stand. Sie hatte ihn vorhin vor der Gruppe zurechtgewiesen – etwas, das sich garantiert nicht jedes Gruppenmitglied erlauben durfte. Wahrscheinlich waren sie ein Paar. Gegen diese Annahme sprach allerdings, dass María Nick permanent anlächelte und ihm eindeutige Blicke zuwarf. Nick schien das zu gefallen. Er führte sich auf wie ein alberner Gockel. Emma fragte sich nur, wie lange Carlos diesem offensichtlichen Geflirte tatenlos zusehen würde.

Neben León saß ein undurchsichtiger Typ namens Jorge. Sein kantiges Gesicht war unrasiert, und er trug ein verflecktes Bandana. Jorge sprach die ganze Zeit über kein Wort und beschränkte sich darauf, grimmig dreinzusehen. Ihm gegenüber saß breitbeinig und mit hinter dem Kopf verschränkten Händen Roberto. El Capitán, wie er von allen nur genannt wurde. Obwohl er ebenfalls kein Wort sagte, fand Emma ihn am sympathischsten von allen. In seinem Mundwinkel steckte eine qualmende Zigarre, die nur wenige Zentimeter aus seinem Vollbart herausragte.

Es wurde getrunken, und Carlos bestellte die nächste Runde. In Marías Gegenwart schien Nick vollkommen vergessen zu haben, weshalb sie hierhergekommen waren. Donovan saß ihnen im Nacken, und der Herr Journalist vertrödelte ihre Zeit mit blöden Machosprüchen. Emma entschied, die Sache in die Hand zu nehmen.

Sie wandte sich an Carlos: »Wir brauchen eure Hilfe.«

»Natürlich, sonst wärt ihr wohl kaum hier. Ich nehme an, es geht um mehr als einen Tauchausflug?«

Sie nickte.

Carlos musterte sie intensiv und zeigte mit dem Hals der Bierflasche auf Nick. »Ich kenne *ihn*. Aber *dich* kenne ich nicht. Wie kommst du darauf, dass *du* mich um etwas bitten kannst?«

Sie erwiderte seinen Blick standhaft. »Du verstehst da etwas falsch, Carlos. Ich bitte dich nicht um einen Gefallen. Ich schlage dir ein Geschäft vor.«

»Ich liebe Geschäfte.«

»Wir brauchen euch und eure Boote.«

»Wozu?«

»Für einen Job.« Sie blickte in die Runde. »Einen gefährlichen Job.« Das Gemurmel am Tisch erstarb. »Wir müssen an einen ganz bestimmten Ort. Es handelt sich um militärisches Sperrgebiet. Anlegen ist bei Höchststrafe verboten. Ich kann nicht ausschließen, dass man sogar auf uns schießt, falls man uns entdeckt.«

»Kubanisches oder amerikanisches Militär?«, wollte Carlos wissen.

»Das Sperrgebiet ist amerikanisches Hoheitsgebiet. Es handelt sich um eine Bohrinsel in internationalen Gewässern. Etwa 280 Seemeilen nordwestlich von hier. Sie ist stillgelegt, wird aber bis zu ihrer Verschrottung weiterhin vom US-Militär bewacht.«

»Seit wann kümmert sich das Militär um den Schutz von Bohrinseln?«, fragte Carlos misstrauisch.

»Sie erzählt keinen Scheiß, Carlos«, meldete sich Nick zu Wort. »Sagt dir der Name *Independence* irgendetwas?«

Carlos wechselte einen raschen Blick mit María.

Jemand knallte eine Bierflasche auf den Tisch.

Alle Köpfe fuhren zu dem schmuddeligen Typen mit

dem Bandana herum, der seit ihrer Ankunft kein Wort gesprochen hatte.

»La Independencia«, flüsterte Jorge mit finsterem Blick. »La isla sín tener que regresar.«

»Was hat er gesagt?«, fragte Emma, ohne Jorge dabei aus den Augen zu lassen.

»Wir kennen diesen Ort«, erklärte Carlos und nahm einen kräftigen Schluck aus der Flasche. »Wir Einheimischen nennen ihn die Insel ohne Wiederkehr.«

93

Emma und Nick saßen auf dem Lehmboden vor dem Jardín de Neptuno im Schatten einer ausladenden Palme. Schweigend hing jeder seinen Gedanken nach. Emma hatte sich einen abgefallenen Palmenwedel geschnappt und spielte nervös damit herum. Die Wartezeit zog sich hin. Wie würden sich die Kubaner entscheiden? Sie waren Emmas und Nicks einzige Chance, zur Independence zu gelangen. Sollten sie ihre Hilfe verweigern, konnten Emma und Nick Leuthards Beweise in den Wind schreiben.

Nachdem sie der Grupo Existencia ihren Plan dargelegt hatten, waren sie von Carlos aufgefordert worden, vor der Kneipe zu warten, damit die Gruppenmitglieder in Ruhe über das wahnwitzige Vorhaben diskutieren konnten. Zwar war Carlos der Kopf der Gruppe, was jedoch nicht bedeutete, dass man über Entscheidungen dieses Ausmaßes nicht gemeinsam beratschlagte.

Nach einer gefühlten Ewigkeit trat Carlos endlich aus dem Jardín de Neptuno hinaus auf den staubigen Platz, gefolgt vom Rest der Gruppe. Er verschränkte die muskulösen Arme vor der Brust. »Wir können nichts für euch tun.«

Nick breitete die Arme aus. »Komm schon, Carlos, das kann nicht dein Ernst sein.«

»Wir haben entschieden.«

»Wenn es euch nur um Kohle geht, können wir noch was drauflegen.«

»Keine Chance, *muchacho.*«

»Es ist nicht das Geld, Nick«, ergriff María das Wort. »Es ist der Ort. Er ist böse. Niemand ist von dort bisher jemals lebend wiedergekommen.«

»Moment mal«, hakte Emma nach, »bedeutet das, einer von euch war schon einmal dort?«

María schüttelte den Kopf. »Du hörst nicht zu. Ich sagte, von dort kehrt niemand zurück. Vor ein paar Jahren machte das Gerücht die Runde, die Amerikaner hätten eine Bohrinsel aufgegeben. Noch in derselben Nacht brach ein Boot mit vier Fischern aus Havanna auf, um zu sehen, ob sich dort etwas Verwertbares finden ließe, was man leicht zu Geld machen kann.«

»Eine nette Umschreibung für Plünderung.«

»He, Süße, hier bei uns muss jeder zusehen, wo er bleibt, okay?«

»Sicher.«

»Man hat nie wieder von diesen Fischern gehört.« María kniff die Augen zusammen. »Man nahm an, sie seien gekentert. Am nächsten Tag aber fand man ihr Boot im Golf treibend. Von der Besatzung keine Spur. Drei

Tage später versuchten zwei Männer aus Santa Cruz del Norte ihr Glück. Auch sie hat man nie wiedergesehen. Der Begriff *Insel ohne Wiederkehr* war geboren und verbreitete sich wie ein Lauffeuer. Seitdem hat nie wieder jemand versucht, dorthin zu gelangen.«

»Ich fasse es nicht«, seufzte Nick, »ihr glaubt an Gespenstergeschichten?«

»Das sind keine Geschichten«, beharrte María. »Es sind Tatsachen.«

»Mag sein«, warf Emma ein, »aber diese Männer waren unvorsichtig, weil sie nicht ahnten, was sie auf der Independence erwartet.« Sie sah Carlos herausfordernd an. »Wir dagegen können uns entsprechend vorbereiten.«

»Die Gruppe hat entschieden«, beharrte Carlos.

»Das darf doch nicht wahr sein.« Resignierend warf Nick die Hände in die Luft.

Emma dagegen hatte nach Jorges Reaktion im Jardín de Neptuno mit dieser Entscheidung gerechnet. Und sie hatte sich etwas einfallen lassen.

Sie stand auf und klopfte sich den Staub von der Jeans. »Ihr sagt also, Geld interessiert euch in diesem Fall nicht.« Sie wechselte in ihre geschäftsmäßige Pressekonferenzstimme. »Wie ich vorhin aus eurer Unterhaltung herausgehört habe, läuft das Geschäft mit den Tauchtouristen nicht mehr so gut, nachdem halb Havanna diese lukrative Einkommensquelle für sich entdeckt hat. Zu viel Konkurrenz.« Penibel achtete sie darauf, mit jedem Einzelnen Sichtkontakt herzustellen. »Was würdet ihr sagen, wenn ich euch etwas anbiete, was niemand sonst in Havanna besitzt? Etwas, das eurem Geschäft ein Alleinstellungsmerkmal verleiht. Etwas, das die Touristen in Scharen zu euch lockt.«

»Was?«, wollte Carlos wissen.

Sie spürte, dass sie ihn am Haken hatte, und ließ ihn einen Moment zappeln, bevor sie antwortete. »Ein U-Boot.«

Carlos sah aus, als überlegte er, ob er gerade von einer 1,64 Meter kleinen weißen Amerikanerin verarscht wurde.

»Ein U-Boot?«, wiederholte María.

»Mit ein wenig Glück vielleicht sogar zwei.« In kurzen Worten erzählte Emma von den beiden Wartungs-U-Booten der Independence. Mindestens eines davon würden sie sowieso kurzschließen müssen, um zur Verteilerstation abzutauchen. »Weshalb also dieses U-Boot wieder brav in den Hangar zurückbringen?«

»Das ist gut«, pflichtete Nick ihr bei. »Wir schnappen uns die U-Boote!«

Carlos dachte nach. Er suchte Blickkontakt mit María, die lediglich die Lippen schürzte.

»Stellt euch die Möglichkeiten vor, die ein eigenes U-Boot bietet«, führte Emma weiter aus. »Menschen, die selbst nicht in der Lage sind, zu tauchen, kommen dank euch plötzlich in den Genuss einer Tauchtour. Alte Menschen. Kranke Menschen. Kinder könnten gemeinsam mit Mami und Papi eine Tour durch Miami buchen oder ihren Eltern durch die Bullaugen beim Tauchen zusehen. Eine phantastische Vorstellung, wenn ihr mich fragt. Die Touristen werden euch die Bude einrennen, und ihr werdet das Geld schubkarrenweise abtransportieren.«

»Sie hat recht«, rief Nick. »In Asien und Europa werden schon seit Jahren U-Boot-Touren angeboten. Zum Teil werden dafür sogar staatliche Lizenzen vergeben.«

An den Gesichtern der Kubaner erkannte Emma, dass sie mit ihrer Vision voll ins Schwarze getroffen hatte. Es war Roberto, der das Schweigen brach. »Hört sich für mich gut an.«

»Cool«, sagte León.

»María?«, fragte Carlos.

Sie lächelte. »Die Idee hat was.«

»Jorge?«

»No!« Der undurchsichtige Mann mit dem Bandana spuckte vor ihnen aus. »Was bringt uns ein verschissenes U-Boot, wenn wir alle sterben?«

»Wie denkst du darüber, Carlos?«, wandte sich Emma demonstrativ an Jorges Anführer.

Carlos ließ sich Zeit. Schließlich sagte er: »Wir brauchen jemanden, der ein U-Boot bedienen kann.«

Ja! Sie hatte es gewusst. Einer Verlockung wie dieser konnte jemand wie Carlos nicht widerstehen. Sie knuffte Nick in die Seite. Er grinste bis über beide Ohren.

»José Fuentes«, schlug Roberto vor.

»El soldado loco?« María verzog das Gesicht.

»José war bei der Marine.«

»Nur weil er bei der Marine war, kann er noch lange kein U-Boot bedienen«, warf Carlos ein.

Roberto zog genüsslich an seinem Zigarrenstumpen und blies einen dicken Rauchring in die Luft. »José kann das.«

»Wir werden ihn fragen«, entschied Carlos und wandte sich an Nick. »Wann wollt ihr aufbrechen?«

»Sobald wir einen Plan ausgearbeitet haben. Wir dachten an morgen Abend. Je eher, desto besser.«

»Geh und sprich mit José«, wies Carlos Roberto an. »Wenn er dabei ist, sind auch wir dabei.«

Roberto nickte und marschierte los.

Emma sah ihm nach. Die Dinge gerieten in Bewegung. Das war gut. Weniger gut war, dass sie Carlos und den anderen etwas Wichtiges in Bezug auf die U-Boote verschwiegen hatte. Sie wunderte sich, dass diesbezüglich niemand nachfragte. Kam außer ihr denn keinem in den Sinn, dass sie diese U-Boote, nach all den Jahren, womöglich gar nicht mehr vorfinden würden? Verstohlen blickte Emma in die Runde. Wie würden diese Männer reagieren, sollte das tatsächlich der Fall sein? Emma konnte es sich lebhaft vorstellen. Es würde alles andere als angenehm für sie und Nick werden. Irgendwann mussten sie sich diesem Problem stellen, so viel stand fest. Nur befanden sie sich dann bereits auf der Independence.

Nick klatschte in die Hände. »Okay, wir brauchen einen Plan.«

Jorge spuckte ein weiteres Mal geräuschvoll aus, diesmal direkt vor Emmas Füße. »Wir werden alle sterben«, meinte er, und aus seinen Augen sprach der pure Hass.

94

Die Arme um die Knie geschlungen, saß Emma am Strand von Cojimar. Die letzten Strahlen der untergehenden Sonne beschienen von unten die verwehten Cirruswolken und färbten sie leuchtend rot. Emma wünschte, dieser Augenblick würde ewig andauern. Trotz der Hitze fröstelte sie. *Wir werden alle sterben.* Jorges Worte hallten in Emmas Kopf wider. Sie mochte den Kubaner mit dem Bandana nicht, aber seine offenkundige Angst vor diesem Unternehmen war zweifellos begründet. Leider blieb Emma und Nick keine andere Wahl, wollten sie die Wahrheit ans Licht bringen und gleichzeitig ihr Leben retten. Der Gedanke an das, was vor ihr lag, schnürte Emma den Magen zu. Sie hatte seit dem Morgen nichts gegessen und kaum etwas getrunken. Was, außer Übelkeit, hielten die nächsten 24 Stunden noch für sie in petto? Sie blickte hinüber zu Nick, der gemeinsam mit den anderen ein Stück weit entfernt stand. Er war in eine Diskussion mit Carlos und María vertieft, von denen Emma inzwischen wusste, dass sie kein Paar, sondern Bruder und Schwester waren. Gerne wäre Emma noch eine Weile für sich alleine geblieben, doch wollte sie sich unbedingt an den Planungen für heute Nacht beteiligen. Sie stand auf, klopfte sich den Sand vom Hintern und ging zu den anderen.

»Könnte hinhauen«, sagte Nick gerade und fuchtelte mit seiner Zigarette herum, »aber vergesst die Sperrzone nicht. Wir reden hier von einem Radius von zwei Kilometern. Genau wissen wir es nicht, aber wir müssen davon ausgehen, dass die Wachmannschaft nach wie vor ein Radargerät im Einsatz hat, dazu kommen mit Sicherheit Nachtsichtgeräte und Infrarotsensoren.«

»Ich sehe keine Alternative zu Robertos Vorschlag«, erwiderte Carlos. »Dieses Risiko werden wir eingehen müssen.«

»Sieht wohl so aus«, sagte Nick sichtlich unzufrieden und zog an seiner Zigarette.

»Von welchem Risiko redet ihr?«, fragte Emma. Eigentlich wollte sie es gar nicht hören, doch ihr war klar, dass es niemandem etwas nutzte – am allerwenigsten ihr selbst –, wenn sie hier und jetzt den Kopf in den Sand steckte.

»Roberto hat eine Idee, wie wir das Problem der Sperrzonenüberwachung lösen können«, antwortete Nick, »aber ehrlich gesagt, halte ich diesen Plan für etwas naiv.«

»Roberto kennt sich mit so etwas aus«, sagte Carlos. »Wir verarschen die US Coast Guard dreimal die Woche, und das seit Jahren, schon vergessen?«

»Was, wenn sie über Schnellboote verfügen?«

Emma fiel auf, wie angespannt Nick wirkte.

»Wir machen es so, oder wir lassen es bleiben«, bestimmte Carlos.

Emma fuhr sich durch die von Schweiß und Staub verfilzten Haare. »Was genau habt ihr vor?«

In knappen Worten erklärte Carlos ihr den Plan. Insgesamt erschien er Emma zu einfach strukturiert. Zu glatt. Sie hatte das starke Gefühl, dass Carlos ihnen etwas verheimlichte, aber es wäre unklug gewesen, ihn vor seinen Leuten darauf anzusprechen. Sie entschied abzuwarten, bis sich eine bessere Gelegenheit dazu bot, und blickte reihum. María und León würden bedingungslos tun, was Carlos verlangte. Der abwesende Roberto vermutlich ebenso. Jorge konnte zum Problem werden. Schon den ganzen Tag über sah er sie an, als würde er sie am liebsten fressen. Mit ihm wollte sie nicht alleine gelassen werden. Sie war überzeugt, Jorge würde ihr bei erstbester Gelegenheit die Kehle durchschneiden. Offenbar sah er aus unerfindlichen Gründen in ihr die Wurzel allen Übels.

»Lasst uns noch kurz beim Thema Schnellboote bleiben«, begann Nick erneut. »Denn wenn ...«

»Was ändert das?«, fuhr Carlos ihm über den Mund. »Gar nichts! Kein Boot ist schneller als unsere *Ventisca.*«

»Vielleicht kann Tom uns weiterhelfen«, überlegte Emma.

»Inwiefern?«, fragte Nick.

»Vielleicht kann er herausfinden, ob wir mit Schnellbooten rechnen müssen.«

Sie wandte sich an María. »Würdest du mir kurz deinen Communicator ausleihen?«

»Fang auf!« María warf ihr ein vorsintflutliches Gerät zu.

»Ich halte das für keine gute Idee«, sagte Nick, »vielleicht überwachen sie seinen Anschluss.«

»Das Risiko gehe ich ein.« Sie wählte Toms Nummer aus dem Gedächtnis heraus. Das Freizeichen erklang, und sie entfernte sich einige Schritte von der Gruppe.

Das Bild einer älteren Frau erschien auf dem Display. Ihre Augen waren gerötet. Sie hatte geweint. »Ja?«

»Entschuldigung, ich glaube, ich habe mich verwählt.«

Emma wollte die Verbindung schon beenden, als die Frau sagte: »Suchen Sie meinen Tommy?«

Mit einem Mal erkannte Emma die frappierende Ähnlichkeit zwischen Tom Holyfield und dieser Frau, bei der es sich nur um seine Mutter handeln konnte. »Ähm, ich hätte gerne mit Tom gesprochen.«

Die Frau begann zu schluchzen. Ihre Lippen zitterten. »Tom ... mein Tommy ... o mein Gott, er ist tot.«

Sämtliches Blut wich aus Emmas Kopf und sackte in ihre Beine, als hätte ihr jemand mit einem Baseballschläger von hinten in die Kniekehlen geschlagen. Sie ging in die Knie. *Nein!* Tom sollte tot sein? Das konnte nicht stimmen. Das durfte einfach nicht sein! Sie spürte Tränen ihre Wangen hinunterrinnen. Wie durch ein Wattekissen hindurch hörte sie sich sagen: »Hatte er einen Unfall?«

Toms Mutter rang sichtlich um Fassung. »Seine ... Leiche wurde heute Morgen in einem Hotelzimmer in Frankfurt gefunden. Er hat ... mein Tommy hat ... sie sagen, er hat Selbstmord begangen ... sich erschossen.«

»Was?«, brüllte Emma in den Hörer. »Tom soll sich erschossen haben? Nie im Leben!«

»Sind Sie, *waren* Sie eine Freundin von Tommy?«

Alle Dämme brachen. Emma beendete die Verbindung und ließ ihren Gefühlen freien Lauf. Am ganzen Körper bebend, kniete sie im Sand. Toms Tod war einzig und allein ihre Schuld. Sie hätte ihn nie in diese Sache mit reinziehen dürfen.

Jemand kniete sich vor sie und nahm ihr Gesicht in seine Hände. »Um Gottes willen, Emma, was ist los?«

Sie sah Nick vor sich wie durch einen dichten Nebel. »Tom ist tot. Er wurde erschossen.«

»Heilige Scheiße!« Nick wollte sie an sich drücken, doch sie entwand sich seiner Umarmung und stand auf. Neugierig sahen die Kubaner zu ihnen hinüber. Emma wischte sich fahrig die Tränen aus dem Gesicht. Nick berührte sie sanft an der Schulter. »Jetzt atme erst einmal tief durch, und dann erzählst du mir alles.« Er unternahm einen weiteren Versuch, sie tröstend an sich zu drücken.

Sie stieß seine Hand beiseite. »Deine beschissenen Ratschläge kannst du dir an den Hut stecken. Du sagst mir nicht, wann ich mich zu beruhigen habe.« Sie drehte sich weg und starrte ins Nichts. Tom war tot, und Nick fiel nichts Besseres ein, als ihr zu sagen, sie solle sich beruhigen? Sie schlang die Arme um den Oberkörper und lief über den Strand, bis das warme Wasser des Golfs ihre Füße umspülte. Die Sonne war untergegangen, und der Wind wehte jetzt frischer. Sie brauchte gute zehn Minuten, um ihre Schuldgefühle Tom gegenüber wenigstens so weit in den Griff zu bekommen, damit sie den anderen wieder unter die Augen treten konnte, ohne bei der nächstbesten Gelegenheit sofort wieder in Tränen auszubrechen. Aber sie wusste, Toms Tod würde sie auf ewig verfolgen.

Sie kehrte zur Gruppe zurück und berichtete, was sie von Toms Mutter erfahren hatte.

»Also kennt Donovan unsere neuen Identitäten«, fasste Nick pragmatisch zusammen und klopfte eine neue Kippe aus der Schachtel. »Jede weitere Minute, die wir jetzt noch verschwenden, mindert unsere Chancen.«

»Sehe ich genauso«, nickte Carlos. »Wir brechen noch heute Nacht auf.«

»Heute Nacht oder gar nicht«, nickte Emma. »Uns bleibt keine andere Wahl.«

95

Nur eine Stunde später verließen zwei Schnellboote den Hafen von Cojimar – in Schrittgeschwindigkeit, mit gelöschten Positionsleuchten und dank der Brennstoffzellenantriebe beinahe geräuschlos. Auf dem vorausfahrenden Boot befanden sich Emma, Nick, María, León und Carlos, der die Instrumente und Joysticks am Steuerstand bediente. Ihnen folgten Jorge, José Fuentes und El Capitán Roberto, dessen Zigarre in der Dunkelheit gelegentlich rot aufglimmte.

Die beiden elf Meter langen, jedoch nur drei Meter breiten Katamarane stammten aus der amerikanischen Rennszene. Carlos hatte sie gebraucht von einem seiner Klienten zu einem Spottpreis erworben und sie in mühevoller Handarbeit einem Refit unterzogen. Die beiden mittig verlaufenden Sitzreihen mit den Bauchgurten und nach unten klappbaren Schulterbügeln sprachen Bände. Sie erinnerten Emma an Rückhaltesysteme von Achterbahnwaggons und gaben einen Vorgeschmack auf das, was einem an Bord dieser Geschosse erwartete. Nicht umsonst hieß ihr Boot Ventisca, was so viel wie Blizzard bedeutete. Unter die Sitzreihen hatten die Kubaner vor dem Ablegen mehrere olivgrüne Stahlkisten geschoben und mit Spanngurten gesichert. Mit Unbehagen dachte Emma an den Inhalt dieser Kisten.

Sie lehnte sich an den Steuerstand und sah zu, wie die Lichter der Häuser und Kneipen von Cojimar zurückblieben, mit der Zeit verblassten und schließlich von der mondlosen Nacht verschluckt wurden.

»Wie geht es dir?«, fragte Nick, der neben ihr stand.

»Ich muss die ganze Zeit an Tom denken.«

Er nickte. »Ich kann mir vorstellen, wie sehr dich das belastet.«

»Nein, kannst du nicht.«

»Donovan hat meine Mutter getötet«, presste Nick hervor.

»Bitte verzeih.«

»Schon gut. Aber was Tom betrifft: Niemand hat ihn dazu gezwungen, bei dieser Sache mitzumachen. Es war seine eigene Entscheidung. Er wusste um das Risiko.«

»Das bezweifle ich.« Sie seufzte. »Machen wir uns nichts vor, Nick. Ich habe ihn dazu überredet. Du kannst dir nicht einmal annähernd vorstellen, wie schuldig ich mich fühle.«

»Keiner von uns konnte das vorhersehen, also gib dir nicht die Schuld dafür.«

»Reden wir über was anderes, okay?« Sie deutete auf die Stahlkisten unter den Sitzreihen. »Hast du gesehen, was Roberto und Fuentes alles angeschleppt haben? Als ob wir in einen verdammten Krieg ziehen.«

»Aus Fuentes' Sicht tun wir genau das.«

»Hast du das Klappmesser gesehen, mit dem er andauernd herumspielt?«

»Ich mache mir mehr Sorgen wegen der Maschinenpistolen und Handgranaten unter unseren Sitzen.«

»Du lieber Himmel, Nick, wir werden dieses Zeug doch nicht wirklich benutzen, oder?«

»Vielleicht ja, vielleicht nein.« Er zuckte mit den Schultern.

»Ich werde auf niemanden schießen«, stellte Emma

klar. »Und ich möchte auch nicht, dass Fuentes oder irgendjemand es tut, verstanden?«

»Herzchen, das liegt nicht mehr in unserer Hand. Schau dir die Typen an. Sie sind heiß auf das U-Boot, und Fuentes kommt mir vor, als könnte er es kaum erwarten, ein paar deiner Landsleute kaltzumachen.«

»Den Eindruck habe ich auch.« Sie runzelte die Stirn. »Woher hat er überhaupt diese ganzen Waffen?«

»Alte paramilitärische Bestände, über die nirgendwo Buch geführt wurde.«

»Es gibt noch etwas, was mir Sorgen bereitet«, wechselte Emma das Thema. »Die U-Boote.«

»Was ist damit?«

»Na ja, du hast es gerade selbst gesagt: Diese Kerle sind so scharf darauf, dass sie dafür bereit sind, zu töten.« Sie senkte die Stimme. »Hast du dir mal überlegt, was Carlos mit uns anstellt, falls die U-Boote nicht mehr da sein sollten?«

»Weshalb sollten sie nicht mehr da sein?«

»Die Independence wurde vor fünf Jahren stillgelegt. Wozu benötigt man Wartungs-U-Boote auf einer Bohrinsel, die nicht mehr gewartet werden muss? Vielleicht konnte man sie auf einer der neueren Bohrinseln gebrauchen.« Sie machte eine Pause und setzte dann noch eins drauf: »Selbst wenn sie noch dort sind, wer sagt uns, dass sie funktionieren? Fünf Jahre sind eine lange Zeit.«

»Carlos würde uns den Haien zum Fraß vorwerfen.«

»Wenn nicht Schlimmeres«, bestätigte sie ihm. »Mich wundert nur, dass bisher keiner darauf gekommen ist.«

»Diese Jungs sind nicht die Hellsten.« Er zwinkerte ihr zu.

»Du hast auch nicht daran gedacht«, erinnerte sie ihn und zwinkerte zurück.

»Vamos!«, rief Carlos unvermittelt. »Hinsetzen und anschnallen! Die Systeme sind so weit.« Er grinste. »Dann legen wir den Hebel mal ordentlich auf den Tisch.«

»Was meint er damit?«, fragte Emma leise.

»Vollgas.«

»Aha.« Sie setzte sich in einen der Hartschalensitze direkt vor dem Steuerstand. María hatte ihr vor dem Ablegen dazu geraten, da Passagiere auf diesen Plätzen erfahrungsgemäß seltener kotzten als Passagiere, die weiter vorn saßen.

Nick setzte sich neben sie, María und León nahmen auf der rückwärtigen Seite Platz. Kaum klickte der Gurt in Emmas Schloss, senkte sich auch schon ihr Schulterbügel. Er stoppte erst, nachdem er Emma fest in den Sitz gedrückt hatte.

»Festhalten!« Carlos drückte den Joystick bis zum Anschlag nach vorne, und der Wahnsinn begann.

96

Mit mehr als 130 Meilen pro Stunde schanzte die Ventisca von Wellenkamm zu Wellenkamm. Emma wurde durchgeschüttelt, dass ihr Hören und Sehen verging. Ihr Magen protestierte. Mit beiden Händen umklammerte sie die Schulterbügel.

Die nächsten beiden Stunden versuchte sie, an gar nichts zu denken.

Eine gefühlte Ewigkeit später nahm Carlos endlich Schub weg und schaltete in den Leerlauf. Vor wenigen Sekunden noch über die Wellen gejagt, dümpelte die Ventisca nun träge im Rhythmus der Dünung auf und ab. Emmas Hirn fühlte sich an wie nach einem Zwei-Stunden-Schleudergang. Immerhin hatte sie nicht gekotzt. Die Schulterbügel öffneten sich, und sie kletterte mit weichen Knien aus dem Sitz.

»Ist alles in Ordnung mit dir?«, fragte Carlos grinsend.

»Kein Problem«, winkte sie ab und stolperte im selben Augenblick über ihre eigenen Füße. Carlos packte sie an den Hüften, bevor sie über Bord gehen konnte, hob sie über die Sitze hinweg und stellte sie am Steuerstand ab, als sei sie eine Schaufensterpuppe.

»Halt dich an den Griffen fest«, riet er ihr.

Sie nickte.

Die Wellen hatten seit Cojimar an Höhe gewonnen, und der Wind hatte aufgefrischt. Es war merklich kühler geworden. Nick gesellte sich zu ihr. Auch er war um die Nasenspitze herum etwas blass. Schweigend sahen sie zu, wie Robertos Boot sich näherte, ein schwarzer Schatten in einer rabenschwarzen Nacht. Wenig später dümpelten die beiden Katamarane eng vertäut nebeneinander auf den Wellen.

»Die Independence liegt zehn Seemeilen nordöstlich von uns«, informierte sie Carlos. »Zeit für die Schlussbesprechung, bevor wir in ihren Kontrollbereich eindringen.« Emma konnte sich vorstellen, wie der tätowierte Mann den letzten Satz dreimal pro Woche zu Touristen sagte.

»Ihr Radar hat uns längst erfasst«, meinte José Fuentes trocken.

Emma betrachtete sein von tiefen Falten zerfurchtes, mit grauen Bartstoppeln übersätes Gesicht. Fuentes trug eine verwaschene grüne Uniform und eine Militärmütze mit kurzem Schild. Ihn umgab eine durch und durch unangenehme Aura.

»Solange wir uns nicht in der Sperrzone aufhalten, interessiert das die Wachen einen Scheißdreck«, erwiderte Carlos. »Das Wetter verschlechtert sich. Navtex meldet in den nächsten Stunden ein sich verstärkendes Tiefdruckgebiet mit zunehmendem Wind. In der Spitze bis 35 Knoten. Wellenhöhe steigend auf bis zu fünf Meter.«

»Hört sich nach viel an«, flüsterte Emma Nick zu.

»Böses Omen«, murmelte Jorge, aber niemand beachtete ihn. Das heißt, jeder gab sich Mühe, ihn zu ignorieren.

»Wir kennen die Höhe der Anlandungsdocks nicht«, erklärte Carlos, »aber eins ist sicher. Die Docks sind für deutlich größere Schiffe gebaut. Wir werden mit dem Anlegen auch ohne den hohen Wellengang Probleme genug bekommen.«

»Wenn wir überhaupt so weit kommen«, sagte Jorge und spuckte aus. »Sie werden uns schon vorher abknallen. Niemand ist bisher von dort ...«

»Halt die Fresse!«, fuhr ihm Carlos über den Mund. »Noch ein Wort, und ich schneide dir die Zunge heraus. Kapiert?«

Emma und Nick sahen sich an. Du meine Güte, hoffentlich waren die U-Boote da, und hoffentlich funktionierten sie auch.

Fuentes klopfte Jorge seelenruhig auf den Rücken. »Uns knallt niemand so einfach ab, *camarada*. Wir haben ein paar Überraschungen für die Americanos eingepackt. Zeit für die Kisten, Carlos.«

Carlos nickte María und León zu. Die beiden zogen die Stahlkisten hervor, öffneten sie, und María begann mit dem Verteilen von Kampfmessern, halbautomatischen Pistolen Kaliber neun Millimeter sowie von kurzläufigen Maschinenpistolen, die laut Fuentes aufgrund ihrer hohen Feuerdichte ideal zur Bekämpfung von Zielen auf kurze Entfernungen geeignet waren. Während die Waffen von Hand zu Hand wanderten, lief Emma ein Schauer über den Rücken. Zu guter Letzt befreite María mehrere eiförmige Handgranaten aus ihren Schaumstoffhüllen und drückte jedem der Kubaner eine davon in die Hand. Emma hielt sie eine Pistole vor die Nase. »Nimm!«

»Nein.«

»Vielleicht wirst du sie brauchen.«

»Möglicherweise. Aber selbst wenn, ich würde sie niemals benutzen. Tut mir leid.«

»Ich nehme sie«, sagte Nick und nahm María die Waffe aus der Hand. Diese zuckte mit den Schultern und reichte ihm zwei Wechselmagazine. Nick prüfte das in der Waffe befindliche Magazin. Es war randvoll. Er schob es zurück, bis es klickend einrastete.

»Woher weißt du, wie man mit so einem Ding umgeht?«, fragte Emma.

»Ich habe mich lang genug in Asien und Zentralafrika aufgehalten.«

»Aha. Jag mir nur nicht versehentlich eine Kugel

durch den Kopf, hörst du? Das würde ich dir echt übelnehmen.«

Er grinste schief und steckte die Pistole vorne in seinen Hosenbund.

Carlos klatschte in die Hände. »Gehen wir den Plan ein letztes Mal durch.« Er nickte Jorge und Fuentes zu, die daraufhin zu ihnen auf die Ventisca wechselten. Roberto blieb alleine auf seinem Boot zurück. »Wenn wir auf die Insel zufahren, sollen die Amerikaner denken, sie haben es mit einer Mutprobe durchgeknallter Jugendlicher auf Speed zu tun. Alles hängt davon ab, dass wir ihnen weismachen, es handle sich nur um *ein* Boot, das ihnen da entgegenkommt, und nicht um *zwei*. Roberto, das bedeutet, du musst immer direkt neben uns bleiben. Niemals mehr als einen Meter Abstand zwischen den beiden Booten, verstanden?«

»Muy bien.«

»Die Katamarane sind schmal, und die technische Ausrüstung dieser Bohrinsel ist veraltet«, fuhr Carlos fort. »Wenn wir uns keinen Fehler leisten, werden die Wachen auf ihrem Radar nur ein Boot sehen anstatt zwei.«

»Sobald wir nahe genug dran sind, werden die Americanos ihre Suchscheinwerfer einschalten«, gab Fuentes zu bedenken.

»Müssen wir eben schneller sein als die«, grinste Roberto.

Die Gelassenheit und Zuversicht des bärtigen Mannes imponierte Emma. Sie sah in die Runde. Ihr Blick blieb an Fuentes hängen. Sein verschlagener Gesichtsausdruck gefiel ihr nicht. Sie wünschte, sie könnte Robertos positive Einstellung teilen, aber irgendetwas sagte ihr, die Wachen der Independence würden heute Nacht nicht ihr einziges Problem bleiben.

97

Gefährlich nah beieinander rasten die Katamarane mit halsbrecherischer Geschwindigkeit der Independence entgegen. Sorgenvoll beäugte Emma die lächerliche Lücke zwischen den Booten. Der Abstand der Borde betrug keinen Meter. Sollte einer der Männer am Steuer auch nur den geringsten Fahrfehler begehen, würden die Rennkatamarane unweigerlich miteinander kollidieren.

Emma blickte in Fahrtrichtung voraus, wo außer Schwärze und gelegentlich silbern glitzernden Wellenkämmen nichts weiter zu sehen war. Irgendwo dort vorne wartete die Independence und mit ihr Leuthards Beweise. Der Gedanke elektrisierte sie. Der Gedanke an die Marines, die ebenfalls dort auf sie warteten, gefiel ihr dagegen weniger.

Das UKW-Funkgerät am Steuerstand der Ventisca knarzte. Laut und vernehmlich ertönte eine befehlsgewohnte Stimme: »An den Kapitän des Schnellbootes auf Position 24 Grad 39 Minuten Nord, 84 Grad 52 Minuten West. Hier spricht Lance Corporal Steven Capshaw, United States Marine Corps.«

Emma nagte an ihrer Unterlippe. Niemand an Bord der Ventisca sprach ein Wort. Das war sie, die erwartete Aufnahme des Funkkontakts durch die Wachleute. Das Spiel begann.

»Sie sind im Begriff, eine militärische Sperrzone der Vereinigten Staaten zu befahren, die unmissverständlich durch rote Leuchtbojen gekennzeichnet ist. Wir fordern Sie dazu auf, umgehend Ihren Kurs zu korrigieren. Sollten Sie dieser Aufforderung nicht nachkommen, sind wir dazu ermächtigt, Sie am Befahren der Sperrzone zu hindern. Over.«

Emma blickte hinüber zu Roberto, der keine vier Meter neben ihr mit seiner Zigarre im Mundwinkel breit grinsend hinter dem Steuer des zweiten Katamarans stand. Ihr war klar, weshalb er glänzende Laune hatte. Lance Corporal Steven Capshaw hatte von *einem* unbekannten Schnellboot gesprochen. Nicht von *zwei*. Bisher schien Robertos tollkühner Plan tatsächlich aufzugehen. Plötzlich hätte Emma alles darum gegeben, auf dessen Boot zu sein. Irgendwie hätte sie sich unter Robertos Obhut wohler gefühlt. Leider sah der Plan für ihn, mitsamt seinem Boot, etwas anderes vor.

»An den Kapitän des unbekannten Schnellbootes: Ihr IBID-Identifikator funkt keine Daten. Wir fordern Sie hiermit auf, sich zu identifizieren oder auf der Stelle Ihren Kurs zu ändern! Sollte Ihr IBID defekt sein, erwarten wir Ihre Identifikation per Funk. Over.«

»Da kannst du lange warten«, brummte Carlos, der den IBID der Ventisca vor wenigen Minuten erst deaktiviert hatte.

Zweihundert Meter schräg vor ihnen tauchte eine auf den Wellen tanzende, rot blinkende Leuchtboje auf. Sie behielten Kurs und Geschwindigkeit bei, und die Boje blieb querab zurück. Sie befanden sich in der Sperrzone.

Es knarzte erneut. »Nicht identifiziertes Schnellboot, kehren Sie auf der Stelle um! Sollten Sie Ihren Kurs beibehalten und weiter in das Sperrgebiet eindringen, werden wir von unserem Schussrecht Gebrauch machen. Dies ist unsere letzte Warnung! Over.«

Im Gegensatz zur Sperrzone umfasste das Sperrgebiet einen Bereich mit einem Radius von fünfhundert Metern rund um die Independence. Wer auch immer sich unbefugt in einem solchen Bereich aufhielt, durfte laut internationalem Seerecht jederzeit ohne weitere Warnung erschossen werden.

»Schau«, sagte Nick, und im selben Moment sah Emma es auch.

Lichter. Zu Hunderten tauchten sie mit einem Mal wie aus dem Nichts auf. Vor ihnen, rechts, links, überall. Manche blinkend, andere konstant leuchtend, einige heller, andere kaum sichtbar, manche knapp über der Wasseroberfläche, andere in schwindelerregender Höhe. Als rasten sie mit der Ventisca direkt ins Zentrum der Milchstraße. Mehrere Lichterketten erstreckten sich in unterschiedliche Richtungen vom Zentrum dieser Milchstraße nach draußen. Die Independence besaß neben der Hauptplattform drei weitere Plattformen, und Emma wurde klar, dass es sich bei diesen Lichtern um die Verbindungsstege der einzelnen Plattformen untereinander handelte. Je näher sie kamen, desto weitverzweigter wurde das Lichtermeer.

»Scheiße«, rief Carlos, »das ist ein verdammtes Labyrinth. Wo zum Teufel müssen wir lang?«

»Zur Hauptplattform«, antwortete Nick.

»Natürlich zur Hauptplattform, *culo*, aber welches *ist*

die beschissene Hauptplattform? Ich sehe nichts außer Lichtern.«

Emma legte Carlos den Arm auf die Schulter und zeigte nach vorn. »Steuere auf das höchste Licht zu, das du siehst. Dort drüben. Das muss der Bohrturm sein, und der befindet sich auf der Hauptplattform.«

»Nimm dir ein Beispiel an der Kleinen«, sagte Carlos zu Nick und schrie Roberto etwas zu. Sie zählten gemeinsam mit den Fingern auf drei und steuerten dann, in einer perfekt koordinierten Aktion, eine enge Linkskurve, wobei Roberto der Ventisca mit seinem Boot gefährlich nahe kam.

Mit unverminderter Geschwindigkeit rasten sie zwischen zwei v-förmig abzweigenden Verbindungsstegen auf das vermeintliche Positionslicht des Bohrturms zu. Querab zu beiden Seiten, am Ende der Verbindungsstege, zeichneten sich die Silhouetten der Nebenplattformen ab.

Ein schwarzer Schatten schälte sich vor ihnen aus dem Dunkel. Gewaltig, mächtig, eindrucksvoll, bedrohlich. *Die Hauptplattform.*

Sie näherten sich dem stählernen Koloss zu schnell, um Einzelheiten ausmachen zu können. Emmas Blick erfasste die Umrisse der imposanten Aufbauten, der riesigen Kräne sowie dem Labyrinth aus Rohren, Turbinen und Aggregaten. Hoch über den Aufbauten tauchte ein riesiger schwarzer Obelisk vor ihnen auf. *Der Bohrturm.*

Suchscheinwerfer flammten auf. Erst einer, dann zwei, schließlich ein dritter. Laserstrahlengleich durchschnitten ihre grellen Lichtkegel die Nacht und glitten suchend über das Wasser. Alles hing von den nächsten Sekunden ab. Sollten die Scheinwerfer sie erfassen, war

Robertos Plan hinfällig. Sie mussten es ungesehen unter die Hauptplattform schaffen.

Die Lichtkegel kamen näher. Helle kreisrunde Flecken, die über das Meer tanzten. Unbeirrt schossen die Boote dicht nebeneinander weiter geradeaus. Einer der Lichtkegel schwenkte in einem weiten Bogen von rechts auf sie zu. Roberto brüllte etwas auf Spanisch, und Carlos riss das Boot nach links. Neben Emma spritzte eine Fontäne hoch, als sich die Ventisca brutal auf die Seite legte. Ein Schwall Wasser durchnässte Emma von oben bis unten. Sie schmeckte Salz und klammerte sich an die Schulterbügel, um nicht aus dem Boot zu fallen.

Für die Dauer eines Wimpernschlags schwenkte der Lichtkegel des Suchscheinwerfers über sie hinweg und blendete sie. Mitten in der Bewegung stoppte er und kehrte zurück. *Verdammt.*

Carlos und Roberto wiederholten ihr Manöver von soeben, schwenkten diesmal jedoch nach rechts und nahmen dann den ursprünglichen Kurs wieder auf.

Sämtliche drei Scheinwerfer schossen auf die Stelle zu, an der sich die beiden Boote noch vor einer Sekunde befunden hatten, dann folgten sie dem hellen Kielwasser. Von irgendwoher ratterten plötzlich Maschinengewehrsalven durch die Nacht.

Ein mächtiger Stützpfeiler tauchte wie aus dem Nichts direkt vor ihnen auf und flog in atemberaubendem Tempo auf sie zu. Eine Stahlwand mit einer Breite von fünfzehn Metern. Es stand außer Frage, dass sie an diesem Pfeiler zerschellen und ihre halsbrecherische Fahrt hier und jetzt enden würde.

Emma schrie auf, kniff die Augen zusammen und

wartete auf den Aufprall ... der nicht kam. Sie spürte, wie sich das Boot einmal mehr hart in die Kurve legte. Es gab einen heftigen Schlag, gepaart mit einem grässlichen Knirschen, als der Rumpf der Ventisca an dem Pfeiler entlangschrammte.

Das Boot schlingerte bedenklich, bevor Carlos es wieder in den Griff bekam. Sie öffnete die Augen und sah Roberto hinter der anderen Seite des Pfeilers hervorschießen.

Emma atmete tief durch. Zumindest hatten sie es bis unter die Plattform geschafft, wo man sie nicht so ohne weiteres entdecken konnte. Hoffte sie.

Wieder vereint, setzten die beiden Boote ihre Fahrt fort, und bereits kurz darauf kam die Andockstation in Sicht.

»Festhalten!«, rief Carlos und stellte die Motoren ab. Abrupt stoppte die Ventisca. Lautlos rauschten sie der Andockstation entgegen. Carlos hatte den Bremsweg hervorragend berechnet. Die letzten Meter schafften sie gerade noch schnell genug, um nicht abzudriften. León und Jorge liefen zum Bug und schnappten sich jeder ein Seil. Sie warteten, bis die Wellen das Boot bis knapp unterhalb des Docks emporhoben, und sprangen dann hinauf. Geübt schlangen sie die Seile um die Poller und banden die Ventisca fest.

Emma sah Roberto nach, der sich in unvermindertem Tempo rasend schnell von ihnen entfernte. Schon verließ er das schützende Dach auf der gegenüberliegenden Seite der Bohrinsel. Augenblicklich flammten die Suchscheinwerfer wieder auf, jedoch gelang es ihnen nicht, das flinke Boot zu erfassen. Das war er, der Moment der Wahrheit. Wenn Robertos Plan funktionierte, würden die

Wachen jetzt annehmen, das Boot, das sie die ganze Zeit über verfolgt hatten, wäre einfach unter der Bohrinsel hindurchgefahren. Roberto würde von jetzt an schnurstracks geradeaus fahren, um die Sperrzone auf direktem Weg zu verlassen. Die Wachen dürften auf eine Mutprobe besoffener Halbstarker tippen und rasch das Interesse an dem Vorfall verlieren. So lautete zumindest der Plan. Ob dieser auch aufging, würde sich bald zeigen.

Robertos Boot verschmolz mit der Nacht.

Kurze Zeit später erloschen die Scheinwerfer, und bis auf das Wellenrauschen herrschte nahezu vollkommene Stille. Die Suche nach Leuthards Beweisen konnte beginnen.

98

Die Suchscheinwerfer kehrten nicht wieder, und keine der Wachen hatte bisher den Weg hinunter zur Andockstation unternommen, um dort nach dem Rechten zu sehen. Es war stockdunkel. Nur schemenhaft erahnte Emma die Umrisse des stählernen Kolosses über ihr. In einiger Entfernung erhob sich ein weiterer Pfeiler aus dem Meer. Zu seinen Füßen erstreckte sich ein längliches, bunkerähnliches Gebäude, bei dem es sich nur um den U-Boot-Hangar handeln konnte. Nick und Fuentes würden versuchen, sich Zutritt zu diesem Hangar zu verschaffen und das darin befindliche U-Boot irgendwie zum Laufen zu bringen. Derweil wollte Emma, unterstützt von Carlos, María und Jorge, den Weg hinüber zu Plattform drei in Angriff nehmen, um dort nach dem versteckten Engländer zu suchen. In ihrer Hosentasche befühlte sie Leuthards Skizze. Es würde kein leichtes Unterfangen werden, da sie über einen der Verbindungsstege mussten, auf dem sie ausgesprochen exponiert und dementsprechend leicht zu entdecken sein würden.

Carlos machte keine Anstalten, aufzubrechen. Emma entschied, die Sache selbst in die Hand zu nehmen. »Wir sollten es so schnell wie möglich hinter uns bringen. Ich schlage vor ...«

»Nein!«, schnitt Carlos ihr das Wort ab. »Wir geben den Wachen Zeit, um in die Aufenthaltsräume zurückzukehren.«

Emma deutete auf die vergitterte Wendeltreppe, die rund um den Pfeiler nach oben führte. »Bis wir oben sind, vergeht genügend Zeit.«

»Seit wann hast du *mir* etwas zu befehlen?«, funkelte Carlos sie an.

»Emma hat recht«, mischte sich Nick ein. »Bis wir oben sind, vergehen mindestens zehn Minuten, und jede weitere Minute, die wir hier unten vergeuden, erhöht unser Risiko.«

»Wir halten uns an den Plan«, bestimmte Carlos.

Emmas Augen verengten sich. »Gehen wir diesen Plan doch noch einmal gemeinsam durch, Carlos. Ich bin mir nämlich nicht sicher, ob ich ihn *tatsächlich* kenne.«

»Was willst du damit andeuten?«

»Schhht!«, ermahnte María ihren aufgebrachten Bruder.

»Lass es gut sein«, flüsterte Nick Emma ins Ohr. »Das bringt nichts ein. Außer Ärger.«

»Wenn ihr nicht mitzieht, dann wartet eben hier«,

zischte Emma. Sie wartete, bis eine Welle die Ventisca anhob, und kletterte dann rasch aufs Dock.

Nick folgte ihr und hielt sie zurück. »Wir brauchen Fuentes. Ohne ihn geht es nicht.«

Sie stellte sich auf die Zehenspitzen und flüsterte ihm ins Ohr: »Etwas stimmt nicht. Ich traue den Kerlen nicht.«

»Ich auch nicht, aber für einen Rückzieher ist es zu spät.«

Eine Hand legte sich auf Emmas Schulter. Sie zuckte zusammen.

»Vamos!«, sagte Fuentes, der so dicht hinter ihr stand, dass sie seinen Atem auf ihrer Haut spürte. Er kontrollierte ein letztes Mal seine Waffen und marschierte in Richtung Treppe. Bis auf León, dem Carlos die Verantwortung über die Ventisca auferlegt hatte, folgten ihm alle. Carlos bedachte Emma dabei mit einem Blick, der nichts Gutes verhieß.

»Dein Charme ist einfach überwältigend«, stellte Nick fest.

»Hab ein Auge auf Fuentes. Ich habe kein gutes Gefühl dabei, dich mit ihm allein zu lassen. Mit dem stimmt was nicht. Der ist vollkommen durchgeknallt.«

»Das ist er.«

»Tja, wie du sagtest, für einen Rückzieher ist es jetzt zu spät.« Sie klopfte ihm auf den Hintern. »Vamos!«

»Zu Befehl, Frau Capitán.«

99

Die Treppen nahmen kein Ende. Mit jeder Stufe, die sie erklommen, erhöhte sich Emmas Körperspannung. Inzwischen führte wieder Carlos die Gruppe an. Unvermittelt blieb er stehen und hob die Hand. Sie hatten den Zugang zu Level eins erreicht. »Hier trennen wir uns«, flüsterte er und wandte sich Nick und Fuentes zu. »Wenn ihr alles habt, was ihr benötigt, kehrt ihr sofort zur Ventisca zurück. Keine unnötigen Risiken, kapiert?«

Nick verdrehte die Augen angesichts dieses unnötigen Hinweises. Carlos und Fuentes wechselten noch ein paar rasche Worte auf Spanisch, was Emma überhaupt nicht gefiel. »Behalte Fuentes im Auge«, raunte sie Nick abermals zu.

»Darauf kannst du Gift nehmen. Viel Glück.«

»Dir auch.«

Fuentes klopfte Nick auf die Schulter, und gemeinsam schlichen sie quer über Level eins in Richtung des Abstiegs zum U-Boot-Hangar. Emma sah ihnen nach, bis sie hinter einem Pfeiler verschwanden, erst dann besann sie sich auf ihre eigene Aufgabe. Jetzt war sie gefordert.

Sie faltete Leuthards Skizze auseinander, überflog sie, orientierte sich und nickte Carlos zu. Sie setzten sich in Bewegung.

Ihr Weg führte sie zum entgegengesetzten Ende der Plattform, wobei Emma darauf achtete, stets eine Wand im Rücken zu haben. Sie näherten sich einem der Aufgänge zu Level zwei, über dem sich bereits der Verbindungssteg hinüber zu Plattform drei befand. Die Wahrscheinlichkeit war hoch, dort zum ersten Mal auf eine Wache zu treffen. Ein dünner Schweißfilm bildete sich auf Emmas Haut. Darauf bedacht, keinen Lärm zu verursachen, stiegen sie die Treppen hinauf.

Auch Level zwei und drei lagen komplett im Dunkeln und wirkten wie ausgestorben. Sie befanden sich am östlichen Rand der Plattform, fünfzig Meter abseits des fußballfeldgroßen Zentrums, von wo aus der mit blinkenden Positionslichtern gespickte Bohrturm in den Himmel ragte. Dahinter erhob sich ein quaderförmiger Aufbau: das Hauptgebäude, das Leuthard zufolge unter anderem die Zentrale und die Wohneinheiten der Security beherbergte. Vereinzelt am Gebäude angebrachte Halogenscheinwerfer erleuchteten den Eingangsbereich, an den Rändern der Plattform jedoch herrschte willkommene Dunkelheit. So aufmerksam sich Emma auch umsah, sie entdeckte keinen Menschen. Vielleicht lief ja gerade ein Footballspiel in der Glotze.

Einmal mehr orientierte sie sich anhand von Leuthards Skizze. Unweit zu ihrer Rechten entsprang der Plattform der rundum vergitterte und in regelmäßigen Abständen beleuchtete Verbindungssteg. Auf den ersten paar Metern schützte sie ein gewaltiges Aggregat noch vor zufälligen Blicken aus dem Hauptgebäude, aber danach blieben sie über eine Strecke von mehr als 150 Metern völlig ohne Deckung. Eine in diesem Augenblick zufällig aus dem Fenster blickende Wache würde sie zwangsläufig entdecken. Sie steckte die Skizze wieder ein, wischte sich die schweißnassen Hände an ihren Shorts ab und deutete auf den Steg. Carlos nickte.

In gebückter Haltung liefen sie auf den Übergang zu.

Hinter sich hörte Emma Jorge ein Gebet flüstern, und vielleicht war das gar keine so üble Idee.

100

Nick und Fuentes standen vor einem Problem. Sie befanden sich vor den breiten Toren des Hangars, den sie schneller als gedacht erreicht hatten. Ein Blick auf die dicke Schweißnaht an der Verbindungsstelle der beiden Torflügel genügte, um zu wissen, dass hier kein Durchkommen war. Ein anderer Zugang war nirgendwo zu entdecken.

»Sieht aus, als müssten wir den Aufzug in dem Pfeiler nehmen, um hineinzugelangen«, stellte Nick fest.

»Steig in den Aufzug, und eine Minute später reißen dir die *Americanos* den Arsch auf.«

»Vielleicht werden die Aufzüge nicht überwacht. Einen anderen Weg in den Hangar sehe ich jedenfalls nicht.«

»Es gibt einen anderen Weg«, sagte der Kubaner nach einer Weile. Er trat an den Rand des Docks und blickte hinunter.

Nick tat es ihm gleich. Beängstigend hohe Wellen zogen schäumend unter ihnen hindurch.

»Wir müssen tauchen«, erklärte Fuentes.

»Was?«

»Ein U-Boot-Hangar besitzt immer einen Durchlass von unten.«

Nick meinte, sich verhört zu haben. »Nur damit ich das kapiere. Sie wollen, dass wir dort reinspringen«, er zeigte auf die Wellenberge, »und dann unter dem Dock entlang bis zum Durchlass tauchen?«

»Das ist der einzig akzeptable Weg.«

»*Akzeptabel*? Sind Sie vollkommen übergeschnappt? Das ist nicht akzeptabel, das ist Selbstmord!«

»Was bist du? Ein Mann oder ein Mädchen?« Fuentes grinste spöttisch.

»Die Strömung wird uns mitreißen, bevor wir auch nur einen Meter getaucht sind. Das ist Wahnsinn!«

Fuentes' Gesichtszüge verhärteten sich. »Ich will dieses Boot, und ich werde es bekommen. Dich brauche ich nicht dazu. Tauche oder lass es bleiben.«

»Wir haben eine Abmachung.«

»Interessiert mich nicht. Geh mit mir, oder verpiss dich zurück zur Ventisca.«

Fuentes ließ ihn stehen und ging zu den Treppen. Prüfend rüttelte er an der angrenzenden Umzäunung und kletterte dann daran hoch. Oben angekommen, fixierte er das Dach des Hangars und sprang. Geschickt wie eine Katze landete er auf allen vieren und balancierte dann das gewölbte Dach entlang. Nick ahnte, was der Kubaner beabsichtigte. Die Strömung verlief parallel zum Hangar, und je weiter vorne Fuentes ins Wasser sprang, desto mehr Zeit blieb ihm, den Durchlass zu erreichen, selbst wenn ihn die Strömung mehrere Meter versetzen sollte.

Fuentes' Vorhaben war Irrsinn, aber Nick blieb keine andere Wahl, als seinem Beispiel zu folgen. Das war er Emma schuldig, die ein paar Ebenen weiter oben ihr Leben riskierte. Der Sprung auf den Hangar gelang besser als erwartet, der Balanceakt auf dem Dach dagegen erwies sich als umso schwieriger.

Fuentes checkte gerade seine Taucherlampe, als Nick neben ihn trat. Beiläufig meinte er: »Du musst das nicht tun.«

»Springen wir.«

»Unter Wasser werden wir trotz der Lampe praktisch blind sein«, erklärte Fuentes. »Siehst du die Stahlträger, die unterhalb des Docks verlaufen? Orientiere dich daran. Sobald du sie nicht mehr über dir spürst, hast du den Durchlass erreicht und kannst auftauchen.«

»Und was, wenn ich die Orientierung verliere und im Meer auftauche?«

Fuentes grinste vielsagend und sprang, ohne ein weiteres Wort zu verlieren, die gut und gern sieben Meter hinunter in das pechschwarze Meer, das ihn auf der Stelle verschluckte.

Nicks Magen rebellierte. Dann tat er einen großen Schritt nach vorn und folgte Fuentes in die Tiefe.

101

Sobald Emma den beleuchteten Verbindungssteg betrat, rannte sie los. Der Rest der Gruppe folgte ihrem Beispiel. Hier war es nicht mehr sinnvoll, Versteck zu spielen. Alle zwanzig Meter mussten sie den Lichtkegel einer der Lampen durchqueren, und jedes Mal kam sich Emma dabei wie auf dem Präsentierteller vor.

Carlos erreichte die Stahltür am anderen Ende als Erster und hielt sie auf, bis alle hindurchgeschlüpft waren. Kaum hatte Emma die Tür passiert, ging sie in die Knie, um kräftig durchzuschnaufen. Ihr Herz hämmerte, und ihre Oberschenkelmuskulatur war so überanstrengt, dass sie drohte zu verkrampfen. Immerhin, keine Sirenen schrillten, keine Suchscheinwerfer wurden angeschaltet. Eine kleine, fiese Stimme in ihrem Kopf erinnerte sie jedoch sogleich daran, dass sie denselben Weg auch wieder zurückmussten. Zuerst aber galt es, die richtige Pumpe zu finden. Diejenige, unter der die Mordwaffe auf sie wartete.

Plattform drei war nur sporadisch beleuchtet, weswegen sie zum ersten Mal die mitgebrachten Taschenlampen benutzten, um nicht über die vielen Rohre und Leitungen zu stolpern. Emma wagte es, ihre nähere Umgebung abzuleuchten. Sie musste lernen, sich anhand von Leuthards Skizze in dem Gewirr aus Pipelines zu orientieren.

Obwohl keiner von ihnen davon ausging, auf dieser Plattform auf eine Wache zu treffen, bewegten sie sich äußerst umsichtig. Niemand sprach.

Sie erreichten ihr Ziel, einen schmalen Durchgang, der zu beiden Seiten von mannshohen Pumpen gesäumt war. Leuthard zufolge musste gleich die erste Pumpe zu ihrer Rechten die gesuchte sein.

Entschlossen zog sich Emma die mitgebrachten Latexhandschuhe über. Falls sich auf dem Engländer tatsächlich noch DNA-Spuren befanden, wollte sie diese keinesfalls durch eine Unachtsamkeit vernichten. Außerdem war der Gedanke, Fingerabdrücke auf einer Mordwaffe zu hinterlassen, alles andere als prickelnd.

Sie kniete hinter den auf verrosteten Federungen montierten Pumpenkasten und tastete unter dessen Bodenplatte nach den Lüftungsschlitzen. Sie wurde fündig, legte sich rücklings auf den Boden und schob sich zwischen den Federungen hindurch so weit unter die Platte, bis sie mit den Händen durch die Schlitze greifen konnte. Weiter als bis zum Handgelenk kam sie jedoch nicht. Mit den Fingern tastete sie nach dem Werkzeug. *Nichts.*

Sie versuchte ihr Glück am nächsten Schlitz. Wieder erfolglos. Ihre Nervosität steigerte sich. Sie versuchte jeden einzelnen Schlitz. Ergebnislos.

Der Engländer war nicht da.

Sie schloss die Augen und dachte nach. Hatte sie Leuthards Skizze vielleicht nicht richtig interpretiert? Suchte sie unter der falschen Pumpe? Oder war der Engländer doch weiter in die Tiefe gerutscht als in Leuthards Erinnerung? Sie betrachtete ihre Umgebung. Ihr blieb nichts anderes übrig, als auch unter den restlichen sieben Bodenplatten nachzusehen. *Mist.*

Sie erhob sich.

»Und?«, wollte Carlos wissen.

Ohne ihm zu antworten, robbte Emma unter die nächste Pumpe. Vielleicht hatte Leuthard nach dieser langen Zeit ja nur rechts und links verwechselt. Wie zuvor begann sie, die Lüftungsschlitze abzutasten.

Carlos beugte sich zu ihr hinunter. »Was ist los? Antworte gefälligst!«

Auch hier Fehlanzeige. Emmas Nervosität wandelte sich allmählich in handfeste Panik. Ohne den Engländer war alles umsonst. Keine Mordwaffe, kein Beweis. Sie hatten nichts in der Hand.

Sie ignorierte Carlos und sagte zu María: »Wir müssen

alle Pumpen absuchen. Du hast ebenso schmale Hände wie ich. Hilf mir, dann geht es schneller.«

María warf ihrem Bruder einen unsicheren Blick zu.

»Die Zeit wird knapp«, sagte Carlos. »Du hast fünf Minuten, bevor wir zur Ventisca zurückkehren. Mit oder ohne dieses Werkzeug.«

»Wir haben genügend Zeit«, entgegnete sie. »Bis Nick und Fuentes wieder auftauchen, kann es ein, zwei Stunden dauern.«

»Dein verdammtes Werkzeug interessiert uns einen Scheißdreck«, zischte Carlos. »Wir sind wegen des U-Bootes hier, alles andere ist nebensächlich. Denkst du wirklich, Fuentes ist so dämlich, unnötige Risiken einzugehen und mit deinem Freund die Spritztour zu dieser Verteilerstation zu unternehmen?«

»Aber der Plan ...«

»Wir haben andere Pläne.« Carlos blickte sie finster an. »Fuentes wird abtauchen und sofort Kurs auf Cojimar nehmen. Bevor die Batterien den Geist aufgeben, wird Fuentes seinen Standort an Roberto übermitteln, der ihn dann mit seinem Boot in Schlepptau nimmt.«

Entgeistert blickte Emma den tätowierten Muskelberg an. Carlos meinte es ernst, daran bestand kein Zweifel. Ihr Gefühl hatte sie also nicht getrogen. Die Grupo Existencia spielte ihr eigenes Spiel. Sie suchte Blickkontakt mit María, die jedoch den Kopf abwandte.

»Nick wird das nicht zulassen«, verkündete Emma im Brustton der Überzeugung. Aus den Augenwinkeln sah sie Jorge bis über beide Ohren grinsen.

Carlos beugte sich zu ihr vor und senkte die Stimme. »Bete und hoffe für deinen Freund, dass er Fuentes gewähren lässt. Denn wer Fuentes in die Quere kommt, lebt in der Regel nicht lange genug, um diesen Fehler zu bedauern.«

Die Worte des Kubaners verfehlten ihre Wirkung nicht. Emmas Sorge um Nick flammte von neuem auf. »Wenn ihr nur das U-Boot wollt ...«, begann sie, »warum seid ihr dann mit mir auf die Suche nach dem Engländer gegangen?«

»Nach allem, was ihr riskiert, um dieses Ding in die Finger zu bekommen, muss es verdammt wertvoll sein«, erwiderte Carlos trocken. »Es hätte vielleicht ein einträgliches Zusatzgeschäft werden können, aber das U-Boot hat Priorität.«

Emma kam nicht mehr dazu, etwas darauf zu erwidern.

Scheinwerfer flammten auf. Ihre Lichtkegel waren direkt auf Emma und die Kubaner gerichtet. Die soeben noch in tiefer Dunkelheit liegende Plattform verwandelte sich mit einem Mal in eine hell erleuchtete Bühne – mit Emma als unfreiwilliger Hauptdarstellerin.

102

Obwohl Nick beide Augen aufgerissen hatte, konnte er weder den Schein von Fuentes' Tauchlampe sehen noch in welche Richtung er schwamm. Er hatte nicht die leiseste Ahnung, wie viele Meter er zurücklegen musste, um den Durchlass zum Hangar zu erreichen. Fuentes' Rat befolgend, tauchte er entlang der Stahlträger, die direkt zum Durchlass führen sollten. So sie es denn taten. Er spürte, wie ihn die Strömung erfasste, und legte einen Zahn zu. Sofort schrien seine Lungen nach frischem Sauerstoff. Panik ergriff Nick. Wie lange würde er ohne zu atmen durchhalten?

Mit kräftigen Zügen tauchte er auf gut Glück einfach weiter geradeaus. Der Atemreflex wurde unerträglich. Einen Augenblick später realisierte er, dass der Stahlträger über ihm verschwunden und der Weg an die Wasseroberfläche frei war. Prustend schoss er aus dem Wasser und sog Luft in seine Lungen.

Die Schwärze war vollkommen.

»Hier bin ich!«, rief Fuentes von irgendwoher, gefolgt von einem hohlen Echo.

»Wo ist *hier*?«

Fuentes knipste seine Taucherlampe an und wies Nick den Weg zu einer Leiter, die nur wenige Meter neben ihm aus dem Wasser auf einen Betonsteg führte. Der Kubaner selbst saß bereits oben und wischte sich mit dem Handrücken Rotz von der Nase.

Nick kletterte die Leiter hinauf und ließ sich rückwärts auf den Steg sinken. Seine durchnässten Klamotten klebten ihm kalt am Körper wie eine zweite Haut. »So etwas mache ich nie wieder.«

Fuentes schnaubte verächtlich und ließ den Strahl seiner Lampe durch den etwa fünfzig Meter langen Hangar wandern. »Sieh hin.«

Im hinteren Bereich des Gebäudes ragte ein U-Boot mannshoch auf einem Trockendock empor. In seiner Vorstellung hatte Nick ein stromlinienförmiges Gefährt erwartet, nicht aber ein unförmiges Gebilde wie dieses hier, das mit seinen Auswölbungen am Rumpf aussah wie eine fliegende Untertasse mit schwerer Akne. Die beiden seitlichen Stummelflügel verstärkten diesen Eindruck noch.

Fuentes grinste. »Vamos!«

Am Trockendock angelangt, begann der Kubaner damit, das Tauchboot zu inspizieren. Die Vorderfront bestand aus einer großen Glaskuppel, hinter der zwei Sitze und die Steuerinstrumente angebracht waren. Dahinter meinte Nick einen dritten Sitzplatz zu erkennen, umgeben von unzähligen Monitoren. Rechts und links neben der Glaskuppel ragten zwei Greifarme wie Insektenfühler heraus, und rund um den Rumpf waren Kameras und Manipulatoren angebracht. Nick entdeckte sogar ein fernbedienbares Schweißgerät.

»Kommen Sie damit klar?«, wollte er von Fuentes wissen, der auf das Tauchboot geklettert war und sich an der Einstiegsluke zu schaffen machte.

Mit einem ohrenbetäubenden Quietschen klappte der Kubaner die Luke nach oben und leuchtete ins Innere. »Sí.« Er steckte sich die Lampe zwischen die Zähne und ließ sich ins Innere gleiten. Durch die Glasfront hindurch beobachtete Nick, wie Fuentes mit der Lampe im Mund Systeme und Steuerung des Tauchbootes checkte.

Irgendwann erschien Fuentes' Kopf in der offenen Luke. »Worauf wartest du? Vamos!«

Nick atmete auf. Zumindest die Batterien schienen also in Ordnung zu sein. Vermutlich wurde das U-Boot tatsächlich hin und wieder noch von der Security benutzt. Es war kaum zu fassen, aber es schien, als könnte der wahnwitzige Plan, den sie in Antarctic City gesponnen hatten, tatsächlich funktionieren.

103

Gleißend helles Licht blendete Emma. Unfähig, einen klaren Gedanken zu fassen, wirbelte sie mehrmals um ihre eigene Achse, wobei sie sich mit einer Hand die Augen abschirmte. Trotzdem konnte sie nichts erkennen. Mehrere Scheinwerfer waren direkt auf sie und die Kubaner gerichtet.

Nein! Vor wenigen Sekunden noch überzeugt davon, eine reelle Chance zu haben, brach Emmas Zuversicht nun wie ein Kartenhaus in sich zusammen. Emma spürte, wie ihre Knie weich und die Beine schwer wurden, als strömte mit einem Mal lähmendes Gift durch ihre Adern.

Carlos und María fluchten um die Wette. Hoffentlich verhielten sie sich ruhig und begingen keine Dummheiten.

Direkt über Emma begann ein Mann dröhnend zu lachen und dabei höhnisch in die Hände zu klatschen. Sie fuhr herum und sah nach oben, blickte jedoch nur in einen weiteren Scheinwerfer. Daneben zeichneten sich die Umrisse einer muskulösen Gestalt ab. Emma wusste sofort, um wen es sich handelte.

Das lähmende Gift in Emmas Körper gefror zu Eis. Plötzlich wurde ihr klar, dass man sie von Anfang an, seit der Anlandung, beobachtet und stets unter Kontrolle gehabt hatte. Selbst die Funksprüche und der Beschuss der Ventisca hatten zum Plan gehört und sollten sie in Sicherheit wiegen. Vermutlich hatten die Wachen absichtlich danebengeschossen. Kein Wunder, dass bis zu diesem Zeitpunkt alles glattgelaufen war. Sie hatten den Weg bis hierher nur geschafft, weil *er* es so wollte! *Er* hatte sie erwartet!

»Wer bist du?«, schrie Carlos wütend. »Zeig dich, *culo*!«

»Ruhig«, versuchte Emma ihn zu beschwichtigen. Sollte Carlos ausflippen, würde man ihn vermutlich auf der Stelle erschießen. Sie wusste genau, wer der Mann war, der ihnen eine Falle gestellt hatte und der nun seinen Erfolg damit krönte, indem er sie bloßstellte und auslachte. »Special Agent Donovan, nehme ich an?«

Das Lachen ebbte ab. »Vor einer Stunde noch dachte ich, Sie kommen doch nicht«, erwiderte Donovan, dessen raue und kalte Stimme Emma zum ersten Mal hörte. »Ehrlich gesagt, Miss Fisher, ich hätte nicht gedacht, dass Sie es überhaupt bis hierher schaffen. Aber da Sie nun mal hier sind: Willkommen auf der Independence.«

»Woher wussten Sie ... ich meine, wer hat uns verraten? Leuthard?« Emma konnte es nicht fassen, dass ausgerechnet Donovans größter Feind sie ans Messer geliefert haben sollte. Und doch kam nur er dafür in Frage. »Weshalb?«

»Sie sollten solche Fragen nicht stellen, Miss Fisher. Die Antworten könnten Ihnen nicht gefallen.«

Carlos boxte Emma gegen die Schulter. »Was geht hier ab? Du kennst diesen Kerl? Hast du uns in diese Falle gelockt?« Er packte sie am Arm. »Antworte gefälligst, *puta*!«

»Lass mich los!« Vergeblich versuchte sie seinen Griff zu lockern.

»*Maldito diablo!*« Carlos zog seine 9-Millimeter-Pistole aus dem Hosenbund, presste ihr den Lauf an die

Stirn und brüllte in Richtung Donovan: »Wenn eure Komplizin leben soll, tut ihr genau das, was ich sage, kapiert?«

Emma schluckte. »Dreh jetzt nicht durch, Carlos! Du liegst komplett daneben. Ich bin auf deiner Seite.«

»Halt's Maul!« Er drückte den Lauf der Pistole fester gegen ihren Kopf.

»Du solltest auf die Lady hören«, sagte Donovan. »Du bist gerade dabei, einen verdammt großen Fehler zu begehen. Ich gebe dir exakt fünf Sekunden, um die Waffe auf den Boden zu legen.«

»Leck mich, *culo*!«

»Na gut, scheiß auf die fünf Sekunden ... Laymon!«

Nur wenige Zentimeter vor Emmas Nasenspitze explodierte Carlos' rechte Kopfhälfte. Blut, Hirn- und Knochenmasse verteilten sich ekelhaft klebrig auf Emmas Gesicht und besudelten ihren Hals und ihr Top. Sofern man bei nur einer Gesichtshälfte von einem Gesichtsausdruck sprechen konnte, so war der von Carlos als grotesk zu bezeichnen. Sein verbliebenes linkes Auge starrte durch Emma hindurch, während er wie in Zeitlupe zur Seite kippte.

Ein gellender Schrei riss Emma aus ihrer Schockstarre. María stürmte herbei, kniete sich neben ihren Bruder und rüttelte verzweifelt an seinem leblosen Körper, als würde sich an seinem Zustand dadurch auch nur das Geringste ändern.

»Wenigstens hatte Agent Laymon seinen Spaß«, erklang Donovans Stimme von oben.

»Leuthard hatte recht.« Emmas Stimme zitterte. »Sie sind ein Monster.«

»Diese Mumie sollte seine Worte bedächtiger wählen. Ich werde ihm demnächst einen persönlichen Besuch abstatten.«

»Leuthard hat uns verraten.«

»Dachten Sie etwa, der SCS würde den einzigen überlebenden Zeugen des 15. November 2015 nicht unter Kontrolle halten?«

»Dann war alles gelogen, was Leuthard erzählt hat?«

»Ganz und gar nicht«, erklärte Donovan. »Nachdem ich von Ihren neuen Identitäten und Ihrem Ausflug nach Antarctic City erfahren hatte, war mir klar, weshalb sie dorthin reisten. Ich rief Leuthard an und machte ihm klar, dass unser Deal noch immer Gültigkeit besitzt. Das reichte, um ihn zur Vernunft zu bringen. Ich wies ihn an, alles wahrheitsgemäß wiederzugeben, damit er sich nicht in Widersprüche verwickeln konnte und Sie eventuell misstrauisch würden. Leuthard *sollte* Ihnen vom Engländer und der Pipeline erzählen. Das war die einzige Möglichkeit, Sie hierher zu locken.«

»Dann gab es diesen Engländer tatsächlich?«

Donovan lachte verächtlich auf. »Ich habe drei Nächte lang danach gesucht, bis ich ihn endlich gefunden und ins Meer geschmissen habe. Dafür hasse ich den Krüppel heute noch. Genug geplaudert. Zugriff!«

Aus den Ecken lösten sich dunkle Schatten. Die Männer der Independence-Security, allesamt Marines im Dienste der US Navy, trugen schwarze Tarnkleidung, die praktisch mit der Dunkelheit verschmolz. Bis an die Zähne bewaffnet und mit Funkknöpfen im Ohr, kamen sie langsam auf Emma, María und Jorge zu, die Lasergewehre mit infrarotgesteuerter Zielerfassungsoptik im Anschlag. Keine Taser. Donovan hatte offenbar nicht vor, halbe Sachen zu machen. Emma zählte insgesamt acht Männer. Zwei von ihnen trugen keine Tarnkleidung, sondern schwarze Anzüge. Offensichtlich Agenten aus Donovans Team.

»Auf den Boden und Hände über den Kopf!«, befahl einer der Marines.

Jorge gehorchte auf der Stelle, und María folgte seinem Beispiel, ohne dabei den Blick von ihrem toten Bruder abzuwenden.

»Miss Fisher, das gilt auch für Sie.«

Wie in Zeitlupe sank Emma auf den kalten Stahl und verschränkte, wie gefordert, die Hände hinter dem Kopf. Wirre Gedanken schossen ihr durch den Sinn. Was hatte Donovan mit ihr vor? Würde sie diese Nacht überleben? Was war mit Nick? Hatte er es bis zum U-Boot geschafft? Oder hatte Donovan auch ihn geschnappt? Lebte er überhaupt noch?

»Mein Name ist Captain Wallace«, sagte der Marine und trat hinter Emma. »Befehlshabender dieser Einheit. Machen Sie uns keine Probleme, dann machen wir auch Ihnen keine. Haben Sie das verstanden?« Mit kräftigen Händen drehte Wallace ihr die Arme auf den Rücken und legte ihr EMD-Handschellen an. In diesem Augenblick realisierte Emma ihre ausweglose Situation in vollem Umfang. Nur mit Mühe unterdrückte sie die in ihr aufsteigenden Tränen.

104

Gurgelnd schwappte das Wasser über das Sichtfenster des Tauchbootes und umspülte es schließlich ganz. Gespenstische Stille kehrte ein. Sie tauchten ab.

Nick war aufgeregt wie lange nicht mehr. Sie tauchten tatsächlich! Eingequetscht in eine enge Sitzschale, lag er mehr als zu sitzen. Fuentes spielte konzentriert an den leuchtenden Instrumenten der Steuerkonsole herum. Die Anspannung war ihm deutlich anzumerken. Ein GPS-Bildschirm zeigte die aktuelle Position des Tauchbootes auf einer dreidimensionalen Karte an, auf der ebenfalls die Unterwasserkonstruktion der Independence mitsamt deren Pipelines dargestellt wurde. Mit ein wenig Übung sollten sie sich zurechtfinden.

Seitdem sie die Luke verschlossen und auf den Schalensitzen Platz genommen hatten, war kein Wort mehr gefallen. Die Stimmung war merklich angespannt.

Fuentes schaltete die Scheinwerfer ein, wirklich verbessert wurde die Sicht dadurch jedoch nicht. Millionen von Schwebteilchen wirbelten vor dem Fenster um die Wette.

»Sind wir schon durch?«, fragte er, nur um irgendetwas zu sagen.

»*Qué?*«

»Ich meine den Durchlass. Sind wir schon aus dem Hangar draußen?«

»*Sí.*«

»Wie tief?«

»15 Meter.«

»Und Sie haben das wirklich alles im Griff?«

Fuentes warf ihm einen giftigen Blick zu.

»Schon gut, schon gut.« Nick hob die Hände. »Hab schon verstanden. Kein Problem.«

Nick richtete sein Augenmerk auf die Instrumente. Er zeigte auf einen Punkt auf dem GPS-Schirm. »Das hier müsste Plattform zwei sein. Leuthard sagte, die nicht registrierte Pipeline führt direkt unterhalb dieser Plattform zur Verteilerstation. Wenn wir zu tief tauchen, könnten wir sie verpassen.«

Fuentes murmelte irgendetwas Unverständliches, machte jedoch keine Anstalten, Nicks Vorschlag in die Tat umzusetzen.

Allmählich wurde Nick sauer. »Okay, was ist Ihr Problem?«

»Du bist das Problem. Du redest zu viel.«

Der Tiefenmesser sprang auf fünfzig Meter unter null.

»Hören Sie, Fuentes, schlagen Sie jetzt endlich den richtigen Kurs ein, sonst verpassen wir unser Ziel.«

»*Unser* Ziel?« Fuentes lachte auf.

Nicks mulmiges Gefühl verstärkte sich. Wie befürchtet lief hier ein ganz mieses Spiel ab. Die Grupo Existencia hatte offenbar nicht vor, Emma und ihm zu helfen. Sie wollten das U-Boot. Einzig deswegen war Carlos bereit gewesen, dieses Wagnis einzugehen. Stellte sich jetzt nur die Frage, welches Schicksal Carlos für Emma und Nick vorgesehen hatte.

105

Schmerzhaft schnitten die Handschellen in Emmas Handgelenke. Ihre Finger wurden allmählich taub. Was hatte Donovan eigentlich vor? Weshalb hatte er sie nicht auf der Stelle beseitigt, sondern betrieb diesen Aufwand? Er hatte sie ins Hauptgebäude bringen und dort in der Krankenstation auf einer der Liegen festschnallen lassen. Wohin man María und Jorge verfrachtet hatte, wusste sie nicht.

Schweigend saß Donovan ihr gegenüber. Unter seinen bohrenden Blicken kam sie sich vor wie ein Insekt unter dem Mikroskop. Was hatte er vor? So sehr die Neugier sie auch plagte, sie würde einen Teufel tun und diesen Freak danach fragen.

Als hätte er ihre Gedanken erraten, sagte er unvermittelt: »Sie hätten Karriere machen können. Sie waren auf einem guten Weg, Miss Fisher. Leider haben Sie an der letzten Kreuzung die falsche Abzweigung gewählt.« Er machte eine ausladende Handbewegung. »Und nun sehen Sie, wo Sie gelandet sind.«

Emma erwiderte nichts. Sie wusste auch ohne sich umzusehen, in welcher Situation sie sich befand. In einer absolut aussichtslosen.

»Sie fragen sich«, fuhr er fort, »weshalb ich Sie nicht auf der Stelle erschossen habe, nicht wahr?«

»So wie Carlos?«

»Carlos war ein Idiot. Hätte er die Waffe nicht gezogen und Sie bedroht, wäre er noch am Leben.«

»Tatsächlich? Was geschieht mit María und Jorge?« Die Frage nach Nicks Befinden, die ihr auf der Zunge brannte wie Feuer, verkniff sie sich wohlweislich. Noch immer war ihr nicht klar, ob Donovan von Nicks Anwesenheit auf der Independence wusste, ob er ihn bereits in Gewahrsam genommen oder ihn sogar schon getötet und seine Leiche ins Meer geworfen hatte.

»Sorgen Sie sich lieber um Ihre eigene Zukunft.« Donovan fixierte Emma mit kaltem Blick. »Ich habe ein paar Fragen, Miss Fisher, und Ihre Antworten entscheiden, ob Sie *überhaupt* eine Zukunft haben.«

»Für wie blöd halten Sie mich? Sie können es sich gar nicht leisten, mich am Leben zu lassen.«

Er schlug die Beine übereinander und strich die Krawatte glatt. »Vielleicht muss ich Sie tatsächlich töten. Ich könnte Ihnen jedoch zusagen, die Freundin des toten Kubaners laufen zu lassen. Was halten Sie davon?«

»Was auch immer Sie mir versprechen, Ihnen glaube ich kein Wort.«

Die Tür wurde geöffnet, und einer der Agenten trat ein. Er beugte sich zu Donovan herunter und flüsterte ihm etwas ins Ohr.

»In Ordnung«, erwiderte Donovan. »Bereiten Sie alles vor.«

»Jawohl, Sir.« Der Mann verschwand und zog die Tür hinter sich zu.

»Genug geplaudert, die Zeit drängt.« Er stand auf, trat an den Beistelltisch, der neben ihrem Bett stand, und öffnete ein kleines schwarzes Etui. Mit geübten Fingern entnahm er ihm eine Ampulle, stach eine Spritze hinein und zog sie auf.

Emmas Mund war staubtrocken. Sie konnte den Blick nicht von der Spitze der Kanüle abwenden.

Während er mit dem Fingernagel Luftbläschen aus der Flüssigkeit klopfte, erklärte er: »Ich werde Ihnen eine Wahrheitsdroge injizieren. Unter den gegebenen Umständen werden Sie sicher Verständnis dafür aufbringen, dass ich mich auf Ihr Wort allein nicht verlassen kann.«

Er packte ihren festgezurrten Arm, drehte ihn nach oben und klopfte auf der Suche nach einer geeigneten Vene ihre Armbeuge ab. Sie unterdrückte den Drang, ihn anzuflehen, dies nicht zu tun. Sie wusste, es wäre sinnlos.

»Das wird unangenehm werden«, fuhr er fort, »aber solange Sie sich nicht dagegen wehren, wird alles in wenigen Minuten vorüber sein.«

Mit wachsendem Entsetzen beobachtete sie, wie er die Spritze ansetzte und diese geübt in ihre Vene stach. Langsam drückte er den Kolben nach unten und injizierte ihr die Droge. Rund um die Einstichstelle verspürte Emma eine alles durchdringende Kälte, die sich unter der Haut rasend schnell den Arm hinauf fortpflanzte, sich über den Brustkorb ausbreitete und kurz darauf ihren gesamten Körper in Besitz nahm.

Sie begann zu zittern.

»Die brauchen wir jetzt nicht mehr«, meinte Donovan und löste ihre Armfesseln.

Der letzte klare Gedanke, den Emma fassen konnte, galt Lena Schäfer, die genauso hilflos dagelegen haben musste, bevor Donovan sie getötet hatte. Dann verschwammen Farben und Formen, und die Welt, wie Emma sie bisher gekannt hatte, hörte auf zu existieren.

106

Obwohl es in der Kabine des Tauchbootes mit zunehmender Tiefe merklich kühler wurde, schwitzte Nick.

Carlos hatte gelogen. Dieser miese Wichser wollte sie übers Ohr hauen. Er hatte es von Anfang an nur auf das Tauchboot abgesehen. Nick musste an Emma denken. Wie erging es ihr in diesem Moment? Würde Carlos ihr etwas antun? Und welches Schicksal hatte Carlos für ihn selbst vorgesehen? Welche Anweisung hatte er Fuentes diesbezüglich mit auf den Weg gegeben? Von der Seite beobachtete Nick unauffällig, wie der Kubaner mit verkniffenem Gesichtsausdruck den GPS-Schirm studierte. Nick brauchte Gewissheit.

»Ihr seid nur an dem Tauchboot interessiert.«

Fuentes erwiderte nichts.

»Weshalb die ganze Show?«, hakte er nach. »Ihr hättet das alles hier auch ohne uns durchziehen können.«

»Wenn du klug bist, hältst du jetzt einfach die Schnauze.«

Nick konnte sich denken, weshalb Carlos sie nicht in Cojimar zurücklassen wollte – aus Angst, sie würden die Grupo Existencia bei den Behörden verpfeifen.

»So läuft das nicht«, sagte er. »Wir hatten eine Abmachung.«

»Besser du sagst kein Wort mehr«, zischte Fuentes. Er unterstrich seine Worte, indem er auf die Pistole in seinem Hosenbund klopfte.

»Niemand ist so dämlich, eine Waffe in einem Tauchboot abzufeuern.«

Ansatzlos hieb Fuentes Nick den Ellbogen ins Gesicht.

Der Comandante war schnell, aber Nick hatte mit einer solchen Reaktion gerechnet. Nichts anderes hatte seine Provokation bewirken sollen. Er wich zur Seite aus, und Fuentes' Schlag verpuffte wirkungslos. Für einen Moment wandte sich der Kubaner ihm ungeschützt zu.

Mit aller Kraft schlug Nick seine Faust in Fuentes' Gesicht. Er traf seine Nase, die mit einem knackenden Geräusch brach. Fuentes brüllte auf, halb vor Schmerz, halb vor Wut. Ein Sturzbach Blut schoss ihm aus der Nase und besudelte seine Uniform. Er ließ den Steuerhebel los und stürzte sich auf Nick, um ihm die Kehle zuzudrücken.

Gerade noch rechtzeitig zwängte Nick einen Unterarm zwischen seinen Hals und Fuentes' Hände und hebelte dessen Griff aus. Er bekam Fuentes' Kinn zu fassen und drückte seinen Kopf nach hinten. In dem Gerangel geriet Nicks Knie an einen der Joysticks. Sofort nahm das Tauchboot Fahrt auf und neigte sich bedrohlich zur Seite. Nick gelang es, sich aus der Umklammerung seines Gegners zu lösen. Er presste Fuentes in den Sitz zurück und wollte ihm gerade einen weiteren Schlag auf die Nase verpassen, als er einen scharfen Schmerz am Unterarm spürte. Er schrie auf.

Der kampferprobte Ex-Soldat hatte unbemerkt sein Tauchermesser gezogen und es Nick in die Brust rammen wollen. Zum Glück hatte Nicks Unterarm den Stoß abgefangen, wenn auch zum Preis einer klaffenden Wunde.

Fuentes versuchte einen weiteren Stich anzubringen. Nick wich in seinem Schalensitz zurück, so weit er konnte, und parierte den Angriff mit einem Schlag von oben gegen Fuentes' Hand. In einer fließenden Bewegung verpasste er ihm mit der anderen Hand eine Gerade, die sich gewaschen hatte. Der Kubaner krachte mit der Schläfe gegen die Glasscheibe. Fuentes gingen die Lichter aus. Seine blutende Nase hinterließ eine rote Schliere auf dem Fenster, als er bewusstlos in sich zusammensackte.

Sofort nahm ihm Nick Messer und Pistole ab. Erst danach gestattete er sich einen Blick auf seine Wunde. Sie brannte wie die Hölle und blutete heftig. Er musste dringend einen provisorischen Verband anlegen.

Ein heller Streifen vor dem blutverschmierten Sichtfenster fesselte seine Aufmerksamkeit. Im Licht der Scheinwerfer gewann das, was zunächst wie ein dünner Pfosten ausgesehen hatte, rasch an Konturen und wurde breiter. Weitere Pfosten tauchten aus der Dunkelheit auf. Schließlich erkannte Nick, was auf ihn zukam. Genauer gesagt, auf was *er* zuraste.

Er schnappte nach Luft, und sein blutender Arm geriet zur Nebensache.

Noch immer in Schräglage und mit unvermindert hoher Geschwindigkeit, steuerte das Tauchboot geradewegs mitten in das undurchsichtige Gewirr des muschel- und algenüberwucherten Pipelinesystems der Independence. Und derjenige, der in der Lage gewesen wäre, das Boot sicher durch dieses Labyrinth zu steuern, hing bewusstlos in seinem Sitz.

107

Ungeduldig wartete Donovan darauf, dass die Droge ihre volle Wirkung entfaltete. Er hatte Emma Fisher eine höhere Dosis verpasst als der alten Schäfer. Heute konnte es ihm nicht schnell genug gehen. Endlich lief wieder alles planmäßig. Nach den diversen Fehlschlägen der letzten Tage erfüllte ihn dieser Umstand mit tiefer Zufriedenheit.

Emotionslos beobachtete er die junge Frau, die hilflos und zitternd vor ihm auf der Liege lag, zur vollkommenen Bewegungsunfähigkeit verdammt, solange die Droge in ihrem Körper wirkte. Noch war sie ansprechbar, aber es fehlte nicht viel bis zum Exitus.

Er vergewisserte sich, dass sie bereit war für das Verhör, und stellte seine erste und zugleich wichtigste Frage: »Wo ist die Akte abgeblieben? Das Original.«

Die Antwort kam stockend, aber sie kam: »Dörpling.«

»Wo genau in Dörpling?«

»Scheune … Heuboden …«

»Auf dem Heuboden einer Scheune?«

»Ja.«

»Welche Scheune?«

»Weiß nicht … dunkel … alles ging so schnell …«

»Haben Sie die Akte in jener Nacht versteckt, als wir Sie und Ihren Freund aufgespürt haben?«

»Ja.«

Donovan erinnerte sich nur allzu gut an diese Scheune und an das, was dort vorgefallen war. Er beschloss, dieses Thema so lange zurückzustellen, bis er Nick Schäfer in seinem Gewahrsam hatte. Der würde die genaue Lage der Scheune mit Sicherheit mühelos benennen können. Nun, in wenigen Minuten würde Donovan es erfahren. Agent Foster hatte dafür gesorgt. Ob dieser Schmierfink Schäfer ahnte, was ihn bei seiner Rückkehr zur Independence erwartete?

»Existieren Kopien der Akte?«

»Nein.«

»Sie haben keine Kopie angefertigt und diese zu Ihrem Schutz an einem sicheren Ort hinterlegt? Bei einem Anwalt zum Beispiel?«

»Nein ... war geplant ... keine Zeit ...«

»Haben Sie digitale Kopien der Akte oder Auszüge davon per Mail oder im Web verbreitet?«

»Nein.«

»Besitzt außer Ihnen und Nick Schäfer sonst noch jemand Kenntnis von der Akte oder deren Inhalt?«

»Franklin.«

»Wer sonst?«

»Weiß nicht.«

»Was ist mit Ihrer Freundin Kiara Kolani? Was haben Sie ihr über die Akte erzählt?«

»Nichts.«

Donovans Befürchtungen bewahrheiteten sich nicht, und er entspannte sich ein wenig. Anscheinend wusste außer Fisher und Schäfer tatsächlich niemand etwas über die Akte oder deren Inhalt. Aller Wahrscheinlichkeit nach konnte Donovan die Angelegenheit also noch in dieser Nacht abschließen. Er betrachtete die hilflose Frau, der Speichel aus dem Mundwinkel rann. Er überlegte, den Rest der Droge jetzt sofort in Emma Fisher zu pumpen, um sie krepieren zu sehen wie vor ein paar Tagen Lena Schäfer, entschied sich jedoch dagegen. Diesen Moment wollte er in Ruhe auskosten, wenn alles in trockenen Tüchern war. Bald würde dieser Journalist auf der Bildfläche erscheinen, und seinen Empfang wollte sich Donovan auf keinen Fall entgehen lassen. Er sah sich um und fand auf Anhieb, was er suchte. Er begutachtete die diversen Utensilien und grunzte zufrieden. Geübt legte er seinem Opfer einen venösen Zugang und klickte die Spritze mit der Wahrheitsdroge an das Ventil. Dadurch blieb ihm genügend Zeit. Emma Fisher würde noch eine ganze Weile außer Gefecht gesetzt sein. Boshaft grinsend machte sich Donovan auf, um Nick Schäfer gebührend willkommen zu heißen.

108

Das Tauchboot hielt frontal auf den mächtigen Pfeiler zu, dessen Umfang sekündlich zunahm und der schon jetzt das gesamte Sichtfenster vereinnahmte.

Nick überwand seine Schockstarre. Er griff nach dem eingerasteten Joystick, um diesen in die Nullposition zurückzureißen und dadurch, wie er hoffte, das Boot zu stoppen. Der Joystick klemmte und ließ sich keinen Millimeter bewegen. *Scheiße!*

Nur wenige Meter bis zum Zusammenprall. Er riss den zweiten Joystick, denjenigen für das Seitenruder, nach rechts. Das Boot reagierte auf der Stelle und driftete nach Steuerbord. Zu Nicks Bedauern jedoch mit unvermindert hoher Geschwindigkeit.

Es reichte nicht.

Der Aufprall war heftig. Der Backbordflügel knallte gegen den Pfeiler und schrammte daran entlang. Er schabte Muscheln und Algen ab, die im Scheinwerferlicht wie Schneeflocken in einer stürmischen Nacht umherwirbelten.

Nick wurde gegen die Glaskuppel geschleudert. Er verlor die Kontrolle über den Joystick, und das Seitenruder schnellte in die Nullstellung zurück. Mit kurzer Verzögerung erhielt das Boot jetzt einen entgegengerichteten Impuls, prallte vom Pfeiler ab und trudelte wie ein Korkenzieher in Richtung dreier waagrecht verlaufender Pipelines.

Nick schnellte in seinen Sitz zurück. Er musste das schlingernde Boot unbedingt stabilisieren, bevor es zwischen die Pipelines geriet und steckenblieb oder gar womöglich von vorne bis hinten aufgeschlitzt wurde.

Die Pipelines näherten sich viel zu rasch. Hektisch sah er sich um. Durch die Rotation des Bootes hatte er längst die Orientierung verloren. In seiner Panik tat er das Erstbeste, das ihm in den Sinn kam. Mit der Faust hieb er auf den roten Not-Aus-Schalter, der seitlich oberhalb von Fuentes' Sitz angebracht war.

Augenblicklich erloschen sämtliche Scheinwerfer und Cockpitlichter. Um Nick herum wurde es stockfinster. Der summende Elektroantrieb erstarb. Die daraufhin einsetzende Stille war vollkommen.

Nick wappnete sich für den Aufprall, vergrub den Kopf in fötaler Sitzposition zwischen den Oberschenkeln und kniff die Augen zusammen.

Der Aufprall kam nicht. Stattdessen sprang die Notbeleuchtung an und tauchte die gesamte Kabine in rotes Licht. Die Rotation ließ nach, das Tauchboot stabilisierte sich und schwebte wenige Augenblicke später bewegungslos im Wasser wie ein schlafender Wal. Die Pipelines waren nirgendwo zu sehen. Wie auch, mit ausgeschalteten Scheinwerfern?

Er schnaufte tief durch. Einen Wimpernschlag lang keimte neue Hoffnung in ihm auf, dann begann das Tauchboot langsam in die Tiefe zu sinken.

109

Im ganzen Leben hatte Nick noch nie so etwas wie Klaustrophobie verspürt. Nun wusste er, wie sich das anfühlte.

Panik ergriff ihn.

Meter um Meter sank das funktionsuntüchtige Tauchboot dem Meeresgrund entgegen. In der schwachen Notbeleuchtung kaum auszumachen, erhöhte sich die Zahl auf der Anzeige des Tiefenmessers beängstigend rasch. 145 Meter unter null, Sinkgeschwindigkeit 30 Meter pro Minute. Nick überlegte fieberhaft, bis zu welcher Tiefe Tauchboote dieser Art ausgelegt waren und wie viel Zeit ihm noch blieb, bis die schützende Hülle um ihn herum implodierte und ihn zerquetschte.

Er fror und schwitzte gleichzeitig. Seitdem er den Not-Aus-Schalter betätigt hatte, war die Temperatur schlagartig um mindestens 15 Grad gefallen. Bildete er es sich nur ein, dass die Luft langsam schal und das Atmen schwerer wurde? Die Stichwunde an seinem Unterarm brannte höllisch und blutete noch immer, aber darum konnte er sich im Moment nicht kümmern.

Hektisch suchte er das Cockpit ab. Wenn es einen Not-Aus-Schalter gab, musste es verdammt noch mal doch auch einen Ein-Schalter geben!

210 Meter.

Neben ihm stöhnte Fuentes. Seine blutverkrustete Nase war angeschwollen. Obwohl der Kubaner direkt neben ihm im Cockpit hing, hatte Nick ihn in seiner Panik total vergessen. Fuentes war die Lösung!

Er schüttelte den bewusstlosen Mann und brüllte ihn vergeblich an. Erst als er ihm eine Ohrfeige verpasste, flackerten Fuentes' Augenlider.

»Wir sinken!«, schrie Nick ihn an. »255 Meter unter null! Fahr sofort die Systeme hoch!«

»Leck mich«, krächzte Fuentes und spuckte Nick einen blutigen Klumpen Schleim ins Gesicht. Angewidert wischte sich Nick ab. Fuentes drohte erneut das Bewusstsein zu verlieren. Er war eindeutig nicht in der Lage, die Situation richtig einzuschätzen.

305 Meter.

»Kapierst du nicht? Wir saufen ab!« Nick packte ihn am Kragen und bugsierte ihn in eine aufrechte Position. »Konzentrier dich oder wir verrecken!« Er verpasste ihm erneut eine Ohrfeige. »Wie fährt man die Systeme hoch?«

Fuentes öffnete langsam die Augen. Dann schien er die Notbeleuchtung wahrzunehmen und richtete den Blick auf die Instrumente. »Santa Madre de Dios, was hast du getan?«

355 Meter.

»Not-Aus.« Nick deutete auf den Knopf neben Fuentes' Kopf.

Die Hülle des Tauchboots knirschte. Nick gefror das Blut in den Adern. »Wie tief können wir tauchen, bevor uns der Druck zerquetscht?«

»Maldito hijo de puta, woher soll ich das wissen?« Fuentes griff unter die Instrumententafel und legte mehrere Kippschalter um. »Und jetzt bete zur heiligen Mutter.«

Einen Moment lang geschah rein gar nichts. Dann ertönte das schönste Geräusch auf Gottes Erden, das Summen des Elektroantriebs. Die reguläre Beleuchtung löste das Rotlicht ab. Die Außenscheinwerfer sprangen an, und auf dem GPS-Monitor baute sich ein Bild auf.

420 Meter.

Fuentes rüttelte an dem verklemmten Joystick, der sich daraufhin langsam löste und in die Nullposition zurücksprang.

Während Fuentes die Systeme überprüfte und mit dem Auftauchen begann, riss Nick einen Streifen Stoff aus seinem Hemd und verband die Wunde am Arm, so gut es ihm die Umstände ermöglichten. Inzwischen machte sich der Blutverlust bemerkbar. Nick war hundemüde und fror am ganzen Leib. Aus den Augenwinkeln beobachtete er, wie Fuentes das Tauchboot wieder in Richtung Oberfläche dirigierte. Dieser alte Haudegen würde Nick niemals durchgehen lassen, was geschehen war. Der Comandante würde ihn töten, etwas anderes ließ dessen Ego gar nicht zu. Noch war er mit dem Tauchboot beschäftigt, doch wie lange noch?

Nick musste handeln.

Sein Blick fiel auf Fuentes' Waffe, die zwischen ihnen auf dem Boden lag und verführerisch glänzte.

110

Emma schnappte nach Luft. Ihre Lungen brannten. Sie meinte zu ersticken und riss die Augen auf. Eine schemenhafte Gestalt beugte sich über sie. Emma zuckte zurück.

»Schhhht. Ruhig«, hörte sie eine Stimme wie aus weiter Entfernung.

Emma hatte jegliches Zeitgefühl verloren, aber nach und nach verwandelte sich der Schatten in ein Gesicht. Instinktiv wusste Emma, dass ihr von diesem Gesicht keine Gefahr drohte, auch wenn sie keine Ahnung hatte weshalb.

Allmählich gewannen die verschwommenen Grenzen zwischen Imagination und Realität weiter an Konturen. Die schreckliche Welt aus Wahn und Visionen schwand.

Emma atmete frische Luft. Ihr schweißgebadeter Körper zitterte wie Espenlaub. Der saure Geschmack in ihrem Mund sagte ihr, dass sie sich erbrochen haben musste.

»Geht's wieder?«, fragte eine Stimme. »Komm, ich helfe dir hoch.«

Kräftige Hände stützten sie und halfen ihr in die Vertikale. Inzwischen funktionierten ihre Augen wieder annähernd normal, und sie erkannte das Krankenzimmer, in dem Donovan sie unter Drogen gesetzt hatte. Wie lange war das her? Eine Minute, eine Stunde, eine Woche? Sie konnte es nicht sagen.

»Willst du einen Schluck Wasser?«

Sie sah den Fragesteller an, und endlich erkannte sie ihren Retter, der mit einem Glas Leitungswasser in der Hand neben ihr kniete und sie besorgt ansah.

»Du?«, fragte sie perplex.

111

Nick bemerkte, dass Fuentes ihn aus den Augenwinkeln heraus beobachtete. Noch immer lag die Waffe zwischen ihnen auf dem Boden des Tauchboots. *Jetzt!*

Der Comandante schien Nicks Absichten vorherzusehen. Praktisch gleichzeitig griffen sie nach der Waffe. Es war pures Glück, dass Nick sie zuerst in die Finger bekam. Fuentes versuchte noch, Nick beiseitezustoßen, doch der drehte sich geschickt herum und hielt Fuentes die Pistole vors Gesicht.

»Du erschießt mich nicht«, knurrte Fuentes.

»Lass es drauf ankommen.«

Fuentes' Augen versprühten pures Gift. Es war ihm anzusehen, wie schwer es ihm fiel, sich zu beherrschen. »Und wie geht es deiner Meinung nach jetzt weiter?«

»Nach Plan. Wir tun das, wozu wir hergekommen sind. Kurs auf die Verteilerstation!«

Fuentes zögerte einen Augenblick, stieß dann einen Fluch aus und widmete sich der Steuerung. Nick atmete innerlich auf, wusste jedoch ganz genau, dass er nur einen Etappensieg errungen hatte. Ein Mann vom Schlage Fuentes' ließ so etwas nicht ungesühnt. Nick musste äußerst wachsam sein.

Einem Menschen den Lauf einer entsicherten Pistole in die Rippen zu drücken, gefiel Nick ganz und gar nicht. Er zweifelte, dass er den Mumm dazu aufbrächte, abzudrücken. Solange Fuentes das aber glaubte, funktionierte der Bluff. Er presste die Pistole gegen Fuentes' Brustkorb, was dieser mit einem finsteren Blick quittierte.

Nachdem die Machtverhältnisse geklärt waren, steuerten sie die Verteilerstation an, indem sie dem Verlauf der Pipeline folgten. Zum Glück funktionierten sämtliche Systeme des Tauchboots nach dem Wiederhochfahren reibungslos. Auch Fuentes schien vorerst nicht weiter auf Rache aus zu sein, dazu tauchten sie längst zu tief. Das Risiko wäre schlichtweg zu hoch gewesen. Nick spürte jedoch förmlich, dass der Comandante seine Chance auf Vergeltung bei ihrer Rückkehr suchen würde.

In 150 Meter Tiefe schließlich erreichten sie ihr Ziel. Im trüben Scheinwerferlicht des U-Boots tauchten die mächtigen Umrisse der Verteilerstation gespenstisch aus dem Dunkel des Meeres auf. Nick hatte keine genaue Vorstellung gehabt, was ihn hier unten erwarten würde, aber enttäuscht war er dennoch. Die Verteilerstation bestand lediglich aus zwei bauchigen Kesseln mit riesigen Stellschrauben im oberen wie im unteren Bereich. Aufgrund des dichten Muschelbewuchses konnte Nick nichts weiter erkennen. Die nicht registrierte Pipeline mündete in die Kessel, denen wiederum jeweils zwei kleinere Pipelines entsprangen, die sich in unterschiedliche Richtungen entfernten.

Nick aktivierte die Außenkameras des U-Boots und wies Fuentes an, die Verteilerstation mehrmals zu umrunden. Während der Comandante dieser Aufforderung nachkam, filmte Nick die Szenerie zusätzlich mit seinem Communicator, den er zu diesem Zweck direkt vor die Frontscheibe hielt. Es konnte nicht schaden, auf Nummer sicher zu gehen. Nach getaner Arbeit gab Nick den Befehl zur Rückkehr. Langsam tauchten sie bis auf wenige Meter Tiefe auf und machten sich dann auf den Rückweg zur Andockstation, an der die Ventisca hoffentlich noch immer auf sie wartete. Nick verdrängte die Vorstellung, dass Carlos bereits abgelegt haben könnte, wie Fuentes andauernd behauptete. Selbst für den Fall, dass Fuentes die Wahrheit sprach, musste Nick sich unbedingt persönlich davon überzeugen, dass Carlos nicht einfach Emma auf der Plattform zurückgelassen hatte.

Er warf einen raschen Blick auf den GPS-Schirm und war zufrieden. Fuentes fuhr in die richtige Richtung.

Plötzlich kam Nick ein Gedanke: Was, wenn ihr Eindringen inzwischen bemerkt worden war? Dann würde er den Wachen direkt in die Arme laufen. Aber er musste Emma wiederfinden. Es gab nur eine Möglichkeit: »Unser neues Ziel ist Plattform drei.«

Fuentes sah ihn misstrauisch an. »Warum?«

»Weil ich es sage und den Finger am Abzug habe. Deshalb.«

Knurrend holte sich Fuentes die Koordinaten von Plattform drei auf den GPS-Schirm. »Wo du hinwillst, gibt es keine Andockstation. Wir können nirgendwo anlegen.«

»Jeder Stützpfeiler besitzt Notleitern für Evakuierungen.«

»Und das U-Boot?«

Nick zuckte mit den Schultern. »Geht mir am Arsch vorbei.«

»Ich gebe dieses Boot nicht auf.« Es war offensichtlich, wie schwer es Fuentes fiel, die Ruhe zu bewahren. Nicks Anspannung wuchs. Er musste vorsichtig sein. »Ich mache dir ein Angebot«, schlug Nick vor. »Du lässt mich an Plattform drei aussteigen, danach kannst du mit dem Boot tun und lassen, was du willst.«

Fuentes starrte ihn an. Er schien über diesen Vorschlag nachzudenken.

»Einverstanden«, sagte er schließlich und blickte wieder nach vorne.

»Deal.«

Beide wussten, dass der andere log.

112

Sie tauchten auf. Der Plan war schwach, dessen war Nick sich durchaus bewusst, aber eine bessere Alternative wollte ihm nicht einfallen. Trotz ihrer Übereinkunft hielt er die Pistole noch immer auf Fuentes gerichtet. Sicher war sicher. Er wusste, der Comandante wartete nur auf eine günstige Gelegenheit, ihn zu überrumpeln.

Fünfzehn Meter, bevor sie die Oberfläche erreichten, begann das Boot rhythmisch hin und her zu schaukeln. Fuentes schaltete die Außenscheinwerfer aus. Kaum dass sie die Wasseroberfläche durchbrachen, fanden sie sich mit unangenehm hohen Wellen konfrontiert, die über die

Plexiglaskuppel schwappten. Das winzige Tauchboot verwandelte sich in einen auf und ab hüpfenden Korken. Nick blickte hinauf zur Plattform, die bis auf die blinkenden Positionslichter vollkommen im Dunkeln lag.

Fuentes steuerte, so gut es ging, die Notleiter an, die an der Außenseite des Pfeilers bis ins Meer hinunterreichte. Eine Welle erfasste sie und schmetterte sie mit einem lauten Knall gegen den Pfeiler. Fast hätte Nick die Waffe fallen gelassen.

»Viel Erfolg, *amigo.*« Fuentes grinste hämisch. Sollte sich das wiederholen, während Nick auf der Leiter stand, würde er zwischen Pfeiler und Tauchboot zerquetscht werden.

»Du zuerst«, erwiderte Nick und wedelte mit der Pistole auffordernd in Fuentes' Richtung.

Der Kubaner sah ihn entgeistert an. »*No.* Wir haben eine Abmachung, *amigo.*«

»Komm mir nicht damit. Und dein verdammter *amigo* bin ich schon gar nicht, verstanden?«

»Wenn ich diesen Platz hier verlasse, wirst du dieses Boot nicht lange genug auf der Stelle halten können, um mir zu folgen.«

»Dieses Risiko gehe ich ein. Also wird's bald?«

Nick rechnete jetzt jeden Augenblick mit einem Angriff. Zu seiner Überraschung schälte sich Fuentes jedoch fluchend und mit schmerzverzerrtem Gesicht aus seinem Sitz und krabbelte auf allen vieren zur Luke. Seine Verletzungen mussten schwerwiegender sein, als es den Anschein gehabt hatte.

Ohne Steuermann den Wellen hilflos ausgeliefert, krachten sie erneut gegen den Pfeiler. Rasch steckte Nick die Pistole in den Hosenbund und griff nach den beiden Joysticks.

Hinter ihm öffnete Fuentes die Luke.

Augenblicklich fegte ein schneidender Wind durch das Cockpit. Ein Sturzbach Meerwasser ergoss sich ins Innere des Bootes.

»Los jetzt«, befahl Nick, und Fuentes setzte sich tatsächlich in Bewegung.

Mit Müh und Not gelang es Nick, das U-Boot an Ort und Stelle zu halten. Ein Blick über die Schulter zeigte ihm, dass Fuentes verschwunden war. Durch die Plexiglaskuppel hindurch entdeckte er ihn einen Augenblick später auf der Leiter. Fuentes hatte es geschafft.

Mit einer Hand griff Nick hinter sich, zog die Speicherkarte der Bordkameras aus der Halterung und steckte sie in die Hosentasche. Dann manövrierte er sich mehr schlecht als recht vor die Leiter und hoffte, schnell genug aus der Luke zu kommen, um den Aufstieg zu erreichen.

Vor dem Sichtfenster baute sich eine eindrucksvolle Welle auf. Nick sah seine Chance gekommen. Er krabbelte nach hinten und schob den Kopf durch die Luke. Verdammt, noch war die Leiter zu weit entfernt, um sie zu greifen. Praktisch im selben Augenblick erfasste die Welle das Boot, hob es an und schleuderte es einmal mehr gegen den Pfeiler. Kurz vor dem Aufprall sprang Nick.

Er prallte gegen die Leiter, griff nach einer Sprosse, doch er rutschte an dem nassen Stahl ab und schlug sich an einer der Sprossen einen Vorderzahn aus. Er fasste nach und fand endlich sicheren Halt.

Hastig erklomm er die glitschige, stellenweise übel

von Rost zerfressene Leiter. Stoßweise atmend, erreichte er die Plattform. Seine Zähne schmerzten höllisch, ebenso die Stichwunde an seinem Unterarm. Er wuchtete sich über die Kante und … erstarrte.

Fuentes stand einige Meter entfernt und wartete auf ihn. Mit ihm warteten fünf bis an die Zähne bewaffnete Mitglieder der Independence-Security. Und ein bulliger Mann in einem schwarzen Maßanzug.

113

Roberto grinste bis über beide Ohren. Seine Haare und sein Bart trieften vor Nässe.

»Was machst *du* denn hier?«, fragte Emma, noch immer fassungslos über die Anwesenheit des Kubaners, der mit seinem Boot eigentlich ein paar Meilen südlich von der Independence auf Carlos und Fuentes warten sollte.

»Der Plan hat mir nicht gefallen«, erklärte Roberto.

»Carlos wird toben.«

»Carlos kann mich mal.«

Sie fiel ihrem Retter um den Hals und drückte ihm einen Schmatz auf die Wange. »Danke.«

»Ich haue niemanden übers Ohr, mit dem ich im Jardín de Neptuno ein Bier getrunken habe.«

Sie löste sich von ihm. Erst jetzt fiel ihr auf, dass Roberto von oben bis unten klatschnass war. »Was ist passiert?«

»Ich habe mein Boot auf eine Warteposition fernab der Independence programmiert.« Er zog einen kleinen silbernen Sender aus der Hosentasche und grinste. »Fernbedienung.«

Emma konnte ihm nicht folgen. Anscheinend arbeitete ihr Hirn noch auf Sparflamme.

»Ich bin abgesprungen, noch bevor ich unter der Bohrinsel durch war«, erklärte Roberto. »Dann bin ich zum nächstbesten Pfeiler geschwommen und über die Notleiter hochgeklettert.«

»Bei diesem Seegang? Bist du verrückt?«

Er winkte ab. »*Bagatela*.«

Sie umarmte ihn erneut. »Gott, bin ich froh, dich zu sehen.«

»Diese Mistkerle haben dir übel was verpasst.«

»Ein wenig Kopfschmerzen, aber es ist okay.« Sie dachte nach, doch die Erinnerung an die Zeitspanne unter Drogeneinfluss fiel ihr schwer. »Roberto, ich glaube, sie wissen von dem U-Boot. Sie sind losgezogen, um Nick abzupassen. Außerdem haben sie María und ...« Plötzlich traf sie die Erinnerung wie ein Hammerschlag. Carlos! Er war tot. Sie musste es Roberto sagen, aber nicht jetzt. Dafür hatten sie keine Zeit.

»Wir müssen die anderen finden und zusehen, dass wir von hier verschwinden«, sagte Roberto.

Sie nickte. »Hast du eine Ahnung, wohin man María und Jorge gebracht hat?«

»Nein.«

»Das habe ich befürchtet. Dabei fällt mir ein, woher wusstest du, wo du *mich* findest?«

»Auf der Suche nach euch bin ich durch die Korridore geschlichen und habe gesehen, wie dieser grauhaarige Muskelberg hier herausspazierte.«

»Wie lange war ich bewusstlos?«

»Etwa eine Viertelstunde. Ich habe dieses Teufelszeug da«, er zeigte auf Donovans Utensilien, »sofort aus deiner Vene gezogen und gewartet. Ich dachte erst, du kommst nie wieder zu Bewusstsein.«

»War ein echter Horrortrip. Aber jetzt los.«

Vorsichtig öffnete sie die Tür und linste hinaus in den Korridor. Die Luft war rein. Da Roberto das Hauptgebäude durch den südlichen Eingang betreten und auf seinem Weg in die Krankenstation keine Spur seiner Freunde entdeckt hatte, entschieden sie sich für die entgegengesetzte Richtung. Darum bemüht, nicht das geringste Geräusch zu verursachen, schlichen sie durch viel zu helle Gänge, horchten an Türen und öffneten diese, falls möglich. Ausnahmslos fanden sie dahinter lediglich dunkle, verlassene Räume vor.

Sie erreichten die Front des Gebäudes, durch deren quadratische Fenster sie einen Blick nach draußen auf die Hauptplattform werfen konnten. Sämtliche Scheinwerfer waren in Betrieb und erhellten die Plattform wie Flutlicht ein Fußballstadion. Eine kräftig flatternde Flagge mit dem Sternenbanner der Vereinigten Staaten verriet, dass der Wind im Laufe der letzten Stunde weiter zugelegt hatte. Hilflos sah Emma sich um. Der enzige Weg in den anderen Teil der Plattform führte über eine grell beleuchtete Außentreppe. Das Risiko, dort entdeckt zu werden, war viel zu groß.

Plötzlich erregte ein Schild im Korridor ihre Aufmerksamkeit: *Schaltzentrale Elektrotechnik*.

Daneben befand sich eine Tür, inklusive einem Türöffner mit einem altmodischen Zutrittskontrollsystem und integrierten Zahlentasten. Die Tür war lediglich angelehnt. Emma runzelte die Stirn. Etwas, das Leuthard im Laufe ihres Gespräches nebenbei erwähnt hatte, fiel ihr ein. Eine Idee nahm Gestalt an.

Sie horchte an der Tür, und da sie kein Geräusch vernahm, öffnete Emma sie vorsichtig. Drinnen brannte Licht. Eine riesige Wand voller Schalttafeln, Monitore und Displays, von denen etwa die Hälfte in Betrieb waren, fesselte Emmas Aufmerksamkeit. Hier also liefen alle für den Betrieb der Bohrinsel relevanten Informationen zusammen. Sie trat vor das Bedienpaneel. Trotz der vielen blinkenden Leuchtdioden waren bei näherer Betrachtung nur wenige Stromsysteme aktiv. Hauptsächlich die Bereiche, die von der Sicherheitscrew benötigt wurden. Emma studierte die auf der Übersichtstafel eingravierten Schaltpläne. Wenn sie auch nur den Hauch einer Chance haben wollten, von hier zu fliehen, würde dies nur mit einem Ablenkungsmanöver gelingen. Sie begann mit der Suche nach ein paar ganz bestimmten Schaltern.

»Wir müssen weiter«, drängte Roberto.

»Nur einen Moment.«

Nach einer Weile hatte sie das Gefühl, den Schaltplan in groben Zügen zu verstehen, und sie begann, einige Kippschalter umzulegen. Danach tippte sie einen Touchscreen an, auf dem die Independence als strukturierter Bauplan zu sehen war. Sie zoomte und tippte sich durch die einzelnen Komponenten der Bohrinsel, bis sie schließlich fündig wurde.

»Was tust du?«, fragte Roberto sichtlich nervös.

»Wir müssen für Ablenkung sorgen«, erklärte Emma.

»Die Hauptplattform der Independence steht auf fünf Pfeilern, von denen jeder einzelne über ein automatisches GPS-gestütztes Stabilisierungs-System verfügt. Ich setze dieses System außer Kraft und stelle es manuell neu ein.«

»Wovon verdammt redest du?«

»Die GPS-Systeme befinden sich in Ballasttanks, die mit Hochleistungspumpen ausgerüstet sind. Diese sorgen dafür, dass die Hauptplattform unter allen Wetterbedingungen an Ort und Stelle bleibt, selbst bei einem Hurrikan. Leuthard hat mich darauf gebracht.«

»Wer?«

»Spielt keine Rolle. Schau her, ich leite sämtlichen Strom auf die Pumpen dieser beiden nebeneinanderstehenden Pfeiler hier.« Sie deutete auf den Bildschirm, um Roberto zu zeigen, wovon sie sprach. »Wenn alles so läuft, wie ich mir das vorstelle, werden sich diese beiden Pfeiler in Kürze heben, die anderen aber nicht. Wir müssen dann nur noch das automatische Sicherungssystem außer Kraft setzen, und die Bohrinsel wird nach einiger Zeit in Schieflage geraten. Hoffe ich zumindest. Das sollte die Security genügend ablenken und beschäftigen. Verstehst du? Das verschafft uns Zeit.«

Roberto zuckte mit den Schultern.

»Such etwas, womit wir die Eingangstür von außen verbarrikadieren können«, wies sie ihn an.

Grummelnd machte sich der Kubaner vom Acker. Kurz darauf war Emma so weit. Sie aktivierte die neuen Steuerbefehle.

Zunächst geschah nichts. Dann verspürte sie ein kaum merkliches Vibrieren unter den Füßen. Die Pumpen der beiden ausgewählten Pfeiler nahmen ihre Arbeit auf und pumpten enorme Mengen Wasser aus den Ballasttanks. Noch merkte sie nichts davon, doch Emma wusste, dass sich die Westseite der Independence langsam zu heben begann.

Bevor sie die Zentrale verließ, schaltete Emma kurz entschlossen sämtliche Scheinwerfer auf allen Plattformen der Independence ab. Vielleicht verschaffte ihnen dies einen zusätzlichen kleinen Vorteil.

Sie trat vor die Tür. Von Roberto keine Spur. Er hatte sich doch hoffentlich nicht aus dem Staub gemacht?

Sie schloss die Tür und betrachtete das Tastenfeld des Zutrittskontrollsystems. Ohne den Code war es unmöglich, die Tür zu blockieren. Die Security würde den Normalzustand schneller wiederherstellen, als Emma das Erdgeschoss erreichte.

Während sie über eine Lösung dieses Dilemmas nachdachte, vernahm sie plötzlich ein Ächzen und Stöhnen auf dem Gang. *Roberto!*

114

»Mr Schäfer«, begrüßte ihn der Mann im schwarzen Anzug. »Bitte legen Sie die Waffe nieder, die sich vorne in Ihrem Hosenbund befindet.«

Perplex starrte Nick auf die Männer, die ihre Waffen auf ihn und Fuentes richteten. Unfähig, sich zu bewegen oder auch nur einen klaren Gedanken zu fassen, stand er wie versteinert da.

»Machen Sie keine Dummheiten und lassen Sie auf der Stelle die Waffe fallen«, forderte der Mann jetzt energischer. »Das Spiel ist aus. Sie können lediglich entscheiden, ob Sie es lebendig oder tot beenden.«

Wie in Trance griff Nick nach Fuentes' Pistole, zog sie langsam heraus und legte sie vor sich auf den Boden.

»Sehr schön.« Donovan streckte die Hand aus, mit der geöffneten Handfläche nach oben. »Die Speicherkarte bitte.«

»Woher zum Teufel wissen Sie …?«

»Die On-Board-Kameras der Tauchboote funktionieren selbstverständlich noch immer.« Donovan verzog das Gesicht zu einem Haifischlächeln, dann wurde er wieder ernst. »Her damit!«

Nick zog die Speicherkarte aus der Hosentasche und warf sie Donovan zu. Der ließ die Karte vor sich auf den Boden fallen und zerstörte sie mit einem einzigen kräftigen Tritt.

»Und jetzt Ihren Communicator, Mr Schäfer.«

Resignierend übergab Nick ihm den gewünschten Gegenstand. »Wussten Sie die ganze Zeit über Bescheid?«

»Natürlich. Dachtet ihr tatsächlich, das hier wäre so einfach?« Ohne den Communicator eines Blickes zu würdigen, schmiss Donovan ihn über den Sicherheitszaun ins Meer.

Nicks Schultern sanken nach unten. Alles war umsonst gewesen. »Was ist mit Emma? Was haben Sie ihr angetan?«

»Keine Sorge, Ihre kleine Freundin lebt. Andere hatten da weniger Glück.« Er bedeutete seinen Männern, eine Gasse zu bilden. Nicks Blick fiel auf einen am Boden liegenden Mann. Carlos. Fuentes schnappte nach Luft.

»Die tätowierte kubanische Schwuchtel war ein wenig hitzköpfig.«

Fuentes ballte die Fäuste. »Maldito hijo de puta, ich leg dich um, americano! Hast du gehört? Ich mach dich kalt!«

Donovan lachte schallend, wurde schlagartig ernst und wandte sich an Nick. »Wir gehen zurück ins Hauptquartier. Ich habe noch ein paar Fragen.«

»Ich möchte Emma sehen, und zwar lebendig.«

»Sie haben hier rein gar nichts zu fordern.«

Sämtliche Scheinwerfer erloschen.

Von jetzt auf gleich herrschte Dunkelheit. Nur die Laserstrahlen der automatischen Zielerfassung der Security-Waffen streiften durch die Finsternis wie rote Neonfäden.

Dann ging alles sehr schnell.

Donovan brüllte irgendwelche Befehle.

Fuentes sprang nach vorn, um nach seiner auf dem Boden liegenden Waffe zu greifen. Er hatte nicht den Hauch einer Chance. Mehrere rote Laserstrahlen verfolgten seine Bewegungen, und praktisch gleichzeitig wurde aus allen Rohren gefeuert.

Nick hechtete zur Seite, landete schmerzhaft auf der linken Schulter und rollte sich ab. Er prallte gegen ein Stahlrohr und kroch dahinter in Deckung.

Fuentes wurde regelrecht zersiebt. Auf dem Boden liegend, zuckte sein Körper, als hätte er einen spastischen Anfall. Nick beobachtete Fuentes' Todeskampf aus seiner Deckung heraus.

Plötzlich spürte er kalten Stahl im Nacken, eindeutig der Lauf einer Waffe. Er erstarrte.

»Wenn du auch nur zuckst, puste ich dir das Hirn raus«, zischte ihm Donovan ins Ohr.

115

Irgendwo auf dem Gang zersplitterte Glas mit lautem Klirren. Emma zuckte zusammen. *Roberto!*

Sie zögerte. Roberto hatte sein Leben aufs Spiel gesetzt, um sie zu retten, da war es nur fair, wenn sie dasselbe für ihn tat. Gerade wollte sie dem Geräusch nachgehen, da kam der Kubaner um die Ecke. In der Hand hielt er einen Feuerlöscher.

Erleichtert legte sie eine Hand auf ihr klopfendes Herz. »Hast du mich erschreckt!«

»Das verdammte Ding wollte nicht aus dem Sicherheitskasten, da musste ich die Scheibe einschlagen.« Er blutete leicht am Ellenbogen.

»Was hast du vor?«

»Du hast gesagt, wir müssen die Tür blockieren.«

»Schon, aber ...«

Schwungvoll hieb er den Feuerlöscher gegen das Zutrittskontrollsystem. Einmal, zweimal, dreimal. »Das dürfte genügen.«

Lächelnd betrachtete Emma die zerschmetterte Box mit dem demolierten Tastenfeld. »Gut gemacht. Jetzt aber los.«

»Treppe oder Fahrstuhl?«

»Fahrstuhl. Geht schneller. Es spielt keine Rolle mehr, denn die Jungs wissen inzwischen, dass im Hauptgebäude jemand frei herumläuft.«

Sie sprinteten den Gang entlang zu den Fahrstühlen. Hektisch hämmerte Emma auf den Rufknopf ein, als öffneten sich die Türen dadurch auch nur eine Sekunde früher. Unerträglich langsam wechselten die Ziffern auf dem Display.

1 … 2 …

Aus dem Treppenhaus drang das Geräusch schwerer Stiefeltritte. Diese Typen waren schneller als befürchtet.

3 … 4 …

Siedend heiß wurde ihr bewusst, dass sie es mit SCS-Agenten und ausgebildeten Marines zu tun hatten. Beide waren sicherlich klug genug, um Treppe und Aufzug gleichzeitig zu benutzen!

5 …

Es war zu spät. Die Aufzugstüren öffneten sich, und Emma blickte in den Lauf einer Maschinenpistole.

116

Auf dem Boden kniend und mit hinter dem Kopf verschränkten Händen beobachtete Emma die Gruppe, die sich ihnen vom Bohrturm her näherte. Die Beleuchtung der Hauptplattform war noch nicht reaktiviert worden, weswegen sie nicht erkennen konnte, wer ihnen da entgegenkam. Die wenigen Behelfsleuchten, die man in einem weitläufigen Kreis auf der Freifläche vor dem Bohrturm aufgestellt hatte, reichten gerade aus, um die nähere Umgebung notdürftig zu erhellen.

Neben ihr knieten Roberto, María, Jorge und León, die man vor wenigen Minuten hergeschafft hatte. Inzwischen meinte Emma bereits, eine leichte Schräglage der Plattform wahrzunehmen. Es war nur eine Frage der Zeit, wann der erste der altersschwachen Pfeiler der Statik Tribut zollen müsste.

Noch bevor er in den Schein einer der Behelfsleuchten trat, erkannte sie Nick an seinem Gang. Ihre letzte Hoffnung schwand. Ihn hier zu sehen, angetrieben von Donovan, der eine Waffe auf ihn richtete, bedeutete, dass auch dieser Teil ihres Plans nicht aufgegangen war. Nichts und niemand konnte die SCS-Agenten nun noch daran hindern, sie alle, ohne Aufsehen zu erregen, zum Schweigen zu bringen. Niemand würde je von Projekt Morgenröte erfahren, und Mettrack würde weiterhin Milliarden mit einer Lüge verdienen. Ihr fiel auf, dass Fuentes fehlte, aber es war nicht schwer, sich vorzustellen, was mit ihm geschehen sein musste.

Donovan stieß Nick direkt vor Emma zu Boden. »Hinknien und Hände hinter den Kopf!«

Nick gehorchte. Seine Mundpartie war angeschwollen, und quer über seinen Unterarm zog sich eine tiefe Wunde. Sie sah ihm in die Augen. Sein Blick war leer. »Was zur Hölle tut *sie* hier?«, blaffte Donovan seine Untergebenen an und zeigte auf Emma.

»Die Frau wollte fliehen, Sir.«

»Agent Laymon, diese Frau konnte nicht einmal blinzeln, als ich sie in der Krankenstation zurückgelassen habe. Wer hat die Kanüle aus ihrem Arm gezogen?«

»Der Typ mit dem Vollbart.«

Ohne zu zögern trat Donovan vor Roberto, presste ihm die Waffe zwischen die Augen und drückte ab. Robertos Schädel explodierte.

Emma unterdrückte einen Aufschrei, und Roberto kippte langsam zur Seite.

»Wer hat die Beleuchtung ausgeschaltet?«, fragte Donovan.

»Derselbe Typ.« Laymon nickte in Emmas Richtung. »Zusammen mit ihr.«

»Und warum schalten Sie sie nicht wieder ein?«

»Die Tür zur EZ ist blockiert«, informierte ihn Captain Wallace. »Carter und McDuff arbeiten bereits daran.«

»Dann sollen die beiden gefälligst einen Zahn zulegen, Herrgott! Und woher kommt dieses verdammte Vibrieren?«

»Wir sind uns nicht sicher«, erwiderte Wallace. »Wir vermuten, es hängt mit den Pumpen zusammen, aber bevor wir nicht in die EZ kommen, können wir das nicht mit Sicherheit sagen.«

Donovan legte den Kopf schief. »Haben Sie auch das Gefühl, dass wir leicht schräg stehen?«

»Ja.«

»Agent Foster, ist der Hubschrauber unterwegs?«

»Müsste in wenigen Minuten hier sein.«

»Gut. Ich kann es kaum erwarten, von dieser beschissenen Plattform herunterzukommen.« Er wandte sich an Emma und Nick. »Nun zu euch beiden Hübschen. Ihr habt mir in den letzten Tagen verdammt viel Ärger bereitet.« Mit der Spitze seines Schuhs stieß er Nick in die

Rippen. »Nachdem deine Freundin bereits einige meiner Fragen beantwortet hat, hast du jetzt die Ehre.«

»Fick dich!«

»Agent Foster«, lächelte Donovan süffisant, »meine Medikamententasche befindet sich in der Krankenstation. Wären Sie so freundlich, sie zu holen? Ich glaube, hier besteht Anwendungsbedarf.«

117

Das bisher kaum merkliche Vibrieren der Plattform steigerte sich minütlich. Mittlerweile knackte und knirschte es an allen Ecken und Enden. Das Geräusch aneinanderreibenden Stahls erinnerte Emma an ihre frühere Erdkundelehrerin Miss Lazar, die mit ihren langen Fingernägeln immer über die Kreidetafel gekratzt hatte, um die Aufmerksamkeit der Schüler zu erregen. Die tosende See tat ihr Übriges dazu, die Independence in sanfte Schwingungen zu versetzen. Während er auf Agent Fosters Rückkehr wartete, lief Donovan ruhelos auf und ab, den Kopf in den Nacken gelegt. Emma sah, wie der SCS-Agent leise Selbstgespräche führte. Nicht zum ersten Mal dachte sie, dass der Mann vollkommen wahnsinnig war. Wenn sie diese Nacht überleben wollte, musste sie endlich etwas unternehmen. Mit Bitten und Flehen kam sie bei Donovan nicht weit. Provokation dagegen schien ihr einen Versuch wert. »Wie lebt man mit dem Wissen, die gesamte Welt zu belügen? Wie ertragen Sie es nur, ein Mörder zu sein?«, sprach sie ihn an. »Ich wette, Sie kotzen jeden Morgen, wenn Sie in den Spiegel sehen.«

»Grundfalsch, Miss Fisher. Wenn ich in den Spiegel sehe, blickt mir ein stolzer Mann entgegen. Stolz, weil dieser Mann sein Leben für Uncle Sam opfert.«

»So sehen Sie sich also?« Sie lachte verächtlich. »Sie sind kein Märtyrer. Sie töten Menschen. Für eine machthungrige Regierung und einen profitgierigen Konzern. Sie sind der abgerichtete Pitbull, der bei Bedarf von der Leine gelassen wird. Ein ganz gewöhnlicher Mörder.«

»Billige Polemik passt nicht zu Ihnen.« Er blieb stehen und sah sie an. »Ich töte nicht einfach wahllos Menschen, um mich zu bereichern. Ich töte, damit das Volk daheim in meinem Vaterland ruhig schlafen kann.«

»Ach, Lena Schäfer war also eine Gefahr für die Vereinigten Staaten? Dabei fällt mir ein, wissen Ihre Kollegen vom SCS eigentlich, dass Sie auf der Gehaltsliste von Mettrack stehen?«

»Netter Versuch.« Donovan lächelte milde. »Agent Laymon, würden Sie Miss Fisher aufklären?«

Laymon grinste. »Mettrack sorgt für uns alle außerordentlich gut. Von dem, was uns die Regierung zahlt, kann kein Schwein leben.«

Ein grässliches Knirschen, tief aus den Eingeweiden der Independence, übertönte für einen Augenblick alle anderen Geräusche. Fast hätte man meinen können, direkt unter ihnen befände sich eine Schrottpresse, die einen alten PKW in einen Würfel verwandelte. Eine enorme Welle ließ die Plattform für einen Augenblick erzittern.

»Verdammt, wo bleibt Foster?«, giftete Donovan.

»Captain Wallace, machen Sie Ihren Männern gefälligst Dampf unterm Hintern. Sie sollen diese Pumpen endlich abschalten.«

»Jawohl, Sir!« Pflichtschuldigst machte sich Wallace vom Acker.

Fluchend zog Donovan eine kleine Edelstahlbox aus der Hosentasche, entnahm ihr eine hellblaue Kapsel und steckte sie sich in den Mund. Kurz darauf traten seine Augen hervor. Erneut knirschte es gewaltig, gefolgt von einem deutlich wahrnehmbaren Ruck der Plattform.

Emma überlegte, wie lange die verrosteten Pfeiler dem stetig steigenden Druck noch standhalten würden. Sie fing Nicks Blick auf. Schweigend sahen sie sich an. Sie hatten versagt, und beide wussten es. Ein neues Geräusch mischte sich in das bedrohliche metallische Knirschen. Erst war es kaum wahrnehmbar, dann wurde es rasch lauter und hörte sich an, als hielte ein gewaltiger Bienenschwarm auf die Independence zu.

Weit über ihnen schwenkte der Lichtkegel eines Suchscheinwerfers durch die Nacht. Er heftete sich auf die Hubschrauberlandeplattform, die sich auf einem Ableger oberhalb der Hauptebene befand. Dort parkte bereits ein Armeehubschrauber.

Es musste der von Donovan angeforderte Sikorsky sein, der die Agenten von hier ausfliegen sollte.

118

»Nehmen Sie sich ein Beispiel an den Jungs aus der Zentrale«, rief Donovan Foster gereizt entgegen, der zeitgleich mit der Landung des Sikorsky auf ihn zustürmte. »Die sind schneller hier als erwartet, was ich von Ihnen nicht gerade behaupten kann.«

»Es gibt ein Problem, Sir.« Foster beugte sich zu Donovan vor und flüsterte ihm etwas ins Ohr. Bei dem Krach, den die arg beanspruchte Bohrinsel verursachte, war es für Emma unmöglich, etwas davon zu verstehen. »Wollen Sie mich verarschen?«, brüllte Donovan.

»Sir, nein, Sir.« Foster sah aus, als zöge er einen Sprung über den Schutzzaun in das bewegte Meer seiner momentanen Situation vor.

»Herrgott, warum haben Sie mich nicht unverzüglich darüber informiert!«

»Das habe ich versucht, Sir, nur tragen Sie Ihren Funkknopf nicht.«

Erstaunt griff sich Donovan ans Ohr und stellte fest, dass Foster recht hatte. »Ich muss nachdenken.«

Donovan schloss die Augen, presste die Handballen gegen die Schläfen und massierte sie mit kreisenden Bewegungen.

»Was ist hier los?«, flüsterte Emma Nick zu.

Er deutete ein Schulterzucken an. »Muss was Großes sein, so wie Donovan ausflippt.«

»Der Typ ist voll auf Droge. Nicht mehr lang, und er tickt komplett aus. Sag mir, was du siehst.«

Nick, der mit dem Gesicht in Richtung des Sikorsky

kniete, sagte: »Nicht viel. Ist zu dunkel. Gerade gehen die Türen des Hubschraubers auf. Ein paar Männer springen heraus. Sie haben Taschenlampen.«

»Wie viele?«

»Sechs oder sieben. Schwer zu sagen. Sie scheinen auf jemanden zu warten. Warte. Jetzt steigt noch jemand aus.« Er stockte. »Das ist seltsam.«

»Was?« Ihr fiel es schwer, nicht die Beherrschung zu verlieren. »Sag mir, was du siehst, Nick!«

»Ich bin mir nicht sicher. Sie kommen her.«

»Sir?«, sprach Foster seinen Vorgesetzten zögerlich an. »Irgendwelche Anweisungen?«

»Wo steckt Captain Wallace?«

»Gerade eben war er noch oben vor der Elektrozentrale.«

»Gehen Sie und sagen Sie Wallace, er soll den Scheiß lassen und mit all seinen Männern sofort hier antanzen!«

»Jawohl, Sir.« Foster schien glücklich darüber, verschwinden zu dürfen, so schnell machte er sich aus dem Staub.

Donovan kam auf Emma zu und beugte sich mit gebleckten Zähnen zu ihr hinunter. »Mach dir keine Hoffnungen, Sweetheart, nichts und niemand kann dich mehr retten.«

Er zog seine Pistole und richtete sie auf ihren Kopf.

»Nein!«, schrie Nick und sprang auf.

Donovan hieb ihm die Waffe brutal gegen die Schläfe. Nick sackte zu Boden wie ein Sack Kartoffeln.

»Waffe fallen lassen!«, ertönte eine Stimme, die Emma bekannt vorkam.

Ein roter Punkt erschien auf Donovans Brust.

Alle Augen richteten sich auf die Neuankömmlinge, die sich rundherum auf der Plattform verteilten und Waffen mit lasergestützter Zielerfassung auf Donovan sowie die Marines richteten.

»Sofort die Waffe fallen lassen, Donovan!«

Diese Stimme ...

Ein Mann löste sich aus der Gruppe und trat in den Schein einer der Notbehelfsleuchten.

Emma fiel die Kinnlade herunter.

Unmöglich!

119

Leland Franklin hinkte und sah mitgenommen aus. Um seinen Kopf trug er einen Verband, und seine linke Hand war dick.

Emma traute ihren Augen nicht. Was hatte Franklin hier verloren?

»Zum letzten Mal, Randall, leg die Waffe nieder!«

»Sagt wer?« Donovan bleckte die Zähne. Ihm stand der Wahnsinn regelrecht ins Gesicht geschrieben. »Nett, dass du uns besuchen kommst, Leland, aber du hast hier rein gar nichts zu melden. Die Independence untersteht der Befehlsgewalt der US Navy. Da ich der ranghöchste Offizier hier an Bord bin, unterstehen diese Männer somit meinem Kommando.«

»Sie irren, Colonel Donovan«, erklang eine Stimme, und ein Mann in Uniform trat neben Franklin ins Licht. Auf seiner Brust glänzten beeindruckend viele Abzeichen. »Marines der Vierten US-Marineinfanteriedivision hergehört! Zu Ihnen spricht General James Earl Quentin, und hiermit übernehme ich das Kommando. Haben das alle verstanden?«

»Sir, jawohl, Sir!«, erklang es einstimmig.

Donovans Gesichtszüge entgleisten. Er schnappte nach Luft wie ein Fisch an Land. Dann ließ er die Waffe sinken, behielt sie aber in der Hand.

Emma konnte kaum fassen, was sich hier abspielte. Wer war dieser General Quentin? Weshalb stellte sich Franklin gegen Donovan? Die beiden steckten doch unter einer Decke?

Mit einem triumphierenden Lächeln trat ein dritter Mann vor und postierte sich neben General Quentin. *Jason Collins.*

»Sie hätten mich nicht so abservieren sollen«, sagte der Sicherheitschef der Berliner Botschaft.

Emma hatte keinen blassen Schimmer, was Collins damit meinte. Hatte er nicht vor wenigen Tagen erst höchstpersönlich versucht, Emma vom Segway zu stoßen? Die Angelegenheit wurde immer undurchsichtiger.

»Jetzt wird mir einiges klar«, sagte Donovan.

Collins verzog keine Miene.

Donovan richtete das Wort an General Quentin: »Wenn das so ist, General, dann nehmen Sie hiermit zur Kenntnis, dass ich, in Verbindung mit Homeland Security Presidential Directive 17, vom Präsidenten höchstpersönlich dazu befugt bin, sämtliche Handlungen vorzunehmen, die der nationalen Sicherheit dienen.«

»Das wird vor einem Militärgericht geklärt werden«, erwiderte Quentin unbeeindruckt. »Colonel Donovan, Sie stehen ab sofort unter Arrest!«

Blitzschnell richtete Donovan seine Pistole auf Emmas Kopf. »Niemand rührt sich! Ihr könnt mich umlegen, aber so wahr ich hier stehe, sie nehme ich mit.«

Unschlüssig, wie es nun weitergehen sollte, rührte sich tatsächlich niemand.

Von unterhalb der Plattform ertönte einmal mehr das bedrohliche Geräusch, das Emma so sehr an eine Schrottpresse erinnerte. Metall rieb gegen Metall. Ein gewaltiger Ruck ging durch die Plattform, als sich die aufgestaute Spannung in der Stahlkonstruktion explosionsartig löste. Die Schräglage der Plattform war nun deutlich erkennbar.

Die Situation war unerträglich. Zum zweiten Mal innerhalb weniger Minuten blickte Emma in den Lauf einer Waffe. Ihre Kopfschmerzen kehrten mit Macht zurück, und sie entschied, zu handeln.

Sie riss die Augen weit auf und rief voller Entsetzen: »Nick, nein!«

Der Bluff funktionierte.

Donovans Kopf zuckte nach hinten, wo Nick noch immer bewusstlos auf dem Boden lag. Für den Bruchteil einer Sekunde ließ der Wahnsinnige sie aus den Augen. Emma schnellte hoch und schlug Donovans Hand mit der Pistole zur Seite. Gleichzeitig trat sie ihm mit voller Wucht zwischen die Beine.

Donovan stöhnte auf, ging jedoch nicht, wie erhofft, in die Knie. Er packte ihr Handgelenk, verdrehte es brutal und zwang sie zurück auf den Boden. Sie schrie auf vor Schmerzen.

Aus den Augenwinkeln sah Emma mehrere Marines auf sie zustürmen.

Erneut drückte Donovan den Lauf seiner Waffe an ihre Stirn. »Bye, bye, Sweetheart.«

In diesem Augenblick knickte der erste Pfeiler der Independence mit einem gewaltigen Krachen ein, und auf der Plattform brach Chaos aus.

120

Die Independence neigte sich zur Seite. Nicht langsam und allmählich, sondern mit einem gewaltigen Ruck, begleitet von ohrenbetäubendem Krach, kippte die Westseite der Bohrinsel ab. Für den Bruchteil einer Sekunde wurde Emma der Boden unter den Füßen weggezogen, und gemeinsam mit Donovan, der ihr Handgelenk trotz allem unerbittlich umklammerte, rutschte sie hilflos auf den Rand der Plattform zu.

Neben ihr kreischte María auf. Verzweifelt trat Emma mit den Füßen nach Donovan. Vergeblich. Anstatt ihr Handgelenk loszulassen, bleckte er die Zähne und fixierte sie mit einem irren Blick.

Unaufhaltsam rutschten sie weiter dem Abgrund entgegen.

Entsetzt sah Emma, wie Agent Laymon, mit dem Gesicht voraus, frontal auf ein Stahlrohr fiel, das sich durch seine Brust bohrte und den Agent aufspießte.

Das Ende der Plattform kam immer näher. Mächtige schwarze Wellen brachen sich schäumend nur wenige Meter unterhalb des Sicherheitszauns am Plattformrand. Unter ihr knallte Nick gegen die stählerne Umzäunung. Nur noch wenige Meter, und sie und Donovan würden ebenfalls dagegenprallen. Sie betete, dass der Zaun hielt und ihn das Gewicht der vielen Personen, die jetzt nach und nach auf ihn stürzten, nicht einfach mit in die Tiefe riss.

Sie landete halb auf Nick, halb knallte sie mit dem Rücken gegen eine Eisenstrebe. Der Aufprall presste ihr die Luft aus den Lungen. Donovans Landung schien ähnlich schmerzhaft zu verlaufen. Er grunzte und ließ endlich ihr Handgelenk los. Sofort rückte sie von ihm ab und verpasste ihm mit dem Absatz ihres Schuhs einen Tritt gegen den Kopf. Trotz der Kakophonie des knirschenden Stahls hörte sie seinen Kiefer deutlich knacken.

Ein Marine rutschte auf sie zu, knallte auf Donovan und begrub ihn unter sich. Zu Emmas Freude rührte sich Donovan nicht mehr. Sie beugte sich über Nick. Seine Augenlider flatterten. War das nun gut oder schlecht? Sie verpasste ihm eine schallende Ohrfeige, schüttelte ihn, brüllte ihn an, endlich aufzuwachen.

Zu ihrer grenzenlosen Freude öffnete er die Augen. »Scheiße«, mehr brachte er nicht heraus, aber immerhin sagte er überhaupt etwas.

»Mehr als das.« So gut es ging, versuchte sich Emma zu orientieren. Die Plattform hing unverändert schräg im Wasser. Direkt über ihnen zeigte der Bohrturm wie ein riesiger Finger ebenso schräg in den Himmel. Mehrere Marines waren von der Umzäunung aufgefangen worden. Einige Meter weiter entdeckte sie Collins, der sich unter Schmerzen aufrappelte. Franklin lag mit geschlossenen Augen zusammengekrümmt neben ihm. Unmöglich zu erkennen, ob er noch lebte.

Eine weitere Welle erschütterte die Plattform. Emma

spürte, wie die Umzäunung wackelte und allmählich ächzend nachgab. *Nichts wie weg von hier!*

Mit hektischem Blick suchte sie die Umgebung nach einem Fluchtweg ab, doch dann gab es plötzlich hoch über ihren Köpfen eine ohrenbetäubende Detonation.

Emma warf den Kopf in den Nacken.

Eine Feuersäule, so hoch wie der Bohrturm, schoss hinauf in den schwarzen Himmel. Mitten aus der Feuersäule löste sich ein brennender Ball.

Emmas Blut gefror zu Eis.

Der Armeehubschrauber, der am entgegengesetzten Ende der Plattform auf dem Ableger geparkt hatte, rutschte lichterloh brennend und mit halsbrecherischer Geschwindigkeit direkt auf sie zu.

121

Aus den zerbrochenen Fenstern des auf sie zutrudelnden Hubschraubers schlugen Flammen. Zwei der drei Rotorblätter waren verschwunden, das dritte brach nach einer Kollision mit einem Aggregat ab, schoss wie ein Bumerang um sich selbst wirbelnd davon und teilte auf dem Weg ins Meer einen Marine in zwei Hälften.

»Hier rüber!«, schrie Nick und riss Emma am Arm mit sich unter einen Verteilerkasten, von dem er hoffte, dass er so massiv war, wie er aussah. Er umfasste ein Rohr und hielt sich daran fest.

Keine Sekunde später brach das flammende Geschoss knapp neben ihm durch die Umzäunung und riss sie mit sich, dazu alles und jeden, der sich in diesem Augenblick noch dort aufhielt. Schreiend stürzten mehrere Männer in die Tiefe.

Ohne die schützende Umzäunung tat sich unter Nicks Füßen plötzlich ein gähnender Abgrund auf. Frei in der Luft hängend, beobachtete er, wie der Hubschrauber mitsamt den Marines im Meer landete und von den Wellen verschluckt wurde. Er blickte nach oben. Lange würde dieses Rohr ihn und Emma nicht halten, und den Schutzzaun gab es nicht mehr.

Rund um den Plattformrand verlief ein etwa fünf Zentimeter breites Bord, gerade breit genug, um mit den Absätzen darauf zu stehen. Behutsam ließ er sich nach unten gleiten, den Körper fest gegen die schrägstehende Plattform gepresst. Wäre sie nur um zehn Grad senkrechter gestanden, sein Balanceakt hätte nicht mehr funktioniert. Zwischen seinen über das Bord hinausragenden Schuhspitzen hindurch sah er die Wellen des Golfs emporbranden. Jetzt nur nicht in Panik verfallen.

Der Verbindungssteg war noch immer da, auch wenn das Heck des Hubschraubers einen Teil des Steggitters mitgerissen hatte. Wegen der nun fehlenden Umzäunung hatte sich die Entfernung zum Steg mal eben locker verdoppelt.

Trotzdem war der Sprung ihre einzige Chance.

Gefolgt von Emma, schob er sich die Plattform entlang seitwärts in Richtung des Stegs, stets darauf bedacht, den Körper so eng wie möglich gegen die Plattform zu pressen, um kein Übergewicht zu bekommen.

Er erreichte eine Stelle, die ihm geeignet erschien. Von hier aus betrachtet war sein Vorhaben purer Wahnsinn. Der Boden des Stegs lag gute fünf Meter tiefer. Er dachte daran, wie er als Kind im Freibad auf einem Fünf-Meter-Brett gestanden und sich nicht getraut hatte, hinunterzuspringen. Und jetzt musste er anstatt im Wasser auf hartem Stahl landen.

Emma, die seine Gedanken erriet, sprach ihm Mut zu: »Du schaffst das.«

»Haben wir eine Wahl?«

»Nein.«

»Denk daran, dich sofort nach der Landung seitlich abzurollen«, riet Nick ihr. »Ansonsten brichst du dir beide Beine.«

Sie nickte.

Er atmete tief durch, stieß sich mit den Händen ab und sprang.

Die Landung war wie erwartet hart. Obwohl er sich an seinen eigenen Rat hielt und sich sofort abrollte, fuhr ihm der Schmerz in sämtliche Glieder. Wenigstens war er nicht auf einer der herumliegenden Eisenstangen gelandet, die alles waren, was von der Umzäunung übriggeblieben war. Nick befühlte seine Beine. Seine Knöchel schmerzten, gebrochen aber hatte er sich nichts.

Von seinem neuen Standpunkt aus betrachtete er die schräg über dem Wasser hängende Bohrinsel, an deren Westseite sich soeben zwei orangefarbene Freifallrettungskapseln aus ihren Halterungen lösten. Wie Steine fielen sie nach unten und tauchten klatschend ins Meer ein, nur um unmittelbar darauf wie Korken wieder nach oben zu schießen und auf den Wellen zu tanzen. Das war gut. Immerhin schienen einige der Männer es in diese Rettungsboote geschafft zu haben. Sein Blick wanderte den Steg entlang hinüber zu Plattform drei. Wollten sie ebenfalls in diesen Rettungsbooten Zuflucht suchen, mussten sie zur dortigen Notleiter gelangen.

Emma sprang ihm hinterher. Auch sie landete hart und stöhnte.

»Alles okay?«, fragte er.

Sie nickte. »Wir müssen vom Steg runter. Wenn die Hauptplattform untergeht, wird sie den Steg mitreißen.«

»Ja. Auf Plattform drei sollten wir fürs Erste in Sicherheit sein. Außerdem sind Rettungsboote unterwegs.«

Sie rappelte sich auf. »Okay.«

»Das …«, begann Nick, doch weiter kam er nicht. Grauenvolle Schmerzen schossen durch seinen Körper, als hätte ihn ein Blitz getroffen. Sein Gesicht verzerrte sich grotesk, und ein verzweifeltes Gurgeln drang aus seiner Kehle. Zuckend ging er zu Boden, die Glieder unnatürlich versteift.

»Nick!«, hörte er Emma schreien.

»Nicht so schnell, Sweetheart«, ertönte eine ihm inzwischen vertraute wie verhasste Stimme. »Wir sind noch nicht fertig miteinander.«

122

Sie traute ihren Augen nicht.

Donovan hing mit dem Oberkörper über dem abgebrochenen Rand des Stegs und zielte mit einem Taser auf sie. Wie zum Teufel hatte er es geschafft, dem brennenden Hubschrauber zu entkommen?

Er kletterte auf den Steg, richtete sich zu seiner vollen Größe auf und kam langsam auf sie zu. Sein zerrissenes Jackett flatterte im Wind. Den Taser, mit dem er Nick niedergestreckt hatte, hielt er im Anschlag.

Mit der freien Hand befühlte er seine untere Gesichtshälfte. »Du Miststück hast mir den Kiefer gebrochen.«

»Es ist vorbei«, erwiderte sie und zeigte auf die halb im Wasser hängende Plattform. »Die Wahrheit lässt sich nicht ewig verbergen. Begreifen Sie das endlich.«

Donovan lachte aus vollem Hals.

»Sieh dich um, Sweetheart, außer uns ist niemand mehr hier, und du willst mir weismachen, es sei vorbei? Das ist es tatsächlich, aber nur für dich und diesen Loser hier.« Er verpasste Nick einen weiteren Elektroschock.

Nicks Körper am Boden zuckte. Schaumbläschen bildeten sich um seinen Mund.

»Aufhören!«

»Das entscheide ich!«, brüllte Donovan. Seine Augen besaßen nichts Menschliches mehr. »Hätte ich meine Beretta nicht verloren, würde ich ihm das Hirn aus dem Schädel pusten.«

»Im Grunde interessiert er Sie doch überhaupt nicht. Sie wollen mich.«

Donovan zeigte sein Haifischgrinsen, zog die beiden Projektile aus Nicks Körper und bereitete den Taser mit geübten Handgriffen für einen erneuten Einsatz vor. Emma ließ er dabei keine Sekunde aus den Augen. »Wenn ich mit dir fertig bin, wirst du dir wünschen, ich hätte dich umgelegt, bevor diese Ratte Franklin aufgetaucht ist.«

»Ich dachte, Sie und Franklin spielen im gleichen Team?«

»Ich im Team mit diesem hinterhältigen, verlogenen Säufer?«, fragte er wutschnaubend.

»Es war doch Franklin, der Sie zur Unterstützung angefordert hat, oder etwa nicht?«

»Franklin hätte sich eher eigenhändig die Zunge herausgeschnitten, als *mich* über den Verlust der Akte zu informieren, geschweige denn mich nach Berlin zu bitten.« Donovan richtete den Taser auf Emma. »Franklin war klar, dass es sein Ende wäre, falls die Akte in meinen Händen landete. Ich bedauere nur, dass ich ihm in der Residenz nicht eigenhändig die Kehle durchgeschnitten habe.«

»Aber wer hat Sie dann kontaktiert? Woher wussten Sie von all dem, wenn nicht von Franklin?«

»Du denkst tatsächlich, der alte Leland und ich stecken unter einer Decke?« Donovan kicherte irr.

Irgendwo auf der Hauptplattform explodierte etwas. Die Zeit lief Emma davon. Trotzdem rasten ihre Gedanken. Worauf wollte Donovan hinaus? Weshalb sollte Franklin erledigt sein, falls Donovan die Akte in die Hand bekam? Weshalb diese jahrelange Feindschaft zwischen den beiden?

Ein dröhnendes Krachen riss sie aus ihren Gedanken. Nicht mehr lange, und die Independence würde in sich zusammenfallen und den Steg mit in die Tiefe reißen. Sie mussten schleunigst von hier verschwinden.

123

Donovan schien von all dem nichts zu spüren. Langsam kam er auf sie zu.

Emma wich zurück und versuchte, näher an den immer noch bewusstlosen Nick heranzukommen.

»Weshalb hassen Sie Franklin?«, fragte sie, um Zeit zu gewinnen.

»Weil er ein Vaterlandsverräter ist.« Donovan spuckte einen Klumpen Blut aus.

»Sie lügen!«

»Ich erzähle dir mal was über diese Ratte. Leland befand sich damals als Regierungsbeobachter an Bord der Independence. Seine Aufgabe war es, dem Kongress täglich über Fortschritte und Probleme von Projekt Morgenröte zu berichten. Er besaß alle Vollmachten und Befugnisse, die dazu vonnöten waren. In den Tagen nach dem 15. November 2015 sammelte Leland alles Material, was er in die Finger bekommen konnte, und legte die Independence-Akte an. Ihm war klar, dass er Material in Händen hielt, das ihm bei entsprechender Verwendung ein sorgenfreies Leben garantierte.«

»Sie reden von Erpressung?« Noch immer wich Emma Stück für Stück vor dem näherrückenden Agenten zurück.

»Was denn sonst? Franklin hat niemand Geringeren als unser Land erpresst, Sweetheart! Zwar hat er dem Kongress die Akte übergeben, jedoch nicht ohne sich vorher mehrere Kopien davon zu ziehen und diese sicher zu verwahren. Als Gegenleistung für sein Schweigen kletterte diese Ratte die Karriereleiter hinauf.« Er hob den Taser und zielte direkt auf Emmas Gesicht.

»Sie lügen!« Mit einem Sprung wich sie zurück, verlor das Gleichgewicht und fiel auf den Boden. Ihr Kopf knallte gegen eine Eisenstange. Mit einem gutturalen Schrei und ausgestreckten Händen stürzte sich Donovan auf sie, bereit ihre Kehle zu packen und zuzudrücken.

Mit letzter Kraft griff sie nach der Eisenstange, über die sie gestolpert war, bekam sie zu fassen und schwang sie im Sitzen wie einen Baseballschläger mit voller Wucht aus der Hüfte.

Der Schlag saß.

Die Eisenstange traf Donovans ungeschützten Brustkorb. Rippen knackten. Er grunzte, als es ihm die Luft aus den Lungen presste. Emma drehte sich geistesgegenwärtig zur Seite, seine Hände verfehlten ihren Hals. Sie sprang auf, holte aus und hieb ihm die Eisenstange von oben zwischen die Schulterblätter.

Donovan krachte mit dem Gesicht voraus auf den Steg.

Sie hatte erwartet, ihn mit diesem Schlag zumindest für eine Weile außer Gefecht zu setzen, doch sie hatte sich getäuscht. Ächzend rappelte sich Donovan auf alle viere hoch, wo er einen Augenblick lang benommen verweilte.

Emma zögerte keine einzige Sekunde.

Sie warf die Eisenstange fort, fummelte unter Donovans Jackett nach seinem Taser und zog ihn heraus. Donovan griff nach ihrem Handgelenk, bekam es aber nicht richtig zu fassen. Rasch trat Emma zwei Schritte zurück, entsicherte den Taser, zielte und drückte ab.

Die mit Widerhaken bewehrten Projektile bohrten sich in Brust und Bauch des SCS-Agenten. 100 000 Volt jagten durch seinen Körper. Zuckend und mit verzerrtem Gesicht knallte er auf den Steg.

Vorsichtig legte Emma den Taser auf den Boden, ohne jedoch die Projektile aus Donovans Körper zu entfernen. Sollte es notwendig werden, konnte sie dieses Spielchen jederzeit wiederholen und den Agenten dadurch stundenlang unter Kontrolle halten.

Sie sah nach Nick, der inzwischen die Augen geöffnet hatte. Er bemerkte sie und wollte etwas sagen, aber außer Schaumbläschen kam nichts aus seinem Mund.

»Psst.« Sie strich ihm die Locken aus der Stirn. »Nicht reden. Donovan ist unter Kontrolle. Alles wird gut.«

Mit einem infernalischen Getöse knickte der nächste Pfeiler der Independence ein. Ruckartig neigte sich die Bohrinsel weiter zur Seite und mit ihr sämtliche Aufbauten und Kräne. Pipelines wurden auseinandergerissen, Pumpstationen lösten sich aus altersschwachen Verankerungen, rutschten nach unten und prallten auf ihrem Weg gegen weitere Aufbauten, die sie mit in die Tiefe rissen. Keine fünfzig Meter von Emma entfernt knickte das Gerüst eines Krans ein. Wie von einer unsichtbaren Guillotine geköpft, stürzte das Führerhaus am oberen Ende herunter, dann brach der gesamte Kran in sich zusammen. Stahlträger flogen durch die Luft.

Das bei weitem Schlimmste aber war der riesige Bohrturm, der sich zur Seite neigte und wie ein überdimensionales Damoklesschwert schräg über ihr schwebte.

Sie hatte Nick angelogen.

Nichts war gut. Gar nichts.

124

Jetzt zählten Sekunden. Emma schob die Unterarme unter Nicks Achseln, packte seine Schultern und zog ihn von der Stelle fort, die in wenigen Sekunden von dem herabstürzenden Bohrturm pulverisiert zu werden drohte.

Keuchend zerrte sie seinen schlaffen Körper Meter um Meter den Steg entlang. Ein trommelfellzerreißendes Knirschen ließ Emmas Blick nach oben schnellen. Mit einem ächzenden Geräusch kam der Bohrturm, der sich über Emma und Nick geschoben hatte, zum Stillstand. Der Punkt, an dem die Schwerkraft die Oberhand gewann, war erreicht. Für einen kurzen Augenblick herrschte gespenstische Stille. Dann zersplitterten die Stahlträger an der Verbindung von Turm und Plattform wie Mikado-Stäbchen, die man zwischen den Fingern zerbrach.

Der Turm kippte.

Starr vor Entsetzen, konnte Emma die Augen nicht von dem herabsausenden Turm abwenden, der sie in wenigen Sekunden zerschmettern und ihr die Eingeweide aus dem Körper quetschen würde. Die Chance, dem zu entkommen, hatte sie vertan.

Wie in Zeitlupe nahm Emma jede Einzelheit auf: die abgebrochenen Stahlträger, das rostzerfressene Gestänge der Bohreinheit, sogar eine Nummernfolge, die man bereits vor vielen Jahren in großen, weißen Ziffern an einem der Stahlträger angebracht hatte. Den sicheren Tod vor Augen, überkam Emma plötzlich eine seltsame innere Ruhe. Jegliche Angst war wie weggeblasen. Gerade wollte sie die Augen schließen, als sie am Rande ihres Gesichtsfelds eine Bewegung wahrnahm.

Rechts und links neben ihr fielen schwarz gekleidete Gestalten vom Himmel. Eine davon packte sie mit festem Klammergriff, und bevor Emma überhaupt registrierte, was vor sich ging, wurde sie in die Höhe gerissen. Sie wurde regelrecht nach oben katapultiert, als säße sie in einem dieser runden Käfige auf Jahrmärkten, die an Bungee-Seilen befestigt waren. Ihr Magen hob sich, drückte gegen ihre Speiseröhre, nur um gleich darauf ins Nichts abzusacken. Sie bekam keine Luft, so kräftig presste die schwarze Gestalt Emmas Körper an sich.

Sie schossen nach oben, wobei der herabstürzende Turm sie nur knapp verfehlte. Emma spürte, wie die Spitze des Turms ihren rechten Fuß streifte.

Mit ohrenbetäubendem Krach traf der Bohrturm den Steg exakt an der Stelle, an der sie noch vor wenigen Augenblicken gestanden hatte. Metallstreben flogen in alle Richtungen, als der Turm den Steg wie ein gigantisches Skalpell durchtrennte.

Mit einem heftigen Ruck endete ihre Aufwärtsbewegung. In die Kakophonie des Infernos unter ihr mischte sich jetzt ein weiteres Geräusch – ein gleichmäßiges, tiefes Wummern.

Wieder griffen Hände nach ihr, zogen und zerrten, bis sie sich schließlich mitsamt der schwarzen Gestalt im Innern eines Hubschraubers wiederfand. Die Gestalt ließ Emma los.

Endlich bekam sie wieder Luft. Gierig sog sie Sauerstoff tief in die Lungen ein, musste husten und schnappte erneut nach Luft.

»Alles in Ordnung mit Ihnen?«, rief jemand neben ihr. Die Stimme des Mannes ging im Wummern der Rotoren fast unter.

Über ihr erschien ein bekanntes Gesicht, und sie wusste, der Alptraum hatte ein Ende.

125

»Alles in Ordnung, Miss Fisher?«, wiederholte Jason Collins seine Frage lauter. Die zu beiden Seiten offenen Schiebetüren des Hubschraubers machten eine Unterhaltung in normaler Lautstärke unmöglich. Emma realisierte, dass sie sich in dem Sikorsky befand, mit dem Franklin, General Quentin und eben auch Jason Collins vorhin angekommen waren.

Sie nickte.

Die schwarze Gestalt klickte sich aus der Seilwinde, nahm den Helm ab und wischte sich die verschwitzten Haare aus der Stirn. »'tschuldigung, dass ich etwas grob sein musste«, rief Rusty Simmons, »aber anders ging's nicht.«

Zu keiner anderen Reaktion fähig, nickte sie abermals. Plötzlich durchzuckte es sie: *Nick!*

Du lieber Himmel, was war mit Nick? Sie hatte ihn losgelassen, als Simmons sie gepackt hatte.

Panisch sah sie sich in der engen Kabine um. Außer Simmons, Jason Collins, drei Marines und General Quentin befand sich niemand an Bord des Hubschraubers. Jason Collins musterte sie besorgt. Die anderen blickten mit verkniffenen Gesichtern durch die offenen Schiebetüren hinaus nach unten. Von Nick keine Spur. Hatten Collins' Leute ihn etwa auf dem Steg zurückgelassen, in der Annahme, er seit tot?

»Wir müssen sofort runter und Nick holen!«, rief sie Collins durch den Lärm zu. »Er ist nicht tot.«

Collins legte ihr eine Hand auf die Schulter. »Miss Fisher, hören Sie ...«

»Nein, er lebt! Er ist nur getasert.« Sie schüttelte Collins' Hand ab, schob sich zwischen den Marines hindurch zur Schiebetür und blickte ebenfalls nach unten. Das Schauspiel, das sich unter ihnen abspielte, raubte ihr den Atem.

Die Independence sank.

Von den acht Pfeilern der Bohrinsel waren fünf eingeknickt. Die westliche Seite der Hauptplattform tauchte tief in das bewegte Meer ein, die östliche Seite hing gewissermaßen in der Luft, gehalten lediglich von den verbliebenen drei Pfeilern. Wo die Stege mit der Hauptplattform verbunden gewesen waren, klafften mehrere Meter breite Spalten. An deren Enden ragten abgebrochene und wirr in alle Richtungen verbogene Stahlträger in die Luft. Sie erinnerten Emma an Adern und Sehnen ausgerissener Gliedmaßen. Die Hauptgebäudeeinheit hing ebenso schräg in der Luft wie die wenigen noch verbliebenen Aufbauten. Vom Bohrturm selbst war nichts mehr zu sehen. Wo dieser heruntergekracht war, fehlte ein etwa dreißig Meter langes Teilstück des Verbindungsstegs.

Von Nick keine Spur. Hatte ihn der herabstürzende Bohrturm mit in die Tiefe gerissen?

Obwohl Emma die traurige Wahrheit mit eigenen Augen sehen konnte, weigerte sie sich, Nicks Tod zu akzeptieren.

»He, Miss Fisher!« Collins legte ihr die Hand auf die Schulter und deutete mit dem Daumen der anderen Hand hinter sich.

Auf einem Klappsitz saß vornübergebeugt ein Mann. Er saß nur knapp über dem Boden, weswegen Emma ihn vorhin zwischen all den anderen Männern offensichtlich übersehen hatte. Er trug zerrissene Klamotten, stützte seinen Lockenkopf auf beide Hände und konnte kaum die Augen offen halten.

Emma blinzelte ungläubig, und für einen Augenblick vergaß sie sogar zu atmen. Halluzinierte sie etwa schon wieder? Sie merkte, dass ihr der Mund vor Staunen offen stand, und klappte ihn zu.

Nick grinste, wenn auch gequält.

Der Stein, der Emma vom Herzen fiel, wog mehr als die gesamte Independence.

»Nick!« Sie lief zu ihm, ging in die Hocke und schlang die Arme um ihn. »O mein Gott, ich dachte schon ...«

»Hey, ich fühle mich zwar wie nach einem Zwölf-Runden-Schwergewichtskampf, aber ansonsten fehlt mir nichts.«

»Hauptsache, du lebst.« Sie küsste ihn auf den Mund und wuschelte ihm durch die Locken.

Rusty Simmons trat zu ihnen. »Joshua hat Ihren Freund gepackt, während ich Sie geschnappt habe. Ganz schön enge Kiste gewesen ...« Er grinste.

Emma nickte. »Danke.«

»Klar.« Rusty Simmons wandte sich ab und ließ sie alleine.

»Was ist mit Donovan?«, wollte Nick wissen.

»Fischfutter.«

»Franklin?«

Sie schüttelte den Kopf. »Tot.«

Ein dumpfes Dröhnen erfüllte die Kabine.

Nick hob eine Augenbraue. »Dort unten geht's ab.«

»Sehen wir es uns an.« Sie schnappte seine Hand und half ihm auf die Beine. Hand in Hand traten sie neben Collins an die Schiebetür und sahen hinaus.

Die Independence fiel in sich zusammen. Auf ihrem Weg nach unten riss sie alles mit sich, was ihr im Weg stand. Gewaltige Luftmengen wurden aus den zerbrochenen Luken und Fensterscheiben gepresst und stiegen blubbernd auf, während das Stahlgerippe für immer in den Tiefen des Golfs von Mexiko versank. Für ein paar Sekunden verwandelten die Luftblasen das Meer in einen brodelnden Kochtopf. Dann herrschte von jetzt auf gleich nur noch gespenstische Stille.

Wo sich vor wenigen Minuten noch der einstige Stolz der USA aus dem Meer erhoben hatte, zogen nun schwarze Wellen ungehindert gen Westen. Auf ihnen tanzten zwei orangefarbene Rettungsboote einsam und verlassen in den Weiten des Golfs. Die Independence war endgültig Geschichte.

126

Der Hubschrauber nahm Kurs auf das Festland, und die Marines schlossen die Schiebetüren. Das Wummern der Rotoren wurde etwas erträglicher.

»Wohin fliegen wir?«, fragte Emma.

»Luftwaffenstützpunkt Eglin, Okaloosa County, Florida«, erwiderte General Quentin.

Emma und Nick setzten sich, Collins und General Quentin nahmen ihnen gegenüber Platz. Eine ganze Weile sprach keiner ein Wort. Emma dachte an Leland Franklin. War er tatsächlich auf ihrer Seite gewesen? Sie musste es erfahren.

»Sagen Sie, Mr Collins, hat Franklin Ihnen gegenüber je ein Wort über diese Angelegenheit verloren? Bitte, ich muss es wissen.«

Collins warf dem General einen fragenden Blick zu. Dieser nickte knapp.

»Ja, das hat er«, antwortete Collins.

»Ich dachte die ganze Zeit über, Franklin würde mit Donovan und dem SCS zusammenarbeiten.«

Collins kratzte sich im Nacken und schüttelte den Kopf. »Franklin und Donovan hassten sich.« Er sah sie an. »Sie dagegen, Miss Fisher, schätzte er sehr. Niemals hätte er Ihnen etwas angetan oder Sie in Gefahr bringen wollen. Auf dem Weg hierher hat Franklin mir alles anvertraut. Für den Fall ...« Collins stockte. »Nun, er meinte, falls er es nicht schaffen würde, sollten Sie die ganze Wahrheit erfahren. Er meinte, dann würden Sie es verstehen.«

»Was verstehen?«

»Franklin hat Sie mit der Suche nach dieser Akte betraut, weil er der Überzeugung war, er könne sich hundertprozentig auf Sie verlassen. Er wollte nicht riskieren, dass jemand Falsches einen Blick hineinwirft und unangenehme Fragen stellt. Er dachte, Sie würden ihm in gleichem Maße vertrauen wie er Ihnen.«

»Genau das aber habe ich nicht getan«, flüsterte sie.

»Es ist jetzt nicht die Zeit, das Was-wäre-gewesen-wenn-Spiel zu spielen«, entgegnete Collins. »Sie sind mir keine Rechenschaft schuldig, Miss Fisher. Ihre Motive interessieren mich nicht. Fakt ist, Sie wollten die Akte mit Hilfe Ihres Freundes der Öffentlichkeit präsentieren. Die Ironie an der Geschichte ist, Franklin selbst hatte vor, die Akte publik zu machen. Nur deswegen wollte er sie aus der Versenkung holen. Mit Ihrer Initiative haben Sie seinen Plan kräftig durchkreuzt.«

»Und das soll ich glauben?«, erwiderte sie. »Leland Franklin hat mit dieser Akte vierzig Jahre lang sein eigenes Land erpresst, und Sie behaupten, er wollte die Akte jetzt auf einmal selbst veröffentlichen? Klingt ziemlich unwahrscheinlich.«

»Franklin litt an Leberzirrhose. In den letzten Wochen und Monaten ging es ihm immer schlechter. Sein Arzt gab ihm maximal noch ein Jahr.«

»Leberzirrhose?« Emma war perplex. In letzter Zeit hatte Franklin tatsächlich sehr schlecht ausgesehen. Auch waren in den letzten Wochen in der Tat deutlich mehr Arzttermine als sonst in seinen Kalender eingetragen. Unter anderem auch am Vormittag des Tages, an dem sie ihn wegen der Akte zur Rede stellen wollte. Die Krankheit erklärte auch seine gelben Augen.

»Mit der Erkenntnis, dass es mit ihm zu Ende ging, kam der Sinneswandel«, fuhr Collins fort. »Der Leland Franklin, den Sie und ich kannten, war längst nicht mehr jener Leland Franklin, der sich damals als Regierungsbeobachter an Bord der Independence aufhielt – ein junger, eitler Mann, der nur seine Karriere im Kopf hatte und diese mit allen Mitteln und Wegen vorantreiben wollte. Der Leland Franklin der letzten Monate wollte mit all den Lügen nicht mehr leben. Er wusste nur zu gut, was Projekt Morgenröte angerichtet hatte, und er wollte reinen Tisch machen.«

Emma schwirrte der Kopf. Diese Information musste sie erst einmal verdauen. Franklin hatte vorgehabt, die Akte zu veröffentlichen, und Emma hatte ihm dabei einen Strich durch die Rechnung gemacht. Die ganze Zeit über hatte sie gedacht, Franklin sei der Feind. Rückwirkend musste sie erkennen, dass ihr Mentor durch alle seine Maßnahmen nur eines bezweckt hatte: Emma zu schützen. Nun konnte man ihm nichts mehr anhaben. *Alles ist anders,* hatte Franklin ihr am Telefon versucht zu erklären. Erst jetzt verstand sie wirklich, was er damit gemeint hatte.

»Warum hat er mir das nicht gleich gesagt?«, wollte sie wissen. »Warum diese Geheimniskrämerei?«

»Sie sehen doch, was das Auftauchen dieser Akte ausgelöst hat«, erwiderte Collins. »Franklin wollte Sie da nie mit reinziehen, Miss Fisher. Nur konnte er die Akte leider nicht selbst aus dem Archiv holen, da er befürchtete, dass Donovan dies über das Zutritts-Kontrollsystem des Archivs einsehen könnte.«

»Also war Franklins angeblicher Krankheitsschub

nur ein Vorwand, damit ich keine Fragen stellte«, folgerte Emma.

»So ist es.« Collins nickte. »Mit Donovans Auftauchen aber waren dem Herrn Botschafter die Hände gebunden. Er musste sich kooperativ geben, um nicht sofort eliminiert zu werden. Hätte Donovan geahnt, dass Franklin selbst plante, die Akte zu veröffentlichen, er hätte ihn sofort aus dem Weg geräumt. Das konnte Franklin selbstverständlich nicht zulassen. Denn wie auch Sie richtig erkannt haben, Miss Fisher, ohne weitere Beweise ist die Akte *alleine* wertlos.«

»Franklins Aussage sollte dieser Beweis sein«, stellte Nick fest.

Collins nickte zerknirscht. »Das war sein Plan. Jetzt ist er tot, und die Beweise, die Sie hier zu finden hofften, befinden sich auf dem Meeresgrund.«

»Erinnern Sie mich bloß nicht daran.«

»Wenn Franklin Donovan nicht über das Verschwinden der Akte informiert hat«, fragte Emma, »wer dann?«

Collins blickte zu Boden. »Das war ich.« In kurzen Worten berichtete er, wie Franklin ihn auf seine Mitarbeiterin angesetzt hatte, wie sie die Botschaft mit dem USB-Stick verlassen hatte, wie er Franklin nicht erreichen konnte und daraufhin beschlossen hatte, Emma zu folgen. Er führte weiter aus, wie er ihr Apartment observiert hatte und später, als er sich sicher war, dass sie dieses nicht mehr verlassen würde, in die Botschaft zurückgekehrt war. Dort hatte er sich mit Hilfe seines Mastercodes Zugang zu ihrem Rollschrank verschafft.

Emma nickte. Endlich fügte sich auch dieses Puzzleteil in das Gesamtbild ein. Sie hatte gewusst, dass sich jemand an ihrem Schrank und dem Ordner zu schaffen gemacht hatte.

»Ich entdeckte die Akte«, fuhr Collins fort, »wusste aber, ich durfte sie nicht an mich nehmen, weil Franklin nicht wollte, dass Sie etwas von der Observierung mitbekommen. Franklin selbst schlief tief und fest und war nicht zu erreichen. Er hatte sich ein Opiat gegen die Schmerzen eingeworfen. Ich war hilflos und wusste nicht, was ich tun sollte. Ich brauchte weitere Anweisungen und erhoffte mir diese von der Rufnummer, die auf der ersten Seite der Akte vermerkt war. Sie wissen, welche Nummer ich meine.«

Emma nickte. »Leitung Zero. Direkte Verbindung zum SCS.«

»Yeah. Ich landete bei Donovan, und den Rest kennen Sie.«

»Donovan setzte Franklin unter Druck.«

»Yeah.«

Sie schloss die Augen und sammelte sich für die nächste Frage. »Weshalb musste Tom Holyfield sterben? Wie kam es dazu?«

»Donovan war Ihnen dicht auf den Fersen. Franklin blieb keine andere Wahl, als ein Ablenkungsmanöver zu initiieren.«

»Mit Toms Hilfe?«

»Franklin hat ihn überrascht, als er gerade dabei war, Ihnen die falschen Identitäten zu stricken. Obwohl Franklin Holyfield nur ungern in alles einweihte, sah er keine andere Möglichkeit. Er überzeugte ihn, bei einem Ablenkungsmanöver mitzumachen. Holyfield sollte eine Reise durch Deutschland und die benachbarten Länder unternehmen und dabei Ihre Ausweise und Kreditkarten benutzen. Für ihn war es ein Leichtes, da er einfach Ihre beiden Originalausweise behielt.«

Emma sah Nick an. »Jetzt wissen wir, weshalb Tom uns nur einen Umschlag mit den neuen Ausweisen auf den Tisch gelegt hat, während wir Merediths Korallenkette verpfändet haben.«

»Ich hab dir gleich gesagt, mir gefällt das nicht.«

»Holyfield sollte sich möglichst rasch fortbewegen und dabei eine Spur legen, die der SCS aufnehmen und verfolgen konnte«, fuhr Collins fort. »Franklin hoffte die ganze Zeit über, Sie würden sich doch noch einmal melden, Miss Fisher. Nun ja, der Plan funktionierte zunächst. Aber dann beging Holyfield einen Fehler. Er schlief in einem Hotelzimmer in Frankfurt am Main ein. Unter dem Bett wurden später die leeren Verpackungen von zwei Insulinkaugummis gefunden.«

»Tom war Diabetiker.«

»Yeah. Wir vermuten, Holyfield schlief aufgrund von Unterzuckerung ein. Auf jeden Fall hätte er einchecken und das Hotel danach sofort wieder verlassen sollen. So aber stellte Donovan ihn und erfuhr von Franklins doppeltem Spiel. Er tötete Holyfield, suchte Franklin in dessen Residenz auf, folterte ihn und erfuhr so von dem Plan.«

Armer Tom. Armer Leland Franklin. Bitte verzeiht mir.

Einen Augenblick lang kämpfte Emma mit den Tränen, dann fiel ihr etwas ein. »Moment mal. Tom kannte unsere Absicht, Leuthard in Antarctic City zu besuchen. Von einem Abstecher zur Independence aber war zu diesem Zeitpunkt nie die Rede.« Sie wandte sich an Nick.

»Jetzt wird mir klar, was Donovan damit meinte, der SCS hätte den einzigen überlebenden Zeugen des 15. November 2015 jederzeit unter Kontrolle. Er redete von Roman Leuthard! Donovan hat Leuthard angerufen und ihm befohlen, uns auf die Independence zu locken.«

Collins nickte.

»Hätten wir uns gleich denken können«, sagte Nick zerknirscht zu Emma. »Es war schon seltsam, als Corinne Leuthard plötzlich im Pub auftauchte und behauptete, sie hätte ihren Vater umgestimmt.«

»Ich war auch überrascht, fand Corinnes Erklärung aber eigentlich plausibel.« Ungläubig schüttelte sie den Kopf. »Leuthard hat seine Rolle verdammt gut gespielt.«

»Dieses Arschloch hat uns verkauft.«

»Mach ihm deswegen keinen Vorwurf. Er wollte nur seine Tochter beschützen.«

»Nimmst du ihn jetzt etwa in Schutz?«

Sie zuckte mit den Achseln. »Ich denke nur, jeder Vater hätte dasselbe getan. Jetzt weiß ich auch, was Corinne mir in der Küche mitteilen wollte. Sie wollte uns von Donovans Anruf und seinem Deal mit ihrem Vater erzählen. Sie wollte uns warnen.«

»Also war alles gelogen, was Leuthard erzählt hat? Auch die Sache mit dem Engländer?«

»Nein. Donovan sagte mir, den Engländer hätte es tatsächlich gegeben.«

»Donovan hatte Glück«, ergänzte Collins. »Er rief Leuthard an, keine zwanzig Minuten, nachdem Sie beide dessen Wohnung verlassen hatten.«

Emma fixierte den jungen Sicherheitschef. »Sie sind bestens informiert, Mr Collins. Woher wissen *Sie* eigentlich so gut über Donovan Bescheid? Welche Rolle spielten Sie die ganze Zeit über? Und woher zum Teufel wussten Sie, dass Sie uns auf der Independence finden konnten?«

»Ich fürchte, meine Rolle ist alles andere als glorreich.« Er seufzte. »Franklin wies mich an, Donovan nach Kräften zu unterstützen. Er musste das tun, um dem SCS gegenüber nicht verdächtig zu erscheinen. Ich muss gestehen, Donovan hat mich zunächst um den Finger gewickelt. Er versprach mir einen Karriereschub. Leider habe ich zu spät bemerkt, um was es tatsächlich ging. Immerhin konnte ich vor Franklins Residenz aufschnappen, wie Donovan mit einem seiner Agenten von Ihnen und der Independence sprach. Ich zählte eins und eins zusammen. Franklin setzte daraufhin alle Hebel in Bewegung, um ebenfalls hierher zu gelangen, was uns schließlich mit General Quentins Hilfe auch gelang. Leider kamen wir zu spät, um das Schlimmste zu verhindern.«

Für den Augenblick war alles gesagt. Aber was erwartete sie bei der Ankunft auf dem Luftwaffenstützpunkt Eglin? Würde General Quentin ihr und Nick die Akte überlassen, oder würde er deren Herausgabe fordern? Immerhin war Quentin, ebenso wie Donovan, seinem Land verpflichtet. Es hätte Emma nicht gewundert, sollte Quentin plötzlich Donovans Rolle als Beschützer der Nation einnehmen. Noch lag die Original-Akte sicher versteckt auf dem Heuboden einer halb in der Nordsee versunkenen Scheune. Aber wie lange noch?

Sie lehnte den Kopf an Nicks Schulter und schloss die Augen. Sofort überfiel Emma bleierne Müdigkeit.

»Nick?«

»Hmm?«

»Meinst du, sie überlassen uns die Akte?«

»Ich habe keine Ahnung.« Am Klang seiner Stimme erkannte sie, wie erledigt auch er war. »Wir werden sehen.«

Das stete Hintergrundgeräusch der wummernden Rotoren schien aus einer weit entfernten Galaxie zu stammen. Sie spürte, wie er den Arm um sie legte, und kuschelte sich enger an ihn.

»Ja«, murmelte sie leise, bevor sie endgültig wegdämmerte. »Wir werden sehen.«

EPILOG

Die Nachrichten auf CNN kannten seit Tagen nur ein Thema. Bilder weltweiter antiamerikanischer Demonstrationen beherrschten die Schlagzeilen. Aufgebrachte Menschen auf allen Kontinenten zogen durch die Straßen der Metropolen und hielten Transparente mit Sprüchen wie »FUCK USA!«, »STOPPT METTRACK!« oder »BOYKOTTIERT DIE LÜGNER!« in die Kameras. US-Flaggen wurden medienwirksam verbrannt, ein gottverdammter Kameltreiber wischte sich doch tatsächlich sogar den Hintern damit ab. Das rote Laufband am unteren Rand des Bildschirms verkündete: EILMELDUNGEN *** ANSCHLAG AUF US-AMERIKANISCHE BOTSCHAFT IN SPANIEN *** 8 TOTE, 22 VERLETZTE *** GREENPEACE BESETZT CO2-CONTAINERSCHIFF VON METTRACK INTERNATIONAL *** MEHRERE VERLETZTE ***

Randall T. Donovan kauerte im Fernsehsessel seines Wohnzimmers und starrte mit rotgeränderten Augen in den Fernseher. Er rülpste und nahm einen weiteren Schluck aus der Bourbon-Flasche, die er im Laufe des Nachmittags bereits halb leergetrunken hatte. Noch immer fühlte es sich ungewohnt an, die Flasche in der linken Hand zu halten – der Hand, an der ihm der kleine Finger fehlte. Seitdem ihm ein Stahlträger des herabstürzenden Bohrturms vor exakt einem Monat den rechten

Arm abgetrennt hatte, war in Donovans Leben so manche Veränderung eingetreten. Er betrachtete die elektronische Fußfessel an seinem Knöchel und wünschte sich, dieses beschissene Rettungsboot hätte ihn nie aus dem Wasser gefischt. Gemeinsam mit der Independence unterzugehen wäre ein Tod nach seinem Geschmack gewesen. Stattdessen saß er hier in diesem Sessel, warf sich Orbital in obszönen Mengen ein, soff sich die Hucke voll und sah dabei zu, wie die Veröffentlichung der Independence-Akte die Welt gegen Mettrack und Amerika aufbrachte. Verdammt, Nick Schäfer, dieser Pisser, wurde sogar als nächster Pulitzerpreisträger gehandelt.

Donovan fluchte derb und gönnte sich einen weiteren Schluck.

Wie erwartet, hatte die Wahrheit über Projekt Morgenröte weltweit für Empörung gesorgt. Mettrack-Aktien rauschten ins Bodenlose. Erste Nationen hatten die Vereinigten Staaten bereits vor dem Internationalen Gerichtshof wegen Verbrechen gegen die Menschheit angeklagt. Die USA schlitterten geradewegs in die schlimmste Wirtschaftskrise aller Zeiten, und das alles nur wegen einem alten Säufer, der kurz vor seinem Tod Anwandlungen von Reue empfunden hatte und sein Gewissen erleichtern wollte.

Noch immer konnte Donovan nicht fassen, was sich da abspielte. Roman Leuthard, Xavier Rochas, Claude Chevallier und dieser Versager, River Maddox, wurden in den Medien zu Märtyrern hochgejubelt. Donovan selbst dagegen drohte nach der Anhörung vor dem Militärgericht nächste Woche eine Anklage wegen mehrfachen Mordes.

Wütend schleuderte er die Bourbon-Flasche in den Fernseher.

Mühsam erhob er sich, wankte ins Bad und sah in den Spiegel, aus dem ihm ein unrasierter, vom Alkohol- und Drogenmissbrauch gezeichneter Mann entgegenblickte. Er hatte sein Land im Stich gelassen, es verraten – kurzum, auf ganzer Linie versagt.

Er griff nach dem Rasiermesser seines Vaters, das seit Tagen unbenutzt auf dem Waschbecken lag. Er steckte es sich zwischen die Zähne und klappte es mit seinen verbliebenen vier Fingern umständlich auf. All die Jahre über hatte er seinen Vater für dessen Feigheit verachtet. Nie hatte Donovan verstanden, wie man so tief sinken konnte, sich selbst zu richten. In diesem Augenblick aber konnte er nachvollziehen, was sein Vater damals durchgemacht und wie er sich dabei gefühlt haben musste.

Donovan fasste einen Entschluss. Ebenso wenig wie über seinen Vater würde auch kein Gericht der Welt jemals über Randall T. Donovan richten, der all die Jahre über selbst Herr über Leben und Tod gewesen war. Er starrte in seine blutunterlaufenen, glasigen Augen, führte das Rasiermesser an seinen Hals, setzte die Klinge an und schlitzte sich die Kehle auf.

Du hattest recht, Vater, ich bin wie du.

ENDE

Danksagung

Auf dem Weg von der ersten Idee bis zum fertigen Buch habe ich viel Hilfe und Unterstützung erfahren. An erster Stelle möchte ich mich bei meiner Familie bedanken. Ihr alle habt unglaublich viel Verständnis für mich aufgebracht und mir stets den Rücken freigehalten. Das weiß ich wirklich zu schätzen. Selbst, wenn ich in den unmöglichsten Situationen mal wieder geistig abwesend war, weil mich meine Protagonisten einfach nicht zur Ruhe kommen ließen, konnte ich immer auf eure Unterstützung zählen. Ich bewundere eure Geduld!

Ein riesiges Dankeschön gebührt Rainer Wekwerth. Rainer, du hast mich angespornt, mich beflügelt und mir gezeigt, was es bedeutet, mit Herz, aber auch Verstand zu schreiben. Deine Ratschläge und Tipps haben mir immer dann weitergeholfen, wenn ich mal wieder den Wald vor lauter Bäumen nicht gesehen habe. Großen Dank auch an Martin Baresch für unsere gemeinsame Arbeit an der Story und für seine Inspiration.

Darüber hinaus möchte ich Roman Hocke danken, der mir sein Vertrauen schenkte und mir die Chance gab, mich zu beweisen. Ebenso allen Mitarbeitern der AVA International, vor allem Markus Michalek und Dr. Uwe Neumahr. Vielen Dank an Dr. Maria Dürig vom Ullstein Verlag, die an meine Idee und mein Manuskript glaubte.

Mein besonderer Dank gilt Anne Gabler und Nina Wegscheider für das engagierte Lektorat und die hervorragende Zusammenarbeit. Danke auch an das gesamte Ullstein Team für die tolle Unterstützung.

Vielen Dank an Wulf Dorn, der ebenfalls an mich und meine Idee glaubte. Genauso wie alle anderen Jungs und Mädels vom Club der fetten Dichter: Thomas Thiemeyer, Oliver Kern, Boris von Smercek, Hermann Oppermann und Patricia Mennen. Ihr habt mich mit offenen Armen empfangen und mich stets ermutigt. Ihr seid die Besten!

Mein Dank gilt ferner den Erfindern des Kaffeevollautomaten sowie der Fertigpizza.

Last but not least möchte ich Ihnen, liebe Leser, dafür danken, dass Sie sich aus einer Fülle von Büchern für *Blow Out* entschieden haben. Ich hoffe, Sie fühlten sich gut unterhalten.